FOLIO SCIENCE-FICTION

Sean Russell

LA GUERRE DES CYGNES, III

Les routes de l'ombre

Traduit de l'américain par Guillaume Le Pennec

Gallimard

Titre original :

THE SHADOW ROADS

Né en 1952 à Toronto, au Canada, Sean Russell passe son enfance dans une maison donnant sur le lac Ontario. De là lui viennent son imagination fertile et son amour de l'élément aquatique que l'on retrouve dans plusieurs de ses œuvres (dont *Un monde sans fin* et *Une mer sans rivage*). Son premier roman, *Le frère initié*, et sa suite, *Le berger des nuages*, ont été fortement influencés par l'Asie. La trilogie de *La guerre des cygnes*, à ce jour son œuvre la plus aboutie, reflète son admiration pour *Le seigneur des anneaux* de J. R. R. Tolkien et pour *Les aventures de Huckleberry Finn* de Mark Twain.

Ce livre est dédié à Sean Stewart
et Neal Stephenson :
artistes, artisans, amis.

Rappel des événements

Les enfants du sorcier Wyrr ne sont pas morts: ils ont hanté la rivière durant une génération sous la forme de nagars — des esprits, des créatures fantomatiques. Pour empêcher à jamais les enfants de Wyrr de retrouver le chemin du monde des vivants, la confrérie des Chevaliers du Serment fut jadis formée. Mais certains de ses membres ont été séduits par des promesses de pouvoir et de longue vie ; ils dissimulèrent des smeaghs, des objets magiques qui permettraient un jour aux deux fils et à la fille de Wyrr de revenir. Grâce à eux, ils conclurent un pacte avec des mortels et réapparurent parmi les vivants.

Les enfants de Wyrr sont de puissants sorciers, qui se sont affrontés pendant des milliers d'années. Lorsqu'ils sont réapparus sur la Terre entre les montagnes, leur haine était toujours aussi forte et ils ont repris leur affrontement immémorial. C'est ainsi que dame Elise Wills et un voyageur du nom d'Alaan sont devenus les ennemis d'un chevalier connu sous le nom d'Hafydd. Ce cruel chevalier a souhaité déclencher une guerre entre les principales familles de la Terre entre les montagnes: les troubles qui ne manqueraient pas d'en découler lui auraient permis de s'emparer du pouvoir.

Incapable de détruire Hafydd, Alaan l'a attiré dans les terres secrètes, jusqu'aux Eaux Stagnantes, un vaste marécage dont Alaan pensait être le seul à pouvoir s'échapper. Mais ses plans ne se sont pas déroulés comme prévu... Blessé par l'un des gardes d'Hafydd, son état s'est peu à peu dégradé au contact des eaux impures du marécage. Alaan aurait été capturé et tué s'il n'avait pas été secouru par un étrange inconnu accompagné d'une armée de corbeaux. Cet homme, Rabal Cœur-de-corbeau, l'a mené jusqu'à des ruines où Alaan a découvert une chambre renfermant un grand enchantement: le secret qui sépare la Terre entre les montagnes des terres secrètes, et le monde des vivants du royaume des morts. Mais Alaan s'est aperçu que l'enchantement commençait à se déliter.

Apprenant qu'Alaan était blessé et poursuivi par Hafydd, Elise Wills s'est mise à la recherche d'un voyageur capable de dessiner des cartes menant aux terres secrètes, et l'a forcé à tracer un plan menant jusqu'aux Eaux Stagnantes. La jeune femme, les hommes du Val et Pwyll, l'ami d'Alaan, s'y sont rendus dans l'espoir de sauver Alaan. Ils ignoraient que Kai, le créateur de carte, avait également envoyé un guerrier de légende dans le marais, un quasi-géant du nom d'Orlem Main-habile.

Tandis qu'Alaan gisait, blessé et en proie au délire, un homme d'armes vénérable lui a offert une gemme : il a prétendu qu'elle provenait d'Aillyn, le frère de Wyrr, et qu'elle était destinée à un des enfants de Wyrr. Craignant qu'il ne s'agisse d'un artefact destiné à ramener Aillyn dans ce monde, Alaan a refusé la gemme. Mais Hafydd a été moins méfiant et s'en est emparé, persuadé qu'il s'agissait d'une pierre légendaire ayant appartenu à l'archimage Tusival.

D'âpres batailles se sont déroulées dans les marécages, entre Elise et Hafydd, et contre d'étranges créatures : Cœur-de-corbeau a affirmé qu'il s'agissait des serviteurs de la Mort. Finalement, les différents groupes se sont rassemblés à l'entrée d'un tunnel qui menait hors des Eaux Stagnantes. Ils y ont mené un combat désespéré durant lequel la magie invoquée par Elise a failli les détruire tous… Les survivants se sont de nouveau retrouvés dans la Terre entre les montagnes. Nombre d'entre eux ont été emportés par la rivière Wyrr, qui semble avoir décidé à leur place d'une destination qu'aucun n'aurait librement choisie…

CHAPITRE I

Le disque de lumière s'étirait et vacillait, filant tantôt à gauche, tantôt à droite.

La lune, songea-t-il. *C'est la lune... Mais qui suis-je ?*

Des étoiles tournoyaient lentement dans le noir, tels de minuscules grains de poussière. La lumière commença à s'intensifier et il se laissa couler dans les profondeurs fraîches et sombres. Il sentait les autres là-dessous, innombrables. Ils avançaient lentement vers la mer, haletants, certains si faibles qu'ils étaient à peine là, d'autres... D'autres étaient aussi forts et clairs que le soleil levant.

Mais comment s'appellent-ils ? N'ont-ils donc pas de nom ?

Il avait autrefois été un voyageur. De cela il était presque certain. Un voyageur dont les périples étaient devenus des légendes : un jour, il s'était enfoncé à l'intérieur d'un immense marécage et y avait affronté la Mort en personne.

La lumière vive s'évanouit et il se leva de nouveau, flottant vers le haut en direction de la lune décroissante et des pâles étoiles. Quelque chose passa près de lui, livide et flottant. *Un poisson*, se dit-il. Mais ce n'était pas le cas. C'était un homme au teint bleu pâle comme le ventre d'un poisson, aux yeux semblables à des coquillages. La chose s'arrêta un instant à ses côtés et le fixa d'un regard triste. *Qui êtes-vous?* tenta-t-il de dire, mais sans réussir à former les mots.

Et puis il se retrouva seul. Il sentit qu'il s'élevait une nouvelle fois, la lune tremblante de plus en plus grande, si proche… Son visage rompit la surface de l'eau, le clair de lune se répandit sur ses traits en dégoulinant de ses cheveux, de ses yeux. Il prit une inspiration. Puis une autre.

— Mais qui suis-je ? murmura-t-il.

— *Sainth ?*

Il regarda autour de lui mais ne vit rien.

— *Sainth ?*

La voix provenait d'une ombre à la surface de l'eau, aussi noire qu'un ciel sans étoiles.

— Sainth… répéta-t-il. Est-ce que c'est moi ?

— *C'est ce que tu fus.*

— Et qui êtes-vous ?

— *Je suis le passé. Peut-être même pas cela, seulement une ombre du passé.*

— Je pense que vous êtes un songe. Tout cela n'est qu'un songe.

— *Tu es sur la rivière Wyrr, où les choses ne sont pas comme elles le devraient.*

Un éclat de souvenir s'enfonça brutalement dans ses pensées.

— La Mort… La Mort me poursuivait !

— *Ses serviteurs, peut-être. La Mort ne s'aventure pas au-delà des portes de son royaume de ténèbres… pas encore.*

— Mais pourquoi ses serviteurs étaient-ils là, sous une forme visible ?

La question lui valut un moment de silence et il sentit une brise lui caresser le visage avant de pousser des soupirs à travers les arbres le long du rivage.

— *Ils ne sont pas encore apparus ainsi sur la Terre entre les montagnes, seulement dans les terres secrètes, ainsi qu'on les appelle: l'ancien royaume d'Aillyn. Le sortilège majeur de Tusival est en train de faiblir et le mur qui entoure le Royaume de la Mort chute avec lui. Ses serviteurs s'infiltrent à travers la brèche. Ils préparent la voie pour leur maître... comme la prophétie l'a jadis annoncé.*

— Mais comment cela est-il possible ? La Mort ne peut pas quitter son royaume.

— *Aillyn... Aillyn a manipulé le sortilège de son père. Il s'en est servi pour séparer ses terres de celles de son frère. La peur, la jalousie et la folie sont la cause de tout cela.*

L'homme qui avait été Sainth sentit qu'il s'enfonçait de nouveau, qu'il coulait sous le poids de ces révélations. Il inclina la tête en arrière dans l'onde, clignant des yeux sous les étoiles. Chacune de ses respirations résonnait bruyamment à ses oreilles. Les eaux n'étaient ni chaudes ni froides. Un léger courant le faisait lentement tournoyer sur lui-même.

— Sainth, murmura-t-il, à l'écoute des résonances associées.

Oui, il avait des souvenirs d'un dénommé Sainth. Mais il avait également d'autres souvenirs. Les serviteurs de la Mort l'avaient pourchassé à travers une forêt engloutie. Les serviteurs de la Mort ! Pendant un moment, il ferma les yeux pour ne plus voir les étoiles qui tournoyaient lentement. Un homme, pratiquement dissimulé par un nuage de corbeaux hurlants, apparut dans ses souvenirs.

Cœur-de-corbeau !

— *Sainth ?*

La voix étrangement sifflante était de retour.

— Ce n'est pas moi.

— *Qui es-tu, dans ce cas ?*

Une lueur jaillit derrière les paupières closes.

— Alaan... Je suis Alaan !

— *Peut-être*, lâcha la voix, presque tristement. *Peut-être est-ce le cas, en partie. Mais tu fus Sainth, autrefois. Et tu dois accomplir les devoirs de Sainth. Ne l'oublie pas. Tu ne peux les ignorer.*

L'homme qui pensait être Alaan ouvrit les yeux.

— Quoi ? De quoi parlez-vous ? Quels devoirs ?

Seul le doux murmure de la rivière lui répondit.

Il flottait toujours. Les courants du souvenir le remplissaient, le faisaient tourner d'un côté puis de l'autre. Certains semblaient presque des rêves, pleins de brumes ou inondés d'une lumière aveuglante. Certains se perdaient dans les ténèbres. Il se rappelait Rabal Cœur-de-corbeau et Orlem Main-habile. Mais ces souvenirs-là devaient être le fruit des troubles habitant son esprit, car Main-habile avait servi le sorcier nommé Sainth, tandis que Cœur-de-corbeau était un souvenir de cette vie-ci, celle d'Alaan.

Les courants cependant semblaient tous couler en même temps, telles deux rivières se rejoignant pour former un nouveau fleuve. Nouveau mais constitué par ses affluents.

Peut-être devrais-je porter un nouveau nom, songea l'homme, *qui ne soit ni Alaan ni Sainth.* Non, Alaan ferait l'affaire. Il conviendrait pour cette vie, quelle qu'en soit la durée.

Agitant bras et jambes, il se tourna afin que sa tête sorte de l'eau et explora les ténèbres des yeux. La Wynnd était large à cet endroit, mais il aperçut les contours d'une ligne d'arbres, des peupliers, qui s'agitaient doucement dans le vent, la lumière lunaire se reflétant sur leurs feuillages.

Il se dirigea vers la berge. Il semblait reprendre des forces à chaque mouvement des bras. Une lumière apparut au milieu des arbres. Elle ne ressemblait pas à l'éclat froid des étoiles, elle était jaune-orangé et chaude. *Du feu.*

L'homme qui avait autrefois été Sainth ralentit l'allure en approchant de la rive. Il pouvait désormais distinguer d'autres feux. Il songea qu'il s'agissait sans doute d'un campement. Puis une mélopée s'envola dans le vent au-dessus de l'eau pour se marier aux bruits nocturnes.

Fáel. Il était tombé sur un campement de vagabonds noirs.

Il se déplaça un moment et sans bruit dans les eaux qui s'écoulaient avec lenteur. Sur la rive, des hommes Fáel faisaient boire leurs chevaux dans l'obscurité. Ils revenaient sans doute tout juste d'un long voyage. Alaan percevait leurs voix basses. Les chevaux pataugeaient dans les flaques sur la berge. Ils buvaient puis relevaient la tête pour plonger leur regard dans la nuit. Leurs têtes blanches semblaient briller d'un éclat spectral sous les rayons de lune. Alaan se demanda s'ils percevaient sa présence, là, dans le noir.

— Nann est désemparée, dit l'un des Fáel. Cela se voit sur son visage. Et Tuath… Tuath n'a pas quitté sa tente depuis deux jours entiers. Son aiguille n'a pas cessé de filer pendant tout ce temps. Ils disent qu'une vision s'est emparée d'elle.

Alaan pouvait entendre le malaise dans la voix des hommes. Même parmi les Fáel, les tisseuses de vision — c'était certainement de l'une d'entre elles qu'il s'agissait — étaient considérées avec un mélange d'admiration et de mépris. Leurs visions représentaient trop souvent des événements sombres, des calamités sur le point de se produire. Pourtant, elles avaient maintes fois permis aux Fáel d'échapper aux effets de tels désastres, ou pour le moins de les limiter. Les tisseuses étaient ainsi tolérées, voire traitées avec un certain respect. Mais elles étaient également craintes et mises à l'écart. Des parias parmi les parias.

— Celui qui n'a pas de jambes… il a troublé Nann comme personne. Autant que ce petit garçon qui parle avec les mains. Tout cela ne me plaît guère. Nous aurions dû quitter cet endroit il y a plusieurs jours déjà. La raison pour laquelle nous restons ici est pour moi un mystère. La guerre se prépare ; selon les rumeurs, elle aurait même déjà commencé. Nous devons fuir, vers l'ouest ou vers le sud, aussi vite que nos chevaux nous le permettent !

— Nann n'est pas stupide. Elle est sage et prudente, Deeken. Fais-lui confiance un moment encore. Les Fáel pourraient avoir à faire plus que de fuir.

— Nous n'allons pas nous impliquer dans les conflits des Renné et des Wills : ce sont les conflits des hommes. Notre peuple a prêté serment.

— Il y a longtemps, Deeken. Très longtemps. Rien n'est plus comme avant. Debout, toi ! lança l'homme au cheval dont il tenait la longe.

Les deux hommes forcèrent les énormes chevaux à se détourner et remontèrent la pente en direction du feu de camp.

Alaan parcourut du regard la rive plongée dans l'obscurité. Des archers étaient assis parmi les ombres et surveillaient la rivière. Il pouvait les sentir. Il attendit pendant un moment, aussi patient que la rivière, conservant sa position près de la berge. Puis il se glissa à terre aussi silencieusement qu'un serpent et se retrouva au centre du campement avant que personne n'ait pu le remarquer.

Un groupe assis sous une grappe de lanternes le fixait, bouche bée. Une femme Fáel à l'air déterminé se leva ; elle s'apprêtait à donner l'alarme lorsque Alaan aperçut un cul-de-jatte assis sur l'un des sièges en osier blanc. Il s'arrêta, aussi surpris de découvrir ce fantôme que les Fáel l'avaient été de le voir, lui.

— Kilydd ? demanda-t-il.

L'homme le fixa et sa bouche s'ouvrit et se referma sans émettre le moindre son, tel un poisson hors de l'eau.

— Retourne-t'en, finit-il par lâcher d'une voix qui n'était guère plus qu'un murmure terrifié. Retourne dans la rivière à laquelle tu appartiens.

CHAPITRE II

Le fût d'une flèche, cassé brutalement, saillait hors des anneaux de mailles. Un peu de sang couleur lie-de-vin séchait sur le bois poli et tachait l'armure. Hafydd jura. C'était l'un de ces gêneurs du Nord qui lui avait tiré dessus. Il ne l'oublierait pas.

Il nettoya le fût avec un pli de sa cape puis agrippa le bois. Une douleur lui traversa l'épaule, plus fulgurante que lorsque la flèche l'avait frappé. Pendant un instant, il ferma les yeux et laissa la douleur le traverser, telle une vague de feu. Il focalisa son esprit sur le contact de la hampe entre ses doigts. D'un mouvement lent et ininterrompu, il extirpa la flèche avant de se plier en deux en haletant. Il tenta de presser un pli de sa robe contre la blessure, mais la pointe de la flèche était coincée entre les mailles et gênait ses tentatives. Le monde se mit à tournoyer et il dut se battre pour garder l'équilibre et repousser les ténèbres qui s'avançaient à la périphérie de sa vision. Il fut pris de nausée et son corps se couvrit d'une transpiration fiévreuse.

Au bout d'un moment, la douleur se retira suffisamment pour qu'il puisse s'asseoir et examiner la blessure, à moitié dissimulée par son armure et la chemise rembourrée qu'il portait en dessous.

Elle était plus grave que ce qu'il imaginait. Les Eaux Stagnantes impures l'avaient sans aucun doute corrompue. Il allait devoir se baigner dans l'eau de la rivière Wyrr. Elle pouvait soigner pratiquement n'importe quelle blessure qu'il serait susceptible de recevoir. Il couvrit la plaie en ignorant la douleur. Se relevant en chancelant, il s'avança dans les bois à la recherche de la rivière, dont il percevait la proximité.

Moins d'une heure plus tard, il aperçut les reflets de la Wynnd au milieu des arbres. Il but et s'assit un instant dans l'herbe. Il se sentait fatigué, anormalement épuisé. Au prix de beaucoup d'efforts et de douleur, il parvint à retirer sa cotte de mailles et à baigner la blessure dans l'eau de la rivière. Presque immédiatement, la douleur recula, comme si elle avait été repoussée au loin, jusqu'à n'être pratiquement plus perceptible... pratiquement.

Puis il se remit en route le long de la rive, où un chemin pédestre dessinait un trajet incertain à travers la verdure. La brise portait en elle la senteur des pins et l'odeur musquée de la rivière.

Il perçut alors un souffle de fumée.

Hafydd savait se montrer prudent lorsque les circonstances l'exigeaient. Après tout, ses gardes n'étaient pas là et il ne portait plus sa cotte de mailles. Et bien qu'il fût capable de repousser une armée par ses sortilèges, il restait vulnérable à une simple flèche, comme l'avaient montré les événements récents.

Rampant dans les sous-bois, il écarta les branchages fins des buissons et jeta un œil au travers des feuillages. Il entendit le craquement des flammes et une conversation tenue à voix basse. Des gens étaient accroupis autour d'un feu. Une femme, un homme et un enfant, occupés à manger dans des bols mal taillés. Derrière eux, tiré à sec sur la berge, se trouvait un vieux skiff alourdi par leurs bagages, les lames de ses rames enfoncées dans l'herbe estivale.

Hafydd les observa avec prudence pendant quelques instants. Il regarda la femme nettoyer leurs couverts dans la rivière tandis que l'homme éteignait le feu et que l'enfant cueillait quelques myrtilles dans les buissons qui bordaient le chemin. Tout en fouillant parmi les branches, l'enfant chantonnait à voix basse pour lui-même, son visage simple et couvert de taches de rousseur se balançant au milieu des feuillages verts.

Pour un homme qui avait vu tant de conflits, ils ressemblaient à des réfugiés, une famille déracinée par la guerre. D'après leur mise, il s'agissait probablement de gens ne possédant ni biens, ni richesses. Des fermiers.

Hafydd décida qu'il était peu probable qu'ils veuillent l'aider, lui un homme d'armes à l'air sinistre, visiblement blessé, probablement en fuite.

Il tira alors sa sombre lame et s'avança au grand jour, saisissant l'enfant par la nuque à l'aide de son bras blessé. Si celui-ci s'était débattu, il n'aurait eu aucun mal à se libérer, tant ce bras était affaibli. De fait, ce simple mouvement s'était avéré terriblement douloureux.

— Je désire seulement passer de l'autre côté de la rivière, annonça Hafydd. Rien de plus. Transportez-moi et je laisserai partir votre enfant. Refusez et je vous tuerai tous avant de ramer moi-même.

Le père s'avança puis marqua un temps d'arrêt en réalisant à qui il avait affaire : un homme d'armes entraîné portant une épée, à l'attitude implacable.

— Ne lui faites pas de mal, supplia-t-il.

Sa voix se brisa. Il levait les mains dans une attitude de supplication.

— Relâchez-le et je vous ferai traverser. Vous n'avez rien à craindre.

— Il va nous accompagner, lança le chevalier. Je le relâcherai une fois sur l'autre rive, et vous pourrez aller où bon vous semblera.

Le père terrifié hocha la tête. Sa femme, livide et au bord des larmes, s'était mise à trembler, au point qu'Hafydd se demanda si elle n'allait pas s'écrouler au sol. Le chevalier poussa l'enfant en avant tandis que son père se baissait pour récupérer ses rames.

La longue vie pleine de combats de Caibre avait transmis à Hafydd des souvenirs et des talents dont il n'avait même jamais rêvé. Avant que le père lui-même n'en eût pris conscience, Hafydd sut que l'homme avait l'intention de le frapper avec une rame. Et lorsqu'il le fit, le chevalier s'écarta avec aisance puis poussa brutalement l'enfant au sol avant de mettre un pied sur sa poitrine, la pointe de la lame sur le corps du garçonnet.

— Je ne vous voulais aucun mal. Et c'est ainsi que vous me récompensez !

À cet instant, la femme s'écroula, à moins qu'elle ne se soit laissée tomber à genoux. Elle pleura d'une manière incontrôlable. Ses supplications étaient presque impossibles à comprendre au milieu des larmes qui lui coulaient sur les joues. Des mèches de cheveux s'étaient détachées de son chignon et collaient à son visage humide.

— Non... lança-t-elle. Ne lui faites pas de mal ! C'tait une chose bien stupide que mon mari a faite. Stupide ! Je ramerai moi-même pour vous emmener de l'autre côté et ne tenterai rien contre vous.

Hafydd s'immobilisa, son épée au-dessus du cœur de l'enfant, lequel était trop terrifié pour pleurer. Si Hafydd avait eu ses deux bras, il aurait considéré la possibilité de les tuer tous les trois et de ramer lui-même. Mais pour l'instant, il n'avait qu'un bras valide et la rivière était large.

Avant que le père n'ait pu bouger, Hafydd le frappa sur le côté du visage avec le plat de son épée, un coup vicieux qui jeta l'homme à genoux. Deux fines lignes parallèles apparurent au travers de son visage et le père chancela, étourdi.

— Lève-toi, gamin, dit Hafydd. Tu t'assiéras à la proue avec moi.

La femme eut des difficultés pour pousser le bateau jusqu'au bas de la pente. Elle finit néanmoins par y parvenir et grimpa à l'intérieur en tenant les rames. Hafydd plaça l'enfant devant lui sur les bagages entassés et s'assit sur le siège à la proue, l'épée à la main.

— Rame, ordonna-t-il.

Ils s'avancèrent sur la rivière et le lent courant se saisit du navire. La femme utilisait toute la force de son dos, tirant sur les rames avec une maîtrise évidente. Elle était pâle et secouée, ses cheveux en désordre frissonnaient au rythme du vent. L'enfant était aussi immobile qu'une pierre, les yeux recouverts de ses mains.

— Y'a des patrouilles sur la rive est, lâcha la femme en haletant. La rivière est surveillée.

— Et pourquoi cela ? demanda Hafydd.

Elle essayait visiblement de s'attirer ses bonnes grâces, effrayée pour la vie de son enfant.

— La guerre, répondit-elle avec une surprise évidente. Le prince d'Innes a envahi l'île de la Bataille. C'est pour ça qu'on est partis sur la rivière. Mais on a entendu dire depuis que les Renné l'avaient repoussé de l'autre côté du canal, avec de lourdes pertes.

Hafydd se renfonça légèrement dans son siège. Cet imbécile d'Innes ne serait tout de même pas allé au combat sans lui ? Si ?

— Est-ce une rumeur ou bien en êtes-vous certains ?

— C'n'est point une rumeur. Nous avons quitté l'île dès que le prince a traversé le canal. Les routes étaient pleines de gens qui fuyaient. On aurait pu vendre notre skiff une bonne douzaine de fois mais nous l'avons utilisé pour nous, pour protéger notre enfant.

Hafydd jura dans sa barbe. Il avait quitté Innes quelques jours, et qu'avait fait cet idiot ? Il avait attaqué les Renné... *et avait perdu !*

La rive est était escarpée et semblait sur le point de s'écrouler. Les arbres étaient dangereusement penchés, leurs racines visibles. Hafydd força la femme à ramer un peu au sud puisqu'elle affirmait qu'ils se trouvaient au nord de l'île de la Bataille. La berge fut rapidement moins raide et ils y aperçurent une patrouille d'hommes d'armes vêtus de pourpre et de noir : des hommes au service du prince d'Innes.

Hafydd les héla et ils le reconnurent. La femme fit accoster le bateau. Elle était silencieuse à présent, dévisageant prudemment les hommes d'armes tout en jetant des regards circonspects en direction d'Hafydd. Le chevalier mit pied à terre et laissa tomber sa chemise de mailles au sol.

— Je dois me baigner dans l'eau de la rivière, dit-il. Ensuite je prendrai un cheval. Deux d'entre vous m'accompagneront.

Le capitaine de la patrouille baissa la tête sans chercher à discuter. Hafydd jeta un regard en arrière, en direction de la mère et de son enfant.

— Quant à ces deux-là... (Il marqua une pause.) Tuez-les.

Il y eut une seconde de silence puis l'un des hommes d'armes tira son épée et s'avança. La femme se jeta sur son enfant pour le protéger de son corps. Elle se mit à sangloter tandis que la lame s'élevait vers le ciel.

— Non, laissez-les partir, se ravisa Hafydd sans bien savoir pourquoi.

Il n'aurait pas su dire quel étrange sentiment venait de naître en lui.

— Ce n'est qu'un enfant, la Mort le trouvera bien assez tôt.

Il fut jeté sur la pierre froide dans un endroit crépusculaire. La créature, le serviteur de la Mort, s'enfuit dans la nuit en lâchant un hurlement aux échos de cauchemar. Ses griffes l'avaient empoisonné, il en était certain, car il pouvait à peine bouger ses membres. Il resta allongé sur la pierre en attendant que la Mort vienne aspirer son dernier souffle.

Sur sa droite, des eaux grises étaient aussi figées que du mercure ; sur sa gauche, une falaise était plongée dans l'ombre. À sa grande honte, Beldor se mit à sangloter comme un enfant, en songeant que sa dernière heure était arrivée. Mais ses pleurs exprimaient également de la frustration, car il avait été sur le point d'envoyer Toren jusqu'à cet endroit lorsque Samul était soudain intervenu. Alors le serviteur de la Mort l'avait emporté dans les cieux. Il ne lui restait qu'à espérer que ces horribles créatures s'empareraient également de Toren.

La pierre sur laquelle il reposait se mit à trembler et un terrible grincement monta à l'assaut de ses oreilles. Au-dessus de lui, la falaise se mit à trembler à son tour puis parut bouger.

Les Portes de la Mort !

Il tenta de bouger, de s'éloigner en rampant. Mais il était incapable de détourner son regard. Il y était, le grand mystère de la vie... Qu'y avait-il au-delà ? Personne ne revenait jamais pour le dire. À présent, il allait savoir.

Le grincement des portes sembla durer des heures, tandis qu'une tache d'obscurité se diffusait depuis leur base. Beldor avait réussi à se déplacer sur quelques centimètres et il s'arrêta, épuisé, ses sanglots réduits à de pathétiques gémissements. Comme ses objectifs paraissaient vains, à ce moment, tout son orgueil absurde, ses vantardises et ses triomphes mesquins. Il était étendu là, tremblant de peur, comme n'importe quel paysan ignorant, sa fierté de Renné réduite à une peau de chagrin.

D'au-delà des portes lui parvinrent des bruits de pas rapides et des marmonnements incompréhensibles. Il ferma les yeux un instant, soudain incapable de supporter la vision de la Mort.

Silence. Il pouvait sentir une présence, une froideur... comme lorsqu'on ouvrait la porte d'une réserve à glace. Lorsqu'il ne parvint plus à supporter la tension, il ouvrit les yeux.

Une ombre planait au-dessus de lui, aussi noire qu'un

puits au cœur de la nuit. Pas même un reflet à la surface, juste des ténèbres sans fond.

— Ainsi, nous nous rencontrons enfin, seigneur Mort, murmura Beldor.

Sa bouche était sèche et sa langue comme engluée.

— Tu es bien présomptueux, Beldor Renné, siffla une voix. La Mort a à peine remarqué ton passage, tout comme la vie elle-même. Mais peut-être as-tu encore une chance de laisser ton empreinte dans l'existence. De faire quelque chose qui aura une influence sur le cours des événements.

La voix marqua une pause et Beldor eut le sentiment d'être examiné, soupesé. Il se débattit et réussit à se mettre à genoux en haletant pour retrouver son souffle. Sa tête restait baissée, il n'avait pas la force de la relever.

— Tu pourrais encore nous être utile, siffla la sombre voix. Je suis la Main de la Mort, et je vais te donner une tâche à accomplir, Beldor Renné. Si tu réussis, tu seras rendu au royaume des vivants pour la durée de ta vie naturelle... même s'il est probable qu'une épée te renverra ici bien plus tôt. Qu'en dis-tu, seigneur des Renné ? Rares sont ceux à qui l'on accorde une deuxième vie.

— Oui, tout ce que vous voudrez, souffla Beldor. Je le ferai.

— Alors tu délivreras ceci au chevalier connu sous le nom d'Eremon, le conseiller du prince d'Innes.

— Hafydd, murmura Beldor.

— On l'appelait ainsi autrefois. Tu lui diras que *Wyrr gît sous le Miroir de la Lune.*

Un objet apparut depuis les ombres et fut placé dans les mains de Beldor. Un objet anguleux relié de cuir tanné, aussi chaud que la peau d'une femme. Un livre.

— C-Comment dois-je procéder ? bégaya Beldor.

— Comme ceci, murmura l'ombre.

Une forme sombre fondit du ciel à travers le crépuscule et Beldor fut saisi entre les griffes du serviteur de la

Mort. Il ferma les yeux et s'accrocha au livre comme s'il s'agissait d'un bouclier qui protégeait sa vie.

Hafydd se laissa aller en arrière sur sa chaise, posant sur le livre un regard empreint de gravité. Beldor Renné se tenait debout à ses côtés, heureux d'être débarrassé de l'ouvrage maudit. Le simple fait de le tenir entre ses mains l'avait empli d'une crainte fiévreuse.

Hafydd posa une main sur sa tempe, son autre bras immobilisé en écharpe.

— As-tu la moindre idée de ce que tu as apporté dans ce monde, Beldor Renné ?

— C'est un livre, messire Eremon. Je n'en sais pas plus.

— Tu ne l'as pas ouvert ?

— Non. Pour être honnête, j'avais peur de l'ouvrir.

— Et à juste titre, fit observer Hafydd toujours penché sur les pages de l'ouvrage. Tu n'aurais pas pu le lire de toute façon, car il est écrit dans une langue qui n'a pas été parlée depuis un millier d'années. C'est un sort très long et très élaboré. Un sortilège qui, à ma connaissance, n'a été lancé qu'une seule fois dans l'Histoire… avec des conséquences catastrophiques.

Hafydd se pencha en avant et, avec maintes précautions, tourna la page et se plongea dans le texte pendant un instant. Beldor avait l'impression que le chevalier avait pâli depuis qu'il avait ouvert le livre, comme si le sang s'était retiré de son visage.

Du bruit retentit dans le hall à l'extérieur et la porte s'ouvrit brutalement. Le prince d'Innes entra à grands pas, suivi de deux des gardes noirs d'Hafydd.

— Dites à vos gardes que lorsque je désire vous voir, ils ne doivent pas s'interposer ! exigea le prince.

Il tremblait de colère.

Beldor n'avait jamais vu l'homme ailleurs que durant les tournois, mais il détestait son arrogance. Associée à son évidente bêtise, elle créait une combinaison des plus exécrables. Le prince lui jeta un regard de dédain.

— Que voulez-vous ? demanda Hafydd comme s'il était dérangé par un enfant.

— Je veux savoir si le seigneur A'denné est un traître. Et comment nous allons mener notre guerre à présent. Et ce que vos espions ont appris des intentions de nos ennemis…

Il semblait avoir épuisé sa liste de questions.

— Bien sûr qu'A'denné est un traître. Faites-le tuer, ou torturer, selon ce qui vous apportera le plus de satisfaction.

Le prince parut choqué.

— Ne devriez-vous pas lui parler d'abord ?

Hafydd se replongea dans le livre.

— Je n'en ai pas besoin.

Innes désigna Beldor du menton.

— Et celui-ci ? C'est un Renné… ici, à un endroit où il peut faire beaucoup de dégâts.

— Seigneur Beldor ? articula Hafydd, toujours plongé dans l'ouvrage. Le prince doute de votre loyauté. Sortez mon épée de son fourreau.

Beldor fit deux pas et tira l'épée d'Hafydd du fourreau accroché au dos de la chaise.

— À présent, servez-vous-en pour tuer le prince, lâcha Hafydd.

Beldor se tourna vers le noble stupéfait en se demandant si son propre plaisir était visible. Le prince esquiva la première attaque mais Beldor ne rata pas la seconde. La lame frappa le gentilhomme à la base du cou et s'enfonça en diagonale jusqu'à se loger entre les côtes. Le prince s'écroula et tressaillit d'horrible manière pendant un instant avant de s'immobiliser dans une flaque de sang allant s'élargissant.

Hafydd leva les yeux vers l'un des gardes qui se tenaient juste à l'entrée.

— Trouve un serviteur de feu le prince et amène-le

ici. Nous le tuerons et dirons à tous ceux que cela intéresse que c'était lui, l'assassin.

Hafydd referma le livre et s'en saisit avec une certaine prudence en se levant.

— Laisse l'épée, dit-il à Beldor, et viens avec moi.

Ils sortirent pour emprunter un corridor jusqu'aux appartements d'Hafydd. Celui-ci s'assit mais laissa Beldor debout. Il déposa le livre sur une petite table et, de l'intérieur de sa cape, sortit une gemme verte sertie sur une chaîne en or. Il leva celle-ci jusqu'à ce qu'elle étincelle dans la lumière, tel un morceau de rivière sous les rayons du soleil.

— Redonne-moi le message, dit Hafydd.

Beldor ferma les yeux un instant et se replongea dans le cauchemar.

— « Wyrr gît sous le Miroir de la Lune. » C'est tout.

Il ouvrit les yeux et laissa ses poumons se remplir d'air de nouveau.

— Ce furent les mots exacts de la Main ?

— Oui. J'en suis tout à fait sûr. Les quelques instants que j'ai passés devant... cet endroit sont gravés dans ma mémoire. Je crains de ne jamais les oublier, que je sois éveillé ou endormi.

— Non, tu n'oublieras pas. Fais venir l'un de mes gardes.

Beldor ouvrit la porte et l'un des gardes silencieux entra sans bruit. Sa présence rappelait au Renné les Portes de la Mort, sans qu'il puisse dire pourquoi.

— Fais passer le mot. Le cul-de-jatte qui se déplace dans une brouette, celui qui se fait désormais appeler Kai... je veux qu'on le trouve et qu'on me l'amène immédiatement... indemne.

Le garde s'inclina et se tourna vers la porte.

— Autre chose : trouve les sages-femmes du coin. J'ai besoin du corps d'un enfant mort-né.

Hafydd fit un mouvement de la tête et l'homme sortit.

— Prépare-toi pour un voyage, seigneur Beldor, reprit-il. Je pense que nous emmènerons également le seigneur A'denné avec nous.

— Le traître ?

— J'aime me déplacer en compagnie de l'un de mes ennemis. C'est comme un aiguisoir, cela me permet de rester incisif.

— Et la guerre, Sir Eremon ?

Hafydd leva les yeux de la gemme qui continuait à tourner lentement au bout de sa chaîne.

— Cela ne nous concerne plus, ni toi ni moi. Que Menwyn Wills la mène si ça lui chante. Qu'il perde. Cela n'a plus aucune importance. Nous avons conclu un pacte avec les ténèbres, Beldor Renné. Un pacte sans retour.

CHAPITRE III

Le radeau tournoyait lentement au rythme du courant, traçant un chemin hésitant au fil de la vaste rivière. Les deux rives étaient parsemées de chênes, de pins et de hêtres, accompagnés de quelques peupliers qui levaient bien haut leurs étendards le long de la berge. Le crépuscule jaillissait des ombres sous la rive ouest et se diffusait à la manière d'une tache d'encre à travers les eaux tranquilles. Aucun des membres du groupe maussade n'aurait su dire où ils se trouvaient, pas même Thaison, pourtant voyageur aguerri. Seul Cynddl et Tam étaient encore debout, le regard fixé sur les rivages, plongés dans leurs pensées.

— As-tu déjà vu la Wynnd aussi… vide ? demanda Tam.

Cynddl fit non de la tête.

— Mais je pense que nous sommes bien sur la Wynnd malgré tout, et non sur l'une de ses branches secrètes.

Il leva la main et désigna l'horizon du doigt. À une certaine distance, au sud, de la fumée s'élevait au-dessus des arbres sur la rive.

— Un village, reprit le quêteur d'histoires. Nous pourrions même l'atteindre avant la tombée de la nuit.

Tandis qu'ils approchaient de la fumée, un petit bateau quitta l'ombre de la rive et se dirigea droit dans la direction du radeau.

— Quelqu'un nous a remarqués, dit Tam. Nous ferions mieux de réveiller les autres.

Il secoua l'épaule de Fynnol et le petit homme du Val se redressa en regardant autour de lui, l'air perdu. Cynddl réveilla les autres. Tous étaient épuisés et leur apparence laissait à désirer, leurs vêtements ruinés par les épreuves qu'ils avaient connues dans les Eaux Stagnantes. Le prince Michael paraissait avoir été particulièrement affecté, peut-être parce que ses vêtements étaient spécialement élégants au départ. Baore se redressa et se frotta les yeux pour sortir tout à fait du sommeil. Ceci fait, il plongea la tête dans la rivière avant d'émerger, les cheveux et les yeux ruisselants d'eau, sa maigre barbe détrempée.

Thaison se leva et observa soigneusement la rivière avant de désigner un endroit du doigt.

— C'est l'île qui marque l'embouchure de Westbrook, dit-il en se tournant pour faire face aux autres. Thaison ne sait pas comment il va annoncer à ton peuple qu'il a échoué, Cynddl.

Le petit voyageur secoua la tête d'un air triste.

Le bateau, qui transportait trois hommes, les rattrapa aisément. Mais ce n'était pas les pêcheurs auxquels Tam s'était attendu. C'étaient des hommes d'armes portant le bleu Renné. Deux d'entre eux tenaient des arcs aux flèches encochées. Ils ne portaient pas d'armure, ce que Tam remarqua immédiatement et avec surprise. D'un autre côté, porter une armure dans un petit esquif naviguant sur la rivière aurait pu s'avérer dangereux : les bateaux de ce genre étaient susceptibles de se renverser.

— Holà ! Où la rivière vous emmène-t-elle ? demanda l'un des archers.

C'était un homme de grande taille dont les mains massives faisaient aisément ployer l'arc. Des perles de sueur coulaient le long de ses joues luisantes.

— Nous allons à Westbrook, dit le prince Michael. Que vous importe ?

— Il nous importe car c'est la guerre, même si vous êtes peut-être trop stupides pour vous en être rendus compte.

— Une guerre ?

Michael porta les deux mains à son front, comme s'il ressentait soudain une vive douleur.

— Oui, nous avons repoussé le prince d'Innes hors de l'île de la Bataille.

Il imprima un mouvement à la flèche qu'il tenait encochée.

— Je vais prendre vos noms et celui de votre village d'origine.

Il sembla soudain remarquer Cynddl.

— Vous… Vous êtes un Fáel.

Cynddl opina du chef.

— Comment en êtes-vous arrivé à voyager avec ces gens-là ?

— La bonne fortune m'a souri, répondit le quêteur d'histoires. Je n'ai pas de village d'origine mais mon nom est Cynddl, des Stega. Vous n'avez rien à craindre. Mes amis viennent tous du Nord lointain, des wildlands, et ne prennent le parti de personne dans les guerres du Sud.

— Est-ce bien vrai ? demanda l'homme. Vous n'avez pas d'armes ?

L'épée de Tam était posée sur le radeau, dissimulée par leurs corps allongés.

— Aucune, répondit-il immédiatement.

L'homme les fixa en plissant les yeux.

— Et vous n'avez pas d'affaires avec vous ?

— Nous avions des affaires, intervint le prince Michael, mais nous les avons perdues dans la rivière, plus au nord.

Les yeux de l'homme s'étrécirent d'un air rusé.

— Et vous avez des pièces d'argent ?

Les occupants du radeau se dévisagèrent.

— Le peu que nous avions a aussi disparu dans la rivière, soupira Fynnol.

L'homme éclata de rire.

— Bon, au moins, vous avez payé votre droit de passage. La rivière vous laissera aller à présent. Vous pouvez passer.

Les sentinelles de la rivière retournèrent jusqu'à la berge et les occupants du radeau se saisirent des rames de fortune que Baore avait façonnées pour eux en utilisant leur seul véritable outil aiguisé : l'épée du grand-père de Tam, lequel l'avait abandonnée à contrecœur.

Le radeau maladroit s'avança pesamment vers la rive. L'odeur de la cuisine Fáel était perceptible dans l'air et les courbes gracieuses de leurs tentes visibles à travers les arbres. Au bord de l'eau, accroupi sur un caillou aussi rond que le dos d'une tortue, se tenait un petit garçon. Son regard était perdu dans les flots tandis qu'il oscillait lentement d'avant en arrière. Aucun adulte ne semblait veiller sur lui, même si l'enfant paraissait avoir à peine quatre ans.

— Il ne ressemble pas à l'un des tiens, dit Tam à Cynddl.

— En effet, admit le quêteur d'histoires.

— Mais je connais cet enfant ! s'exclama Fynnol. Ce n'est pas le fils d'Eber... Llya ?

— Il lui ressemble un peu, intervint Baore qui parlait pour la première fois depuis des heures.

Cynddl interpella les archers en langue Fáel et ils baissèrent leurs arcs en répondant à ses appels, l'air soulagé et heureux. Tam entendit leurs cris d'avertissement se diffuser à travers le campement. Même s'il ne comprenait pas la langue des Fáel, le nom de Cynddl était clairement reconnaissable.

Le radeau cogna contre le fond boueux et s'immobilisa en tournant avec lenteur, toujours tiré par le courant. Tam et les autres suivirent Cynddl à terre, mais le prince Michael sembla hésiter.

— Vous n'avez pas l'air heureux d'être ici, Michael, fit remarquer Tam.

— Je suis déjà venu ici.

Il jeta à Tam un regard étrange, tandis que des rides faisaient leur apparition entre ses sourcils.

— Je suis venu délivrer un avertissement… de la part d'Elise Wills. Elle avait obtenu l'aide de jeunes gens du Nord, et elle craignait pour leur sécurité. Ils voyageaient en compagnie d'un Fáel nommé Cynddl. Et voilà que nous nous retrouvons ici tous ensemble.

— Nous avons reçu votre avertissement et nous en avons tenu compte… jusqu'à un certain point. Et voyez, nous sommes tous en vie.

Tam s'inclina légèrement.

— Donc je vous remercie.

Le prince Michael hocha la tête.

Le petit garçon qui était auparavant perché sur son rocher marchait à présent à leur côté, courant presque pour rester à leur hauteur. Il fixait Baore comme si celui-ci était une immense merveille, ce qui fit sourire Tam en dépit de son épuisement et des événements qu'il avait traversés ces derniers jours.

La vieille femme appelée Nann fit son apparition. À ses côtés, revêtu de ses longues robes, se tenait Eber fils d'Eresit. Son fils courut vers lui pour agripper la jambe de son père. Partiellement dissimulé par les robes épaisses, il fixait un regard curieux sur les nouveaux arrivants.

— Vous êtes tous sains et saufs ! s'exclama Nann avec émotion.

Ses paupières ridées se plissèrent et une larme minuscule apparut.

— Thaison ! Vous les avez trouvés !

— Thaison les a trouvés, oui, dit le petit homme sans oser croiser son regard. Mais il a échoué, ma bonne Nann.

Il se força enfin à relever les yeux et à la regarder, lui aussi au bord des larmes.

— Alaan n'est pas ressorti vivant des Eaux Stagnantes.

— Mais Alaan est bien en vie, rétorqua Nann. Il est sorti de la rivière juste après l'aube, semblable à un nagar. Le repos et la bonne chère l'ont remis sur pied.

Les yeux de Thaison s'illuminèrent.

— Louée soit la rivière, lança le petit homme. Louée soit la rivière.

CHAPITRE IV

Ils étaient assis sur des sièges en osier blanc sous les branches d'un hêtre massif. Des lanternes colorées projetaient leur lumière sur l'assemblée silencieuse de Fáel et d'hommes. Tam ressentait toujours une immense fatigue au plus profond de son corps, un léger bourdonnement dans son esprit épuisé. Ils s'étaient restaurés mais ils n'avaient pas eu l'occasion de dormir avant d'être appelés devant le conseil des anciens. Les Fáel, au cœur habituellement léger, étaient sombres cette nuit : Cynddl, Nann et bien d'autres. Les étrangers paraissaient fatigués et abattus : les hommes du Val, Alaan au teint terriblement pâle, Thaison, le prince Michael et, à la surprise et au grand soulagement de tous, Rabal Cœur-de-corbeau qui s'était présenté à l'entrée du camp une heure auparavant.

Le campement lui-même était anormalement tranquille. On n'entendait que le murmure de quelques voix et les craquements du feu. Ni rires ni chansons, comme si l'arrivée des étrangers avait fait entrer la peine et la douleur dans le monde joyeux des vagabonds noirs.

Lorsque tout le monde se fut installé, Nann fit un signe de tête à Tuath. La tisseuse de visions tenait un cercle de broderie de grande taille, recouvert d'une pièce de tissu. Sa chevelure et sa peau blanche ainsi que ses yeux d'un bleu pâle la distinguaient de ses compatriotes Fáel basanés, comme si elle avait appartenu à un autre peuple, un peuple habitant loin au nord, dans la neige et la glace.

Tam eut l'impression qu'elle agissait à contrecœur lorsqu'elle découvrit le cercle de broderie, révélant sa vision. Tous eurent un mouvement de recul. La lumière exposait une créature partiellement terminée à la poitrine et au ventre blancs comme ceux d'un serpent. Sa peau était légèrement écailleuse et d'une teinte bleutée. Elle arborait une queue de serpent et, au bout de ses mains à quatre doigts, des griffes ténébreuses. La chose n'avait aucune pilosité et son visage affichait une expression maléfique, démoniaque, même si Tam devait admettre qu'elle avait aussi quelque chose de très humain. Sa musculature était celle d'un animal sauvage, dure et mince.

— Qu'est-ce que c'est ? demanda Cynddl avec la voix d'un homme dont le souffle vient d'être coupé.

Tam voyait le regard du quêteur d'histoires se poser sur la chose puis se détourner, comme s'il était incapable de la regarder trop longtemps.

— Je l'ignore, répondit Tuath dont les lèvres pâles affichaient une moue de dégoût face à sa propre création. Nous espérions qu'Alaan pourrait nous le dire.

Alaan fixait l'horrible portrait, plus livide que jamais. Ses lèvres étaient presque bleues, comme si un nagar se tenait juste sous la surface de son être.

— Alaan... ? interrogea Nann.

Le voyageur prit une profonde inspiration et se repoussa en arrière sur sa chaise.

— Un dévoreur d'âmes, murmura-t-il avant de fermer les yeux. Un monstre. Un seul a jadis arpenté la surface de ce monde, créé par un sorcier à partir d'un sortilège offert par la Mort. C'est en tout cas ce qu'affirment les légendes.

— Pourquoi cette chose est-elle apparue à Tuath ? demanda Cynddl.

Son allure était voûtée. Bien qu'il se fût sustenté et lavé et qu'il portât des vêtements propres, l'eau n'avait pas plus emporté sa fatigue que ses habits neufs ne parvenaient à la dissimuler.

— Parce qu'il va en apparaître un, j'imagine, répondit Alaan. N'est-ce pas ce que fait une tisseuse de visions ? Voir ce qui pourrait advenir ?

Tuath opina, mais Tam lui trouva l'air incertain.

— Il pourrait déjà exister, dit-elle à mi-voix.

— Hafydd a conclu un accord avec la Mort, articula Fynnol, surprenant tout le monde. J-Je l'ai vu... dans les tunnels. Hafydd m'a trouvé et a posé sa lame sur ma gorge pour apprendre ce que je savais à propos d'Elise Wills et de ses alliés.

Il jeta aux autres un regard d'excuse.

— Samul Renné est alors arrivé et Hafydd s'est adressé à lui comme s'ils étaient des alliés. J'ai cru que c'en était fini de moi mais une ombre est apparue... En fait, pas vraiment une ombre mais une obscurité qui semblait repousser la lumière. De cette noirceur est sortie une voix qui prétendait être la Main de la Mort. Même Hafydd est tombé à genoux devant elle. L'ombre lui a proposé un marché. Il vivrait pendant l'équivalent de moult vies d'hommes s'il lui livrait deux magiciens.

— Sianon et Sainth, compléta Alaan.

Mais Fynnol secoua la tête.

— Wyrr et Aillyn, corrigea le petit homme du Val.

Alaan s'immobilisa brusquement, soudain extrêmement attentif.

— Ces deux-là sont déjà morts... s'ils ont même jamais existé, dit l'un des anciens Fáel.

— C'est inexact, intervint Eber fils d'Eiresit. Ils dorment, mais ils ne sont pas morts.

— Ni vivants non plus, ajouta Alaan. Pas d'une manière que nous puissions comprendre.

Le voyageur fixa le sol pendant quelques instants. Il avait l'air grave, tendu.

— Laissez-moi vous raconter une histoire. Un conte très ancien que même les quêteurs d'histoires ignorent.

Il joignit les mains et appuya ses deux index dressés contre la barbe noire qui recouvrait son menton.

— Cela a commencé avec un cygne, un cygne femelle noir connu par la suite sous le nom de Meer, et avec un magicien du nom de Tusival. On l'appelait parfois "Tusival Premier-Né". Comme bien des créatures de cet âge éloigné, le temps n'avait que peu d'influence sur eux et ils vécurent encore et encore, pendant d'innombrables années.

» Mais un jour, Meer fut blessée par des chasseurs et ne réussit à s'échapper que de justesse. Elle eut de la chance, cependant, car Tusival la recueillit et l'aida à se rétablir. Par la suite, le cygne resta en permanence auprès du magicien, à l'observer.

» Une nuit, à la faveur d'un orage, la Mort rendit visite à Meer. "Te voici occupée à regarder Tusival, chuchota la Mort, Tusival qui t'a sauvée de mon emprise. Mais tu es une créature de l'eau et de l'air tandis qu'il est un homme et un magicien. Jamais tu ne le connaîtras sous ta forme actuelle. Je peux t'offrir ce que tu désires. Je peux te rendre humaine… aussi belle que tu l'es à présent. Mais, à la nuit tombée, tu redeviendras un cygne… un changecygne. — Tu es venu me tenter, mais je te connais, Mort, répondit Meer. Que demandes-tu en échange ? — Vos enfants naîtront d'une portée d'œufs. Ceux qui écloront de jour prendront une forme humaine, comme leur père, et ceux qui naîtront de nuit seront des changecygnes, comme leur mère." La Mort marqua une pause, la fixant depuis son nuage noir. "Et tous seront mortels, ils finiront par me rejoindre dans mon royaume, où ils me serviront. — Hélas ! Tu es cruelle et sans cœur ! se lamenta Meer. Je ne te donnerai point mes enfants.

Non, ils vivront comme moi, insensible au temps qui passe.”

» La Mort se retira alors, dans un dernier murmure : “Nous verrons.”

» Et Meer continua à contempler Tusival tandis que s’agitait en elle quelque chose qu’elle ne comprenait pas. Par la suite, la Mort revint la voir. Et elle lui proposa à nouveau d’exaucer son désir le plus cher. “Tu connaîtras l’amour des hommes, lui chuchota-t-elle. Tu en connaîtras toute l’ampleur et tu porteras des enfants nés de cet amour.” Mais Meer refusa de nouveau, quoique pas aussi hâtivement.

» Finalement, la Mort revint à elle en lui promettant que ses enfants vivraient pendant l’équivalent de bien des vies d’hommes et elle finit par donner son accord, car son amour pour Tusival était grand et la langueur qu’elle ressentait était devenue un véritable tourment.

» Au clair de lune, la Mort utilisa sa magie, et là où le cygne s’était trouvé, une femme nageait dans l’eau, sa vaste chevelure noire étalée sur les flots. Elle s’avança sur la berge et la Mort ne put le supporter. Elle qui était froide et sans cœur fut ensorcelée par la vision de Meer, belle à en mourir. Elle lui ouvrit son cœur, déclarant qu’elle n’avait jamais senti une telle passion se déchaîner en elle. Qu’elle était comme un homme qui s’éveille brusquement après une vie de sommeil. “Et qu’adviendrait-il de nos enfants ? lui demanda Meer. — Ils viendraient à moi, répondit la Mort. Vous viendriez tous à moi pour habiter dans mon royaume.”

» Alors Meer la repoussa en disant : “Tu les auras bien assez tôt.” Elle se rendit auprès de Tusival dont elle conquit le cœur. Jamais il n’avait connu de femme aussi fascinante. Et pourtant, malgré sa sombre beauté, il avait le sentiment de la connaître.

» Elle porta bientôt un enfant et c’est à ce moment-là qu’elle révéla à Tusival qui elle était et l’accord qu’elle avait conclu avec la Mort. Et Tusival maudit la Mort et fit le vœu de déjouer ses plans ou de prendre sa revanche.

» Le changecygne pondit trois œufs et les surveilla attentivement, sous ses deux apparences. “Ceux qui naîtront de jour auront forme humaine, avait dit la Mort. Ceux qui naîtront de nuit seront comme leur mère.”

» Deux des œufs s’ouvrirent avant le coucher du soleil, des garçons tous les deux. Mais le troisième s’ouvrit de nuit et de cet œuf sortit un cygne aux plumes noires, une créature changeante qui, au matin, devint une petite fille, aussi humaine que ses frères. Mais la joie des parents fut tempérée par leur amertume en songeant que l’un des enfants était un être changeant et que tous trois seraient mortels.

» La Mort cependant n’en avait pas encore terminé avec eux. La blessure causée par le refus de Meer n’avait cessé de saigner au sein de son royaume ténébreux. Une nuit, elle partit en expédition dans le monde des vivants et, trouvant l’enfant cygne Sianon occupée à nager sur la rivière, elle l’attira sous les eaux pour la noyer et s’en retourna avec elle dans son royaume. Mais quelqu’un avait été témoin de sa traîtrise et s’en ouvrit à Tusival, qui pleura avec amertume.

» Affirmant que la Mort avait brisé son serment, Tusival jura de récupérer sa fille. Par deux fois il mena des armées jusqu’aux Portes de la Mort et par deux fois celles-ci se brisèrent contre la pierre glacée. Amer et courroucé, le magicien jura que jamais la Mort n’aurait ses deux fils, qu’il avait nommé Wyrr et Aillyn. Pour ce faire, il conçut un grand enchantement pour enfermer la Mort dans son royaume. Et jamais plus la Mort ne quitta les frontières de ses terres de ténèbres. (Alaan releva les yeux vers les autres.) Après avoir lancé son grand sortilège, Tusival s’écroula sous l’effort en disant : “Voilà... plus jamais la Mort ne mettra le pied dans le monde des vivants. Plus jamais elle ne connaîtra sa lumière ni la chaleur de l’humanité.” Mais un vieil homme, le serviteur de Tusival qui le secondait dans les arts ésotériques, fut frappé par le don de clairvoyance. Il parut troublé et fixa longuement les ténèbres à l'horizon. "Non, dit-il. La Mort finira par s'échapper avec le temps, et lorsqu'elle le fera, ce sera la fin du royaume des vivants." »

Le silence s'abattit sur les vénérables Fáel et leurs invités. Ils échangèrent de brefs regards pleins de désespoir. Le campement tout entier s'était tu et l'on n'entendait plus que les murmures de la rivière qui descendait au sud vers la mer.

Nann se pencha en avant en faisant craquer sa chaise. Une mèche de cheveux s'était échappée d'une natte serrée et dépassait sur le côté de son visage, ajoutant à son expression craintive.

— Cynddl nous a dit que les serviteurs de la Mort parcouraient les terres secrètes, emportant les vivants dans les ténèbres.

Elle marque une pause, comme pour reprendre son souffle.

— Cela a-t-il déjà commencé ? La Mort a-t-elle pénétré dans notre monde ?

Songeur, Alaan fut rappelé à la conversation. Il secoua brièvement la tête.

— Non, Nann. Pas encore. Mais une brèche existe dans le sortilège qui isole le Royaume de la Mort du royaume des vivants. Il ne peut y avoir d'autre explication. L'enchantement est en train de s'évanouir ou la Mort a trouvé un moyen de le contourner. Si la vision de Tuath est juste, la Mort va obtenir d'un magicien la création d'un dévoreur d'âmes, très certainement pour détruire Aillyn et Wyrr. Mais je ne comprends pas comment un dévoreur d'âmes pourra détruire Wyrr, qui a lié son esprit à celui de la rivière.

Llya se redressa sur les genoux de son père et se mit à agiter les mains.

— Qu'y a-t-il ? demanda Nann avec nervosité. Que dit l'enfant ?

— Il dit qu'*elle sait où Wyrr repose*, répondit Eber d'une voix douce et emplie de tristesse.

— Qui le sait ? demanda l'un des anciens.

— La Mort le sait, intervint Alaan en posant un regard songeur sur l'enfant. Et à présent, Hafydd le sait également.

— Pourquoi tout cela a-t-il la moindre importance, puisque Aillyn et Wyrr ont quitté ce monde depuis bien longtemps ?

Alaan se frotta les tempes.

— Cela importe à la Mort, pour une bonne raison. Seuls Aillyn et Wyrr pourraient avoir les connaissances nécessaires pour défaire le sortilège qui enferme la Mort dans son royaume d'ombres.

Il regarda Eber.

— Llya parle-t-il avec Wyrr, mon bon Eber ?

Ce dernier secoua la tête.

— Llya ne fait qu'entendre les marmonnements du dormeur. Des morceaux de rêves et de cauchemars, c'est tout.

L'homme entoura son fils de ses bras et le tira plus près de lui, comme pour le protéger. Llya devait avoir compris la question car il se mit à bouger les mains. Eber le regarda un moment avant de traduire.

— Il dit que le dormeur n'entend pas. En cela, il est comme Llya.

L'assemblée demeura silencieuse un instant. Chacun était plongé dans ses propres pensées.

— Où Wyrr repose-t-il ? s'enquit finalement Cynddl.

— Je l'ignore, répondit Alaan.

Il regarda Llya, mais l'enfant secoua la tête.

— Il n'y a qu'une personne qui puisse répondre à cette question, reprit Alaan, si elle est toujours en vie. (Il se leva.) Je me suis suffisamment reposé. (Il inclina la tête vers Nann en guise de révérence.) Je dois entamer un voyage à présent, avant qu'Hafydd ne puisse déchaîner le dévoreur d'âmes. Un voyage périlleux.

— Mais que peut faire cette chose ? intervint Tam en désignant du doigt l'inquiétante création de Tuath. Si elle cherche des sorciers depuis longtemps disparus de ce monde, pourquoi devrions-nous la craindre ?

— La Mort n'envoie pas cette chose à la recherche d'Aillyn et Wyrr sans raison. Elle désire s'échapper de sa prison pour dévaster notre monde. (Alaan se redressa et Tam perçut sa détermination.) Vous ne comprenez pas l'ampleur du danger. Un seul dévoreur d'âmes a été créé par le passé et il a tué le puissant Tusival avant d'emporter son cadavre au-delà des Portes de la Mort. Cette chose est monstrueuse. Aussi impitoyable qu'une vipère. Elle apporte la mort. Si je ne peux l'arrêter, si je n'arrive pas à trouver les lieux où Wyrr et Aillyn ont été placés, alors elle les tuera et il n'y aura aucun espoir de consolider le sortilège qui maintient la Mort dans son royaume.

— Mais comment Wyrr et Aillyn peuvent-ils représenter une menace pour la Mort ? demanda Cynddl.

— Je l'ignore, répondit Alaan tout en fixant Llya d'un air pensif. Assurez-vous de garder cet enfant en sécurité, à tout prix. Je serai absent au moins quinze jours. Peut-être plus.

— Vous partirez seul ? demanda Cœur-de-corbeau, qui prenait pour la première fois la parole cette nuit-là.

— Ce sera un voyage dangereux, dit Alaan. Le plus périlleux que j'aie jamais entrepris, mais je ne demanderai à personne de m'accompagner, car je ne veux pas avoir à me soucier du sort d'un autre, ni avoir sa mort sur la conscience.

— Je viendrai malgré tout, lança Rabal d'un air définitif.

Il se renfonça dans sa chaise, aussi à l'aise qu'un homme qui vient juste de se porter volontaire pour se rendre en ville.

— J'irai aussi, proposa Cynddl. Vous aurez besoin d'un archer si le trajet est à ce point dangereux.

— J'apporterai mon arc également, ajouta Tam. Impossible pour moi de retourner dans le Nord à présent, pas après ce que je viens d'apprendre.

Il se tourna et regarda ses amis du Val.

— Je suis désolé, mais je n'ai pas le choix.

— Bon, je ne vais pas rester en arrière juste parce que je suis le seul doté d'un peu de bon sens ! s'exclama Fynnol.

Mais son attitude contrastait avec ses paroles. Il avait l'air hanté et terrifié.

— Je reste ici, intervint Baore, car j'ai offert mes services à dame Elise Wills.

Le prince Michael se leva à son tour.

— S'ils veulent bien de moi, j'accompagnerai Alaan et les autres.

— Je vous prendrai volontiers avec moi, prince Michael, répondit Alaan. Mais si vous vous opposez réellement à Hafydd, alors les Renné auront besoin de vos connaissances. Vous devez rester et offrir vos services au seigneur Toren, ou à quiconque commande les forces Renné.

— Contre mon propre père… ? demanda le prince à mi-voix.

— Il s'est allié à Hafydd, rétorqua Alaan. Quel autre choix avez-vous ?

Le prince hocha la tête, le regard tourné vers le sol.

— Nous devons rejoindre Westbrook cette nuit, annonça Alaan en claquant des mains. Il nous faudra rassembler pratiquement tout le nécessaire pour notre voyage : chevaux, armes… Je partirai aux premières lueurs de l'aube.

CHAPITRE V

Elle avait l'impression d'être déchirée en deux.

— Je suis aussi divisée que le suggère mon apparence, murmura Llyn.

L'air nocturne nécessitait un châle léger qu'elle tira sur ses épaules à l'endroit où elle était assise, recroquevillée sur elle-même comme elle ne l'avait jamais été. Ses pensées allaient et venaient entre deux hommes, tous deux partis au loin et portés disparus. Mais ils restaient terriblement présents dans ses pensées.

Si seulement l'un d'entre eux pouvait revenir, elle se sentirait moins déchirée. Elle secoua la tête à cette pensée qui revenait sans cesse. Tout cela était ridicule. Toren ne ressentait pas pour elle les sentiments qu'elle avait pour lui. Il n'avait pas non plus pour elle les sentiments qu'avait Carral. Elle se comportait de manière tellement stupide !

Son esprit le savait. Mais les sentiments n'obéissaient à aucune sagesse. C'était la triste vérité. Ils transformaient les plus grands sages en idiots, même les plus âgés. Ils se moquaient de savoir si vous étiez un noble ou un marchand des quatre saisons sans éducation. Tous recevaient le même traitement : tous étaient ridiculisés.

Et pourtant les sentiments de Llyn pour Carral n'étaient pas feints. Eux aussi étaient puissants. Et le musicien ressentait la même chose, voire plus encore.

Elle le sentait. À l'inverse de Toren, il ne verrait jamais son visage, ne la fixerait jamais avec horreur, comme tous ceux qui la contemplaient. Non, toutes ces pensées, tous ses sentiments envers Toren étaient imbéciles, totalement déplacés. Elle n'avait aucun doute à ce sujet.

Alors pourquoi n'arrivait-elle pas à écarter Toren de son esprit ? De son cœur ?

— Vous restez debout fort tard, ma dame, dit une voix familière.

Elle retint sa respiration.

— Ne m'avez-vous pas fait assez de mal, Alaan ?

— Bien plus que je ne l'ai jamais souhaité. Aucune excuse ne saurait effacer ce que j'ai fait.

Il se tenait dans l'ombre, à une douzaine de pas de là. Elle aussi se dissimulait dans l'ombre d'un arbre, à l'abri de la lueur des étoiles.

— Alors pourquoi êtes-vous ici ?

— Pour vous présenter mes plus humbles excuses, même si elles ne signifient rien.

— Je ne les accepte pas, répondit-elle fermement. Partez.

Mais il n'en fit rien. Elle sentait toujours sa présence dans les ténèbres.

— Que voulez-vous de moi, mécréant ?

Il s'agita d'un pied sur l'autre.

— Il y a un homme ici, au château Renné. Son nom est Kai...

— Oui, l'homme dans la brouette. J'ai entendu parler de lui en long et en large.

— Vous ne pouvez même pas imaginer l'histoire de Kai. Sa vie a été plus longue que celle de tout autre mortel. Vous le saviez ?

— Non... D'où tenez-vous cela ?

— De mes souvenirs, dame Llyn, qui remontent à des temps oubliés. De l'époque où le royaume d'Ayr n'était qu'une terre sauvage, une vaste forêt que nous appelions Tol Yosel, les « Terres de la Rivière ». Les ancêtres des

Renné et des Wills étaient des chasseurs ou des pêcheurs sur la grande rivière que l'on nomma plus tard la Wyrr, du nom de mon père.

La jeune femme tira le châle plus près de son corps, traversée d'un frisson qui sembla transpercer son cœur même.

— Vous m'effrayez, mécréant, dit-elle. N'en dites pas plus. Je ne veux pas savoir pourquoi vous êtes venu. Laissez-moi en paix.

— La paix n'est plus. Nous sommes en guerre.

Alaan fit quelques pas sur la promenade en faisant crisser le gravier sous ses pieds. Sa voix semblait plus âgée. Toujours mélodieuse mais plus pesante, comme porteuse de tout le poids du monde.

— Vous savez qu'Hafydd est un sorcier.

— Je sais que *vous* êtes un sorcier ! rétorqua-t-elle avec colère.

Il ne répondit pas immédiatement et lorsqu'il le fit, sa voix était calme, conciliante.

— Kai ne doit pas tomber aux mains de nos ennemis. Hafydd ne doit pas le trouver. C'est de la plus haute importance.

— Pourquoi ?

— Vous ne me croiriez pas si je vous le disais.

— Vous ne me croyez pas assez intelligente pour comprendre ?

— Je vous crois trop intelligente, dame Llyn. C'est pour cela que vous ne me croiriez pas.

— Vous êtes un flagorneur et un mécréant. Où allez-vous maintenant ? demanda Llyn sans trop savoir pourquoi.

— J'ai une tâche à accomplir. Ensuite, je pense que j'irai à la guerre.

Il resta immobile un moment, comme s'il attendait qu'elle prenne la parole.

— Bonne chance dans ce cas, Alaan, lâcha-t-elle.

Elle se sentait faible et confuse, incapable de maintenir un simple sentiment de colère.

— Nous aurons tous besoin de chance, dame Llyn.

Mais il ne partit pas. Elle percevait le son de sa respiration. Elle s'imaginait même entendre les battements de son cœur.

— Puis-je faire une observation ?

— À quel sujet ? demanda-t-elle avec appréhension.

Il n'avait jamais demandé la permission de donner son avis auparavant.

— À propos de dame Llyn.

— Certainement pas !

Elle imagina que l'ombre s'inclinait légèrement avant de se détourner et de s'éloigner de quelques pas vifs.

— Qu'est-ce que c'est ? cria-t-elle. Que vouliez-vous dire ?

Il s'arrêta, désormais loin d'elle. Pendant un insupportable instant, il ne dit rien. Llyn ne put s'empêcher de se pencher en avant. Elle retenait sa respiration, son cœur battait la chamade.

— Vous regretterez le choix que vous avez fait, dame Llyn. Je vous dirai ceci : lorsque vous vous tiendrez devant les Portes de la Mort, vous souhaiterez avoir vécu, car c'est un lieu de regrets. (Il hésita avant de répéter, dans un murmure :) vous souhaiterez avoir vécu.

Et il disparut.

Pendant un moment, Llyn demeura assise, parfaitement immobile, incapable de se lever, comme si elle avait eu le souffle coupé. Puis elle s'élança à toutes jambes vers les escaliers. Elle se saisit d'une lanterne accrochée là et descendit rapidement le chemin qu'Alaan avait emprunté. L'homme était introuvable.

Elle se figea brusquement. Là, derrière le prunier, une crevasse étroite s'ouvrait dans le massif d'arbustes, une fissure qu'elle n'avait jamais vue auparavant. Elle fixa le trou obscur. La lumière se mit à osciller au rythme des tremblements de sa main. Il y avait un passage menant dans son jardin ! Elle eut presque envie de le suivre pour voir où il menait. Mais elle resta là, debout, le regard fixe, tandis que son bras fatiguait sous le poids de la lanterne levée.

Un instant plus tard, elle se tourna et s'éloigna à grands pas avant de se mettre à courir. Elle grimpa les escaliers quatre à quatre et claqua la porte derrière elle, manquant de lâcher la lanterne.

— Votre Grâce ?

C'était la voix de sa servante.

— Quelque chose ne va pas ? Votre Grâce est aussi pâle qu'un nuage !

— Appelle un garde. Vite !

Deux gardes arrivèrent au pas de course et la servante de Llyn les conduisit jusqu'au jardin.

— C'est juste ici, les prévint Llyn depuis l'obscurité tandis que les gardes approchaient de l'endroit où le chemin s'était ouvert.

Ils s'avancèrent dans les buissons en cassant des branches et en piétinant les fleurs. Llyn s'approcha pour les regarder. La lueur de leur lanterne diminua progressivement, comme s'ils s'enfonçaient dans un bois. Puis elle disparut totalement, bien qu'il y eût un mur à trois mètres de là.

Les gardes ne revinrent que plusieurs heures plus tard. Ils étaient agités et visiblement troublés. Ils avaient suivi le passage dans le bois pendant une bonne distance mais lorsqu'ils avaient voulu revenir sur leurs pas, cela s'était avéré impossible. Ils s'étaient en fait retrouvés à plusieurs centaines de mètres de là, près de la rivière, alors qu'ils auraient juré ne pas avoir marché le dixième de cette distance.

Dans le jardin, le passage était désormais introuvable.

Llyn s'enferma dans sa chambre et verrouilla les portes. Elle regardait autour d'elle comme si elle craignait de voir s'ouvrir les murs et un homme se matérialiser brusquement dans l'air. Cette nuit-là, elle ne se coucha pas mais resta assise, éveillée. Elle se sentait de nouveau déchirée, avec le sentiment que n'importe qui dans le château Renné pouvait pénétrer sans prévenir dans son petit royaume privé.

Elle fit les cent pas pendant des heures, comme un animal en cage. Elle finit par s'arrêter devant la fenêtre où flottait son reflet, fantomatique et indistinct sur le fond nocturne. Elle tourna son visage afin que seul son profil intact soit visible, se jaugeant du coin de l'œil.

La moitié d'une beauté, songea-t-elle.

Elle tourna très lentement la tête. Elle vit les dents se serrer et les lèvres former une grimace tandis qu'elle se préparait. Le paysage détruit de son visage apparut : l'œil à la paupière largement brûlée, la peau boursouflée sur la joue, rouge et rugueuse. Même ses lèvres se réduisaient à de minces lignes rouges, comme si son créateur avait tracé sa bouche d'un coup hasardeux de poignard émoussé.

Elle réalisa que la chose qui flottait sur le verre sombre ressemblait à une créature de cauchemar.

— Je ne te témoignerai aucune pitié, murmura-t-elle à la créature, tandis qu'une larme coulait le long de sa joue ravagée.

CHAPITRE VI

Ils n'attendirent pas le matin mais se mirent en route au clair de lune. Les rayons d'argent éclairaient légèrement la route et transformaient les souches d'arbres en monstres et le moindre buisson en espion. Au-dessus d'eux, un petit groupe de corbeaux voletait d'arbre en arbre à la manière d'un courant d'air capricieux. Alaan maintenait une allure vive, comme si la lune brisée était aussi lumineuse que le soleil matinal, et la nuit passa sans qu'ils n'échangent plus que quelques mots. Ils mirent pied à terre à de nombreuses reprises pour mener leurs chevaux par les rênes à travers l'obscurité. Par deux fois, Alaan utilisa un silex pour allumer l'une des torches qu'il transportait. L'odeur de la poix en train de se consumer assaillit les narines de Tam mais une mince zone de lumière se diffusa autour d'eux. Au-delà, le royaume de la nuit restait dissimulé.

— La Terre entre les montagnes est derrière nous à présent, annonça Alaan à mi-voix. Mais nous ne devons pas relâcher notre vigilance. Une fois que j'ai ouvert un passage, il reste accessible quelque temps. Nous pourrions donc être suivis.

Tam n'avait pas demandé où ils allaient, considérant qu'ils allaient pénétrer dans les terres secrètes et que n'importe quelle destination en ces lieux lui serait inconnue. Mais, tandis que leurs chevaux trottaient le long de la route plongée dans l'ombre, l'homme du Val pressa sa monture en avant pour chevaucher aux côtés d'Alaan.

— Où nous rendons-nous, Alaan ? demanda-t-il. Quel endroit pourrait s'avérer plus dangereux que les lieux que nous avons déjà visités ?

Alaan ne répondit pas tout de suite. Son regard demeurait fixé sur le ruban sombre de la route.

— Nous allons nous enfoncer dans les terres limitrophes du Royaume de la Mort, Tam. Un endroit dont un seul homme est jamais revenu.

— Qui ? Qui est revenu du Royaume de la Mort ?

— Nul ne peut passer les Portes de la Mort et revenir, mais je me suis aventuré une fois dans les terres limitrophes. Nous allons donc tenter une nouvelle fois le destin.

Il leva les yeux vers l'homme du Val, son visage cendreux sous les rayons de lune.

— Je te le dis honnêtement, Tam, la Mort ne souffrira pas notre présence là-bas. Elle enverra ses serviteurs nous traquer.

Tam fit ralentir son cheval et se laissa distancer par Alaan. Il se surprit à souhaiter n'avoir jamais quitté le Val des Lacs, à rêver d'y être encore sous la lumière de la fin de l'été, à marcher au milieu des cultures en train de mûrir ou à puiser de l'eau dans la source qui, selon la légende, murmurait les noms des enfants nouveau-nés. N'importe où plutôt que de suivre Alaan jusqu'à l'endroit qu'il venait d'évoquer.

Ils continuèrent à la lumière des torches, trébuchant sur les pierres et les racines traîtresses jusqu'à ce qu'une lueur ténue commence à dévorer l'ombre et que les étoiles au-dessus de leurs têtes s'éteignent une à une. Alaan s'arrêta près d'un petit lac pour faire boire les chevaux et laisser tout le monde se reposer. Cynddl fit un feu de camp et ils préparèrent un repas tandis que le matin s'étalait vers l'ouest à travers le monde.

Alaan avait montré assez d'or cette nuit-là pour leur acheter des chevaux et leur sellerie, des armes et des provisions. Personne ne lui avait demandé d'où il tirait ces richesses. Nann leur avait donné de nouveaux arcs, et Tam décida d'essayer le sien pour la première fois. La lumière se reflétait sur la fibre polie du bois de yaka tandis qu'il encochait une flèche et tirait la corde. Le projectile siffla au-dessus de l'herbe, suivi d'un bruit sec d'impact tandis qu'il se fichait dans l'écorce d'un vieux noyer blanc.

— Tu n'arriveras pas à la retirer, dit Cynddl. La fibre sera trop compacte et trop ancienne.

— J'ai pris soin de ne pas tirer trop fort. Comment est ton nouvel arc, Cynddl ?

Un concours d'archer démarra rapidement, qui impliquait tout le monde à l'exception d'Alaan et de Rabal Cœur-de-corbeau. Tam remarqua qu'Alaan les regardait faire sans l'ombre d'un sourire et que ses yeux se détournaient régulièrement vers la ligne des arbres ou le long de la rive du lac.

C'est un voyageur prudent, songea Tam. *Et nous devrions tous en tirer une leçon.*

Cynddl se montra le meilleur archer ce jour-là, quoique talonné de très près par Tam. Fynnol fut troisième mais cela ne sembla pas le gêner car la compétition était très serrée et il s'était fort bien débrouillé.

— Il est temps de partir, annonça Alaan alors que Fynnol proposait une seconde manche.

Leurs chevaux, qui broutaient non loin, furent rapidement sellés et les provisions chargées. Tandis que Tam resserrait les boucles de sa monture, Fynnol et Cynddl se rapprochèrent.

— Alors, qu'est-ce qu'Alaan t'a dit la nuit dernière ? demanda Fynnol à voix basse. Tu lui as demandé où on allait ?

Il caressait les naseaux de son cheval, lequel était

soigneusement positionné pour dissimuler leur conversation aux yeux de Rabal et d'Alaan.

Tam rallongea l'un de ses étriers. Le cuir usé était chaud et souple sous le soleil. Le jeune homme réalisa qu'il n'avait aucune envie d'être le porteur d'une telle nouvelle.

— Nous allons jusqu'aux terres limitrophes du Royaume de la Mort, Fynnol.

Fynnol cligna plusieurs fois des yeux.

— Mais personne ne revient du Royaume de la Mort.

— Alaan a dit que nous n'allions pas passer les Portes… et qu'il était déjà allé là-bas, une fois.

Tam hésita.

— Dangereux, mais pas tellement plus que les autres endroits que nous avons traversés.

Il tenta de leur décocher un sourire rassurant mais aucun de ses compagnons ne parut convaincu.

Le temps qu'ils contournent le lac et gravissent une pente menant jusqu'à un petit bois ombragé, le matin avait bien progressé. À l'horizon, Tam crut distinguer des collines, dissimulées par la brume. Ils durent besogner toute la matinée avant de sortir des arbres. Le bois se fit de plus en plus clairsemé jusqu'à ce qu'il n'en reste que quelques pins et sapins épars. Des rochers usés par les intempéries jaillissaient çà et là du sol, tels les dos d'antiques baleines. Puis ils laissèrent les arbres tout à fait derrière eux.

Ils se trouvaient sur la tranche d'une montagne basse et arrondie, le monde étendu en contrebas. Ils s'arrêtèrent un instant pour laisser les chevaux reprendre leur souffle. Ils avaient abordé la pente dans une trajectoire en zigzag. Malgré tout, l'ascension s'était avérée difficile. Un vent faible soufflait sur les hauteurs et le silence n'était interrompu que par le cri occasionnel d'un corbeau, au loin.

— Eh bien, Tam, dit Fynnol, nous étions partis pour acheter des chevaux et regarde ! T'es-tu jamais attendu à posséder des montures comme celles-ci ? Et en plus, elles sont gratuites !

— Oh, je crois que vous avez largement payé pour vos chevaux, fit remarquer Alaan.

— Espérons que le prix ne s'avérera pas plus élevé que ce que nous pouvons nous permettre, répondit immédiatement Fynnol.

Les corbeaux semblaient être les seuls animaux présents sur ces hauteurs de la montagne. Quelques-uns voletaient autour d'eux, mais on pouvait en distinguer davantage au loin, perchés sur les branches de pins tordus ou alignés sur des rochers jaunis par le lichen.

Le prince Michael avait dit à Tam que son groupe avait été attaqué par une armée de corbeaux dans les Eaux Stagnantes. Les cicatrices sur son visage et ses mains confirmaient ses dires. Tam jeta un œil vers Cœur-de-corbeau assis sur son cheval, le regard plongé sur les terres en contrebas. Les chevaux redressaient la tête lorsque Cœur-de-corbeau était proche, comme s'ils tendaient l'oreille pour l'entendre parler. Il avait un don pour communiquer avec les animaux, c'était certain. Il leur parlait à voix basse et les apaisait d'une caresse. Tam espérait seulement qu'il contrôlait son armée de corbeaux, car leurs becs paraissaient redoutables.

Un oiseau noir vint se percher sur la branche d'un buisson. Tam surprit le mouvement du coin de l'œil et songea d'abord qu'il s'agissait d'un corbeau de plus. Mais ceux qui se trouvaient à côté s'envolèrent soudain en lançant des cris d'alarme. Et puis Tam entendit : *whist, whist.*

Le petit oiseau sifflait bruyamment mais il n'avait pas l'air d'en vouloir à l'un d'entre eux. De fait, il s'était tourné de manière significative vers les plaines au loin.

Cynddl tendit brusquement la main.

— Là !

Loin en contrebas, près du petit lac où ils s'étaient reposés, une douzaine de cavaliers traversaient la prairie. Fynnol poussa un juron mais Alaan resta assis, impassible, les yeux fixés sur les cavaliers.

— C'est ce que je craignais, lâcha-t-il, l'air sombre. Hafydd a de nombreux espions. Certains d'entre eux devaient surveiller le campement Fáel.

Il continua de les fixer pendant un instant avant de détourner son cheval. Il marqua cependant une pause avant de s'élancer.

— Ils vont chercher à nous rattraper, à présent, dit-il en regardant par-dessus son épaule. Mais il existe de plus grands dangers sur ces terres que les espions d'Hafydd. Au-delà de cette montagne s'étend une large vallée que nous *devrons* traverser. Il n'y a aucun moyen de l'éviter. J'avais espéré attendre et n'y aller qu'au petit jour mais nous serons peut-être obligés de voyager de nuit. Gardez vos armes à portée de main.

Il talonna son cheval et entreprit de gravir la pente. Le whist s'envola dans les airs en tournoyant jusqu'à ne plus représenter qu'un point minuscule dans le ciel, un fragment de nuit au milieu du bleu.

Ils avancèrent en hâte, poussant leurs montures fatiguées sur la pente montagneuse surplombée de falaises chaotiques et déchiquetées. Quoique occupé à diriger son cheval sur le terrain difficile, Tam leva brièvement les yeux. Il y avait forcément un passage au milieu de ces falaises, sans quoi Alaan ne les y aurait pas conduits. Mais le jeune homme n'appréciait guère la situation dans laquelle ils se trouvaient. Il se retourna sur sa selle en faisant crisser le cuir. Les cavaliers avaient déjà contourné le lac et venaient juste de disparaître sous le couvert des arbres en contrebas.

Tam sentit son estomac se nouer d'une manière désormais familière. Des souvenirs des gardes noirs les poursuivant le long de la Wynnd, du combat au gué de Saulebranche, de la nuit où Baore avait été blessé par une flèche sous le pont du nord. Il tira une gourde de sa selle pour humidifier un peu sa bouche soudain terriblement sèche. Et qu'est-ce qu'Alaan avait dit au sujet de la vallée vers laquelle ils allaient ?

La base de la falaise était composée d'un amoncellement de roches brisées, dont certaines de la taille d'une grange. Alaan les conduisit au milieu des rochers sans jamais faire demi-tour. Tam se demanda s'il était déjà venu ici ou si son talent ésotérique lui permettait de trouver un chemin là où les autres hommes en étaient incapables. Alaan ne disait jamais qu'il créait les chemins, mais plutôt qu'il les « trouvait ». Comme s'ils avaient toujours été là, simplement dissimulés aux yeux des autres.

Puis ils furent forcés de mettre pied à terre et de tirer leurs chevaux à travers un champ de pierres. Seuls l'alezan d'Alaan et le cheval bai que montait Rabal Cœur-de-corbeau s'y engagèrent de leur plein gré. Par deux fois, Cœur-de-corbeau se retourna pour parler à la monture de Fynnol qui renâclait, après quoi le hongre les suivit sans broncher.

Ils trouvèrent leur chemin au milieu de rochers aussi hauts que des maisons sous les yeux d'une foule de corbeaux rassemblés au sommet ou sur les crêtes rocheuses. Les cris des oiseaux se mêlaient au vent pour créer un sentiment d'urgence et Tam hâta le pas. Il sentit un frisson lui parcourir la nuque, comme si les hommes derrière lui gagnaient du terrain… et arrivaient à portée de flèches.

Ne sois pas stupide, se dit-il, *cela leur prendra du temps d'escalader cette colline, même s'ils n'épargnent pas leurs chevaux comme nous l'avons fait et foncent tout droit.*

Il se demanda qui étaient ces hommes. Il était clair qu'ils suivaient Alaan. Savaient-ils qu'il s'agissait d'un sorcier ? Ils devaient forcément en être informés. Cela ne les intimidait-il pas du tout, ou bien Hafydd leur avait-il fourni un moyen de vaincre Alaan ?

Bien sûr, Tam n'avait toujours pas la moindre idée de ce dont ces enfants de Wyrr étaient capables. Hafydd s'était en partie révélé dans les Eaux Stagnantes, mais Alaan restait un mystère. Il pouvait emprunter des chemins que personne n'avait jamais vus pour pénétrer dans des terres inconnues. C'était un épéiste remarquable, probablement bien plus fort qu'il n'y paraissait, Tam en était persuadé. Mais pouvait-il égaler le contrôle qu'Hafydd avait du feu ? Ou la maîtrise de l'eau que semblait posséder Elise ? Tam espérait qu'Alaan était en mesure de faire plus que ce qu'il avait jusqu'à présent laissé voir. Ils allaient avoir besoin de toutes les connaissances magiques possibles pour combattre Hafydd, il en était certain.

Alors qu'ils atteignaient la base de la falaise, Fynnol appela Alaan en pointant le doigt en l'air. Là-haut, se découpant sur un ciel en train de se couvrir, se tenait un homme. Tam cligna des yeux et, lorsqu'il les rouvrit, la silhouette avait disparu. Alaan poussa un juron mais continua d'avancer, sans fournir d'explications.

Le jeune homme sentit son inquiétude augmenter de manière dramatique. Qui s'était tenu au sommet de la falaise ? Alaan n'avait pas eu l'air heureux de le voir, qui que cela ait pu être. Tam s'assura que sa lame glissait bien dans son fourreau avant de reprendre sa progression. Ses yeux exploraient sans répit le paysage, comme si les rochers eux-mêmes constituaient une menace.

Leurs efforts les menèrent jusqu'à l'entrée d'un passage étroit qui serpentait au travers d'une profonde fissure dans la paroi de la falaise. Un sentier grimpait difficilement la pente escarpée, oscillant d'un côté à l'autre de la fissure. Alaan poussa son cheval pour l'emprunter.

— Tam… appela le voyageur, en regardant brièvement en arrière.

Tam fut troublé de le voir aussi inquiet.

— Donne ton cheval à quelqu'un. Prends un arc et suis-nous en fermant la marche. Nous avons besoin d'une arrière-garde.

Tam s'empara d'un arc et d'un carquois et tendit les rênes de son cheval à Cœur-de-corbeau, lequel guidait déjà sa propre monture et un cheval de bât. Rabal relia rapidement les rênes entre elles et partit derrière Alaan, suivi de près par Fynnol. Cynddl saisit son propre arc et un carquois accroché à sa selle et se plaça juste au-devant de Tam.

Le quêteur d'histoires n'avait de cesse de regarder en arrière d'un air tendu. Tam pouvait voir la sueur couler le long de son front, ses cheveux gris collés au plus près de son crâne.

— Si tu vois le moindre mouvement, Tam, mon arc est prêt.

— Je suis tout aussi inquiet à l'idée d'hommes devant nous, ou au-dessus, répondit Tam en jetant un coup d'œil vers les hauteurs. Les cavaliers qui nous suivent doivent bien être à deux heures de distance.

— Je ne crois pas, répondit Cynddl dans un halètement. Alaan s'est assuré que nous progressions en zigzag pour épargner nos montures, mais ces hommes nous ont vus et ils avanceront en ligne droite. Leurs chevaux seront épuisés, et eux aussi peut-être, après qu'ils auront été obligés de mettre pied à terre pour conduire leurs montures. Mais il est probable qu'ils ne sont plus très loin derrière désormais.

— Alors hâte-toi, Cynddl, dit Tam. J'ai vu suffisamment de gardes d'Hafydd pour le reste de mon existence.

Il leva les yeux, inquiet, incapable d'ignorer le fait que des rochers ou des flèches pouvaient pleuvoir sur eux d'une minute à l'autre.

Le premier homme fit son apparition derrière eux avant qu'ils n'aient atteint la crête. Il n'avait pas de monture et portait une épée nue qui étincelait sous le soleil. Tam prévint Cynddl et entendit son avertissement remonter jusqu'à Alaan. Ils accélérèrent encore l'allure, suants et soufflants, incapables de parler. Tam trébucha en essayant de regarder à la fois devant et derrière lui. Son genou se mit à saigner mais il se redressa et continua à avancer en boitant.

Un autre homme apparut, armé d'un arc. Au-dessus de lui, Tam pouvait entendre le halètement des chevaux dont les sabots résonnaient sur les pierres fendues par le gel.

Un autre archer fit son apparition et décocha une flèche.

— Ils nous tirent dessus ! cria Tam en suivant du regard la courbe élevée de la flèche.

Elle retomba vers eux mais largement sur le côté, détournée par le vent qui soufflait au-dessus du passage.

— Rends-leur la pareille ! lança Alaan, les mots sortant difficilement de sa bouche.

Tam s'arrêta pour viser. Il devait tirer en contrebas, ce qui n'était jamais facile. Il pourrait être obligé de gâcher une flèche pour évaluer la portée. Il banda son arc, lequel s'avérait plus raide que son précédent. La flèche traversa la trouée, l'arc Fáel fidèle à l'excellence de sa réputation.

Les hommes en bas se dispersèrent tandis que la flèche de Tam passait au milieu d'eux. Mais il n'eut pas l'impression d'avoir touché quelqu'un. Il pouvait voir des têtes se relever derrière les pierres et les buissons. Cela allait peut-être les ralentir un peu.

Tam se détourna et se hâta pour rattraper ses compagnons. Cynddl avait confié son cheval à Fynnol et était revenu en arrière pour rejoindre Tam. Il tenait son arc à la main et les traits de son visage à la fois jeune et vieux étaient tirés par l'inquiétude. Ses cheveux gris lui collaient au front.

— Tu crois que nous devrions essayer de tenir cette position pendant que les autres rejoignent le sommet ? demanda Tam.

Il jeta un regard vers le fond de la tranchée, où l'on devinait du mouvement parmi les pierres.

— Alaan a dit de les empêcher de monter mais sans rester trop en arrière.

Cynddl encocha une flèche et tira avant d'en encocher une autre.

— L'attention d'Alaan a l'air d'être focalisée vers le haut, dans la direction que nous empruntons, comme si la menace d'en bas n'était pas sa véritable source d'inquiétude.

Tam jeta un œil au quêteur d'histoires avant de reporter son regard sur le passage rocheux.

— Ce n'est pas ce que j'avais envie d'entendre...

— Eh bien, peut-être que je me trompe... lâcha Cynddl. Espérons-le.

Tous deux grimpèrent péniblement la pente, leur regard oscillant entre le chemin à suivre et les hommes en contrebas. Tam trébucha à nouveau et fut contraint de se rattraper avec la main. Il n'y eut heureusement rien de cassé, à l'exception d'une flèche. Il en tira rapidement une autre de son carquois.

Le passage se resserrait autour d'eux. Des remparts de pierre brun-gris s'élevaient de chaque côté. Le passage n'était plus droit, mais s'incurvait en formant des lacets, comme s'il avait été tracé par une rivière sinueuse. Hommes et chevaux avançaient en oscillant le long du chemin tandis que l'écho des sabots ferrés ricochait sur les parois.

Alaan s'arrêta pour les appeler.

— Tam ? Cynddl ? Pourrez-vous les arrêter au bas de ce goulot pendant un moment ? (Il prit deux profondes inspirations.) Repoussez-les du mieux que vous pourrez mais essayez de rester hors de vue afin qu'ils ne sachent pas si vous êtes là ou non. Dès qu'ils penseront que vous serez partis, ils se lanceront à l'assaut de la côte.

— Allez-y, lança Tam. On s'occupe de ces hommes.

Les deux amis se dissimulèrent de leur mieux au bas de la section étroite, sortant toutes les minutes environ pour tirer une flèche en direction des silhouettes en contrebas. Tam les voyait courir entre les rochers, se dissimuler un instant puis s'élancer à toute vitesse jusqu'à la prochaine cachette. Il y avait peu de chances pour qu'ils se fassent toucher à cette distance, mais Tam et Cynddl étaient d'excellents archers. Leurs poursuivants craignaient de toute évidence leurs flèches, qui les manquaient généralement de peu.

Cynddl se pencha sur le côté du mur de pierre contre lequel il était appuyé pour couler un regard dans le passage. Tout en lui évoquait un félin, songea Tam, prêt à bondir ou à s'enfuir. Le quêteur d'histoires était habillé de la même manière que lorsqu'ils avaient descendu la rivière : des vêtements Fáel, quoique arborant des teintes discrètes de vert et de brun.

Il se découpa dans l'ouverture, laissa filer l'une de ses flèches puis se remit d'un bond à couvert.

— Pendant combien de temps penses-tu que nous devrions rester ici ? demanda Tam.

Cynddl jeta un œil vers les hauteurs du chemin étroit qui serpentait entre les murs de pierre.

— Je ne sais pas. De combien de temps auront-ils besoin pour rejoindre le sommet ?

Tam haussa les épaules. Il tira une flèche le long du goulot, manquant de peu un homme qui plongea derrière un amoncellement de rochers.

— Nous sommes presque arrivés à un point crucial. Si ces hommes se rapprochent encore, on va commencer à pouvoir les toucher.

Tam jeta un regard vers la crevasse derrière eux.

— Ils tenteront très probablement de lancer un assaut groupé, sans quoi nous les abattrons un par un.

— Oui, ça me paraît juste, répondit Cynddl. Dès qu'ils auront atteint ce petit bosquet de pins, nous devrions tourner les talons et partir en courant.

Tam était surpris par leur propre patience, si l'on considérait que les hommes qui gravissaient la pente avaient certainement l'intention de les tuer. Lorsqu'ils avaient quitté le Val, il n'aurait jamais imaginé que, si peu de temps après, il resterait aussi calme face à une attaque ennemie. Mais depuis qu'il avait quitté le Val, sa vie avait été en danger plus souvent qu'il n'avait envie d'y penser. Ces épreuves l'avaient changé.

Des corbeaux, perchés sur de fines corniches au-dessus de leurs têtes, se mirent à croasser en agitant leurs ailes.

Fynnol apparut. Il courait.

— Remontez tout de suite, aussi vite que possible.

Il n'attendit pas de réponse et tourna les talons pour remonter le chemin qu'il venait de descendre.

— Ton cousin tenait une épée à la main, fit remarquer Cynddl.

Tam hocha la tête. Lui et le quêteur d'histoires sortirent à couvert au même moment et tirèrent leurs flèches en direction des assaillants qui bondissaient derrière les rochers et les buissons. Puis, sans un mot, ils se retournèrent et s'élancèrent dans le passage. La pente était raide et ils se retrouvèrent bientôt à bout de souffle, tout en se forçant à avancer. Les murs de la crevasse serpentaient en tous sens, puis ils s'élargirent brusquement. Tam leva les yeux pour découvrir les autres à quelques pas de là, non loin du sommet. Ils semblaient attendre, bien que leur attention fût concentrée vers les hauteurs. Ils étaient tous armés.

Lorsque Tam finit par les rejoindre, ils lui décochèrent à peine un regard, leurs yeux tournés vers la crête. Un homme immense s'y tenait, aussi grand qu'Orlem, un arc gigantesque entre les mains. Un autre individu, tout aussi massif, s'avança à ses côtés, portant un bâton qui donnait l'impression d'avoir autrefois constitué le tronc d'un arbre de bonne taille. Les deux presque-géants fixaient sur les petits hommes en contrebas un regard dur. Leur expression était sévère.

— Mes yeux me jouent-ils des tours ? demanda Tam avec difficulté en tentant de reprendre son souffle.

— Non. Ce sont les Dubrell, le peuple d'Orlem, répondit Alaan à voix basse.

— Il y en a d'autres comme Main-habile ?

— Il n'y a qu'un seul Main-habile, mais ceux-ci sont de sa race.

— Que veulent-ils ? demanda Cynddl. Les espions d'Hafydd sont sur le point d'arriver par-derrière.

— Oui, nous voilà pris entre le marteau et l'enclume. Les Dubrell veulent que nous tournions les talons mais c'est impossible. J'avais espéré traverser leurs terres avant qu'ils ne se rendent compte de notre présence. Ils n'apprécient guère les étrangers.

— Voilà qui n'est pas particulièrement réconfortant, chuchota Fynnol. (Il se balançait d'un pied sur l'autre, une flèche encochée et prête à tirer.) Si nous restons ici, nous allons devoir affronter une compagnie au nombre au moins deux fois supérieur au nôtre. Ne pouvez-vous pas parler à ces géants ?

— Ils ne parlent pas aux étrangers. Ils se contentent de les repousser.

Fynnol continuait de jeter des regards inquiets en arrière. Tout autour d'eux, une petite armée de corbeaux croassait. Leurs yeux noirs luisaient dans la lumière ténue.

Les géants au-dessus d'eux portaient des capes grises aux mailles épaisses et des jambières nouées à l'aide de lanières de cuir. Leurs cheveux et leurs barbes avaient la couleur de la terre et la peau de leurs visages semblait avoir été transformée en cuir par le soleil et le vent. Leurs traits étaient immobiles au point d'évoquer l'image de statues dans l'esprit de Tam.

Cœur-de-corbeau désigna un endroit sur la gauche.

— Pourrait-on déplacer les chevaux là-bas, derrière ces rochers ? Les archers les tueront tous en quelques instants si l'on ne fait rien pour les protéger.

Alaan continuait de fixer les géants.

— Déplacez-les lentement. Ne croisez pas le regard des hommes là-haut et ne faites rien qu'ils puissent interpréter comme une menace.

— Si nous arrivons à nous mettre à couvert derrière

des rochers ici, proposa Tam, nous pourrons peut-être repousser les gardes d'Hafydd. Notre position est avantageuse.

— C'était mon plan, dit Alaan, jusqu'à ce que les Dubrell fassent leur apparition. Si seulement nous avions amené Orlem…

Les corbeaux se lancèrent dans un chœur bruyant, s'agitant de plus en plus sur leurs perchoirs de fortune. Là où le passage s'étrécissait, les oiseaux se penchèrent pour invectiver quelque chose en contrebas.

— Ils arrivent, dit Alaan. Que tout le monde se tourne lentement.

Le voyageur encocha une flèche tout en faisant face aux hommes qui apparaissaient au bas de la pente.

Alaan tira sur le premier garde qui sortit de la crevasse dans la pierre. Il le manqua d'un cheveu et sa flèche alla se briser contre la roche. Les hommes se baissèrent mais continuèrent à avancer. Certains portaient des boucliers ronds et les autres se rassemblèrent derrière eux. L'angle de la pente rendait les boucliers doublement efficaces car ils dissimulaient les hommes plus encore qu'ils ne l'auraient fait sur un sol plat. Tous tirèrent flèche après flèche en contrebas, mais celles-ci se révélèrent bien moins efficaces qu'elles n'auraient dû. S'ils avaient pu utiliser leurs montures, ils se seraient éloignés rapidement. Mais les géants dans leur dos bloquaient le passage.

— Ils ne sont que deux colosses, murmura Fynnol à Alaan. Peut-être devrions-nous essayer de passer en force ?

— Non. Ils ont des alliés que vous n'avez pas encore vus.

— Alors nous sommes sur le point d'affronter les hommes d'Hafydd au corps à corps, lança Cynddl. Et ils sont toujours dix, alors que nous ne sommes que cinq.

Les corbeaux se mirent à fondre sur les assaillants, les

frappant de leurs ailes, visant leurs yeux de leurs becs perçants. Le groupe ralentit mais ne s'arrêta pas.

Tam se débarrassa de son arc et sortit son épée du fourreau. C'était un combat auquel il n'avait aucune envie de prendre part, d'autant plus qu'ils étaient particulièrement vulnérables à une attaque des géants derrière eux.

Une créature grise passa soudain en trombe près de Tam, suivie d'une autre. Il fut bousculé sur le côté et, lorsqu'il reprit son équilibre, il vit qu'une meute de loups prenait d'assaut les hommes qui gravissaient la pente. Ceux-ci reculèrent en tentant de se défendre à l'aide de leurs lames et de leurs boucliers. Mais il y avait une vingtaine de loups, aussi massifs qu'intrépides, qui grondaient et mordaient en bondissant sur les hommes de toutes les directions à la fois, assistés par les corbeaux qui continuaient à fondre sur les gardes depuis le ciel.

Les loups agrippaient les membres des hommes avec leurs larges crocs et refusaient d'être délogés.

— Ne tirez plus ! ordonna Alaan tandis que Fynnol levait son arc. Ces loups appartiennent aux Dubrell.

Cœur-de-corbeau et Cynddl se dirigèrent vers les chevaux soudain agités. Ils n'avaient peut-être jamais rencontré de loups auparavant, mais ils savaient reconnaître une menace lorsqu'ils en voyaient une. Tam vit que Cœur-de-corbeau les apaisait rapidement. Les bêtes semblaient presque se rassembler autour de lui, comme s'il était leur protecteur.

Les hommes d'Hafydd étaient aussi disciplinés que Tam s'y était attendu. Ils ne se dispersèrent pas pour s'enfuir mais formèrent un cercle resserré, adossés les uns aux autres, et redescendirent le long du passage en repoussant tant bien que mal les loups. Lorsqu'ils atteignirent le bas de la tranchée, tous arboraient des morsures et leurs vêtements étaient déchirés. Les hommes montraient les dents et lançaient des imprécations aux loups mais Tam vit qu'ils étaient effrayés.

Les grondements et les hurlements des loups se répercutèrent sur les parois pendant un moment, puis ce fut le silence. Les loups réapparurent, trottant en direction de Tam et des autres, têtes baissées. Ils dévisagèrent les étrangers et se mirent à gronder, révélant des crocs ensanglantés. Certains d'entre eux étaient blessés et saignaient. Tam songea qu'il avait rarement vu quelque chose d'aussi effrayant. Il sentit ses cheveux se dresser sur sa nuque. Il leva son arme.

— Ne faites aucun mal à ces animaux à moins qu'ils n'attaquent, les avertit Alaan. Ils sont pratiquement sacrés pour les Dubrell, aussi précieux que leurs propres enfants.

Mais si Alaan avait cru pouvoir éviter le combat, il s'était clairement trompé. Les loups se dirigèrent directement sur eux, le regard fixe et rempli de menace. Leurs grondements se firent de plus en plus forts tandis qu'ils approchaient.

Lorsqu'ils ne furent plus qu'à quelques pas, Cœur-de-corbeau s'avança, se plaçant entre les loups et ses compagnons. Son épée était rengainée et son attitude était celle d'un homme tranquille, et non pas celle de quelqu'un qui craint d'être mis en pièces à tout moment. Il s'adressa à la meute d'une voix douce et les loups relevèrent la tête, oreilles dressées, comme s'ils venaient de rencontrer un ami. Ils marchèrent en cercle autour de l'étrange silhouette tout en le reniflant, avant de venir lui lécher les mains. Pendant tout ce temps, il continuait de leur parler d'une voix douce et chaude, trop basse pour que Tam puisse comprendre ce qu'il disait.

Tam tourna lentement la tête et découvrit les géants au-dessus d'eux conversant en chuchotant. L'un d'entre eux lança un appel et les loups à contrecœur s'éloignèrent de Cœur-de-corbeau. Ils grimpèrent jusqu'à leur maître et s'installèrent en cercle autour de lui en agitant la queue, comme des chiens.

L'armée de corbeaux de Rabal jaillit hors des creux

de la roche pour s'élever dans le ciel, formant une tache au milieu des nuages. Quelques-uns des oiseaux noirs quittèrent l'avant-garde pour descendre vers Cœur-de-corbeau et se posèrent sur ses épaules et à l'extrémité de ses bras tendus. Ils se mirent à croasser d'un air de défi et à se lisser les plumes en petits mouvements nerveux.

Tam tentait de calmer sa respiration. Les loups, dont les museaux étaient toujours tachés de sang, faisaient soudain penser à des animaux de compagnie, alors qu'ils plongeaient quelques instants auparavant leurs crocs dans la chair d'hommes armés. Plusieurs d'entre eux étaient blessés et boitaient. Les géants s'agenouillèrent et examinèrent leurs blessures. Leurs visages étaient graves et emplis d'inquiétude. L'un des géants se releva et compta les bêtes avant de descendre en direction de la tranchée. Tam et les autres s'écartèrent pour le laisser passer.

Il descendit la pente à grandes enjambées. Ses bras immenses s'agitaient comme les branches d'un arbre dans la tempête. Un instant plus tard, il s'accroupit près de quelque chose au sol. Il se releva, porteur d'une boule de fourrure grise, et remonta l'animal blessé vers le sommet du passage.

Il dépassa les étrangers sans même les gratifier d'un regard. Le loup qu'il portait était pantelant et saignait d'une blessure au flanc.

Le géant retourna au sommet où tous les loups se rassemblèrent autour de lui. Il tourna les yeux vers Alaan et ses compagnons. Il semblait à la fois en colère, peiné et féroce.

— Retournez-vous-en, dit-il avec un étrange accent. Vous ne pouvez traverser ces terres. Retournez-vous-en tant que vous êtes encore en vie.

— Je peux soigner cet animal, souffla Cœur-de-corbeau à Alaan.

Alaan fit un pas en avant. Il adoptait une attitude respectueuse sans être timorée.

— Nous ne sommes pas venus ici pour vous causer des problèmes, dit-il. Et nous sommes profondément désolés pour ceux que nous avons pu vous créer. Mais Cœur-de-corbeau peut soigner votre loup, car il possède le don, offert il y a longtemps par un magicien.

Rabal parut sur le point de protester mais demeura néanmoins silencieux. Le géant triste déposa son animal blessé sur l'herbe brune et clairsemée et s'entretint avec son compagnon. Leurs voix étaient si profondes qu'elles semblaient provenir des profondeurs de la terre.

— Qui êtes-vous ? demanda l'un des géants, dont la voix évoquait un tambour.

Il s'était adressé à Cœur-de-corbeau, mais ce fut Alaan qui répondit.

— C'est un guérisseur, dit-il. Son nom est Rabal Cœur-de-corbeau.

Le plus grand des Dubrell s'accroupit pour caresser son loup mourant. Il examina Alaan pendant quelques instants.

— Nous vous connaissons, dit le géant.

Les voyelles, longues et profondes, sortaient lentement de sa poitrine caverneuse.

— Le whist est votre serviteur.

— Jac n'est le serviteur de personne, mais il me suit néanmoins.

— C'est un oiseau de malheur et il n'est pas le bienvenu ici.

Le géant décocha un coup d'œil à Rabal Cœur-de-corbeau dont les oiseaux continuaient à se lisser les plumes le long de ses bras tendus.

— Mais si le gardien des corbeaux peut soigner Arddu, nous vous serons redevables.

Il se tourna pour discuter avec son compagnon et Tam réalisa qu'ils ne parlaient pas une langue étrangère mais s'exprimaient simplement avec un accent pratiquement incompréhensible.

— Prenez vos chevaux avec vous, dit le géant. Ce n'est pas loin.

Il s'empara de l'animal blessé et les conduisit vers la base de la montagne. Un seul des colosses portait une épée, une lame aussi longue que celle d'Orlem. L'autre avait un long poignard suspendu à la ceinture. Tam songea que des hommes aussi massifs ne devaient pas craindre beaucoup d'ennemis.

L'allure des Dubrell était difficile à suivre pour les hommes et ils remontèrent bientôt en selle, talonnant leurs montures, car les enjambées des géants semblaient avaler les kilomètres. Ils se retrouvèrent rapidement au milieu des arbres et la forêt se fit de plus en plus dense.

— Regardez, dit Cynddl, les yeux tournés vers les arbres qui les surplombaient, leurs fûts larges de plus de quatre mètres. Ce sont des épicéas… mais je n'en ai jamais vu comme ceux-ci auparavant. Des épicéas géants !

Il s'immobilisa tandis qu'une vue s'ouvrait devant lui : une large vallée, verte et brumeuse, ornée en son centre d'un lac turquoise.

— Ce sont les « nuages de la forêt », les alollynda !

Au-dessus du tissu de verdure jaillissaient les cimes rondes de plusieurs arbres qui paraissaient flotter par-dessus la forêt alentour. Ils étaient d'un vert printanier qui contrastait avec les couleurs sombres des conifères.

— Il doit bien y en avoir une vingtaine ! s'exclama Cynddl. Il ne peut pas y avoir un tel bosquet dans toute la Terre entre les montagnes.

Tam n'avait jamais vraiment compris le statut particulier de l'alollynda chez les Fáel. Ce n'était de toute évidence pas un arbre sacré, comme le chêne argenté l'avait été pour les hommes autrefois, mais les vagabonds noirs semblaient le préférer à tout autre. Son bois était très prisé pour réaliser des fáeluths et autres instruments de musique. Même le plus petit et le plus rudimentaire des objets réalisés en bois d'alollynda possédait une immense valeur aux yeux des Fáel. Aliel avait raconté à Tam que lorsqu'un alollynda était abattu, des compagnies nomades de Fáel se rassemblaient et passaient plusieurs jours à préparer l'événement. Trois jeunes alollynda étaient alors plantés selon d'anciennes méthodes, bien que de moins en moins d'entre eux aient survécu au fil du temps. Personne ne savait pourquoi. L'alollynda semblait avoir pratiquement disparu de la Terre entre les montagnes. Il n'en restait que quelques-uns dans les endroits les plus isolés ou sur des pentes où il serait impossible de les abattre sans qu'ils ne se brisent en mille éclats.

Les géants s'arrêtaient souvent pour examiner le sol. Tam se dit qu'ils déchiffraient sans doute les empreintes d'animaux. Ils ne parlaient pas beaucoup mais gardaient le visage levé et leurs yeux étaient continuellement en mouvement, conscients de tout ce qui se passait autour d'eux.

— Qui sont ces gens ? demanda Tam à Alaan tandis qu'ils chevauchaient côte à côte.

Alaan coula un regard vers les deux colosses avant de décider qu'il pouvait parler librement.

— Les Dubrell constituent les restes d'une race autrefois prospère… quoique même au faîte de leur gloire, ils fussent relativement peu nombreux. Je ne connais que deux régions dans lesquelles ils vivent encore ; malheureusement l'une d'entre elles est sur le chemin le plus court pour se rendre là où nous allons. J'avais espéré que nous pourrions la traverser discrètement avant qu'ils ne nous repèrent. Ce n'est pas un peuple de guerriers, mais ils sont très méfiants envers les étrangers, qu'ils ne rencontrent que rarement. Ils pensent que nous portons malheur… tu as entendu ce qu'ils ont dit à propos de mon whist.

— Vous êtes déjà venu ici, dit Tam.

— Oui. Une fois. J'ai exploré la route que nous sommes en train de suivre en pensant que je pourrais repasser par là un jour. Ils n'avaient pas été assez chanceux cette fois-là pour me cueillir en haut d'une crevasse avec des ennemis dans le dos. Je leur ai échappé. Mais on dirait qu'ils n'ont pas oublié.

Alaan jeta un regard pensif vers les géants qui continuaient leur chemin au milieu des arbres largement espacés. Son beau visage semblait aminci, pâle et légèrement plus âgé, même si sa barbe noire était toujours impeccablement taillée et ses vêtements un peu trop bien coupés pour un voyageur.

Alaan reprit :

— Orlem m'a raconté qu'un jour il s'était aventuré sur le flanc d'une montage, il y a de cela des siècles, parce qu'il avait entendu des histoires au sujet de Dubrell ayant disparu là-bas, des Dubrell habitués à la vie sauvage et montagnarde. Il était parti voir ce qu'il était advenu d'eux, au lieu de quoi il se retrouva à arpenter des terres inconnues, tout comme vous sur la rivière Wynnd. Il fut mêlé au début d'une guerre sur la Terre entre les montagnes. Un groupe d'hommes armés qui arpentaient la campagne à la recherche de conscrits tomba sur lui. Il fut enrôlé dans l'armée contre sa volonté. Mais sa taille et sa force, ainsi que le talent inattendu dont il faisait montre dans l'art du combat, attirèrent l'attention de Caibre, qu'il servit durant de nombreuses années… avant de tomber sous le charme de Sianon.

Le voyageur jeta un coup d'œil en arrière vers Tam qui le fixait comme pour essayer de déchiffrer l'énigme que représentait pour lui Alaan.

— Mais Orlem est devenu votre ami, dit Tam.

— C'était l'ami de Sainth, non d'Alaan.

Le soleil disparut derrière la montagne et une ombre immense dévala la pente, les rattrapant comme une marée montante. La pénombre se diffusa parmi les arbres et ils se retrouvèrent bientôt contraints de chercher leur chemin en plissant les yeux dans l'obscurité. Mais, comme le géant l'avait promis, leur destination n'était pas loin.

Ce que Tam avait d'abord pris pour une falaise s'avéra être une muraille de pierre, à l'intérieur de laquelle se découpait un vaste portail. L'un des géants siffla une brève mélodie et un grand bruit de frottement du bois contre la pierre se fit entendre au-dessus d'eux. Un carré de lumière apparut haut sur le mur et, quelques instants plus tard, ils entendirent un choc sourd à l'intérieur. L'une des énormes portes s'entrouvrit. Le géant l'ouvrit largement en tirant, faisant grincer les gonds. Les loups de la meute firent leurs adieux à leur maître et disparurent dans la nuit. À l'intérieur, on distinguait une cour plongée dans l'ombre, éclairée par une unique lanterne dans laquelle brûlait une chandelle.

— Il y a de la place pour vos chevaux dans notre écurie, annonça le géant. Si certains d'entre vous veulent bien me suivre. Le guérisseur devrait aller avec Loup-Fils.

Alaan et Rabal suivirent Loup-Fils en haut d'un escalier de pierre en laissant leurs compagnons s'occuper des montures.

Le géant décrocha la lanterne et les conduisit jusqu'aux écuries, lesquelles étaient occupées par quelques chevaux de bât massifs. Les compagnons débarrassèrent rapidement leurs montures de leur harnachement, les étrillèrent et leur fournirent de l'eau et de la nourriture. Tam songea qu'il était peu probable que les animaux connaissent une nouvelle fois le confort d'un tel endroit jusqu'à leur retour sur la Terre entre les montagnes. Après une quinzaine de jours passés dans les wildlands, une écurie de ce genre pourrait même paraître aussi attirante qu'une auberge pour ses compagnons et lui.

— Venez avec moi maintenant, dit le géant en désignant la porte. Je m'appelle Main-de-pierre.

— Je m'appelle Tam, et voici mon cousin Fynnol et notre ami Cynddl, un quêteur d'histoires.

Le géant jaugea Cynddl de ses yeux immenses et étonnamment doux.

— Nous prendrons bientôt notre souper, dit-il. Si votre ami peut soigner Arddu, alors vous partagerez notre repas.

— Et sinon ? demanda vivement Fynnol.

— Ce n'est pas à moi d'en décider.

Ils montèrent l'escalier et passèrent une haute porte composée de panneaux de chêne plus épais que la largeur de la main de Tam. Un petit vestibule s'ouvrait devant eux. Le travail du bois était brut mais l'endroit avenant. Ils quittèrent leurs bottes et leurs cottes de mailles puis posèrent leurs armes contre le mur. Après une dure journée de voyage et la peur causée par leur confrontation avec les gardes d'Hafydd, l'odeur du repas en train de cuire remonta le moral de Tam.

De la lumière se déversait depuis une porte sur le parquet poli par des années d'usage. Main-de-pierre leur fit passer la porte, derrière laquelle s'ouvrait une pièce de grande taille, bien éclairée par des chandelles et un feu allumé au milieu d'une imposante cheminée. L'air froid des montagnes pénétrait par les fenêtres, car même les nuits d'été étaient fraîches à cette altitude. Quelques meubles rustiques dont la taille donnait à Tam l'impression d'être retombé en enfance étaient répartis dans la pièce. L'un d'entre eux était une longue et haute table accompagnée de deux bancs.

Une couverture rêche avait été étalée devant le feu, sur laquelle était allongé le loup blessé. Il haletait, la bouche ouverte et humide de salive. Cœur-de-corbeau, Alaan et l'autre géant étaient agenouillés au-dessus de lui. Cœur-de-corbeau nettoyait la plaie avec un tissu humide.

— Il vivra, assura Rabal au géant qui semblait très

affecté par les souffrances de la bête. Il n'ira pas très bien pendant quelques jours mais il vivra.

— La lame lui a ouvert les entrailles, contra le géant. Comment pourrait-il vivre ?

— Il vivra, répéta Alaan. Si Rabal dit qu'il va guérir, il guérira.

Le géant leva les yeux vers lui.

— Alors il doit être l'élève d'un magicien, car la perte de sang seule aurait suffi à tuer la plupart des animaux.

— La chance vous a souri aujourd'hui, répondit Alaan, car Cœur-de-corbeau n'était pas loin.

— La chance… ? lâcha le géant avec dédain. Sans vous, Arddu n'aurait pas été blessé, car ces hommes étaient vos ennemis, non les nôtres.

Alaan ne répondit pas, car le géant avait raison, songea Tam.

Main-de-pierre se tenait immobile, légèrement penché pour examiner l'animal blessé, les lignes de son visage marquées par l'inquiétude.

Cœur-de-corbeau se mit à chanter ou à psalmodier à voix basse au-dessus de la bête. Il caressa la fourrure humide autour de la blessure et gratta doucement le loup derrière les oreilles. Il n'était pas possible de distinguer les paroles de son chant, mais on avait le sentiment de pouvoir en capter le sens.

Tam eut un moment pour observer leurs hôtes. Ils étaient similaires en taille à Orlem Main-habile ; Baore aurait presque atteint la hauteur d'épaules de Main-de-pierre. Ils devaient peser au moins le double du poids de Tam, qui n'avait pourtant rien d'un gringalet. Leurs corps étaient épais et musculeux, avec quelques rondeurs au niveau de la taille. Ils semblaient avoir été sculptés de manière un peu grossière par rapport à quelqu'un comme Fynnol, avec sa taille fine et ses muscles élancés. Leurs visages étaient à moitié dissimulés par leurs barbes et une épaisse chevelure leur retombait jusqu'aux épaules. Bien qu'il fût évident qu'il n'y avait guère de vanité chez ces géants, leurs cheveux étaient propres et leurs vêtements, quoique habilement recousus et rapiécés par endroits, avaient été lavés récemment.

— Je vais rester ici toute la nuit, dit Cœur-de-corbeau. Allez manger et laissez-moi à mon devoir.

Les géants obéirent à contrecœur. Main-de-pierre s'approcha du foyer et souleva le couvercle d'un chaudron de fer noirci suspendu à un crochet. Son compagnon tira des bols et des assiettes d'une commode et dressa la table. Quelques instants plus tard, ils étaient tous assis et savouraient un bouillon épais accompagné de morceaux de pain dense. Main-de-pierre se leva pour fermer les fenêtres car la pièce se refroidissait rapidement.

Des hurlements de loups leur parvinrent à travers les vitres, étranges et lointains.

— Monterez-vous la garde ce soir ?

— La meute montera la garde. Les hommes qui vous pourchassaient aujourd'hui seraient fous de venir ici. Mais s'ils viennent, nous le saurons.

Les géants auraient facilement pu être frères, mais il s'avéra que ce n'était pas le cas. Ils paraissaient réticents à l'idée de parler avec les étrangers mais à chaque fois qu'ils lançaient un regard vers Cœur-de-corbeau et voyaient leur loup encore en vie, leur réticence diminuait un peu.

— Êtes-vous les deux seuls habitants de cet endroit ? demanda Alaan. L'avant-poste semble assez vaste.

— Il y en a un troisième cette nuit. Il se montrera peut-être, à l'occasion, répondit Main-de-pierre. D'autres sont restés dans les montagnes aujourd'hui pour maintenir les étrangers à l'extérieur. Nous sommes ici pour quatre pleines lunes, nous surveillons la passe du nord.

Il fit un geste de la main.

— C'est une tâche tranquille mais néanmoins nécessaire.

— Il existe une menace venue des terres du nord ? reprit Alaan.

Les Dubrell échangèrent un regard, puis Loup-Fils répondit :

— Vous êtes les premiers depuis bien des années. C'est du sud de nos terres que provient le danger.

Main-de-pierre lui jeta un regard noir et Loup-Fils se tut, baissant le regard dans son bouillon.

Une porte s'ouvrit à ce moment et un vieil homme fit son entrée. Il paraissait encore plus grand que les deux autres géants, bien qu'il fût légèrement voûté sous le poids des ans. Sa barbe et sa chevelure blanches contrastaient fortement avec son visage tanné par le soleil et ses yeux d'un bleu trouble.

Le vieil homme s'arrêta net en découvrant les étrangers assis à la table, puis son regard capta la présence de Cœur-de-corbeau assis près du loup blessé. Il se dirigea immédiatement vers l'animal. Loup-Fils se leva pour rejoindre le vieil homme, lequel s'était accroupi et caressait la tête du loup.

Loup-Fils dit quelque chose dans leur patois à l'étrange accent et Tam ne put capter que quelques mots. Il se demanda alors comment, si ces géants étaient suffisamment isolés pour avoir développé un tel accent, ils avaient pu apprendre à parler la langue commune employée dans la Terre entre les montagnes.

Le vieil homme marmonna quelques paroles puis quitta le loup pantelant des yeux pour fixer Cœur-de-corbeau. Au bout d'un moment, il se releva avec raideur et s'approcha de la table. Main-de-pierre se leva dans une attitude respectueuse. Alaan l'imita et les autres en firent autant.

— Voici Uamon, qui habite ici, indiqua Loup-Fils avant de présenter chacun des étrangers sans oublier un seul nom.

— Asseyez-vous, dit le vieil homme. Mangez tant que votre dîner est encore chaud.

Loup-Fils apporta à boire et à manger à Uamon et l'assit à l'extrémité de la table.

Fynnol lança un regard interrogatif à Tam, le sourcil levé. Mais celui-ci n'avait aucune idée de l'identité ou du rôle du vieil homme.

Les Dubrell échangèrent quelques mots supplémentaires, puis Uamon prit la parole.

— Quelle est votre destination ? demanda-t-il d'une voix rauque.

— Le sud, répondit Alaan.

Tam eut le sentiment qu'il était réticent à jouer les porte-parole.

— Le sud ? reprit Uamon. Il vaudrait mieux choisir une autre direction.

Un silence gêné s'ensuivit.

— Nous allons vers le sud, répéta Alaan d'une voix ferme.

Uamon trempa une cuillère dans son bol et la leva pour souffler doucement sur un morceau d'agneau fumant.

Tam trouvait qu'il émanait une certaine douceur de ce géant, mais également de la tristesse.

— Notre peuple rencontre des problèmes au sud, expliqua Uamon. Il est de mon devoir de vous demander ce qui vous mène là-bas.

— Je cherche quelqu'un qui vit au-delà de vos terres.

Uamon reprit un peu de son bouillon.

— Au-delà de nos terres, vous trouverez les terres sombres. Le pays des ombres. Mon peuple ne s'y rend jamais volontairement. Et parmi ceux qui l'ont fait, un seul est revenu.

— Nous avons tous nos devoirs à accomplir, répondit Alaan. Les nôtres nous mènent au sud. Si vous nous laissez passer, nous ne vous ennuierons plus.

— Je suppose que si un homme part à la recherche de la Mort, nul ne peut l'arrêter, car on peut trouver la Mort partout… y compris dans cette pièce.

Il jeta un coup d'œil au loup qui gémissait doucement près du feu.

— Mais qu'en est-il de vos compagnons ? Comprennent-ils vers où vous vous rendez ?

— Nous avons déjà rencontré les serviteurs de la Mort auparavant, intervint Fynnol. Une fois que vous les avez affrontés, plus rien ne peut vous effrayer.

— N'en soyez pas si sûrs. Mon peuple a longtemps monté la garde sur notre frontière sud. On y a vu des bêtes de cauchemar. (Un frisson le parcourut.) Je me demande quels devoirs vous pouvez avoir à accomplir dans le Royaume de la Mort.

La réticence d'Alaan était évidente mais il sembla considérer qu'il n'avait d'autre choix que de répondre. Ils devaient obtenir le droit de passage de la part des Dubrell.

— Nous n'allons pas là-bas, pas jusqu'aux Portes. Seulement dans les terres limitrophes.

— Ah. Seulement dans les terres limitrophes, répéta Uamon à mi-voix.

Il continuait de s'occuper de son repas, sans regarder Alaan.

— J'ai peur que vous ne compreniez pas ce que vous êtes en train de faire. Où vous voulez aller.

— Je suis déjà allé dans les terres limitrophes auparavant, dit Alaan.

Uamon releva la tête et ses yeux bleus se posèrent sur le voyageur.

— Que cherchez-vous là-bas, si ce n'est la Mort ?

— Je cherche… le savoir.

— Mieux vaudrait vous asseoir au pied d'un homme sage.

— Aucun sage ne serait assez fou pour avoir appris ce que je cherche à savoir, répondit Alaan avec une certaine irritation. Cela ne vous suffit-il pas de savoir que nous sommes des hommes de bon aloi et que nous ne voulons aucun mal à votre peuple ? Il y a d'autres races avec leurs propres difficultés, leurs propres problèmes. Nous ne cherchons qu'à venir en aide à notre peuple.

Uamon fixa longuement Alaan tandis que les autres géants s'agitaient sur leurs sièges, mal à l'aise. Ils pensaient de toute évidence qu'Alaan n'aurait pas dû s'adresser ainsi à leur aîné.

— Cela ne suffit pas, répondit finalement Uamon. Je dois m'assurer que vos actions n'apporteront pas de nouvelles souffrances à mon peuple, car cela pourrait arriver sans que ce soit votre objectif. Les terres du sud constituent un grand mystère.

Avant qu'Alaan n'ait pu répondre, un profond grondement se fit entendre. Tam se sentit soudain désorienté, comme s'il tombait. Une partie de sa soupe se renversa sur la table et il se sentit rejeté violemment en arrière, puis en avant. Après quoi le calme revint, à peine troublé par un nuage d'étincelles dû au déplacement des bûches dans le feu.

— Cela se produit plus souvent désormais, dit Main-de-pierre qui ne paraissait pas le moins du monde surpris. La terre est agitée.

— Non, le contredit Alaan. Un puissant sortilège est en train de se dissiper. Un sort qui emmurait la Mort dans son Royaume et maintenait séparées deux vastes terres. Les tremblements de terre vont empirer. Même les montagnes pourraient ne pas y résister. Et, au final, la Mort sera libérée et prendra possession du monde des vivants.

La cuillère d'Uamon s'était arrêtée entre le bol et ses lèvres. Ses mains tremblaient visiblement. Il jeta un regard à Cœur-de-corbeau, puis à Alaan.

— Comment savez-vous tout cela ?

— Parce que j'ai vu l'endroit où le sort a été créé. Je n'ai pas réalisé de quoi il s'agissait à l'époque, mais à présent je comprends. Le sort est en train de se déliter et je cherche l'aide de quelqu'un susceptible de savoir comment le réparer.

— Vous en savez trop sur la sorcellerie, commenta immédiatement Uamon.

— Je n'en sais pas assez, rétorqua Alaan. Nous laisserez-vous traverser vos terres ?

Uamon remua sa soupe à l'aide de la cuillère.

— Je vais y songer, répondit-il avant de se lever de table, troublé par ce qu'il venait d'entendre.

Main-de-pierre et Loup-Fils se mirent debout tandis que le vieil homme se levait et les autres firent de même. Uamon traversa la pièce sans regarder en arrière et referma doucement la porte derrière lui.

Les compagnons fixèrent la porte close pendant quelques instants avant de reprendre leur repas. Un silence inconfortable s'était installé dans la pièce, uniquement troublé par Cœur-de-corbeau qui chantonnait auprès du loup blessé.

Tam, Fynnol, Cynddl et Alaan furent conduits dans un long dortoir doté d'une douzaine de lits alignés contre l'un des murs. Main-de-pierre s'était esquivé un peu plus tôt pour allumer un feu dans la cheminée mais la chambre était encore humide et froide. Les lits étaient conçus pour les Dubrell et semblaient ridiculement grands aux compagnons, notamment si l'on tenait compte du fait qu'ils étaient censés n'accueillir qu'un seul individu.

Cynddl s'allongea sur son lit, les yeux fixés au plafond.

— Je vais avoir besoin de grandir encore avant de pouvoir remplir une telle literie.

— Oui, acquiesça Fynnol. Si de la taille d'un lit dépendent les performances qu'on y attend d'un homme, je ne suis pas sûr que nous soyons à la hauteur !

Cynddl se mit à rire, toujours prompt à apprécier la plaisanterie.

— Consolons-nous en songeant qu'il s'agit de lits individuels, proposa-t-il.

Alaan s'installa sur l'un des sièges massifs qui trônaient près de la cheminée, au centre de la pièce.

— Que pensez-vous de ces géants ? lui demanda Cynddl.

Le quêteur d'histoires se leva et s'approcha du voyageur. Il appuya ses coudes sur le dossier de la seconde chaise.

— En tenant compte du fait que les terres secrètes semblent presque totalement dépeuplées, je suis surpris de les voir aussi suspicieux. Qui peuvent-ils bien combattre ? (Alaan leva brièvement les yeux vers le Fáel avant de plonger son regard dans les flammes.) Je n'en suis pas sûr, Cynddl, mais ils craignent les choses qui proviennent du sud. Le Royaume de la Mort n'est pas loin. Si le sort qui l'emmure est en train de tomber, alors ils ont sans aucun doute des raisons de se montrer craintifs et méfiants. Les Dubrell sont liés à ces terres et ne seront pas aisément déracinés, mais je ne saurais dire ce qui se passe exactement. Orlem vivait ici il y a si longtemps et bien des choses ont changé depuis. Vous devriez tous aller dormir. Nous sommes en sécurité ici, et c'est un luxe dont vous pourriez ne plus bénéficier pendant un bon moment.

Tam resta éveillé quelques instants, même après que les chandelles eurent été soufflées. Il finit par se laisser emporter par le sommeil au moment où Alaan quittait sa chaise près du feu pour se rendre jusqu'à son lit.

Il n'aurait pas su dire combien de temps avait passé ni ce qui l'avait réveillé, mais il fut alerté au milieu des ténèbres. Du feu, il ne restait que des braises, et l'éclat diffus des étoiles ou de la lune illuminait la fenêtre. La respiration régulière des autres le rassura un peu ; personne d'autre ne s'était réveillé. C'est alors qu'il entendit le hennissement d'un cheval.

Il fut à la fenêtre en un instant, le regard braqué sur

la cour en contrebas. Il crut d'abord qu'on leur volait leurs chevaux, avant de réaliser que les cavaliers, en bas, mettaient en fait pied à terre. Ils étaient environ une douzaine, difficiles à compter dans la pénombre. Il vit l'un des géants lever une lanterne à bout de bras et des hommes en armes s'activer d'un air déterminé.

Et il s'agissait bien d'hommes, car ils n'atteignaient pas l'épaule des géants. Certains conduisirent des chevaux aux écuries tandis que d'autres empruntaient en silence une porte située sur la partie basse du bâtiment.

— Que se passe-t-il ? demanda Alaan en se redressant sur son lit.

— Un groupe de cavaliers, répondit Tam en enfilant des braies et en tirant sa dague du fourreau.

Alaan roula hors de son lit et se releva sans faire le moindre bruit. Il rejoignit immédiatement la fenêtre, les mains posées sur le rebord.

— Les Dubrell nous auraient-ils trahis ? chuchota Tam.

— Peut-être. Réveille les autres.

Ils barricadèrent la porte de la chambre à l'aide des énormes chaises et attendirent en silence. Ils avaient laissé leurs armes en bas, par courtoisie. Il ne leur restait que leurs dagues et un tisonnier.

— Et Cœur-de-corbeau ? s'inquiéta Cynddl.

— Restez muets et tendez l'oreille, dit Alaan.

Mais il n'y avait rien à entendre.

Alaan alluma une chandelle et ils écartèrent les chaises de la porte. Il n'y avait personne dans le couloir. Le voyageur était debout sur la pointe des pieds, concentré, l'oreille dressée.

— Tam ? murmura-t-il. Viens avec moi. Vous autres, restez là et n'ouvrez la porte à personne jusqu'à notre retour. Si on vous menace, vous devrez peut-être sortir par la fenêtre.

Alaan tenait la chandelle à bout de bras tandis qu'ils traversaient le couloir et descendaient les escaliers. Les marches étaient presque deux fois plus hautes que celles auxquelles Tam était habitué.

La vaste pièce où ils avaient pris leur dîner était déserte, à l'exception de Cœur-de-corbeau, assis en tailleur devant le loup prostré. Le guérisseur ne faisait aucun bruit, il restait assis parfaitement immobile, les yeux fermés.

— Rabal ? murmura Tam. Rabal… ?

— Laisse-le, dit Alaan. Il est au milieu d'une transe de guérison et ne doit pas être dérangé, sauf si nous sommes menacés.

Une fois dans l'entrée, ils trouvèrent leurs armes toujours appuyées contre le mur. Alaan, qui s'était jusque-là tenu penché dans une position de combat, rengaina sa dague et se redressa.

— Qui que soient ces hommes, dit-il, ils ne représentent pas une menace pour nous, à mon avis.

Tam avait lui aussi été rassuré en découvrant leurs armes, lesquelles semblaient ne pas avoir été dérangées.

— Mais que se passe-t-il, ici ? chuchota-t-il. Qui sont-ils ?

Alaan secoua la tête.

— Je l'ignore, Tam. Les Dubrell ont leurs secrets, c'est certain.

Alaan ouvrit la porte et jeta un œil à l'extérieur. La cour était vide, uniquement illuminée par un petit croissant de lune et l'antique lumière des étoiles. Le voyageur s'avança dans la fraîcheur nocturne et les conduisit au bas de l'immense escalier de pierre. Dans la cour, la présence des cavaliers était à peine visible. Mais Tam aperçut un reflet métallique sur les pavés et se pencha pour ramasser un petit objet.

— Qu'est-ce que c'est ? chuchota Alaan.

— Je ne sais pas. Il fait trop sombre pour pouvoir le dire.

Alaan examina l'intérieur de l'écurie mais il était difficile de distinguer quoi que ce soit en l'absence de lumière et ils n'avaient pas emporté de lanterne avec eux. Ils remontèrent rapidement les escaliers et retournèrent à l'intérieur.

Près du feu, Cœur-de-corbeau était toujours immobile. Tam marqua une courte pause sur le pas de la porte. Il vit la poitrine du loup se soulever au rythme régulier de sa respiration et eut la certitude que l'animal dormait d'un sommeil paisible. La magie utilisée par Cœur-de-corbeau, quelle qu'elle soit, semblait fonctionner.

— Qui sont ces hommes ? murmura Cynddl. Que viennent-ils faire ici ?

— Je l'ignore, répondit Alaan en secouant la tête.

Il s'approcha du feu pour se réchauffer les mains.

— Ce sont clairement des amis ou des alliés des Dubrell.

— J'ignorais que des hommes voyageaient à travers les terres secrètes, excepté par accident, intervint Fynnol.

Il s'agenouilla devant le feu, lequel avait été ranimé durant leur absence. Tam voyait bien que son cousin était perturbé d'avoir été ainsi tiré de son sommeil.

— Il y a quelques individus capables de trouver le chemin de ces terres, Fynnol, expliqua Alaan. Cœur-de-corbeau en fait partie. Mais d'une manière générale, ce que tu dis est vrai.

Tam se souvint brusquement de l'objet qu'il avait ramassé et le tira de sa poche. Il s'avança pour l'examiner à la lumière du feu.

— Alors, de quoi s'agit-il Tam ? demanda Alaan.

— On dirait une petite broche. Des feuilles de chêne, je crois.

Il la fit passer à Cynddl qui en savait plus sur les arbres et les plantes que tous les autres réunis.

Cynddl fit tourner l'objet sur lui-même à la lueur du feu.

— C'est un éventail de feuilles de chêne blanc.

Il leva les yeux vers Alaan.

— Ne nous avez-vous pas dit, la nuit où nous nous

sommes rencontrés près du pont de Telanon, que les feuilles de chêne blanc étaient le symbole des Chevaliers du Serment ?

Alaan tendit la main. Il examina soigneusement le bijou en argent en le retournant plusieurs fois entre ses doigts.

— C'est bien le symbole des Chevaliers, dit-il enfin.

Il croisa le regard des autres, l'air inquiet et troublé.

— Ces hommes portaient-ils des robes grises, Tam ?

— Non, ils étaient tous habillés différemment. Et leurs armures non plus ne se ressemblaient pas.

Tam tenta de se remémorer ce qu'il avait vu des hommes dans la cour.

— Certains portaient des surcots, d'autres non. Je n'ai pas vu de blasons sur leurs boucliers, ni d'étendards.

— Voilà qui est étrange, lâcha Fynnol, pensif. Dans une bataille, il est facile de tuer ses propres hommes s'ils ne sont pas clairement identifiés.

— Exact, dit Alaan, si l'on se bat contre d'autres hommes.

CHAPITRE VII

Il se déplaçait dans une brouette. Beatrice Renné n'arrivait pas à chasser cette pensée de son esprit. Son physique évoquait un peu un cochon ; la chair ronde et douce, le crâne chauve et le teint rosé de sa peau. Mais il avait sauvé la vie du seigneur Carral Wills, et pour cette raison, elle autoriserait l'homme et sa brouette à entrer chez elle et le traiterait avec le respect que méritait un tel acte.

— Voilà une histoire dont on fera certainement une chanson, dit Beatrice. J'en suis certaine. La manière dont vous vous êtes trouvé l'un l'autre et avez réussi à quitter l'île sans être découverts ni par les hommes d'Innes ni par les nombreux hommes que Kel avait envoyés à votre recherche... C'est presque un miracle.

Elle songea que le seigneur Carral paraissait aller mieux des suites de son expédition inattendue dans la campagne. Son visage avait repris des couleurs et les épreuves qu'il avait traversées semblaient l'avoir rendu plus fort. Son port était en tout cas plus droit. Peut-être les événements avaient-ils simplement repoussé la perte de sa fille loin de son esprit. Cela n'aurait pas été une mauvaise chose. Elle-même avait beaucoup souffert de la perte de son neveu Arden... et le fait qu'il ait pris part au complot contre Toren n'avait fait que rendre les choses plus difficiles. Même si, évidemment, il avait agi de manière honorable en fin de compte. Cela ne lui apportait qu'un faible réconfort ; elle se raccrochait néanmoins à cette idée.

La soirée était chaude mais ils s'assirent près de la cheminée éteinte. Certains sujets ne pouvaient être abordés près de la fenêtre ouverte, de jour comme de nuit. Le seigneur Carral était habillé de vêtements Fáel et Beatrice songea que cela lui allait bien, même s'il ne possédait ni la chevelure de nuit ni la peau basanée des vagabonds noirs.

Elle jeta un nouveau coup d'œil à son compagnon et fut contrainte de dissimuler son dégoût derrière un sourire bienveillant.

— Je ne saurais vous dire à quel point je vous suis reconnaissante, cher Kai. Quoi que nous puissions faire pour vous récompenser, vous n'avez qu'à demander…

Le cul-de-jatte lui sourit en retour — un sourire pas tout à fait repoussant, pensa-t-elle.

Carral s'agita sur sa chaise. Il paraissait légèrement mal à l'aise.

— Nous devons parler de choses plus importantes, dit le ménestrel. Mais je ne sais comment nous devrions nous y prendre, car c'est une histoire tellement fantastique…

Il marqua une pause pour porter la main à son front, qu'il massa légèrement.

— Nous nous sommes déjà entretenus, dame Beatrice, de cet homme, le « fantôme » qui s'est présenté à moi au château Braidon.

— Le dénommé Alaan. Le sorcier ?

— Oui, même s'il semble que le nom d'« Alaan » ne soit pas tout à fait correct non plus. Voyez-vous, il a conclu un pacte avec un nagar.

— Un esprit de la rivière ? demanda dame Beatrice.

Elle conservait une expression entièrement neutre. À ce moment, elle était prête à écouter Carral Wills raconter n'importe quelle histoire, tant elle était heureuse de le savoir sain et sauf.

— Je ne sais pas si cela décrirait correctement ce nagar en particulier, car cette créature était autrefois le fils d'un grand sorcier du nom de Wyrr, à l'origine de l'ancien nom de la rivière.

Dame Beatrice se surprit à hocher la tête pour inciter le seigneur Carral à continuer.

— Et que voulez-vous dire exactement par « il a conclu un pacte » ?

— J'ignore comment le décrire, ni ne comprends vraiment de quoi il retourne. En échange de pouvoirs et de connaissances, il aurait permis à cet esprit... de pénétrer en lui, d'une certaine façon.

— Vous voulez dire qu'il est possédé par cet esprit ?

— Cela n'est pas tout à fait vrai, si je puis me permettre, intervint l'homme sans jambes. Il s'agit d'un accord. L'homme donne une partie de sa vie au nagar, et les souvenirs du nagar ainsi qu'une portion de sa personnalité font alors partie de l'homme.

— Cela semble effrayant ! commenta Beatrice avec émotion.

Kai hocha la tête. Il partageait ce sentiment.

— Donc il n'est plus réellement Alaan, mais un mélange de ces deux âmes conjointes, Alaan et...

— Sainth, compléta Carral. Le plus jeune fils de Wyrr.

— Mais les enfants de Wyrr ne sont-ils pas morts depuis des siècles ? Ces histoires sont très anciennes et rarement considérées comme dignes de foi.

— Sainth a disparu il y a mille ans, répondit Kai. Mais il n'est pas mort. Son père l'a maintenu en vie dans la rivière.

— Mais le père, Wyrr, n'est-il pas mort à une époque plus reculée encore ?

Dame Beatrice se demanda pourquoi elle posait ce genre de questions. Tout ceci n'était que le fruit de vieilles ballades.

— Il n'est pas mort, s'empressa de préciser Kai. Il

s'en est allé dans la rivière… il a fusionné son âme avec elle d'une manière que nous sommes incapables de comprendre. Depuis lors, il habite dans ces eaux, endormi sans doute, mais pas mort.

— Alors ce Sainth est revenu parmi les vivants ?

— D'une certaine manière. Ce qui est sûr, c'est qu'il a quitté la rivière.

Dame Beatrice hocha la tête, même si elle n'était pas sûre de bien comprendre.

— Sainth, le plus jeune des enfants de Wyrr, avait reçu de son père le don de voyager le long de chemins que personne d'autre ne pouvait trouver.

— Oui, dit Beatrice, je me souviens de chansons anciennes… N'avait-il pas dû payer un prix terrible en échange ?

— Si. Jamais il ne pourrait trouver d'endroit où il serait vraiment à l'aise, répondit Kai, ni de femme qu'il jugerait suffisamment belle. Il existerait toujours un endroit plus agréable, une femme plus ravissante. Son frère et sa sœur furent eux aussi frappés de malédiction, bien qu'ils aient pour leur part choisi d'être de grands guerriers. Le frère souhaita être obéi des autres du fait de la terreur qu'il inspirait, tandis que la sœur voulut être aimée et servie par tous ceux qu'elle rencontrait. Tous deux s'affrontèrent après que Wyrr s'en fut allé dans la rivière et le royaume unique fut ainsi morcelé. Finalement, l'aîné, Caibre, assassina son frère par traîtrise et déclara la guerre à sa sœur. Ils moururent en faisant s'écrouler sur eux la tour de Sianon.

— Et ce chevalier, Hafydd, que nous avons apparemment épargné, a lui aussi conclu un pacte. C'est ce qui s'est passé, n'est-ce pas ?

Dame Beatrice fut un peu surprise de s'entendre prononcer ces mots mais les derniers événements lui apparaissaient soudain clairement. Sinon, comment Hafydd aurait-il pu revenir d'entre les morts ?

— Oui. C'est ce que nous pensons, acquiesça Kai. (Il

se déplaça à l'intérieur de sa brouette rembourrée de coussins offerts par les Fáel.) Il a conclu un pacte avec Caibre. Cela ne peut être personne d'autre.

— Il semble qu'il n'y ait pas de fin à ces mauvaises nouvelles, soupira dame Beatrice.

— Et ce n'est pas tout.

Carral posa les deux mains sur le pommeau de sa canne. Il semblait regarder dans le vide, au travers de dame Beatrice, lui donnant l'étrange impression de n'être point présente, comme si son existence était si éphémère qu'elle en devenait à peine visible.

— Sainth avait des compagnons. Des hommes qui voyagèrent avec lui pendant de longues périodes, parfois l'équivalent de plusieurs vies d'hommes. Les magiciens n'étaient pas touchés par la Mort, ni par son allié, le Temps, et ceux qui les servaient profitaient d'une longue existence, probablement plus longue que celle même des sorciers.

L'aveugle s'arrêta un instant. On entendit le crachotement d'une chandelle. Un fin nuage de poussière noir tomba de la cheminée en saupoudrant les chiens de métal forgé qui décoraient le foyer.

— Kilydd était l'un de ces hommes, un compagnon de Sainth. Et, contre toute attente, il est toujours en vie, reprit Carral.

— Allons, seigneur Carral, intervint dame Beatrice, comment pouvez-vous en être sûr ?

— Parce que je l'ai rencontré, ainsi qu'un autre. Un dénommé Orlem Main-habile, héros de bien des chansons. Et lui ne peut être confondu avec nul autre.

Dame Beatrice s'agita sur sa chaise, ébranlée par l'assurance de Carral.

— Il existe depuis longtemps des rumeurs au sujet des talents de sorcier de messire Eremon, ou sur ses connaissances en matière d'ésotérisme. Puis nous avons entendu dire qu'il s'agissait d'Hafydd, qui fut autrefois notre allié avant de se retourner contre nous et qui fut laissé pour mort sur le champ de bataille. Un destin qu'il s'était lui-même forgé. Et à présent, vous me racontez ces choses... Je crains d'entendre ce que vous allez m'annoncer ensuite. Ces hommes qui furent autrefois les compagnons de Sainth, représentent-ils un danger pour nous ?

— Non, répondit fermement Carral. En vérité, ils pourraient bien être nos alliés — et des alliés bienvenus. (Sans tourner la tête ni esquisser un seul geste, il ajouta :) Kai, qui m'a sauvé la vie sur l'île de la Bataille, était autrefois connu sous le nom de Kilydd, dame Beatrice.

L'enseignement des bonnes manières qu'elle avait reçu durant sa vie entière permit à dame Beatrice de ne pas rire et de ne rien montrer de sa surprise. Mais comment cet homme amputé avait-il réussi à se jouer ainsi du seigneur Carral ? Était-il à ce point reconnaissant d'avoir été secouru ? Peut-être était-ce bien le cas.

— Vous ne me croyez pas, dame Beatrice, commenta Carral sans dissimuler la déception dans sa voix.

Elle avait oublié à quel point il était sensible. Sa cécité ne semblait pas le gêner le moins du monde lorsqu'il s'agissait de jauger les réactions et les sentiments des autres. Le court instant d'hésitation qu'elle avait eu lui avait suffi pour deviner ce qu'elle pensait.

— Je ne vous en fais pas le reproche. Je ne l'aurais pas cru moi-même si certains événements ne s'étaient pas produits pendant que Kai et moi traversions l'île de la Bataille. Comme son maître de jadis, Kai a le pouvoir d'emprunter des sentiers que nul autre ne pourrait trouver. C'est grâce à ce talent que nous avons pu éviter d'être capturés par les hommes du prince. Et nous nous sommes arrêtés à l'endroit où habitait... Y a-t-il quelqu'un d'autre dans la pièce avec nous ? s'enquit-il brusquement.

— Non, seulement nous trois, répondit dame Beatrice. Pourquoi ?

Un peu de suie s'écoula sur le caillebotis dans la cheminée et dame Beatrice se releva d'un coup, traversant le tapis aussi silencieusement que possible. Un garde se tenait dans le couloir à l'extérieur et elle l'invita à entrer dans la pièce tout en lui faisant signe de ne pas faire de bruit. Pendant tout ce temps, elle avait continué de parler d'un ton naturel, comme s'il ne se passait rien d'inhabituel. Carral avait fait de même, poursuivant son récit.

Devant la cheminée, elle désigna du doigt le conduit obscur pour s'efforcer de faire comprendre la situation au garde, lequel n'avait pas l'air très vif. Tirant son épée hors du fourreau, il se baissa et pénétra maladroitement dans le foyer en se tordant le cou pour regarder dans la cheminée. Un couteau heurta son casque avant de tomber en tintant sur la pierre. Le garde poussa un cri en donnant un coup dans le conduit. Une seconde plus tard, une silhouette entièrement noire en sortit maladroitement au milieu d'une pluie de suie. Le garde tenait l'homme par la cheville.

L'espion ramassa le poignard et l'enfonça dans la jambe de son assaillant. Il remonta dans la cheminée en un instant tandis que le garde chutait lourdement au sol, un flot écarlate s'écoulant de sa blessure.

Alertés par le bruit, plusieurs autres gardes entrèrent en courant dans la pièce. Fondor Renné était parmi eux.

Le plus petit et le plus jeune des gardes retira son casque et son fourreau puis se glissa à son tour dans la cheminée. De la poussière noire s'écoulait sans discontinuer dans l'âtre.

Fondor courut jusqu'à la porte.

— Sur le toit ! hurla-t-il.

— Un guérisseur ! appela dame Beatrice en se précipitant dans le couloir. Il nous faut un guérisseur !

Elle revint dans la pièce et utilisa son écharpe pour essayer d'arrêter le flux de sang qui s'écoulait autour de la dague plantée dans la jambe du garde.

— Vous n'avez pas de mal ? Seigneur Carral ? Cher Kai ? demanda-t-elle en relevant les yeux vers eux.

Les deux hommes n'avaient pas été blessés.

Des gardes et des serviteurs arrivèrent en hâte pour prendre le relais de dame Beatrice. Ils transportèrent l'homme à l'extérieur tandis qu'un écuyer maintenait la pression sur sa blessure.

Dame Beatrice surprit son reflet dans un miroir. Du sang avait éclaboussé sa robe d'un vert printanier et ses mains étaient écarlates. Une servante lui apporta une cuvette dans laquelle elle nettoya rapidement ses mains avant de les essuyer sur la serviette qu'on lui tendait. On lui mit un verre de cognac entre les doigts et elle en but la moitié, d'une manière guère appropriée pour une dame. Ses mains tremblaient tellement qu'elle renversa un peu du liquide ambré en buvant.

— Il semble que des assassins envahissent notre demeure lorsque vous êtes présent, seigneur Carral.

— Ce n'était pas un assassin, intervint Kai.

Il était assis dans sa brouette réaménagée — les Fáel l'avaient reconstruite à l'aide de bois précieux, magnifiquement sculpté et poli. Il ne semblait pas troublé par ce dont il venait d'être le témoin, bien que dame Beatrice vît qu'il rangeait discrètement une dague dans les plis de ses vêtements.

— Il nous espionnait. Écoutait notre conversation, comme il a dû, je gage, le faire souvent par le passé.

Cette assertion parut alerter dame Beatrice. Quelque part dans les profondeurs du château, une cloche sonna le début d'une nouvelle heure.

— Ma foi, il est déjà fort tard, dit-elle, bien qu'elle désirât avant tout parler à Fondor.

Jamais elle n'aurait pensé qu'un espion puisse se dissimuler dans la cheminée ! Elle se redressa et offrit un sourire aimable à ses invités, se rappelant au dernier moment que le seigneur Carral était aveugle.

— Nous continuerons cette conversation demain matin, dit-elle. Seigneur Carral, votre chambre est prête. (Elle fit tinter une cloche pour appeler les serviteurs.) Mon bon Kai, je voudrais que vous vous sentiez le bienvenu ici. Je vous ai fait préparer une chambre, près de celle du seigneur Carral. Dites-nous simplement ce dont vous avez besoin…

— Je vous remercie, dame Beatrice, mais je retournerai auprès des Fáel, cette nuit. Je souhaite m'entretenir avec Alaan avant qu'il ne disparaisse de nouveau.

Dame Beatrice hésita.

— Je vais demander à deux gardes de vous emmener dans un chariot.

Elle décocha un regard en direction de la cheminée pleine de suie.

— J'ai soudain le sentiment que Westbrook n'est plus un endroit aussi sûr qu'auparavant.

Dans le long corridor qui menait aux différents appartements réservés aux invités, une femme arrêta Carral.

— Seigneur Carral ?

Carral reconnut immédiatement cette voix : c'était celle de l'une des servantes de Llyn.

— Oui ?

— Dame Llyn m'a envoyé m'enquérir… au sujet de votre bien-être.

— Je n'aimerais rien tant que de lui apporter cette nouvelle moi-même, mais l'heure est des plus tardives.

— Je ne crois pas que cela dérangerait Madame, seigneur Carral. Elle est éveillée et s'inquiète à votre sujet, comme nous tous depuis votre disparition.

Il arriva habillé comme un Fáel et, pour une raison inconnue, Llyn en fut bouleversée. Elle avait été tellement impatiente de le voir, mais l'homme qui descendait l'escalier vers son jardin avait l'allure d'un étranger, habillé des vêtements exotiques des Fáel. Il ne faisait aucun doute que les épreuves qu'il venait de vivre lui avaient fait changer d'avis sur bien des sujets, l'avaient doté d'une vision nouvelle quant à ses projets, à son avenir. Elle était presque certaine qu'il était venu pour lui annoncer qu'il avait été victime d'un instant de folie éphémère. Que sa manière d'exprimer ses sentiments pour elle avait été exagérée par la solitude qu'il ressentait suite à la perte de sa fille.

Il se servit d'une canne légère pour tester les marches de l'escalier. Il la fit ensuite osciller devant lui le long du chemin de graviers jusqu'à trouver la bordure de pierre, qu'il suivit. Elle resta immobile un instant, le regardant, craignant de parler.

— Llyn ? appela-t-il à voix basse.

— Je suis ici, répondit-elle dans un murmure.

Il n'avait pas mentionné son rang et cela lui donnait de l'espoir.

Il s'arrêta à quelques pas. Elle avait l'impression d'être enracinée. Aucun d'entre eux ne prit la parole. Seul le petit ruisseau qui murmurait au milieu des fleurs semblait prêt à exprimer ses sentiments. Mais, même ceux-là, Llyn ne les comprenait pas.

— Je suppose que cela fait de moi un imbécile, commença Carral en essayant de contrôler l'émotion dans sa voix, mais tandis que je me frayais un chemin au milieu de l'île de la Bataille, je n'arrêtais pas de songer qu'il me fallait survivre pour profiter à nouveau du plaisir de votre compagnie.

Llyn sentit ses paupières se fermer et une larme lui couler sur la joue.

— C'était une noble pensée, murmura-t-elle. Je vous croyais perdu et je vous ai alternativement pleuré et maudit pour avoir montré tant d'entêtement à accompagner l'armée. Mais vous voilà revenu, sain et sauf. (Sa voix ne fut plus qu'un souffle.) Et je n'ai pas de mots pour exprimer ce que je ressens.

Il s'avança et elle referma ses bras autour de son cou en blottissant son visage dans le creux sous son menton.

Puis la jeune femme ferma les yeux et sentit sa chaleur, mêlée à l'étrange odeur des vêtements Fáel.

Carral leva la main et caressa la moitié intacte de son visage, repoussant quelques mèches de cheveux rebelles. Llyn avait l'impression d'être soulevée par une bourrasque montante d'émotion, de s'élever de plus en plus haut, libérée de la gravité de l'existence. Était-ce cela, l'amour ?

Elle entendit soudain un bruit de porte, puis des pas rapides sur le chemin de graviers. Ni l'un ni l'autre ne firent mine de rompre leur embrassade jusqu'à ce que la voix douce de l'une des servantes ne provienne de l'ombre, près du mur.

— Votre Grâce, dit la servante. Veuillez pardonner mon intrusion... C'est le seigneur Toren...

Llyn retint sa respiration.

— Il est revenu, Madame.

Sans prévenir, Llyn se mit brusquement à sangloter tandis qu'une tempête de sentiments confus s'élevait et tournoyait en elle.

CHAPITRE VIII

Les étoiles et une lanterne oscillant au bout d'une hampe n'arrivaient guère à repousser le rideau sombre de la nuit. La lune déclinante, un croissant à peine visible, dissimulait sa faible lumière derrière un nuage et les arbres se penchaient sur la route à la manière de géants malveillants. L'essieu grinçait à chaque tour de roue et le bruit évoquait un soupir de résignation.

Kai voyageait à l'arrière du chariot, installé sur les coussins de sa brouette. Le chariot bringuebalait et penchait le long de la route accidentée tandis que l'unique cheval reniflait et secouait son harnais en signe de protestation pour avoir été sorti si tard de sa stalle. Secoué en tous sens, Kai faisait de son mieux pour ne pas tomber.

Les deux gardes étaient assis sur le siège surélevé et l'un d'entre eux fumait la pipe ce qui, Kai en était certain, devait lui être interdit durant le service.

— Ce n'est plus très loin, lança le fumeur avant de tirer sur sa pipe puis de laisser s'échapper, avec une certaine satisfaction, un nuage de fumée.

Ils avaient traversé le pont au-dessus du cours d'eau et étaient en train de tourner pour suivre la berge. Les gémissements du chariot se mêlèrent au chant des grillons et des rainettes.

Kai devait bien admettre qu'il souffrait de la situation.

Après avoir vu les fiers Renné au sein de leur château, il n'était que plus conscient de son triste état. Lui qui avait autrefois été un grand parmi les grands, qui avait partagé la couche de Sianon, n'était plus qu'un vagabond sans terre, un homme qui se déplaçait dans une brouette. Il avait besoin de préparer son infusion de lis de sang, car la douleur fantôme était forte ce soir. Comment, au cours de sa longue vie, en était-il arrivé là ?

Une torche s'enflamma sur la route devant eux, qui servit à en allumer une seconde. Kai tenta de se soulever pour regarder par-delà les gardes. Il s'agissait probablement d'un équipage de bœufs tirant un fardier venu livrer des tonneaux à Westbrook. Qui d'autre pouvait arpenter les routes à cette heure ?

Mais il n'y avait aucun fardier, seulement des hommes qui bloquaient le passage tandis que d'autres encerclaient rapidement le chariot et ses occupants surpris. À la lumière des torches, Kai distingua des reflets d'acier gris.

Ils s'étaient retrouvés dans une pièce dénuée de cheminée. Une pièce qu'on n'utilisait guère, excepté durant l'été, car elle n'avait pas grand-chose pour elle, pas même une jolie vue. Mais elle paraissait constituer l'endroit le plus approprié pour discuter après les événements de la soirée.

— Ainsi le dénommé Kai est vraiment l'individu décrit par le seigneur Carral ? demanda dame Beatrice en fixant Toren.

Dease s'était rendu dans ses appartements pour se laver et prendre un peu de repos, mais Toren avait trop à raconter et il s'était contenté d'un bain rapide et de vêtements propres. Il mangeait tout en parlant, ce qui se serait avéré incroyablement grossier en d'autres circonstances. Dame Beatrice, cependant, était prête à tout lui pardonner cette nuit. Elle avait le sentiment que ce voyage l'avait vraiment éprouvé. Il avait maigri au point d'en être presque émacié et semblait épuisé. Elle le voyait dans ses yeux. Mais une fois qu'elle eut entendu son histoire, la lueur dans son regard prit un sens très différent.

Elle n'arrivait toujours pas à y croire. Les délires de Carral au sujet de Kai provenaient d'un homme tout à fait sain d'esprit après ce qu'elle venait d'entendre de la bouche de Toren !

— Oui, répondit Toren en sirotant son vin. C'est bien cet individu, et plus encore.

Dame Beatrice secoua la tête.

— J'ai reçu une note de la part de dame Llyn, il y a une demi-heure. Elle m'implorait de faire tout ce qui était en mon pouvoir pour assurer la sécurité de Kai. J'ignore pourquoi, ni même comment elle savait qu'il était ici.

Toren s'arrêta de manger.

— J'ai toujours constaté que l'opinion de Llyn méritait d'être prise en compte.

— Je suis d'accord. Malheureusement, j'ai laissé Kai repartir au campement des Fáel avant de recevoir le message de Llyn. Au moins ai-je eu la bonne idée d'envoyer des gardes avec lui.

Toren se détendit visiblement.

— Une troupe de gardes devrait être en mesure de le protéger.

Dame Beatrice ferma les yeux.

— Seulement deux hommes l'accompagnaient, avec un chariot.

Toren se tourna vers Fondor.

— Pouvez-vous envoyer une petite troupe d'hommes d'armes pour escorter Kai ?

— Trop tard, intervint dame Beatrice. Ils sont partis il y a un moment déjà.

Elle tendit la main et serra le poignet de Toren comme

pour s'assurer qu'il était bien là. Les larmes lui montèrent aux yeux mais elle parvint à ne pas pleurer.

— Si près de Westbrook... dit-elle, il devrait être en sécurité.

Toren hocha la tête et retourna à son repas.

— Et où se trouve Elise Wills, à présent ? interrogea dame Beatrice.

— Je l'ignore. La plupart d'entre nous ont été séparés dans la caverne. Elle pourrait être n'importe où.

— Elle pourrait être vraiment morte, cette fois.

— C'est possible.

— Alors que puis-je dire au seigneur Carral ? Sa fille n'est pas morte dans la rivière comme nous le pensions. Mais elle pourrait bel et bien s'être noyée dans un autre endroit ! Un endroit lointain que l'on ne peut atteindre que si l'on se trouve en possession d'une carte magique.

— Nous devons lui dire la vérité, répondit Toren, aussi difficile soit-elle à accepter.

— Je suppose que oui.

Il était clair pour dame Beatrice qu'elle devait être la messagère porteuse de cette vérité. Bien que Toren ait assumé l'essentiel des responsabilités dont il devait hériter, il restait certains devoirs qu'il évitait. À elle, donc, de s'occuper du seigneur Carral — ce qui était peut-être mieux ainsi. Mais Toren ou Dease allaient devoir parler au seigneur Carral à un moment ou à un autre. Il voudrait alors entendre le récit de leur propre bouche. Il voudrait, réalisa-t-elle, savoir pourquoi sa fille lui avait laissé croire qu'elle était morte, pourquoi elle l'avait laissé traverser cette horrible torture. Tout cela allait lui causer tant de peine !

— Mais Hafydd, ou qui qu'il soit à présent, n'a pas été vu vivant depuis, il n'est pas sorti de cet endroit... Comment l'as-tu appelé ?

— Les Eaux Stagnantes.

Toren se déplaça sur sa chaise, s'étirant légèrement, comme si son dos lui faisait mal. Il portait une veste d'un rouge profond dotée de fermoirs en forme de feuilles de chêne blanc. Le blanc de sa chemise de lin aux poignets et au cou était à peine plus pâle que son visage. Il but son vin avant de se resservir lui-même, car il avait renvoyé tous les serviteurs.

— Hafydd aura sans doute survécu.

— Nous aurions dû le décapiter sur le champ de bataille à Basse-Herse, lorsque nous en avions l'occasion, affirma Fondor.

Dame Beatrice ne cacha pas sa réaction face à cette déclaration et Fondor se fit pardonner en arborant l'expression contrite de circonstance.

Elle leva à son tour son verre, lequel semblait se vider à une vitesse alarmante. Son pauvre esprit n'arrivait pas à assimiler tout ce qu'on lui disait. Il était déjà difficile d'imaginer qu'Hafydd était toujours en vie et qu'il avait conclu un pacte avec un sorcier mort depuis longtemps, alors tout ce que Toren venait de lui dire… ! Des serviteurs de la Mort faisant leur apparition et emportant Beldor dans la nuit, Elise Wills en vie et asservie à une sorcière qui aurait dû être morte depuis mille ans… À présent, Toren prétendait que le cul-de-jatte Kai avait réellement été le serviteur de l'un des fils de Wyrr. Un homme dénué de biens, et qui se déplaçait dans une brouette !

— Je vais avoir besoin de m'entretenir avec Kel dès que possible. (Toren fit une pause, la fourchette suspendue à mi-chemin de sa bouche.) Je n'arrive toujours pas à croire que le prince d'Innes ait déclenché cette guerre en l'absence de son précieux conseiller.

— C'est une chance pour nous qu'il l'ait fait, dit Fondor. J'ai reçu des rapports de la part de Kel. La bataille a été remportée de justesse. Si Vast n'était pas arrivé à point nommé…

— Vast sera récompensé comme il se doit, le coupa Toren.

La fourchette reprit sa course.

— Oui, ajouta dame Beatrice, nous nous en assurerons.

Un garde frappa à la porte.

— Des nouvelles, dame Beatrice, dit l'homme.

— De quoi s'agit-il ?

— Des bandits de grands chemins ont attaqué votre invité présent ici plus tôt ce soir.

Dame Beatrice chancela.

— Que dites-vous ?

— Les deux gardes ont été retrouvés morts sur la route juste après le premier pont. Le chariot a été volé. Aucun signe de l'infirme qu'ils accompagnaient.

Fondor et Toren se dévisagèrent un instant, puis se levèrent et sortirent en courant.

CHAPITRE IX

Le seigneur Kel Renné chevauchait le long de la crête d'une petite colline, le regard embrassant l'île de la Bataille. On distinguait le tracé tremblant du canal au loin. La fumée provenant du bûcher où ils avaient brûlé les morts donnait à la vue un aspect brumeux, un peu irréel.

Tuwar Estenford était assis sur son cheval non loin de là et regardait lui aussi en direction du canal et des terres au-delà.

— Il y a une armée là-bas, messire, affirma-t-il.

Le vieil homme se déplaça sur sa selle pour tenter d'atténuer la douleur qu'il ressentait dans sa jambe perdue plusieurs décennies auparavant. *La douleur fantôme*, c'était ainsi qu'il l'appelait, *dans son membre fantôme.*

Kel vit le vieux guerrier grimacer.

— Oui, mais que va faire Innes de cette armée ? C'est la question que je me pose.

— Effectivement, répondit Estenford. Ce n'est pas un homme intelligent. Il n'aura pas considéré la possibilité de perdre l'île. Ni conçu de plans en cas d'imprévus. Il va vouloir trouver le moyen de sauver la face. Un objectif de petite envergure, car il n'a pas rassemblé une force assez vaste pour traverser la Wynnd… pas encore. Mais s'il arrivait à remporter un succès… Tuer quelques-uns de nos hommes en patrouille ou traverser le canal en un point et prendre quelques otages. C'est de ce genre de choses dont nous devons nous garder.

— Seigneur Kel ?

L'un de ses lieutenants désigna du doigt le flanc de colline herbeuse au sud. Un cavalier remontait la pente au galop, son cheval couvert d'écume.

— Un messager du duc de Vast.

— En effet.

Kel se détourna après un dernier regard vers le canal, comme s'il espérait apercevoir un détail démontrant la présence d'une armée dissimulée dans le bois.

Le cavalier, à peine sorti de l'enfance, était lui aussi hors d'haleine lorsqu'il arriva au sommet de la colline. Sa monture haletait entre ses jambes comme un soufflet de forge. Le garçon aux yeux bleus et à la barbe clairsemée se frappa la poitrine d'une main en guise de salut.

— Je viens de la part du duc de Vast avec un message pour le seigneur Kel Renné, dit-il sans que cela fût vraiment nécessaire.

— Oui, oui. Montre-moi cela.

Estenford intercepta la lettre, s'interposant avec son cheval entre Kel et le messager. La tension perceptible dans le port du vieil homme indiquait à Kel qu'il était prêt à tuer ce jeune messager sur-le-champ si cela s'avérait nécessaire. L'assassinat de Kel Renné pourrait être un excellent moyen de sauver la face pour le prince d'Innes et Tuwar était prêt à donner sa vie pour empêcher que cela n'arrive.

Kel s'éloigna de quelques pas, suivi de Tuwar, et brisa le sceau de la lettre. Il y trouva une liasse de documents, dont le premier feuillet était écrit de la plume quasiment illisible de Vast.

Mon seigneur Kel,

Un groupe de mes hommes d'armes a appréhendé le seigneur Carl A'denné qui tentait de traverser le canal en direction de l'île. En soi, cela ne devrait évidemment pas nous alarmer, mais mes hommes l'ont également vu tenter de se débarrasser de certains papiers lorsqu'il a été découvert. Ceux-ci ont été repêchés dans le canal, en prenant de grands risques. Une fois qu'ils ont eu été portés à mon attention, j'ai rapidement constaté qu'il s'agissait de documents copiés à partir de ma correspondance personnelle et que le contenu de certains était d'une nature sensible concernant nos préparatifs pour la guerre contre le prince d'Innes. Il semble que le jeune Carl nous ait pris pour des idiots et qu'il ait été, depuis toujours, un loyal allié d'Innes. Je l'ai interrogé au sujet de ces papiers, que j'ai inclus dans ce message pour que vous puissiez les examiner. Ses réponses, je dois le dire, ne m'ont guère satisfait. J'ai jugé sage de le faire garder en lieu sûr jusqu'à ce que je puisse en débattre avec vous. Mais, à ma grande honte, il a réussi à s'échapper. Je pense qu'il essayera de nouveau de traverser le canal. Vos hommes doivent donc être alertés à ce sujet. J'ai des soldats qui le recherchent activement en ce moment même. Avec de la chance, je l'aurai repris avant que cette lettre ne vous parvienne.

VOTRE SERVITEUR,
VAST

Plusieurs feuillets chiffonnés et tachés d'humidité accompagnaient la lettre. Ils étaient tous écrits de la même main et constituaient des copies de lettres de différents Renné adressées au duc de Vast ainsi que de Vast à Toren et dame Beatrice. Kel les parcourut rapidement, sans rien trouver de vraiment important dans leur contenu. Restait qu'elles avaient été copiées par Carl A'denné et il n'y avait pas d'autre explication à cela que le fait qu'il était un espion pour le compte d'Innes. Il avait prétendu que son père et lui avaient changé de camp… Kel ressentit une pointe de déception.

— De quoi s'agit-il, messire ? demanda Tuwar.

Kel lui tendit la liasse de papiers sans un mot d'explication. Le vieux soldat les lut avec lenteur. Après un moment, il releva la tête, les yeux plissés.

— C'est le même garçon qui vous a sauvé la vie ?

— Celui-là même.

Tuwar jeta un nouveau coup d'œil aux lettres.

— Je trouve tout cela très étrange. Il est certain qu'il n'avait rien à gagner à vous garder en vie.

— C'est ce que l'on pourrait croire. Dites-moi, Tuwar, pourquoi Carl A'denné aurait-il voulu traverser le canal vers notre côté en possession de lettres qu'il aurait copiées chez Vast ? Cela semble un acte plutôt stupide pour un jeune homme de son intelligence.

— C'est vrai, messire, mais j'ai vu des hommes plus sages commettre des sottises pires encore.

— J'imagine.

— Je vais alerter les hommes, afin qu'ils cherchent Carl A'denné.

Tuwar se détourna et fit signe à l'un de ses écuyers.

— Tuwar… appela Kel.

— Messire ?

— Si vous le trouvez, dit Kel à voix basse pour être certain que personne d'autre ne l'entendrait, assurez-vous de me le ramener sain et sauf, si possible.

Tuwar dévisagea un instant son jeune commandant, la tête inclinée sur le côté, mais ne posa pas de questions.

— Comme vous voudrez, seigneur Kel.

CHAPITRE X

Une lumière diffuse et brumeuse s'étendait sur l'horizon à l'est, où les étoiles tremblaient avant d'être englouties. Tam était toujours éveillé, occupé à entretenir le feu, lorsque Alaan revint dans la pièce.

— Le loup paraît avoir passé la nuit, dit-il, et Cœur-de-corbeau semble en avoir payé le prix. Il dit qu'il pourra monter à cheval aujourd'hui, mais je ne crois pas qu'il tiendra sur la distance que j'avais envisagée.

Alaan se mit à rassembler ses affaires pour les empaqueter en vue du trajet à venir.

— Vous pensez donc que les Dubrell vont nous laisser passer ? demanda Fynnol.

Alaan serra les boucles d'une sacoche.

— Je ne sais pas, mais nous devons de toute façon traverser leurs terres.

Fynnol s'immobilisa et fixa Alaan. Il n'aimait pas ce qu'il venait d'entendre.

— Avez-vous appris quoi que ce soit au sujet des cavaliers ? demanda Tam.

— Rien du tout. J'ai redéposé la broche que tu as trouvée sur les pavés. J'espère qu'ils la récupéreront. Aucun des Dubrell n'était levé, ni aucun des cavaliers. Il y a plus de mystères ici que de réponses.

— C'est un endroit qui contient de nombreuses histoires, intervint Cynddl.

Il s'appuya contre l'une des chaises géantes, les bras croisés comme s'il avait froid. Il semblait engourdi, son regard perdu dans les flammes.

— Comme le montre la taille de cet endroit, de nombreux Dubrell habitaient ici, il y a fort longtemps. C'était une sorte de carrefour, mais pas du genre habituel. C'est un carrefour entre la Terre entre les montagnes et les terres secrètes. Des armées sont passées par ici, des fugitifs, des brigands, des sorciers. La guerre s'est abattue sans prévenir sur les Dubrell, un conflit avec des hommes contre lesquels ils n'avaient aucune querelle. De nombreuses fermes ont été brûlées, de nombreux villages aussi.

» Mais les géants ont élu domicile sur ces terres et ils ne les déserteront pas. Leur amour pour ce pays est perceptible dans leurs histoires et leurs chansons. Il l'appelle Borenfall, le seuil du paradis. (Cynddl ferma les yeux.) Ils ont construit ces fortifications pour surveiller la passe du nord par laquelle nous sommes arrivés hier. Au-delà du portail, on trouve les buttes où les morts ont été brûlés et enterrés, aussi bien les Dubrell que les hommes. La nuit dernière, comme j'étais allongé dans mon lit, j'ai vu les batailles qui ont eu lieu ici. Les géants étaient presque toujours surpassés en nombre. Ils n'ont pas une nature guerrière, mais lorsqu'on les met en colère…

» Il existait autrefois une race d'humains qui vivait à plusieurs jours de cheval au nord. Ils étaient belliqueux et impitoyables. Ils s'attaquaient aux Dubrell, assaillaient leurs villages et passaient tout le monde par l'épée… c'est en tout cas ce que pensaient les géants. Une nuit d'hiver, un jeune homme, à peine sorti de l'enfance, fit son entrée dans un village des Dubrell. Il déclara s'appeler Raindel et s'être échappé du pays au nord, où les hommes retenaient de nombreux Dubrell captifs pour en faire des esclaves. Les géants étaient forcés d'accomplir les tâches les plus ingrates et même de tirer les charrues, car les hommes affirmaient que leurs chevaux étaient trop précieux pour cela. Le garçon avait traversé la passe du nord en plein hiver ; il arborait de multiples engelures et la fièvre le faisait délirer ; il était mourant. Les Dubrell qui veillaient sur lui furent pris d'une colère silencieuse. Ils rassemblèrent leurs congénères de la vallée et se frayèrent un chemin à travers les neiges profondes de la passe du nord. Ils découvrirent le premier village humain de nuit et se jetèrent sur les habitants surpris. Ils passèrent toute la population par l'épée et brûlèrent l'intégralité des bâtiments. Ils y découvrirent quelques membres de leur peuple qui vivaient dans des conditions misérables, à peine meilleures que celles des bêtes. (Cynddl s'arrêta un instant et se frotta le front, de sorte que Tam ne pût voir ses yeux.) Et cela a continué, village après village. Mêmes les forteresses des hommes ne purent arrêter la colère des géants qui abattirent de grands arbres et s'en servirent comme des béliers pour fracasser les portails les plus solides.

» Les derniers hommes affrontèrent les Dubrell sur un champ hivernal, leur pays en flammes autour d'eux. Ils avaient fait venir tous les Dubrell qui restaient sur leurs terres et les remirent entre les mains des envahisseurs. Des coffres d'or et autres objets de valeur furent offerts. “Laissez ceux d'entre nous qui demeurent en paix, et plus jamais nous n'attaquerons vos terres ni ne réduirons les vôtres en esclavage.” Mais les Dubrell n'étaient pas satisfaits. Une dispute acharnée s'ensuivit, au terme de laquelle ils conclurent un accord. “Quittez ces terres aujourd'hui même et nous vous épargnerons. Chevauchez jusqu'au-delà de la Montagne brisée et installez-vous là-bas. Tous ceux de votre peuple qui seront encore ici demain paieront le prix de ce que vous avez fait subir aux nôtres.” Les hommes savaient que nombre d'entre eux ne survivraient pas au voyage, mais que tous mourraient sous la colère des Dubrell. Ils rassemblèrent donc ceux qui restaient et entamèrent les préparatifs de leur voyage au nord. Ils traversèrent une tempête hivernale et nul n'entendit plus jamais parler d'eux. »

Cynddl s'avança vers son lit et entreprit d'empaqueter ses affaires sans regarder les autres. Il avait le visage pâle et marqué par la fatigue. Les autres le laissèrent en paix et rangèrent leurs affaires en silence, pendant un moment. Lorsque la porte s'ouvrit devant Main-de-pierre, tous sursautèrent.

— Uamon souhaite vous parler, annonça le géant. Venez rompre le jeûne.

Dans la grande pièce, ils découvrirent le loup qui dormait paisiblement, Rabal étendu à ses côtés, ronflant doucement.

— Il est plus heureux en compagnie des bêtes que des hommes, fit remarquer Uamon.

Le vieux géant se leva à leur entrée et leur fit signe de rejoindre la table, où lui seul était assis. Un porridge de céréales chaudes fut servi à la louche à partir d'un chaudron de fer fumant.

— Avez-vous une réponse pour nous, Uamon? demanda Alaan. Nous n'avons que peu de temps pour mener notre tâche à bien.

— Le temps nous pourchasse tous, rétorqua Uamon. J'ai des devoirs envers les Dubrell que je ne peux ignorer. Je ne sais rien de vous, Alaan, si ce n'est que vous êtes venu de loin dans un endroit où peu d'hommes voyagent. Des ennemis vous suivaient… des hommes mauvais, sans doute. Et vous vous rendez à présent au sud dans des terres de brume et de terreur. Cela concerne les Dubrell, car notre frontière sud est menacée par d'étranges créatures qui n'apparaissent qu'aux heures les plus sombres de la nuit. Nos gens, là-bas, sont victimes de la maladie et du désespoir. Certains sont devenus fous. Devrais-je envoyer des étrangers là-bas ? Des étrangers versés dans l'art de la magie ? (Il leva un bol fumant à ses lèvres.) Vous dites chercher la connaissance. Un objectif noble.

Vous nous dites qu'un sortilège est en train de se déliter et que bientôt notre monde sera envahi.

» (Il fixa sur Alaan un regard bleu trouble.) Si nous n'étions pas déjà contraints de nous battre contre de sombres créatures, je ne vous croirais pas. (Son regard se tourna vers le loup endormi.) Mais peut-être avez-vous été envoyés pour nous aider, pour nous délivrer, car nous sommes en train de perdre cette longue guerre contre la nuit. (Ses yeux parurent soudain prendre un éclat humide mais il reporta son attention sur Alaan.) Si vous emmenez Loup-Fils avec vous, je vous donnerai l'autorisation de traverser nos terres. »

Alaan prit une profonde inspiration et joignit les mains.

— Je n'ai aucune objection au fait qu'il nous accompagne jusqu'à la frontière sud de vos terres, mais après cela il devra s'en retourner.

Uamon hocha la tête.

— D'accord.

Alaan jeta un regard vers Tam sans dissimuler son appréhension. Il se retourna ensuite vers le géant.

— Loup-Fils devra comprendre que je ne pourrai tolérer qu'il interfère avec mon devoir.

Uamon ne cilla pas.

— Et Loup-Fils ne tolérera pas que vous mettiez nos gens en danger.

Les deux hommes s'affrontèrent du regard pendant quelques instants, avant de regarder tous les deux ailleurs. Le reste du repas se déroula en silence.

Les étrangers se retrouvèrent bientôt pour transporter leurs sacs et leurs armes dans la cour. Tam avait envie de poser une question au sujet des hommes qui étaient arrivés si tardivement dans la nuit, mais il suivit l'exemple d'Alaan et ne dit rien.

Loup-Fils avait sellé leurs montures et les attendait dans la cour. L'énorme portail s'ouvrit en grinçant et Main-de-pierre leur fit un geste de la main depuis le sommet du rempart. Loup-Fils ne montait pas, il aurait fallu un cheval Fáel pour supporter son poids. Mais Tam se rappela que ses foulées étaient immenses. Le géant portait un paquetage sur le dos et un bâton à la main. Une épée battait à son côté et un casque en fer massif pendait de son paquetage. Ils sortirent et Loup-Fils fit un signe de la main à Main-de-pierre.

Tam perçut un mouvement sur leur droite, dans l'ombre des arbres.

— Des loups, dit Cœur-de-corbeau. Mais ne vous inquiétez pas, vous êtes avec moi.

Il jeta un coup d'œil en direction du géant qui avançait à larges enjambées à ses côtés.

— Et je suis sûr que Loup-Fils ne leur laisserait pas nous faire du mal.

Tam hocha la tête. Des hommes armés n'auraient normalement pas eu à s'inquiéter de la présence de loups, mais il avait vu ce que la meute avait fait aux espions d'Hafydd, la veille.

Le chemin descendait au milieu des arbres. Autour d'eux, les oiseaux célébraient le matin de leur chant. L'herbe était humide de rosée et l'air avait la fraîcheur des montagnes.

Tam jeta un regard en arrière à un endroit où un trou s'ouvrait dans les feuillages. Sur les hauteurs de la muraille, il crut voir quelqu'un d'autre aux côtés de Main-de-pierre, quelqu'un qui n'arrivait pas à la hauteur de l'épaule du géant.

— Qui étaient ces hommes qui sont arrivés hier? demanda Tam en interpellant Alaan. Les Dubrell ont fait tout leur possible pour éviter que nous sachions qu'ils étaient là.

— En effet, admit Alaan.

Il ralentit légèrement l'allure de sa monture afin que Tam puisse le rattraper.

— Qu'avez-vous voulu dire en affirmant qu'ils n'auraient besoin de surcots que s'ils affrontaient des hommes ? demanda Tam tout en craignant d'entendre la réponse.

Alaan ne répondit pas immédiatement. Ils chevauchaient à travers le matin pur des montagnes, illuminés par la lumière qui jouait dans les branchages.

— Tu as entendu Uamon parler d'une menace au sud. Je ne crois pas que les Dubrell craignent les hommes. Ils ne sont pas nombreux mais ce sont de fantastiques combattants. J'ai vu ce que Main-habile pouvait faire, comment il pouvait changer l'issue d'une bataille à lui tout seul. Non, les géants affrontent quelque chose d'autre. Et ces hommes qui sont arrivés hier soir, ces hommes porteurs du symbole des Chevaliers du Serment, ce sont les alliés des Dubrell. C'est ce que je pense. J'ai souvent vu des hommes d'armes endurcis par la guerre, et c'était le cas de ces hommes. Mais je doute cependant que l'ami du seigneur Toren, A'brgail, connaisse leur existence.

— C'est comme si le passé était revenu nous hanter, commenta Tam.

— Oui, répondit Alaan. On aurait pu penser que le temps constituerait un barrage plus efficace face à ce genre de chose, mais tel n'est pas le cas.

Tandis qu'ils descendaient en direction de la vallée verdoyante, en contrebas, Tam vit des rubans de fumée s'envoler en spirale au-dessus des arbres. Mais il ne put distinguer ni villages ni bâtiments. Sur le rivage ouest, il repéra des champs aux formes irrégulières. L'un d'entre eux abritait du bétail, mais aucun homme n'était visible... ni aucun Dubrell.

Ils progressaient à une vitesse raisonnable et malgré l'urgence de la quête, le groupe ne paraissait pas se hâter. C'était comme si la menace venue du sud les avait paralysés, ralentissant leur allure.

Tam se surprit à apprécier la journée, prenant plaisir à contempler l'envol des oiseaux ou les formes tracées par les rayons du soleil sur le sol de la forêt. Il comprit mieux pourquoi les Dubrell aimaient tant leur vallée. Au bout d'un moment, il réalisa qu'elle était très similaire au Val des Lacs même si, évidemment, le Val possédait bien plus de champs, de petits villages et de routes. Cette vallée-ci semblait presque inhabitée.

Lorsque Tam le dit à Alaan, le voyageur répondit :

— La vallée s'étend loin à l'ouest, où l'on trouve des villages et de nombreuses fermes. C'est pour cela que j'ai choisi de passer par la passe du nord. J'ai pensé que nous pourrions traverser sans être repérés, mais la chance ne nous a pas souri.

Ils passèrent leur journée à chevaucher à travers la vallée, qui se révéla un endroit d'une beauté calme et paisible. Fynnol, cependant, ne goûtait pas à cette paix, ni ne parut remarquer la sérénité de ce qui l'entourait. Lorsque Tam fit un commentaire sur la similarité entre cette vallée et leur patrie, Fynnol leva à peine la tête pour regarder autour de lui, avant d'opiner sans un mot, ruminant de sombres pensées.

Cynddl était tout aussi silencieux et troublé, même si Tam songea que cela n'avait probablement rien à voir avec les événements de la journée ni avec l'inquiétude qu'ils ressentaient tous quant à l'avenir. Il avait déjà vu son ami ainsi auparavant : les histoires de cet endroit l'agressaient et il n'avait nulle part où se réfugier pour leur échapper. Tam avait compris que la vie d'un quêteur d'histoires n'était guère enviable. Pour chaque histoire qui sortait de la terre à la manière d'un cadeau, plusieurs s'avéraient semblables à des cadavres, dérangeantes et gagnant à ne pas être connues. Les histoires des hommes étaient trop souvent des histoires de guerre et de trahison, de cupidité et de vengeance. Cynddl lui avait dit un jour que les histoires d'amour ne persistaient pas aussi longtemps que les récits de haine ou de violence, comme si l'intensité des émotions les faisait perdurer dans le temps. Tam aurait voulu croire que l'amour était plus fort que la haine mais il semblait bien que ce ne fût pas le cas.

Loup-Fils s'était éloigné d'eux durant le trajet. De temps à autre, Tam l'apercevait en train de marcher parmi les arbres, un loup ou deux attachés à ses pas.

Et dire, rumina le jeune homme, *qu'ils étaient seulement partis pour un voyage de deux semaines sur la rivière pour aller acheter des chevaux qu'ils pourraient monter sur le chemin du retour.* C'était l'idée qu'il s'était faite d'une aventure, l'aventure d'une vie ! Il songea que s'il survivait pour revenir au Val raconter son histoire, personne ne voudrait le croire. Non, ce n'était pas tout à fait vrai : son grand-père le croirait.

Le soir venu, ils arrivèrent à la base d'une colline boisée qui contrastait avec le reste du terrain, évoquant un gigantesque tertre funéraire. Ils remplirent leurs gourdes à une source que connaissait Loup-Fils.

— C'est un bon endroit pour établir le campement, dit le géant en s'agenouillant auprès de la source.

L'eau jaillissait d'une incision dans la roche et s'écoulait dans un petit bassin cerclé de larges pierres plates, sans doute placées là par le peuple de Loup-Fils. La nuit serait tombée dans moins d'une heure, et déjà les montagnes projetaient des ombres étirées sur la verte vallée.

— Un vent frais descend souvent du nord durant la nuit. L'air de la montagne.

— Nous établirons notre camp au sommet de la colline, déclara Alaan en agitant la main en direction de la pente.

— Mais le sommet n'offrira guère de protection contre le vent, protesta Loup-Fils.

— Non, mais il nous offrira une certaine protection contre d'autres choses.

Loup-Fils se leva, dansant d'un pied sur l'autre.

— Mon peuple ne s'aventure jamais sur cette colline. C'est un endroit maudit.

— Nous prendrons le risque de défier les superstitions, dit Alaan en guidant son cheval en direction du versant boisé.

Le soleil était presque couché lorsqu'ils atteignirent le sommet. Il y avait moins d'arbres sur les hauteurs et l'endroit leur offrait une vue dégagée dans toutes les directions : au nord, les montagnes déchiquetées et à l'ouest, la longue vallée s'étendant à perte de vue. Ils avaient une vue sur la forêt en contrebas ainsi que sur les larges clairières qui interrompaient occasionnellement la tapisserie verdoyante des arbres. Cynddl entreprit de désigner et de nommer les différentes espèces d'arbres en fonction de leurs nuances de vert.

Un vent froid soufflait déjà depuis les sommets et tous les compagnons allèrent récupérer leurs capes dans leurs paquetages. Loup-Fils jeta à Alaan un regard accusateur mais le voyageur ne sembla pas le remarquer. Ou alors il s'en moquait. Tandis que les autres dessellaient les montures et collectaient du petit-bois, Alaan se tint le regard tourné vers le nord, l'air lugubre. L'un des loups de la petite meute de Loup-Fils fit son entrée au camp à ce moment et s'installa près d'Alaan. Assis et immobile, l'animal donnait l'impression de fouiller la forêt des yeux, comme s'il recherchait aussi quelque chose.

— Qu'y a-t-il, Alaan ? s'enquit Tam à voix basse.

Il s'était placé de façon à ce que le voyageur se trouve entre lui et le loup.

— Pas de feu, déclara Alaan. Nous monterons la garde cette nuit.

— Sommes-nous si près du Royaume de la Mort ?

— Oui et non. Notre tâche est trop importante pour prendre le risque d'échouer par faiblesse.

Il se détourna pour récupérer l'arc accroché à sa selle, puis fit le tour de la colline en examinant la topographie des lieux. Il resta un moment le regard tourné vers le sud, où les nuages noirs d'une tempête obscurcissaient le ciel.

Puis il revint vers les autres.

— Si nous installons notre campement là-bas, reprit-il

en indiquant le sud, il y a une pointe rocheuse qui nous abritera.

Quelques instants plus tard, ils avaient établi leur camp à l'abri d'une petite dénivellation rocheuse qui les protégeait contre l'essentiel des vents montagneux.

— Nous pourrions faire un feu ici une fois la nuit tombée, dit Alaan tout en examinant la configuration des lieux.

Ils se trouvaient à présent dans un creux naturel qui dissimulerait probablement leur feu à toute personne en contrebas. La fumée, évidemment, ne serait pas dissimulée. Mais dans le noir et sous le vent, elle serait rapidement dissipée et difficile à repérer dans les ténèbres.

— De qui Alaan a-t-il peur ? demanda Fynnol à Tam tandis que la nuit s'installait autour d'eux.

Tam ne distinguait pas les traits de son cousin mais il perçut l'inquiétude dans sa voix.

— Je l'ignore, répondit-il, mais il surveille le nord.

De fait, le voyageur s'était posté face au vent et restait assis, penché en avant, les yeux fixés sur les montagnes. Les étoiles apparurent mais la lune ne s'était pas encore levée et la forêt qui s'étalait sous leurs pieds était aussi noire qu'un océan.

Au sommet de la colline, les arbres ployaient et craquaient sous le vent, leurs branches griffant les ténèbres. Des feuilles et des épines de pin s'envolaient en tourbillonnant et le vent soufflait de toute part d'une voix sinistre.

— Eh bien, c'est la nuit idéale pour une bonne histoire de fantômes, déclara Fynnol tout en utilisant son silex pour enflammer le petit-bois. Cynddl, tu dois bien connaître un conte de ce genre ? Le type de récit qui nous donnera de mauvais rêves et nous réveillera au moindre bruit.

— Je ne connais que trop d'histoires susceptibles d'avoir un tel effet, déclara le Fáel. Mais je crois que ce soir conviendra mieux à un autre type de récit…

Le quêteur d'histoires se déplaça pour réchauffer ses jambes auprès du feu, car le vent apportait avec lui le froid glacial des montagnes.

— C'est une vieille histoire des Dubrell, une légende que Loup-Fils doit connaître. Le royaume du sud a toujours jeté son ombre menaçante sur la vallée des géants, telle une ténébreuse montagne. Même à une époque plus paisible, les habitants de la vallée n'étaient pas à leur aise au sein de cette ombre. Elle leur gâchait le sommeil et les dérangeait durant les heures où ils étaient éveillés. Pour certains, c'était comme un endroit sombre à l'intérieur de leur esprit. Un endroit de ténèbres et de peur qui ne disparaissait jamais, même sous le soleil à son zénith. Nulle monstruosité ne s'échappait du royaume méridional à l'époque, seulement les murmures des serviteurs de la Mort. Pour la plupart des gens, ces murmures n'étaient guère plus que des brises glacées qui dérangeaient leur repos. Mais d'autres entendaient des mots mêlés à la brise — des mots et des promesses. Un groupe de Dubrell entendit ces promesses et en tint compte. Dans le plus grand secret, leur nombre grandit…

— C'est un mensonge ! explosa Loup-Fils. Aucun membre de mon peuple n'a jamais fait affaire avec le royaume du sud !

Le géant s'était relevé de toute sa taille et jetait un regard noir à Cynddl, tendant vers lui un doigt accusateur. Son autre main s'était posée sur la poignée de son épée.

— Les histoires que je trouve sont véridiques, rétorqua Cynddl d'une voix calme, que vous les croyiez ou non. Je vous présente mes excuses si cette histoire vous trouble.

— Je n'écouterai pas ces mensonges ! déclara le géant, qui disparut dans la nuit.

Tout le monde demeura silencieux un moment, ne sachant comment réagir. Puis Cœur-de-corbeau s'éclaircit la gorge :

— J'aimerais entendre le reste de cette histoire.

— Moi aussi, l'appuya Fynnol.

Alaan, qui s'était approché jusqu'à se tenir debout à la frontière de la zone éclairée par le feu, hocha la tête.

Cynddl reprit sa position originale et ses yeux se perdirent dans le vague tandis qu'il tournait son regard intérieur vers la source des histoires.

— Secrètement, leur nombre grandit, reprit-il, et ils se mirent à chuchoter entre eux, parlant de renverser les meneurs de leur peuple et de conclure un pacte avec le royaume du sud pour ne plus avoir à vivre dans la peur. Par une nuit sans lune, ils vinrent jusqu'ici. Une tour s'y élevait à l'époque, que l'on appelait Thollingkeep. Par la ruse, ils firent ouvrir les portes et s'immiscèrent à l'intérieur.

Tam ne regardait plus le feu mais s'était tourné vers l'obscurité. Il réalisa que Loup-Fils était debout non loin et écoutait.

— Un terrible combat s'ensuivit mais les Dubrell de Thollingkeep furent tués : hommes, femmes… enfants. Une guerre civile secoua le peuple des Dubrell, une longue guerre qui finit par voir la défaite des traîtres, de ceux qui avaient écouté les murmures. C'est pour cela que les Dubrell ne viennent plus ici. Ils disent que l'endroit est maudit, hanté.

Loup-Fils sortit de la nuit noire.

— Comment connaissiez-vous le nom de cette colline ? demanda-t-il d'un ton à présent apaisé.

— Cynddl est un Fáel quêteur d'histoires, répondit Alaan. Il peut entendre les histoires présentes en ce lieu. Ce qu'il dit est vrai. On ne ment pas à un quêteur d'histoires.

Loup-Fils dévisageait Cynddl sans rien dire.

— Ce n'est pas ce que j'ai entendu raconter, dit-il enfin. Les anciens disent que la Mort a envoyé une peste sur la région orientale de notre pays et qu'elle en a emporté les enfants. Elle a envoyé ensuite des émissaires aux anciens de ces terres et leur a promis de leur rendre les enfants s'ils partaient en guerre contre leurs frères. En signe de bonne volonté, la Mort leur a rendu un enfant, un unique enfant, mort et revenu à la vie. Rendus fous par une immense peine, les pères ont pris les armes contre leur propre peuple.

Cynddl secoua la tête.

— Ce n'est pas l'histoire que j'ai trouvée ici.

— La Mort ne laisse repartir personne ayant passé ses portes, déclara Alaan. Personne. Je suis désolé.

Loup-Fils baissa la tête. Sa main quitta la poignée de son épée.

Un son profond et puissant tel un cor au loin leur parvint à cet instant, porté par le vent. Tam le remarqua à peine mais Loup-Fils se redressa et tourna légèrement la tête. Il était aux aguets, l'oreille tendue.

— Vous avez entendu ? chuchota le géant.

La lumière changeante du feu se projetait sur son visage barbu à l'expression soudain inquiète, presque sinistre.

— J'ai cru entendre quelque chose, dit Fynnol en levant un regard plein d'appréhension vers le géant. Qu'est-ce qui a pu produire un tel son ?

— Un cor, murmura le géant en continuant à tourner la tête à la recherche de sons portés par la brise. Là, encore ! Vous l'avez entendu ?

Tam hocha la tête.

Loup-Fils se saisit de sa hache.

— Devrions-nous éteindre le feu ? demanda Cynddl.

— Non. Alimentez-le ! lança le géant tout en s'avançant vers un bosquet de jeunes sapins. Et rassemblez plus de petit bois !

Il entreprit d'abattre de petits sapins et de couper leurs branchages. Alaan s'empara d'une hache et vint lui prêter main-forte sans même prendre le temps de poser des questions.

— Tenez, dit Loup-Fils en lançant un arbuste abattu

à Alaan. Il nous faut des lances. Taillez ça en pointe et durcissez-le dans le feu. Il nous faudrait des pointes en fer mais nous devrons faire avec ça.

— Qu'est-ce qu'il y a, là-bas ? demanda Fynnol.

Il était debout et regardait tout autour. La peur le rendait agité.

— Ce n'est peut-être pas après nous qu'ils en ont, répondit Loup-Fils tout en continuant d'élaguer les branches. Espérons-le.

Il n'ajouta rien de plus. Tam mit la corde de son arc en place et récupéra toutes ses flèches avant d'aller chercher plus de bois pour le feu. Le vent continuait à siffler dans les arbres et, au-dessus d'eux, les nuages dissimulaient les étoiles. La lumière du feu s'accrut tandis qu'ils empilaient les branches sèches, illuminant les arbres qui montaient la garde autour d'eux et conférant une teinte orange aux visages pleins d'appréhension de ses compagnons.

Tam jeta une nouvelle brassée de branches tordues dans le feu avant d'essuyer la sueur qui lui coulait sur le front et dans les yeux. L'appel du cor se fit à nouveau entendre, plus près cette fois. Le son faisait se dresser les cheveux sur la nuque. La meute de Loup-Fils fit son entrée dans le campement. Les loups aussi avaient la fourrure du cou hérissée. Ils grondaient et s'agitaient, lançant sporadiquement un hurlement vers le ciel. Ils s'étaient rassemblés autour de leur maître mais gardaient les yeux tournés vers les ténèbres au nord, babines retroussées.

Tam était debout près du feu, l'arc à la main, l'une des lances improvisées de Loup-Fils plantée dans la terre à ses pieds. Ils se mirent tous en position, dos au feu. Loup-Fils au centre, Cynddl, Tam et Fynnol près de lui, Alaan et Cœur-de-corbeau sur les côtés.

Le vent amenait à présent jusqu'à eux un bruit différent, le son de branches brisées, de quelque chose se frayant un chemin au milieu des arbres. Les loups se mirent à gronder et à japper vers l'obscurité. Au-dessus de leurs têtes, les corbeaux lançaient des cris stridents et voletaient de branche en branche.

La chose qui avait traversé le bois s'arrêta à la frontière de la zone où la lumière rencontrait la mer de ténèbres. Loup-Fils saisit une branche de sapin mort aux épines jaunies. Il la tint quelques instants dans le feu avant de la brandir telle une torche gigantesque. Ce qui se tenait à l'écart de la lumière du feu hésita mais ne battit pas en retraite.

Le cor se fit de nouveau entendre, tout proche cette fois. On entendit soudain un piétinement dans l'obscurité, d'où jaillit une créature à la peau noire, aussi haute qu'un poney. Elle fonça droit sur Loup-Fils qui lui lança sa branche à la tête et fit un pas en avant, plantant sa lance dans le cou du monstre.

Un sanglier, réalisa Tam, mais énorme et grotesque. Loup-Fils fit un bond pour éviter ses défenses et la bête chargea droit dans le feu. Tam sauta sur le côté tandis que des bûches enflammées étaient projetées en tous sens. D'autres créatures sortirent des arbres dans un bruit de tonnerre, certaines plus grandes que la première. Les loups bondirent sur leurs pattes par-derrière et les sangliers ruèrent en agitant leur tête en tous sens. Mais ils n'en continuèrent pas moins d'avancer, museaux baissés, pour tenter d'éventrer les hommes. Les corbeaux se jetèrent sur l'un d'eux en s'attaquant à ses yeux. L'animal changea de direction et s'arrêta, essayant de se débarrasser de ses minuscules assaillants. Cœur-de-corbeau s'avança et lui trancha la gorge d'un geste presque posé.

Tam reçut un coup dans le dos tandis qu'il plantait sa lance de fortune dans l'épaule de l'une des plus grandes créatures. Il fut projeté au sol et seule une preste roulade sur le côté lui évita d'être piétiné à mort.

— Grimpez sur les hauteurs ! cria Alaan en désignant

du doigt la pointe rocheuse qui surplombait le campement.

Fynnol était déjà en train d'escalader la pierre, avec un tel empressement qu'il arrachait des morceaux de mousse. Tam passa arc et carquois par-dessus son épaule et tenta de le suivre. Les sangliers géants étaient partout, chargeant dans toutes les directions, poursuivant les loups, ruant pour se débarrasser des corbeaux qui les assaillaient. Bien que ne sachant pas qui était tombé au combat, Tam bondit sur les roches en s'agrippant des deux mains. Son arc et son carquois, mal accrochés à son épaule, menaçaient de le gêner et de causer une chute.

Fynnol tendit le bras et agrippa la première chose qu'il pût saisir, les cheveux de Tam, pour tirer son cousin vers le sommet minuscule. L'un des sangliers tenta de les suivre, claquant des mâchoires sur les talons de Tam. Mais Fynnol lui décocha une flèche dans le groin et il retomba en arrière en couinant.

Un instant plus tard, les hommes du Val tiraient Cynddl jusqu'à eux. Tous trois décochèrent une pluie de flèches sur les créatures en furie. Le feu s'était répandu partout, bondissant dans l'herbe sèche et le long des branches mortes. Au centre du chaos se tenait Loup-Fils, entouré de ses loups, chargeant dans une direction puis une autre. L'armée de corbeaux de Rabal s'attaquait toujours aux yeux des bêtes, mais Cœur-de-corbeau lui-même n'était visible nulle part.

— Il doit bien y en avoir une vingtaine ! cria Fynnol.

Rabal et Alaan firent leur apparition par-derrière, rejoignant le sommet déjà très encombré. Ils se mirent à appeler Loup-Fils.

— Venez ! Montez !

Mais, au vu de l'étroitesse de la plate-forme, Tam se demandait où le géant allait bien pouvoir se tenir.

Le plus gros des animaux se jeta de tout son poids contre la petite colline rocheuse et les hommes l'accueillirent à grands coups d'épées. Le sanglier les aurait probablement tous fait tomber, mais un rocher se déroba sous ses sabots et il glissa en arrière. Il chuta sur le flanc et la meute lui sauta dessus.

Loup-Fils s'avança pesamment sur la pente tandis que les archers tentaient de repousser les bêtes qui le pourchassaient. Le géant s'agrippa à la roche juste au-dessous de ses compagnons car il n'y avait pas de place pour lui au sommet. Il se retenait d'une main et maniait son épée de l'autre. En contrebas, entre les zones enflammées, les sangliers s'étaient rassemblés. Ils reniflaient et couinaient, des flèches plantées dans la chair de leurs gueules et de leurs flancs. Les ombres s'agitaient sur le sol et les arbres alentour et, de-ci, de-là, des feux naissaient lorsqu'une étendue d'herbe sèche ou un buisson étaient touchés par les flammes.

— Ils vont nous charger, annonça Loup-Fils en regardant derrière lui.

Ils se tenaient à un peu plus de quatre mètres au-dessus des créatures géantes.

— Je crois que nous n'avons d'autre choix que de courir vers les arbres. Plus bas, on trouve de grands chênes et des érables. On pourrait y grimper et se mettre hors de portée. Ils seront partis au lever du soleil, si nous arrivons à rester en vie d'ici là.

Le vent agitait la chevelure et la barbe du géant, projetant des fragments de végétation enflammée tout autour d'eux. Ils étaient tous debout, hors d'haleine, et la sueur coulait librement le long de leurs visages auxquels la lueur des flammes conférait les couleurs du soleil couchant. Du sang coulait le long du bras d'Alaan et lui maculait la main, mais il ne semblait pas s'en rendre compte.

Des bruits sourds dans la forêt derrière eux les firent sursauter.

— Les voilà aussi derrière nous à présent, dit Alaan en levant son épée.

— Ils vont charger ! les avertit Loup-Fils.

Les bêtes sauvages semblaient plus furieuses que jamais. Elles couinaient et grattaient le sol de leurs pattes. Tam les distinguait clairement à la lueur orangée des flammes. L'œil avait du mal à s'habituer à leur taille. Les plus gros étaient aussi hauts qu'un cheval, mais deux fois plus massifs. Des défenses à l'apparence terriblement dangereuse dépassaient de leurs museaux et leurs petits yeux brillaient d'une lueur de folie dans la lumière tremblante.

Le vent se mit à souffler avec violence sur la colline, fouettant les vêtements et les cheveux des hommes. Il gémit à travers les arbres, agitant les branches et attisant les flammes. Un cor se fit entendre pour faire écho au vent. Loup-Fils se raidit en prévision de l'assaut, qu'il serait le premier à subir.

Les couinements atteignirent un crescendo effrayant et les monstrueux animaux chargèrent en masse.

À ce moment, des cavaliers jaillirent depuis les arbres.

— Les espions d'Hafydd ! hurla Fynnol.

— À couvert dans les arbres ! ordonna Alaan.

Tam se détourna pour s'enfuir mais de nouvelles créatures sortirent des ténèbres. Il décocha une flèche, puis une autre. La masse sombre n'en cessa pas moins de charger à travers les sous-bois, droit vers eux.

— Sautez ! cria Cynddl.

Tous bondirent au bas de la pointe rocheuse.

Tam tomba au milieu des buissons éparpillés et se releva en ignorant les griffures et les coupures qu'il venait de subir. Son arc avait disparu. Il tira son épée et adopta une position ramassée, prêt à combattre hommes et bêtes. Depuis l'emplacement où il avait atterri, dans l'ombre, il put observer la clairière illuminée par les flammes. Là, au milieu des arbres et de l'herbe en feu, il vit une bataille entre les hommes à cheval et les créatures. Une bataille sortie d'un cauchemar. Les chevaux portaient des protections qui leur évitaient de se faire éviscérer et les hommes semblaient savoir ce qu'ils faisaient, comme s'ils avaient combattu de tels monstres auparavant.

À la surprise de Tam, Loup-Fils sauta au bas de son perchoir et se joignit au combat en lançant des appels aux cavaliers, lesquels lui répondirent dans une langue inconnue du jeune homme du Val. Alaan sortit en courant des ombres pour venir se placer dans le dos du géant. Ils bondissaient sur chaque animal renversé par les cavaliers pour lui trancher la gorge ou lui percer cruellement les yeux.

Les créatures restantes battirent bruyamment en retraite dans les bois obscurs. Le son de leur fuite couvrit même les gémissements du vent.

Ils étaient partis.

Les cavaliers mirent pied à terre et entreprirent immédiatement d'éteindre les flammes à l'aide de leurs capes. Loup-Fils s'empara d'une couverture déchiquetée et fit de même, battant l'herbe en feu tout en toussant à cause de la fumée. Tam rengaina son épée et suivit l'exemple du géant. Lui aussi se mit à tousser et se couvrit la bouche de son mieux. Mais les flammes étaient rebelles et refusaient de se laisser éteindre. Elles consumaient tout ce que l'été sec leur avait laissé comme carburant.

Tam se demanda si la colline tout entière allait prendre feu, ou si les flammes ne risquaient pas de s'emparer de toute la vallée, lorsqu'une goutte de pluie s'écrasa sur son front avant de s'écouler jusque dans son œil.

Un instant plus tard, une pluie battante se mit à tomber et le feu dut s'avouer vaincu. L'un des inconnus fit de son mieux pour maintenir un foyer dans la fosse et c'est autour de ces frêles lumières que Tam et les autres rassemblèrent leurs possessions piétinées, dont certaines avaient été dispersées bien au-delà du petit cercle lumineux.

— Je ne sais pas quel usage un sanglier pourrait bien

faire de mes braies de rechange, déclara Fynnol, mais il est clair que l'une de ces maudites créatures s'est enfuie avec.

Il était en train de fouiller les buissons à la limite de l'obscurité.

— C'est probablement pour ça qu'ils nous ont attaqués… ils n'avaient plus rien à se mettre.

Les hommes qui étaient venus à leur secours étaient de toute évidence les hommes du fortin des géants, ceux dont les Dubrell avaient pris grand soin de dissimuler la présence. Les inconnus jetaient régulièrement des coups d'œil à Alaan et aux autres, et leurs regards étaient porteurs de mille questions.

Deux des sangliers géants gisaient morts non loin du feu. Tam put les examiner de près. Ils avaient la peau grise, étaient courts sur pattes et armés de défenses aussi aiguisées que des dagues.

— Pourrions-nous en faire tourner un sur une broche ? interrogea Fynnol en s'avançant aux côtés de Tam.

— Vous n'aurez pas envie d'en manger, croyez-moi, dit l'un des cavaliers dont l'accent n'était pas aussi prononcé que ceux des géants. Leur viande est mauvaise et elle vous tourmenterait les boyaux. Certaines personnes en sont mortes.

Tam se détourna de la bête et se rapprocha du feu tandis que la pluie froide lui coulait sur le visage et dans le cou, détrempant ses vêtements. À la limite de la petite clairière, Loup-Fils était en train de parler avec celui qui devait être le chef des cavaliers. Leur accent incompréhensible empêchait Tam de saisir ce qu'ils disaient mais il était clair qu'ils n'étaient pas d'accord. Le visage de l'homme était rouge de colère.

Certains des cavaliers s'étaient postés en sentinelles sur le périmètre du campement, mais les autres avaient rejoint les étrangers autour du feu. Les trombes d'eau avaient laissé la place à une bruine légère et les flammes semblaient en mesure de sécher leurs vêtements légèrement plus vite que la pluie ne les mouillait. Nul ne soufflait mot et personne n'osait regarder le géant et le cavalier en colère. Mais tous tendaient l'oreille pour entendre ce qui se disait malgré le crépitement de la pluie et les gémissements insistants du vent.

Après une dernière exclamation, le cavalier se détourna et s'avança droit vers le feu. Il s'assit sur une selle qui avait apparemment été préparée à son intention, et plongea son regard dans les flammes pendant un moment. Tam songea qu'il devait chercher à se calmer.

Loup-Fils ne bougea pas mais ses yeux passèrent de l'un à l'autre des hommes assis autour du feu. Il avait l'air inquiet.

Le capitaine des cavaliers quitta les flammes du regard.

— Donc vous venez des terres lointaines, dit-il d'une voix calme.

Alaan hocha la tête en décochant un coup d'œil à Loup-Fils qui se tenait debout sous la pluie, seul. Un loup s'avança pour lécher la main du géant, comme s'il percevait que Loup-Fils avait besoin de réconfort.

— Des terres des hommes… ? demanda le cavalier.

— Oui, admit Alaan, des terres des hommes.

Cela causa une vive réaction parmi les cavaliers qui échangèrent de nombreux regards, comme si Alaan venait de confirmer quelque chose de miraculeux.

— Nos ancêtres venaient aussi des terres des hommes, dit l'homme. Cela fait huit générations que mon peuple vit ici, à Borenfall. Orlem Main-habile conduisit mes ancêtres ici pour venir en aide aux Dubrell, et nous sommes restés là depuis.

— Main-habile ! s'exclama Alaan, surpris.

Tam distinguait le voyageur à la lumière du feu. La pluie dans sa barbe était comme de la rosée, de l'eau s'écoulait le long de son visage, comme des larmes. Ses yeux allaient d'un cavalier à l'autre, comme s'il les jaugeait… comme s'il jaugeait la véracité de ce qui venait d'être dit.

Main-habile !

— Vous avez entendu parler de Main-habile ? demanda le capitaine.

— En effet, acquiesça Alaan. Pourquoi a-t-il conduit les vôtres jusqu'ici ? Étiez-vous des mercenaires ?

Le capitaine échangea un regard avec l'homme qui se tenait à côté de lui.

— Nous étions membres d'un ordre de chevalerie qu'Orlem Main-habile avait fondé avec un autre homme du nom de Kilydd. Orlem s'était perdu dans les terres humaines et il y avait rencontré un sorcier qui lui avait donné le pouvoir de voyager à travers les terres secrètes. Les Dubrell étaient assiégés par les hommes du sud et Orlem amena les miens ici pour leur venir en aide, car leur ennemi était rusé et impitoyable. Nous nous sommes installés ici depuis, sur des terres que les Dubrell nous ont concédées. (Il désigna l'horizon). Ce n'est pas très loin, à l'est. Orlem Main-habile a promis qu'un jour nous regagnerions notre patrie.

— Ce n'est qu'une histoire, dit Loup-Fils en s'approchant des hommes près du feu.

Il les surplombait de toute sa hauteur.

Tam réalisa alors que les géants avaient dissimulé son groupe aux cavaliers et non l'inverse.

— Mais vous êtes des Chevaliers du Serment, intervint Fynnol. N'est-ce pas ?

Tous les cavaliers le fixèrent, mais aucun ne répondit.

— Nous avons trouvé un symbole des Chevaliers du Serment dans la cour, expliqua Alaan. Une petite broche en forme de feuilles de chêne blanc. C'est le symbole d'un ordre de chevalerie au pays des hommes.

Les cavaliers s'agitèrent sur leurs sièges sans croiser le regard d'Alaan.

— N'abordons pas le sujet si vous ne le souhaitez pas, dit le voyageur. Combien des vôtres habitent ici ?

— Six mille, dit le capitaine. Dont deux mille hommes d'armes.

— Allez-vous nous quitter à présent, s'exclama Loup-Fils, alors que nous avons plus que jamais besoin d'aide ?

— Nous vous avons sacrifié huit générations ! cracha le capitaine. Nous sommes prêts à retourner sur les terres des hommes, où règne la paix.

Alaan s'assit et passa une main dans ses cheveux mouillés.

— Le même ennemi menace nos terres. La même guerre s'étend partout. J'ignore tout de votre accord avec les Dubrell mais il me semble que votre tâche dans cette guerre est de combattre ici. Lorsque la guerre sera terminée, je reviendrai et je vous ramènerai sur les terres humaines, ou j'enverrai quelqu'un pour le faire.

Loup-Fils se détourna comme s'il ressentait soudain une immense douleur.

Le capitaine des cavaliers se leva de sa selle pour venir se placer devant Alaan.

— Cette guerre n'a pas de fin, énonça-t-il d'une voix ferme. Nous pourrions repartir avec vous dès maintenant.

Alaan secoua la tête.

— Je vais au sud, dans les terres limitrophes du royaume des ombres…

— Vous n'en reviendrez pas, l'interrompit le cavalier, inquiet. C'est un endroit cauchemardesque, un lieu d'horreurs indicibles.

Il désigna du doigt le sanglier géant qui gisait à quelques mètres.

— Ceux-là sont les moindres des monstres qui viennent du sud. La Main de la Mort vous dérobera votre vie. Vous ne ramènerez personne sur les terres des hommes car l'obscurité se sera emparée de vous.

Alaan haussa les épaules.

— Je me suis déjà rendu une fois dans les terres qui bordent le Royaume de la Mort. J'en suis revenu sain et sauf. Je ne vois pas pourquoi je ne pourrais pas le faire à nouveau.

— Les terres limitrophes étaient calmes à l'époque, intervint Loup-Fils. La menace était limitée. Désormais, des monstruosités apparaissent au plus noir de la nuit. Et bien trop souvent, ce sont de nouveaux monstres. Les miens meurent en défendant la frontière. (Il fit un geste vers le capitaine.) Les hommes de Nathron meurent.

— Quoi qu'il en soit, c'est là-bas que je dois me rendre. Le sort de tous les peuples en dépend.

Il se leva et plongea son regard dans celui du capitaine des Chevaliers du Serment.

— Je reviendrai pour vous. Ou j'enverrai quelqu'un. Je le jure.

CHAPITRE XI

Ils étaient allongés dans les hautes herbes, tentant de retenir leur respiration. Le seigneur Carl décocha un regard à Jamm dont le visage tuméfié était en train de prendre une teinte pourpre. Les côtes peut-être brisées ou sans doute fêlées des suites des mauvais traitements infligés par le duc de Vast, Jamm avait bien du mal à respirer sans bruit. Carl était terrifié à l'idée que le voleur signale leur présence par une quinte de toux. Il avait énormément toussé la nuit précédente.

À une poignée de mètres de là, un petit groupe d'hommes d'armes s'était arrêté pour faire boire ses montures. Ils portaient la livrée de la maison de Vast et étaient très certainement à la recherche des deux fugitifs.

L'aube venait tout juste de se lever. L'herbe rêche était glissante de rosée et le sol formait un coussin de mousse. Ils avaient dormi là pendant quelques heures car Jamm était incapable de continuer. Leur monture volée avait été abandonnée durant la nuit, relâchée dans un champ au milieu d'autres chevaux dans l'espoir qu'elle ne serait pas découverte avant plusieurs heures.

Nous aurions dû lui trancher la gorge et l'abandonner dans un bois, songea Carl, dans un endroit où nul ne la découvrirait avant un jour ou deux. Si elle était découverte ce jour, Vast saurait où envoyer ses hommes.

S'échapper deviendrait alors pratiquement impossible dans l'état où était Jamm. Il avait pris une horrible raclée ! Mais même ainsi, l'instinct du petit voleur restait intact. Il avait deviné que le duc s'attendrait à ce qu'ils se rendent auprès de Kel Renné. Mieux valait faire quelque chose d'inattendu, c'était la règle qui dirigeait la vie de Jamm — agir de façon imprévue. Ils s'étaient donc dirigés vers la rivière dans l'espoir de la traverser et de se frayer un chemin jusqu'à Westbrook. L'île était trop grande pour que Vast puisse la maintenir entièrement sous sa surveillance. Et Jamm s'était montré assez rusé pour les tenir hors de vue de tous, à moins que leur chance ne tournât. Ce qui pouvait se produire à tout instant, si le petit homme toussait.

— Ils n'ont pas pu aller loin, dit l'un des hommes d'armes d'un ton péremptoire.

Il avait une voix grave, aussi lourde et épaisse que le grondement du tonnerre au loin.

— Ce petit voleur n'a pas pu faire plus d'une demi-lieue, même à cheval. On s'en est assuré.

Les autres éclatèrent de rire.

Carl vit Jamm presser la manche de sa veste contre sa bouche.

Ne tousse pas, lui ordonna silencieusement Carl. *Ne tousse pas...*

— Et ça alors, qui c'est ? demanda l'un des guerriers.

Carl entendit les hommes se relever en tirant leurs épées.

— Ah, dit l'homme à la voix grave, juste des Renné qui cherchent les derniers hommes d'Innes sur lesquels aiguiser leurs lames.

Carl n'osait plus regarder son guide, de peur de ce qu'il verrait.

Les hommes du duc saluèrent les Renné.

— Alors, à quel jeu jouait Carl A'denné ? demanda l'un des nouveaux venus.

Carl perçut le frisson d'excitation qui parcourait les

chevaux à l'approche de nouvelles montures. Une brise redressa l'herbe au-dessus de sa tête et un roitelet lança un trille. Carl eut la certitude que ce n'était plus qu'une question de temps : ils allaient être découverts. Jamm était incapable de courir et quelle distance Carl pourrait-il parcourir, poursuivi par des hommes à cheval ? Il ferma les yeux et tenta de calmer les battements de son cœur. C'était fini. Ils n'avaient plus que ces derniers instants de liberté.

— On dirait bien qu'il espionnait pour le compte du prince d'Innes, en tout cas c'est ce qu'on pense. Mais il a dû se jouer des deux partis. Il a traversé le canal l'autre nuit, guidé par un petit voleur. Quelqu'un connaissait ce voleur par son nom, et Vast a rapidement appris toute l'histoire de sa bouche. A'denné et son ami le mécréant se sont enfuis durant la nuit. Moi, je dis que ça prouve qu'il est coupable.

— Eh bien, répondit le Renné, nous entendrons bientôt toute l'histoire de la bouche d'A'denné lui-même.

— Pas si on le trouve en premier, grogna l'homme du duc.

Ses hommes se mirent à rire.

— Nous avons reçu l'ordre de le ramener en vie au seigneur Kel, dit le Renné.

— Nous avons reçu la promesse d'une récompense si on ramenait sa tête après avoir laissé son corps aux corbeaux, répondit l'autre.

Il y eut un instant de silence. Et Jamm toussa.

Il avait étouffé le son de son mieux, mais pas suffisamment bien.

— Qu'est-ce que c'était ? demanda l'un des soldats.

Carl entendit le son de lames tirées hors de leurs fourreaux suivis de bruits de pas dans l'herbe haute.

Jamm lui lança un regard éperdu. Il savait qu'il ne pourrait pas courir. Les hommes de Vast allaient-ils les tuer avant que les Renné ne puissent intervenir ?

Soudain, quelque chose traversa l'herbe devant lui.

— Là ! cria quelqu'un.

Carl se mit à quatre pattes, prêt à se battre ou à s'enfuir.

Un marcassin jaillit hors de l'herbe jusque sur la route et les hommes de Vast se lancèrent à sa poursuite. Les lames sifflèrent et le marcassin se mit à couiner et à hurler. Le petit animal bondissait d'un côté puis de l'autre tandis que les hommes l'assaillaient de toutes parts. L'un des coups finit par atteindre sa cible, les aspergeant de sang. La bête continua à courir et un deuxième coup la projeta au sol. Mais elle se releva en tentant de progresser sur trois pattes. Elle ne fit que quelques pas avant que l'un des hommes hurlants ne lève sa lame à deux mains au-dessus de sa tête et ne l'achève. Les hommes se mirent tous à rire en se moquant des spadassins qui n'avaient pas réussi à frapper le marcassin.

Le vent s'amplifia, faisant osciller l'herbe haute. Carl et Jamm s'éloignèrent en rampant, le bruit de leur déplacement couvert par le vent et le sifflement strident dans les herbes des champs.

CHAPITRE XII

Dease notait chacune de ses visites à dame Llyn Renné sur le dos d'une couverture de livre. Il agissait ainsi pour ne pas être en mesure de se mentir à lui-même quant à la fréquence de leurs discussions. Certains principes de décorum pouvaient justifier un décompte aussi scrupuleux: il était inconvenant de rendre trop souvent visite à une dame, à moins d'être fiancés. Mais ce n'était pas réellement là son souci. Il voulait surtout éviter de paraître stupide aux yeux de Llyn. Tout le monde au château savait qu'elle était amoureuse de Toren. Dease gardait l'espoir secret qu'un jour, elle réaliserait la futilité de ses sentiments pour Toren et que lui, Dease, pourrait alors la courtiser et emporter son affection.

Mais il venait à présent d'entendre une autre rumeur. Pendant son absence, Llyn avait souvent reçu la visite du seigneur Carral Wills et elle lui avait permis d'entrer dans son jardin et de converser avec elle face à face.

Dease se sentit comme pris de vertige et ne put s'empêcher de fermer les yeux. L'obscurité ne lui apporta aucun réconfort. À l'inverse de Dease, le seigneur Carral était aveugle. Le ménestrel ne pourrait jamais contempler le visage couturé de Llyn. Elle ignorait que les gens qui l'aimaient se moquaient bien de son apparence, aussi horrible qu'elle puisse paraître à ses propres yeux.

Dease s'en moquait, c'était certain. L'envie d'être en sa présence, d'être auprès d'elle, était parfois insupportable. Certaines nuits, il restait allongé sur son lit sans pouvoir penser à rien d'autre. Il rêvait de Llyn, du jour où il verrait son visage pour la première fois. Dans certains songes, elle était hideuse au-delà du supportable et il s'enfuyait en courant le long de couloirs sans fin. Dans d'autres, sa beauté était éblouissante. Parfois il rêvait qu'il voyageait au loin et, contre toute attente, qu'il trouvait un remède pour ses brûlures, qu'il lui rapportait.

Mais il s'agissait de songes. Dans la vie réelle, il comptait le nombre de fois où il lui rendait visite afin de ne pas avoir l'air trop stupide à ses yeux, comme un gamin entiché d'elle.

Une servante le laissa sur le balcon avec une révérence. Il y resta debout, explorant du regard le jardin clôturé. De jour, il ne l'avait jamais vu. De nuit, c'était un endroit mystérieux, rempli d'ombres et de silhouettes méconnaissables en dégradés de gris. L'endroit sentait la lavande et sa voix était celle d'un petit ruisseau cristallin, accompagnée des soupirs et des murmures des arbres.

Dease baissa le regard vers les ombres tandis que la lumière des étoiles se reflétait sur l'eau d'un petit bassin. Le jeune homme avait du mal à maîtriser les sentiments qui s'emparaient de lui, comme à chaque fois qu'il venait ici.

— Ah, seigneur Dease, lança l'adorable voix de Llyn.

Ce son le poignarda comme une lame, avant de se dissiper pour se transformer en une douleur sourde qui traversa son être.

— Dame Llyn, répondit Dease à mi-voix.

— Je ne pourrais vous dire à quel point j'ai été heureuse d'entendre que vous étiez revenu.

— Et que Toren était revenu avec moi, certainement.

Une légère hésitation.

— Oui… J'ai également été heureuse d'apprendre le retour de Toren.

Un mouvement attira l'œil de Dease. Elle se tenait sous le feuillage clairsemé d'un érable. Sa célèbre chevelure blonde captura son regard et il se remémora son parfum, la nuit où ils avaient dansé. Elle avait alors été costumée et soigneusement masquée.

Il ferma les yeux un instant et respira l'odeur de lavande.

— On m'a dit que le seigneur Carral était notre invité au château Renné ?

— Oui, dit-elle d'une voix douce, hésitante. Il est devenu notre allié, comme vous l'avez certainement appris.

— C'est ce que j'ai compris.

Dease percevait beaucoup de choses dans sa voix, dans les pauses, les petites inflexions, la chaleur avec laquelle elle prononçait un nom. Plus tard, il reviendrait sur chaque petite nuance en se demandant ce qu'elle signifiait. Il y réfléchirait encore et encore jusqu'à ce qu'il ait conçu tellement d'interprétations de ses paroles qu'il perdrait toute notion de ce qu'elle avait réellement voulu dire.

— Des rumeurs courent à travers tout le château affirmant que vous avez voyagé jusqu'à un lieu lointain où vous avez été témoins de phénomènes magiques…

— Nous n'avons pas eu l'impression d'un lointain voyage, quelques jours de cheval, mais nous nous sommes néanmoins retrouvés en terre inconnue. Cela ressemble à un rêve maintenant… ou à un cauchemar.

— Et avez-vous rencontré là-bas un malandrin du nom d'Alaan ?

Dease fut stupéfait.

— Quelqu'un vous a-t-il déjà raconté notre périple ?

— Personne. Mais avez-vous croisé le chemin d'un tel homme ?

Dease déplaça sa main le long de la rampe lisse, les yeux braqués sur le coin d'ombre, tentant de comprendre l'intérêt de Llyn pour le sujet.

— Eh bien, je dirais que je l'ai rencontré. Il était malade, sur le point de succomber, à peine capable de marmonner quelques mots de temps à autre, sans même parler d'avoir une conversation.

— Alors Toren l'a sauvé ?

— De même qu'un certain nombre d'autres personnes. Nous avons tous combattu Hafydd, qui cherchait Alaan pour le tuer.

— Tout cela est si étrange…

La voix de Llyn remontait depuis l'auvent formé par les feuillages. Elle resta silencieuse un moment. On n'entendait plus que le doux murmure du vent dans les branches, telle une voix langoureuse, trop lente pour être comprise des hommes. *Mais,* songea Dease*, les arbres vivent pendant tant d'années, pourquoi devraient-ils se hâter à la manière des humains éphémères ?*

— Et Samul et Beldor, avez-vous fini par les retrouver ?

— Oui. Toren leur a offert l'immunité, pourvu qu'ils ne remettent jamais les pieds en pays Renné.

Elle sembla y réfléchir un instant.

— Cela ressemble à Toren de montrer de la compassion, mais pas aux dépens de la justice. Que s'est-il passé, je me le demande, pour le conduire à prendre une telle décision ?

— Quelque chose de très simple, en vérité : nous avions besoin de Samul et de Beld pour combattre Hafydd… et ses alliés.

— Ah, dit Llyn. Les Renné ont souvent conclu de telles alliances par le passé. Certaines profitables, d'autres nuisibles.

Il eut presque l'impression de sentir son regard le fixer depuis les feuillages et se sentit brusquement mal à l'aise, presque embarrassé.

— Qu'est-il advenu de Samul et Beld ?

— Nul ne le sait. C'est déjà un miracle que Toren et moi ayons survécu et nous soyons retrouvés. J'ai bien peur qu'il y ait un grand nombre de disparus, dont Samul et Beld, ce qui est sans doute une bonne nouvelle à bien des égards.

— Je suppose que oui, même si j'aimerais vraiment savoir ce qu'ils avaient en tête lorsqu'ils ont tenté d'assassiner Toren.

Il vit la cascade de sa chevelure osciller sous la lumière des étoiles.

— Beld n'avait pas besoin de réfléchir à la question : il haïssait totalement Toren. Samul... Eh bien, qui a jamais su ce que Samul pouvait réellement penser ?

— Je ne le connaissais pas bien, répondit Llyn, mais cela me paraît juste. C'était un homme ambigu. Je me demande combien de gens sont sortis d'une conversation avec Samul persuadés qu'il était en parfait accord avec eux alors qu'il n'en était rien. Il n'y a jamais rien eu de vrai en lui. Je me demande ce qui l'a rendu ainsi.

La question ne semblait pas réellement adressée à Dease mais il tenta néanmoins d'y apporter une réponse.

— Je l'ignore, cousine. Il a toujours été ainsi. Même lorsque nous étions enfants ; en tout cas, c'est ce que je pense à présent.

— Il faudra que j'entende le récit complet de votre aventure un jour prochain. Je suis ravie que vous soyez revenu sain et sauf. Et le coup à la tête que vous avez pris en tentant de sauver Toren ?

— Il a été soigné. Les migraines ont disparu (il leva les mains et sourit)... comme par magie.

— Voilà une nouvelle que je suis heureuse d'apprendre.

Des bruits de pas rapides se firent entendre sur le gravier tandis que quelqu'un descendait le chemin.

— Votre Grâce ? demanda une servante à voix basse.

— Qu'y a-t-il, Anna ?

— Un groupe d'hommes d'armes vient d'arriver avec un homme qu'ils ont découvert errant dans les bois. On dit qu'il s'agit du seigneur Samul Renné.

Dease ferma les yeux et s'appuya de tout son poids sur la balustrade.

Sa tête devint soudain douloureuse et la fatigue qui l'avait habité parut jeter de nouveau ses filets sur lui pour l'affaiblir. Il eut le sentiment qu'il risquait de se mettre à sangloter et quitta rapidement le balcon pour s'écrouler sur l'un des sièges dans le petit salon attenant.

Ne serait-il donc jamais libéré de Samul et Beld ? Ne pouvaient-ils pas succomber ou s'enfuir au loin ? Tant qu'ils seraient en vie, il ne connaîtrait pas la paix. La vérité finirait par être révélée.

Les mots de Llyn lui revinrent à l'esprit. *Il n'y a jamais rien eu de vrai en lui.*

Elle aurait dû dire cela à mon sujet, réalisa Dease.

Il se tourna pour regarder à l'extérieur dans la direction du jardin mais aperçut son propre reflet sombre sur le verre de la porte ouverte. Ses yeux étaient tellement cernés. Et l'expression de son visage si artificielle. Il devenait chaque jour plus semblable à Samul, un homme ambigu. Un homme qui n'avait rien de vrai en lui. Comment pourrait-il jamais changer, à présent ?

CHAPITRE XIII

Il existait quelques cellules dissimulées sous les combles du château Renné, même si elles n'avaient rien à voir avec les « donjons » dont on parle dans les contes. Dease descendait les escaliers inégaux à la lueur d'une lanterne, en faisant attention à l'endroit où il mettait les pieds. Les marches de pierre étaient mal taillées, accidentées et parfois fendues. Il aurait été facile de perdre l'équilibre et de faire une mauvaise chute. Il essuya une toile d'araignée qui s'était collée à son visage, puis se passa une main dans les cheveux à la recherche d'éventuelles tisseuses.

Il entra dans un corridor dont le plafond voûté se perdait dans les ombres fumeuses de l'endroit. L'air était frais et sentait la terre récemment retournée. Un garde au bout du passage se releva en hâte du coffre sur lequel il était affalé, clairement inquiet à l'idée que Dease puisse le réprimander pour avoir fait preuve de négligence pendant son service. À vrai dire, ce dernier s'en moquait totalement.

— Le seigneur Samul, lança-t-il.

L'homme s'inclina nerveusement.

— Par ici, Votre Grâce.

Il décrocha une lanterne suspendue à un crochet sur le mur et les conduisit le long d'un court embranchement. Il s'arrêta devant une porte munie d'une minuscule fenêtre barrée de métal.

— Ce sera tout, indiqua Dease.

Le garde s'éloigna rapidement.

Une bougie brûlait à l'intérieur de la cellule, éclairant chichement un lit de camp, un petit bureau et une unique chaise à dossier droit.

— Samul ?

Une silhouette se releva sur le lit, en repoussant une couverture.

— Dease ?

Samul fit son apparition à la lueur de la bougie. Se levant avec raideur, il parcourut la courte distance qui le séparait de la porte renforcée de fer.

— Je suis heureux de te voir en vie, cousin, dit Samul à voix basse.

— Et moi de même, cousin, répondit Dease. Mais quelle folie t'a menée au château Renné ? Tu dois savoir que Toren tiendra parole.

— J'ai été emporté par les flots hors des Eaux Stagnantes et me suis retrouvé sur un petit affluent de la Wynnd. Au départ, j'ignorais où j'étais.

Dease suspendit sa lanterne à un crochet situé près de la porte. Cela ne faisait que repousser les ombres les plus ténébreuses. L'éclairage donnait au visage de Samul une expression emplie d'une détresse qu'il n'éprouvait certainement pas. Le visage de Samul ne trahissait jamais aucune émotion, ce qui avait conduit nombre de personnes à penser qu'il n'en ressentait aucune.

— J'aurais pu m'échapper discrètement au loin, mais lorsque j'ai appris que la guerre avait commencé, j'ai su que je devais revenir pour avertir Toren. Tu ne vas sans doute pas me croire mais Hafydd a conclu un accord avec la Mort.

— Nous le savons, répondit Dease. L'un des hommes du nord, Fynnol, a vu... Hafydd et toi, associés. En tout cas, c'est ce que prétendent les Fáel.

La main de Samul vint se refermer sur un barreau.

— Non, Dease ! Je n'ai eu d'autre choix que de prétendre être au service d'Hafydd. C'est Beld qui a conclu un pacte avec lui, pas moi. Dans les Eaux Stagnantes, Hafydd est venu à moi, seul, et m'a offert une place d'importance auprès de lui une fois achevée sa conquête de la Terre entre les montagnes. Il a présenté les choses d'une manière très séduisante, décrivant ce que je pourrais accomplir et obtenir et il m'a remis un petit récipient, dont il a dit qu'il contenait un œuf. Je devais l'ouvrir et briser l'œuf juste avant qu'Alaan ne nous conduise en dehors des Eaux Stagnantes. Une fois à l'écart de l'influence d'Hafydd, je suis revenu à moi. Mais lorsque j'ai voulu détruire l'œuf, Beldor m'a surpris et me l'a pris des mains. Il l'a ouvert. Une guêpe s'en est échappée, je jure que c'est la vérité, et Hafydd a cru par la suite que c'était moi qui lui avais adressé ce signal. Or c'était Beld.

Il s'arrêta pour reprendre son souffle et rassembler ses pensées.

— J'ai sauvé Toren d'une attaque de Beld. L'aurait-il oublié ?

— Je suis sûr que non. Tu as également tenté de l'assassiner. Cela non plus, il ne l'a pas oublié.

— Et toi, Dease ? As-tu oublié ta participation à tout cela ?

Dease regarda rapidement autour de lui en se demandant à quelle distance les voix pouvaient porter dans ces corridors.

— C'est pour cela que je suis ici. Je vais essayer d'intercéder en ta faveur auprès de Toren... et de dame Beatrice également. Mais jamais ils ne te feront confiance. Sois en assuré. Si je n'arrive pas à les faire changer d'avis, je trouverai un moyen de te sortir d'ici.

Il jeta un coup d'œil en direction du couloir.

— Ce garde aime boire. Je lui ferai passer suffisamment de cognac pour qu'il s'endorme, si nécessaire.

Les deux conspirateurs se turent. La lanterne siffla et s'éteignit, plongeant Dease dans des ténèbres quasi complètes. La frêle lumière de la bougie de Samul ne repoussait qu'un millième de l'obscurité. Dease regarda tout autour de lui et réalisa qu'il aurait pu se trouver dans la cellule et que la petite fenêtre derrière laquelle il devinait tout juste la silhouette de son cousin aurait pu être son seul accès à l'extérieur.

Il leva la main pour saisir celle de Samul, toujours accrochée au barreau.

— Tu as besoin de quelque chose ?

Samul se mit à rire.

— Qu'est-ce qu'un homme pourrait bien désirer dans un environnement aussi luxueux ? Une nouvelle paillasse et une literie neuve ne feraient pas de mal. Des bougies. Un livre à lire. De l'encre et du papier. Je vais bientôt devenir fou ici si je n'ai rien pour occuper mon temps.

— Je m'en occuperai, Samul. Dès que possible.

Dease leva le bras et décrocha sa lanterne. Il sentait la chaleur qui s'en dégageait malgré la disparition de la flamme. Il se détourna du visage hanté de son cousin qui se découpait dans l'encadrement de la fenêtre à barreaux.

— Dease ? appela Samul avant qu'il n'ait fait une douzaine de pas.

— Oui ?

— Et une cape en laine. C'est froid et humide ici. Il est très difficile de se réchauffer.

— Je t'en trouverai une, promit Dease.

Il ralluma sa lampe auprès de celle du garde et s'en fut. Tandis qu'il sortait, il sentit sur lui le regard chargé de reproche des minuscules fenêtres des cellules vides.

CHAPITRE XIV

Elise et A'brgail se soutenaient mutuellement tout en se frayant un chemin à travers les derniers mètres de ronciers en direction du soleil déclinant. A'brgail jeta un rapide coup d'œil en arrière. La journée touchait pratiquement à sa fin : le ciel à l'ouest était rempli de nuages en fusion.

— Il est loin de nous désormais, dit Elise d'un ton calme.

Son regard semblait atteindre un endroit lointain, largement hors du champ de vision du chevalier.

A'brgail était impressionné par la force de la jeune femme. Il appuya un bras sur ses fines épaules féminines mais elle ne chancela pas ni ne parut le remarquer. La frêle ossature d'Elise était plus forte que la sienne, plus que celle de n'importe quel homme sans doute. Sans Elise, il n'aurait jamais survécu à l'inondation de la caverne. Et y survivre avait épuisé toutes ses forces. En vérité, il n'aurait pas pu faire plus d'une centaine de mètres sans elle. Il secoua la tête. Elise avait toujours la tête haute, même si sa chevelure dorée était emmêlée et ses vêtements tellement déchirés qu'ils en devenaient presque indécents. Aux endroits où elle avait heurté les murs rocheux du labyrinthe de tunnels, sa peau était couverte d'hématomes et de griffures. Elle se baissa pour appuyer le dos d'A'brgail contre un tronc abattu et s'assit en face sur un petit monticule.

— Sommes-nous toujours sur les terres secrètes ? demanda le chevalier. J'ai perdu tous mes points de repère. Ni villages ni routes. Pas même un chemin de terre qui puisse nous emmener... quelque part. Nous ne sommes probablement pas encore revenus sur la Terre entre les montagnes.

— Nous sommes de retour sur nos terres, articula Elise d'une voix lointaine. Mais je ne saurais dire où nous nous trouvons. Perdus...

Elle avait prononcé ce mot d'un ton mélancolique. Elle le répéta pour elle-même : « perdus... »

A'brgail l'examina avec ce qu'il réalisa être de la pitié, elle, la chose qu'il avait autrefois fait le vœu de détruire. Cette abomination qui avait désormais l'apparence d'une jeune femme en difficulté était emplie d'une immense tristesse.

— Vous allez bien, ma dame ? demanda-t-il à mi-voix.

— Non, messire Gilbert, répondit-elle en secouant la tête, le regard fixé sur les champs au loin. Je ne vais pas bien, pas depuis que j'ai vendu mon âme à un monstre.

— Vous ne ressemblez guère à un monstre, dit-il, surpris lui-même de le reconnaître.

— Non ? Je crains que cela devienne plus apparent avec le temps.

Elle contempla ses mains, les agitant devant ses yeux comme s'il n'était pas certain qu'elles lui appartiennent.

— Ses souvenirs, sa sensibilité et ses sentiments se battent contre les miens, contre ma nature. Sianon ne connaissait pas le remord, n'était capable d'aucune affection. Ses amants étaient trop nombreux pour en faire la liste, et elle n'en a jamais aimé aucun. Ses propres enfants sont partis au combat pour gagner son amour et lorsqu'ils sont morts, elle n'a pas versé une larme. C'était là le prix de son don : tous l'aimaient mais elle n'aimait personne.

Ce qui n'est pas vrai : elle aimait au moins un homme, son propre frère, Sainth, qui a conclu un pacte avec Alaan.

— Mon frère, ajouta A'brgail à voix basse.

Elise leva alors les yeux vers lui. Une ride de concentration apparut entre ses sourcils, comme si elle essayait de regarder en lui.

— Tout cela forme un nœud de relations complexes, dit-elle en passant d'un air absent la main sur ses hauts-de-chausses déchirés.

— Mais vous n'êtes pas Sianon, insista A'brgail. Alaan jure qu'il n'est pas contrôlé par Sainth et, pour dire la vérité, il ne semble pas avoir beaucoup changé, même si j'ai refusé de l'admettre jusqu'à aujourd'hui.

— Mais Alaan et Sainth ne sont pas si différents. Sianon est à l'opposé de moi dans presque tous les domaines. Et j'ai déjà succombé une fois à ses... appétits.

Elle jouait avec le tissu effiloché de ses braies.

— Une partie de moi ne l'a fait que pour le plaisir, comme un homme se rendrait dans une maison close. (Elle ferma les yeux, les joues rouges.) Mais la partie de moi qui est... moi... Je n'étais pas si indifférente. Mon cœur a été... touché. Cela va vous sembler naïf mais je jurerais l'avoir senti s'ouvrir, comme un bourgeon.

Elle ferma les yeux, comme pour retenir ses larmes.

A'brgail se surprit à avoir envie de la réconforter. Bien qu'il craignît d'être sous l'effet du sortilège propre à Sianon, qui incitait chacun à vouloir lui plaire, à gagner ses faveurs, il ne pouvait s'en empêcher.

— N'ayez pas honte de vos sentiments de femme, dit-il. Mieux vaut avoir le cœur brisé que pas de cœur du tout.

— Facile à dire, répondit Elise en ouvrant les yeux et en cillant rapidement.

Elle s'essuya les joues de sa manche souillée.

— Mais je vous remercie, quoi qu'il en soit. (Elle se leva.) Nous devons continuer. Je dois savoir où nous sommes et à quelle distance nous nous trouvons de Westbrook.

— Pas très loin, lança une voix.

Elise se retourna pour découvrir un Fáel debout à quelques mètres, une épée à la main.

— Des archers se tiennent prêts à vous transpercer le cœur, les avertit l'homme. Il serait préférable pour vous de ne pas bouger.

— Et qui êtes-vous ? interrogea Elise en tentant de maîtriser l'orgueil de Sianon.

— Je m'appelle Brendl, répondit le Fáel. Et votre mise laisse à penser que vous êtes des mendiants, mais je suspecte que rien n'est plus éloigné de la vérité.

A'brgail réalisa que d'autres hommes se tenaient dissimulés dans l'ombre des arbres tandis que le crépuscule descendait sur eux.

— Je suis Elise Wills et voici Gilbert A'brgail, un chevalier dont les actes, s'ils étaient connus, lui vaudraient un immense renom.

— Elise Wills s'est noyée à Westbrook, rétorqua Brendl. C'est en tout cas ce qui se dit.

— Je me suis bien jetée à l'eau, pour échapper à un homme qui se fait appeler Eremon. Mais je ne me suis pas noyée, comme vous pouvez le voir.

Le Fáel opina du chef pour marquer son accord.

— Vous êtes tout à fait en vie, mais quant à savoir si vous êtes ou non Elise Wills… ce sera à d'autres que moi d'en juger. Suivez-moi.

— Et où nous emmenez-vous ?

— Non loin, répondit-il.

D'autres Fáel sortirent alors du bois, étonnamment bien armés.

Elise échangea un regard avec A'brgail et, au grand soulagement de celui-ci, acquiesça de la tête. Il n'aurait pas été capable d'offrir la moindre résistance. Il réussit à peine à se relever sans aide. Un Fáel vint le soutenir et il s'enfonça sous les arbres, Elise Wills le supportant d'un côté, le vagabond noir de l'autre.

Au bout d'un petit moment, ils ressortirent de sous le couvert des arbres dans la lumière déclinante.

Brendl leva la main et pointa le doigt vers l'horizon.

— Là. Les tours-cités de mon peuple.

A'brgail se redressa et laissa son regard courir au bas de la colline jusque dans l'ombre ondulante des collines bleutées. Il y avait de l'eau en bas, peut-être un lac, aussi sombre que de l'acier dans le crépuscule. Et puis il les vit : trois tours de pierre usée, érigées ici par la main de la nature, perçant la surface lisse tels des doigts déformés. À leur sommet se trouvaient les villes Fáel : Alandor, Fylan-or et Naismoran.

— Comment diable sommes-nous arrivés jusqu'ici ? C'est très loin de l'endroit où nous étions au départ.

— De nombreuses lieues, confirma Elise.

Ils descendirent le flanc de la colline. Un muret protégeait un vaste pâturage et ils escaladèrent bruyamment les pierres branlantes avant de mettre les pieds dans l'herbe épaisse. Dans cette lumière crépusculaire, les moutons donnaient l'impression de flotter, petits nuages voletant sur la lande.

La descente fut longue et les ténèbres grandirent tout autour d'eux. Les derniers deux cents mètres se firent à la lueur des étoiles. Un vent frais survint du nord et, dans son état d'épuisement, A'brgail se mit à frissonner. Une route fit son apparition devant eux, un ruban gris pâle qui serpentait en direction du lac noir.

Au sommet des tours, des lumières s'allumèrent. Ils étaient bien plus près à présent et le chevalier put constater que les bâtiments descendaient sur une bonne distance le long des parois de roche des tours. À vrai dire, A'brgail était incapable de deviner par quel moyen les structures pouvaient bien y rester accrochées.

Au bout de la route, ils atteignirent l'embarcadère d'un ferry. Une vaste barge plate oscillait presque imperceptiblement entre les piliers de pierre. Deux Fáel de grande taille sortirent de l'ombre d'une petite casemate. L'un d'eux s'approcha, la main reposant avec légèreté sur la garde de son épée. L'autre était resté en arrière, une flèche encochée. Le bois de yaka incurvé de son arc captait les reflets de la lumière des étoiles. Brendl s'avança et leur parla à voix basse dans la langue de leur peuple.

Il revint vers les étrangers un instant plus tard.

— Venez, nous allons traverser jusqu'à Aland-or. Les anciens décideront de ce qu'il convient de faire de vous.

— Est-ce contraire à une quelconque loi Fáel de se promener de nuit dans la campagne ? demanda Elise d'un air têtu.

A'brgail eut le sentiment que Brendl était légèrement embarrassé.

— Nous avons reçu des nouvelles alarmantes de la part des nôtres qui voyagent à travers la Terre entre les montagnes. Les rumeurs abondent disant que les Renné et les Wills sont sur le point de se faire la guerre, s'ils n'ont pas déjà commencé.

Il fit un geste d'invitation en direction d'un navire de bonne taille.

A'brgail dut se faire aider pour monter à bord puis ils se retrouvèrent bientôt sur l'eau lisse. Six hommes avaient pris les rames tandis qu'une autre demi-douzaine de Fáel montait la garde auprès des étrangers, bien qu'A'brgail jugeât qu'ils faisaient vraiment tous les efforts possibles pour ne pas se montrer menaçants. Les rames dérangeaient les étoiles qui clignotaient tout autour d'eux, et les envoyaient virevolter dans leur sillage. A'brgail tira ses robes déchirées à lui pour se protéger du vent froid et de l'humidité du lac, mais Elise ne parut pas affectée. Le simple fait de s'asseoir était un soulagement. A'brgail prit toute la mesure de la faiblesse de ses membres tandis qu'il s'affaissait sur le banc de nage, incapable de garder le dos droit.

Chaque coup de rame poussait le navire en avant, faisant légèrement remonter la proue et onduler les eaux noires. Comme la plupart des habitants de la Terre entre les montagnes, A'brgail avait passé du temps à bords de divers bateaux. La Wynnd et ses affluents constituaient les principales routes du pays, après tout. Il n'aurait peut-être pas été capable d'identifier un bon navire rien qu'en le regardant, mais une fois sur le pont, les choses étaient différentes. Cette embarcation filait sur les flots avec légèreté, avançant droit devant elle, sans osciller d'avant en arrière ni se balancer sur les côtés. Il passa ses doigts sur le plat-bord et le bordage. Tout était lisse et en bon état, le colombage étonnamment soigné.

Au-dessus de leurs têtes, des oiseaux de proie lancèrent leur cri. Un poisson bondit dans les airs avant de retomber dans son élément. La surface était-elle invisible la nuit venue ? se demanda le chevalier. Les poissons sautaient-ils ainsi à l'air libre involontairement ?

Tout comme je le fais moi-même, songea-t-il. Car il avait l'impression d'être dans un monde qui n'était pas le sien, perdu, incapable de respirer.

La femme à ses côtés était une abomination. Un grand maître de son ordre avait été brûlé vivant pour avoir fait ce qu'elle avait fait. Les pactes avec les nagars finissaient toujours mal. Mais il ne pouvait malgré tout s'empêcher d'avoir pitié d'elle. Il avait clairement vu la douleur immense qui l'habitait, moins d'une heure auparavant. Elle payait le prix pour son acte. Il espérait qu'elle serait la seule à le payer. Il espérait également que dame Elise ne remettrait jamais les rênes à la chose qui vivait en elle, car Sianon était un monstre sans pitié. Une femme qui vivait pour la guerre et ne ressentait aucun remord vis-à-vis du coût en vies humaines. Pourtant, Sianon était aussi leur dernier espoir. Elle et Alaan. Hafydd ne pourrait être vaincu sans eux.

La tour d'Aland-or apparut lentement au milieu des

ténèbres. Un quai de pierre s'étendait à son pied. Ils débarquèrent sur les marches de l'appontement. Brendl s'approcha en hâte des gardes et leur parla à voix basse. A'brgail se surprit à les fixer attentivement en se demandant si un regard ou un mouvement pouvait trahir ce qui se disait ou révéler quelque chose de leurs intentions. Les gardes se contentèrent de se tourner pour les regarder d'un air solennel.

— Cet homme ne parle pas votre langue, intervint Brendl, mais il vous mènera jusqu'à la cité. Je vous enverrai là-bas sans escorte si vous me donnez votre parole de ne causer aucun trouble.

— Quel choix avons-nous ? demanda Elise en se hérissant. Néanmoins, oui, vous avez notre parole.

Brendl s'inclina brièvement devant eux avant de remonter avec agilité dans le navire. Il disparut dans l'obscurité en quelques instants. Seules les éclaboussures régulières des rames témoignaient de sa progression.

Sur un signal invisible des gardes, des cordes se tendirent en sifflant derrière les blocs de pierre loin au-dessus d'eux. Une large nacelle en osier sortit des ténèbres pour atterrir sur la pierre avec un bruit mat. Leur guide ouvrit une petite porte sur le flanc de la nacelle et fit signe à Elise et A'brgail de s'installer à l'intérieur. Un instant plus tard, ils s'élevaient tous les trois avec régularité à travers les airs, contemplant le lac sombre et constellé d'étoiles en contrebas.

Un vent léger se manifesta tandis qu'ils grimpaient et A'brgail eut l'impression qu'ils venaient de quitter la terre pour s'envoler, flottant tels des faucons sur un courant ascendant. Il coula un regard en direction d'Elise, à peine visible dans la lumière ténue. Elle avait posé une main sur la rampe étroite et son regard était plongé vers les eaux immobiles. Elle semblait tellement usée par les soucis. Son visage juvénile était comme accablé par les inquiétudes de quelqu'un de bien plus âgé.

Mais quel âge aurait Sianon aujourd'hui? se demanda-t-il.

A'brgail se demandait également ce à quoi elle pouvait bien réfléchir, car elle était une énigme pour lui qui n'avait guère d'expérience en matière de femme, sans parler d'une femme ayant conclu un pacte avec un nagar.

La nacelle ralentit puis vint se caler au sein d'une structure en bois. Un plancher étroit s'ouvrait devant eux, des poutres en bois sombre, sculptées de motifs représentant des oiseaux en vol, s'incurvaient au-dessus de leurs têtes. Des lanternes éclairaient l'endroit de leur lumière inconstante et A'brgail vit que la structure était élégante et d'une construction légère, ce qui était de toute évidence nécessaire puisqu'elle était suspendue en porte à faux sur le rebord d'une falaise.

Leur guide s'adressa aux Fáel qui se trouvaient là et l'un d'entre eux se tourna vers les étrangers pour annoncer d'une voix hésitante :

— Je vais vous emmener dans un endroit où vous attendrez. Merci de me suivre.

Il leur ouvrit la porte, sans s'encombrer d'une lanterne. Ils traversèrent une étroite promenade pavée de pierre lisse. La cité des Fáel s'ouvrit devant eux, éclairée de-ci, de-là par des lanternes suspendues au-dessus des entrées. Les passages n'étaient pas très larges ; trois hommes allongés en file indienne auraient occupé la largeur de celui qu'ils empruntaient. Des bâtiments s'élevaient de chaque côté. Certains étaient des boutiques, d'autres sans doute des lieux de résidence. Ils ne faisaient pas plus de trois étages, en tout cas dans ce quartier de la ville. Les portes étaient peintes de couleurs vives, les murs de pierre surplombés de pignons en colombage soutenant des toitures d'ardoise escarpées. Partout où se posait le regard, on trouvait des exemples de l'habileté renommée des Fáel : un banc décoré de fleurs sculptées, des fenêtres à l'armature en plomb élaborée et d'autres réalisées en vitraux.

La ville était organisée et harmonieuse mais semblait en même temps s'être développée de manière aléatoire. Leur guide leur fit descendre plusieurs escaliers magnifiquement conçus. Au détour d'un virage, un petit parc s'ouvrit devant eux, avec un bassin en son centre. Des couples s'y promenaient et plusieurs anciens semblaient se reposer sur les bancs. Un groupe de musiciens jouait sur une petite barge qui dérivait sans but sur les eaux.

A'brgail vit Elise hésiter. Il sentait presque son désir de s'arrêter un instant à cet endroit, d'écouter la musique. Une partie d'elle-même était toujours la fille de Carral Wills, après tout. Les Fáel avaient une immense admiration pour le musicien, ce dont peu d'hommes pouvaient s'enorgueillir.

Leur guide s'accroupit auprès d'un individu aux cheveux blancs avec lequel il conversa un moment avant que l'homme ne s'éloigne d'un pas rapide. Puis le guide leur fit signe de le suivre. Ils descendirent un nouvel escalier, lequel devait être sur le flanc de la tour car il donnait sur le paysage en contrebas. Quelques nuages immobiles flottaient dans le ciel constellé d'étoiles. La lune décroissante se lèverait dans une ou deux heures. A'brgail se demanda s'il serait capable de rester éveillé aussi longtemps. Il n'avait jamais connu un tel épuisement.

On leur fit passer deux larges portes en bois de yaka aux panneaux plus larges que tout ce qu'A'brgail avait jamais vu. Ils pénétrèrent dans une vaste pièce dont les fenêtres s'ouvraient sur le monde extérieur.

— Vous êtes dans la Chambre de la Lune Montante, dit leur guide.

Il adopta soudain une expression pleine de sollicitude.

— Est-il vrai que vous êtes la fille du seigneur Carral Wills ?

— C'est exact, en effet.

— Mais nous avions entendu dire que vous étiez morte dans un accident.

— Ce n'était pas un accident et je ne suis pas morte, répondit Elise d'une voix trahissant une immense fatigue.

L'homme s'inclina rapidement et s'éloigna en hâte.

— Je vais vous faire apporter de l'eau pour vous laver ainsi que de la nourriture et de quoi boire. Les anciens vous rejoindront rapidement. Votre arrivée est inattendue et il est nécessaire de les trouver et de décider qui devra s'occuper de vous.

On les laissa seul dans la pièce, qui était à la fois élégante et sobre. Les décorations paraissaient étranges et discrètes aux yeux d'A'brgail, car la sensibilité artistique des Fáel était différente de celle des autres peuples de la Terre entre les montagnes. Les colonnes étaient étroites à la base et s'épaississaient en grimpant en spirale vers les poutres incurvées du plafond. À l'opposé du mur de fenêtres qui s'ouvraient à l'est, des tapisseries aux couleurs riches et profondes décoraient la paroi de pierre.

— Ils doivent fermer les rideaux aux fenêtres pour protéger les tapisseries du soleil matinal, lança A'brgail qui réfléchissait à haute voix.

Elise parut à peine l'avoir entendu.

Même les scènes dépeintes par les tapisseries paraissaient étranges au chevalier, emplies qu'elles étaient d'images dérangeantes, totalement différentes des tapisseries décrivant des récits d'amour courtois ou des batailles célèbres qu'il connaissait. Elise sembla percevoir sa confusion.

— Tisseuses de vision ! dit-elle, comme s'il s'agissait de la réponse à une question.

Elle jeta un coup d'œil à A'brgail, dont le visage devait avoir trahi son incompréhension.

— Ces tapisseries sont l'œuvre de tisseuses de vision. C'est pour cela qu'elles ressemblent à des rêves ou des cauchemars.

Elle examina les étranges images pendant un moment

avant de se laisser tomber sur une chaise, le regard perdu sur l'horizon, à l'est. A'brgail suivit son exemple. Le siège lui parut confortable et accueillant.

Quelques instants plus tard, il fut réveillé par le son des portes qui s'ouvraient. Deux jeunes gens et une jeune femme entrèrent en hâte, porteurs de plateaux : de l'eau pour qu'ils puissent se laver et des plats de nourriture fumante. A'brgail n'aurait su dire de quoi il avait le plus besoin mais il décida que le plus poli serait de commencer par se laver aussi soigneusement que possible.

Elise n'attendit pas qu'on lui demande quoi que ce soit et plongea son visage dans une bassine à la manière d'un vieux soldat en campagne. Si les Fáel en furent surpris, ils n'en laissèrent rien voir. A'brgail fut impressionné de voir jusqu'à quel point leur respect envers Carral Wills pouvait aller.

A'brgail vomissait d'une manière horrible. La bile faisait comme une boule brûlante dans sa gorge. Des mains paraissaient le soutenir tandis que d'autres le tapaient doucement dans le dos.

— Je crois qu'il a fini, dit une voix.

Le chevalier tenta d'ouvrir les yeux, mais le monde tournoyait et il les referma immédiatement. Il fut reposé au sol, où il resta allongé, figé dans une position inconfortable pendant un moment. Ses mains paraissaient avoir été ligotées, tout comme ses pieds.

— Soyez prudents. Si elle fait la même chose, nous devrons lui retirer le bâillon.

A'brgail n'aurait pas été capable de dire combien de temps il resta immobile, ou même s'il était resté conscient pendant toute cette période. Mais lorsqu'il ouvrit de nouveau les yeux, le monde parut avoir cessé de tourbillonner, bien que sa vision fût encore brouillée.

— Que m'est-il arrivé ? demanda-t-il.

Pendant un moment, personne ne répondit. Puis une voix féminine rompit le silence :

— Vous avez mangé quelque chose qui n'est pas bien passé.

— Pourquoi mes mains sont-elles attachées ?

— À cause de celle en compagnie de laquelle vous voyagez.

A'brgail se retourna pour tenter de distinguer la source de la voix, au lieu de quoi son regard vint se poser sur Elise. Elle paraissait avoir été enchaînée à un poteau, un bâillon attaché autour de la bouche, et un bûcher rassemblé à ses pieds. Des hommes Fáel se tenaient tout autour, porteurs de torches tremblotantes. Même avec une vision floue, A'brgail comprit qu'ils étaient effrayés. Non, ils étaient terrifiés.

— Vous faites une erreur, dit-il en essayant de rassembler toute son énergie.

— Ce n'est pas notre peuple qui a fait cette erreur-ci, dit la femme.

Elle s'approcha et s'accroupit devant lui.

— Elle se réveille ! intervint un homme.

La femme tendit la main et toucha le front d'A'brgail, comme si elle cherchait à savoir s'il avait de la fièvre.

— Nous nous occuperons de vous en temps et en heure, dit-elle avec douceur.

Ils laissèrent à Elise un peu de temps pour se remettre. Lorsque ce fut le cas, A'brgail la vit lutter contre ses chaînes jusqu'à ce que les veines soient visibles sous la peau de son cou.

— Je ne crois pas que même vous puissiez briser de telles chaînes, dit la femme. Je m'appelle Adalla. Voici Idath, ajouta-t-elle en désignant un homme plus âgé. Et Tannis.

Une jeune femme hocha la tête. Adalla examina Elise pendant un moment. Elle avait l'air déterminé mais son visage exprimait aussi une certaine bienveillance. A'brgail n'aurait cependant pas voulu être jugé par cette femme. Quelque chose en elle suggérait qu'elle n'avait pas pour habitude de se montrer clémente.

— Je vais retirer votre bâillon, dit-elle, mais soyez prévenue : si vous prononcez le moindre mot que nous ne reconnaissons pas, ces hommes mettront le feu au bûcher. Vous et la chose que vous portez serez alors réduits en cendres. Me comprenez-vous ?

Elise hocha la tête.

Adalla fit un geste et la jeune femme du nom de Tannis retira le bâillon.

— Nous sommes loin de l'hospitalité habituelle des Fáel, articula Elise d'une voix sombre.

— Ce pour quoi nous ne vous présenterons aucune excuse, intervint Adalla tout en faisant les cent pas devant Elise. Nous savons qui vous êtes et ce que vous avez fait. (Elle désigna la jeune femme du menton.) Tannis est une tisseuse de visions de grand talent. Elle a eu la vision d'une femme concluant un pacte avec Sianon, de la même manière qu'elle et sa sœur avaient prédit le retour de Sainth et de Caibre.

Elle changea de direction, les mains dans le dos, la tête baissée comme si elle prêtait une attention particulière à l'endroit où elle posait les pieds.

— Mais ensuite, comme cela arrive souvent, ses visions se sont montrées imprécises. Tannis a vu Elise Wills devenir le défenseur des habitants de la Terre entre les montagnes. Elle a également eu la vision d'une Elise Wills vaincue dont l'ombre prenait les armes contre nous pour se créer son propre royaume et déclencher une guerre, un conflit brutal et permanent.

Elle cessa de faire les cent pas et fixa Elise.

— Deux visions. L'une d'elles se réalisera. L'autre non. Si nous vous laissons repartir, Elise Wills se battra-t-elle pour nous défendre ou plongera-t-elle la Terre entre les montagnes dans un siècle de guerre ?

Elise ferma les yeux.

— Je l'ignore, murmura-t-elle.

— Dame Elise, dit la femme d'une voix peinée, une telle réponse ne vous sauvera pas la vie.

— Dame Elise ne pliera jamais devant Sianon, lança A'brgail. J'en suis certain.

Adalla répondit sans même le regarder.

— Des hommes ont donné leur vie juste pour gagner les faveurs de Sianon. Nous ne pouvons nous fier à votre parole, homme d'armes.

— Mais j'ai voyagé à ses côtés, je l'ai vue risquer sa vie pour le bien d'autres personnes… quelque chose que Sianon ne ferait jamais.

— Je vous ferai bâillonner si nécessaire, le prévint Adalla.

Le chevalier se tut, bouillant de frustration et de colère.

— Peut-être devriez-vous me brûler, dit Elise en regardant Adalla dans les yeux. Lorsque j'ai conclu ce pacte, j'ignorais ce que cela signifierait. Ce que cela voudrait dire d'avoir ses souvenirs… Sianon a échangé son cœur contre l'amour et la dévotion de son entourage…

— Mais avez-vous fait de même, avez-vous renoncé à votre cœur ?

Elise ferma de nouveau les yeux et des larmes firent leur apparition, tremblantes entre les cils, telles des gouttes de pluie sur une toile d'araignée.

— Tout ce que je sais, c'est que j'ai le sentiment d'avoir moi-même accompli ces choses, d'avoir sacrifié les miens sans remords, d'avoir envoyé des légions entières à la mort. Un jour, son repas a été interrompu par la nouvelle de la destruction de l'une de ses armées, jusqu'au dernier homme. Elle a terminé son souper puis a passé la nuit avec l'un de ses amants, comme si de rien n'était. Le poids de ces souvenirs m'écrase, autant que les remords et le mépris que j'ai envers moi-même. Je vis un cauchemar. La mort pourrait m'en libérer. Je pourrais même accueillir son contact glacé avec reconnaissance...

Quelque chose se rompit en elle et Elise se mit à sangloter, des larmes coulant sur ses joues.

— Libérez-la, dit Tannis d'une voix douce.

Adalla se tourna vers la jeune tisseuse de visions.

— N'avez-vous donc pas entendu ?

— J'ai entendu chacune de ses paroles. Elle ne cédera jamais au monstre qu'elle porte. Elle préférerait mourir. Libérez-la. C'est mon jugement.

Adalla se tourna vers Idath, l'homme silencieux qui les accompagnait.

— Je pense que Tannis a raison. Jamais Sianon ne nous aurait incités à lui donner la mort. Dame Elise l'emportera sur la créature qui est en elle. Il s'agit clairement de la fille de Carral Wills, et elle ne laissera pas les ténèbres l'emporter.

Adalla fit un signe de tête à l'un des gardes qui se tenaient non loin et il entreprit de défaire les chaînes qui emprisonnaient Elise. Un autre trancha les liens d'A'brgail, mais celui-ci fut incapable de se relever immédiatement. Il ne sentait plus ses jambes et dut rester allongé un moment.

Elise s'extirpa de ses chaînes et descendit au bas du bûcher en se frottant les poignets.

— M'auriez-vous brûlée vive ? s'enquit-elle en se plantant devant Adalla.

Celle-ci ne recula pas.

— Oui, même si cela m'aurait ensuite hanté pour le reste de mes jours.

Elise et la Fáel restèrent quelques instants immobiles, se dévisageant. Puis Elise fit un pas en avant et l'enlaça, comme s'il s'était agi d'un être cher perdu de vue depuis longtemps.

— J'espère que vous avez fait le bon choix, murmura-t-elle. Je prie pour que ce soit le cas.

CHAPITRE XV

Au matin, le soleil repoussa la couverture nuageuse et se leva, plein et rond, irradiant de chaleur. Les oiseaux se mirent à chanter en son honneur tandis que mille gouttes de pluie de la nuit passée faisaient scintiller la vallée verdoyante des Dubrell. Les rayons solaires eurent tôt fait de sécher les vêtements des voyageurs. Arrivés au milieu de la matinée, ceux-ci avaient repris courage, malgré les événements de la nuit précédente.

— Cet endroit regorge de secrets, on dirait, commenta Fynnol tandis qu'ils faisaient une halte pour faire boire leurs chevaux dans l'eau d'un ruisseau gonflé par la pluie.

Tam songea que son cousin avait l'air moins hanté ce jour-là. Il avait l'impression que Fynnol s'imaginait que la Mort l'avait pris pour cible et le traquait implacablement. Mais il venait encore une fois d'échapper aux ténèbres et se tenait à présent confortablement affalé au soleil près d'un cours d'eau. Il semblait presque en paix, comme s'il avait de nouveau traversé la Gueule du Lion et que la rivière qui s'étendait devant lui était lente et calme.

Cynddl se tenait debout sur la rive, sa monture occupée à étancher sa soif d'eau fraîche. Pâle, les cheveux gris, Cynddl ressemblait à un étranger ayant revêtu des habits de Fáel. Il semblait aussi bien plus âgé que ses trente et quelques années, plus âgé que lorsque Tam l'avait rencontré près du pont de Telanon, loin au nord, c'était certain. Le quêteur d'histoires avait le regard plongé dans les eaux mouvantes. Son visage était sombre, ses manières distantes. Qui aurait pu dire quelles histoires il avait trouvées en ces lieux ? Il semblait que partout où les hommes s'étaient installés, les histoires de guerre et de trahison abondaient. Et des hommes vivaient dans ce pays de géants. Des hommes conduits ici par Orlem Main-habile il y avait de cela huit générations. Des Chevaliers du Serment, apparemment, qui désiraient à présent retourner vers le pays de leurs ancêtres. Si seulement ils avaient su à quel point ce monde était pétri de conflits !

— Quelle distance jusqu'à la frontière, maintenant ? interrogea Fynnol.

Il se remit debout et remonta de quelques pas le long du ruisseau en se penchant pour boire dans ses mains en coupe. L'eau claire s'écoulait entre ses doigts.

— Nous arriverons aux limites de nos terres demain soir, répondit Loup-Fils. Nous n'allons jamais au-delà.

Le géant était agenouillé sur un rocher au bord du cours d'eau, comme s'il était difficile pour un être aussi massif de se courber.

— Où est parti le guérisseur ? demanda-t-il. Où est Cœur-de-corbeau ? Nous devrions toujours rester groupés. Ces terres ne sont plus sûres.

Une soudaine cacophonie de croassements fit bondir Alaan sur ses pieds.

— Silence ! ordonna-t-il.

Le son d'un cheval progressant à travers bois leur parvint bientôt. Alaan dégaina sa lame. Un instant plus tard, un cavalier fit son apparition. C'était le plus jeune des hommes d'armes qui les avaient retrouvés, la nuit précédente. Son cheval voulut se précipiter vers le ruisseau et le jeune homme tira brusquement sur les rênes pour l'en détourner. Il finit par l'emporter mais faillit bien chuter hors de selle tant il paraissait épuisé. Loup-Fils prit l'animal par la bride.

Cynddl soutint le jeune homme, qui semblait sur le point de s'écrouler.

— Ne laissez pas mon cheval boire de trop, haleta-t-il.

De fait, le cheval était couvert de sueur, les yeux hagards, et s'agitait d'avant en arrière. Cœur-de-corbeau sortit du couvert des arbres et prit immédiatement les rênes des mains de Loup-Fils. Il fit marcher l'animal en cercles lents puis le laissa boire un peu avant de le faire marcher de nouveau. Le cheval redevint rapidement calme et docile.

Le jeune cavalier s'était laissé tomber au bord du cours d'eau et buvait à longs traits. Il étendit ensuite les jambes et se laissa aller en arrière, les mains tendues dans son dos pour ne pas tomber. Son visage était rouge et il était toujours haletant.

Loup-Fils s'accroupit à ses côtés.

— J'ai peur de demander la raison pour laquelle tu as chevauché au point de pousser ton cheval jusqu'à l'épuisement, Wil. Que s'est-il passé ?

— Des hommes ont forcé le passage sur la passe nord. Ceux qui poursuivaient les étrangers. (Il coula un regard en direction d'Alaan.) Ils avaient des talents ésotériques, avec lesquels ils ont repoussé les sentinelles.

Il s'arrêta pour reprendre son souffle, comme si ces mots l'en avaient privé.

— Ma compagnie est à leur poursuite, mais il doit y avoir un sorcier parmi eux…

— Hafydd ! s'exclama Tam.

Alaan secoua la tête.

— Il a des choses plus importantes à faire.

Le géant accroupi près du cavalier se redressa brusquement.

— Nous devrions faire marche arrière et venir en aide aux Chevaliers, dit-il.

Il s'empara de son sac et le lança par-dessus son épaule.

Le sac heurta son dos avec un bruit étouffé tandis qu'il cherchait déjà l'autre lanière de sa main libre.

— Nous n'allons pas repartir, dit Alaan.

Loup-Fils se retourna et lui jeta un regard noir. Alaan paraissait réellement minuscule face à lui mais il ne lâcha pas prise.

— Nous n'allons pas repartir, répéta-t-il. Notre objectif se trouve au sud.

— Mais, et les cavaliers ? demanda Loup-Fils qui fixait toujours Alaan dans les yeux.

Tam songea qu'il aurait été terriblement intimidé par un tel regard.

— Repartez si vous le devez, dit Alaan, mais je ne peux me permettre de ressentir de la compassion envers ces cavaliers. Pas maintenant. Vous ne comprenez pas l'enjeu.

Alaan se tourna vers les autres.

— Nous devons reprendre notre route.

Il fit ensuite face au jeune homme, lequel était toujours allongé sur le sol.

— Je vous remercie pour votre avertissement, Wil, mais je ne peux vous aider pour l'instant. Mon combat est contre le royaume du sud et ses alliés partout dans le monde.

Alaan posa un pied à l'étrier et se mit en selle d'un mouvement souple. Pendant ce temps, le garçon s'était relevé et avait repris les rênes des mains de Cœur-de-corbeau. Il regarda les étrangers traverser le cours d'eau et disparaître au milieu des arbres.

— Revenez pour nous ! lança-t-il tandis qu'ils sortaient de son champ de vision. Ne nous oubliez pas !

Loup-Fils resta un moment immobile, un pied dans le ruisseau, un autre sur la berge. Puis il traversa rapidement le cours d'eau et grimpa sur la rive opposée. Tam le vit regarder en arrière en direction du jeune cavalier, qui restait debout près de son cheval pour les regarder partir. Et puis le garçon disparut de leur vue et Loup-Fils les rattrapa à grands pas, le visage rouge.

Un corbeau frôla le visage de Tam du bout de son aile en le dépassant pour venir atterrir sur l'épaule de son maître. Cœur-de-corbeau leva la main pour caresser son cou noir et Tam aurait pu jurer avoir vu l'oiseau fermer les yeux de plaisir.

Il jeta de nouveau un coup d'œil en arrière. Ils se frayaient un passage à travers bois sans parler, forçant leurs montures à maintenir un rythme rapide. La tension dans le groupe était perceptible. Les serviteurs d'Hafydd étaient de nouveau à leurs trousses. Pour Tam, Fynnol et leur ami Fáel, c'était le retour d'un cauchemar. Ils avaient eu de la chance de survivre à leur voyage le long de la rivière Wynnd, ignorants comme ils l'étaient. Ils n'avaient même pas su pourquoi on les pourchassait.

Les arbres s'écartèrent et ils se mirent bientôt à chevaucher dans l'herbe haute. Des épis s'agitaient dans le vent et s'accrochaient aux flancs des chevaux. Tam se retrouva derrière Cœur-de-corbeau.

— Rabal ? dit-il. Pourquoi vous êtes-vous joint à cette expédition ?

Ce qu'il avait vraiment envie de demander était « Pourquoi risquez-vous votre vie ? », mais cela lui avait paru impertinent.

Cœur-de-corbeau redressa les épaules et écarta le corbeau qui y était perché. L'oiseau s'envola en poussant un léger croassement de mécontentement. Rabal se tourna pour regarder Tam. Ses yeux noirs le scrutaient derrière la mer de cheveux sombres, les sourcils broussailleux et la barbe qui lui montait jusqu'aux joues.

— Je viens pour la même raison que vous, Tam, répondit-il. Pour découvrir qui je suis.

Cœur-de-corbeau talonna son cheval et partit en avant.

Tam tenta de répondre, de dire « mais je sais qui je suis ». Mais aucun mot ne sortit.

— Hé, maintenez l'allure ! lui lança Loup-Fils derrière lui.

Tam pressa son cheval vers l'avant.

Le géant s'était placé en arrière-garde et regardait régulièrement derrière eux à la recherche des hommes qui avaient forcé l'entrée de la passe du nord. Son immense bâton frappait le sol à chaque pas, évoquant le son d'un rondin heurtant la terre. Tam, pour sa part, dressait l'oreille dans l'espoir de percevoir le bruit de galop des chevaux de leurs poursuivants par-dessus les sons produits par leurs propres montures.

Les cieux donnaient l'impression de s'épaissir, une couche de nuages gris s'étendant au-dessus d'eux, uniforme et menaçante. Le vent se mit à souffler depuis le nord, donnant une voix aux terres qui les entouraient. Haut dans le ciel, des aigles planaient au-dessous de la grisaille. De temps à autre, Tam apercevait des loups qui trottaient au milieu des arbres ou dans l'herbe haute. Par deux fois, ils rencontrèrent un troupeau de bovins conduits par un duo de géants. À la surprise de Tam, les bêtes ne semblèrent pas s'inquiéter de la présence des loups. Les géants dévisagèrent les étrangers et firent un signe de la main à Loup-Fils, lequel s'arrêta pour les mettre en garde contre les cavaliers. C'est en tout cas ce que Tam supposa.

Une heure avant le coucher du soleil, Alaan décida d'une halte et prépara un feu parmi les arbres au sommet d'une colline. C'était un bon endroit pour camper, facile à défendre, mais lorsque Tam entreprit de desseller son cheval, Alaan l'arrêta.

— Nous n'installerons pas notre campement ici, dit-il.

Ils alimentèrent le brasier pour obtenir un grand feu, non sans avoir d'abord mis en place un accotement de terre noire sur le pourtour pour limiter la progression des flammes. Lorsque ce fut fait, Alaan les conduisit au milieu de l'obscurité naissante. Ils installèrent leur camp dans des ténèbres presque complètes. Ils ne firent aucun feu à cet endroit et dînèrent d'un repas froid à base de pain et de viande fumée. Le voyageur désigna à chacun un emplacement où installer ses couvertures : une petite dépression dans le sol, l'ombre d'un buisson, le tout afin que nul ne soit aisément repérable dans le noir. On détermina les tours de garde et Tam tira le premier, qu'il monterait avec Cœur-de-corbeau. Quant à savoir quand ils devraient réveiller les suivants, Tam l'ignorait : les étoiles demeuraient invisibles.

— Si la fortune nous sourit, les hommes qui nous poursuivent trouveront le feu et attendront qu'il soit presque éteint pour s'approcher. C'est ce que ferait n'importe quel homme un peu avisé. Attendre qu'il soit très tard pour attaquer. À ce moment-là, il sera devenu très difficile de suivre nos traces.

Alaan les avait de nouveau menés jusqu'au sommet d'une colline, bien que celui-ci fût bien plus vaste que le petit monticule de la nuit précédente. De jour, ils auraient profité d'une vue dégagée au nord, même si de nuit on ne distinguait rien de plus qu'une mer de ténèbres.

Tam encorda son arc et plaça son carquois à portée de main. Lui et Cœur-de-corbeau s'installèrent par terre à un emplacement d'où ils auraient pu à la fois surveiller le nord et leurs compagnons... s'il y avait eu la moindre lumière !

— Je n'y vois rien, chuchota Tam.

— Nous allons devoir nous fier à nos oreilles, ce soir, répondit Cœur-de-corbeau. Mais n'allez pas confondre le bruit du vent ou le craquement des arbres avec celui d'un ennemi.

Facile à dire, songea Tam. Il savait que si l'on dressait suffisamment l'oreille, n'importe quel bruit pouvait paraître suspect.

Il se retrouva rapidement occupé à batailler pour garder les yeux ouverts. Son esprit semblait dériver de son propre chef, sur le point de se laisser emporter dans les contrées du rêve. Cœur-de-corbeau se mit à ronfler doucement. Tam tendit la main pour toucher le bras de Rabal et constata que le cuir de sa manche avait la fraîcheur de la nuit. Mais Cœur-de-corbeau ne bougea pas.

Tam se leva et secoua la tête pour rester éveillé. Il agita les bras et les épaules pour éviter les courbatures. Il réalisa que la couche de nuages s'était amincie. La lueur brumeuse de certaines étoiles était désormais visible. Le paysage devenait discernable, sous forme d'alternance de zones sombres et grises. Tam aurait eu du mal à distinguer un flanc de colline d'un bois.

Et puis il crut voir une lueur clignoter. Il se frotta les yeux et regarda attentivement. Ce n'était pas une luciole.

— Rabal ! chuchota-t-il en secouant l'épaule de l'homme.

Il finit par tirer sur sa barbe et Cœur-de-corbeau se redressa.

— J'ai vu une lumière en contrebas.

Cœur-de-corbeau se releva en hâte. Tam pouvait à peine le distinguer dans l'obscurité. Il apparaissait comme un monticule d'ombre, plus épais et plus solide que Tam.

— Je ne vois rien, dit Cœur-de-corbeau au bout d'un moment.

— Pourtant, c'était bien là. J'en suis certain.

Tam scrutait les ténèbres à la recherche de la lueur clignotante. Mais il n'était plus certain de l'endroit où elle était apparue au milieu de l'obscurité immense.

Ils restèrent debout un long moment à fixer les ténèbres. Cœur-de-corbeau se mit à danser d'un pied sur l'autre. Même Tam se prit à se demander si tout cela n'était pas le fruit de son imagination. Et puis la lueur réapparut.

— Là-bas ! Vous l'avez vue ?

— Une torche, souffla Rabal à voix basse. Je vais réveiller Alaan.

— Inutile, lança une voix derrière eux. Pas avec tout le bruit que vous faites tous les deux !

Alaan vint se placer aux côtés de Tam. Au loin, la flamme faisait son apparition pendant une brève seconde avant de disparaître pendant un long moment.

— Je pense que Rabal a raison, c'est une torche. Et celui qui la tient suit nos traces. Il peut s'agir de géants ou de leurs alliés chevaliers, mais nous devrions considérer qu'il s'agit de serviteurs d'Hafydd.

Alaan se tut tandis que la lumière clignotait l'espace d'un instant.

— Ils ne sont pas très loin. Pouvez-vous réveiller les autres, Rabal ?

— Que devons-nous faire ? interrogea Tam. Seller les chevaux ?

Alaan se tenait immobile dans les ténèbres, les yeux fixés sur la vallée en contrebas.

— Non, il est préférable de les rencontrer sur ce terrain-ci. Le vent souffle au nord, donc l'odeur de nos chevaux n'arrivera pas jusqu'à eux. Nous allons descendre le flanc de la colline sur une courte distance… et leur préparer une petite surprise.

Tam entendit ses compagnons s'agiter tandis que Rabal passait de l'un à l'autre dans le noir. Ils enfilèrent leurs bottes et saisirent leurs armes, lesquelles avaient été rangées de manière à en faciliter l'accès.

Fynnol s'approcha derrière Tam. L'homme du Val était reconnaissable par la taille, c'était le plus petit de tous. Il dansait d'un pied sur l'autre, incapable de rester immobile.

— Combien sont-ils ? chuchota Fynnol.

— Je ne sais pas. Pas plus que ceux qui nous poursuivaient la dernière fois.

Fynnol encocha une flèche, bien que le porteur de la

torche fût de toute évidence nettement hors de portée de tir.

— Mais le cavalier avait-il raison ? Ils ont un sorcier avec eux ? Est-ce que ça pourrait être Hafydd ?

— Alaan juge que c'est peu probable. Et moi aussi. Hafydd n'était pas avec eux quand ils nous ont poursuivis dans la passe nord. Il n'aurait pas pu trouver seul le chemin des terres secrètes. Il ne possède pas ce don.

— J'espère que tu as raison, répondit Fynnol, la bouche sèche.

Cynddl vint les retrouver et se tint d'instinct aux côtés de Fynnol afin de réconforter le petit homme du Val. Tam percevait la présence de Loup-Fils dans l'obscurité, aussi immobile qu'une montagne.

— Nous allons les laisser grimper une partie de cette pente, dit Alaan. Il y a une petite trouée dans les arbres. Vous la voyez ? La zone grise pas très loin en dessous ?

Tam n'était pas absolument certain d'avoir identifié l'endroit. Il leva les yeux vers le ciel. Les étoiles étaient visibles, froides et lumineuses. Même la lueur des étoiles viendrait à leur aide.

— Silence désormais, chuchota Alaan. Nous ne voulons pas qu'ils sachent que nous sommes là.

Tam encocha une flèche et tira sur la corde de son arc pour en tester la tension. Sa bouche était soudain très sèche et sa respiration courte, presque haletante. Le fait qu'il se soit déjà trouvé dans de telles situations auparavant ne changeait rien : la peur se répandait en lui telle une vague glacée.

La torche apparut, d'une pâle couleur orangée. Une fumée noire et âcre dériva jusqu'à eux. Tam eut l'impression de pouvoir distinguer des silhouettes se déplaçant autour de la lueur. Des hommes et leurs montures. Une pensée lui vint :

— Comment être sûrs que ce ne sont pas les chevaliers qui sont venus à notre secours ? chuchota-t-il à Alaan.

Avant que le voyageur ne puisse répondre, l'un des

chevaux sur la pente poussa un hennissement et l'une de leurs propres montures lui répondit.

Les ombres en contrebas se figèrent brusquement avant de se mettre à couvert. La torche fut éteinte.

— Est-ce que ceci répond à ta question ? demanda Alaan d'une voix douce. Ils vont essayer de s'approcher discrètement à présent, peut-être en nous contournant par l'est ou par l'ouest.

— À l'ouest, ce sont des falaises, murmura Loup-Fils d'une voix grave. On pourrait peut-être les escalader de jour, mais pas de nuit. S'ils cherchent un passage à l'est, la colline va les guider jusqu'à une petite tranchée. Certains d'entre nous pourraient les y attendre.

— Nous sommes déjà assez peu nombreux comme cela, dit Alaan. Inutile de prendre le risque de nous diviser plus encore.

Tam perçut l'inquiétude dans sa voix.

— Alors nous les attendrons ici, répliqua le géant, où ils peuvent venir à leur guise.

— À quelle distance est cette tranchée ? demanda Alaan.

— Non loin, répondit le géant. À un jet de pierre d'ici.

Alaan resta silencieux pendant un moment. Tam pouvait presque le voir soupeser leurs options.

— Bon, dit-il, aidez-moi avec cette pierre.

Tam distingua à peine les formes sombres d'Alaan et Loup-Fils qui se penchaient au-dessus d'un gros rocher. Ils l'arrachèrent du sol et l'envoyèrent dévaler la pente, accompagné d'un bruit de branches brisées.

Des jurons se firent entendre en contrebas tandis que les hommes s'écartaient en hâte pour éviter le rocher qui déboulait sur eux dans l'obscurité.

— Repartez ! cria Alaan. Repartez pendant que vous êtes encore en vie !

Puis, à voix basse :

— Voilà. Maintenant ils savent à qui ils ont affaire, pas

de doute. Ils ne seront pas assez stupides pour monter de ce côté. Fynnol, reste ici et surveille la zone avec Rabal. Criez si vous avez besoin de nous. Les autres, nous suivons Loup-Fils. Allons voir cette tranchée.

Les étoiles éclairaient les arbres d'une bien maigre lumière et les hommes trébuchèrent sur des pierres et des racines en suivant l'ombre immense de Loup-Fils à travers bois. Tam sursauta lorsque la petite meute de loups du géant jaillit hors de la nuit pour venir sautiller autour de son maître. Mais, ayant perçu l'odeur des hommes en contrebas, les loups se calmèrent rapidement et avancèrent en silence, un grondement rauque au fond de la gorge.

— Ici, chuchota Loup-Fils.

Tam n'y voyait pas grand-chose : des ombres superposées à d'autres ombres. Et toutes les formes paraissaient étranges. Ses pieds s'enfonçaient dans le sol d'herbe et de mousse et un petit vent sifflait en remontant la colline, porteur d'arômes de pin et d'épicéa. Une zone d'obscurité plus prononcée s'ouvrait devant eux, telle la bouche grande ouverte du bois. Peut-être était-ce la tranchée mentionnée par Loup-Fils.

— Mais je n'y vois goutte, se plaignit Cynddl.

— Mes loups nous préviendront de leur approche, répondit le géant, si on ne les entend pas grimper, suants et soufflants, le long de la tranchée.

Tam s'accroupit, une flèche encochée. Il tenta de calmer sa respiration afin de pouvoir entendre le moindre bruit. Les feuillages vibraient et une petite brise traversait les bois en sifflant. Une chouette hulula par trois fois et il entendit le hurlement d'un loup au loin.

Et puis le son d'une pierre qui se détache et se met à rouler en ricochant sur la roche. Un juron étouffé.

Tam tira légèrement sur la corde de son arc. Il sentit sa morsure sur la peau calleuse de ses doigts. Une odeur parvint à ses narines, comme celle du métal que l'on forge.

Il entendit les autres renifler. Une lumière parut monter depuis les sous-bois en contrebas. Les arbres et les buissons étaient légèrement illuminés. Il tira sur la corde en visant la tranchée étroite. Quelqu'un allait apparaître, porteur d'une torche… Mais ce qu'il vit n'était pas la lumière d'une torche.

Un serpent d'argent luisant se faufilait parmi les racines à une demi-douzaine de pas en contrebas. Puis un autre. Il semblait se diviser et couler vers le haut, comme du métal fondu.

— Du vif-argent ! gronda Alaan. Montez aux arbres !

Il se détourna et fit trois pas avant de s'accrocher au creux d'une branche de chêne. Il ne s'arrêta pas là mais se mit à grimper en toute hâte, agitant les branches sur son passage.

Tam resta immobile un instant, comme en transe, à contempler le vif-argent qui se divisait, tourbillonnait et se rejoignait de nouveau.

Cynddl agrippa le bras de Tam et faillit lui faire perdre l'équilibre.

— Fais ce que dit Alaan ! siffla le quêteur d'histoires.

Même le gigantesque Loup-Fils entreprit de grimper en haut d'un arbre. Tam et Cynddl le suivirent, au moment même où un serpent de vif-argent s'élançait vers la botte de Tam. La chose se lança ensuite à la poursuite des loups qui la fixèrent, stupéfaits. Elle toucha la patte de l'un d'eux qui bondit en arrière avec un glapissement de douleur. La meute s'enfuit sur l'instant, traversant les ténèbres, poursuivie jusque dans les bois par des serpents argentés.

Des hommes déboulèrent hors de la tranchée au pas de charge, l'épée à la main. Tam vit qu'ils prenaient soin de ne pas marcher dans les ruisseaux argentés qui s'agitaient à leurs pieds.

Une flèche siffla et l'un des hommes chancela. Tentant de retrouver son équilibre, il plongea la main dans le vif-argent. L'homme hurla comme s'il avait enfoncé les doigts dans du fer fondu. Il se redressa brusquement mais il était trop tard. Le vif-argent remontait le long de son bras et il se mit à tournoyer sur lui-même en hurlant.

Tam tira froidement dans la gorge de l'homme qui tomba en arrière en dévalant lourdement la pente.

Cela ne dura qu'un instant. Des flèches jaillirent des arbres et la douzaine d'assaillants fut rapidement repoussée. En essayant d'éviter les projectiles, certains hommes mirent le pied dans le vif-argent et l'écho de leurs cris retentit à travers le bois.

La chaleur glacée du vif-argent se dissipa rapidement et Alaan descendit prestement de son perchoir, ses bottes frappant le sol avec un bruit mat.

— Vite, chuchota-t-il, avant qu'ils ne se regroupent ! Nous devons partir !

Tam s'élança maladroitement dans les ténèbres à la suite du voyageur, jetant régulièrement des regards en arrière, inquiet à l'idée d'un serpent de vif-argent silencieux se glissant derrière lui dans le noir pour s'enrouler autour de sa jambe et le projeter, hurlant, vers le sol.

CHAPITRE XVI

Jamm ne guérissait pas. Sa toux n'avait fait qu'empirer, et il avait énormément de mal à respirer. Sa fièvre était telle qu'on pouvait en sentir la chaleur sans même toucher sa peau, et son visage avait pris une teinte rouge orangé malsaine.

Il va mourir. C'était ce que pensait Carl. Le petit voleur allait tousser à en mourir ou simplement se noyer dans les fluides qui gargouillaient et bouillonnaient dans ses poumons malades.

Carl assista, impuissant, à une nouvelle quinte de toux. Jamm était plié en deux sur le sol en terre battue. Ils avaient trouvé une source dissimulée au milieu d'un bosquet de saules qui constituait comme une île au centre d'une mer de céréales en train de mûrir. Ce n'était pas un bon endroit où se cacher durant la journée, car si quelqu'un approchait, ils n'auraient pas d'autre choix que de sortir dans le champ de blé. Mais Jamm était incapable de faire un pas de plus. Carl tentait de monter la garde sur tous les fronts à la fois, mais cela était rendu difficile par le fait que les champs étaient petits et délimités de haies épaisses et de rangées d'arbres. Un groupe d'hommes d'armes n'aurait guère de mal à s'approcher sans être vu jusqu'à ce qu'il soit trop tard.

Ils avaient faim, également. Toute l'eau de source du monde ne pourrait combler le vide dans l'estomac de

Carl. Il se surprit à contempler les blés verts en se demandant s'il pourrait en manger et s'ils lui apporteraient la subsistance nécessaire. L'estomac de Carl émit un grondement sourd.

La journée, remarqua-t-il pour la première fois, était très belle. On était peu de temps après le point culminant de l'été et la chaleur était tempérée par un vent venu de l'ouest. Sans les haies, ils auraient été cernés par une mer ondulante d'un vert doux. Quelques nuages erraient lentement dans le bleu du ciel, projetant de petites îles d'ombre sur les terres en contrebas.

Carl entendit une voix, accompagnée du crissement d'un essieu et du bruit sourd des sabots de chevaux. Jamm s'arrêta de tousser et leva la tête, l'oreille tendue.

— Quelqu'un vient ! dit-il tout en tentant de maîtriser un toussotement.

Carl se pencha pour essayer de soulever son guide, mais le petit homme se tordit sous l'effet d'une nouvelle quinte de toux.

— Partez, réussit-il à prononcer en haletant. Laissez-moi...

Carl jeta un regard par-dessus son épaule. Il entendait toujours le bruit d'une personne en train de se rapprocher, une voix... qui marmonnait.

— Je vais t'aider à te lever, Jamm. Nous nous coucherons au milieu des blés jusqu'à ce qu'ils repartent. Viens.

Mais Jamm succomba à sa toux. La crise était si violente qu'il manqua de vomir. Avant que Carl n'ait pu décider quoi faire, un homme fit son apparition, remontant le chemin au milieu des saules. Il guidait un petit cheval qui tirait derrière lui un vieux chariot. En voyant Carl, il leva la main et lui fit un signe, avant de retirer son chapeau de paille et de s'essuyer le front avec la manche de sa chemise. Carl agita la main en retour avec hésitation. Il baissa le regard vers son compagnon au visage rouge, qui n'était visiblement pas en mesure de bouger.

L'inconnu transportait des rondins de chêne de petite taille et grossièrement taillés. Une boîte d'outils était perchée au sommet de son chargement. Le manche d'un maillet et des vastringues en dépassaient. L'homme arrêta son cheval et son regard fit plusieurs allers-retours entre Carl et Jamm.

— Aidez-moi à le monter à l'arrière du chariot, lâcha-t-il finalement. Ma femme est une guérisseuse.

Jamm ne protesta pas pendant qu'ils le transportaient jusqu'au chariot, mais Carl songea qu'il était aussi léger qu'un enfant, comme si sa chair avait fondu. L'homme remplit un seau en bois et fit boire son cheval avant de leur faire quitter le bosquet de saules. Il parut emprunter un chemin détourné et s'arrêta un moment derrière une haie, tandis que des ouvriers agricoles passaient au loin.

— C't'une horrible maladie que votre ami a attrapée, dit l'homme en secouant la tête.

— Oui, répondit Carl.

— Ça fait longtemps ?

— Un peu plus d'une journée.

L'homme retira son chapeau et s'essuya de nouveau le front. Son visage était creusé, inquiet. Carl jugea que l'homme devait arriver au terme de sa cinquième décennie. Ses cheveux se faisaient rares et son attitude était calme et réfléchie. Sa peau était tachée par des heures passées sous le soleil et ses mains étaient épaisses, calleuses. Il avait des avant-bras épais. C'était clairement un ouvrier artisan. Un menuisier, sans doute.

Carl avait le sentiment que l'homme n'était pas silencieux simplement parce qu'il se trouvait en compagnie d'inconnus, mais également parce qu'il parlait peu en général, malgré les marmonnements que Carl avait précédemment entendus. On aurait dit des lamentations. Les lamentations d'un homme chagriné. Pourtant, leur bienfaiteur ne s'était même pas présenté. Il n'avait pas non plus posé les questions auxquelles Carl s'était attendu au vu de la situation.

Le soir était presque là lorsqu'ils arrivèrent enfin au domicile de l'homme. Sa femme sortit sur le perron pour le saluer. Elle était d'une constitution délicate, avec un regard triste, rendue frêle par une vie d'épreuves. Sa chevelure claire se teintait de gris et l'on pouvait voir les os de ses mains usées par le travail.

— L'homme est malade, lâcha l'inconnu.

Sa femme se hâta de faire le tour du chariot.

Elle jeta un coup d'œil à Jamm avant d'interpeller son mari :

— Porte-le à l'intérieur, Thom. Nous l'installerons dans la pièce du fond. Non… dans le grenier, au-dessus du bûcher.

Carl et Thom transportèrent Jamm en haut d'un escalier étroit jusqu'à une petite pièce nettoyée à la chaux sous l'avant-toit. Ils déposèrent leur charge amorphe sur un lit, où Jamm fut immédiatement pris d'une autre quinte de toux.

La femme posa une main sur le front de Jamm, puis examina avec douceur les bleus et les plaies qui lui constellaient le visage. Elle lui retira délicatement sa chemise, révélant son torse luisant de sueur et couvert de nombreux autres hématomes.

— Qui l'a battu ainsi ? demanda-t-elle à voix basse.

Carl fixa tour à tour l'homme et la femme. Ils le livreraient aux Renné en un instant une fois mis au courant de leur identité. Ou pire, à Vast.

— Des soldats, dit Carl. Ils étaient ivres.

La femme se tourna vers son mari.

— Je vais avoir besoin d'eau fraîche tirée du puits et de bandages. Il faut faire baisser la fièvre. Fais bouillir de l'écorce de saule dans ma petite casserole.

L'homme s'en fut. Ses bottes ne faisaient pratiquement aucun bruit dans l'escalier.

— Ouvrez la fenêtre, voulez-vous ? fit-elle. Une brise

sera utile. Pauvre homme. Ses côtes sont fêlées ou brisées et de la bile lui a envahi les poumons.

Thom revint avec un seau d'eau et des bandages. La femme humecta un morceau de tissu et rinça avec douceur les plaies et les bleus de Jamm. Elle plia soigneusement l'un des bandages et le déposa sur son front. Une grande serviette humide fut ensuite étendue sur son torse. La fenêtre sur le mur opposé fut également ouverte et le vent entra en tourbillonnant lentement dans la pièce.

— Nous ne savons pas comment vous remercier, dit Carl, tandis que le mari redescendait. Nous étions simplement en voyage à travers l'île lorsque les soldats nous sont tombés dessus.

— Nous savons qui vous êtes, articula la femme en essuyant doucement le cou de Jamm.

Elle n'avait pas relevé les yeux en disant cela. Elle était toujours assise au bord du lit, le visage grave et triste.

— Vous n'avez rien à craindre de nous. Nous ne vous livrerons pas aux Renné, ni à leurs maudits alliés.

Mais elle ne mentionna pas le nom de Carl, ni ne lui donna le sien.

Carl s'installa avec raideur sur une chaise à dossier droit. Le siège de jonc lui fit l'effet d'un coussin moelleux.

— Descendez, dit la femme. Mon mari vous donnera à souper et de l'eau chaude pour vous laver. Ne vous inquiétez pas pour votre ami, il est en sécurité. Nous défendons la même cause, vous et moi. Nous vous protégerons des ennuis si nous le pouvons.

Carl ne voyait guère ce qu'il pourrait accomplir en restant assis au chevet de Jamm. Il se leva donc et descendit l'escalier étroit en s'appuyant lourdement contre le mur. Leurs récentes épreuves l'avaient tellement épuisé qu'il aurait pu s'allonger sur les marches et s'endormir.

Ces gens avaient peut-être l'intention de les dénoncer pour obtenir la récompense, mais à cet instant, il n'en avait cure. Il n'avait envie que de manger et de se reposer.

Thom était agenouillé devant l'âtre, occupé à remuer le contenu d'une petite marmite. Une grande bouilloire en fer se trouvait suspendue à un crochet au-dessus des flammes. Une odeur de fines herbes et de viande de mouton emplissait l'air. La pièce, quoique plaisante, était très modeste. Une cheminée, une table et des chaises, des meubles autrefois élégants et à présent recouverts d'un tissu bon marché. Un bureau, une bibliothèque à moitié pleine et un tabouret. Une étagère présentait une collection d'assiettes délicates, mais nombre d'entre elles étaient ébréchées et leurs couleurs passées. Des chandelles récemment façonnées étaient suspendues par leur mèche le long d'une poutre et les rayons du soleil créaient des carrés de lumière mouvante en transperçant le verre épais, presque opaque, des fenêtres.

Thom cessa de remuer son bouillon et en versa une large quantité dans un bol à l'intention de Carl. Le jeune homme alla s'installer à la table. La cuillère qu'on lui avait donnée était en argent, décorée de la lettre L. Il mangea en silence tout en continuant à observer l'endroit. Deux portraits étaient suspendus sur le mur du fond. Le premier était celui d'un noble corpulent, le second celui du même individu entouré de sa femme et de ses sept enfants. Carl jeta un œil à l'homme penché sur la marmite. Il y avait bien un air de ressemblance, notamment dans ce front haut, cette bouche à l'expression insatisfaite.

La femme de Thom descendit silencieusement les marches et gratifia Carl d'un sourire triste avant de s'approcher du foyer pour égoutter l'écorce de saule dans une tasse. Elle remonta ensuite rapidement à l'étage.

Thom s'essuya les mains sur un carré de coton et s'approcha de la porte.

— Je dois m'occuper du cheval, dit-il avant de sortir.

Carl entendit le claquement sourd du bois que l'on empilait puis le grincement de l'essieu. Quelques instants plus tard, Thom revint. Il se lava les mains et le visage à l'eau chaude puis se servit un bol de bouillon. Il déposa la moitié d'une miche de pain sur une planche sur la table, ainsi qu'un couteau à la lame soigneusement aiguisée. Accompagné de beurre frais, ce fut un vrai délice.

La femme de Thom redescendit bientôt. Elle se lava les mains et les rejoignit à la table, où Thom lui apporta son souper et ses couverts.

— Il dort à présent, dit-elle. Il a besoin de repos plus encore que de nourriture. C'est un miracle qu'il soit encore en vie après une telle raclée ! Il ne pourra pas voyager pendant plusieurs jours, mais ensuite nous nous arrangerons pour vous emmener sur la rive est, sous la protection du seigneur Menwyn ou du prince d'Innes.

Elle désigna le seigneur Carl du menton.

— Nous ne sommes pas les seuls ici, dit-elle. Il y en a d'autres qui ont souffert sous le règne des Renné.

Elle laissa son regard retomber sur son mari silencieux.

— Nos familles ont été dépouillées de leurs propriétés et de leurs titres lorsque les Renné nous ont envahis. Et voilà à quoi nous en sommes réduits... (Elle engloba la pièce d'un mouvement du bras.) Nous avons cru que tous nos espoirs avaient trouvé une réponse lorsque le seigneur Menwyn Wills et le prince d'Innes ont traversé le canal... mais nous avons été trahis. Un traître avait alerté les Renné et ils sont arrivés avec une armée pour repousser le seigneur Menwyn ! J'espère qu'ils retrouveront cet espion et que sa tête...

Une réprimande silencieuse de son mari la fit taire.

— Excusez ma colère, mais nos deux familles ont beaucoup souffert durant de longues années. Nous avons le droit d'être amers.

— Nous ne nous en sommes pas si mal tirés, intervint Thom d'une voix douce tout en préparant une nouvelle tartine de beurre. Bien des gens connaissent une vie pire que la nôtre. Nous n'avons pas eu la chance d'avoir des enfants. C'est mon seul regret.

— Celui qui n'aspire à rien n'arrivera à rien, lâcha sa femme.

Thom l'ignora.

— Demande peu, et tu auras tout ce dont tu as besoin, répondit-il à voix basse.

Sa femme lui jeta un regard noir avant de retourner à son repas, sans doute peu désireuse d'entamer une dispute devant un invité. Mais Carl sentit qu'il s'agissait là d'une vieille rancune. Il jeta un nouveau coup d'œil aux peintures sur le mur et réalisa que le gentilhomme à l'air mécontent n'était pas l'ancêtre de Thom, mais celui de sa femme.

Confié aux bons soins de dame Languile, comme elle préférait qu'on l'appelle, Jamm se remit rapidement. Carl resta empli de crainte pendant toute la durée de leur séjour, rappelant régulièrement au mari et à la femme de ne rien dire à personne, pas même aux confédérés toujours loyaux envers les Wills. Sa pire crainte était que la nouvelle que Carl A'denné était vivant sur l'île de la Bataille arrive aux oreilles du prince d'Innes. Comment dame Languile réagirait-elle si elle découvrait que le maudit traître ayant fait échouer l'invasion dormait sous les combles et qu'elle le dissimulait à l'homme même qui désirait sa mort, le duc de Vast ?

À l'extérieur, on entendait le bruit tintant des vastringues de Thom, occupé à fabriquer une roue. L'homme travaillait sans relâche et sans jamais se plaindre. Carl commençait à penser qu'il tirait un certain plaisir de son labeur.

— Qu'allons-nous faire lorsque je serai suffisamment remis pour voyager ? chuchota Jamm.

Carl avait tiré la chaise au dossier droit près du lit de Jamm. Un petit vent chaud agitait les branches à l'extérieur et des taches de soleil dansaient au mur et sur le sol.

— Je l'ignore, répondit Carl à mi-voix. Nous devrions filer discrètement en espérant que rien de néfaste ne s'ensuive. Après tout, vers qui se tourneraient-ils ? Les Renné ? Ce sont des partisans des Wills. Je m'inquiète un peu plus au sujet des autres comploteurs, quels qu'ils soient.

— Espérons juste qu'ils resteront perplexes en nous voyant partis. Le problème sera d'échapper à la vigilance de dame Languile. Il semble qu'elle ne s'éloigne jamais beaucoup de la maison.

— Exact. Nous devrons peut-être sortir de nuit, même si j'ignore comment nous pourrons descendre ces marches d'escaliers aussi branlantes que grinçantes.

— Nous partirons par la fenêtre, proposa Jamm. Laissez-moi m'occuper de ça. Dans quelques jours. Je suis presque assez remis pour repartir. Et c'est grâce à ces personnes. Je suis sûr que je serais mort sans...

Le hennissement d'un cheval interrompit sa phrase. Carl se leva d'un bond et jeta un œil par la fenêtre, en prenant soin de ne pas trop s'en approcher. À travers les feuillages, il distingua un chariot conduit par deux hommes qui pénétrait dans la propriété de Thom.

— Qui est-ce ?

— Deux hommes dans un chariot. Des gens du coin, j'imagine.

Thom posa ses outils et s'avança pour saluer ses visiteurs. Il leur serra la main à tous deux.

Carl se rapprocha de la fenêtre dans l'espoir d'entendre ce qui se disait. Les murmures de la brise dans les branches rendaient les paroles des hommes difficiles à capter.

— Ils sont passés dans le coin, Thom, disait l'un des

hommes. Ils ont regardé dans les maisons des gens, en proposant une récompense. Une grosse récompense. Quelqu'un va apprendre qu'ils sont ici et les dénoncer, c'est sûr.

— Je ne les laisse pas sortir de la maison durant la journée, Hain.

— Alors quelqu'un les apercevra à la fenêtre. Ou bien les hommes du duc vont venir ici sans prévenir et les trouver dans ta maison. Alors ta tête roulera à terre en même temps que la leur.

— Je prendrais n'importe quel risque pour débarrasser cette île des Renné.

— Tu es un homme courageux, Thom. Nous en sommes tous convaincus. Malgré tout, ils sont en danger ici, et toi aussi. On peut les déplacer, un trajet à la fois. C'est déjà arrangé. Dans deux jours, ils embarqueront sur un bateau et remonteront le courant jusqu'à la rive est. C'est le plus sûr pour eux et pour toi, et tu le sais.

— Je vais devoir demander à ma femme s'il est en assez bonne forme pour voyager.

— Dis-lui qu'il n'aura pas à marcher. Tout est arrangé. Si tu nous donnes du foin pour les recouvrir, ils seront parfaitement en sécurité. Tiens, donne-moi un coup de main pour décharger ce chêne. Il y a quelques nœuds autour desquels tu seras obligé de couper, mais la veine est superbe.

Carl reporta son attention sur Jamm.

— Veux-tu que nous sortions par la fenêtre arrière et partions en courant ?

Jamm secoua la tête.

— Je n'ai pas assez récupéré pour voyager à pied... pas encore. (Une lueur de désespoir apparut dans son regard.) Mais vous, vous pouvez, par contre.

— Je ne vais pas t'abandonner.

— Vous êtes un idiot, Carl A'denné... un idiot loyal.

Lorsque Thom vint les chercher, Jamm ne fut pas capable de descendre l'escalier seul. Sa fièvre avait disparu et il respirait déjà beaucoup mieux, mais il était encore très affaibli.

— Il n'est pas prêt pour une telle expédition ! s'exclama la femme de Thom. Il a besoin de plus de temps pour se remettre.

— Nous ne pouvons pas nous permettre de les garder ici plus longtemps. Hain a raison. Ce n'est qu'une question de temps avant qu'ils ne soient découverts.

Malgré les protestations de la guérisseuse, Jamm fut déposé sur un lit de paille à l'arrière du chariot. Carl s'installa à ses côtés et tous les deux furent recouverts de foin bruissant. Une lumière dorée traversait l'herbe séchée et Carl réussit à distinguer la silhouette de Jamm au milieu de la paille. Le chariot se mit en route, cahotant le long du chemin jusqu'à la route. La paille se déplaça autour d'eux en frémissant avant de finir par se tasser.

Sous la couverture de paille chauffée par le soleil, la chaleur devint bientôt quasiment insupportable et Carl se mit à suer à grosses gouttes. Il poussa un profond soupir lorsqu'ils s'engagèrent à l'ombre d'une longue rangée d'arbres.

Les deux hommes qui les transportaient discutaient des petits faits et gestes récents sur l'île, n'abordant que de loin la tentative d'invasion récente du prince d'Innes. Ils évoquaient avec le même intérêt la personnalité de leurs chevaux et celle de leurs enfants. Ils passèrent en revue l'état d'avancement des différentes récoltes, débattirent au sujet de variétés de pommes et comparèrent soigneusement la beauté de plusieurs jeunes femmes.

— On vient. Restez tranquilles, dit soudain l'un des hommes.

Quelqu'un lança un salut et une conversation s'ensuivit. Malheureusement, ils avaient fait halte en plein soleil et une migraine causée par la chaleur s'abattit rapidement sur Carl. La discussion dura une éternité, ou en tout cas c'est ce qu'il lui sembla. Carl était sur le point de se redresser et d'exiger qu'ils soient au moins déplacés à l'ombre s'ils devaient passer tout l'après-midi à écouter ces bavardages.

Mais l'essieu finit par se remettre à grincer et le pas régulier du cheval à retentir le long de la route poussiéreuse.

— Puis-je parler ? chuchota Carl.

— La voie est libre, répondit le conducteur.

— Nous étouffons, là-derrière.

— Il y a une auberge pas très loin. On s'y arrêtera pour un bon godet de bière et on vous prendra quelque chose à boire.

— Pourrez-vous nous laisser à l'ombre ? demanda Carl.

— Oui, bien sûr.

Le trajet jusqu'à l'auberge parut interminable, jusqu'à ce que Carl s'endorme, perdant toute notion du temps. Il se réveilla tandis que le chariot s'arrêtait et Jamm lui donna un petit coup dans les côtes.

— Chut ! l'avertit le petit homme.

Des voix retentissaient autour d'eux à présent. Des conversations et des rires. Un garçon d'écurie apporta de l'eau pour le cheval et reçut pour instructions de laisser bête et chariot à l'ombre, ce qu'il fit, bien heureusement.

Carl se tenait tellement immobile qu'il sentit une raideur douloureuse le gagner. Mais il ne pouvait prendre le risque que quelqu'un remarque un tas de foin en train de bouger.

L'auberge semblait particulièrement fréquentée. Mais Carl se souvint que les hommes avaient mentionné que ceux qui s'étaient enfuis aux premiers signes de la guerre étaient en train de revenir à présent que l'armée des envahisseurs avait été repoussée. Les gens accouraient en hâte pour protéger leurs biens et prendre soin des récoltes et des jardins.

Après ce qui sembla être des heures, des voix familières s'approchèrent et les deux hommes remontèrent à l'avant du chariot.

— Allons-y, ordonna le conducteur en donnant une impulsion sur les rênes.

Le chariot traversa la cour pour remonter sur la route. Une colline se dressa sur leur chemin et Carl entendit le cheval tirer et souffler dans l'effort pour atteindre le sommet. Après quoi le chariot s'immobilisa.

— Je pense que vous pouvez vous relever sans risque à présent, annonça le conducteur.

Carl se redressa et brossa le foin hors de ses cheveux avant de se débarrasser de la paille qui lui collait au visage sous l'effet de la transpiration. Il expira par le nez pour dégager ses sinus de la poussière accumulée et se frotta les yeux. Le conducteur et son compagnon, deux hommes aux mouvements lents, échangèrent un sourire en découvrant l'état des passagers.

L'un d'eux tendit une bouteille de cidre à Carl.

— Tenez, cela devrait vous faire du bien, je pense.

Les collines n'étaient guère élevées sur l'île de la Bataille mais Carl devina qu'ils devaient se tenir sur la plus grande hauteur de l'île. Champs et bois étaient visibles dans toutes les directions, formant un immense patchwork de formes et de couleurs. Carl fut frappé par l'idée qu'un endroit aussi paisible, à la beauté rustique, n'aurait jamais dû devenir pour lui une telle source de crainte. Il but presque la totalité de la bouteille en une seule fois avant de s'appuyer contre les planches qui constituaient le côté du chariot. D'antiques ormes aux branchages tendus vers le ciel les protégeaient des rayons du soleil.

— Encore deux heures de voyage, dit le conducteur. Ensuite, vous pourrez vous reposer pendant quelques heures. Sans la lune pour nous guider, on ne pourra pas se déplacer aussi facilement la nuit. En utilisant une lanterne, on risquerait d'attirer l'attention des hommes d'armes et autres soldats qui se trouvent encore sur l'île. Attention ! Quelqu'un arrive…

Le conducteur relança son cheval. Carl et Jamm se glissèrent une nouvelle fois sous la paille. La fraîcheur de la brise ne fut rapidement plus qu'un souvenir agréable.

Il y eut un échange de salutations, des questions posées au sujet de distances à parcourir. On parla du temps qu'il faisait et on maudit la raideur de la pente de la colline. Quelqu'un lança une plaisanterie et tout le monde rit avant de reprendre la route. La route descendante serpentait à flanc de colline, le long d'une pente régulière. L'essentiel du chemin restant se déroula à l'ombre d'un petit bois, au grand soulagement de Carl.

— Des hommes d'armes, siffla le conducteur.

Un instant plus tard, le bruit familier d'une compagnie de cavaliers se fit entendre à travers le rideau de foin. Craquements de cuir, tintements métalliques, ébrouements des chevaux. Carl s'efforçait de rester immobile, retenant même son souffle. Le chariot sortit de la route pour s'enfoncer dans l'herbe avant de s'arrêter.

— Vous n'auriez pas vu deux jeunes gens dans les parages, des fois ? Des étrangers. Un fils de noble et un voleur.

— Non, capitaine, répondit le conducteur. Mais j'espère bien qu'on les verra. Ma moitié fait déjà des projets en pensant à l'argent de la récompense.

Certains des cavaliers se mirent à rire.

— Rien d'autre que du foin à l'arrière ?

— Rien que du foin, capitaine.

— Et où est-ce que vous emmenez tout ça ?

— Jusqu'à la colline de Toll. J'ai échangé du bois de chêne contre deux porcelets qui doivent naître en automne. Ce foin, là, est une sorte d'acompte, en signe de bonne foi.

— Bon, si ce n'est que du foin…, dit le cavalier.

— Hé ! Attention avec cette épée !

Une lame traversa la paille à quelques centimètres à peine du visage de Carl. La pointe s'enfonça dans l'une des planches qui constituaient le fond du chariot. Le cavalier retira son épée et Carl ferma les yeux en se demandant si le prochain coup allait l'atteindre.

— Tu t'inquiètes pour ton foin, vieil homme ?

— Vous... Vous m'avez fait peur, c'est tout.

— Je vais faire plus que ça si tu commences à vouloir me dire ce que je peux ou ne peux pas faire.

— Je m'excuse, capitaine... bien humblement...

— Reprenez donc la route, dans ce cas.

Le chariot repartit. Carl entendit les cavaliers se remettre en route, puis le son de leur passage fut noyé dans les craquements et les grondements qui accompagnaient le déplacement du chariot.

— Vous n'avez rien, tous les deux ? demanda le conducteur après un moment.

— La lame est passée entre nous, répondit Carl.

— On a eu de la chance. Des hommes de ce maudit duc de Vast, cracha le conducteur.

Si seulement ils avaient su que ce maudit duc de Vast était secrètement allié avec le prince d'Innes et leur bien-aimé Menwyn Wills... Il était clair qu'aucun d'entre eux n'avait jamais rencontré Menwyn. Ou peut-être cela n'aurait-il rien changé. Sa personnalité ne prêtait pas à conséquence, c'était ce qu'il promettait qui comptait. Une promesse implicite.

Quelques heures plus tard, le chariot s'immobilisa.

— Vous pouvez sortir maintenant, annonça le conducteur.

Carl se releva avec difficulté en frottant ses vêtements pour se débarrasser du foin qui s'était immiscé partout. Ils se trouvaient dans une grange dont les vastes portes s'ouvraient sur le jour déclinant. Des mares d'ombre se rassemblaient sous les arbres au-dehors. Carl aurait aimé pouvoir plonger dans l'une d'elles et y flotter, tel un nageur, en s'imprégnant de sa fraîcheur.

Il descendit du chariot avec raideur puis aida Jamm à faire de même. Ses muscles se plaignirent tandis qu'il s'étirait et faisait les cent pas sur toute la largeur de la grange. L'odeur du bétail et des porcs lui emplit les narines. Les vaches laitières mâchaient leur foin en le regardant d'un air désintéressé, tandis que les mouches bourdonnaient autour de leurs naseaux humides.

— Je crains que vous ne soyez obligés de passer la nuit là-haut dans le grenier, dit le conducteur. Je vous porterai à souper un peu plus tard.

Il retira le couvercle d'un baril.

— Il y a de l'eau claire ici, tirée du puits. (Il jeta un œil dans le baril.) Quoique pas autant qu'il devrait... ce fainéant de gamin ! Buvez autant que vous voudrez. Prenez un seau et nettoyez la poussière du foin.

Il jeta un coup d'œil circulaire sur sa grange comme s'il n'avait pas pris le temps de le faire depuis des lustres.

— On est loin d'une bonne auberge, mais vous serez en sécurité ce soir, je pense.

— C'est plus que ce à quoi nous pouvions nous attendre, dit Carl. Vous avez pris de grands risques pour nous amener jusqu'ici et nous ne l'oublierons pas. Je pense que le seigneur Menwyn en personne pourrait l'apprendre un jour.

L'homme échangea un regard avec son compagnon et tous deux tentèrent de dissimuler un sourire de satisfaction.

— Eh bien, nous n'avons fait qu'une petite partie du travail. Vous avez encore un long chemin à parcourir.

Jamm s'était laissé tomber sur un tabouret de traite et appuyait son dos contre les planches d'une stalle.

— Jamm ! Tu n'as pas l'air bien.

— Toute cette chaleur... Mauvais pour ma fièvre.

Carl se rendit jusqu'au tonneau d'eau claire et y remplit le godet en bois qui y était suspendu. Il fit boire Jamm puis versa le reste de l'eau sur le dessus du crâne du petit homme. Il effectua la même manœuvre deux fois de plus avant que Jamm ne semble se remettre un peu. Il tenta même de sourire.

— Le souper ! annonça le conducteur en partant en direction de la maison tandis que son compagnon s'emparait d'une fourche et vidait le chariot de son foin avant d'emmener le cheval.

— Bon... Nous sommes arrivés jusqu'ici... quel que soit cet endroit.

— La colline de Toll. C'est en tout cas ce qu'a déclaré le conducteur aux cavaliers.

— S'il ne mentait pas. Ils ont bien pris soin de ne pas mentionner leurs noms, ce qui est plus difficile à faire qu'on ne pourrait le penser, surtout durant toute une journée.

— Avez-vous remarqué qu'ils n'ont jamais mentionné les nôtres non plus ? Quelle blague ce serait s'ils nous avaient confondus avec d'autres !

Des pattes-d'oie firent leur apparition au coin des yeux du petit voleur.

— Il est fort peu probable que ce soit le cas. La description qu'a faite le capitaine nous correspond : un fils de noble et un voleur.

Jamm hocha la tête et détourna tristement le regard. Carl se sentit immédiatement coupable. Jamm s'était montré un guide loyal, risquant tout pour faire traverser le canal à Carl... jusqu'entre les griffes du duc de Vast.

— Jamm... je suis désolé. Je ne crois pas que tu sois un voleur, dit Carl.

L'air absent, Jamm fit passer son doigt à travers un trou dans ses chausses.

— Je suis un voleur, dit-il à mi-voix. C'est ce que j'ai fait toute ma vie. « Voleur un jour, voleur toujours », qu'ils disent, et c'est vrai. Une fois qu'on vous a identifié comme un voleur, aucune autre existence ne s'offre à vous.

Il leva les yeux vers Carl.

— Nous ferions bien de dormir. La journée de demain pourrait être longue.

Avant qu'ils ne puissent trouver le sommeil, on leur apporta un repas, ainsi que des couvertures. Le foin faisait un matelas accueillant et ils s'endormirent en écoutant les roucoulements des pigeons qui nichaient dans les hauteurs de la grange. La lumière des étoiles se frayait un chemin à travers les fenêtres et les interstices entre les vieilles planches, illuminant succinctement la structure intérieure de la grange : poutres et piliers, entretoises et chevrons. Une petite averse tomba durant la nuit en crépitant le long de la toiture. Un bruit solitaire, songea Carl.

Tard dans la nuit, Carl fut tiré d'un cauchemar par le bruit d'ailes désespérées frappant le bois.

— Qu'est-ce qui se passe ? marmonna-t-il.

— Une chouette, chuchota Jamm. Entrée dans la grange par un trou quelconque. Elle se repaît de pigeons.

Carl eut du mal à dormir après cela. Il se réveilla au milieu d'un nuage de plumes duveteuses étendues sur le foin. Quelques-unes s'envolèrent au fil d'une petite brise et tournoyèrent lentement jusqu'au sol en traversant les minuscules puits de lumière des rayons de soleil qui filtraient entre les planches. Il se redressa pour découvrir leurs couvertures grises couvertes de duvets et de taches écarlates.

— L'heure est arrivée ? marmonna Jamm, encore à moitié endormi.

— Quelle heure ? demanda Carl.

— De rencontrer le bourreau, chuchota Jamm.

Puis ses yeux s'ouvrirent brusquement, il dévisagea Carl un instant et se mit à pleurer.

CHAPITRE XVII

Ils lui firent traverser la rivière à la poupe d'un navire, sa brouette retournée face contre terre à la proue. Ufrra gisait ligoté et bâillonné sur le sol. Quatre hommes tenaient les rames, lesquelles avaient été recouvertes de chiffons afin de ne pas heurter les tolets. Il n'y avait aucune conversation, juste de brefs échanges de quelques mots chuchotés qui se perdaient dans le crépitement de la pluie à la surface de la rivière.

Kai songea à se précipiter par-dessus bord dans les eaux sombres. Il avait déjà connu cette situation, lorsque ses jambes avaient été coupées par Caibre. La rivière l'avait sauvé à l'époque, même s'il n'était pas certain qu'elle le ferait de nouveau aujourd'hui. Ce jour-là, il y a si longtemps, il avait été le compagnon de Sainth. Maintenant, il n'était plus personne. Un invalide qui se déplaçait dans une brouette. Un homme sans bien ni maison. Avec la seule compagnie du loyal Ufrra pour s'occuper de lui. Ufrra, encore plus perdu que lui, Ufrra à qui l'on avait tout pris.

L'éclat d'une torche apparut au milieu des ténèbres pluvieuses. L'homme qui tenait la barre de gouvernail tendit le bras.

— Là-bas ! dit-il. On peut la laisser suivre le courant pendant un petit moment.

C'était un homme corpulent et chauve, dans une brouette. La tâche consistant à pousser la dite brouette étant apparemment trop ingrate pour les gardes en noir, ils avaient laissé un muet au regard vide mener l'homme jusque dans la tente. Beldor Renné se demanda ce qui pouvait bien rendre ce laissé-pour-compte aussi intéressant aux yeux d'Hafydd.

Le sorcier, car c'est ainsi que Beldor voyait à présent Hafydd, était assis sur un siège de camp, les pieds étendus devant lui. Un gamin maigrelet et effrayé était en train de polir ses bottes. Sur la table à ses côtés, une boîte en noyer renfermait le livre que Beldor avait ramené depuis le portail des ombres. Hafydd ne s'en séparait jamais.

Après « l'assassinat » du prince d'Innes, Hafydd s'était rendu sur le front et avait silencieusement pris le contrôle de l'armée. Même si Menwyn Wills suspectait Hafydd d'avoir ordonné la mort du prince, et il aurait été stupide de penser autrement, il ne pourrait rien faire. La famille du prince d'Innes n'avait pas d'héritier, puisque le prince Michael avait non seulement rejoint leurs ennemis mais était très probablement mort. Les Wills avaient toujours été désavantagés dans leur alliance avec Innes. Mais à présent, ils n'avaient effectivement plus aucun pouvoir, puisque Hafydd avait intimidé les hommes en charge de leurs armées.

Et voilà qu'on avait trouvé et fait mener jusqu'à Hafydd ce cul-de-jatte. Dans quel but ? Beldor n'en avait pas la moindre idée.

Hafydd quitta du regard le garçonnet qui cirait ses bottes.

— Qui aurait cru que tu survivrais pendant un âge entier…

À l'inverse de tout le monde, le cul-de-jatte n'avait pas l'air particulièrement impressionné par Hafydd. Il répondit comme si la situation n'avait rien de bizarre.

— Oui, lorsque Caibre m'a fait jeter dans la rivière, les chances ne semblaient guère en ma faveur.

— Comment as-tu survécu ?

Le cul-de-jatte haussa les épaules.

— Je crois que des esprits de l'eau m'ont secouru, mais on m'a dit qu'il ne s'agissait que d'une illusion entretenue par mon propre esprit.

Hafydd réfléchit un instant en lissant sa barbe le long de son menton d'un air absent.

— De nombreux événements inexpliqués ont eu lieu sur la rivière Wynnd... même si celui-ci est sans aucun doute l'un des plus étranges.

Hafydd leva l'autre botte afin que l'enfant puisse la cirer.

— C'était il y a longtemps. Il y a un âge de cela. Et tu as pu te venger en vivant tout ce temps, pendant que Caibre dormait.

Hafydd fixa le cul-de-jatte du regard, un regard qui réduisait les hommes d'armes les plus endurcis à l'état de gamins effrayés.

— À présent j'ai besoin de tes talents. Tu vas me guider jusque dans les terres secrètes, Kilydd, sans quoi je te couperai l'accès à la graine dont tu as besoin pour combattre la douleur.

— Tu seras surpris de voir pendant combien de temps je peux tolérer cette douleur, rétorqua l'éclopé.

— Cette douleur-là sans doute, mais je peux te faire connaître d'autres genres d'agonies, je peux ouvrir d'autres blessures.

Il jeta un regard vers Beldor.

— Pointe ta lame sur la gorge de cet enfant.

Beldor agrippa l'enfant stupéfait avant qu'il n'ait compris ce qui venait d'être dit. Beldor n'eut aucun mal à l'immobiliser en lui plaquant les bras le long du corps. Il plaça la pointe d'une dague effilée contre la peau tendre de sa gorge. Le garçon cessa immédiatement de se débattre.

— Un enfant innocent, Kilydd. Mais le seigneur Beldor n'en a que faire.

Hafydd se tourna vers Beldor.

— Ai-je tort ?

Beldor secoua la tête en souriant. Il fixa le cul-de-jatte en se demandant comment ce dernier allait réagir. Allait-il se rendre du fait de cette menace portée sur un enfant qui ne signifiait rien pour lui ?

Kilydd secoua la tête.

— Laisse partir l'enfant, Hafydd. Je te mènerai là où tu le souhaites.

— Non, je ne vais pas le laisser partir. Il va nous accompagner… pour que tu ne perdes pas la mémoire. Je cherche un endroit qui s'appelle le Miroir de la Lune. Combien de temps faudra-t-il pour s'y rendre ?

— Comment peux-tu être sûr que je sais où cela se trouve ?

Hafydd se releva de toute sa hauteur. Un homme grand, fier, surplombant largement la créature avachie dans sa brouette.

— Parce que la vie de ce garçon en dépend, ainsi que la tienne.

Le cul-de-jatte réfléchit quelques instants.

— Je m'y suis rendu une fois, il y a bien longtemps, en compagnie de Sainth, avoua finalement Kilydd. Ce n'est pas un petit trajet. Il faudra bien compter cinq jours. Et nous aurons besoin d'un bateau en fin de voyage.

— Un chariot pourra-t-il faire le trajet ?

Le cul-de-jatte parut dubitatif.

— Peut-être, mais ce sera difficile.

— Nous aurons besoin d'un chariot pour te transporter et nous nous procurerons également une petite embarcation.

Hafydd se tourna et baissa les yeux sur Beldor qui tenait toujours sa dague contre la gorge de l'enfant terrifié.

— Laisse-le partir, Beldor. Il va rester en vie... pour l'instant.

On chargea un bateau par-dessus l'arrière d'un chariot, où s'entassait l'essentiel de leurs provisions. Kai ignorait quels arrangements Hafydd avait conclu pour l'armée, mais il ne partait qu'avec une petite escorte : vingt gardes, un pâtre et une poignée de serviteurs ainsi que le seigneur A'denné, lequel restait muet et à l'écart des autres. Tous montaient à cheval à l'exception de Kai et de deux autres qui voyageaient sur le chariot en tête de la colonne.

Pendant plusieurs heures, ils suivirent une route qui descendait vers le sud. Puis Kai leur fit emprunter une petite piste qui grimpait le long d'une colline boisée. Un ruisseau circulait parmi les arbres et ils le traversèrent plusieurs fois au rythme de leurs détours. Arrivés au sommet de la colline, ils contemplèrent un pays boisé, sans aucune ferme ni colline visible à l'horizon. Les gardes se mirent à murmurer entre eux mais Hafydd ne parut pas surpris de découvrir un terrain totalement différent de ce qu'il aurait dû être.

La piste avait disparu à quelque distance de là mais le bois n'était pas très dense, composé essentiellement d'érables, de hêtres, de chênes et d'ormes. Les sous-bois étaient clairsemés et ils trouvèrent un chemin pour le chariot entre les arbres. Kai les guidait avec une précision infaillible et Hafydd les pressa d'accélérer le rythme.

C'était une belle journée et les rayons du soleil dansaient parmi les feuillages en projetant sur le sol des lueurs tremblantes. Ils s'arrêtèrent à plusieurs reprises pour abattre de petits arbres qui gênaient la progression du chariot. Mais, d'une manière générale, ils avançaient si ce n'est rapidement, en tout cas plus vite que ce à quoi Kai s'était attendu. Le garçon qui avait eu la malchance d'être en train de cirer les bottes d'Hafydd lorsque Kai était arrivé voyageait coincé entre Kai et le conducteur. Il était silencieux, renfermé et craintif. De temps à autre, il examinait le paysage inconnu autour de lui comme s'il évaluait ses chances de s'enfuir. Mais il devait soit les juger trop faibles, soit s'avérer incapable de rassembler son courage, car il ne tenta rien.

Ils durent par deux fois traverser des cours d'eau, mais les gués s'avérèrent accessibles. Au crépuscule, un large pré s'ouvrit devant eux, presque une prairie. Ils installèrent leur camp au milieu des arbres à l'orée de l'étendue d'herbe. On fit rapidement un feu et les serviteurs commencèrent à monter le campement et à préparer le souper.

L'homme qu'Hafydd nommait Kilydd mais qui se faisait appeler Kai avait pour serviteur un dénommé Ufrra, une étrange créature à la corpulence massive mais étonnamment docile. Il installa pour son maître un lit de feuilles de cèdre odorantes, qu'il recouvrit d'une couverture élimée. Il prépara ensuite une infusion qui parut apaiser les souffrances de Kai, dont le visage se contorsionnait de douleur depuis plusieurs heures.

Beldor l'examina avec intérêt en continuant à se demander qui était cet homme. Il les conduisait dans les « terres secrètes », mais c'était tout ce que Beldor en savait. Hafydd avait aussi mentionné quelque chose sur le fait que l'homme était resté vivant toutes ces années. Mais quel âge cela lui faisait-il ?

Le cireur, qui s'appelait Stillman, généralement raccourci en « Stil », gravitait autour de Kai. Le cul-de-jatte lui parlait avec gentillesse et l'enfant avait pris sur lui d'aider le serviteur muet. Beldor l'observa en train d'assister Ufrra pour soulever Kai hors de sa brouette afin de l'installer sur le lit de fortune. Un homme sans jambe ne pouvait pas faire grand-chose pour le protéger, mais peut-être que le gamin ne s'en rendait pas compte. Kai était le seul homme dans le groupe à ne pas avoir peur d'Hafydd et il avait déjà sauvé une fois la vie du garçon. Sans doute cela suffisait-il. Comme Beldor le savait fort bien lui-même, on concluait les alliances que l'on pouvait. Peut-être le garçon voyait-il en Kai un homme au cœur tendre au sein d'un groupe d'individus qui assassineraient un bébé si on leur en donnait l'ordre. Il jeta un regard circulaire sur les gardes en noir qui vaquaient silencieusement à leurs occupations. Ils étaient presque aussi muets que le serviteur de Kai. Il n'y avait pas la moindre humanité en eux, Beldor en était certain.

Kai remarqua le regard que le noble fixait sur lui.

— Y a-t-il quelque chose que vous souhaitiez me dire, seigneur Beldor ?

— Hafydd tuera le garçon dès qu'il aura eu ce qu'il désire. Et il vous tuera, vous aussi.

— Non, il ne me tuera point. Il pourrait encore avoir besoin de se rendre dans les terres secrètes, et je suis l'un des rares à pouvoir l'y conduire. Et vous, seigneur Beldor ? Que lui offrez-vous que personne d'autre ne peut lui offrir ? Peut-être est-ce vous dont il n'a plus besoin ?

Kai leva les yeux vers une autre silhouette qui s'approchait.

— Ah, seigneur A'denné... Que puis-je faire pour vous ?

— On m'a ordonné d'installer mon lit ici, à côté des autres prisonniers de messire Eremon.

— L'ennemi d'Hafydd est mon ami, dit Kai. (Il se tourna vers Beldor.) Assurez-vous bien de rapporter ces mots à votre maître, cela pourrait vous valoir quelque faveur mineure...

— Vous savez que je ne m'attaquerai pas à un éclopé, répondit Beldor. Alors quel courage vous faut-il pour vous montrer insolent envers moi ?

— Oh, Kilydd est plus courageux que tu ne pourrais l'imaginer, Beldor.

Beld se retourna pour découvrir Hafydd debout derrière lui.

— Un jour, il fut attaqué à l'intérieur d'une tour par six assassins. Il aurait pu s'échapper, j'en suis presque certain, mais quelle gloire cela lui aurait-il rapporté ? Non, il les a tous tués en quelques heures. Mes assassins les mieux entraînés. Un seul d'entre eux aurait facilement pu éliminer… eh bien, quelqu'un comme toi, Beldor.

Hafydd tourna son regard intimidant vers Kai.

— Non, on ne doit pas sous-estimer Kai. Il n'a pas peur de toi car il pourrait très certainement te tuer en cas d'affrontement… tant qu'il conserve la dague qu'il a dissimulée dans ses vêtements. Mais je te dirai une chose, Kai. Si tu me conduis au mauvais endroit, ou si tu nous fais tourner en rond, je tuerai l'enfant, puis ton serviteur, puis le seigneur A'denné. Leurs vies dépendent de toi.

— Je ne m'inquiète guère à propos de la mienne, intervint le seigneur A'denné d'une voix égale. Ma vie est perdue, quoi qu'il arrive.

Hafydd fixa son regard sur le seigneur A'denné qui ne put le soutenir qu'une minute avant de détourner les yeux.

— Seigneur Beldor, dit Hafydd. Allons jusqu'à ma tente.

Hafydd était le seul homme dans le camp à ne pas dormir à la belle étoile. Beldor savait que cela n'avait rien à voir avec un quelconque manque d'endurcissement. Sa paillasse était installée dans un petit pavillon, à côté d'une chaise pliante à la conception ingénieuse et d'un coffre qui servait aussi de bureau. Deux lanternes à bougie offraient leur éclairage et des gardes étaient postés à chaque coin à l'extérieur pour veiller à la sécurité d'Hafydd.

Celui-ci s'assit sur la chaise. Il se mit à tapoter son menton barbu du bout des doigts.

— Si j'étais toi, je resterais à distance de Kai. Il est un peu sorcier et bien plus dangereux qu'on ne peut l'imaginer.

Beldor s'inclina légèrement en se demandant s'il avait transgressé un code ou une loi qu'il ignorait. Les sorciers avaient-ils un certain respect l'un pour l'autre, même lorsqu'ils étaient ennemis, à la manière des hommes d'armes ?

Hafydd porta la main sous sa cape et en sortit une pierre accrochée à une chaîne en or.

— Sais-tu ce dont il s'agit ?

— On dirait une émeraude, répondit Beldor, bien que je n'en aie jamais vu d'aussi grosse.

Hafydd leva le bijou afin que la pierre oscille lentement dans la lumière.

— Il se pourrait que ce soit une émeraude, c'est vrai. Ou en tout cas cela a pu en être une autrefois. À présent, c'est tout à fait remarquable. Il semble que ce soit une conscience, ou quelque chose de très proche. Je ne suis pas certain de la manière dont elle est entrée en ma possession, bien que je pense que cela a été arrangé par mon frère... le frère de Caibre, Sainth. C'est-à-dire l'homme que nous connaissons sous le nom d'Alaan, mon whist. Heureusement, j'ai compris à quoi elle était destinée avant qu'elle n'ait l'effet désiré par Alaan.

Il tendit la chaîne à Beldor.

— Je veux que tu la gardes en sécurité. Porte-la autour de ton cou. Je veux observer les effets qu'elle aura sur toi, voir ce qui arrive à un homme qui acquiert une conscience.

Beldor hésita, se demandant si on était en train de le prendre pour un imbécile.

— Prends-la. Elle ne te fera aucun mal. Beaucoup considèrent qu'une conscience est une composante nécessaire à la personnalité d'un homme. Voyons si elle l'emportera ou si ta véritable nature pourra lui résister.

Il se pencha en avant et laissa la chaîne pendre au bout de ses doigts, la pierre tournoyant toujours à la lueur des bougies.

Beldor tendit la main et s'en saisit à contrecœur. Il n'aimait pas tout ce qui touchait à la magie. Le livre maudit lui avait donné la chair de poule. Et maintenant, ceci...

— Passe-la autour de ton cou, seigneur Beldor. Porte-la en permanence. Dis-moi si tu ressens de quelconques sentiments de regrets ou de remords. Je te ferai tuer le seigneur A'denné dans quelques jours et nous observerons les effets que cela aura sur toi. (Le chevalier le gratifia d'un sourire pincé.) Bonne nuit, seigneur Beldor. Dors bien.

Beldor découvrit que sa couche avait été installée non loin des individus qui avaient été enlevés, à l'intérieur du même cercle de gardes et isolée par d'autres hommes d'armes de la tente d'Hafydd. Il réalisa alors qu'on ne lui faisait pas plus confiance qu'à Kai ou qu'au seigneur A'denné. Il avait tenté de tuer son cousin pour apaiser les Wills, puis leur avait proposé ses services lorsque son plan avait échoué. Qui pourrait lui faire confiance à présent ? La Main de la Mort, sans aucun doute, qui lui avait fait porter le livre jusqu'à Hafydd et servir celui-ci. Mais quel imbécile prendrait le risque de trahir la Main de la Mort ?

Kai avait donc raison. Il jeta un œil vers le seigneur A'denné, lequel était occupé à parler au cireur Stil. Dans quelques jours, le noble mourrait. Il s'en doutait certainement. Kai serait maintenu en vie tant qu'il aurait une utilité. Le cireur... il était si peu important que sa vie pouvait s'éteindre à tout instant. Hafydd pourrait très bien décider de l'offrir en pâture à un chien.

Et il se retrouvait assis là, avec ces individus au bord de la mort. Il leva la main et appuya la pierre précieuse contre sa poitrine, à travers l'épaisseur de sa cape. Pourquoi Hafydd la lui avait-il donnée ? Que voulait-il dire en affirmant que c'était une « conscience » ? Un homme ne pouvait pas développer une conscience s'il n'était pas né avec. C'était avéré. Beldor ne regrettait aucun de ses actes... Si, il regrettait de ne pas avoir tué Toren lorsqu'il en avait eu l'opportunité. Il ne partageait pas la faiblesse de ces autres hommes qui se trouvaient en proie aux regrets et aux remords après avoir agi. Beldor assumait les conséquences de ses actes. Il ne pleurait ni ne s'arrachait les cheveux et ne se laissait pas torturer par la culpabilité. C'était bon pour les faibles et les crétins. Des hommes comme Dease ou Arden. Des hommes qui n'avaient pas les tripes nécessaires pour vivre avec leurs propres choix.

Il s'immobilisa, une botte à moitié retirée de son pied. Et voilà où ses choix l'avaient mené : jusqu'au campement d'Hafydd, un endroit où il était considéré comme un pion que l'on pouvait sacrifier à loisir. Un endroit où Hafydd plaçait un joyau enchanté autour de son cou pour en observer les effets.

Mais on m'a offert une seconde chance aux Portes de la Mort. Quel choix avais-je ?

Il n'avait pas eu le choix, c'était la vérité. N'importe qui aurait choisi comme lui... de ne pas s'enfoncer dans la nuit éternelle.

Beldor s'allongea, levant les yeux vers l'immense mer d'obscurité du ciel constellée d'une pluie d'étoiles. Quelque chose à la limite de son champ de vision attira son attention et il se tourna pour découvrir le cireur qui le regardait fixement. L'enfant avait un regard froid, empli de haine. Beldor songea qu'il ne dormirait pas en paix cette nuit-là.

CHAPITRE XVIII

Les yeux des aveugles pouvaient verser des larmes. Cette capacité persistait même dans l'obscurité la plus totale. C'est ce à quoi songeait Dease, assis aux côtés du seigneur Carral.

Ils se trouvaient devant l'une des hautes fenêtres rondes du château Renné. La lumière, filtrée par les vitraux, se répandait tout autour d'eux, sur leurs visages et sur leurs mains. La scène dépeinte sur le vitrail représentait la chute de la tour des Vents et la destruction des Chevaliers du Serment. Mais les Chevaliers avaient survécu, de même que bien trop de choses surgies du passé.

Le seigneur Carral appuya une main délicate sur son front et sa peau fut éclaboussée de bleu. Des larmes bleutées coulaient sur son visage, mais il ne sanglota pas, ni ne laissa ses épaules s'affaisser.

— Je suis désolé, seigneur Carral, offrit Dease à mi-voix.

— Non, ce sont de bonnes nouvelles que vous m'apportez. Mon unique enfant, mon Elise, est vivante.

Ses épaules furent agitées d'un tremblement et il garda son visage partiellement dissimulé derrière sa main finement ciselée.

— Mais pourquoi m'a-t-elle laissé penser qu'elle était morte ?

Dease ne savait pas comment répondre. En vérité, il n'avait aucune idée de la raison pour laquelle elle avait agi ainsi. Il pourrait sans aucun doute inventer des explications plausibles, et il le ferait si cela s'avérait nécessaire, mais il ignorait vraiment la réponse à cette question.

— Je suis certain que dame Elise avait ses raisons, dit-il.

Carral se redressa légèrement et se détourna, comme s'il était embarrassé de laisser voir son émotion. Mais Dease suspectait que ce n'était pas le cas.

— Cette chose s'est-elle entièrement emparée d'elle ?

— Le nagar ? Elle a prétendu que non. Je ne connais pas votre fille, donc il est difficile pour moi d'en juger. Mais ceux qui la connaissaient n'ont pas réagi, comme si elle leur semblait… étrangère.

— Que la rivière en soit remerciée, répondit Carral. Est-elle encore en vie à présent ? Je me le demande.

— Nombre d'entre nous ont survécu à l'inondation des tunnels et elle avait déjà survécu dans la rivière. Je suis sûr qu'elle n'a rien.

Dease n'en était absolument pas sûr, mais il espérait que cela n'était pas perceptible dans sa voix.

Carral ne présentait aucune des attitudes habituelles d'un homme doté de la vue. Il ne hochait ni ne secouait la tête, il souriait rarement et ne se renfrognait guère. Son expression habituellement neutre était énigmatique… jusqu'à ce qu'il se mette à pleurer.

— Alors peut-être réapparaîtra-t-elle bientôt. L'espoir est permis.

— Oui. Puisse-t-elle vous revenir très bientôt.

Carral essuya du plat de la main les larmes qui coulaient sur son visage, comme s'il venait juste de découvrir leur présence. Les rayons du soleil projetaient l'image de la tour des Vents sur le sol et en travers du dos du seigneur Carral. Des flammes dansaient dans sa chevelure. Il se releva avec beaucoup de raideur. Des Chevaliers chutèrent vers leur mort le long de son dos.

Il ne se tourna pas pour faire face à Dease mais fixa son regard pâle sur le corridor qui s'ouvrait devant lui. Son ombre s'étendait au-dessus de la chute de la tour des Vents.

— Lorsque vous l'avez vue… seigneur Dease… était-elle… (Il déglutit en faisant trembler sa pomme d'Adam.) Semblait-elle en bonne santé ? Indemne ?

— Elle semblait aller parfaitement bien. En meilleure santé que vous et moi.

Carral tenta de sourire à cette réponse et fit un pas avant de s'arrêter.

— Merci d'avoir pris le temps de me parler, seigneur Dease. Je sais à quel point vous êtes occupé en ce moment.

— J'aimerais pouvoir faire plus. J'aimerais pouvoir invoquer votre fille ici même à l'aide d'un sortilège. Mais hélas, je ne suis point sorcier.

— Vous devriez vous en réjouir, seigneur Dease. De cela et de bien d'autres choses.

Le seigneur Carral s'éloigna à petits pas, évoquant soudain l'image d'un vieil homme frêle. Dease le regarda partir sur la longueur du corridor. En s'écartant de la fenêtre, le seigneur Carral s'enfonça petit à petit dans l'ombre aux yeux de Dease, dont la vue s'était ajustée à la lumière vive qui jaillissait du vitrail. Au bout d'un moment, il disparut comme un homme s'évanouit dans le brouillard. On n'entendit plus que le bruit mat de sa canne sur le sol en marbre, tel le tic-tac d'une lointaine horloge.

CHAPITRE XIX

Carl aida Jamm à monter dans l'embarcation et le soutint tandis qu'il se penchait vers le banc de nage de la proue. Le voleur perdit l'équilibre et ses bottes heurtèrent lourdement le fond du bateau.

— Chut ! lâcha l'un des bateliers.

Il faisait sombre. Un quartier de lune minuscule naviguait au milieu d'un archipel de nuages. Les deux bateliers étaient nerveux et agités. Ils scrutaient en permanence les ténèbres alentour. Le jeune homme qui les avait conduits jusque-là, Carl à pied et Jamm sur un poney, leur avait souhaité bonne chance avant de prendre ses jambes à son cou. Il avait visiblement tenu à mettre rapidement autant de distance que possible entre les fugitifs et lui.

— Montez à présent, Votre Grâce, dit l'un des bateliers.

Carl prit place à la proue et les deux inconnus, à peine plus que des ombres dans l'obscurité, poussèrent le bateau le long de la rive boueuse jusque dans les eaux de la Wynnd. Tous deux sautèrent lestement à bord et le bateau oscilla sur la rivière jusqu'à trouver son équilibre. Carl n'aimait guère les bateaux. Ils lui avaient toujours paru instables, prêts à se renverser, tandis que la surface sur laquelle ils progressaient était changeante et traîtresse.

— Ne vous inquiétez pas Votre Grâce, dit l'homme le plus proche.

Il avait dû percevoir l'anxiété de Carl.

— Mon frère et moi avons passé notre vie sur l'eau, chuchota-t-il. Vous ne vous mouillerez pas même un orteil au cours de ce petit voyage.

Après quoi les deux hommes sortirent les rames et les plongèrent dans l'eau sombre de la rivière.

Ils poussèrent l'embarcation jusqu'au milieu du cours d'eau. Les formes effilochées des rivières boisées se perdaient dans les ombres au loin. Au-dessus d'eux, les étoiles et le croissant de lune scintillaient sur la voûte du ciel. Les hommes ramaient en silence, ayant pris soin d'envelopper l'extrémité des rames dans des chiffons. On n'entendait que le son du bois s'enfonçant dans l'eau et des gouttes qui tombaient des avirons lorsqu'ils étaient soulevés dans les airs.

Carl jeta un regard en direction de la rive ouest. Un feu y brûlait... peut-être des gardes Renné. Ils devaient surveiller la rivière la nuit, au cas où le prince d'Innes déciderait de traverser en force. Carl se demandait ce qu'il était advenu de son père. Il n'aurait jamais dû rester. Carl avait su en son fort intérieur que c'était une erreur, mais son père avait refusé d'en discuter. L'entêtement était un trait caractéristique de la famille.

Le courant aurait été moins fort près de la rive, mais les bateliers craignaient d'être repérés par les patrouilles Renné s'ils s'approchaient de trop près. À la proue, Jamm était pratiquement invisible. Il s'était probablement recroquevillé sur lui-même. Il souffrait encore des épreuves qu'il avait subies. S'il n'avait pas passé quatre jours dans la maison de la guérisseuse, Carl était persuadé qu'il serait mort. Mais ils l'avaient fait sortir trop tôt. Jamm n'était plus en train de se remettre. Oh, son état n'empirait pas... mais il ne s'améliorait pas non plus. Cela ne pouvait pas continuer. Carl devait mener le petit homme dans un endroit où il pourrait se reposer.

— Je pense qu'on est allé assez loin, dit le batelier à son frère.

Ils entreprirent de tourner en direction de la rive est.

Carl n'appréciait guère ce qu'il allait devoir faire. Il sortit sa dague du fourreau et se pencha en avant pour refermer son bras autour de la tête de l'un des rameurs. Il appuya sa lame sur la peau du cou de l'homme.

— Ramez vers la rive ouest à présent, dit-il d'une voix claire et posée, sans quoi je tranche la gorge de votre frère.

— Que… ? jura l'autre batelier en se tournant sur son siège.

— Il tient un poignard contre ma gorge, mon frère…, souffla le captif de Carl. Fais ce qu'il dit, je t'en prie.

L'homme fit faire un demi-cercle à l'embarcation et les dirigea vers l'ouest.

— Bon, mais comment se fait-il que vous soyez un traître, seigneur Carl, alors que le duc de Vast a ordonné à ses hommes de vous tuer à vue ?

— C'est une histoire longue et compliquée, mon ami, répondit Carl. Si vous saviez à quel point Innes et Menwyn Wills sont des hommes détestables, vous seriez sans doute moins enclin à supporter leur guerre. Continuez à ramer et ne faites pas de bruit. Je ne veux pas faire de mal à votre frère.

— J'ai une question pour vous, dit l'homme à mi-voix. Vous savez nager ?

Sur ces mots les deux frères plongèrent sur le côté. Le bateau oscilla, vira et se retourna brusquement, projetant tous ses occupants dans la rivière. Sans réfléchir, Carl avait relâché son prisonnier. Malgré ses menaces, il n'avait jamais eu l'intention de lui trancher la gorge.

— Jamm ! lança-t-il en refaisant surface.

— Il est là, mon frère ! cria le plus âgé des bateliers. Coule-le !

— Il pourrait encore avoir sa dague, répondit l'autre. Passe-moi une rame !

Carl plongea sous l'eau et refit surface de l'autre côté du bateau.

— Jamm..., chuchota-t-il de nouveau.

Mais il ne reçut aucune réponse. Il s'accrocha au plat-bord immergé. Les planches glissantes du bateau brillaient légèrement dans la lumière nocturne.

— Où est-il passé ? demanda l'un des hommes.

— Sous l'eau, j'imagine. Je ne pensais pas qu'il savait nager. Il était trop nerveux en montant à bord.

Carl perçut une légère turbulence près de sa jambe. Il recula instinctivement avant de passer la main sous le navire. Quelqu'un s'y trouvait, accroché à l'un des bancs de nage. Carl plongea et remonta dans les ténèbres complètes. Mais il pouvait respirer.

— Jamm ? chuchota-t-il si bas qu'il s'entendit à peine lui-même.

— Ici, lui parvint la réponse, tout aussi basse.

— Retiens ta respiration, dit Carl, on va devoir plonger.

Dans l'obscurité, il trouva son guide agrippé au banc de nage, la respiration haletante. Il attendit d'entendre une forte inspiration avant de tirer le petit homme vers le fond. Ils refirent surface à quelques pas de là. Carl passa un bras par-dessus Jamm, en travers de sa poitrine. Quelque chose de dur heurta son épaule et il réalisa qu'il s'agissait de l'une des rames. Avec quelques difficultés du fait qu'il n'avait qu'une main libre, il fit passer la rame sous l'autre bras de Jamm. Ce n'était pas grand-chose mais cela l'aiderait à flotter.

Carl les tira lentement en direction de la rive ouest. Pendant un moment, ils entendirent les murmures des deux bateliers qui bataillaient pour remettre leur embarcation d'aplomb et écoper l'eau qui s'était insinuée à l'intérieur.

— Est-ce qu'on va y arriver ? murmura Jamm.

— Oui. Fais-moi confiance. Bats des pieds, si tu en as

la force, de haut en bas. C'est ça. Repose-toi en arrière, je maintiendrai ta tête hors de l'eau.

Toren Renné renvoyait une impression contradictoire, songea Carl, car il était à la fois sinistre et avenant. Sa beauté et sa jeunesse, la noblesse de sa posture et sa chevelure couleur des blés juraient avec l'expression dure de sa bouche et la suspicion qui brillait dans ses yeux bleu clair.

— Mais c'est un voleur. Pourquoi devrais-je donner plus d'importance à la parole d'un voleur qu'à celle du duc de Vast, qui a toujours été l'allié de ma famille, aussi loin que remonte ma mémoire ?

Toren fixa Carl avec attention pour jauger de sa réponse.

— Parce que Jamm dit la vérité et que Vast ment. Je ne peux pas vous dire mieux.

— Mais Vast est venu à notre secours sur l'île de la Bataille alors qu'il aurait clairement pu ajouter son armée aux forces du prince d'Innes. Un comportement bien étrange pour un homme secrètement allié à Innes...

— C'est vrai, bien que j'aie moi-même tenté de faire de même, en affrontant les Renné afin que le prince soit convaincu de ma loyauté, ce qui m'aurait permis de continuer à espionner pour votre compte. Comme votre cousin Kel vous le dira, j'ai sauvé sa vie au péril de la mienne. C'est ce qui me vaut d'être ici. Quelqu'un m'a vu sauver Kel et l'a rapporté au prince. Je vous ai raconté la suite.

Toren jeta un regard vers sa mère, dame Beatrice. Carl ne pouvait pas s'empêcher d'espérer que cette noble dame interviendrait en sa faveur. Dame Beatrice offrit à son fils un petit sourire triste et un hochement de ses boucles grisonnantes.

Il faisait bon dans la pièce, en cet après-midi d'été. Une petite brise agitait les rideaux et soufflait sur les fleurs coupées placées dans un vase sur une table basse.

Deux gardes se tenaient derrière Carl, prêts à se saisir de lui si nécessaire. Mais ni ses mains ni ses pieds n'avaient été menottés, ce qu'il considérait comme étant bon signe. Des débris noirs tintaient régulièrement dans l'âtre et l'on pouvait entendre des hommes travailler dans le conduit de cheminée.

— Je n'ai rien à gagner en venant vers vous, reprit Carl. Si Vast m'avait surpris, comme vous dites qu'il l'a prétendu, en possession de lettres volées, je serais sans aucun doute retourné auprès du prince d'Innes. Mais je vous assure qu'en traversant la rivière, je signe mon arrêt de mort. Le prince me fera tuer à l'instant où je serai pris. Et sans un certain coup de chance, Vast lui-même m'aurait éliminé sur l'île de la Bataille.

— Voilà une chose que je peux vérifier, répondit Toren. Kel m'a rapporté que les hommes de Vast avaient reçu pour consigne de vous tuer à vue, ce que je trouve plutôt étrange. N'importe qui souhaiterait questionner un espion s'il en avait l'opportunité.

— Quoi que vous décidiez à mon sujet, seigneur Toren, méfiez-vous de Vast. Il est allié au prince d'Innes, cela ne fait aucun doute.

— Oui, mais le prince d'Innes a perdu la vie. Je ne sais donc pas ce que cela va changer à l'alliance supposée que Vast avait avec lui.

— Le prince est mort ?

Toren hocha la tête en agitant ses boucles dorées.

— Assassiné par l'un de ses propres gardes, d'après ce que l'on raconte.

— Hafydd ! s'exclama Carl.

— Ce nom honni, intervint dame Beatrice en serrant les poings. Pourquoi l'accusez-vous ?

Carl ne put s'empêcher de hausser les épaules.

— Cela ne peut être nul autre que lui.

— Ce n'est pas une explication très convaincante, mais je suis néanmoins d'accord.

Toren se tourna sur son siège. Son regard parut se

concentrer sur un point situé en haut du mur opposé. Son visage arborait une expression inquiète et malheureuse.

— Nous allons devoir étudier cette situation avec soin. Jusque-là, je suis navré mais nous devrons vous confiner dans une cellule.

Carl hocha la tête.

— Je peux survivre dans une cellule, mais Jamm a besoin d'un guérisseur. Il a failli mourir sur l'île. Je crains qu'une cellule humide ne déclenche à nouveau sa fièvre et sa toux.

— Nous nous occuperons de votre ami, intervint dame Beatrice.

Toren hocha la tête en direction des gardes et ils escortèrent Carl hors de la pièce.

— J'ignore ce que nous devrions faire de lui, mère. Il accuse l'un de nos plus anciens et plus loyaux alliés de trahison. Et pourtant, c'est bien Vast qui est venu à notre secours sur l'île de la Bataille. Il n'y a en fait qu'une seule chose qui me fait douter. Vast a ordonné à ses hommes de tuer le seigneur Carl à vue. C'est étrange.

— Vast est un homme passionnel.

— Oui, mais il n'est pas stupide. Il devrait vouloir questionner le seigneur Carl.

— Je suis pour ma part plus influencée par l'absence totale de ruse chez Carl A'denné. Tout ce qu'il dit sonne juste.

Dame Beatrice s'appuya contre le dossier de sa chaise et ferma les yeux quelques instants. Toren ressentit un élan de compassion envers elle. Elle avait une vie si difficile.

— Oui, mais cela voudrait dire que Vast est notre ennemi. Vast...

CHAPITRE XX

Les cellules sentaient le moisi, la pierre humide et la fumée de chandelles. Toren prit la lanterne des mains du garde et la suspendit au crochet rouillé.

— Dease ? lança une voix depuis l'intérieur de la cellule.

— Non, cousin. C'est moi.

Le visage de Samul, plus pâle que dans le souvenir de Toren, apparut dans l'encadrement de la lucarne dotée de barreaux.

— Toren. La réputation de mon hospitalité a certainement dû t'attirer jusqu'ici.

— Oui, c'est exactement cela, répondit Toren.

Samul le fixa un moment sans rien dire. Les pensées de Samul étaient toujours dissimulées et ici, dans l'ombre, Toren n'avait aucun espoir de réussir à déchiffrer son expression. Une rage meurtrière pouvait tout à fait s'agiter derrière ses yeux et il n'en saurait jamais rien. Après tout, Samul avait comploté son assassinat sans qu'il ne s'en soit jamais douté.

— Qu'est-ce qui t'a ramené ici, cousin? demanda Toren. Tu avais donné ton accord pour ne jamais revenir sur les terres des Renné. Aurais-tu oublié notre marché ? (Toren marqua une pause.) Je n'ai pas oublié que tu as tenté de me tuer, Samul.

Ce dernier recula d'un pas, disparaissant presque dans

l'obscurité de sa cellule. Les murs de pierre renvoyèrent ses paroles avec un léger écho lorsqu'il répondit.

— Oui, mais toi-même tu nous trahissais auprès des Wills... Tous tes efforts futiles pour faire la paix... Si tu m'avais écouté, tu serais prêt pour la guerre qui s'est déclenchée. Tu avais tort, Toren, et j'avais raison.

— Oui, sur certains points tu avais raison. Mais lorsque je suis en désaccord avec un membre de ma famille, je ne tente pas de l'assassiner.

— Et combien de vies seront-elles perdues parce que tu as voulu signer un accord de paix avec un ennemi intraitable ? Ta mort aurait sauvé des vies.

Toren secoua tristement la tête. Il y avait forcément une logique indéniable derrière la décision de Samul. C'était par haine que Beld avait voulu l'assassiner. Mais pas Samul. Samul n'avait pu agir que par conviction.

— Je ne peux te faire confiance, Samul Renné, dit Toren à voix basse. Tu n'aurais pas dû revenir ici.

Il entendit Samul soupirer avec exaspération.

— J'ai été recraché par une ouverture dans le sol jusque dans un ruisseau, lança dédaigneusement Samul. Une patrouille m'a cueilli tandis que je me dirigeais vers la rivière. Je n'avais aucune idée de l'endroit où je me trouvais. Il est certain que rien n'aurait pu me pousser à revenir sur les terres Renné. Notre accord était encore très frais dans mon esprit.

Samul refit son apparition à la fenêtre. L'ombre des barreaux dessinait de longues traînées sombres sur son visage.

— Je suis arrivé ici par accident, Toren. Je le jure.

Toren hocha la tête. Il n'en doutait pas vraiment. Samul était trop malin pour être revenu en pays Renné.

— Que vais-je faire de toi à présent, Samul ? J'ai juré que si tu revenais en terre Renné, tu paierais pour le complot que tu as ourdi contre moi. Que vais-je faire de toi, maintenant ?

— Ne peux-tu pas me laisser partir ? chuchota Samul.

Toren marqua une courte pause tandis que la tristesse s'emparait de lui, tel un poids immense sur ses épaules.

— Si tu étais à ma place, le ferais-tu ?

— Non, répondit Samul, et Toren le vit secouer la tête. Non. Ce n'est pas ce que je ferais.

Leur silence envahit les lieux sombres et humides. Assis à son poste, le garde se mit à tousser. Toren perçut la respiration hachée de Samul qui se demandait s'il venait de prononcer son propre arrêt de mort.

— Tu pourrais me laisser m'échapper. Je disparaîtrais, Toren. Jamais plus tu n'entendrais prononcer mon nom.

Toren ne répondit pas. C'était la décision la plus facile… et les vrais meneurs ne pouvaient pas toujours choisir la facilité. Quel message la libération de Samul ferait-il passer ? Que Toren Renné avait le cœur si tendre qu'il ne pouvait pas exécuter ceux qui attentaient à sa vie !

— Je ne peux pas te laisser partir, Samul. Tu le sais.

— Alors pourquoi es-tu venu ici ?

— Je ne sais pas. Pour comprendre pourquoi tu étais ici. Pour te dire en personne ce qui allait se passer.

— Et que va-t-il se passer ?

— Tu rencontreras le bourreau, et je pleurerai ta perte, du fait de l'amour que j'ai pour toi.

Toren se détourna et s'en fut le long du couloir bordé de cellules étroites. Il n'avait pas fait cinq pas que Samul l'appelait :

— Tu peux me faire couper la tête, mais je reste loyal envers ma famille, malgré tout ce que tu peux penser. Je vais te faire un dernier présent, Toren Renné : une autre situation où j'ai raison et toi tort. J'ai parlé avec le seigneur Carl de l'autre côté du couloir. Vast est un traître. Carl A'denné dit la vérité. Vast va nous trahir.

Toren ne s'arrêta qu'un instant.

— Vast ne nous trahira pas, lança-t-il.

Et il repartit.

Au sommet des escaliers, il croisa Dease qui descendait en hâte un corridor, porteur d'un parchemin plié et scellé.

— Un Fáel a apporté ceci, dit-il. Cela vient d'A'brgail.

Toren brisa le sceau et ouvrit la lettre en faisant quelques pas pour la placer sous la lumière d'une lanterne.

Seigneur Toren,

Je viens juste d'arriver au camp Fáel, à l'endroit où le cours du Westbrook rencontre la Wynnd. Elise Wills s'y trouve et des choses importantes s'y déroulent. Je pense partir cette nuit et j'aimerais avoir l'honneur de recevoir vos conseils avant de me mettre en route.

VOTRE SERVITEUR,
GILBERT A'BRGAIL

Toren leva les yeux pour découvrir que Dease l'observait attentivement.

— Peux-tu faire seller un cheval pour moi, cousin ? Je vais me rendre au camp Fáel dans l'heure.

— Je te ferai également préparer une escorte de gardes.

Toren hocha la tête.

— Sais-tu où je pourrais trouver Fondor ?

— Dans ses appartements, pourquoi ?

— Je dois organiser une exécution.

Toren disparut dans le corridor.

Il trouva Fondor en compagnie de dame Beatrice. Tous les deux étaient assis près d'un foyer éteint, la cheminée désormais dotée de barres en métal pour en interdire l'accès aux potentiels espions. Toren examina de nouveau la lettre que Fondor venait de lui remettre.

Celle-ci provenait de Kel : un rapport de la part de ses nombreux espions.

— Mais pourquoi Hafydd partirait-il maintenant ? Nous sommes en guerre.

Fondor haussa les épaules.

— Je ne prétendrai pas pouvoir lire les pensées de cette canaille. Kel affirme que l'armée et surtout les alliés de feu le prince d'Innes sont mécontents et agités. Ils en veulent à Hafydd, et, maintenant qu'il est parti, ils voient une chance de reprendre le contrôle de l'armée.

— Cela me paraît illusoire, rétorqua Toren.

Il reporta son regard sur la missive.

— Si A'denné est parti avec Hafydd, alors soit son fils Carl est un menteur, soit il se trompe au sujet de son propre père. Et ce cul-de-jatte...

— Kai, qui se trouvait sous notre toit et que nous avons laissé tomber entre les griffes d'Hafydd, intervint la mère de Toren.

Elle porta la main à son front et secoua tristement la tête.

— Et cette histoire au sujet de Beldor..., continua Toren. Beldor a été emporté par l'un des serviteurs de la Mort. Si le reste de cette lettre est aussi éloigné de la vérité, quel crédit peut-on lui accorder ?

Fondor regarda dame Beatrice comme s'il craignait que Toren ne soit en train de délirer.

— Kel pense que ces informations sont fiables, dit-il. Et Kel se trompe rarement.

— Oui, admit Toren à voix basse. Oui, tu as raison. Kel se trompe rarement.

Il se leva et se dirigea vers la fenêtre pour contempler les dernières lueurs du jour dans l'ombre grandissante.

— Je vais me rendre au camp des Fáel pour parler avec A'brgail et dame Elise, déclara-t-il.

— Et je vais m'occuper de l'exécution, répondit Fondor. J'espère que ta décision est la bonne, Toren.

— Moi aussi, cousin.

Fondor s'inclina brièvement devant sa tante et sortit. Le bruit de ses pas s'éloigna rapidement dans le couloir. Toren attendit que le son se soit évanoui pour se retourner. Sa mère avait les yeux fixés sur lui. Il songeait souvent qu'elle avait dû être fort belle durant sa jeunesse. Son maintien et sa grâce n'avaient pas diminué avec le temps. Mais son visage était désormais creusé par le chagrin et les soucis. Cela attristait Toren. Le fardeau que représentait son père dans sa tour était lourd à porter. Il aurait presque été préférable que l'homme soit mort plutôt que de reprendre ses esprits de temps à autre, comme un homme qui revient à la vie pour mourir à nouveau avant de renaître encore. On ne pouvait cesser de le pleurer… ni d'espérer.

— Oui ? lança Toren d'un ton inquisiteur.

— Il y a autre chose dont je pense que tu devrais t'occuper, dit-elle.

— Autre chose ?

— Une chose importante. Tu dois rendre visite à Llyn… (elle prit une profonde inspiration) et l'aider à réaliser que ses espoirs à ton sujet sont vains.

Toren commença à protester mais il comprit rapidement que sa mère n'écouterait pas, pas maintenant. Lorsqu'elle avait décidé de s'occuper de quelque chose, il était inutile d'essayer de l'en dissuader.

— Mais Llyn a déjà… si peu, avança-t-il faiblement.

— Le seigneur Carral l'aime, répondit dame Beatrice.

— Mais c'est un Wills.

— Alors laisse-la devenir une Wills ! s'exclama sa mère. Cela n'a pas d'importance. Elle mérite plus que ses livres et son jardin. Tu le sais fort bien.

Toren hocha la tête.

— Lorsque je reviendrai de chez les Fáel.

Sa mère acquiesça et son visage s'adoucit. Elle lui offrit même un petit sourire.

CHAPITRE XXI

Toren contemplait le cercle de broderie que Tuath levait à la lueur de la lanterne. Il ferma les yeux quelques instants et en ressentit un léger soulagement.

Tuath remit en place le tissu qui recouvrait l'horreur qu'elle avait brodée.

Toren porta immédiatement son verre à ses lèvres et goûta le vin, sec et légèrement âcre au palais.

— Voilà des nouvelles qui ne font rien pour nous alléger le cœur, dit-il en abaissant son verre. Des monstres en liberté et des sorciers revenus à la vie, notre pays sur le point d'être envahi…

Son regard engloba le groupe d'hommes et de Fáel.

— J'ai l'impression de me retrouver dans un conte ancien, une histoire de héros… mais je n'ai pas le sentiment d'être à la hauteur des héros de conte.

— Nous n'avons pas encore été mis à l'épreuve, souffla A'brgail.

Dame Elise était assise sur une chaise Fáel, entourée de coussins et de couvertures de prix. Mais elle portait toujours des vêtements d'hommes, usés et rapiécés. Son regard était lointain et Toren ressentit de la compassion à son égard. Tout ceci devait vraiment constituer une épreuve pour elle, une femme qui n'avait probablement jamais imaginé que la vie puisse consister en autre chose qu'en un mariage et les conspirations vaniteuses de sa famille.

L'un des jeunes gens des wildlands se tenait à quelques pas derrière elle. Le géant, Orlem Main-habile, était assis sur un siège à sa droite, comme s'il s'agissait là de sa place attitrée. Un vieil homme à la barbe blanche du nom d'Eber était assis près d'eux dans le cercle, et à ses côtés, trois anciens Fáel dont il avait déjà oublié les noms. Gilbert A'brgail était assis lui aussi, avec deux de ses Chevaliers en robes grises debout derrière lui, leurs épées à deux mains au clair mais pointées vers l'herbe piétinée.

La femme au teint de neige retourna à sa place en posant son cercle de broderie à ses côtés. Toren avait du mal à la quitter des yeux. Elle possédait une beauté froide, presque surnaturelle, mais néanmoins envoûtante.

— Alaan va tenter de trouver un chemin jusqu'à cet endroit, dit Elise. L'endroit où Wyrr est endormi.

— Et où se trouve-t-il ? demanda Toren.

— J'aimerais le savoir, répondit Elise.

Un petit garçon, qui était resté debout à la périphérie du cercle composé par les adultes, pénétra dans le cercle de lumière et se blottit sur les genoux du vieil homme. Il se mit à faire d'étranges mouvements de mains.

— Que dit-il, Eber ? murmura l'un des anciens.

Eber hocha la tête lorsque l'enfant eut terminé.

— Llya dit qu'il peut à présent nous conduire vers l'île de l'attente. C'est l'endroit où Hafydd va se rendre pour créer son dévoreur d'âmes.

Le vénérable Fáel fut traversé d'un frisson visible. Toutes les personnes présentes paraissaient totalement bouleversées.

— Qui est cet enfant ? interrogea Toren.

— C'est le fils d'Eber, répondit la tisseuse de visions. Llya entend la voix de la rivière.

— Notre rivière ? La Wynnd ?

Tuath hocha la tête.

— Oui, même si je ne dirais pas qu'il s'agit de la nôtre, répondit-elle. Le grand enchanteur Wyrr a fusionné son esprit avec celui de la rivière. C'est la voix qu'entend Llya.

Toren tourna de nouveau les yeux vers le petit garçon, lequel lui paraissait presque repoussant.

L'enfant se mit à bouger les mains.

— La voix dans la rivière est... *trouble,* traduisit le père. Ses paroles sont confuses, agitées, presque comme des charades. Mais Llya dit qu'à présent la voix le conduira jusqu'à l'île de l'attente. Il n'y a pas de temps à perdre. Hafydd va s'y rendre et accomplir son rituel contre-nature. Nos terres seront envahies.

L'enfant sauta à bas des genoux de son père en agitant rapidement les mains.

— Des bateaux, traduisit Eber. Il nous faut des bateaux et nous devons partir cette nuit.

Le vieil homme tira l'enfant à lui et le posa sur ses genoux, maintenant ses bras contre lui. Des larmes coulaient le long de ses joues jusque sur sa barbe blanche, tels des cristaux sur la neige.

Ils trouvèrent des navires durant la nuit et se lancèrent sur la rivière aux premières lueurs de l'aube. La brume tourbillonnait dans leur sillage à la surface de l'eau. Toren avait pris place dans un bateau avec A'brgail, Dease et six hommes d'armes, moitié Renné, moitié Chevaliers du Serment. Ils avaient également emmené Thaison avec eux, car aucun d'entre eux n'était expérimenté en matière de navigation ni n'avait de connaissance des terres secrètes. Devant eux, Toren pouvait voir Elise, debout sur la poupe de son embarcation. Baore et Main-habile tenaient les rames, assistés d'un autre petit groupe d'hommes d'armes en gris ou portant le bleu des Renné. Le vieil homme, Eber, était assis à l'avant, Llya à ses côtés. L'homme avait accepté très à contrecœur de laisser son fils les guider.

Le ciel était nuageux mais il n'y avait pas de vent. Sur les deux rives, des saules et des peupliers s'élevaient au-dessus du brouillard. Toren tourna son attention vers l'est en se demandant si l'ennemi allait les voir et envoyer des navires pour les intercepter.

— La brume est trop épaisse sur la rive est pour qu'on nous remarque, lui dit A'brgail.

Il était apparemment capable de lire les pensées de Toren rien qu'en le regardant.

— Je suis sûr que vous avez raison.

Toren s'assit sur le banc de nage.

— Croyez-vous que nous ayons perdu l'esprit ? Ne devrions-nous pas rester ici pour combattre des ennemis dont nous savons avec certitude qu'ils existent ?

A'brgail secoua la tête.

— Vous étiez dans les Eaux Stagnantes, seigneur Toren. Vous savez que cette guerre ne concerne plus seulement les Renné et les Wills… plus maintenant.

Toren ferma les yeux à la mention des Eaux Stagnantes.

— J'ai l'impression qu'il s'agissait d'un cauchemar, et non d'événements ayant réellement eu lieu. Ayant réellement *pu avoir lieu.*

Il n'était même pas retourné au château Renné la nuit précédente. Il n'en avait pas eu le temps. C'est en tout cas ce qu'il se disait. Quelque chose en lui songeait qu'il avait peut-être cherché à éviter la conversation qu'il avait promise d'avoir avec dame Llyn… la conversation qu'il avait promise à sa mère. Il avait envoyé un message à dame Beatrice expliquant brièvement ce qu'il avait appris et où il se rendait. Mais même ainsi, il ne s'attendait pas à ce qu'elle comprenne.

Une mouette tournoyait au-dessus d'eux et ses cris se répercutaient sur les eaux brumeuses. Les hommes peinaient sur les rames. Toren se leva pour essayer de voir l'autre bateau. Seule Elise était visible, emmitouflée dans une cape Fáel de couleur sombre. Les nappes de brouillard lui montaient jusqu'à la taille.

— Fondor et Kel savent mener une guerre, lança A'brgail. Vous n'avez pas à vous inquiéter. Vous les laissez dans une situation avantageuse. Écartez ces doutes de votre esprit. Nous voguons actuellement vers le véritable conflit. J'espère simplement qu'Alaan nous retrouvera.

— Ce demi-frère que vous maudissiez par le passé…

Le chevalier eut un hochement de tête solennel. Il paraissait songeur.

— Je n'approuve pas ce qu'il a fait, mais il est trop tard pour se soucier de cela désormais. Nous devons stopper Hafydd par n'importe quel moyen. Ce n'est qu'ensuite que je m'inquiéterai d'Alaan… si toutefois nous survivons.

Moins d'une heure plus tard, de hautes falaises s'élevaient de chaque côté de la rivière. Toren savait pourtant qu'il n'existait aucune falaise de ce genre au sud de Westbrook… en tout cas pas avant de nombreuses lieues. La brume perdura jusqu'à tard dans la matinée, et une petite bruine se mit à tomber, qui rendit le pont et les bancs de nage aussi glissants que luisants. Toren s'assura que ses rameurs suivaient l'autre navire de près. Car dans ce brouillard et avec aussi peu de lumière, ils auraient facilement pu se trouver séparés. Sans Llya pour les guider, il ignorait ce qu'il pourrait advenir d'eux. Ils pourraient se retrouver à jamais égarés dans les terres secrètes.

Les falaises semblaient se refermer sur eux, les privant d'une grande partie de la lumière grise du jour. La pierre était assombrie par la pluie et striée de rigoles glissantes. Pressée dans cet espace étroit, la rivière prit de la vitesse, emportant les embarcations avec elle. Les rameurs furent soulagés de pouvoir prendre un peu de repos et Thaison, qui était resté accroupi silencieusement à l'avant, se rendit rapidement jusqu'à la barre de gouvernail qu'il empoigna avec une maîtrise apparente.

— Vous connaissez cet endroit, mon bon Thaison ? demanda A'brgail en levant la voix pour être entendu par-dessus le tumulte de la rivière.

Le petit voyageur secoua la tête. Il était assis à la barre, le visage sérieux. Mais ses yeux semblaient danser dans son visage, dardant de-ci de-là, comme s'il venait juste de rentrer chez lui après une longue absence.

Les autres membres du groupe paraissaient inquiets, se demandant où cet étrange enfant pouvait bien les conduire, craignant que la rivière ne devienne dangereuse. Toren se surprit à imaginer des rapides, d'immenses chutes d'eau.

Mais la rivière ne changea pas, même si elle continuait de serpenter dans la gorge à bonne vitesse. Toren aurait préféré qu'ils se déplaçent à cheval, car il était un cavalier émérite. Il avait souvent voyagé à bord de navires, mais ce n'était pas quelque chose qu'il appréciait. À l'inverse de beaucoup, il savait nager. Ce n'était donc pas l'eau qu'il craignait. C'était simplement le fait que la rivière était imprévisible, pire que la plus fougueuse des montures. Elle pouvait vous entraîner dans les profondeurs et ne jamais vous laisser remonter.

Il coula un nouveau regard vers Elise, qui restait debout à la poupe malgré les embardées que causait désormais la rivière. La jeune femme était devenue un être aquatique, alors que lui restait attaché à la terre. Une différence bien plus importante que le fait d'être né Renné ou Wills.

Des plages de graviers gris firent leur apparition à la base des falaises, et la rivière s'élargit légèrement. Le bateau de Toren se rapprocha de l'autre et il fut bientôt en mesure de distinguer le visage des hommes assis, lesquels donnaient tous l'impression de se noyer dans les volutes de brume. Il tourna son regard vers l'avant, dans la direction que fixait Elise. Et là, dans une zone temporairement révélée par le brouillard, il crut voir quelque chose de blanc, d'apparence humaine. Il entr'aperçut un visage qui lui rendait son regard, suivi d'un mouvement du bras, comme si la chose l'invitait à la rejoindre.

Au crépuscule, ils tirèrent leurs embarcations à sec sur un banc de graviers et installèrent un campement. Toren était heureux de sentir la terre ferme sous ses pas. Il resta debout, contemplant la gorge.

— J'espère que nous n'aurons pas à grimper là-haut, lança-t-il à A'brgail.

Le chevalier, occupé à ouvrir un sac, s'immobilisa et tourna son regard vers les falaises. Des fougères et même des arbustes poussaient sur des corniches ou à l'intérieur de fissures. De petites touches de vert parsemant un gris monolithique, comme des mots éparpillés sur une page.

— Seule une araignée pourrait escalader cela, commenta A'brgail. Si nous n'arrivons pas à passer en bateau, alors nous mourrons ici.

— Une pensée réconfortante, Gilbert.

Le chevalier retourna à ses occupations et Toren descendit jusqu'à la pointe de la grève. Derrière lui, les graviers allaient s'incurvant en direction de la falaise. La brume, qui avait persisté toute la journée, continuait à tournoyer au-dessus des eaux, assombrie par l'obscurité ambiante.

Elise, toujours vêtue de sa longue cape, se tenait à vingt pas de là sur la partie opposée du banc. Elle fixait un point en contrebas sur la rivière et Toren s'approcha pour voir ce qui la fascinait tant. Elle entendit ses bottes faire crisser le gravier et eut un léger mouvement de la tête.

— Qu'est-ce donc que vous observez ? demanda Toren.

Un bref et triste sourire parcourut les lèvres de la jeune femme.

— Je vois une rivière qui mène je ne sais où. J'ai peur qu'il n'y ait des embranchements, peur de me trouver obligée de faire des choix, des choix qui signifieront que certains vivront et que d'autres mourront.

— Il en est toujours ainsi pour ceux qui sont nés pour manier le pouvoir, ma dame.

— Je ne suis pas née pour ce type de pouvoir, lâcha-t-elle avec amertume. C'est Hafydd qui m'y a contrainte, bien qu'il n'en sache rien.

— Il fait du mal à tous ceux qu'il approche.

Elle hocha la tête.

— Votre père sait désormais que vous êtes en vie, dit Toren.

— Vous lui avez dit…

— Dame Beatrice lui a dit. Elle a pensé que c'était de son devoir.

Elise acquiesça. Ses boucles blondes étaient nouées sur l'arrière de son crâne. Seules quelques mèches avaient réussi à se libérer, qui oscillaient à chacun de ses mouvements. Toren réalisa que quelque chose avait capté son regard et il tourna les yeux vers l'eau où il aperçut une silhouette noire en train de nager.

— Un cygne noir, dit Elise en réalisant qu'il l'avait repéré. Un symbole de la maison de Tusival et de ses descendants.

— Mais ils ont quitté ces terres depuis des siècles.

— Nous ne sommes plus sur vos terres, seigneur Toren.

— Peut-être est-ce un signe ?

— Mais qui signifierait quoi ? s'interrogea Elise.

Toren se tourna pour la regarder. Elle était jolie, sans être vraiment belle, songea-t-il. Son visage était un peu trop long et trop étroit, son nez manquait d'élégance et pourtant, elle avait une présence et un calme qui le touchaient. La tristesse qui l'enveloppait était plus épaisse que la brume. Et elle n'avait rien de feint ni d'imaginaire. Cette jeune femme était hantée par la tragédie. Il avait presque envie de s'écarter, comme si un mauvais sort pouvait frapper tous ceux qui l'approchaient. Et en même temps, il ressentait le désir de la prendre dans ses bras pour la réconforter.

Pauvre seigneur Carral, songea-t-il, *comme s'il n'avait pas déjà connu suffisamment de peine dans sa vie.*

— Ne vous inquiétez pas seigneur Toren, reprit Elise, qui avait peut-être perçu son malaise. Je suis faite de chair et de sang, et j'ai autant de sentiments que n'importe qui.

Elle se tourna pour rencontrer son regard.

— Je suis juste... envahie par des siècles de souvenirs, d'une vie riche et vécue avec trop d'abandon. Je ne me souviens que vaguement de la rivière, de toutes les longues années où elle y a sommeillé. La vie d'Elise Wills, ma vie, m'apparaît désormais comme un instant éphémère, une vie plus brève qu'un matin d'hiver. Et pourtant, c'est la vie à laquelle j'aspire. J'aimerais y retourner... mes cousines imbéciles, mes tantes haineuses. C'est ce que je choisirais si j'en avais la possibilité.

Toren hocha la tête comme s'il comprenait. Mais il n'en était rien et il en était profondément conscient. Il se sentit soudain très petit et très humain face à cette femme.

Un autre sourire fit son apparition sur le visage d'Elise.

— Savez-vous que j'ai un jour songé que nous devrions nous marier pour mettre un terme à cette lutte incessante entre nos deux familles...

— Peut-être le devrions-nous.

Elise secoua les quelques mèches qui s'étaient échappées de son chignon et son sourire disparut.

— Non. Vous auriez pu accepter d'épouser Elise Wills pour obtenir la paix... mais la créature qui se trouve à présent devant vous... C'est un monstre.

— Vous n'êtes pas un monstre.

— Oh si, j'en suis un. Vous ne pouvez pas imaginer

les choses que Sianon a faites. Et ce sont mes souvenirs à présent, mon passé. Non, seigneur Toren, le fait que je vous inspire de la répulsion prouve votre sagesse.

— Je ne vous trouve pas repoussante.

Elise eut un sourire méchant.

— Oh non ? Alors peut-être devrions-nous considérer cette union.

Elle vit son visage changer et se mit à rire. Elle lui toucha le bras de sa main.

— Ne vous alarmez pas, seigneur Toren, vous n'avez rien à craindre de moi. J'ignore comment, mais j'ai perdu mon cœur au profit d'un garçon des wildlands.

Toren jeta un coup d'œil en direction du grand homme du Val penché au-dessus du feu, occupé à l'attiser à l'aide d'un éventail de feuilles vertes.

— Non, pas ce pauvre Baore. (Elle aussi avait tourné son regard vers le grand jeune homme.) J'ignore ce que je vais faire de lui. Peut-être pourriez-vous le prendre à votre service ? Je crains qu'il ne soit en danger avec moi. Je suis un danger pour tout le monde.

Elle se détourna et s'éloigna en marchant à l'extrême bord du gravier, tandis que de minuscules mains aquatiques venaient lui lécher les pieds.

Le dîner fut maussade. L'étrangeté de l'endroit affectait tout le monde. Les hommes d'armes étaient mal à l'aise et gardaient leurs distances vis-à-vis d'Eber, de Llya et d'Elise. Eux aussi devaient avoir vu le nageur et réalisé que cette gorge ne se trouvait pas sur la rivière au sud de Westbrook. Toren avait averti les hommes avant leur départ qu'ils pourraient se retrouver à arpenter des endroits inconnus auxquels ils accéderaient par magie. Mais ils n'en avaient clairement pas cru un mot. C'étaient des hommes de valeur, mais la magie leur faisait peur. Et à juste titre, songea Toren. Lui-même n'était guère à l'aise dans cet endroit. Seul Thaison semblait apprécier le voyage. Il savourait la vue et ses yeux brillaient de plaisir. Le petit voyageur silencieux semblait revenu à la vie et s'activait à travers tout le campement comme un homme qui vient de tomber amoureux. Il examinait les rares plantes qui poussaient dans les cailloutis comme s'il s'agissait de trésors. Et il grimpa même sur une bonne distance le long de la paroi d'une falaise pour cueillir une fleur… tout cela dans une quasi-obscurité.

Deux foyers avaient été préparés, le premier pour les hommes d'armes, où les Renné se mêlaient aux chevaliers taciturnes d'A'brgail, le second pour tous les autres. Les Chevaliers du Serment ne cessaient de couler des regards en direction d'Orlem Main-habile qui restait assis, immobile et silencieux, en face de Toren. Pour celui-ci, l'homme évoquait une légende revenue à la vie, massive et puissante, maniant une épée à deux mains comme si elle avait été conçue pour être utilisée d'une seule.

Bien trop de choses semblaient émerger du passé ces derniers jours, songea Toren, et toutes n'étaient pas aussi bienvenues que Main-habile.

Eber sortit de l'obscurité. Il venait de mettre son fils au lit à quelques pas de là. Il s'assit sur un rondin et la lueur du feu se répandit le long de sa longue barbe blanche. Cela donnait l'illusion que son visage était environné de flammes.

— Votre fil est-il endormi, mon bon Eber ? s'enquit A'brgail.

L'homme haussa les épaules.

— J'espère qu'il dormira vite.

Il tourna son regard vers les ténèbres.

— Cet endroit est tellement étrange. Je n'aurais jamais dû consentir à le laisser faire ce voyage. Ce n'est pas pour les enfants.

— Mes gardes le protégeront, cher Eber, intervint Toren d'un ton rassurant. J'en ai fait le serment.

— Pourquoi le protégeraient-ils ? rétorqua le vieil homme. Ils ont peur de lui. Il les dérange…

— Il vous trouble aussi parfois, Eber, dit Elise. Mais vous donneriez votre vie pour protéger la sienne.

Eber parut interloqué par ce commentaire, sous toutefois démentir les propos d'Elise.

— Je suis son père. Je l'aime plus que tout.

Le vieil homme se releva, l'air agité, et s'éloigna dans le noir.

Tout le monde demeura silencieux. On n'entendait plus que le murmure de la rivière.

— Qui donc est Eber, fils d'Eiresit ? demanda Toren à mi-voix. Le connaissez-vous, Thaison ?

Le petit homme leva les mains dans un geste d'impuissance.

— Je l'ai rencontré sur la rivière il y a bien des années aujourd'hui. Il a installé sa demeure à Pierre Causante. Il s'est montré bon avec moi, m'a invité chez lui et a partagé beaucoup de ses connaissances concernant les herbes médicinales. Il parle peu de son passé. Sa femme est morte et ces souvenirs sont douloureux pour lui. Lorsque je l'ai rencontré, je l'ai trouvé un peu… fou, à vivre comme ça près de la rivière pour essayer de déchiffrer son langage secret. Et maintenant, son fils l'entend et Eber souhaiterait ne l'avoir jamais écoutée, n'avoir jamais construit sa maison près de la Wyrr. (Thaison secoua tristement la tête.) Eber, fils d'Eiresit, et Llya, fils d'Eber, sont comme des devins… mais ils entendent des voix venues du passé, des échos, des mots, des fragments de phrases. Le petit garçon qui ne peut parler sert de langue à la rivière. Vous êtes tous troublés par sa présence, mais je vois en lui la chose la plus miraculeuse que j'aie jamais rencontrée. J'offrirais ma vie pour préserver la sienne. Il donne une voix à l'antique rivière. Qu'y a-t-il de plus extraordinaire que cela ?

— Eber, fils d'Eiresit, est plus qu'il ne paraît être, intervint Elise d'une voix calme.

Après quoi elle se leva et s'enfonça dans l'obscurité en les laissant seuls avec les murmures incompréhensibles de la rivière.

Ils organisèrent des tours de garde. Ils ne craignaient pas l'arrivée d'autres hommes — qui aurait pu les trouver dans cet endroit ? —, mais ils redoutaient les ténèbres. Toren savait qu'il ne s'écoulerait pas une nuit durant le reste de sa vie sans qu'il ne repense aux créatures qui les avaient attaqués dans les Eaux Stagnantes. Ainsi couché à ciel ouvert, il se sentait minuscule et vulnérable. L'étrange rivière chuchotait d'une manière telle qu'il se surprit à dresser l'oreille pour tenter de capter des mots. De temps à autre, un oiseau de nuit lançait un cri étrange.

Toren s'agita en soupirant pendant plusieurs heures avant de trouver enfin le repos. Il n'aurait su dire combien de temps il avait dormi mais il fut réveillé par une main posée sur son épaule et quelqu'un qui lui intimait l'ordre de ne pas faire de bruit.

— Venez, dit A'brgail. Mais en silence.

Toren roula hors de ses couvertures et suivit A'brgail, pieds nus. La brume avait disparu et un quartier de lune était suspendu dans le ciel juste au-dessus d'eux, offrant un éclairage ténu. Le chevalier le conduisit au bord de l'eau, à l'endroit où les gravillons rejetés par la rivière faisaient moins de bruit sous leurs pieds.

À une vingtaine de pas devant eux, il distingua une silhouette accroupie au-dessus de l'eau, près d'une autre qui se tenait debout, à la manière d'une sentinelle. Dans l'eau, à quelques pas des deux individus, se trouvait une pâle créature faite de brume et de rayons de lune. Toren vit ses yeux, semblables à deux astres blancs. Elise, car il ne pouvait s'agir de quelqu'un d'autre, semblait être en train de lui parler, mais Toren fut incapable de séparer ses chuchotis de ceux de la rivière.

La créature glissa sous la surface, telle la lune s'enfonçant dans la mer, et Elise se releva, gardant les yeux plongés dans les flots pendant quelques instants. Orlem demeura immobile à ses côtés, son ombre immense aussi figée que celle des falaises au-dessus d'eux. La jeune femme finit par se détourner pour descendre la plage d'un pas vif en direction d'A'brgail et de Toren, qui n'eurent pas le temps de s'éclipser.

— Réveillez tout le monde, leur dit-elle en les dépassant. Nous nous sommes assez reposés. Hafydd progresse à vive allure.

CHAPITRE XXII

Menwyn Wills n'aimait pas attendre dans le noir. Ses gardes, et il en avait amené un grand nombre, n'avaient allumé qu'une seule lanterne, laquelle n'offrait pratiquement aucun éclairage. La lune était un croissant si mince qu'elle pendait à la manière d'un fil d'argent dans un ciel noir parsemé d'étoiles. S'agitant d'un pied sur l'autre, Menwyn piétinait l'herbe haute rendue humide par la rosée. Les effluves de la rivière lui agaçaient les narines et l'air était humide, presque frais en cette chaude nuit d'été. À quelques pas de là, le cours d'eau s'écoulait à sa manière fuyante, aussi silencieux qu'un serpent.

Menwyn baissa le bras et fit coulisser son épée de quelques centimètres hors du fourreau pour s'assurer que sa lame sortirait facilement si nécessaire. Il ne s'était évidemment pas servi d'une lame depuis de nombreuses années, pas depuis qu'il avait renoncé aux tournois. Mais il avait l'espoir que l'entraînement de sa jeunesse n'avait pas été entièrement oublié. Ce soir ne serait pas le bon moment pour se rendre compte qu'il avait tort sur ce point.

— Mon seigneur, murmura l'un des gardes.

Alerté, Menwyn se redressa et se tint parfaitement immobile. Pendant un moment, il n'entendit rien. Puis un petit bruit d'éclaboussure retentit le long de la rive, évoquant le son d'une rame qui s'enfonce dans l'eau. La forme sombre d'un navire apparut juste devant eux.

— Mon seigneur ? leur parvint une voix depuis la rivière.

— Oui. Vast, est-ce vous ?

— Ne prononcez pas mon nom. Les voix portent loin sur la rivière.

— Alors mettez pied à terre.

Le navire accosta sur la pente herbeuse et Vast sauta prestement par-dessus bord. On approcha la lanterne et on la souleva afin que sa lumière illumine le visage des deux hommes. Vast tira le capuchon de sa cape sur ses traits.

— Vous feriez mieux d'éloigner ça, chuchota-t-il.

Le duc tendit la main et serra celle de Menwyn tout en agrippant son coude de l'autre main.

— Est-ce donc vrai ? murmura Vast. Le prince d'Innes est mort ?

— Oui. Assassiné par l'un de ses propres hommes, d'après ce qu'on nous a dit. Mais personne n'est dupe.

— Hafydd l'a tué, affirma Vast.

— Hafydd ou bien l'un de ses maudits gardes.

Menwyn sentit le feu de la colère se répandre en lui.

— Une rumeur affirme même que c'était Beldor Renné, chuchota-t-il.

Deux tabourets pliants furent installés pour les nobles et ils s'assirent sur la berge. Leurs gardes restaient à distance respectueuse. Menwyn ne pensait pas réellement qu'il s'agissait d'un piège. Il était peu probable que Vast risque sa propre vie dans ce genre d'entreprise. C'était un homme courageux, mais pas stupide. Il n'avait aucun moyen de savoir combien des hommes de Menwyn se cachaient dans le noir. Il devait certainement se douter qu'ils étaient nombreux.

— Innes a été stupide de conclure un quelconque accord avec ce sorcier, lâcha Vast à mi-voix.

— Je pense qu'il était sous l'emprise d'un charme.

Son propre fils a tenté de l'avertir mais il ne l'a pas écouté. Je suis certain qu'Hafydd a également tué le fils, car le prince Michael est parti avec lui et n'est pas revenu.

Vast changea de position sur son siège. Un garde leur apporta un verre de vin chacun et ils trinquèrent. Menwyn ne distinguait rien du visage du duc. Même sa silhouette se fondait dans l'obscurité. Il paraissait tordu et âgé, telle une étrange créature sortie de quelque chanson. Sa voix, basse et profonde, semblait jaillir de la rivière.

— Innes a eu tort de ne pas accéder à vos demandes, dit Menwyn avec humilité. La moitié des terres Renné, à mon avis c'était un accord très juste.

— La moitié des terres des Renné, répondit Vast, et la mainmise sur toute autre terre que je pourrais conquérir sur la rive ouest.

Menwyn prit une profonde inspiration. Il savait que c'était excessif, mais il savait également qu'il n'avait pas le choix. Les Renné les avaient battus lors de l'attaque de l'île et Menwyn craignait qu'ils ne le fassent de nouveau. Il restait éveillé des nuits entières à se demander où ils pourraient faire débarquer leurs forces sur la rive est, à se demander s'il se réveillerait un jour pour trouver une armée de Renné en train de fondre sur lui, l'indomptable Toren Renné à leur tête.

— Je suis d'accord, Vast. Mais vous devez d'abord m'aider à vaincre les Renné.

— Je le ferai. Mais Hafydd ne contrôle-t-il pas l'armée du prince ?

— Hafydd est parti. Il a emmené un petit groupe de gardes, Beldor Renné et quelques autres, puis il a disparu. L'un des capitaines de sa garde a été laissé en arrière pour commander l'armée, mais cela va changer cette nuit. Ces gardes sont moins d'une centaine et ils sont détestés de tous. Tout a été arrangé.

— Ah, Menwyn, vous méritez bien votre réputation. Mais que ferez-vous lorsque Hafydd reviendra ?

— Hafydd et une poignée de gardes ne sauraient s'opposer à une armée entière regroupant les hommes d'armes Wills et ceux d'Innes. Contrairement à cet idiot de prince, je ne suis pas sous l'influence magique d'Hafydd. Je me ferai une joie de le faire tuer s'il ose revenir.

Menwyn eut l'impression de voir Vast hocher la tête dans le noir.

— Alors laissez-moi vous dire ceci, en témoignage de bonne volonté, commença Vast. Le seigneur A'denné est un traître. Il a conclu un accord avec les Renné. Je le sais car j'étais présent. Et une autre information : le prince Michael d'Innes est vivant. Il se trouve au château Renné en ce moment même et il a offert ses services et ses connaissances au seigneur Toren.

Menwyn jura.

— Ce ne sont pas de bonnes nouvelles. A'denné, je n'en ai cure. Son fils, Carl, s'est enfui et le seigneur A'denné a été emmené par Hafydd, pour une raison que j'ignore. Mais le prince Michael... Certains lui seront fidèles au sein de l'armée de son père et parmi ses alliés... (Menwyn cracha un nouveau juron.) Je me demande si nous ne pourrions pas trouver un assassin capable de résoudre ce problème pour nous.

— Les Renné ne sont pas stupides. La tentative d'assassinat sur le seigneur Carral les a rendus prudents. Le prince Michael sera bien gardé.

Un nouveau juron.

— Nous allons devoir faire circuler la rumeur que le prince est mort et que les Renné disent le contraire pour tenter de nous démoraliser.

— Oui, cela semblera crédible, chuchota Vast. Pendant un moment. Peut-être même suffisamment longtemps.

— Qu'allez-vous faire à présent ?

— Je vais retourner à Westbrook et me renseigner sur les intentions de Toren. Il est pratiquement certain qu'ils apprendront la mort du prince et la disparition d'Hafydd. Ils tenteront de faire traverser la rivière à leur armée pour profiter de la confusion. Je vous enverrai un message précisant l'heure et le lieu. Votre armée est plus vaste et mieux préparée. Laissons-les accoster de nuit et repoussons-les jusqu'à la rivière aux premières lueurs de l'aube. Une courte bataille et ce sera la ruine des Renné. Nous traverserons la rivière et assiégerons le château Renné. Puis nous nous partagerons leurs terres.

Menwyn tendit le bras et posa une main sur l'épaule massive du duc.

— Vast, votre nom sera honoré à jamais chez les Wills.

— Oui, on me connaîtra sous le nom du « Grand Traître ». Mais dans deux cents ans, qui s'en souciera ?

CHAPITRE XXIII

Samul fut réveillé par un tintement de clefs et le bruit de l'ouverture de l'antique verrou de sa cellule. La porte s'ouvrit en faisant grincer ses gonds rouillés et une lanterne fit son apparition, diffusant une vague lumière à travers des panneaux de verre noircis par la fumée. Samul se redressa sur le coude en se protégeant les yeux.

— Allume une chandelle, dit un garde.

Un serviteur entra en hâte et déposa son plateau sur le petit bureau afin de pouvoir se saisir de l'une des chandelles qui s'y trouvaient. Il en alluma la mèche à la flamme de la lanterne avant de la reposer sur le bureau, où elle se consuma en tremblotant. Un deuxième serviteur déposa des vêtements sur le dossier de sa chaise. Quelque part loin au-dessus d'eux, les cloches du château se mirent à sonner. Quatre heures du matin.

— Qu'est-ce que c'est ? demanda Samul, encore sonné.

— C'est votre dernier repas, annonça le garde. Mangez et habillez-vous. Vous avez rendez-vous avec le bourreau à cinq heures.

Les serviteurs se détournèrent et s'en furent prestement, le garde sur les talons.

Samul bondit hors de son lit.

— Mais on ne m'a rien dit de tout cela ! cria-t-il.

La porte se referma avec un bruit sourd et il entendit de nouveau tinter le trousseau de clefs.

— Je ne suis pas au courant, Votre Grâce, marmonna l'homme.

— Appelez le seigneur Dease ! cria Samul à travers les barreaux de la fenêtre. Je dois parler à Dease !

Le garde retira les clefs de la serrure. Samul pouvait à peine distinguer son visage dans la lumière ténue.

— Le seigneur Dease est parti avec le seigneur Toren. Personne ne sait quand ils reviendront. Je ne peux lui transmettre aucun message.

Le garde s'en fut pesamment dans le corridor et la lueur de sa lanterne disparut dans les ténèbres avec lui.

Ils vinrent le chercher avant que la cloche n'ait sonné cinq heures. Samul se demandait s'il s'agissait d'un cauchemar, car rien de tout cela ne paraissait réel. Les moindres sons semblaient exagérés, chaque pierre du mur ressortait avec une clarté anormale sous le faible éclairage des lanternes. Deux autres individus furent tirés de leurs cellules au même moment : un gentilhomme et un petit homme brun.

— Seigneur Samul, j'imagine… ? dit le noble.

— Seigneur Carl… je vois enfin votre visage.

Ils s'inclinèrent l'un vers l'autre. Samul vit que le petit homme tremblait, prêt à défaillir. Le seigneur Carl posa une main sur son épaule.

— Voilà à quoi je t'ai mené. Je ne saurais te dire à quel point je le regrette, Jamm.

— Cela devait fatalement arriver, répondit le petit homme en tentant de maîtriser les tremblements dans sa voix. Au moins suis-je en bonne compagnie.

Il tenta de sourire sans vraiment y parvenir.

Ce fut une procession silencieuse. En tout cas sans parole. Chaque bruit de pas évoquait pour Samul une note d'hymne funèbre. Même les grincements réguliers de la lanterne oscillant sur l'anneau qui lui servait de poignée étaient aussi audibles que le chant d'une alouette dans le petit matin.

Le groupe monta les marches d'un escalier étroit dans une quasi-obscurité. Une petite escorte de gardes les attendait au sommet. Ils continuèrent leur progression sans marquer d'arrêt, marchant au pas le long du corridor.

Samul songea que le bleu des surcots des gardes était la plus belle couleur sur laquelle il avait jamais porté les yeux. Aussi belle qu'un ciel en plein été. Une lumière gris pâle illuminait les fenêtres surélevées.

— Allons-nous être exécutés avant le lever du soleil ? demanda-t-il au garde.

Cela faisait des jours qu'il n'avait pas vu le soleil et il lui paraissait soudain important de pouvoir le contempler une dernière fois.

— Je l'ignore, messire, répondit le garde, désobéissant sans doute au commandement lui ordonnant de ne pas parler aux prisonniers.

Samul fit de son mieux pour rester digne. Il n'avait pas envie que l'on puisse dire qu'il avait failli au dernier moment. Il avait pris certaines décisions et devait à présent en accepter les conséquences. Mais, au même instant, une petite voix en lui s'écriait : *Ceux-ci ne peuvent pas être mes derniers instants ! Je ne suis pas prêt à m'arrêter là. Je ne suis pas prêt !*

Des portes s'ouvraient sur une petite cour. Samul connaissait l'endroit, on l'appelait « la cour des ossements ». C'était un carré de pavés gris et sans vie, entouré de murs aveugles. Seules quelques fenêtres donnaient sur ce lieu. Personne n'aurait voulu d'une chambre avec une telle vue. Il n'y avait nul jardin pour adoucir le rectangle de pierre, nul arbre à l'ombre duquel se reposer, nulle plante grimpante pour rompre la monotonie des parois.

Le petit groupe tourna pour emprunter les portes. Le

compagnon de Carl lâcha un sanglot mais se reprit et redressa la tête. Samul jeta un œil vers le jeune noble. Son dos était droit et ses mains ne tremblaient pas. Son front était pâle et couvert de gouttelettes de sueur et il avait les yeux écarquillés d'un homme pris par surprise, mais en dehors de cela, il se comportait avec une admirable dignité. Samul espérait simplement que sa propre apparence ne souffrait pas de la comparaison.

Un échafaud auquel étaient suspendus plusieurs pans de tissu noir avait été érigé à l'une des extrémités. Au pied des rideaux noirs se trouvaient trois corbeilles, côte à côte. Samul faillit perdre le contrôle en les voyant. Mais il se força à regarder ailleurs et continua à marcher. Ses pieds semblaient à peine toucher le sol. Chaque pas paraissait se dérouler au ralenti : son talon s'appuyait sur le sol, puis le reste de son pied, un long moment après.

Fondor les attendait au pied des marches. Son visage était lugubre et ses traits emplis de tristesse. Samul se souvint que Fondor avait été son protecteur lorsqu'il n'était qu'un petit garçon. C'est lui qui l'avait protégé de ceux, parmi ses cousins plus grands et plus âgés, qui tentaient de le martyriser.

Le groupe s'arrêta devant les marches de bois. Fondor prit une inspiration avant de demander :

— As-tu quelque chose à dire, cousin ?

Samul se pencha vers la silhouette massive de Fondor pour pouvoir lui murmurer à l'oreille :

— C'était Dease qui devait assassiner Toren. Mais il n'a pas tiré car il a compris qu'il s'agissait d'Arden. Beld l'a assommé pour tirer lui-même, pensant viser Toren.

Il fit un pas en arrière et conçut une certaine satisfaction en découvrant l'expression choquée de Fondor.

— Remercie bien Dease de toute l'attention qu'il m'a témoignée.

Et Samul se détourna pour monter les marches. Carl et son guide le suivaient de près.

Il faisait sombre derrière les rideaux de tissu noir, mais

Samul distingua la silhouette du bourreau, revêtu de son capuchon noir, la hache à la main. D'autres gardes surveillaient trois hommes à l'apparence misérable qui se tenaient debout, les mains liées. L'un d'entre eux se dandinait d'un pied sur l'autre, si terrifié qu'il arrivait à peine à rester debout.

Ils s'apprêtent à exécuter des criminels ordinaires sur le même échafaud ! songea Samul avec indignation.

C'était une insulte intentionnelle, réalisa-t-il. Un dernier message de Toren, qui en avait certainement donné l'ordre.

Loin au-dessus de la scène, le messager du duc de Vast se tenait près d'une étroite fenêtre. Il avait été emmené jusqu'ici le matin même. Il venait d'arriver après que son seigneur avait appris que Carl A'denné avait réussi à traverser la rivière jusqu'au château Renné. Le conseiller Renné vieillissant qui se tenait à ses côtés s'éclaircit la gorge.

— Vous transmettrez les remerciements de dame Beatrice au duc. Ce jeune traître aurait pu causer d'importants dégâts si le duc ne l'avait pas découvert.

Le messager hocha la tête.

— Le duc en sera très honoré.

— Il y a également un petit présent… un témoignage de l'affection de dame Beatrice.

Le messager exécuta une petite révérence.

Un bruit sourd se fit entendre à travers le verre sale et une tête roula dans une corbeille. Il y eut un deuxième son, identique, donnant lieu au même résultat. Puis un troisième.

— C'en est fini d'A'denné, de son jeune guide et du seigneur Samul Renné. Nous vivons une telle époque de trahison ! ajouta le vieux conseiller.

— C'est vrai, mais vous leur avez pleinement fait payer leur traîtrise.

Le messager hésita, jeta un nouveau coup d'œil par la fenêtre sale, puis se détourna.

Les deux hommes s'engagèrent dans le couloir attenant en songeant à leur futur petit-déjeuner.

Le regard de Samul se tourna vers les trois blocs installés au bord de l'échafaud. Ses yeux se fermèrent involontairement et il leva le visage vers le ciel. Ouvrant les yeux, il ne vit que le gris informe du petit matin. Pas la moindre once de bleu.

— Seigneur Samul..., dit un garde. Par ici.

Une main lui toucha l'épaule et Samul arracha son regard des cieux. Le garde désignait du bras un escalier qui descendait vers le château.

— Quoi ? demanda bêtement Samul.

— Par ici, messire.

Le garde lui prit le bras avec douceur et le guida jusqu'au bas des marches.

Samul jeta un regard en arrière pour voir que l'on faisait s'agenouiller le premier criminel devant le bloc, puis il fut à l'intérieur.

Fondor l'y attendait, près d'une lampe à l'éclairage vacillant. Carl A'denné et le petit voleur qui le servait arrivèrent derrière lui. On les fit prestement sortir.

— Que... Que se passe-t-il ? bredouilla Samul.

Fondor se pencha vers lui pour lui chuchoter d'une voix dure :

— Samul Renné est mort. Tu n'utiliseras plus ce nom et tu ne reviendras jamais — jamais ! — sur les terres des Renné. J'ai une tâche à te confier, cousin. Et si tu l'accomplis, Toren n'aura pas le sentiment de t'avoir laissé partir en vain.

— Quoi que ce puisse être, répondit Samul, je le ferai.

À cet instant, ses genoux se dérobèrent sous lui et il serait tombé si Fondor ne l'avait pas rattrapé.

Carl A'denné ne parvenait pas à reprendre son souffle. Jamm et lui furent escortés en hâte jusqu'à une petite pièce mal éclairée et la porte claqua lourdement derrière eux. L'unique fenêtre, placée haut sur le mur, était dotée de barreaux.

Jamm se mit à sangloter. Ses épaules s'agitaient pratiquement en silence.

— Quel mauvais tour sont-ils en train de nous jouer ? gémit le petit homme.

— Je l'ignore, répondit Carl en regardant autour de lui.

C'était une pièce réservée à l'intendance. Des registres s'empilaient sur les tables. Le bruit sourd de la hache du bourreau se fit entendre à travers la porte. Jamm se laissa glisser le long du mur.

Un instant plus tard, la porte s'ouvrit et Fondor Renné fit son apparition, l'air lugubre et déterminé.

— À quoi jouez-vous donc ? demanda Carl avec colère.

— Vast vous croira mort, répondit Fondor. L'un de ses serviteurs a pu assister à votre exécution depuis une fenêtre surélevée et mal placée. Même si la tête qui a terminé dans le panier n'avait pas la même chevelure blonde que vous, elle a pu passer pour la vôtre dans la lumière du petit matin.

Fondor s'appuya contre une table et croisa les bras sur sa poitrine.

— Je suis navré de ne pas vous avoir prévenu, mais il y a des espions à l'intérieur même du château Renné et il fallait que vous ayez l'air d'hommes allant à la rencontre de leur mort. Toute autre attitude aurait été remarquée.

Carl se laissa aller en arrière contre le mur, en appuyant ses mains sur ses genoux.

— Vous disposez d'un moment pour reprendre vos esprits, dit Fondor avec une certaine amabilité. C'était une ruse cruelle mais vous êtes en vie aujourd'hui, et les Renné n'ont aucunement l'intention de mettre fin à vos jours.

Carl se força à respirer profondément. Un autre bruit sec se fit entendre, le troisième, réalisa-t-il.

— Qui étaient ces hommes ? interrogea-t-il d'une voix faible.

— Des criminels condamnés à mort. Ne vous inquiétez pas, les Renné ne sont pas cruels au point d'avoir ôté la vie à des innocents pour sauver les vôtres.

— Mais qu'allons-nous faire maintenant ? intervint Jamm.

— Étant donné les circonstances, je vais vous pardonner de ne pas vous être adressé à moi avec le respect qui m'est dû, lâcha Fondor.

La table sur laquelle il s'appuyait grogna sous son poids.

— Ma famille a une proposition pour vous. L'île de la Bataille est toujours à nous grâce à votre avertissement, seigneur Carl. Mais cela ne suffira pas pour obtenir la récompense que vous avez demandée.

Fondor porta une main à son menton. Il paraissait réfléchir à ce qu'il allait dire ensuite :

— Le monde a changé depuis que nous avons conclu notre accord. Le prince d'Innes a été assassiné et son fils, le prince Michael, est devenu notre allié. Lorsque nous avons conclu un pacte avec votre famille, seigneur Carl, le prince d'Innes était notre ennemi et l'idée de vous céder la moitié de ses terres nous agréait. Mais à présent… à présent, son fils est notre allié et ses terres lui ont été dérobées. Qu'allons-nous faire ? (Il dressa un sourcil épais.) Et il y a autre chose. Même en tenant compte de l'avantage de la surprise et du départ d'Hafydd au loin, nos armées ne sauraient résister à celles d'Innes et de Menwyn Wills. Nous l'avons emporté sur l'île de la Bataille car ils ne s'attendaient pas à ce que nous accostions en force. Mais ils ne se laisseront pas humilier une nouvelle fois. Ils attaqueront en nombre supérieur à un endroit où nous ne bénéficierons pas d'un canal pour nous protéger.

Fondor dévisagea le seigneur Carl pendant quelques instants. Son expression était sérieuse, soucieuse même.

— Notre situation est désespérée. Voilà la vérité.

Il jeta un coup d'œil dans la direction de Jamm et lui offrit un petit sourire d'encouragement.

— Voici donc notre proposition, reprit Fondor. Le prince Michael ne possède plus rien, et il le sait. Même les informations qu'il nous a proposées n'ont qu'une valeur minime. Sans l'aide des Renné, il n'a aucun espoir de récupérer ses terres. Nous avons donc conclu un accord avec lui. S'il accepte de se rendre sur la rive est de la rivière pour établir le contact avec les hommes dont il pense qu'ils écouteront ce qu'il a à dire — des officiers qui servaient son père et autres alliés —, et s'il peut rallier ces hommes à notre cause, alors nous soutiendrons ses prétentions une fois la guerre terminée.

Fondor prit une profonde inspiration.

— Mais si vous lui venez en aide, si vous agissez comme ses guides et ses gardes, seigneur Carl, vous recevrez de la part du prince Michael suffisamment de terres pour que vos propriétés soient équivalentes aux siennes.

— Jamais il n'honorera une telle promesse.

— Oh, je pense que si. Et je pense que vous en serez convaincu vous aussi une fois que vous lui aurez parlé.

Fondor ouvrit la porte et fit signe à quelqu'un à l'extérieur. Un jeune homme portant les vêtements d'un voyageur désargenté entra dans la pièce. Carl avait déjà rencontré le prince Michael auparavant. Mais ce jeune homme, bien qu'il s'agît sans aucun doute du prince, semblait plus âgé et moins imbu de lui-même. Il n'affichait pas en tout cas le petit sourire en coin dont Carl se souvenait.

— Prince Michael, dit Carl, encore sous le choc, en exécutant une révérence maladroite.

Le prince s'inclina en retour.

— Le seigneur Fondor vous a parlé de notre accord ?

Carl hocha la tête.

— Les propriétés que possédait ma famille sont désormais entre les mains d'Hafydd ou de Menwyn Wills. On nous dit qu'Hafydd s'en est allé quelque part au loin. Mon père mort, bien des choses peuvent se produire. Ses alliés pourraient s'affronter, des généraux ambitieux y voyant une chance de s'emparer de terres pour eux-mêmes. Si nous pouvons tous les deux protéger mes terres, je serai heureux de vous en céder suffisamment pour que nos possessions soient égales. Mieux vaut posséder la moitié de quelque chose que l'intégralité de rien, voilà ce que je pense. Mais, plus important encore, si certains des alliés de mon père peuvent être persuadés de s'opposer à Hafydd, alors nous pourrions avoir une chance de vaincre ce sorcier.

Le prince Michael examina Carl avec attention et ce dernier perçut dans ce regard une certaine compassion.

— Les forces en présence sont plus grandes, et les enjeux plus élevés, seigneur Carl, que les terres de la maison d'Innes… ou A'denné, de fait.

— Nous n'avons pas beaucoup de temps, annonça Fondor. Nous devons vous faire quitter le château avant que le jour ne soit levé. Oui ou non, seigneur Carl… Dame Beatrice a besoin de votre réponse.

— Qu'allons-nous proposer à Jamm ? Car, pour être honnête, je n'aurais jamais pu réussir à m'échapper sans lui. S'il ne nous guide pas, il est pratiquement certain que nous échouerons.

Carl se tourna vers le petit voleur.

— Envisageras-tu même de retraverser la rivière ?

— Que désirez-vous, Jamm ? demanda le prince Michael.

Le petit homme ne répondit pas immédiatement mais

parcourut la pièce du regard à la manière d'un homme qui cherche une porte de sortie.

— Je ne connais que la vie sur les routes, dit-il en réfléchissant tout haut. Des fardiers. Des fardiers et des équipages pour les tirer. Il y a toujours beaucoup à transporter depuis la rivière jusqu'à l'intérieur des terres et on ne trouve jamais les chariots pour le faire.

Il hocha la tête.

— Une douzaine de grands fardiers tout neufs et les attelages de mon choix.

— Si nous réussissons, vous les aurez, promit le prince Michael.

Carl se tourna vers Fondor et hocha la tête.

— Des chevaux vous attendent, dit le seigneur Renné en leur faisant signe de sortir.

Carl avait toujours le sentiment de n'être pas tout à fait redescendu sur terre et il dut à plusieurs reprises appuyer la main contre le mur pour garder l'équilibre. Il remarqua que Jamm faisait la même chose.

Il fut rapidement perdu au milieu des corridors faiblement éclairés et aurait été incapable par la suite de dire sur quelle distance ils avaient marché ni combien de temps cela leur avait pris. Mais ils finirent par arriver jusqu'aux écuries, où des chevaux sellés les attendaient. Samul Renné était là lui aussi, l'expression semblable à celle d'un homme à qui l'on vient d'apprendre que sa maison et sa famille ont disparu dans un incendie. Il hocha la tête en direction de Carl, mais ne parut pas en mesure de parler.

Fondor leur remit des vêtements pour se changer. Une fois que ce fut fait, on aurait facilement pu les prendre pour une bande de voleurs de grands chemins.

— Voici le quatrième membre de votre groupe, déclara Fondor en désignant Samul du menton. Trois d'entre vous sont considérés comme ayant été exécutés, donc personne ne va se lancer à votre recherche. Mais si vous êtes pris, je vous recommande de vous battre jusqu'à la mort. Car si Menwyn Wills apprend que vous êtes en vie, il saura que nous vous croyons, seigneur Carl, et non Vast.

Quelques instants plus tard, ils empruntaient un portail et s'en allaient à cheval vers le petit matin gris. Au-dessus d'eux, le ciel commença à prendre une teinte bleutée et Carl remarqua par deux fois que Samul Renné tournait son visage vers les cieux, les yeux brillants.

— Penses-tu qu'il ait dit la vérité ?

Dame Beatrice avait parlé en contemplant son reflet dans le miroir. Chacune des rides autour de ses yeux ressortait visiblement. Elle tenta de lisser sa douleur du bout des doigts, sans vraiment y parvenir.

— C'est difficile à dire. Il est certain que Dease était là, et si l'on y réfléchit, on peut se demander pourquoi.

Dame Beatrice vit que Fondor était aussi troublé qu'elle.

— Peut-être a-t-il voulu forcer Dease à l'aider à s'échapper, et lorsque Dease a refusé…

Fondor haussa les épaules.

— Cela ne lui ressemblerait vraiment pas. Samul n'a jamais été connu pour être vindicatif.

Dame Beatrice acquiesça d'un mouvement de tête. L'autre possibilité était cependant plus difficile à accepter : cela signifierait que Dease avait conspiré pour assassiner Toren, qu'il aurait de fait dû être l'assassin. Et où se trouvait Dease à présent, si ce n'était quelque part avec Toren ? Cette pensée la glaçait.

— Toren est-il en danger ? demanda-t-elle d'un air hébété.

Fondor secoua la tête.

— J'en doute. Ils désiraient le tuer parce qu'il tentait de faire la paix avec les Wills. Toren est en guerre contre les Wills désormais. Je ne crois pas que Dease ait agi par méchanceté, à l'inverse de Beldor. Mais où sont-ils allés ?

Dame Beatrice lui tendit un message écrit à la hâte.

— Cela ne dit pas grand-chose. Qu'est-ce que cela signifie : « … il y a des batailles plus importantes à mener » ?

Dame Beatrice secoua la tête.

— Des sorciers, répondit-elle d'un ton dur. Toutes ces histoires à propos de choses surgies du passé, de serviteurs de la Mort.

Elle décocha à Fondor un regard plein d'impuissance avant de hausser les épaules.

— J'espère qu'il sait ce qu'il fait, dit-il.

— Et, pour ma part, je me sentirais plus rassurée si Dease n'était pas avec lui. Dease…, dit-elle tristement. (Dame Beatrice porta une main à son front.) J'aurais pourtant juré que Dease aimait Toren. Ils ont toujours été très proches. Mais ils étaient rivaux en ce qui concerne l'affection d'une certaine dame, même si Toren n'en avait peut-être pas conscience…

Cela laissa Fondor songeur pendant un long moment. Son front épais était plissé par la réflexion.

— Je n'y avais pas songé, dit-il en fronçant plus encore les sourcils. Prions pour que ce ne soit pas là que réside la motivation de Dease. Jamais Toren ne le suspecterait, car il est aussi ignorant de cette rivalité qu'un bébé peut l'être de celle qu'entretient un frère aîné à son égard.

CHAPITRE XXIV

Ils descendirent depuis les hauteurs de la vallée, trouvant leur chemin au milieu des arbres qui projetaient des ombres serpentines en travers de la pente. Sous la lumière du soleil qui déclinait vers les collines à l'ouest, même l'ombre de Tam paraissait appartenir à un géant.

La journée s'était déroulée sans incidents. Aucun serviteur d'Hafydd ne les avait rejoints et ils n'avaient rencontré personne durant leur traversée des terres appartenant aux Dubrell. Loup-Fils leur avait expliqué que son peuple avait habité cet endroit il y a fort longtemps, mais que les incursions venues des terres limitrophes les en avaient délogés. Seules les patrouilles frontalières vivaient encore ici et elles se déplaçaient constamment, sans jamais passer deux nuits au même endroit. Ils étaient prudents, précisait Loup-Fils, car ils savaient qu'ils pouvaient à tout instant être attaqués par les horreurs indicibles qui s'échappaient des territoires limitrophes.

Ils atteignirent le pied du coteau au crépuscule. Ils auraient sans doute pu y arriver plus tôt s'ils n'avaient pas été si fatigués. Tam avait le sentiment d'être sur le point de s'endormir en selle et il remarqua que les épaules de Fynnol s'étaient affaissées tandis que ses paupières se fermaient lentement.

Un loup hurla au loin. Tam le remarqua à peine mais

il réalisa soudain qu'Alaan et Cœur-de-corbeau chuchotaient de manière animée. Les deux hommes paraissaient alertes. Tam fut soudain tout à fait réveillé. Il avait l'impression d'entendre le sang battre le long de ses tempes.

— Que se passe-t-il ? murmura-t-il.

— Des loups, répondit le géant en s'avançant à ses côtés. Des membres de mon peuple ne sont pas loin. Ils patrouillent près de la frontière.

Tout en faisant signe à Alaan de ralentir l'allure, Loup-Fils s'avança en éclaireur, bloquant les rayons du soleil au fil de son passage.

Un loup apparut devant lui, suivi d'un autre. Sa propre meute se rassembla aux pieds du géant. Les animaux grondaient, le poil dressé. Loup-Fils leur parla d'un ton ferme et ils se mirent à agiter la queue en lui léchant les mains.

Un cri d'oiseau que Tam ne reconnut pas se fit entendre à travers bois et Loup-Fils porta une main à ses lèvres pour répondre de la même manière. Un instant plus tard, les buissons s'écartèrent et deux Dubrell sortirent des bois. Ils jetèrent des regards prudents en direction des hommes à cheval mais Loup-Fils s'avança vers eux, paumes visibles, tout en s'exprimant dans leur dialecte à l'accent prononcé.

Les géants se rencontrèrent dans une petite clairière. Ils parlaient étonnamment doucement pour des hommes aussi immenses. Ils échangèrent de nombreux hochements de tête puis l'un des nouveaux venus indiqua une direction du doigt et Loup-Fils revint à grandes enjambées vers ses compagnons.

— Venez, leur dit-il. Cela fait deux nuits qu'un cochmir chasse ici. Éloignons-nous rapidement avant qu'il ne fasse nuit !

Tam ignorait ce qu'était un cochmir, mais il talonna sa monture et suivit les autres. Les géants trottaient à leurs côtés, progressant à une vitesse que Tam n'aurait pas crue possible. Ils ne semblaient pas s'essouffler et Tam songea qu'ils paraissaient capables de maintenir ce rythme pendant une demi-journée, voire plus.

Ils progressaient au milieu des ombres et des rayons du soleil couchant, régulièrement giflés par des branches basses. Les rayons de soleil disparurent d'un coup, comme si quelqu'un avait éteint une bougie. Le soleil s'était couché derrière les collines à l'ouest. La pénombre se répandit entre les arbres, telle une fumée noire.

Juste avant la tombée de la nuit et l'éclosion des étoiles dans le ciel, les compagnons sortirent du couvert des arbres pour découvrir une citadelle en ruines. La végétation avait repris ses droits sur l'ancien édifice, à l'exception d'une section de mur qui avait de toute évidence été rebâtie. C'est là que les géants les conduisirent. L'un des Dubrell lâcha son paquetage et ses armes pour grimper au mur. Il savait visiblement où trouver des points d'appui. Un instant plus tard, les portes de chêne s'ouvrirent et ils pénétrèrent à l'intérieur. Dans l'ombre qui s'épaississait, Tam put constater qu'ils étaient entourés d'un épais mur de pierre. La pièce formait un carré approximatif d'environ vingt-cinq pas de côté. Deux toitures de fortune avaient été construites le long des murs. L'une était entourée d'une clôture et visiblement réservée aux chevaux. L'autre protégeait un foyer installé le long du mur. Quatre escaliers menaient jusqu'aux remparts dotés de parapets grossiers. L'un des géants s'y rendit immédiatement et arpenta lentement les remparts, les yeux tournés vers les ténèbres qui se rassemblaient au-dehors.

Tam se laissa tomber sur la terre battue parsemée de mauvaises herbes qui constituait le sol de l'endroit. Réalisant à quel point le petit homme du Val était épuisé, Cœur-de-corbeau s'occupa de la monture de Fynnol. Les chevaux furent bientôt étrillés et désaltérés. Deux des géants s'emparèrent de faux suspendues aux poutres du plafond et s'en furent dans la clairière dont ils revinrent porteurs d'une large botte d'herbe. Les chevaux en firent leur repas avec un plaisir évident, bien qu'ils parussent ombrageux et inquiets aux yeux de Tam.

On prépara un feu dans le foyer et tous se retrouvèrent bientôt autour d'un dîner composé de lapins et de perdrix abattus plus tôt dans la journée. Des bancs, en réalité des troncs d'arbres dont l'un des côtés avait été aplati à l'aide d'une herminette, furent installés autour du feu et tous, les Dubrell comme leurs invités, s'y installèrent avec soulagement. Fynnol, pour sa part, s'allongea sur le dos et s'endormit immédiatement.

— Vous avez couvert une grande distance à vive allure, Loup-Fils, dit un géant du nom de Beln.

Les trois géants, qui se présentaient comme des sentinelles, étaient tous relativement jeunes. C'est du moins ce qu'en pensait Tam, même s'il était difficile d'évaluer l'âge des géants, du fait de la barbe épaisse qui leur cachait le visage et de leur voix caverneuse.

— Il n'y a pas de temps à perdre, déclara Alaan.

Les trois sentinelles échangèrent des regards. Puis l'un d'entre eux s'éclaircit la gorge :

— Qu'en est-il de cette rumeur affirmant que des hommes ont forcé le passage à la passe du nord ?

Loup-Fils était en train d'éplucher des oignons et il avait les larmes aux yeux.

— Nous nous sommes occupés d'eux, répondit-il. Je ne crois pas qu'ils nous poursuivront plus avant.

— N'en soyez pas si sûr, Loup-Fils, intervint Alaan. Les serviteurs d'Hafydd ont plus peur de lui que de nous.

— Hafydd... Qui est-ce ? s'enquit l'un des géants.

C'était celui qui souriait souvent. Tam les avait catégorisés ainsi : celui qui souriait, Pounder ; le vigilant, Beln, qui montait régulièrement jusqu'aux remparts pour épier les ténèbres ; et le taciturne, qu'ils appelaient Teke. Il était assis un peu à l'écart et ne disait pas grand-chose.

— Un sorcier, répondit Alaan. Un homme que vous ne voudriez pas rencontrer.

— Et qu'est-ce que vous chassez ici ? demanda Tam.

— Un cochmir, répondit Pounder. Bien qu'en vérité, ce soit le cochmir qui nous chasse.

Il décocha un regard vers le ciel.

— La fumée et l'odeur de la cuisine devraient l'attirer. La meute se mettra à hurler lorsqu'il arrivera.

Tam se pencha pour récupérer son arc et son carquois. Il mit rapidement la corde de son arc en place.

— Ne vous inquiétez pas, dit le géant. À ce jour, un seul d'entre eux a réussi à grimper par-dessus le mur.

— Mais quelle est cette créature ? demanda Tam.

— Cochmir, dit Loup-Fils. « Cauchemar », dans la langue des hommes. C'est un être massif. Sur deux pattes, mais avec des cornes de taureau. Il a une queue aussi tranchante qu'un fouet et des griffes capables de déchiqueter une cotte de mailles.

Son visage parut soudain tendu, inquiet.

— Il fait trois fois votre taille, ou presque, et pourrait vous écraser tous contre la muraille d'un seul coup de ses griffes. Il jaillit du crépuscule, on ne le voit jamais de jour, et cela ne le rend que plus effrayant. Nous en avons déjà tué un par le passé, et blessé plusieurs autres. Une victoire coûteuse à chaque fois.

Il dévisagea les membres du petit groupe de géants.

— L'un de nous mourra avant le matin si le cochmir se montre.

— Nous n'étions pas là pour vous aider les fois précédentes, intervint Cynddl.

À ces mots, les géants se détournèrent ou se concentrèrent sur leur tâche en cours sans pouvoir totalement dissimuler leur sourire.

— Je pense que vous constaterez par vous-même que Cynddl ne parle pas par vantardise, intervint Alaan. Nous avons affronté les serviteurs de la Mort auparavant... et nous l'avons emporté.

Un hurlement se fit entendre par-dessus la muraille et les géants s'immobilisèrent, brusquement alertes.

— Mangez tant qu'il est temps, dit Pounder. La Mort n'a pas de serviteur plus terrible que celui-ci.

Tam était trop nerveux pour être capable de manger grand-chose. Il se força néanmoins à avaler quelques bouchées. Tous grimpèrent ensuite rapidement au sommet des remparts, équipés de leurs armes. Pounder portait une énorme boule de fer montée à l'extrémité d'un épais manche de chêne. Entre les mains d'un géant, une telle arme ferait voler en éclat les os d'un homme. Elle devait même pouvoir fendre la pierre, songea Tam. Les géants ne semblaient pas manifester beaucoup d'intérêt pour les arcs et les flèches. Ils avaient cependant appuyé des lances le long du mur et certaines d'entre elles étaient conçues pour être projetées. Ils avaient également une pile de pierres de bonne taille à portée de main et Tam devina qu'elles avaient pour fonction d'écraser tout attaquant se trouvant au pied des murailles.

Celles-ci n'étaient pas très hautes, environ trois fois la hauteur de Tam… la taille que Loup-Fils avait prêtée au cochmir. Tam espéra que le géant avait simplement tenté de l'effrayer avec cette description.

Au-delà des ruines de ce qui avait autrefois été une forteresse de bonne taille s'étendait une vaste prairie qui se perdait dans l'obscurité au sud. La forêt s'élevait dans toutes les autres directions, plus proche en certains endroits qu'en d'autres. Tam avait du mal à y voir sous la lumière froide des étoiles et du mince croissant de lune qui décoraient le ciel.

Les loups bondissaient à la limite du bois, plongeant dans l'ombre avant d'en ressortir. Tam encocha une flèche et testa la rigidité de son arc. Tout le monde était silencieux, hommes comme géants. Ils écoutaient. Tam constata que ses mains se couvraient de sueur et s'inquiéta à l'idée que la corde de son arc pourrait lui glisser des doigts au plus mauvais moment. Fynnol et Cynddl se tenaient à sa droite, prêts à tirer, Alaan et

Loup-Fils à leurs côtés. Les autres géants attendaient à sa gauche.

— Est-ce que la meute va attaquer cette chose ? chuchota Tam.

Malgré la faible luminosité, il vit Loup-Fils secouer la tête.

— Ils en ont peur et vous verrez bientôt pourquoi.

Une petite brise agita les cheveux de Tam et il manqua de sursauter. Un craquement de bois retentit quelque part dans l'obscurité et Tam leva son arc.

— Il est encore assez loin, dit Beln. C'est la seule chose dont on peut se réjouir au sujet des cochmirs : la discrétion leur est inconnue.

— Il n'est pas aussi gros que ce que vous avez dit, j'imagine ? demanda Fynnol.

— Si, exactement comme je l'ai dit. Mais dans le noir, évidemment, il paraît plus gros encore.

— Évidemment, reprit Fynnol. N'est-ce pas toujours le cas ?

De petits nuages naviguaient sur l'océan sombre du ciel et passaient devant la lune décroissante, projetant leur ombre sur la prairie et les murs à moitié écroulés de la forteresse en contrebas. Tam se prit à imaginer du mouvement au sein de la moindre zone d'ombre.

Les géants allèrent se poster aux quatre coins de la forteresse mais ils laissèrent les étrangers sur le rempart sud, en expliquant que c'était probablement la direction d'où viendrait l'attaque. Tam se sentit vulnérable à l'instant où les géants s'éloignèrent. Il y avait quelque chose de réconfortant dans le fait d'avoir trois hommes de la taille de Main-habile auprès de soi. Et seuls les géants avaient déjà affronté ces créatures.

— C'est quelque chose, là-bas ? chuchota Fynnol en désignant du doigt un point dans les ténèbres.

Un nuage était passé devant la lune un instant auparavant et les ombres s'étendaient au sol, telles des mares d'eau noire. Tam plissa les yeux pour percer l'obscurité.

Il avait l'impression de fixer les profondeurs d'une rivière nocturne.

— C'est ton imagination, murmura Alaan.

— Je crois que Fynnol a raison, intervint Cœur-de-corbeau. (Il désigna du doigt la section du mur la plus élevée.) Ici. Regardez.

Les chevaux commencèrent à s'agiter dans leur petit enclos en lançant des hennissements nerveux.

Tam avait presque les larmes aux yeux à force de sonder l'obscurité du regard. Il y avait quelque chose là-bas, il en était presque certain. Une zone plus sombre au milieu des ombres. Alaan appela Loup-Fils. Le géant les rejoignit en courant le long des remparts.

À ce moment, le nuage s'éloigna et une lumière ténue se fit jour en s'étendant sur les ruines. La forme sombre sembla prendre plus de consistance.

— Que la rivière nous sauve ! chuchota Fynnol.

C'était immense et cela se dirigeait vers eux à toute vitesse. On entendait à présent le martèlement des pieds de la chose ; un tambourinement profond qui faisait trembler les pierres sous leurs pieds. Alaan jura. Il leva son arc et le banda. Les autres firent de même.

Loup-Fils se posta derrière eux et avertit les autres, lesquels convergèrent dans l'urgence vers le centre du mur sud.

Fuis ! hurlait le cerveau de Tam. Il dut combattre son désir de fuite. Les muscles de ses jambes et de ses bras se mirent à trembler. *Fuis !*

Fynnol tira une flèche vers la créature qui fonçait sur eux. Et puis elle fut tout près, fouillis de membres en action. Tam tira à ce moment-là, mais il avait mal jugé la vitesse du monstre qui semblait s'être matérialisé depuis les ténèbres. Une brève vision de cornes, un visage maléfique, puis la chose baissa la tête et percuta le portail en contrebas. Tam fut déséquilibré et il serait tombé dans la cour si Loup-Fils ne lui avait pas agrippé l'épaule pour le maintenir debout.

Un bruit de bois brisé, le hurlement de gonds de fer tordus jusqu'à se briser. Un martèlement semblable au bruit des sabots sur le sol d'une grange. La chose surgit dans la cour en contrebas, explorant les lieux du regard en soufflant comme un taureau.

Elle repéra les chevaux et chargea vers l'enclos. La monture d'Alaan, Bris, fut la première à sauter par-dessus la clôture. Les autres se débattirent pour la suivre, se heurtant les unes aux autres sous le coup de la panique. Le cochmir jaillit à travers la clôture, épinglant un cheval hurlant contre le mur. Tandis que l'animal luttait et se débattait, la toiture s'écroula, ensevelissant le cheval éventré et le monstre. Pounder, qui avait couru le long du mur, se laissa tomber sur le toit arraché. Soulevant son marteau, il l'écrasa sur les bardeaux, faisant voler des esquilles de bois en tous sens. La créature hurla et se releva, projetant le toit et Pounder au loin. Le géant atterrit de profil sur la terre battue et se mit péniblement à genoux, visiblement sonné.

La créature regarda autour d'elle et s'extirpa des ruines de l'écurie de fortune à grands coups de griffes. Dans le noir, Tam n'avait d'elle qu'une vision parcellaire ; cornes à l'apparence mortelle montées sur une tête massive, épaules aussi musclées que celles d'un taureau. L'être libéra ses jambes des débris et fit volte-face, fouettant l'air de sa queue.

Pounder ne réussit pas à se relever et retomba à quatre pattes. Beln sauta au bas des remparts pour venir se placer entre le monstre et son compagnon, tandis que Tam et les autres faisaient pleuvoir une pluie de flèches sur la créature.

— Visez son visage ! cria Alaan.

Tam banda son arc jusqu'à la hauteur de son épaule avant de décocher sa flèche en visant ce qu'il espérait être un œil. La créature lança un hurlement et leva un bras pour se protéger le visage. Beln avait aidé Pounder à se relever et ils s'élancèrent tous les deux maladroitement vers l'escalier. Mais la créature les ignora et traversa la cour en bondissant en direction des hommes sur le mur.

Tam et les autres continuèrent à tirer mais le cochmir ne ralentit pas. Il écarta les deux Dubrell d'un large revers du bras et se jeta contre le mur de pierre en utilisant les restes du portail comme un tremplin.

— Il en a après les étrangers ! s'écria l'un des géants.

Alaan jura. Tam décocha une dernière flèche en direction des cornes qu'il voyait émerger à hauteur du sol, puis tira son épée. Des griffes cliquetèrent sur la pierre des remparts et Tam lança une attaque vers ce qu'il pensait être la main du monstre. Mais celui-ci fut plus rapide et écarta le bras. Saisissant la cheville de Tam, il le projeta dans les airs. Ce dernier glissa le long du dos de la créature, manquant de peu de se faire éventrer.

C'est Alaan qu'il veut, réalisa l'homme du Val.

Tam heurta lourdement le sol et ses genoux vinrent frapper sa poitrine. Son épée ne se trouvait qu'à quelques pas de là et il roula sur lui-même pour la ramasser, ignorant la douleur et la confusion qu'il ressentait. Sur le parapet au-dessus de lui, il vit des silhouettes s'écarter devant le cochmir qui tentait de se frayer un chemin jusqu'à la plate-forme où se trouvait Alaan.

Tam sauta sur un panneau du portail défoncé, toujours connecté au coin supérieur de l'entrée par un gond tordu selon un angle improbable. Le bois trembla et se souleva sous lui tandis que la créature se débattait pour grimper malgré les efforts des hommes au-dessus d'elle. Sans prendre le temps de réfléchir, Tam plongea la pointe de son épée à l'arrière du genou de la créature. Celle-ci poussa un cri si puissant que le jeune homme s'immobilisa pendant une seconde. Lorsqu'il tenta de retirer son épée, il s'aperçut qu'elle était coincée. Le monstre lança un coup de griffe dans sa direction et Tam plongea au bas du panneau de bois au moment où le cochmir s'écroulait, arrachant le gond restant du portail.

Une vive douleur transperça l'épaule de Tam et il se releva péniblement. Il fit un pas en arrière et trébucha sur le marteau à tête ronde de Pounder. Il s'empara du manche et s'aperçut qu'il pouvait à peine soulever l'arme. La douleur dans son épaule lui donnait l'impression d'avoir été poignardé. Il abattit le marteau sur le bras du monstre étendu de tout son long. Le cochmir poussa un cri et leva les yeux, fixant son regard implacable sur l'homme du Val terrifié.

— Cours, Tam ! cria Fynnol.

Tam s'enfuit en direction de l'escalier étroit mais il trébucha et tomba. Le monstre se serait jeté sur lui si quelqu'un ne s'était pas laissé tomber depuis le mur pour atterrir entre Tam et la créature.

— C'est moi que tu cherches, déclara calmement Alaan. Je suis celui que ta maîtresse t'a envoyé tuer.

Tam se remit lentement debout pour éviter d'attirer l'attention du cochmir. Une épée se planta dans le sol en oscillant à quelques pas de lui. Tam s'en empara et se mit en position de combat, ignorant ce qu'Alaan avait l'intention de faire.

— Je suis derrière vous, souffla Tam.

— Éloigne-toi, chuchota Alaan.

Le monstre s'était redressé de toute sa hauteur. Il était plus de deux fois plus grand qu'Alaan et devait faire trois fois le poids du géant le plus massif. Face à lui, Alaan avait l'air d'un enfant maniant une épée en bois. Mais la créature le fixait d'un œil prudent en reniflant. Elle boitait, l'épée toujours plantée dans son genou. Elle n'allait donc pas se mettre à charger mais n'en restait pas moins l'être le plus terrifiant que Tam avait jamais vu. À la lumière des étoiles, ses cornes paraissaient transpercer les ténèbres.

— Viens, bête stupide ! marmonna Alaan. Ta maîtresse s'impatiente !

— Je sais parler, sorcier, siffla la bête d'une voix qui évoquait un éboulement au fond d'un gouffre.

— Alors sache que je suis le sorcier autrefois connu sous le nom de Sainth, fils de Wyrr. Les hommes m'appellent désormais Alaan. Celle que tu sers t'a envoyé me chercher. Qu'attends-tu ? Tu es trop lâche ?

La chose entreprit de le contourner par la gauche en boitant douloureusement sur sa jambe blessée.

— Je te connais, sorcier, répondit-elle. Tu es allé jusqu'aux Portes de la Mort auparavant. Mais cette fois, elles s'ouvrent. Tu les entends ? Tu entends ce bruit d'ossements broyés... ?

Le cochmir trébucha et mit un genou à terre mais en se relevant, il projeta quelque chose à travers l'obscurité. Alaan se jeta sur le côté et l'épée de Tam heurta les marches de pierre en tintant. La bête fonça sur Alaan, apparemment indemne. Le voyageur était en train de se relever lorsqu'elle bondit en avant. Il leva une main et il y eut une explosion de lumière si intense que Tam recula, aveuglé.

Un hurlement horrible ricocha sur les murs de pierre avant de s'élever vers le ciel noir. Tam tentait désespérément d'y voir quelque chose mais le flash l'avait aveuglé. Il se retrouva contre le mur, clignant furieusement des paupières, d'horribles élancements traversant ses yeux pleins de larmes.

Il fallut un moment avant qu'il ne retrouve un semblant de vision. Et encore ne voyait-il que de vagues silhouettes. Enfin, il finit par distinguer une forme massive, étendue immobile sur le sol, et une silhouette plus petite, Alaan, debout au-dessus.

Tam s'avança maladroitement tandis que la scène se faisait plus précise.

— Vous l'avez tué, dit-il à la silhouette debout devant lui.

— Si l'on peut tuer quelque chose provenant du Royaume de la Mort, répondit Alaan d'un ton las. Oui, je l'ai tué. On tue un taureau qui charge en sautant sur le côté et en lui plantant une lame entre les omoplates.

— Vous l'aviez déjà fait auparavant ?

— Moi non, mais Sainth oui. Heureusement, le monstre était aveuglé, ce qui a rendu les choses un peu plus faciles. Voyons qui est blessé.

Alaan posa une main sur l'épaule de Tam pour le guider car l'homme du Val n'y voyait toujours pas grand-chose. Les géants descendirent de la muraille. Ils ne se moquaient plus des étrangers à présent. Leur regard allait d'Alaan à la créature étendue morte, et Tam n'était pas sûr de savoir lequel des deux êtres les troublait le plus.

— Il vous a parlé..., dit Pounder.

Alaan hocha la tête.

— Il connaissait votre nom, dit l'un des géants d'une voix très basse. La Mort connaît votre nom.

— C'est une longue histoire, répondit Alaan. Du genre que vous n'aimeriez pas entendre.

Il s'avança vers l'un des murs où ils retrouvèrent Cœur-de-corbeau occupé à calmer les chevaux.

— Nous avons perdu un cheval de bât, dit Rabal sans cesser de caresser la robe d'une jument tremblante.

Les chevaux s'étaient rassemblés autour de lui comme s'ils désiraient sa protection.

— Je ne crois pas que nous serons dérangés à nouveau cette nuit, déclara Alaan. Mais nous devrions essayer de faire quelque chose pour réparer le portail.

Les géants se mirent immédiatement au travail tout en continuant à couler des regards en direction d'Alaan. Tam n'aurait pas su dire s'ils étaient plus impressionnés qu'effrayés, ou l'inverse. Il se posait parfois lui-même la question.

— Loup-Fils, dit Alaan en interrompant les travaux. Demain, nous entrerons dans le royaume des ombres. Vous n'avez pas besoin d'aller plus loin.

Le géant acquiesça rapidement de la tête avant de se remettre à l'œuvre, visiblement soulagé.

CHAPITRE XXV

Pendant plusieurs heures, ils attendirent en silence que les nuages veuillent bien s'amonceler autour de la lune, après quoi ils poussèrent leur embarcation sur la Wynnd. Samul n'aimait pas ce qu'ils étaient en train de faire. Cela ressemblait trop à l'expédition dans laquelle son cousin Beld et lui s'étaient lancés après leur tentative ratée d'assassinat contre Toren… et le meurtre d'Arden.

Il était en meilleure compagnie cette fois, il fallait bien l'admettre. Mais la situation était plus désespérée encore. Fondor les avait habillés en voyageurs sans le sou, mais en réalité, ils ressemblaient avant tout à des bandits de grands chemins. Il n'était pas nécessaire d'être particulièrement malin pour comprendre pourquoi Fondor avait agi ainsi. Ils ne pouvaient voyager au grand jour, de peur d'être reconnus. Comme des bandits de grands chemins, ils étaient obligés de se dissimuler et de n'emprunter que des sentiers secrets, hors de vue de la population. S'ils tombaient sur des soldats d'Innes ou des Wills, ils devraient se battre pour sauver leur vie, car le plus souvent, les bandits étaient abattus sur place, sans jamais être présentés devant un magistrat. S'ils étaient pris, Fondor espérait clairement qu'ils seraient mis en terre avant que quiconque ne puisse les reconnaître.

Les deux bateliers qui maniaient les rames avaient peur et étaient incapables de le cacher, ce qui ne donnait guère confiance à Samul. Un regard en direction du seigneur Carl ne lui apprit rien dans l'obscurité qui les entourait. Le jeune homme était assis, immobile, l'oreille tendue sans doute, les yeux tournés vers la nuit. Le seigneur Carl et son serviteur, le voleur, avaient déjà été contraints de s'enfuir à travers l'île de la Bataille. Tous deux paraissaient terriblement tendus et circonspects. Samul songea qu'il deviendrait bientôt tout aussi circonspect lui aussi… s'il vivait assez longtemps pour cela.

Jamm était en train de se remettre de nombreuses blessures et d'une maladie. Il avait l'apparence vulnérable typique des malades. Samul se demandait si le petit voleur, dans son état actuel, serait capable de leur faire traverser avec succès les terres contrôlées par la famille Wills et la maison d'Innes.

Ceci reste préférable à la mort, se dit-il. Il leva les yeux vers la lune, que l'on pouvait apercevoir derrière le voile fin des nuages en mouvement.

— Plus vite, murmura-t-il.

Mais les bateliers ne changèrent pas de rythme et le Renné réalisa qu'aller plus vite aurait nécessité de faire plus de bruit, ce qu'ils ne pouvaient se permettre. Il leva de nouveaux les yeux au ciel. L'amas de nuages, illuminé de l'intérieur, se faisait de plus en plus lumineux comme si les volutes nuageuses s'étiraient en s'amincissant. La lune pouvait surgir à tout moment.

Samul tourna son regard vers la terre, à la recherche de la rive est. Il distingua une bande d'ombre qui indiquait probablement une rangée d'arbres, mais il n'aurait pas su dire à quelle distance elle se trouvait. Les bateliers continuaient à plonger leurs rames dans l'eau et l'odeur de leur sueur se mêlait aux relents de la rivière. Le vent déchiqueta les nuages et la lune se libéra de leur emprise, illuminant l'eau de reflets argentés. Sans réfléchir, Samul se plaqua au fond du bateau. Mais cela n'avait pas d'importance : il était impossible de ne pas voir la coque sombre de leur navire sur la surface luisante de la rivière.

Il n'y avait rien d'autre à faire à présent que de rejoindre en hâte la rive est et de tirer l'embarcation à sec le plus rapidement possible. Ils devraient se fier à Jamm pour leur permettre de s'esquiver avant d'être repérés.

Des arbres apparurent depuis les ténèbres et leur bateau glissa presque silencieusement sur la boue. Michael et Carl sautèrent immédiatement à terre. Samul vit luire leurs lames nues. Jamm s'élança derrière eux, recroquevillé, dardant sur les alentours un regard inquiet. Samul passa devant les bateliers, cherchant à garder ses bottes au sec autant que cela était possible. Il mit pied à terre au moment où quelque chose jaillissait des arbres.

Un cavalier, l'épée levée, fonça droit sur le prince Michael, qui eut à peine le temps de parer l'attaque avec sa lame. Deux autres cavaliers et des hommes à pied sortirent des fourrés et s'avancèrent dans la minuscule clairière.

Samul se retourna en direction du bateau, mais les bateliers s'étaient déjà éloignés d'une bonne vingtaine de pas sur la rivière et ramaient pour sauver leur vie. Il entendit le son de flèches se plantant dans le bois mais ne vit rien d'autre, forcé qu'il fut de se jeter sur le côté pour esquiver un coup qui s'apprêtait à lui trancher la tête.

Un cheval hennit en se cabrant tandis que Jamm retirait une épée de son flanc. Le cavalier fut jeté aux pieds de Samul, lequel plongea sa lame dans la gorge de l'homme avant qu'il n'ait pu se mettre à genoux. Carl et Michael se battaient pour leur vie, bondissant d'un côté puis de l'autre pour garder les chevaux entre eux et les autres. Les cavaliers étaient désavantagés par le manque d'espace et les quatre fugitifs parvinrent à s'enfuir à travers les sous-bois obscurs, talonnés par les cris et les jurons de leurs poursuivants.

Quelqu'un agrippa le bras de Samul et le tira avec force sur le côté. Il passa par-dessus un large tronc abattu pour atterrir sur ses compagnons. Il entendit leurs respirations haletantes tandis que les chasseurs passaient devant eux au pas de charge. Samul estima qu'il y avait deux cavaliers et cinq hommes à pied. Pendant un moment, ils restèrent immobiles à écouter leurs poursuivants se frayer bruyamment un passage dans le noir au milieu des arbres.

— Suivez-moi, chuchota Jamm. Et restez baissés.

Ils progressèrent à quatre pattes sur le sol moussu de la forêt, s'arrêtant tous les cinq ou six mètres pour écouter. Des hommes criaient non loin de là et d'autres leur répondirent. Samul vit des torches se déplacer entre les arbres.

Ils s'étaient de nouveau arrêtés et Jamm leur fit signe de se rapprocher.

— C'est la route, dit-il, là où il y a les torches. S'ils peuvent nous maintenir de ce côté de la route jusqu'au lever du jour, ils nous coinceront ici. Nous devons passer de l'autre côté, à tout prix.

Samul hocha la tête dans le noir. L'aube n'était qu'à quelques heures de là. Il n'y avait pas de temps à perdre. Ils suivirent Jamm. Ils rampaient sur quelques mètres puis s'arrêtaient un instant pour examiner les alentours avant de repartir. Le petit voleur était plus furtif qu'une araignée. Un tel homme pouvait entrer chez vous par la fenêtre, voler tout ce qu'il désirait, puis ressortir. Voilà une bonne raison d'avoir des chiens, songea le noble Renné avant de se rappeler qu'il n'avait plus aucune possession à l'exception d'une bonne épée, d'une dague et d'un cœur battant la chamade. Il se sentit alors plus déterminé. Tant pis s'ils devaient se battre pour passer de l'autre côté de la route. Aucun homme d'armes ne l'empêcherait de voir une nouvelle aube se lever.

Trois cavaliers passèrent tout près d'eux dans un bruit de tonnerre et Samul se plaqua au sol, osant à peine respirer. Ils avaient atteint le bas-côté de la route. Des sabots de chevaux claquaient sur la pierre à quelques pas d'eux et des torches oscillaient tout autour, laissant derrière elles des effluves amers qui lui piquaient les yeux. Bien que Jamm ait choisi la section de route la plus sombre possible, les rayons de lune se frayaient encore un chemin au travers des arbres et illuminaient par endroits les traces laissées par les chariots.

Carl A'denné était à ses côtés et approcha ses lèvres de l'oreille de Samul.

— Jamm nous demande d'être prêts à traverser la route en courant, tous ensemble, aussi vite que possible.

Samul hocha la tête et pressa ses doigts dans l'humus qui recouvrait le sol de la forêt. Mais à chaque fois qu'il sentait les autres prêts à s'élancer, un cavalier ou un petit groupe de fantassins faisaient leur apparition. Trop d'hommes quadrillaient la zone. Les Wills semblaient vraiment se méfier des espions, même s'il était certain qu'il y en avait déjà suffisamment en place. Et ce des deux côtés de la rivière.

Au moment où Samul commençait à penser que la lueur qui naissait à l'est n'était pas seulement dans son imagination, Jamm bondit sur ses pieds et traversa la route en courant si vite que les mouvements de ses jambes demeurèrent indistincts dans la pénombre. Tous s'élancèrent sur ses talons et plongèrent dans les bois de l'autre côté. La tête de Samul heurta une branche avec une telle violence qu'il tomba à genoux. Carl l'aida à se relever et les deux hommes reprirent leur progression en aveugle, trébuchant sur des rochers et des troncs d'arbres.

Après une dizaine de mètres, ils se remirent à quatre pattes et rampèrent le plus vite possible sur leur droite. Un groupe de soldats pénétra bruyamment dans le bois, avec une unique torche pour éclairage. Ils s'arrêtèrent à moins de cinq mètres des fugitifs.

— Écoutez ! ordonna leur capitaine.

Les soldats s'immobilisèrent en tentant de maîtriser leur respiration.

Samul et les autres restaient aussi immobiles que possible. Tous craignaient que la lueur de la torche ne trahisse leur présence. Eux-mêmes distinguaient assez clairement les soldats au milieu des feuillages.

D'autres hommes lancèrent des appels depuis la route en direction des bois avant de pénétrer dans les sous-bois en fouettant les buissons de leurs lames. Leurs torches donnaient aux arbres alentour un éclat oranger. Samul comprit qu'ils étaient piégés.

Jamm se releva légèrement, le bras levé. Il lança une pierre de bonne taille qui frappa l'un des hommes avec une telle force qu'il en lâcha sa torche. S'ensuivit une scène chaotique où certains hommes tentaient de piétiner le feu qui venait de se déclarer tandis que d'autres surgissaient depuis la route en criant.

Jamm profita du bruit et de la confusion pour les éloigner. Ils avancèrent avec prudence mais sans s'arrêter et, après un moment, les torches disparurent de leur vue et les cris des hommes se firent distants et inintelligibles.

Même après que le jour se fut levé, Jamm continua de les faire avancer jusqu'au moment où il se glissa en rampant à l'intérieur d'un bosquet de buissons épineux. Ils furent obligés d'y pénétrer à plat ventre et, même ainsi, récoltèrent de nombreuses griffures et égratignures. Le centre du bosquet, au-dessus duquel s'incurvaient les branches des buissons, constituait une « cache » où même l'œil perçant d'un faucon n'aurait pu les repérer. Ils s'allongèrent dans l'herbe clairsemée sans oser bouger. Ils entendirent des hommes passer pendant toute la matinée et une partie de l'après-midi avant que les recherches ne finissent par se diriger plus au sud.

Samul vit que Jamm relâchait sa vigilance et il tenta de sourire à ses compagnons.

— Eh bien, tu as encore réussi, Jamm, murmura Carl A'denné. Connaissais-tu cet endroit ?

— On me l'a montré une fois. Mais nous ne devrions pas parler. Parfois quelques mots peuvent vous coûter la vie.

Ils dormirent à tour de rôle durant la journée et mangèrent le peu de nourriture qu'ils transportaient. Jamm n'aimait pas boire plus d'une lampée d'eau, expliquant que le liquide glougloutait ensuite dans l'estomac et faisait du bruit au plus mauvais moment. Au coucher du soleil, ils avaient tous terriblement soif. Jamm, cependant, ne semblait guère s'en inquiéter. Et lorsque Samul en fit mention au seigneur Carl, le jeune homme porta simplement un doigt à ses lèvres.

Se penchant vers Samul, Carl chuchota :

— Sans Jamm, je serais déjà mort plusieurs fois. Qui se trouve la proie des chasseurs doit imiter les gestes du renard.

Samul tenta d'ignorer la sécheresse qui envahissait sa bouche et de rester patient.

Au plus noir de la nuit, Jamm sortit en rampant sous les buissons à l'opposé de l'endroit par où ils étaient rentrés. Une bonne heure s'était écoulée lorsque Samul se décida à se pencher vers Carl :

— Il s'est enfui, murmura-t-il.

Carl secoua la tête dans la pénombre.

— Patience, chuchota-t-il.

Jamm finit par revenir les chercher. Ils rampèrent hors de leur cachette, chacun tenant d'une main la botte de celui qui le précédait. Ils progressèrent un moment à l'ombre des buissons avant de s'enfuir furtivement — Samul ne trouvait pas d'autre expression — à travers les hautes herbes d'un champ en friche.

Jamm était passé maître dans l'art de trouver les zones d'ombre, que ce soit sous une haie ou le long d'un muret de pierre. Il se déplaçait souvent à quatre pattes et parfois à plat ventre lorsqu'il était contraint de traverser des zones exposées éclairées par la lune. Il s'arrêtait fréquemment pour écouter et observer longuement les alentours. Dans son univers, les sommets de collines étaient des lieux à craindre et il fixait dessus un regard empreint d'une profonde suspicion.

Quelques heures après qu'ils se furent mis en route, il les conduisit jusqu'à une source, non sans en avoir d'abord fait le tour et l'avoir observée un bon moment avant de décider qu'on pouvait s'en approcher sans risque. Malgré ce qu'avait dit le seigneur Carl, Samul était à présent persuadé qu'aucun renard n'était aussi suspicieux que Jamm.

Ils contournèrent un petit village et se tinrent à bonne distance de plusieurs fermes. À un moment, ils firent un détour pour éviter un couple qui faisait furtivement l'amour à l'ombre d'une haie. Le ciel, à l'est, finit par laisser entrevoir les premières lueurs de la matinée. Samul Renné se sentait incapable de faire ne serait-ce qu'un pas de plus. Heureusement, le petit voleur les conduisit vers une falaise, le long d'une ravine escarpée puis d'une corniche, jusqu'à atteindre une caverne qui s'ouvrait dans la roche, à la manière d'une poche.

— Cet endroit n'est pas visible depuis le sol, chuchota Jamm. Rares sont ceux qui connaissent son existence.

Allongés dans la caverne, ils mangèrent le peu de nourriture qu'il leur restait et burent l'eau que Samul avait conservée dans sa gourde, les autres étant aussi peu enclins que Jamm à transporter de l'eau. Le jour s'étalait sur la terre en contrebas et Samul rampa jusqu'à Jamm, lequel était allongé sur la pierre, les yeux juste au-dessus du sol, explorant le pays du regard. Ils se trouvaient relativement hauts, non parce que la falaise était élevée mais parce que le terrain ne cessait de grimper depuis la rivière. Samul songea que la vue devait bien porter à une demi-lieue.

— Restez aussi immobile que possible, dit Jamm. Un mouvement est repérable à grande distance.

— Mais y a-t-il quelqu'un qui nous cherche ?

Jamm leva une main à hauteur du pourtour de l'entrée et pointa du doigt. À une certaine distance, sur une route qui traversait le patchwork de champs et de bois le long d'un axe nord-sud, s'avançait une colonne de cavaliers en livrée pourpre et noire. Ils se dirigeaient lentement vers le sud. Plus Samul regardait, plus il distinguait les signes de la guerre en cours : mouvements de troupes, caravanes de chariots se dirigeant vers le nord. Il vit également des hommes d'armes et des chasseurs répartis à travers champs et bois.

— Ils sont à notre recherche ? s'enquit-il.

— Peut-être, répondit Jamm dans un murmure en pointant de nouveau du doigt.

Une silhouette jaillit hors d'une zone de maquis et partit en courant de la bordure d'un champ avant de bondir au milieu d'un bosquet pour éviter un groupe de cavaliers.

— Qui cela peut-il être ? s'interrogea Samul à haute voix.

Jamm haussa les épaules.

— Bandit, voleur, déserteur…

Samul continua à observer l'endroit pendant un instant avant de redescendre vers le fond de la grotte. Il ne se sentait plus aussi en sécurité qu'auparavant.

Il dormit pendant quelques heures mais se réveilla au contact d'une main qui se refermait sur sa bouche. Jamm le fixait, un doigt posé sur ses lèvres. Des bruits retentirent au-dessus d'eux, puis une pierre ricocha sur le bord de leur cachette avant de continuer sa chute vers le pied de la falaise. Tous furent soulagés en entendant les rires qui s'ensuivirent, car c'étaient des rires d'enfants. Une pluie de pierres et de petit-bois se mit à tomber dans l'heure qui suivit, puis Jamm se redressa vivement, faisant glisser sa lame hors du fourreau. Samul avait peur que les enfants ne décident d'escalader la falaise. Qu'allaient-ils faire si cela arrivait ? Mais un instant plus tard, il entendit le bruit étouffé des sabots d'un cheval et des crissements de cuir. Des cavaliers s'étaient arrêtés au bas de la falaise et les enfants avaient mis fin à leur pluie de rochers.

— Gamin ! appela l'un des hommes en contrebas. As-tu vu des étrangers par ici ces derniers temps ?

— Pas aujourd'hui messire, répondit la voix d'un enfant au-dessus d'eux. Mais on a vu trois hommes à cheval hier matin, juste après l'aube. Ils galopaient à travers champs, sans passer par les routes. Mon père a dit que c'était une drôle de façon de voyager.

— Où allaient-ils ? demanda l'homme.

— Au sud-est, messire. Vers Crofton, qu'on a pensé.

— Merci gamin, lança l'homme d'armes. Vous pouvez descendre de ce côté ?

— Oui, messire, répondit le garçon avec une certaine réticence.

— Alors je vous laisse une pièce. À côté de cet arbre, là.

Les chevaux reprirent leur route. Samul entendit les enfants descendre en hâte le long de la ravine par laquelle ils étaient montés. Ces enfants ignoraient-ils vraiment l'existence de la grotte ? Il l'espérait, surtout maintenant qu'ils savaient que des soldats étaient à la recherche d'étrangers. De fait, les enfants les dépassèrent rapidement, passant à quelques mètres de leur cachette sans paraître s'en rendre compte. Ils trouvèrent la pièce, avec une joie évidente, et s'en furent en débattant entre eux de la meilleure façon d'utiliser une telle somme d'argent. Ils n'en revenaient pas de leur bonne fortune.

La lune allait décroissant et elle ne se leva que tardivement. Ils furent donc obligés de quitter leur retraite à la seule lueur des étoiles. Samul en éprouva une estime nouvelle pour Jamm. Il n'avait jusqu'à lors vu en lui qu'un petit homme timide. Mais il apparut rapidement que le voleur n'était pas celui que cette descente en aveugle éprouvait le plus. Lorsqu'il posa enfin les pieds à terre, Samul fixa sur Jamm un regard teinté de respect.

— On ne peut pas dire que j'ai apprécié, confia-t-il au seigneur Carl. Mais cela n'a pas eu l'air de déranger notre guide.

— Il n'a pas reçu l'entraînement martial auquel nous avons eu droit, mais il ne manque pas de courage lorsque c'est nécessaire.

— Où allons-nous à présent ? demanda Carl à Jamm.

— J'allais vous poser la même question, chuchota le voleur, toujours aussi prudent. Où dois-je vous emmener ? L'armée était rassemblée à l'est de l'île il y a quelques jours. Est-ce là notre destination ?

— J'y ai réfléchi, annonça le prince Michael. Non loin d'ici habite l'une de mes cousines, qui a épousé un noble. Il est âgé et ne participe plus aux combats, mais son mariage au sein de notre famille lui a été très profitable. Il pourrait contacter les alliés de mon père, ceux dont je pense qu'ils resteront loyaux à la maison d'Innes. J'ai besoin de ce type d'intermédiaire et A'tanelle sera parfait dans ce rôle.

— Êtes-vous prêt à remettre votre vie entre ses mains ?

— Oui.

— Où devons-nous aller ?

— Environ une lieue au sud, puis il faudra nous enfoncer un peu dans les terres. Son domaine se trouve près de la ville de Weybridge.

— Mon père, intervint le seigneur Carl avec hésitation, ne semblait pas avoir la plus haute considération pour A'tanelle, si cela a une quelconque importance pour vous.

Samul jeta un coup d'œil vers le prince Michael dont

le visage affichait la pâleur d'un nagar à la lumière des étoiles.

— A'tanelle est un opportuniste, je l'admets, et un peu plus fourbe que je ne le souhaiterais, mais c'est un parent par alliance et il a suffisamment d'autorité pour convaincre ceux qui hésiteraient à se joindre à notre cause. (Le prince eut un geste d'impuissance.) Et si nous ne choisissons pas A'tanelle, qui d'autre ?

— Je ne saurais le dire, répondit Carl. Je ne faisais que vous faire part de l'opinion de mon père.

— Je ne crois pas que vous ayez à vous inquiéter, seigneur Carl, dit le prince Michael dont le visage exprimait pourtant de l'inquiétude. A'tanelle doit son ascension dans la bonne société à son rapprochement avec la maison d'Innes. Son futur dépend de nous. Malgré ses défauts, il est assez intelligent pour s'en rendre compte. Et vous ne devez pas oublier sa femme ; elle est au-delà de tout éloge, que ce soit pour sa beauté, ses sentiments ou sa raison.

Carl s'inclina légèrement.

— Weybridge, intervint Jamm. Nous n'y arriverons pas cette nuit.

Le voleur leur fit adopter une allure rapide mais continua de rester dans l'ombre, ne traversant les zones exposées que lorsqu'il n'avait pas le choix. Sans une torche pour les éclairer, leur progression fut lente et difficile, ponctuée de nombreux faux pas et d'orteils douloureusement écrasés sur des obstacles invisibles.

Des groupes armés arpentaient toujours la campagne, même de nuit. Ils aperçurent deux campements d'hommes d'armes et de chasseurs qu'ils contournèrent largement. À plusieurs reprises, Jamm leur fit signe de s'arrêter dans la sécurité relative d'une zone d'ombre pour scruter du regard la nature environnante.

Au bout de la cinquième fois, n'y tenant plus, Samul chuchota à l'oreille du petit homme :

— Qu'y a-t-il, Jamm ?

Le voleur secoua la tête. Ils se trouvaient aux abords d'un petit bois de chênes et de hêtres, et Jamm en désigna l'orée.

— Attendez-moi au bout du bois, murmura-t-il. Allez-y en silence.

Samul hésita mais Carl, qui avait totalement confiance en Jamm, les poussa à avancer. Ils s'accroupirent parmi les arbres sur la bordure de l'extrémité du bois. L'air nocturne vibrait du chant des insectes et les feuillages lançaient des murmures ensommeillés sous l'effet de la brise. Au loin, les aboiements d'un chien agressaient la nuit.

— Que fabrique Jamm ? demanda Samul.

Malgré l'évidente assurance de Carl, Samul n'avait jamais fait confiance au petit voleur. Voleur un jour, voleur toujours. C'était son opinion. Les gens ne changeaient pas plus de nature qu'un loup ne pouvait se transformer en brebis.

Il s'attendait à moitié à ce que Jamm les abandonne sur place pour s'enfuir. Il les aurait sans doute dénoncés pour obtenir la récompense s'il n'avait pas lui-même risqué de finir au bout d'une corde. Samul commença à s'agiter d'un pied sur l'autre, impatient de repartir.

Ils attendirent pendant un long, très long moment. Samul fixa son regard sur un point de l'horizon à l'ouest et compta les étoiles qui disparaissaient derrière les collines lointaines. Lorsque Jamm revint, il le fit si discrètement qu'ils sursautèrent tous lorsqu'il apparut soudain au milieu d'eux.

— Je vous entendais respirer à vingt pas d'ici, déclara-t-il à voix basse. Dépêchons-nous.

Et il repartit, suivant l'orée du bois puis rampant à plat ventre à travers un champ d'avoine. Ils refirent surface dans l'ombre immense d'un cerisier puis se glissèrent à l'intérieur d'un verger. Les aboiements du chien se firent plus proches.

Les talus semblaient constituer des routes pour Jamm.

Les fermiers avaient l'habitude de rejeter les cailloux qu'ils trouvaient dans leurs champs le long des cultures. Si les champs servaient de pâturages au bétail, ces pierres étaient parfois utilisées pour bâtir des murets. Mais la plupart du temps elles s'empilaient simplement sur place et tout ce qui poussait au milieu ou aux alentours des cailloux était laissé tel quel. Pommiers sauvages, cerises noires amères, plantes grimpantes et buissons de toutes sortes, la plupart armés d'épines redoutables. Ces haies grandissaient jusqu'à devenir hautes et touffues, constituant un réseau de routes de l'ombre à travers l'essentiel du paysage nocturne.

Bien entendu, ces mêmes ombres pouvaient très bien dissimuler leurs ennemis. Mais l'extrême prudence et la vision nocturne sans égale de Jamm lui donnaient clairement l'avantage. Il les conduisit dans l'obscurité en s'arrêtant régulièrement pour écouter. Samul ne put s'empêcher de remarquer que Jamm semblait prêter plus d'attention à ce qui pouvait se trouver derrière eux qu'il ne l'avait fait jusque-là. Carl aussi s'en était rendu compte, Samul en était sûr. Le jeune noble s'était placé à l'arrière du groupe et jetait souvent des regards en arrière.

Jamm les conduisit au sommet d'une petite colline couronnée d'un bois. Ils s'accroupirent à la lisière des arbres et le petit homme examina la campagne plongée dans l'ombre avec une expression qui rappelait celle d'un faucon affamé.

— Que se passe-t-il Jamm ? demanda Carl.

— Nous sommes suivis. J'en suis sûr.

— Par qui ?

Jamm secoua la tête.

— Quelqu'un de plus prudent que moi, de plus habile aussi. Mais je l'ai entendu, plusieurs fois, et je l'ai également entraperçu… juste une ombre se glissant à couvert.

Jamm se tut. Il avait l'air sombre, inquiet.

— Est-ce un chasseur au service des Wills ? demanda Samul.

— J'ignore ce qu'il cherche, répondit Jamm. Je pense qu'il savait où nous dormions durant la nuit et pourtant nous n'avons pas été dérangés. Expliquez donc ça !

— Peut-être est-ce un vieil ami à toi, Jamm ? suggéra Carl.

— Si c'était un ami, il se serait montré il y a un moment déjà. Non, ce type mijote quelque chose...

Il était clair que le petit voleur ignorait de quoi il pouvait bien s'agir.

Ils se cachèrent dans les bois ce jour-là, au plus profond des ombres. Jamm dormit un peu tandis que Carl montait la garde. Mais ensuite, il se leva et se mit à rôder aux limites du bois. Par deux fois, Carl le surprit recroquevillé sur lui-même, une main appuyée contre ses côtes fêlées. Il tentait de n'en rien montrer, mais il n'était toujours pas remis de ses blessures. Carl se demanda pendant combien de temps il pourrait tenir ainsi.

— Votre voleur est-il en train de faire une ronde le long de nos frontières, demanda Samul à Carl, ou bien tente-t-il d'apercevoir ce chasseur imaginaire qui nous traque ?

— Je crois qu'il fait les deux. Et je doute que Jamm se trompe. S'il pense que quelqu'un nous suit, alors quelqu'un nous suit certainement.

— Mais cela n'a aucun sens. Si vraiment quelqu'un nous suivait, il nous aurait déjà dénoncés, surtout s'il savait où nous nous cachions durant la journée. Non, la peur de Jamm joue des tours à son imagination. Et cela n'est peut-être pas un mal. C'est sûrement la raison pour laquelle il a pu vivre aussi longtemps.

La journée passa lentement. Le ciel se couvrit à la mi-journée. Une pluie fine les éclaboussa au milieu des feuillages et un vent froid, fantomatique, se mit à souffler dans les branches. Samul eut du mal à dormir. La pluie lui coulait sur le visage et, lorsque enfin l'épuisement lui faisait fermer les yeux, le vent gémissait dans les arbres et le réveillait brusquement.

Des corbeaux trouvèrent une chouette installée au sommet d'un pin. Une armée d'oiseaux noirs se rassembla rapidement autour, qui sifflaient et croassaient depuis leurs perchoirs. Samul finit par se redresser en jurant.

— J'ai faim, j'ai soif et je suis de très mauvaise humeur, annonça-t-il. Et voilà que ces maudits corbeaux arrivent pour m'empêcher de dormir, comme si le vent et la pluie n'y suffisaient pas !

— Tout ce que vous dites est exact, répondit le prince Michael sans quitter sa position allongée. Mais vous êtes vivant, et c'est déjà assez exceptionnel en soi.

Samul ne pouvait le nier. Moins de deux jours auparavant, il avait cru sa dernière heure venue.

— J'en ai assez de me glisser au milieu des haies et de dormir dans les fossés, dit-il. Je préférerais avoir un cheval et une vraie bataille. J'aurais préféré que Toren m'offre ça. J'aurais pu accepter de mourir au combat.

— Est-ce mieux que de continuer à vivre en tant qu'espion ? remarqua le prince.

Puis il hocha la tête.

— Vous parlez comme un authentique guerrier, seigneur Samul. Mais nous sommes responsables de cette couche inconfortable et déshonorante sur laquelle nous devons à présent essayer de dormir, avec ou sans corbeaux.

Samul eut un sourire sans joie.

— Sans doute suis-je responsable de la situation dans laquelle je me trouve, prince Michael, mais ni vous ni le seigneur Carl ne pouvez en dire autant, j'en ai peur. Vous n'êtes que les victimes d'un revers de fortune.

— Mais nous sommes tout aussi désespérés. Sans possessions et pratiquement sans amis. Notre valeur ne se mesure qu'à notre capacité à convaincre les anciens alliés de mon père de se rebeller contre ce sorcier et Menwyn Wills… ce qui veut dire que nous n'avons qu'une valeur infime.

Samul se fit songeur. Le prince semblait intelligent et d'une honnêteté inattendue.

— Dites-moi, sincèrement, prince Michael. Y a-t-il des hommes, parmi les officiers et les alliés de votre père, qui vous soient encore loyaux ?

Le prince sembla sur le point de se retourner sur sa couche. Samul remarqua que Carl A'denné était réveillé et les écoutait avec attention.

— Pour être honnête, seigneur Samul, mon père n'a pas forgé d'alliances basées sur la loyauté. Je ne suis pas sûr qu'il ait même cru à ce sentiment. Il préférait employer la menace, ou la force lorsque c'était nécessaire. Vous pouvez poser la question au seigneur Carl. Son père ne voulait en aucun cas prendre part à cette guerre et pourtant mon père a forcé les A'denné à rejoindre notre alliance, ce qui les a conduits à conclure un accord désespéré avec les Renné. Je ne suis pas sûr d'être plus respecté que ne l'était mon père, mais je suis certain que nos alliés et les officiers de mon père seront mécontents à l'idée de servir Hafydd ou Menwyn Wills. C'est ce sur quoi je place le plus d'espoirs.

— Pleurez-vous la perte de votre père ? demanda soudain Carl.

Le prince tourna le regard vers Carl. Son expression était moins choquée que surprise par la question, comme s'il n'y avait pas vraiment réfléchi.

— Le prince, dit Michael, n'avait que peu de respect pour moi. Et j'en avais autant à son service. (Il hésita, une expression indéchiffrable sur son visage.) Malgré tout, c'était mon père. Il me portait sur son dos lorsque j'étais enfant, il était mon puissant destrier tandis que j'abattais des ennemis imaginaires à l'aide d'une épée en bois. La vérité est que je pleure l'homme qu'il n'a jamais été plutôt que l'homme qu'il est devenu.

Samul allait devoir reconsidérer son opinion au sujet du prince. Ce n'était ni un benêt ni un enfant gâté, comme il l'avait d'abord pensé. Son voyage dans les Eaux Stagnantes avait grandement contribué à le faire mûrir, pour le meilleur.

— Je... Je me surprends à pleurer la perte de mon père, dit Carl, les yeux rivés sur le manche de sa dague. Et je dois sans cesse me rappeler que les Renné le croyaient encore en vie lorsque nous sommes partis. Je prie pour qu'il le reste et pour que nous nous revoyions un jour.

— J'ai rencontré le seigneur A'denné à plusieurs reprises, dit le prince Michael. C'était un homme qui méritait le respect. J'espère que vous vous reverrez, afin qu'il puisse vous dire sa fierté pour tout ce que vous avez accompli.

— Je n'ai pas accompli grand-chose, répondit Carl.

Il leva les yeux vers le ciel, qui commençait à s'assombrir.

— Le crépuscule arrive enfin.

Comme s'ils l'avaient entendu, les corbeaux s'envolèrent, cacophonie ailée filant vers le sud.

— La chouette va bientôt partir en chasse, dit Carl. Ils sont malins d'être partis maintenant.

— Malins peut-être, mais sans gêne, dit le prince Michael à mi-voix. Nous devrions suivre leur exemple et nous mettre rapidement en route.

Jamm revint une demi-heure plus tard en secouant la tête.

— Il va faire trop sombre pour pouvoir voyager de nuit sans torches ni lanternes. Et nous ne pouvons prendre le risque d'en utiliser.

— Cela veut dire que nous devons passer une nuit supplémentaire ici ? demanda Samul sans réussir à dissimuler sa frustration.

— Il y a des endroits pires que celui-ci, Votre Grâce, répondit Jamm. Le seul problème que j'ai avec ce bois est que quelqu'un est venu ici récemment pour abattre des arbres. J'espère qu'ils ne reviendront pas avant que nous ne soyons partis depuis plusieurs jours.

Ils mangèrent le pain rassis et le fromage légèrement moisi qu'ils avaient retrouvés au fond d'une sacoche. Cela ne fit rien pour arranger l'atmosphère. Samul s'aperçut que son cycle de sommeil était complètement décalé et resta allongé après la nuit tombée, parfaitement éveillé, à écouter l'eau de pluie s'égoutter sans fin le long des branchages de la forêt. Un vent capricieux empêchait les arbres de dormir et, au loin, des éclairs déchiquetaient le ciel.

Samul s'était enfoncé dans un songe étrange de nourriture et de feu agréable lorsqu'une main sur son épaule le ramena à l'humide réalité. Il faisait nuit noire et il pleuvait à verse.

— Ils nous ont trouvés, chuchota Carl. Ils sont en train de monter sur la colline.

Au même instant, quelqu'un surgit au milieu du camp.

— Au moins une douzaine d'hommes avec des torches ! lança Jamm d'une voix rendue aiguë par la peur. Il faut descendre par la face nord, aussi vite que possible ! Il n'y a aucune couverture là-bas, juste des pâturages pour les moutons.

Il n'attendit pas que les autres reprennent leurs esprits mais se mit en route immédiatement. Samul lui emboîta le pas d'une démarche hésitante, encore mal réveillé.

Il n'y avait aucune lumière sous les arbres et ils avancèrent à l'aveuglette en tâtonnant et en agitant les bras. Les tibias de Samul heurtèrent violemment un gros rocher et il chuta. Les bois leur arrachèrent beaucoup de sang et de morceaux de peau cette nuit-là, mais ils finirent par en atteindre l'autre extrémité. Jamm s'immobilisa un instant, bien que les torches eussent à présent atteint la lisière du bois derrière eux. Le paysage était pratiquement impossible à distinguer. Les zones noires contrastaient à peine avec les zones pratiquement noires.

— Jamm, nous n'avons pas le temps, se plaignit le prince. Ils sont dans le bois.

— Ils pourraient bien ne pas représenter le seul danger, lança le petit voleur.

Les bruits de leurs poursuivants s'avançant dans les sous-bois parvinrent jusqu'à eux.

— Bon, dit Jamm. Restez baissés au plus près du sol. Il y a des talus devant nous. Ils mènent jusqu'à un petit chemin avec un portail au bout. Il serait facile de se perdre dans le noir. Lorsque vous atteindrez les talus, suivez-les jusqu'au bas de la colline. Nous nous retrouverons tous au portail.

L'herbe était humide de pluie sous leurs pieds. Samul fut le premier à perdre l'équilibre, suivi du prince Michael. C'est en tout cas ce qu'il pensa. Il était difficile d'en être sûr dans ces ténèbres.

Ils glissèrent et roulèrent à flanc de colline, s'éloignant de plus en plus les uns des autres. Le sol finit par se faire moins escarpé et Samul put se mettre à courir sans craindre de glisser, même s'il continuait de trébucher sur les branchages et les pierres qui émaillaient le chemin. Il jeta un unique coup d'œil en arrière pour voir les torches sortir du bois.

Au-devant du chemin, sur la droite de Samul, Jamm poussa un juron. Le talus apparut au milieu des ténèbres et il plongea vers les épais branchages d'un cèdre. Il réussit à s'en dégager et tourna sur la droite en avançant aussi vite que possible. Quelqu'un progressait à quelques pas seulement devant lui.

— Le portail, lança Carl.

— Où ça ? répondit la voix de Jamm au milieu de l'obscurité.

— Je crois que tu l'as passé, dit Carl. Il est ouvert.

— Il était fermé au crépuscule…

Une torche apparut à six mètres derrière eux, sortant d'un trou dans l'épais talus. Puis deux autres apparurent devant eux, éclairant l'étroit chemin. Ils étaient pris en tenaille. Samul entendit le son d'une épée tirée du fourreau, puis une autre. La troisième lame fut la sienne.

— Descendons le chemin, ordonna-t-il en prenant les rênes de la situation. Abattez d'abord les porteurs de torches.

Il savait que les talus de chaque côté seraient impossibles à traverser. Ces hommes n'étaient pas stupides. Il n'y avait que deux chemins possibles et dans les deux cas, ils étaient surpassés en nombre. Samul leva son épée en hurlant et se rua vers les formes sombres des hommes qui faisaient leur apparition à la lueur des torches. La pluie continuait de tomber, ce qui rendait la route traîtresse. Même le pommeau de son épée était glissant.

Ils ne disposaient que de quelques instants pour forcer le barrage des hommes devant eux avant d'être rattrapés par ceux qui arrivaient derrière. Sans quoi ils se retrouveraient piégés et crouleraient sous le nombre.

Le choc entre les deux groupes sur l'étroit chemin fut aussi furieux que bruyant. Samul fonça directement dans la direction du porteur de torche le plus proche mais deux hommes de son groupe s'interposèrent. Ils battirent en retraite face aux attaques de Samul, parant et esquivant en espérant le ralentir le temps que leurs alliés les rejoignent par-derrière. Le prince Michael et Carl rencontrèrent la même résistance chez les hommes qui leur faisaient face. Samul entendit des piétinements de bottes derrière lui.

— Si j'étais vous, je lâcherais ces lames, lança l'homme à la torche. À moins que vous ne préfériez mourir ic...

Il ne termina pas sa phrase. Une épée plantée entre les côtes le fit tomber en avant. Il s'affaissa sur l'un de ses compagnons, que Samul désarma avant de le transpercer de sa lame. Dans l'obscurité, une silhouette inconnue armée d'une épée mit les autres hommes en déroute. Plusieurs plongèrent au sol pour esquiver la lame tandis que Samul, Carl et Michael frappaient ceux qui tentaient de s'enfuir. Les torches tombèrent au sol et quelques secondes plus tard, ils se mirent à courir à toute vitesse le long du chemin plongé dans l'obscurité, leurs poursuivants sur les talons.

— Ici ! leur lança Jamm dans le noir.

Samul suivit Carl et Michael par-dessus un portail. Des chevaux se trouvaient derrière, gardés par un seul homme. En les voyant sauter par-dessus le portail, il lâcha sa torche et s'enfuit dans la nuit. Samul bondit sur un cheval et trancha les rênes des montures restantes, frappant au passage les naseaux de l'un des animaux. Un instant plus tard, ils galopaient au milieu d'un pâturage, la pluie leur dégoulinant dans les yeux.

Quelqu'un — Samul pensa que c'était Jamm — avait ramassé la torche et le Renné tenta de la garder dans son champ de vision, manquant d'entrer en collision avec Carl dans l'excitation de leur fuite. Un petit muret de pierre surgit devant eux et Samul faillit être jeté au bas de sa selle lorsque sa monture sauta l'obstacle au tout dernier moment. Jamm leur fit alors ralentir l'allure. La nécessité de rester en vue avait pris le pas sur la peur panique. Il ralentit jusqu'à un arrêt quasi complet. Sa torche s'agitait dans l'air au rythme du pas dansant de son cheval.

— Ils sont derrière nous ? Ils sont derrière nous ? lança le petit homme.

Tous tirèrent sur les rênes et tendirent l'oreille. La pluie continuait de tambouriner tout autour et ils entendirent des clameurs au loin.

— Je crois qu'ils nous ont perdus de vue, dit le prince.

Jamm lança sa torche au fond d'un ravin, où elle s'éteignit, les laissant dans le noir complet.

— Laissez partir les chevaux, dit Jamm.

Samul l'entendit qui mettait pied à terre.

— Mais ils vont nous rattraper ! protesta-t-il.

— Pas cette nuit, lui parvint la réponse de Jamm depuis les ténèbres.

Samul jura en entendant les autres suivre les consignes du petit homme. Il descendit de selle à contrecœur.

— Faites ce qu'il dit, chuchota Carl. Sans Jamm, vous serez pris en moins d'une demi-journée.

Samul entendit Jamm donner une claque sur la croupe de sa monture pour l'envoyer trotter au loin. Il finit par faire de même. Même à quelques pas des autres, il n'arrivait pas à les voir.

— Suivez-moi, dit Jamm, juste assez fort pour être entendu par dessus le bruit des chevaux qui s'enfuyaient.

— Mais où êtes-vous dans cette purée de poix ? demanda le prince.

— Suivez ma voix. C'est ça, murmura Jamm. Nous sommes tous là ? J'ouvrirai la marche. Mettez une main sur l'épaule de celui qui se trouve devant vous.

Ils se mirent en route, tel un groupe d'aveugles en file indienne. Au bout de trois pas, ils se retrouvèrent au fond d'un ravin. Samul entreprit d'escalader la paroi avant de réaliser que Jamm n'avait pas l'intention de ressortir. Ils reprirent leur progression avec de l'eau jusqu'aux genoux. Ils avançaient lentement, car à contre-courant, mais Samul réalisa qu'ils ne laisseraient aucune empreinte de bottes que l'on puisse suivre. Ils s'arrêtèrent par trois fois tandis que Carl et Jamm partaient dans le noir pour laisser de fausses pistes. Où menaient-elles ? Samul n'en avait aucune idée.

Par-dessus le bruit de la pluie, ils entendaient les cris des hommes à cheval, apercevaient même parfois la lueur de leurs torches. Ils accélérèrent l'allure, aiguillonnés par le désespoir, malgré les chutes sur le sol glissant et les objets dissimulés par l'obscurité sur lesquels ils trébuchaient. Des patrouilles passèrent juste à côté d'eux tandis qu'ils traversaient des champs à ciel ouvert et ils furent forcés de s'allonger à plat ventre, le visage plongé dans l'herbe et la terre humides.

Ils traversèrent la zone à la manière d'une meute de loups silencieux, circonspects et sauvages. Au carrefour de trois champs aux formes irrégulières, Jamm s'arrêta pour observer les alentours. Comment faisait-il pour y voir à plus de quelques pas ? Samul l'ignorait. Ils étaient couchés dans l'herbe haute et dégoulinante de pluie d'un verger. Des toiles d'araignées froides et humides engluaient les mains du gentilhomme et des lucioles dansaient dans l'air. Au loin, le bétail meuglait et les oiseaux de proie lançaient leur cri solitaire.

— Tu sens quelque chose ? murmura Carl à l'intention de Jamm.

Un petit vent portait jusqu'à eux une odeur infecte.

— Un animal mort, dit Jamm à voix basse.

Lorsque le voleur eut la certitude qu'ils pouvaient reprendre leur route, il escalada rapidement le muret derrière lequel s'étendait un champ d'avoine et s'enfonça au milieu des cultures. Samul le suivit en songeant qu'ils en ressortiraient sans doute aussi mouillés que s'ils avaient traversé un lac. Il trébucha immédiatement sur quelque chose de mou. Écartant l'avoine du bras, il lança un juron.

— Qu'est-ce que c'est ? interrogea Carl.

— Un homme. Mort.

Un autre cadavre était étendu à quelques pas de là. Dans le noir, il était difficile de voir comment ils avaient été tués mais il ne s'agissait à l'évidence pas d'un accident. Les deux hommes portaient des cottes de mailles et des surcots.

— Ces hommes servaient la maison d'Innes, affirma le prince Michael, accroupi auprès des corps. Nos armoiries sont brodées sur leurs épaules, il suffit de toucher le tissu pour en reconnaître le tracé.

Jamm fouilla rapidement les cadavres nauséabonds mais ne trouva ni bourses ni armes. Il reprit la tête du petit groupe, attentif à rester dans l'ombre à la lisière du champ. Un sentiment d'urgence renouvelé guidait désormais leurs pas.

CHAPITRE XXVI

La chose était accroupie en hauteur dans les branches d'un arbre. La créature ne projetait aucune ombre dans la lumière grise et diffuse, mais Tam put voir qu'elle possédait une ossature fine et anguleuse, presque humaine. Sa poitrine semblait mince et son cou fin, courbée qu'elle était à la manière d'un vieillard. Mais elle sauta lestement vers une autre branche et s'y agrippa d'une main avant d'atterrir sur la fourche d'un arbre. Sa longue queue s'enroula autour d'une branche, tel un cinquième membre.

Quelle que fût cette bête, elle fixait Alaan au travers des branchages dénués de feuilles. Ses yeux étaient larges et sombres, presque dissimulés par une courte fourrure d'un gris cendré.

— As-tu tenu parole ? siffla-t-elle. Alors ?

— Peux-tu tenir la tienne ? C'est la question que je me pose, répondit Alaan.

— Elle sera en colère, dit la créature d'une voix très basse, comme si elle craignait d'être entendue. Si elle l'apprend, elle me jettera un autre sort !

— Elle n'apprendra rien de nous.

Alaan sortit de sa poche une bourse de cuir suspendue à un cordon. Il leva le bras, le cordon enroulé entre ses doigts, et la petite bourse se mit à tournoyer avec lenteur.

La créature fixa solennellement Alaan pendant un

moment avant de descendre le long des branches, plus sinueuse et agile qu'un écureuil. Elle tendit prudemment la main vers la bourse, craignant presque de la toucher. C'est en tout cas l'impression qu'eut Tam. Juste au moment où la créature s'apprêtait à s'emparer de son butin, Alaan l'agrippa par le poignet et la tira brutalement au bas de l'arbre. La créature lui tomba dessus et referma ses bras minces autour du cou du voyageur. La chose montra les crocs et l'aurait mordu si Alaan ne s'était pas attendu à une telle attaque.

— Ne songe même pas à me mordre ! s'exclama-t-il en agrippant la gorge de la créature.

— Menteur ! siffla-t-elle. Menteur !

— Je veux juste être sûr d'obtenir ce que tu m'as promis, rétorqua Alaan. La potion est à toi, mais tu devras faire ce que je t'ai demandé.

Il déposa la bourse au creux de la main de la chose et referma les doigts osseux par-dessus.

— Et comment puis-je savoir que la potion fera ce que tu as promis ? demanda la créature d'un ton accusateur.

— Elle le fera. Tu as ma parole.

La créature cessa de se débattre et fixa le beau visage d'Alaan, tout près du sien.

— Je vous mettrai sur le bon chemin, concéda-t-elle.

Alaan laissa la créature s'accroupir sur la selle devant lui, car elle refusait de s'asseoir comme un homme, bien qu'elle fût capable de parler comme tel.

L'être désigna un endroit du doigt et Alaan talonna son cheval. Les autres suivaient en file indienne, rendus perplexes par cette nouvelle péripétie dans leur voyage.

— Quel genre de créature est-ce là ? demanda Fynnol à Cœur-de-corbeau dans un murmure.

— Un homme… ou en tout cas elle l'a été.

— Ce n'est pas un homme ! s'exclama Fynnol.

La créature se tourna vers lui et lui décocha un regard noir. Fynnol se tut. Quoi que cette chose puisse être, songea Tam, elle avait l'ouïe fine.

Ils voyagèrent à travers un bois clairsemé. Les arbres brisés et nus évoquaient quelques créatures brûlées jusqu'à n'être plus que des coquilles vides, leurs bras levés vers le ciel, leurs doigts minces griffant l'air au cours d'une lente agonie. Le sol lui-même était composé de rochers et de sable, même s'il restait encore un peu de terre plus sombre autour des racines exposées des arbres.

De temps à autre, la créature désignait une direction et ils modifiaient leur trajectoire pour suivre ses indications. Tam n'aurait pourtant pas su dire comment l'être trouvait son chemin au milieu de ce paysage uniforme. Le jeune homme avait tiré sa cape vers lui pour se protéger de la froideur du vent et se penchait sur sa selle pour offrir une cible moins facile. Des bourrasques agitaient la crinière de sa monture et lui projetaient du sable dans les yeux.

Les chevaux étaient tendus, leurs yeux écarquillés. Sans les bons soins de Cœur-de-corbeau, ils se seraient sûrement emballés, à l'exception de Bris, le cheval d'Alaan, que rien ne semblait pouvoir effrayer.

Après plusieurs heures de chevauchée à travers ce territoire désolé, ils finirent par atteindre une colline de roche fendue. Un petit ruisseau d'eau sombre s'écoulait d'une ouverture dans le rocher. La créature sauta au bas du cheval d'Alaan et se mit à genoux pour apaiser sa soif au murmure du ruisseau — comme s'il se nourrissait des mots prononcés par ces terres abandonnées.

— Buvez. Elle est bonne, dit-elle en s'essuyant la bouche de son maigre poignet.

Personne ne fit mine de mettre pied à terre mais Alaan laissa son cheval boire un peu. Tam songea que tous préféreraient être assoiffés plutôt que de boire une telle eau. Mais il faut dire que leurs gourdes n'étaient pas encore vides.

L'être dévorait des yeux la bourse au creux de sa main, dont le cordon était emmêlé entre ses doigts quasi humains. Puis elle se redressa.

— Qu'y a-t-il dedans ? demanda-t-elle en levant la bourse à hauteur d'yeux.

— Le bréchet réduit en poudre d'une grive sorcière, entre autres choses.

Les yeux de la créature s'élargirent.

— Tu as tué une grive sorcière ?

— Même moi, je ne suis pas assez stupide pour faire cela. Un faucon l'a tuée. J'ai simplement attendu qu'il ait fini de nettoyer les os. Mets-la autour de ton cou.

La créature hésita, les yeux fixés sur le petit sac. L'expression de son visage était indéchiffrable. Fermant les yeux, elle souleva le cordon au-dessus de sa tête et laissa la bourse reposer contre la fourrure grise de sa poitrine. Sa posture changea. Elle se redressa dans une attitude quasi humaine et ses yeux sombres s'ouvrirent pour examiner ses mains.

— Cela ne fait rien !

— Sois patient, l'avertit Alaan. Un sortilège comme le tien ne peut être brisé en un instant. Cela prendra plusieurs jours, peut-être une quinzaine, mais tu seras de nouveau toi-même, Waath. Tu as ma parole.

La créature referma les doigts autour de la bourse, comme si elle tentait d'en percevoir la magie. Puis elle indiqua du doigt le petit cours d'eau.

— Suivez-le, siffla-t-elle. Le ruisseau vous guidera là où vous voulez aller. Mais faites attention à ce que vous direz. Elle sera très en colère contre moi. Très en colère.

Son regard se posa un instant sur la bourse avant de revenir vers les hommes.

— Bonne chance à toi, Alaan, dit-elle. Reviens me voir lorsque je serai redevenu moi-même. Tu verras… j'étais un homme digne autrefois…

Il tenta de sourire — une horrible grimace distordue.

— Peut-être le ferai-je un jour, Waath.

Alaan hocha la tête vers la créature, après quoi ils se mirent en route en suivant le tracé sinueux du petit cours d'eau.

Tam jeta un regard en arrière et vit la créature, les yeux baissés vers la petite mare qui se formait sous la source. Il tenait la bourse serrée dans une main et son attitude était si pleine d'espoir et si pathétique que Tam ne put que détourner le regard.

Ils chevauchèrent pendant plusieurs heures. Le jeune homme du Val n'aurait pas su dire combien car la lumière semblait ne jamais changer dans cet endroit, quelle que soit l'heure du jour ou de la nuit. Au bout d'un moment, ils perçurent un son similaire à celui du vent ou de l'eau. Finalement, ils décidèrent qu'il s'agissait d'eau, d'eau courante. Un courant de bonne taille, estima Tam.

Mais avant de l'atteindre, ils tombèrent sur un étang. L'étendue d'eau était trop large pour qu'on puisse jeter une pierre de l'autre côté — mais de peu. Un écran d'arbres sinistres, certains abattus ou fendus, s'élevait tout autour. De-ci de-là, Tam aperçut quelques plantes rabougries d'un vert grisâtre : une fougère désespérée, un lis, quelques touffes d'herbes.

— Savez-vous où nous sommes, Alaan ? demanda Cynddl.

Il regardait autour de lui en frissonnant. Pour toute réponse, Alaan leva le bras et désigna un point au loin. De l'autre côté de la mare, quelque chose se déplaçait. Un cygne, réalisa Tam, un cygne noir. Il distinguait la courbe gracieuse de son cou, les ailes levées vers le ciel.

Alaan descendit silencieusement de selle et confia les rênes à Cœur-de-corbeau. Comme les autres mettaient pied à terre, il leur fit signe de rester en arrière. Lui-même n'avança que de quelques pas. Il s'accroupit, le regard braqué vers l'autre rive, par-delà l'eau sombre et lisse.

Le cygne disparut derrière le tronc noir d'un arbre, puis réapparut, se découpant à peine sur fond d'eau noire et de berge calcinée.

Alaan ne bougeait pas. Il attendait, à la manière d'un

chat traquant sa proie. Le cygne finit par faire le tour de la mare et lorsqu'il s'approcha de l'endroit où Alaan l'attendait, le voyageur prit la parole :

— Bonjour grand-mère, dit-il à mi-voix.

Le cygne s'arrêta, puis fila se dissimuler derrière un rocher de haute taille. Alaan ne fit pas un geste pour le poursuivre. Il continua d'attendre. Après un long moment, une ombre apparut au bord de l'eau, à moitié dissimulée par un arbre. Une ombre humaine. Une jeune femme d'après sa forme et ses mouvements.

— Tu es un enfant de Wyrr ?

— Sainth, ou en tout cas je l'ai été, répondit Alaan. Avant de dormir pendant un âge tout entier au sein de la rivière.

Elle le jaugea du regard.

— Ce que tu as fait est malsain. On ne doit pas prendre une autre…

— On m'y a forcé… ou plutôt on l'y a forcé, car Sainth n'est plus qu'une partie de moi à présent.

La femme fit un pas vers lui et Tam fut en mesure de mieux la voir. Ses cheveux noirs et épais lui descendaient jusqu'à la taille et son visage aurait pu réchauffer le cœur de la Mort elle-même.

— Pourquoi es-tu ici ?

— Pourquoi es-*tu* ici, pourrais-je demander, rétorqua Alaan. Personne n'est jamais revenu après être entré dans le Royaume de la Mort. Ton attente ici est vaine.

Elle alla se placer derrière un mince tronc d'arbre qui la dissimulait à moitié. Tam vit Cynddl s'avancer légèrement, le visage alerte.

— Je suis venu chercher mon père, dit Alaan.

— Wyrr dort dans la rivière, comme tu dois le savoir.

Elle disparut derrière un arbre plus massif.

Alaan se releva.

— Caibre va créer un dévoreur d'âmes à la demande de la Mort. Il cherche Wyrr et je crains qu'il ne sache où celui-ci repose.

Un cygne apparut, pataugeant le long de la rive, ses pieds palmés agitant l'eau derrière lui. Il passa derrière un rocher. De l'autre côté émergea une ombre qui glissa gracieusement sur la terre aride.

— Tu me troubles, fils de Wyrr, murmura-t-elle. (Sa voix était claire et musicale.) Sais-tu ce qui se trouve au-delà de la rivière ? Un endroit dénué de toute chaleur humaine. Cet endroit crépusculaire est verdoyant comparé au Royaume de la Mort. Et pourtant, autrefois, ce n'était qu'un homme... si l'on peut dire qu'un sorcier n'était qu'un homme. On l'appelait alors Mea'chi et l'ami de son cœur était Tusival. Tous deux étaient fascinés par les arts ésotériques et apprirent beaucoup. Ils posèrent les fondations de ces arts, telles qu'on les a mises en forme des années plus tard. Mais Tusival était plein de vie, au point qu'elles jaillissaient presque hors de lui. Jamais tu n'as rencontré d'homme si vibrant, si totalement vivant. Mea'chi, lui, souffrait de la vie. Chaque chose, bonne ou mauvaise, laissait une marque en lui et il se retira dans un monde de sa création. D'abord une chambre en haut d'une tour, un endroit sombre et sans vie, puis le château tout entier. Bientôt les terres alentour commencèrent à mourir, les arbres à dépérir, les champs à ne plus rien produire. La douleur et la peur de Mea'chi étaient comme un sortilège se diffusant vers l'extérieur, tuant tout ce qui ne pouvait pas courir et chassant toute vie au loin. Tusival tenta de ramener son ami, de le ramener à la vie. Mais il n'y parvint pas. Au final, Tusival fut forcé d'emmurer Mea'chi dans son royaume, où il se repaît de l'âme des mourants, aspirant le dernier souffle de vie de ceux qui passent ses portes.

Elle se détourna et pointa le doigt dans la direction des clapotis de la rivière.

— C'est là-bas qu'il emporta ma fille, juste une enfant, brisant tous les pactes qu'il avait jamais conclus. Et puis il créa cette... *chose*, ce monstre.

Elle sembla soudain se flétrir, se laissant tomber en position accroupie, une main recouvrant son magnifique visage.

— Et il a emporté mon Tusival… dans cet endroit sans vie. Tusival, sur lequel le temps n'avait nulle emprise.

Elle se mit à sangloter doucement.

— Et à présent, il va emporter Wyrr, puis il finira par trouver Aillyn, dit Alaan à voix basse. C'est son plan. Et le frère de Sainth, Caibre, va créer ce monstre pour lui.

Elle continuait à pleurer sans paraître l'avoir entendu, ou sans se soucier de ses paroles.

— Mea'chi tient l'un de tes enfants, insista Alaan. Vas-tu le laisser emporter les autres ? Les enfants dont Tusival avait juré que la Mort ne les prendrait jamais ?

Elle se releva pour se glisser dans une zone d'ombre. Le cygne revint, pataugeant lentement sur la surface noire de l'étang en s'éloignant d'eux.

— Meer, appela Alaan, ne viendras-tu pas à mon aide ?

Le cygne hésita et tourna son cou élégant pour regarder l'homme debout sur la rive. Il dériva quelques instants, poussé par le vent, tournant sur lui-même avant de revenir vers la berge et de disparaître derrière un arbre.

Tam s'attendit à voir réapparaître la belle jeune femme mais on n'entendit que sa voix.

— Le lieu où repose Wyrr se trouve sur une branche de la rivière. Une île où l'on dit que Pora attendit son amant qui jamais ne revint.

— Je connais cet endroit ! s'exclama Alaan. Mais où se trouve-t-il sur l'île ?

— Cherche le Miroir de la Lune, dit la voix.

La femme, Meer, apparut de nouveau et s'approcha d'Alaan.

— Il y a un joyau, poursuivit-elle, une gemme verte, qui a un jour appartenu à Tusival. Elle est revenue à Wyrr, puis à Aillyn, avant d'être perdue. Je la cherche.

— Pourquoi ?

— Parce qu'elle appartenait à mon amour et qu'elle représenterait un danger si elle tombait entre les mains d'un mortel.

— Il ne fait pas de doute que tout sortilège placé sur ce joyau aura disparu à présent.

Elle secoua son beau visage et fixa intensément Alaan.

— Pas ces sortilèges-là.

— Je ne sais rien à ce sujet, répondit Alaan en baissant les yeux.

Elle l'examina pendant quelques instants encore. Son expression était fiévreuse et troublante. Tendant la main, elle toucha son visage et pressa sa joue contre la sienne. Ils restèrent debout ainsi un moment, puis elle se détourna et se mêla aux ombres. Le cygne apparut à la surface de l'eau et s'éloigna en nageant sans jeter un regard en arrière. Il finit par se perdre dans l'obscurité de la rive opposée.

Ils attendirent longuement mais le cygne ne se montra plus. Finalement, Alaan se détourna de l'étang.

— Voilà, Cynddl... lança-t-il. Tu as trouvé de nombreux récits des temps anciens, mais tu n'avais jamais eu l'occasion de rencontrer l'une des figures légendaires de cette époque.

— Je vous ai rencontré, vous, répondit Cynddl.

— Je ne suis qu'un enfant comparé à Meer. Ou plutôt, Sainth n'est qu'un enfant.

Son regard se voila un instant et il hésita, comme s'il se sentait soudain perdu.

— Où est cet endroit dont elle a parlé ? demanda Cynddl.

Alaan eut un hochement de tête à peine perceptible.

— Sur la rivière secrète. Rares sont ceux à s'y être rendus. Sainth y est passé il y a très longtemps. C'est un endroit rendu célèbre par une histoire ancienne. On l'appelle l'île de la Déception ou l'île de l'Attente. On raconte qu'un fantôme s'y trouve, bien que Sainth ne l'ait pas rencontré.

— Mais...

Cynddl désignait la mare sans trouver les mots.

Alaan se tourna vers le quêteur d'histoires et hocha la tête.

— Oui, dit-il, elle est restée ici depuis tout ce temps. Une belle histoire de chagrin pour toi. Ou de folie.

Alaan reprit les rênes de sa monture à Cœur-decorbeau.

— Nous avons voyagé jusqu'ici... venez contempler la rivière finale. Sur l'autre rive se trouve le Royaume de la Mort. Les Portes ne sont pas loin, au-dessus des marches d'un antique quai. Mais vous ne vous y rendrez pas aujourd'hui.

Alaan ne remonta pas en selle mais conduisit son cheval à travers le bois crépusculaire. Ils parcoururent une courte distance pour atteindre la rivière murmurante qui s'écoulait, tel un flot d'encre grise, au milieu du paysage maudit. La rive opposée se perdait dans l'ombre. En plissant les yeux, Tam avait l'impression de pouvoir distinguer d'autres arbres dénudés et peut-être une falaise, il n'en était pas sûr.

— Existe-t-il au monde un endroit plus oppressant que celui-ci ? interrogea Fynnol à voix haute.

— J'ai toujours pensé que je ne verrais ces lieux qu'une seule fois, dit Cynddl avec une expression lointaine.

— On l'appelait Innithal, dans les temps anciens, expliqua Alaan. La rivière de larmes, ou peut-être la rivière du chagrin. Mais aujourd'hui, les hommes ne lui donnent pas de nom, s'ils croient même en son existence. Assurez-vous que vos cendres seront répandues sur la Wynnd avant que votre corps ne soit froid. Alors vous suivrez les vagabonds noirs, le peuple de Cynddl, jusqu'à la mer nourricière. Mieux vaut voguer dans la crête des vagues sous le soleil que de plonger dans les ténèbres.

Il se détourna et les autres les suivirent, plusieurs d'entre eux jetant un regard en arrière. Tam réalisa alors que Fynnol était toujours debout à contempler la rivière.

— Fynnol..., chuchota Tam, sortant son cousin de sa rêverie.

Le petit homme du Val se détourna.

— Viens, lui dit Tam. Éloignons-nous de cet endroit.

Ils remontèrent en selle et suivirent Alaan tandis qu'un vent sans force faisait plisser leurs vêtements.

CHAPITRE XXVII

C'est à l'aube qu'ils atteignirent la ville de Weybridge. Jamm les dissimula dans un petit bois non loin du manoir du cousin du prince Michael.

— Vous ne voudrez pas vous y présenter de jour, Votre Grâce, dit Jamm tandis qu'ils s'accroupissaient derrière un taillis.

— La faim me donne l'envie de prendre ce risque, répondit le prince dont le regard dérivait en direction du manoir.

— Je crois que Jamm a raison, intervint Carl.

Il s'était laissé tomber dos à un arbre. L'image même du noble épuisé à la mise ruinée, songea Samul.

— On ne peut faire confiance aux serviteurs ou aux métayers qui travaillent sur leurs terres. Mieux vaut souffrir de la faim pendant quelques heures encore plutôt que de nous retrouver livrés à Menwyn Wills.

— Je suis sûr que vous avez raison. Mais si je ne mange pas un véritable repas très bientôt, ou même plusieurs repas, je vais devenir de plus en plus déraisonnable.

Le soleil estival vint flotter dans le ciel, apportant avec lui une journée chaude et sans vent. Le bois n'était pas très agréable, mais au moins étaient-ils à l'ombre. Durant toute la journée, ils purent observer les allées et venues des habitants de la propriété. Les laitiers et leurs chiens emmenaient les troupeaux aux pâturages après la traite et, non loin de là, des hommes et des femmes récoltaient du foin à coups de faux sous un soleil de plomb. Les jupes aux couleurs vives des femmes et des filles étaient visibles de loin, même si leurs visages étaient dissimulés par des couvre-chefs en paille. Le foin taillé le jour précédent était rassemblé et chargé à la fourche dans les chariots qui partaient ensuite lentement en direction des granges et des étables.

Samul se prit à envier ces gens dont l'existence semblait si simple, dénuée de la nécessité de prendre des décisions importantes.

La journée progressa lentement. Ils étaient tous affamés. À plusieurs reprises, les crampes d'estomac de Samul se firent si violentes qu'il se plia en deux de douleur. Le coucher du soleil lui fit l'effet d'un moment de joie et il sourit presque lorsqu'il vit apparaître les premières étoiles.

— Je me suis demandé toute la journée, dit-il, qui accompagnerait le prince Michael. Y allons-nous tous ensemble ?

— Je n'y vais pas, s'empressa de prévenir Jamm.

— Alors, nous irons tous les trois? demanda le prince.

Carl A'denné secoua la tête dans la pénombre.

— Vous connaît-on dans cette maison? Les serviteurs vous reconnaîtront-ils ?

— Sans doute, oui.

— Alors ce que vous faites est risqué.

Le prince réfléchit à la situation. Il brossait son manteau pour essayer en vain de lui redonner une apparence présentable.

— J'aimerais que le seigneur Samul soit avec moi. Après tout, je vais prétendre avoir conclu un accord avec les Renné. Être accompagné par un membre de leur famille sera forcément utile.

— Sauf si, bien sûr, ils sont informés de mon passé récent, fit remarquer Samul.

— En effet, dit le prince. Vous êtes supposé avoir perdu la tête… (Il réfléchit quelques instants.) Mais je pourrais vous présenter comme un autre Renné, n'est-ce pas ? Vous semblez nombreux.

— Archer. Je serai mon cousin Archer. Nous nous ressemblons beaucoup et rares sont ceux qui le connaissent. Il est plutôt discret et n'a pas participé à un tournoi depuis qu'il a subi une grave blessure du dos il y a plusieurs années.

— Vous serez donc le seigneur Archer.

Les deux nobles descendirent à flanc de colline en direction du manoir. La perspective d'un repas, voire d'un bain, semblait leur avoir redonné courage. Tandis qu'ils quittaient leurs compagnons, Jamm leur lança une dernière recommandation :

— Ne dites rien à notre sujet !

Ce fut un laquais qui leur ouvrit la porte. Eu égard aux circonstances, l'homme portait une épée au côté.

— Messire ? dit-il en examinant Michael à la lumière de la porte entrebâillée.

— Pourriez-vous avertir dame Francesca que son cousin est ici ?

— Veuillez m'excuser, messire, mais puis-je lui dire de quel cousin il s'agit ?

— Je préférerais lui en faire la surprise, si cela ne vous dérange pas.

— Comme vous voudrez, messire. Veuillez m'excuser.

— Bon, il ne vous a pas reconnu, dit Samul, sans quoi il ne vous aurait pas laissé debout dehors dans le noir.

— Espérons que nous aurons plus de chance avec Franny.

— Quand l'avez-vous vue pour la dernière fois ?

— Oh, il y a moins d'un an. Nous nous sommes toujours bien entendus, elle et moi.

Un bruit à l'intérieur les fit taire. La porte s'ouvrit et un œil clairement féminin les examina dans l'ouverture.

— Franny ? C'est Michael.

L'œil s'élargit.

— Michael !

Une chaîne fut tirée et la porte s'ouvrit en grand, les inondant de lumière. Une ravissante jeune femme passa les bras autour du cou de Michael comme s'il s'agissait de son fils depuis longtemps disparu.

— Nous te croyions mort ! s'exclama-t-elle d'une voix qui trahissait son émotion.

— Presque, dit-il, et plusieurs fois. Mais j'ai survécu.

Elle s'écarta et toute joie avait quitté son visage.

— Ton père...

— Je sais.

— Qui est-ce ? demanda une voix masculine depuis la pièce attenante.

— Regardez, Henri ! dit Franny. Regardez qui est revenu d'outre-tombe !

— La rivière nous garde ! s'exclama l'homme en découvrant Michael. Michael ! Ça alors ! Entrez. Entrez immédiatement !

On apporta de la nourriture aux deux vagabonds et on leur promit un bain. Samul Renné tenta de se contrôler, mais il craignit rapidement de s'être comporté comme un soldat affamé plutôt qu'en véritable gentilhomme. Henri A'tanelle faisait les cent pas à travers la cuisine où Samul et le prince Michael étaient assis, tandis que Franny s'activait pour remplir leurs assiettes.

— Il a d'abord conclu une alliance secrète avec les alliés et les officiers supérieurs de votre père, expliquait Henri. Ainsi, les gardes d'Hafydd ont été soit tués soit chassés. Menwyn a ensuite organisé un coup en déclassant le conseil gouvernant qu'il avait lui-même créé. Il n'y a personne pour s'opposer à lui, maintenant. Tous ont juré allégeance aux Wills, à Menwyn Wills, je veux dire. Tous ceux qui étaient suspectés d'apporter un quelconque crédit aux dires du seigneur Carral Wills ont été éliminés... brutalement.

— Et que fera-t-il quand Eremon reviendra, je me le demande ?! lança le prince Michael entre deux bouchées.

Il s'arrêta un instant pour terminer son verre de vin, que sa cousine s'empressa de remplir à nouveau.

Henri marqua un temps d'arrêt, le coude appuyé sur le manteau de la cheminée. Il fixa les flammes pendant un moment, l'image même d'un homme troublé.

— Menwyn n'aura d'autre choix que de se battre... et il aura une vaste armée avec lui... contre Eremon et une poignée de ses gardes.

— Le nombre n'y changera rien, intervint Samul. Hafydd rem portera n'importe quelle bataille contre Menwyn et ses armées. Si Eremon revient, Menwyn et ceux qui le soutiennent mourront.

Henri et Franny échangèrent un regard. Ils avaient peur. De quoi, Samul n'en était pas sûr.

— Les Wills exigent la plus grosse part de nos récoltes et nous n'avons guère d'espoir d'être payés, dit Franny en remplissant également le verre de Samul.

C'était une femme vraiment ravissante, songea Samul, dotée d'une chaleur et d'une simplicité qui n'avaient rien en commun avec les damoiselles gâtées du château Renné.

— Si Menwyn Wills s'est rendu aussi impopulaire, cela devrait nous faciliter la tâche, fit remarquer le prince Michael avec une évidente satisfaction.

— C'est ce que l'on pourrait penser. Mais la vérité est que tous ceux sur lesquels vous auriez pu compter dans une telle situation sont soit morts, soit emprisonnés, soit ralliés à Menwyn Wills.

Henri continuait de fixer le feu en secouant la tête.

— Il n'y a pas beaucoup d'individus à qui nous pourrions nous adresser en secret... et n'importe lequel d'entre eux pourrait nous dénoncer aux Wills. Menwyn a distribué des portions des terres de votre père — de vos terres — à ses sympathisants. Et il promet des parts plus grandes encore de terres Renné.

Henri se détourna du feu et gratifia le prince d'un sourire pincé.

— Mais nous verrons. Il n'y a aucun doute dans notre esprit quant à celui à qui revient notre loyauté, dit-il.

Il jeta un regard à sa femme, laquelle hocha fermement la tête.

— Je dresserai cette nuit une liste des hommes dont je pense qu'ils restent loyaux envers la maison d'Innes, ainsi que de ceux qui penseront pouvoir profiter de la chute de Menwyn. Nous l'examinerons ensemble au matin. Mais vous, cousin, et vous, seigneur Archer, devez vous reposer cette nuit. Des bains et des chambres ont été préparés. Je vous verrai au matin.

CHAPITRE XXVIII

Tous les gardes d'Hafydd n'avaient pas pu tenir sur le bateau qui emportait déjà Hafydd lui-même, Beldor Renné, Kai le cartographe et son serviteur. Le seigneur A'denné étudiait attentivement l'infirme. S'il possédait un allié en ces lieux, c'était Kai — celui qu'Hafydd appelait « Kilydd ».

Depuis qu'ils étaient montés à bord du navire pour se lancer sur cette rivière inconnue, il avait senti monter la tension entre le cul-de-jatte et Hafydd. Il y avait une histoire entre les deux hommes, songeait le seigneur A'denné, une histoire très ancienne, à en croire ce qu'il avait entendu dire.

Il regarda autour de lui. La rivière s'étendait, large et lisse, sous un ciel de plomb. La forêt, autour d'eux, semblait vierge de toute présence humaine. Le rideau de végétation dense et verdoyante n'était guère interrompu que par quelques clairières par-ci par-là. Si des hommes avaient vécu ici, cela ne pouvait être que fort longtemps auparavant.

Kai se déplaça sur le banc de nage. Les coussins Fáel qui garnissaient auparavant sa brouette étaient à présent humides et sales, leur magnifique tissu ruiné par les éléments.

— Vous reconnaissez cet endroit ? demanda le seigneur A'denné.

Kai secoua la tête. Des gouttes de pluie s'écoulaient le long de son visage rond et rose.

— Je suis venu ici il y a très longtemps, en compagnie de Sainth. Plusieurs générations d'arbres s'en sont allées depuis, des talus et des berges sont tombés en ruines. Même la rivière a pu modifier son cours depuis tant de siècles. Mais il s'agit bien du bon chemin.

Le seigneur A'denné jeta un œil en direction d'Hafydd, assis à la poupe près du timonier, si l'on pouvait ainsi qualifier le garde vêtu de noir qui empoignait la barre d'un air inquiet. Personne ne parlait beaucoup en présence du chevalier, mais son esprit semblait être ailleurs et A'denné refusait d'être traité comme un serviteur de plus pour Hafydd. Il ressentait la même peur que tous les autres face à cet homme, mais qu'il soit maudit s'il le laissait paraître !

— Où allons-nous ? murmura le gentilhomme.

Kai lui décocha une œillade puis regarda ailleurs, avec l'air d'un gamin faisant l'école buissonnière.

— Une île. Une source ancienne et sacrée s'y trouve. Hafydd cherche l'endroit où repose son... le père de Caibre, le grand sorcier Wyrr. Il a prévu de le livrer à la Mort.

Le seigneur A'denné secoua la tête.

— J'ai l'impression d'être tombé dans un cauchemar. *La Mort ?* N'est-ce pas une créature de fable ? Une invention de baladin ?

Kai ferma les yeux et, l'espace d'un instant, un mince sourire apparut sur ses lèvres.

— J'aimerais que ce soit le cas. La créature que nous appelons la Mort était autrefois un sorcier, comme Wyrr... ou peut-être plus proche encore de son père, Tusival. Mais son esprit emprunta des voies malsaines et, il y a de cela un âge, il se transforma en la créature que nous appelons la Mort. Aussi réelle que vous et moi.

A'denné sentit un frisson remonter le long de son dos

jusqu'à ses bras et ses mains furent secouées d'un tremblement incontrôlé.

— Pourquoi m'a-t-il fait venir ici ? demanda-t-il d'une voix qui trahissait le désespoir.

Une averse violente s'abattit sur la rivière à ce moment-là. Le son évoquait celui de la grêle sur du gravier. L'homme sans jambes se tourna vers lui et le regarda, son visage luisant de pluie.

— Hafydd n'emporte pas ses ennemis avec lui dans l'espoir de les convertir à sa cause, c'est certain. Vous allez être sacrifié, seigneur A'denné. Voilà ce que je crois. Beldor Renné sait quelque chose à ce sujet et il n'est pas assez malin pour garder ces informations par-devers lui. Vous pourriez apprendre quelque chose en ayant une conversation ou deux avec ce Renné...

— A'denné !

C'était Hafydd, qui lui jetait un regard glacial par-dessus l'épaule des rameurs.

— C'est votre tour de ramer.

Le gentilhomme s'avança vers l'arrière, enjambant avec hésitation les bagages posés au sol, les deux mains sur les plats-bords détrempés. La pluie lui coulait sur le dos et s'insinuait sous le col de son manteau. Il prit la rame que lui tendait l'un des gardes et se laissa tomber sur le siège. Il engagea la rame entre les tolets et n'hésita qu'une seconde avant de se caler sur les rythmes des autres rameurs, plongeant la lame de bois dans l'eau battue par la pluie. Le bois luisant lui glissait entre les doigts et il s'y agrippa plus fort. Ses mains étaient froides et raides après des heures d'inactivité. Il jeta un regard vers la rive. Les branches des arbres semblaient s'affaisser sous le poids de l'averse.

Vous allez être sacrifié. Les mots résonnaient dans son esprit. *Sacrifié !*

Hafydd restait assis, l'air sinistre, son regard sombre fixé sur la berge. Le seigneur A'denné se demanda s'il était possible de tuer ce chevalier. Il était certain que les gardes abattraient immédiatement tout homme qui y parviendrait, mais et après ? A'denné savait que de toute façon sa vie était perdue. S'il devait être sacrifié, il pouvait au moins choisir la cause pour laquelle il le serait. La difficulté était de réussir son coup. Hafydd était vigilant et possédait des pouvoirs dont personne ne savait rien. Personne, sauf Kai… Kai en savait plus que ce qu'il voulait bien dire, il en était persuadé.

Sacrifié !

Hafydd se leva et tira son épée du fourreau. Le seigneur A'denné faillit perdre le rythme imprimé par les autres rameurs. Ses yeux étaient fixés sur la lame. Mais Hafydd se rassit et planta la lame fuligineuse dans la rivière. Il demeura assis un moment, les yeux fermés, en pleine concentration. Puis il lança une imprécation d'une telle violence que tous les occupants du navire furent soudain submergés par la peur.

Personne ne pouvait clairement voir ce que faisait Hafydd. Le chevalier était pratiquement dissimulé par les arbres et les buissons. Et même s'il ne faisait pas encore nuit, les nuages épais et les ombres qui s'étendaient dans le bois ne livraient passage qu'à une infime quantité de lumière. Il était en train d'accomplir un rituel ésotérique impliquant le feu, car on pouvait le voir évoluer autour d'un brasier. À un moment, il l'avait même traversé ! Il semblait ne pas en avoir souffert, car le rituel avait continué.

Plusieurs heures plus tard, il revint au camp d'un pas chancelant. Ses gardes s'élancèrent vers lui pour le soutenir. Ils l'appuyèrent contre un tronc, où il s'affaissa, la tête entre les genoux.

Le seigneur A'denné réalisa à ce moment qu'il tenait sa chance. L'attention générale était focalisée sur Hafydd, même celle des hommes qui prétendaient être occupés à leurs tâches habituelles. Il s'approcha en hâte du feu et versa une louche de bouillon épais dans un bol. Personne ne lui prêta la moindre attention et A'denné posa le bol par terre un instant, agitant les mains comme si le récipient était trop chaud. Il ramassa un morceau de tissu au sol et s'en servit pour porter le bol. Il espérait que personne n'avait remarqué que ce morceau de tissu recouvrait un couteau de cuisine aiguisé.

A'denné avait du mal à respirer et fut obligé de se concentrer pour empêcher ses mains de trembler.

Tu es mort de toute façon, se répétait-il. *Quelle meilleure façon de mourir qu'en tuant ce sorcier ?*

Il avait l'impression d'avoir été en partie tiré hors de son corps… Il faisait bouger ses membres tout en étant quelqu'un d'autre, s'observant de l'extérieur. Sa vision se réduisit au point de ne plus voir qu'Hafydd, affaissé sur lui-même à la manière d'un homme terriblement épuisé. Sa tête était penchée et son visage invisible. On ne distinguait que l'ovale de ses cheveux gris. A'denné savait qu'il devrait enfoncer le poignard dans la gorge d'Hafydd, à l'endroit où couraient les veines les plus importantes. Rien d'autre ne réussirait. Une seule tentative ; c'était tout ce à quoi il aurait droit. Il se força à respirer et tenta de concentrer sa volonté comme il l'avait si souvent fait lors des tournois. Ce serait comme une joute : une unique opportunité, sans droit à l'erreur.

Les gardes le dévisagèrent lorsqu'ils le virent approcher puis, avisant le bol qu'il tenait à la main, le laissèrent passer.

— Sir Eremon ? dit-il à voix basse en se baissant pour lui offrir la soupe.

Hafydd releva la tête, les yeux dans le vague, visiblement dans un état de confusion. Mais il leva les mains pour accepter le bol. À la seconde où Hafydd toucha le bol, A'denné projeta la pointe de sa lame vers la gorge exposée.

Il sentit sa main s'arrêter, bloquée dans une prise aussi

dure que la pierre. Hafydd leva les yeux vers lui, le regard désormais vif. Dans une main il tenait le ragoût, dont pas une goutte n'avait été renversée, de l'autre il agrippait le poignet d'A'denné. Le noble lâcha involontairement le poignard.

— Vous vous êtes exprimé trop respectueusement, A'denné, dit le chevalier. Vous vous êtes trahi.

Hafydd secoua la tête. Une expression de dégoût, peut-être même de déception, passa sur son visage.

A'denné fut tiré en arrière par deux gardes. Hafydd se saisit de la cuillère dans le bol et se mit à manger son ragoût, comme s'il ne s'était rien passé de particulier. A'denné pensa qu'on allait le mettre à mort sur-le-champ. Au lieu de quoi il fut jeté sans ménagement sur sa couche. Ils le laissèrent là, comme si la menace qu'il représentait était si infime qu'ils n'avaient pas plus de précautions à prendre.

Il contempla un moment le petit groupe qui entourait Hafydd, avant de réaliser que quelqu'un l'observait. Il se tourna pour découvrir le regard imperturbable de Kai posé sur lui.

— Pourquoi n'êtes-vous pas venu me parler ? demanda le cul-de-jatte à voix basse. C'était votre unique chance et vous l'avez gâchée !

Pendant une journée entière, Hafydd resta assis à la poupe, le dos voûté comme s'il était trop mal en point pour se soucier de savoir où ils allaient ou pourquoi ils s'y rendaient. Il relevait rarement la tête et lorsqu'il le faisait, son regard se perdait dans le vague et son teint dévoilait une couleur grise et malsaine. Sa tête retombait rapidement et il donnait l'impression de s'endormir par à-coups. Ses gardes veillaient sur lui comme autant d'infirmières, une expression inquiète sur le visage.

A'denné était assis à la proue avec Kai et son serviteur, Ufrra. Une idée lui vint brusquement. Il tourna la tête afin que personne ne puisse voir bouger ses lèvres et se pencha vers Kai, en parlant aussi bas que possible.

— Nous pourrions renverser le bateau, chuchota-t-il.

Kai se pencha sur le côté, se dissimulant aux yeux des rameurs derrière la silhouette massive d'Ufrra.

— Même si nous pouvions faire cela à trois, il est impossible de noyer Hafydd.

Le seigneur A'denné se détourna, le regard fixé sur la berge qui défilait devant lui. Les nuages obscurcissaient toujours le ciel mais il était à présent possible de repérer la position du soleil, lequel semblait faire beaucoup d'efforts pour dissiper la brume, illuminant un cercle nuageux d'une fine lueur d'urgence.

— Combien de temps encore ? voulut savoir Hafydd.

Sa journée d'inactivité totale semblait lui avoir donné l'occasion de se remettre, mais il était d'une humeur sombre.

Ils avaient établi leur campement dans une petite clairière au bord de la rivière. Le ciel sombre et menaçant était en train de se dégager, révélant les dernières lueurs du jour dans un bleu fané émaillé de volutes d'un rose oranger.

Kai haussa les épaules.

— Un jour. Deux jours. Difficile à dire. Cela fait une éternité que je n'ai pas emprunté ce chemin.

Hafydd jeta un regard noir à l'infirme dans sa brouette, le seul qui semblait ne pas le craindre.

— Si je découvre que tu m'emmènes sur une fausse piste, Kilydd, je trancherai les membres qui te restent. Je te transpercerai également les tympans et t'arracherai les yeux. Et tu pourras mener cette vie d'éclopé pendant aussi longtemps que tu le souhaiteras.

Hafydd se détourna et s'en fut. Kai regarda la silhouette noire disparaître dans l'obscurité, le visage impassible. Puis il se tourna vers le seigneur A'denné et lui sourit :

— Lorsqu'on est invalide, que l'on a depuis longtemps cessé d'intéresser le beau sexe et que l'on n'a pas d'inclinaison particulière pour la boisson, on apprend à prendre du plaisir là où l'on peut.

CHAPITRE XXIX

« Je me demande comment le prince a été reçu par son cousin, dit Carl.

Jamm et lui étaient occupés à manger les pommes et les carottes crues qu'ils avaient dérobées dans les vergers et jardins voisins.

— Vous ne semblez pas avoir une haute opinion du cousin, lâcha Jamm entre deux bouchées.

Carl le voyait à peine dans la pénombre mais ses bruits de mastication étaient parfaitement audibles... Inhabituel pour un homme habituellement silencieux comme l'était Jamm.

— Mon père le jugeait durement et il avait rarement tort au sujet des autres.

Jamm continuait à manger.

— Alors je préconise de déplacer notre camp. J'ai repéré les fondations d'une ancienne grange dans un bosquet d'arbres au-dessus de la route. Nous pourrons y surveiller le manoir.

— Mais pourquoi bouger ?

— On n'est jamais trop prudent, répondit le voleur.

Il entreprit immédiatement de rassembler pommes et carottes en veillant à ne laisser aucun trognon derrière eux.

Carl se réveilla au contact de l'acier froid sur sa gorge. La forme sombre d'un homme flottait au-dessus de lui.

— Dites à votre compagnon de ne pas bouger ou je vous tranche la gorge, chuchota une voix.

— Jamm... ? dit Carl.

Mais il sut tout de suite que celui-ci était déjà réveillé.

— Je ne tenterai rien, dit une voix dans les ténèbres.

L'homme s'assit sur une souche. Sa lame était toujours posée contre la gorge de Carl.

— Vous voyagez avec deux hommes de ma connaissance : le prince Michael d'Innes, dont on dit que le père a été assassiné, et Samul Renné. Ces deux hommes ont récemment été les alliés d'Hafydd, ou de messire Eremon, comme l'appellent certains. (L'homme se tut un instant.) Je connaissais votre père de réputation, seigneur Carl, mais vous avez d'étranges fréquentations. Alors je me demande ce que vous faites sur ces terres. Donnez-moi une réponse satisfaisante, sans quoi je vous tuerai sans hésitation, vous et votre ami.

Carl déglutit avec difficulté. S'agissait-il d'un allié d'Hafydd ? Il songea aux hommes qu'ils avaient retrouvé morts dans l'herbe et à l'étranger qui les avait secourus dans le noir.

— Vous n'avez pas le temps d'inventer une réponse, seigneur Carl. Parlez, ou vous n'aurez plus de gorge pour émettre le moindre son.

— Nous sommes des ennemis d'Hafydd, dit Carl en priant pour avoir bien évalué l'homme. Nous avons traversé la rivière dans l'espoir de trouver des alliés pour notre cause auprès des amis et de la famille du prince.

— Ça, c'est ce que vous dites... Mais le prince et le Renné voyageaient en compagnie d'Hafydd il y a peu.

— Je ne connais pas toute l'histoire mais il est certain que les Renné font confiance au prince Michael. Quant à Samul, il a conclu un accord avec ses cousins.

— Sans aucun doute. Il a conclu de nombreux accords ces dernières semaines, dit l'ombre.

Carl eut l'impression que la pression de la lame sur sa gorge se relâchait légèrement.

— Est-ce vous qui nous avez aidés la nuit où nous étions pris au piège sur le chemin ?

— Oui. Menwyn Wills s'est allié à un sorcier, ce qui en fait mon ennemi. Ses troupes tentaient de vous tuer, ce qui faisait de vous un ami potentiel... Mais il est difficile de distinguer amis et ennemis, ces derniers temps. Samul Renné a trop souvent changé d'alliés. Si j'étais le seigneur Toren, je l'aurais envoyé au cachot, comme les rumeurs prétendent qu'il l'a fait... en même temps que le seigneur Carl A'denné.

Il resta silencieux un moment. Il paraissait réfléchir.

— Mais si le seigneur Toren a jugé bon de vous laisser vivre et de faire croire à votre mort, alors il doit avoir une bonne raison. À moins qu'il ne soit totalement désespéré.

L'homme éloigna son épée du cou de Carl mais il la tenait toujours d'une manière qui lui permettrait de s'en servir immédiatement. Carl n'avait aucune envie de tester les réflexes de l'inconnu.

— Vous ne nous avez pas dit votre nom..., dit-il.

L'homme parut réfléchir un instant.

— On m'appelle Pwyll.

— Pwyll... celui qui a gagné le tournoi de Westbrook ?

— Grâce à la générosité et au sens de l'équité du seigneur Toren, oui.

— J'ai secrètement été l'allié du seigneur Toren, dit Carl. C'est moi qui l'ai averti de l'invasion imminente de l'île de la Bataille.

— Vraiment ? J'étais fort loin lorsque cela s'est déroulé, sans quoi j'aurais très bien pu chevaucher aux côtés des Renné.

— Alors vous êtes l'ennemi de Menwyn Wills ?

— Je suis l'ennemi d'Hafydd. Et, actuellement, Menwyn Wills l'est également, même si c'est sans doute pour de mauvaises raisons.

— Puis-je m'asseoir ? demanda Carl.

— Lentement. Je peux voir vos mains, même dans l'obscurité, dit l'homme. Laissez-les à l'écart de votre épée et de votre dague. Cela vaut aussi pour vous, maître voleur.

Carl se redressa pour s'asseoir en tentant de se débarrasser des dernières brumes du sommeil et de la peur qui l'étreignait. Il semblait bien que sa gorge n'était plus sur le point d'être tranchée. Ils pouvaient même avoir trouvé un allié, un allié exceptionnel.

Pwyll se tourna légèrement sur la souche.

— Dites-moi, seigneur Carl, faites-vous confiance au seigneur Samul et au prince ?

— Le prince Michael s'est opposé à Hafydd alors même que son père était sous l'emprise du sorcier. Je n'ai aucun doute à son sujet. Malgré la situation actuelle, les Renné sont toujours les ennemis principaux d'Hafydd et le prince Michael tente de rallier des gens à leur cause. Michael pense que Menwyn ne remportera pas la bataille contre Hafydd, malgré la taille de son armée.

— Le prince a raison. Les hommes d'armes ne se dresseront pas face à un sorcier pour un capitaine comme Menwyn Wills. Il n'a ni leur respect ni leur admiration. Aux premiers signes visibles de sorcellerie, ils rompront les rangs et s'enfuiront. Hafydd les rassemblera à nouveau sous sa bannière en quelques jours, en s'appuyant sur la terreur qu'il inspire pour les commander. Menwyn ne survivra pas à cette guerre. Mais si nous voulons vaincre Hafydd, il faudra l'empêcher d'obtenir cette armée.

— Et c'est l'objectif du prince.

— Il y a un petit problème que le prince n'avait pas prévu.

— Et de quoi s'agit-il ?

— Son cousin a fait partir un cavalier peu après son arrivée et un groupe d'hommes d'armes portant la livrée des Wills est arrivé au manoir il y a moins d'une demi-heure.

CHAPITRE XXX

La rivière s'était resserrée et avait pris de la vitesse tandis que les falaises s'affaissaient pour laisser place à des bancs de sable qui s'élevaient et retombaient alternativement au fil de leur progression. De chaque côté, on apercevait d'épaisses forêts de pins et de sapins mêlés à des chênes, des érables, des hêtres et des frênes. Certains des arbres qui poussaient ici étaient totalement inconnus de Dease Renné. L'un d'eux était doté d'une écorce aussi blanche que la crête d'une vague et de branches qui s'affaissaient à la manière de celles d'un saule pleureur. Un autre était un érable dont les feuilles étaient de la taille de grandes assiettes. Il ne pouvait contempler le paysage des terres secrètes que lorsque ce n'était pas son tour de ramer. Tous ceux qui étaient capables de manier les avirons étaient mis à contribution. Même Elise, avait-il noté, n'était pas dispensée. Et les hommes de son navire avaient même du mal à soutenir son rythme. *Un don de la rivière*, c'est ainsi qu'elle avait qualifié cette force, mais il s'agissait bien de quelque chose d'ésotérique et cela mettait les hommes d'armes mal à l'aise, y compris les chevaliers d'A'brgail.

— Sentez-vous de la fumée ? demanda A'brgail en se redressant et en tournant la tête tandis qu'il humait l'air.

Toren se tourna pour regarder dans la direction par laquelle ils étaient venus.

— Le vent est au nord, donc cela doit venir de derrière nous. Aurions-nous passé un feu de camp ?

Dease vit Toren tendre la main en direction de son épée, laquelle était désormais accrochée à un banc de nage. Hafydd se trouvait quelque part au-devant d'eux sur la rivière. C'était en tout cas ce qu'Elise affirmait.

— Les vents tourbillonnent et s'agitent au sein de ces collines, seigneur Toren, avança Thaison. La fumée pourrait venir de n'importe où. (Il huma l'air à son tour.) Des feux de forêt peuvent se déclencher durant l'été. J'ai vu plusieurs sites où cela s'est produit... de vastes étendues, qui verdissent rapidement d'une nouvelle vie. Mais les squelettes des grands arbres restent debout pendant des années, comme des pierres tombales. Thaison se tut pendant quelques instants avant de reprendre :

— Savez-vous que le nom d'Eremon, qu'Hafydd continue à utiliser, est le nom d'une plante qui pousse là où le feu a détruit la forêt ? Les graines des buissons d'Eremon peuvent dormir dans le sol pendant deux cents ans, mais la chaleur brise leur coque et ils sortent de terre quelques jours seulement après le passage du feu.

Personne n'avait rien à répondre à cela et le silence retomba sur l'embarcation.

— Vous sentez cette fumée ? leur lança Elise quelques instants plus tard.

Elle était debout à la poupe de son navire, emmitouflée dans une cape Fáel, ses cheveux agités par le vent. Elle les rassembla rapidement en une queue-de-cheval qu'elle fit passer à l'intérieur du col de sa cape. Un geste maîtrisé qui n'appartenait qu'à Elise. Sianon, avait dit Orlem, avait l'habitude de couper ses cheveux courts.

— Oui, répondit A'brgail, mais d'où vient-elle ?

Elise haussa les épaules.

— Le vent provient de toutes les directions.

C'était effectivement le cas. D'abord du nord, pendant un moment, puis de l'ouest, du sud sud-ouest. À un moment, il se mit même à souffler vers l'est. La fumée paraissait portée par tous les courants d'air, tour à tour forte et âcre, puis affaiblie, voire dissipée.

Ils passèrent un tournant de la rivière et la fumée revint piquer les yeux de Dease. L'odeur était plus forte que jamais. Des flocons tombaient depuis les cieux, comme de la neige. Mais cette neige était grise.

— De la cendre ! s'exclama Thaison.

— Rapprochez les bateaux ! lança Elise.

Elle avait dégainé son épée, dont elle enfonça la lame dans les flots.

— S'agit-il d'Hafydd ? interrogea A'brgail tandis que son bateau se calait sur le flanc de celui d'Elise.

Les rameurs levèrent leurs rames et agrippèrent le plat-bord de l'autre embarcation.

Elise ne répondit pas. Elle maintenait sa lame enfoncée dans le dos de la rivière, les yeux fermés, la tête inclinée sur le côté comme si elle tendait attentivement l'oreille. Puis elle secoua la tête et retira son épée de l'eau avant de l'essuyer à l'aide d'un pan de sa cape, le tout dans un unique et fluide mouvement.

— Il a toujours de l'avance sur nous… et une bonne avance. Malgré tout, le feu est son arme la plus puissante et nous devons être prudents.

— Thaison affirme qu'il a déjà vu des feux de forêt dans les terres secrètes par le passé, suggéra A'brgail.

Elise hocha la tête.

— Alors espérons qu'il ne s'agit que d'un feu de ce genre et rien de plus, répondit-elle.

Elle retourna néanmoins se poster à la poupe de son bateau, les yeux braqués sur le paysage. Elle semblait tendue, pleine d'appréhension.

Des cendres continuaient à pleuvoir sur l'eau, jusqu'à former une écume couleur de plomb s'étalant sur toute la surface de la rivière. On pouvait à présent voir la fumée au-dessus des collines basses qui bordaient le cours d'eau.

— Une averse serait la bienvenue, fit remarquer Thaison.

— Le feu est un moyen de rajeunir la forêt, dit Eber. Il emporte les arbres les plus âgés, nettoie la terre et permet le renouvellement du long cycle de croissance des plantes.

Il tenait son enfant endormi sur ses genoux et Dease eut l'impression que le vieil homme était envahi par la tristesse.

— De jeunes arbres font leur apparition, grandissent et sont remplacés par d'autres, à la manière de nos générations, jusqu'à ce que l'on retrouve la forêt mature que nous voyons ici. C'est le cycle naturel et il garantit la force de chaque espèce d'arbre, car la forêt est pleine de fléaux, même pour le chêne et le saule.

— Si quelqu'un porte encore une cotte de mailles, il devrait saisir cette opportunité de la retirer, lança Elise.

Mais il faisait chaud sur les bancs de nage et toutes les chemises de mailles avaient depuis longtemps été enroulées dans des peaux de moutons huilées et rangées à l'abri de l'eau.

La fumée se faisait plus dense. Des volutes passaient au-dessus de la rivière, projetant une ombre sur les eaux sombres.

— Que craignez-vous, dame Elise ? demanda A'brgail. Il y a quelque chose, n'est-ce pas ?

Mais elle ne répondit que par une autre question :

— Qui parmi vous sait nager ?

Quelques voix répondirent par l'affirmative. *Pas assez,* songea Toren.

— Que ceux d'entre vous qui ne savent pas nager trouvent quelqu'un qui sait. Faites ce qu'il vous dira et ne vous laissez pas envahir par la peur.

Eber se retourna sur son siège à la proue, une expression de crainte sur le visage.

— Et mon fils ? dit-il d'une voix tremblante de colère et d'appréhension. Vous avez juré de le protéger.

— Et je le ferai, répondit Elise. Faites-moi passer l'enfant.

On réveilla Llya et on le fit traverser l'embarcation entre les deux rangées de rameurs jusqu'à Elise. Elle le souleva avec douceur. Elle lui souriait et lui caressait la tête comme s'il était son propre fils.

— N'aie pas peur, dit-elle. Je suis unie à la rivière. Quoi qu'il arrive, tu seras en sécurité avec moi.

L'enfant traça des signes avec les mains et Dease se demanda s'il avait compris quoi que ce soit.

Ils s'engagèrent dans un nouveau tournant. La fumée était vraiment épaisse. Le feu grimpait le long d'un arbre au loin. Les branches brûlaient et s'écroulaient dans les flammes. Malgré les capes qu'ils se plaquaient sur la bouche, la fumée leur brûlait les poumons et tout le monde se mit à tousser. Les bateaux dérivèrent au milieu du nuage d'obscurité, une sorte de brouillard sec. Les yeux de Dease le piquaient et s'embuaient de larmes, si bien qu'il n'y voyait pratiquement plus rien. La chaleur se fit de plus en plus forte et de la sueur se mit à couler le long de son visage. Ses vêtements furent rapidement tachés de sueur.

— Mouillez vos habits avec de l'eau ! cria Elise.

Dease tira sur sa cape et la plongea dans la rivière. Il la passa ensuite rapidement par-dessus sa tête et s'accroupit à l'intérieur de cette tente de fortune. Il sentait la présence de son cousin près de lui et l'entendait tousser.

Dease fut pris lui aussi d'une quinte de toux tandis que la fumée s'infiltrait dans ses poumons. Il entrouvrit sa cape pour tenter de distinguer quelque chose dans l'obscurité. S'ils s'échouaient, ce serait la catastrophe.

— Des flammes ! hurla-t-il.

Une vague de chaleur le frappa aussi violemment que s'il avait pris un coup et l'envoya s'étaler sur le fond du bateau. Sa cape, fumante, séchait à une vitesse alarmante.

— À l'eau ! entendit-il Elise crier.

Il se jeta par-dessus bord sans regarder. L'eau fraîche se referma sur lui, repoussant la chaleur brûlante. Il se débattit pour s'extraire de sa cape et jeta le vêtement détrempé à l'intérieur du navire. Il gardait une main agrippée au plat-bord mais le bois était en train de chauffer au point de devenir brûlant. Il changea rapidement de main en aspergeant le bois d'eau.

D'autres hommes se trouvaient dans l'eau près de lui, le visage noirci et dissimulé par la fumée. Quelque chose le brûla au poignet et il retira sa main. Mais la brûlure ne cessa pas, même une fois dans l'eau, et il dut gratter la peau pendant un moment avant de s'en libérer.

La peinture, réalisa-t-il. La peinture était en train de fondre.

— Aspergez les bateaux avec de l'eau! cria quelqu'un.

Mais Dease tourna rapidement sur lui-même en plongeant le regard dans cette fumée qui lui brûlait les yeux. Les bateaux avaient disparu!

Des flammes firent leur apparition au-dessus de leur tête. La chaleur était insupportable. Dease plongea sous la surface et se mit à nager. Il avait terriblement envie de tousser mais parvint à se contrôler, se forçant à avancer dans la fraîcheur de l'eau. Refaire surface à cet endroit, c'était mourir. Il n'y avait aucune lumière sous l'eau, bien qu'il nageât avec les yeux ouverts. Il n'était même pas certain de suivre le courant.

Lorsqu'il commença à voir des points noirs à la périphérie de sa vision, Dease remonta vers la surface pour émerger à l'intérieur d'une forge. La peau de son visage, pour humide qu'elle fût, parut se flétrir instantanément. Même l'eau paraissait chaude. De la vapeur s'élevait tout autour de lui. Des flammes jaillissaient hors de la fumée et le bruit du brasier était assourdissant.

Il aspira une large bouffée de fumée et fut pris d'une violente et irrépressible quinte de toux. La chaleur était plus qu'il n'en pouvait supporter mais il lui était impossible de replonger sans air. Et il n'y avait rien d'autre à respirer que cette fumée.

Dease se mit sur le dos. Il haletait et crachait. L'eau était en train de l'étouffer mais il n'avait plus la force de se battre. Le monde semblait reculer, s'effacer, tandis que les ténèbres emplissaient l'air.

La rivière le saisit et il fut tiré vers le bas, sous les eaux. Il ne résista pas, il n'en aurait de toute façon pas été capable. Au lieu de quoi il se laissa couler dans un rêve, un rêve froid à l'intérieur duquel il dérivait au sein de la rivière. Celle-ci le tenait entre ses mâchoires, avec douceur, et l'emportait il ne savait où.

Toren avait l'impression qu'ils se trouvaient dans un four, fermé, entièrement noir, aussi chaud qu'un lit de braises. Il entendait les autres tousser, le bruit se répercutant sous la coque retournée. Il se reposa un instant en s'agrippant au plat-bord. Lorsqu'il eut le sentiment d'avoir récupéré assez de force, il étendit le bras à l'extérieur et aspergea la coque avec de l'eau. Ses doigts grillaient à la chaleur du feu.

Il ramena sa main à l'intérieur au bout de quelques instants et la plongea dans l'eau qui se réchauffait.

— Énoncez vos noms, dit A'brgail, tout près de Toren.

Les hommes coassèrent leurs noms dans les ténèbres.

— Dease ? lança Toren. Dease, tu es là ?

Il n'y eut pas de réponse. L'un des chevaliers d'A'brgail était lui aussi porté disparu. Il n'en restait plus que huit. Toren poussa un juron, entre deux quintes de toux. Il ne pensait pas que quiconque survivrait à l'extérieur du navire. La chaleur était trop forte et la fumée omniprésente. Il prit une inspiration avant de plonger et émergea dans une sorte de purgatoire. Les flammes et la fumée bouillonnaient au-dessus de lui, plus brûlantes qu'un brasier flamboyant.

— Dease ! appela-t-il. Dease…

Il tendit l'oreille pendant un instant avant de s'en retourner vers la relative sécurité du bateau retourné en inspirant une bouffée d'air mêlé de fumée.

Le courant semblait d'une lenteur infinie, et le feu s'était étendu à une zone bien plus large que ce qu'il avait espéré. Toren se demanda même si leur embarcation n'était pas prise dans un tourbillon, tournoyant sur elle-même sans échapper le moins du monde au brasier. Il tendit un bras à l'extérieur et arrosa la coque. D'autres l'imitèrent, mais la chaleur était dangereusement élevée. Il leva le bras et appuya sa paume sur la coque… avant de la retirer presque immédiatement. Le bois était presque trop chaud pour être touché.

— On ne peut plus être très loin, se lamenta quelqu'un.

— Quelle taille peut avoir un tel feu ? demanda une voix.

— Immense, répondit timidement une autre. J'ai déjà vu un feu brûler les collines sur des lieues à la ronde.

— Nous ne survivrons pas sur plusieurs lieues, confia A'brgail à Toren. Dans peu de temps, cette carapace s'enflammera et les tortues que nous sommes seront obligées de sortir au milieu des flammes.

— Gardons espoir…, répondit Toren.

Mais A'brgail avait raison. Encore quelques instants et ce serait la fin. Il plongea la tête sous l'eau, car l'air sous le bateau devenait étouffant. Lorsqu'il refit surface, quelque chose de brûlant lui tomba sur la joue. Il l'essuya du bout des doigts : *de la poix,* en train de couler entre les planches de la coque. Il entendit quelqu'un qui refaisait surface à l'intérieur.

— Nous avons pris feu, hoqueta Thaison.

Toren passa sous le plat-bord et refit surface au milieu d'un tourbillon de fumée. Il se frotta les yeux en essayant de les nettoyer avec de l'eau. Plissant les paupières, il vit des flammes en train de s'étendre sur la coque retournée. Il arracha sa chemise et tenta d'étouffer le feu.

— La peinture s'est enflammée ! lança-t-il au visage noirci de suie qui émergeait à ses côtés.

Toren n'avait aucune idée de qui il s'agissait. L'individu suivit néanmoins son exemple et, au bout de quelques instants, ils finirent par éteindre les flammes. Ils replongèrent sous le bateau en haletant et en toussant. Toren avait l'impression que la peau de son front avait grillé.

— La peinture, réussit-il à articuler. Elle s'est enflammée. Il faut la tapoter avec des vêtements mouillés.

Trois hommes d'armes plongèrent immédiatement. Des bruits mats se firent entendre sur la coque. Lorsque les trois hommes revinrent, trois autres partirent les remplacer. Pas de lâches dans leur groupe.

— Il m'a semblé que la fumée n'était plus aussi épaisse, dit l'un des hommes qui étaient revenus.

Toren reprit un peu espoir. Peut-être n'allaient-ils pas mourir par le feu, après tout.

Mais même ainsi, le temps leur parut terriblement long avant que l'air ne commence à devenir respirable et que des rayons de soleil viennent leur redonner courage.

C'est un groupe sale, épuisé et débraillé qui finit par s'échouer sur un étroit banc d'herbe boueuse. De la fumée envahissait toujours le ciel, formant d'immenses nuages en fusion. L'air, cependant, pouvait être inspiré sans déclencher une quinte de toux. L'un des chevaliers d'A'brgail poussa un cri et Toren se redressa pour voir l'autre navire, retourné lui aussi, des hommes accrochés à la coque. Il fut tiré à sec au prix de gros efforts.

Dease ne se trouvait pas au milieu des visages noircis par la fumée. Mais Eber, sa barbe blanche à présent d'un gris sale, rampa jusqu'à la berge.

— Mais où est mon fils ? demanda-t-il d'une voix râpeuse. Est-il avec vous ?

— Non, mais il était avec ma maîtresse, dit Orlem

Main-habile. Il sera sain et sauf. Ne vous inquiétez pas un seul instant.

Un décompte indiqua que deux hommes manquaient, en plus de Dease : l'un des chevaliers d'A'brgail et un homme d'armes Renné.

Baore, le colosse des wildlands, se releva rapidement pour évaluer les dégâts subis par leurs embarcations. L'essentiel de leur équipement était perdu, même si certaines armes et autres objets de première nécessité étaient restés attachés aux bancs de nage.

Toren se remit debout, mais Main-habile avait déjà pris le contrôle de la situation et s'occupait des hommes, faisant le décompte de leurs armes et de leurs outils. Le géant était un leader naturel. Il alla ensuite examiner les navires aux côtés de Baore.

— Sont-ils réparables ? demanda Toren en se sentant tout petit entre le jeune homme du Val et le géant.

Baore réfléchit en caressant sa barbe clairsemée.

— Il faudra bien une journée de travaux avant qu'ils ne soient en mesure de naviguer. Une partie de la poix a fondu au niveau des joints et la peinture est partie en fumée. Le bois a été noirci par les flammes en plusieurs endroits, mais pas en profondeur, heureusement. Nous pourrons peut-être retrouver certaines de nos rames échouées sur la rive. Sinon, il faudra en fabriquer à la hache. Elles seront un peu grossières mais utilisables.

— Je vous aiderai, dit Orlem. Le bois ne m'est pas étranger, même si je n'ai rien d'un charpentier naval.

Toren attendit que Baore se soit éloigné de quelques pas avant de demander à voix basse à Orlem :

— Qu'est-il advenu d'Elise ? Le vieil homme est terriblement inquiet au sujet de son enfant.

Le géant s'accroupit et passa la main sur une coque noircie, tapotant le bois du bout des doigts.

— Ce feu n'avait rien de naturel, dit-il de sa voix grondante. Caibre l'a créé pour nous détruire. Pour détruire Sianon… Elise. Je ne saurais dire quels autres pièges il a laissé pour la capturer. Caibre était rusé et brutal. J'espère seulement qu'elle s'est montrée aussi habile que lui.

Le géant leva les yeux en direction de la rivière.

— Je ne sais pas pendant combien de temps nous serons en sécurité ici. Le feu s'étend vers le sud. Il nous rattrapera bientôt. Tous ceux qui s'y connaissent en matière de bois ou de bateaux devraient aider Baore. Un repas redonnerait du cœur aux hommes d'armes. J'ignore s'il nous reste un arc utilisable, mais Baore dispose de lignes et d'appâts. S'il y a un pêcheur dans le groupe, en plus de Baore qui est déjà très pris, nous devrions le charger de nous trouver à manger.

Quelqu'un lança un cri en pointant du doigt. Toren se redressa pour découvrir Elise nageant vers eux, sa chevelure dorée étalée sur les flots.

Eber était assis aux côtés de son fils endormi. L'enfant avait émergé de la rivière avec le teint pâle et les lèvres bleuies d'un malade. Il faisait bien trop penser à un nagar. Mais il était vivant et dormait paisiblement, comme si de rien n'était. Son teint avait fini par redevenir normal. Eber ne cessait de jeter des coups d'œil en direction d'Elise, laquelle s'était assise à l'écart, enroulée dans sa cape Fáel. Elle avait peut-être sauvé Llya mais Toren songea que les regards que lui lançait Eber indiquaient tout le contraire.

Le vieil homme agissait comme si elle avait abusé de son fils, comme si elle avait fait de lui un monstre.

Il a été maintenu en vie au sein de la rivière, songeait Toren, *maintenu en vie dans l'obscurité de ses profondeurs.* Nombre d'hommes parmi eux auraient plutôt préféré mourir. Toren n'était pas sûr du choix que lui-même aurait fait. La magie l'effrayait autant que ses hommes d'armes mal éduqués.

Le gentilhomme leva les yeux vers le ciel nocturne.

Des nuages noirs dérivaient au-dessus d'eux, leur dissimulant la lueur des étoiles. De la fumée. Elle semblait prendre de l'épaisseur et Toren craignait que le vent du nord ne fût en train de pousser le feu dans leur direction. Il se demanda ce qu'il était advenu de son cousin. Avait-il été consumé par les flammes ? Empoisonné par la fumée ? Eux n'avaient dû leur survie qu'à la protection du navire et ils n'étaient pas passés loin du trépas. Pauvre Dease. Toren avait le sentiment que son cousin s'était trouvé affligé d'une mauvaise fortune depuis que Beld l'avait frappé. Son attitude tout entière avait changé, comme s'il se jugeait responsable de la mort d'Arden. Il avait paru consumé par la culpabilité. Et voilà qu'il avait disparu. Emporté par l'insondable rivière.

Orlem, Baore et quelques autres poussèrent le premier bateau jusqu'à la rivière au prix de moult grognements et de quelques jurons étouffés. Toren s'approcha pour voir s'il pouvait leur apporter une aide quelconque, bien qu'il n'eût pas le moindre talent pour le travail du bois.

— Les joints se sont ouverts sous l'effet de la chaleur et de la disparition d'une bonne partie de la poix, annonça le jeune géant des wildlands. L'autre bateau n'est pas en meilleur état. Les planches finiront par se remettre en place après un moment, mais je ne crois pas qu'on puisse écoper assez vite pour les maintenir à flot pour l'instant.

Elise se leva depuis la zone d'ombre où elle se reposait. Elle s'avança d'un pas vif jusqu'à l'endroit où se trouvaient leurs bateaux et les contempla un moment. Ses manières étaient plus impérieuses que dans le souvenir de Toren. La jeune fille timide avait disparu, remplacée par cette femme qui troublait tout le monde… qui leur faisait peur, pour tout dire.

— Poussez l'autre bateau dans l'eau, ordonna Elise.

Elle se débarrassa de sa cape, qui forma un petit tas sur le sol humide.

La seconde embarcation fut rapidement poussée vers l'eau. Elle glissa en sifflant dans la boue, avant d'entrer dans la rivière avec force éclaboussures. Sans se soucier de la présence de qui que ce soit, Elise continua d'abandonner ses vêtements sur la rive et, un instant plus tard, elle s'avançait dans l'eau, nue. Elle étendit les bras et se mit à psalmodier, ses paumes posées à plat sur la surface des flots. De temps à autre, elle prenait de l'eau au creux de ses mains et la projetait sur l'un ou l'autre des navires. À l'endroit où elle posait ses mains, l'eau semblait devenir légèrement verte et luminescente. Toren avait déjà observé ce phénomène dans le sillage d'un navire en haute mer. Les planches des bateaux se teintèrent elles aussi d'un vert luminescent. L'eau qui s'était infiltrée au fond des deux bateaux parut soudain se vider par les fissures présentes entre les planches de leurs coques. Un instant plus tard, les deux embarcations oscillaient doucement sur l'eau. Elles paraissaient baigner dans un clair de lune aux reflets verts.

Elise sortit de l'eau et Orlem l'enroula immédiatement dans sa cape.

— Chargez les bateaux, ordonna le géant tout en supportant Elise.

La jeune femme semblait soudain très affaiblie et sur le point de perdre l'équilibre. Orlem se pencha et ramassa ses vêtements avant de la transporter jusqu'au talus le plus proche. Ils revinrent après quelques instants. Elise s'était rhabillée et enroulée dans sa cape. Elle avait les yeux baissés et les épaules tombantes. Elle paraissait accablée de fatigue.

Les hommes d'armes restaient debout auprès des navires. Personne n'avait envie de monter à bord d'une embarcation ayant été la cible d'un sortilège. Toren vit que les hommes fixaient leurs pieds, n'osant pas croiser le regard d'Orlem. Le Renné fit un pas en avant et poussa le premier bateau dans l'eau, puis grimpa à bord et agrippa l'une des rames qui avaient été retrouvées. A'brgail le suivit, saisissant lui aussi l'une des rames. Eber déposa Llya à la proue de l'autre navire avant de grimper à bord à son tour.

Orlem se tourna vers les hommes d'armes qui hésitaient encore sur la rive.

— Il n'arrivera rien à aucun d'entre vous, dit-il d'un ton rassurant. N'ayez crainte.

Il désigna le nord.

— Mais vous aurez beaucoup de mal à distancer le feu à pied et à travers cette fòrêt des plus denses. Ceux qui ne supportent pas l'idée des arts magiques feraient peut-être mieux de tenter leur chance contre le feu. Car avant la fin de ce voyage, il est certain que vous devrez faire face à toutes sortes de sorcelleries.

À contrecœur, et après moult regards en direction du nord, les hommes montèrent à bord des navires, prirent leur poste et sortirent les rames. Tous semblaient inquiets mais, un instant plus tard, ils chevauchaient le courant en direction du sud, dans le sillage d'Hafydd, l'homme qui venait d'essayer de les faire périr par le feu. Leurs navires glissaient silencieusement sous les étoiles, brillant encore d'un éclat ténu.

Toren regarda en arrière et vit des vrilles de fumée qui se tendaient dans leur direction mais s'étiraient et s'étiolaient avant de pouvoir les atteindre. Il plongea sa rame dans l'eau et remercia les étoiles pâles de n'avoir pas été rejeté par les eaux jusqu'aux Portes de la Mort. Pas encore.

CHAPITRE XXXI

Ils repérèrent un petit affluent qui descendait jusqu'au bas des collines et suivirent son tracé à travers la forêt. C'était un groupe silencieux : quatre hommes, dont l'un voyageait sous un nuage de corbeaux, et un Fáel qui n'était ni jeune ni vieux.

Tard durant la soirée du troisième jour, ils émergèrent hors des bois pour découvrir le lit du cours d'eau. Des jardins entourés de hautes clôtures à claire-voie en sapin s'étendaient sur toute la vallée. À l'intérieur de certains de ces jardins, des hommes et des femmes étaient penchés au-dessus de leurs plantations. Mais tous se relevèrent pour regarder passer les étrangers à cheval. Ils demeuraient silencieux et leurs visages reflétaient une certaine appréhension, mais pas d'hostilité.

Au bout d'une demi-heure, ils atteignirent un petit village dont les maisons étaient construites en pierres anciennes et usées couleur de miel. Les toitures étaient recouvertes de chaume épais. Il n'y avait aucun signe de peinture. Les lattes des portes étaient d'un gris usagé, de même que le bois des fenêtres. Mais partout on pouvait voir des fleurs en pots, des plantes grimpantes et des arbres en fleurs. C'était comme si les fleurs s'étaient échappées des jardins pour envahir le village et lentement le recouvrir. Les habitants émergèrent sur le pas de leur porte en entendant les bruits de sabots de leurs chevaux. Eux aussi fixèrent les étrangers en silence. Quelques enfants furent rattrapés par leurs mères et rapidement confinés à l'intérieur.

L'armée ailée de Cœur-de-corbeau progressait de toit en toit, croassant en direction des villageois silencieux. Ceux-ci en avaient visiblement peur.

— Quel accueil amical, confia Fynnol à Tam.

— Je ne pense pas qu'ils voient souvent des étrangers, répondit celui-ci. Tout comme les gens de chez nous.

Alaan les mena rapidement jusqu'à la rive d'une rivière bien plus importante. Des bateaux avaient été tirés à sec sur la berge. Les corbeaux atterrirent sur les plats-bords et à même le sol, en lançant des cris aigus.

— Baore aurait aimé voir ça, dit Cynddl. Ces bateaux sont conçus à partir de troncs évidés.

Alaan descendit de selle et leva les mains, paumes vers l'extérieur, en direction de trois hommes occupés à sculpter des décorations sur la coque d'un navire récemment terminé. Aucun des hommes ne répondit. Ils le regardaient fixement. Celui qui était le plus proche d'Alaan fit un pas en arrière.

— Ne faites aucun geste brusque, chuchota Alaan à ses compagnons. Ne sortez pas vos armes, même si une foule se forme.

Il se retourna vers les trois hommes.

— Je m'appelle Alaan. J'ai déjà visité votre village par le passé.

— Nous nous souvenons de vous, répondit l'un des charpentiers. Mais à cette époque-là, vous voyagiez avec un whist. Maintenant vous apportez ces corbeaux ensorcelés avec vous.

— Vous n'avez rien à craindre d'eux, précisa Alaan en souriant d'un air rassurant. Nous sommes venus échanger des chevaux contre un navire.

Si Alaan avait proposé « des diamants contre du fumier », il n'aurait pas provoqué de réaction plus vive.

Ils n'avaient pas choisi le meilleur des navires, celui-là était trop grand pour eux, mais ce n'était pas loin. Les chevaux étaient apparemment fort rares et très prisés par les villageois et ils n'avaient été que trop heureux de les échanger contre un bateau et tout ce dont les étrangers pouvaient avoir besoin. Il était évident aux yeux de Tam que l'homme qui avait échangé son embarcation contre les chevaux l'avait fait en étant persuadé de profiter largement des inconnus. Il avait semblé très content de lui.

Le voyageur divisa le groupe en deux quarts. Chaque quart pagaya pendant le reste de l'après-midi, poussant le navire en direction du sud. D'après Alaan, ils se trouvaient sur la rivière Wynnd, ou l'un de ses nombreux « affluents », et avaient une bonne distance à parcourir. Le soleil plongea derrière une chaîne de collines bleutées et les étoiles apparurent au milieu d'amas de nuages évoquant du plâtre étalé sur la voûte des cieux.

— La lune est déclinante et la nuit sera sombre, dit Alaan. Mais la rivière est aussi large que lente. Je pense que nous devrions tenter de parcourir quelques lieues d'ici au matin. Nous ne pagayerons plus, mais il faudra monter la garde. Je pense que le plus grand danger sera de nous retrouver rejetés sur la rive et coincés à terre, ce qui nous ralentirait. Et nous ne pouvons guère nous le permettre.

Alaan organisa trois quarts pour la nuit : Tam et Fynnol, Cynddl et Cœur-de-corbeau et lui-même, seul.

Tam tira le quart du milieu et s'installa dans un coin pour dormir, en posant sa couverture et ses vêtements sur les planches du pont rendu lisse par des années d'usage. S'allongeant sur le dos, il leva les yeux vers les étoiles et le ciel charbonneux. La lune fit une apparition tardive, dérivant depuis l'horizon à l'est, fin croissant argenté servant de boucle d'oreille à la nuit.

Il songea à Elise Wills qui, d'après Alaan, se trouvait

sur la rivière devant eux. Il n'arrivait pas à oublier la nuit où ils s'étaient couchés dans l'herbe. Une bruine légère s'était abattue sur eux alors, mais il s'en était à peine rendu compte. Ses baisers s'étaient avérés si pleins d'expérience... Et pourtant, elle avait semblé aussi impressionnée que lui par ce qui leur arrivait.

Elle est à la fois très ancienne et très jeune, se rappela-t-il. Il ferma les yeux et sentit le désir l'envahir tandis qu'il se remémorait les mouvements d'Elise contre son corps, les cris de plaisir qu'elle avait étouffés de son mieux pour éviter qu'ils ne soient découverts. S'étant endormi l'esprit empli de ces agréables souvenirs, il fut surpris d'être réveillé au milieu d'un songe particulièrement sombre.

— C'est ton tour, chuchota Alaan.

Tam distinguait à peine le voyageur dans l'obscurité. La lune avait dérivé vers l'est et s'était échouée à un angle bizarre sur un petit îlot de nuages. Il se redressa et se frotta les yeux en essayant d'oublier son cauchemar. Il avait été en train de se noyer, non dans l'eau mais dans une sorte d'air sombre.

— Il y a des nuages au sud... des nuages noirs, dit Alaan. Il se peut que ce soit une tempête qui arrive depuis la mer. Reste vigilant. La rivière peut se montrer étonnamment violente durant une tempête.

Tam se releva en explorant des yeux l'univers nocturne autour de lui : la rivière d'ombre parsemée de reflets d'étoiles et de rubans de lune ; les rives noires et la vague forme des collines ; les étoiles brillantes sur le velours noir de la nuit. De fins nuages en forme d'ové flottaient par-ci par-là et, au sud, Tam vit l'amoncellement de la tempête dont avait parlé Alaan. Son aspect lui parut étrange. Les nuages étaient noirs mais hauts et minces, conférant aux étoiles alentour une teinte rougeâtre.

— Réveille-moi s'il y a un problème, lui chuchota Fynnol. Tam poussa son cousin du pied.

— Debout, fainéant. Il y a un sorcier qui vogue sur cette rivière. On ne peut pas se permettre de dormir.

— Maudit soit ce sorcier, murmura Fynnol avec exaspération. Qu'est-ce qu'il a à voir avec moi ? Laisse-moi dormir… encore un petit peu.

Tam lui décocha un nouveau coup de pied, moins gentiment cette fois.

— Tamlyn !

— Debout, ou bien la prochaine fois ce sera un bol d'eau froide sur la tête !

— Ah !

Fynnol roula sur lui-même et s'assit en se frottant les yeux.

— Voilà ? T'es content ? Tu as ruiné un rêve tout à fait merveilleux. Jamais plus je n'en ferai un aussi agréable.

— Je suis sûr que tu en auras bien d'autres du même genre, dit Tam.

— Non. J'étais tellement… adoré ! Par tout le monde. Les femmes voulaient me noyer sous les attentions, si toutefois on peut dire ça. La moindre de mes remarques était répétée, encore et encore. Je ne pouvais aller nulle part sans que les gens ne me courtisent. Ah… c'était un rêve extraordinaire.

— Mieux que le mien. Je me noyais dans une sorte… d'air noir. Je ne peux pas l'expliquer. Je suis vraiment heureux qu'Alaan m'ait réveillé.

Fynnol étira les bras.

— Espérons que mon rêve est prophétique, et non le tien. Oh ! Je suis sûr que ce lit est bien plus dur que les couches de mes rêves. Mais il faut dire que les lits de mon rêve étaient garnis d'agréables jeunes femmes, donc je n'ai pas vraiment pu examiner les matelas. Mmm… peut-être devrais-je retourner faire une petite visite dans cet endroit exquis.

— Pas avant au moins trois heures. Nous sommes de garde. Que penses-tu de ces nuages au sud ?

Tam avait du mal à distinguer son cousin dans l'obscurité mais il sut que celui-ci s'était tourné pour examiner la rivière.

— Des nuages ordinaires, à mon avis. Tu sais, du genre haut dans le ciel, à obscurcir les étoiles. Ils font admirablement bien leur travail, je dirais.

— Oui, mais ils me paraissent un peu… bizarres. (Tam haussa les épaules.) Sans doute as-tu raison. Des nuages ordinaires. Alaan pense qu'il pourrait s'agir d'une tempête venant de la mer.

— Un peu de pluie ne nous ferait pas de mal, Tam. Je n'ai pas pris un bain ni lavé mes vêtements depuis plusieurs jours. Tu as remarqué à quel point nous sommes désormais semblables à des animaux ? À nous laver lorsqu'il pleut ou lorsque nous devons traverser une rivière ? À manger ce que nous pouvons attraper ? Nous sommes devenus une meute humaine. Bientôt, nous serons redevenus des bêtes sauvages, comme ces hommes des bois dans les histoires de notre jeunesse, à moitié nus, débraillés, grondant et grognant nos propos les plus spirituels !

— Il pourrait arriver pire, lâcha Tam d'un ton distrait tandis qu'un frisson lui parcourait l'échine.

— Oui. Nous avons vu ce qu'il en était, dit Fynnol, soudain sérieux. Jamais je ne regarderai une rivière de la même façon maintenant que j'ai posé les yeux sur la rivière ultime et les ténèbres au-delà. Et jamais je ne m'endormirai sans songer aux griffes des serviteurs de la Mort qui pourraient m'agripper. Sans Main-habile, je serais déjà un habitant des ténèbres, quoi que cela puisse signifier. Te demandes-tu parfois, Tam, ce qui se trouve au-delà de ces portes ?

— Tout homme ayant un tant soit peu d'intelligence doit s'être posé la question un jour ou l'autre. Mais cela reste futile. Même Alaan n'en sait rien.

— Ou c'est en tout cas ce qu'il prétend, dit Fynnol à voix basse. Tam se tourna vers l'ombre de son cousin, dans le noir.

— Que veux-tu dire ?

Fynnol hésita un instant, se demandant peut-être si la respiration régulière d'Alaan signifiait qu'il était endormi.

— J'ai eu l'impression qu'il y avait quelque chose de bizarre dans sa conversation avec la femme cygne. Si l'on en croit les histoires, elle vivait avant que la Mort ne se crée un royaume. À l'époque où la Mort était encore un magicien. La Mort l'aimait, autrefois, affirme Alaan. Si quelqu'un sait ce qui se trouve dans le Royaume de la Mort, c'est bien Meer. Et qui est Alaan, si ce n'est son petit-fils ? En tout cas, Sainth l'était. Il semble y avoir beaucoup de secrets de famille, dissimulés aux simples mortels mais connus des descendants de Tusival.

Tam n'y avait pas réfléchi auparavant, mais il devait admettre que cela sonnait juste. Il se souvint de la femme qu'ils avaient vue, qui se transformait en cygne puis redevenait humaine, mais toujours jeune et belle. Combien de temps avait-elle vécu là, dans ce bois sépulcral ? Et quelle perception avait-elle de ce temps, elle qui semblait immortelle ?

— T'a-t-elle paru folle, Fynnol ?

— Non... non, pas vraiment. Pas de la façon dont j'ai pu voir la folie auparavant, même si je ne prétends pas en avoir une grande expérience.

— À moi non plus, elle n'a pas paru folle.

Les hommes du Val se turent. La rivière les faisait lentement tournoyer sous les étoiles.

— Tu vois ce nuage ? reprit Tam. Tu n'as pas l'impression qu'il se rapproche ? Regarde, il bloque toute une partie du ciel, maintenant.

Fynnol fixa le ciel pendant quelques instants.

— Je crois que tu as raison, même si nous ne pouvons pas y faire grand-chose. Dans le noir, nous risquons autant de tomber sur une berge hospitalière que sur des falaises ou un marais. Voire sur un bois constitué d'arbres en pierre, comme la dernière fois. Qui sait ce que cette rivière nous réserve ?

— Tu as raison. Nous devrions maintenir le cap tant qu'il y aura de la lumière, ce qui nous laisse au moins deux heures.

Mais la fumée les atteignit en moins d'une heure et elle s'épaissit rapidement. Tam réveilla Alaan et, très vite, ils furent tous debout, tirés de leur sommeil par l'odeur caustique.

Alaan s'était redressé de toute sa taille, les yeux tournés vers le sud.

— Je crois que c'est un grand incendie, dit Tam en s'avançant à ses côtés. Étant donné le peu de gens qui habitent ces terres, je dirais que ce doit être une forêt qui brûle, et non un village ou une exploitation.

Oui, je pense que tu as raison, répondit Alaan. Mais ce feu est-il bien naturel ?

Le voyageur récupéra son épée, s'accroupit et plongea la lame dans la rivière. Il resta dans cette position pendant un moment, aussi immobile qu'un héron en chasse.

— Hafydd et dame Elise sont toujours assez loin, et ils progressent plus vite que nous.

Il essuya sa lame.

L'horizon, à l'est, commença à s'illuminer et le ciel au-dessus d'eux se fit à la fois plus clair et plus sombre tandis que leur embarcation passait sous le nuage de fumée. Une terre noircie leur apparut au détour d'un tournant. Le sol était entièrement calciné. Des squelettes d'arbres noirs s'élevaient çà et là, au milieu de leurs nombreux congénères tombés au sol dont les souches difformes évoquaient les bras brisés de suppliciés brûlés vifs.

— Eh bien, c'est une véritable désolation, dit Cynddl à mi-voix. Un oiseau solitaire apparut au-dessus de la terre noircie et atterrit sur une souche carbonisée.

Whist, whist, lança-t-il.

— Oui, Jac... cet endroit n'est que mort et destruction,

tel un champ de bataille. L'un des nombreux lieux dont Hafydd s'est éloigné, indemne, ne laissant que dévastation derrière lui. Et il y en aura bien d'autres encore si nous ne l'arrêtons pas, car il s'est allié à des monstres à présent.

— Hafydd serait la cause de tout ceci ? interrogea Cynddl.

Alaan hocha la tête.

— C'est ce que je pense. Il a voulu ralentir Sianon… Elise… et tuer ses suivants, bien que je pense qu'il n'y soit pas parvenu. Elise n'est pas comme Sianon. Elle ne sacrifiera pas ses compagnons pour se protéger. Peut-être Hafydd le sait-il, lui aussi.

— Mais elle est en vie… ? chuchota Tam.

Alaan lui décocha un regard étrange.

— Oui, Tam, elle est vivante. Ne t'inquiète pas.

Çà et là, les flammes s'agitaient encore en trouvant de quoi s'alimenter dans le sol noirci. Un bosquet d'arbres que le gros du feu dévastateur avait épargné était en train de se consumer lentement. Les flammes grimpaient le long des branches, lesquelles tombaient une à une vers le sol en décrivant une lente spirale, à la manière de torches. Aucune créature vivante n'était visible. Les compagnons restèrent debout dans leur bateau, fixant les collines noires qui s'étendaient aussi loin que portait le regard.

Un cri surprit tout le monde.

— Là, dit Cœur-de-corbeau en pointant le doigt.

Un homme leur faisait signe depuis la rive. Il était couvert de suie, comme tout le reste de son environnement, ses vêtements tachés par la fumée, son visage et ses cheveux d'un noir charbonneux. Les compagnons manœuvrèrent leur embarcation en direction de la berge et l'homme s'avança en boitant jusqu'à l'endroit où ils avaient touché terre.

— Alaan ! lança-t-il en s'approchant. Rabal ! Tam !

Il s'arrêta en comprenant que personne ne le reconnaissait.

— Dease Renné, à votre service, dit-il en essayant de sourire. J'imagine que je dois avoir un drôle d'air.

— Seigneur Dease ! s'exclama Alaan en pataugeant jusqu'à la rive. Que vous est-il arrivé ?

— J'ai été séparé de mes compagnons, répondit le Renné en s'asseyant sur un rocher d'un noir d'encre. Nous avons tous plongé dans la rivière pour éviter d'être réduits en cendres. J'ai relâché ma prise sur le bateau un instant car la peinture était en train de bouillonner sous mes doigts. Lorsque je me suis retourné, les navires avaient disparu au milieu de la fumée.

La fumée, justement, semblait s'être immiscée jusque dans les moindres rides de son visage, jusque dans ses pores. Ses cheveux étaient brûlés en plusieurs endroits, de même que ses vêtements, réduits à l'état de loques.

— Je ne sais pas ce qui s'est passé ensuite car il semble que j'aie perdu connaissance. Je me suis réveillé dans un petit marigot, au milieu des hauts-fonds, avec du feu tout autour de moi. La berge sur laquelle j'étais n'était pas aussi dévastée que l'autre, donc j'ai rampé le long des hauts-fonds. J'ai parfois dû plonger pour éviter les flammes et la chaleur. Je suis allé aussi loin que possible, ne refaisant surface que pour aspirer de l'air enfumé avant de replonger. Je ne m'attendais pas à survivre. J'ai eu l'impression de voir s'écouler des heures avant de réussir à m'éloigner du pire. J'ai attendu que le feu se déplace au sud avant d'oser le suivre. Et même après ça, je suis resté dans la rivière car la terre est encore brûlante, avec des poches de flammes cachées dans les sous-bois et sous les arbres abattus. Vous posez le pied au sol et les flammes jaillissent tout autour de vous. Pas du tout sûr. Je suis resté dans la rivière, mais elle ne m'a pas nettoyé, à en croire mon reflet. Je crains de rester couvert de suie pour le restant de mes jours.

— Vous avez de la chance d'être même en vie,

commenta Alaan. Mais dites-nous avec qui vous voyagiez.

— Elise Wills et Orlem Main-habile. Votre ami Baore est avec eux, dit-il en s'adressant à Tam. De même que Gilbert A'brgail, Eber et son fils Llya. Mon cousin Toren. Et Thaison nous a rejoints pour diriger l'un des bateaux. Plusieurs Chevaliers du Serment et hommes d'armes Renné. Peut-être une vingtaine en tout, même si pour ma part je suis resté sur le bord de la route.

— Non, vous avez simplement rejoint un groupe plus intéressant, intervint Fynnol. Cela atteste de votre bon goût et de votre capacité de jugement supérieure.

— Mais comment avez-vous trouvé le moyen d'entrer dans les wildlands ? demanda Alaan.

Dease se déplaça légèrement sur son rocher.

— Llya, le fils d'Eber, nous y a conduits. Il a annoncé aux Fáel qu'il savait où Wyrr était enterré et qu'il pouvait nous y conduire.

— Il se passe toujours quelque chose d'imprévisible, commenta Alaan. Où cet enfant a-t-il pu apprendre ce talent ? Et pourquoi ne nous a-t-il rien dit auparavant ? Il aurait pu nous éviter un très long voyage.

Dease haussa les épaules.

— C'est un petit garçon très mystérieux. Qui peut prétendre le comprendre ?

Alaan secoua la tête.

— Montez à bord. Nous devons nous hâter, feu ou pas.

— Mais pourrons-nous traverser le feu ? demanda Fynnol. N'allons-nous pas être brûlés ?

— Il s'est presque entièrement consumé à présent, répondit Alaan.

Il enfonça une rame dans le sable et pesa dessus de tout son poids pour les repousser à l'eau.

— Il y a des collines rocheuses non loin. Même le feu d'Hafydd aura du mal à y trouver de quoi nourrir son appétit.

Dease grimpa à bord, faisant osciller le navire qui prenait lentement de la vitesse.

— Difficile de croire qu'une telle embarcation puisse me sembler luxueuse, dit le gentilhomme, mais après la journée que je viens de vivre, j'ai l'impression que c'est le navire le plus confortable qui soit.

— Trouvez-vous une couchette, seigneur Dease, dit Alaan. Il faudra que vous preniez votre tour aux rames, comme nous tous.

Sur ces mots, Alaan plongea sa rame dans la rivière pour propulser leur bateau en direction du sud.

CHAPITRE XXXII

Samul fut réveillé par l'irruption dans sa chambre d'un groupe d'hommes d'armes, l'épée au clair. On lui permit de se vêtir, après quoi ses mains furent ligotées et on le fit descendre jusqu'à la porte d'entrée, où se tenait déjà le prince Michael. Les hommes portaient les surcots bleus de la famille Wills et ils n'étaient pas du genre à plaisanter. Le prince avait les mains attachées dans le dos, tout comme Samul. Son visage était déformé par la colère et la tristesse.

Des bruits retentirent à l'étage et Franny fit son apparition, dans ses vêtements de nuit. Son mari la rattrapa au sommet des escaliers. Elle se débattit un moment.

— Non, Henri ! C'est mon cousin !

Henri avait passé un bras autour de sa taille et agrippait l'un de ses poignets.

— Le prince d'Innes est mort, déclara-t-il. Michael ne peut plus nous aider désormais. Nous avons d'autres alliés. Nous ne pouvons pas revenir en arrière.

Il la tira en arrière tandis que la jeune femme sanglotait et le maudissait en essayant de lui griffer le visage. Après quoi Samul et Michael furent poussés à l'extérieur et chargés dans un chariot.

Il faisait encore sombre, mais Samul pouvait distinguer les traits de son compagnon à la lumière des torches. Il crut voir une larme briller sur sa joue avant que le prince ne baisse la tête et ne s'enferme dans le silence. Le conducteur tira sur les rênes et le chariot s'élança sur la route, tandis qu'une troupe d'hommes d'armes des Wills venait se placer tout autour.

CHAPITRE XXXIII

L'aube n'est pas loin, songeait Carl. Il était accroupi derrière un arbre, l'arc à la main, le regard fixé sur la veine sombre d'une route qui serpentait en direction des bois en contrebas.

— Tirez sur les porteurs de torches en dernier, dit Pwyll. J'abattrai moi-même le conducteur.

Carl banda l'arc que Pwyll lui avait remis pour le tester. Son cœur battait follement dans sa poitrine. Non sous l'effet de la peur, mais parce qu'ils avaient couru comme des fous pour atteindre cet endroit avant les hommes transportant le prince et Samul Renné.

Pwyll, toujours plein de ressources, possédait des arcs et des carquois récupérés sur des hommes d'armes malchanceux... peut-être ceux qu'ils avaient retrouvés morts dans les champs.

Carl percevait les halètements de Jamm tout près de lui. Le voleur avait peur. L'idée de combattre lui déplaisait, surtout en sous-nombre face à des hommes d'armes entraînés. Carl savait qu'il ferait cependant de son mieux. Pwyll, pour sa part, semblait parfaitement serein. Il n'y avait que huit hommes après tout. Carl songea que le guerrier devait percevoir le combat à venir comme étant équilibré.

Les claquements de sabot des chevaux et le bruit des roues se firent bientôt entendre à travers bois. Puis des torches apparurent en oscillant dans l'air. Une petite brise portait l'odeur de la fumée jusqu'au bas du vallon.

Carl n'était pas habitué à l'arc qu'il tenait en mains et il aurait de la chance s'il touchait qui que ce soit. Mais les chevaux constituaient des cibles de grande taille et si les hommes chevauchaient à proximité les uns des autres, il pourrait s'avérer chanceux. Il espérait simplement ne pas toucher ses compagnons à l'intérieur du chariot. C'est pour cette raison que Pwyll avait insisté pour s'occuper du conducteur. Il utilisait son arc personnel.

Carl tira la flèche jusqu'au niveau de son épaule. Il sentit l'arc se tendre.

— Pas encore, chuchota Pwyll.

Des cavaliers faits d'ombres commencèrent à se matérialiser autour des torches, sortant de l'obscurité. Le chariot apparut, puis le conducteur. Carl plissa les yeux pour essayer de distinguer Michael et Samul à l'arrière, mais la lumière était trop faible. Il espérait que les deux hommes étaient allongés.

Les cavaliers se rapprochèrent. Ils donnaient l'impression de grandir à chaque pas.

— Maintenant ! chuchota Pwyll.

Ils décochèrent leurs flèches avant d'en tirer deux autres de leurs carquois. L'un des chevaux se cabra et les cavaliers dégainèrent leurs lames. Deux autres flèches fendirent l'air et au moins l'un des hommes tomba au bas de sa monture. L'un des chevaux fit violemment demi-tour et en heurta un autre. Carl crut discerner une flèche plantée dans sa gueule. Une torche tomba au sol, puis une deuxième fut jetée au loin comme les cavaliers réalisaient que la lumière était leur ennemie. Plusieurs d'entre eux éperonnèrent leurs chevaux pour rattraper le chariot désormais sans conducteur. Carl tira une dernière flèche avant de sortir son épée. Le cheval qui tirait le chariot s'écroula au sol en contrebas et le chariot se renversa au-dessus de l'animal. Deux autres cavaliers furent jetés au sol lorsque leurs montures trébuchèrent sur la corde épaisse que Pwyll avait nouée en travers de la route.

Carl suivit Pwyll au bas de la pente. Les hommes d'armes tentaient de se relever au milieu des chevaux pris de panique. Pwyll bondit au milieu d'eux, son épée frappant d'un côté puis de l'autre. Les ennemis s'écroulaient devant lui.

— Michael !

Carl lança un cri dans les ténèbres, craignant de tuer les hommes qu'il était venu sauver. Il frappa l'un des surcots sombres au niveau de la tête et entendit le bruit écœurant de l'acier rencontrant la chair, puis l'os. Esquivant un cheval effrayé, il se jeta sur un autre homme. Mais celui-là avait trouvé une épée. Deux coups manqués, puis l'homme s'écroula, la jambe fauchée par Pwyll. Le silence retomba, seulement interrompu par le bruit des chevaux qui s'enfuyaient dans le noir. Jamm disparut pour revenir quelques instants plus tard avec une torche. Il examina chacun des hommes au sol et récupéra leurs bourses.

— Ils ne sont pas ici, dit Pwyll debout au milieu des débris du chariot.

Il abattit le cheval qui n'était plus capable de se relever, d'un coup sûr et rapide.

— Michael ! cria de nouveau Carl.

— Ici ! leur parvint la réponse.

— Dans les arbres, je crois, dit Jamm en levant sa torche.

Samul et Michael descendirent maladroitement la pente, les mains toujours attachées dans le dos. Jamm s'empressa de les libérer.

— Qui est blessé ? voulut savoir Pwyll.

— Je me suis tordu la cheville, répondit Samul.

Carl vit le Renné grimacer dans la faible lueur de la torche.

— Pouvez-vous marcher ? demanda Pwyll.

— Oui, mais je ne saurais dire sur quelle distance.

— Pwyll ? demanda le prince en reconnaissant le chevalier. Seriez-vous notre mystérieux protecteur ?

— On dirait, répondit l'homme d'armes. Il vous faut des armes. Ils récupérèrent rapidement épées et dagues, ainsi qu'un panier de fruits dans les débris du chariot. Ils se mirent en route, d'abord en suivant le chemin puis en traversant un champ de maïs. Samul boitait et Carl et Michael l'aidèrent de leur mieux.

Pwyll les guidait en silence à travers les terres éclairées par la seule lueur des étoiles. Il était encore plus circonspect que Jamm et sa connaissance du terrain semblait presque aussi bonne que celle du petit voleur. Lorsque le soleil se leva, Pwyll les avait menés jusqu'à l'une de ses cachettes, derrière un rideau de branches de saule dans un épais bosquet d'arbres. Une petite source s'écoulait non loin et, s'ils n'avaient pas été poursuivis, Carl aurait eu du mal à imaginer un endroit plus agréable que celui-ci. Jamm déballa la nourriture contenue dans le panier. Carl et lui se jetèrent dessus avec avidité.

— Au moins avons-nous reçu un bain et un bon repas, dit Samul en contemplant ses compagnons affamés.

Le prince Michael ne paraissait pas aussi philosophe.

— J'espère avoir un jour la chance de faire rôtir le mari de cette pauvre Franny au-dessus d'une forge brûlante. (Il jeta un regard en direction de Carl.) Votre père avait raison au sujet d'Henri... maudite soit cette crapule !

— Je n'en tire guère de satisfaction, répondit Carl. Si A'tanelle était notre meilleur espoir, qu'allons-nous faire ?

— L'armée, dit le prince. Je me rendrai directement auprès de l'armée de mon père. Voyons ce que pensent les hommes d'armes du fait que Menwyn Wills a usurpé la place de mon père.

— Le seigneur Menwyn doit savoir à présent que vous êtes de ce côté de la rivière pour tenter de saper son contrôle sur l'armée, dit Pwyll à mi-voix. Il va envoyer un grand, un très grand nombre d'hommes à votre recherche. Ce n'est qu'une question de temps avant que nous ne soyons capturés.

— Alors nous devons faire vite, répondit le prince dont la voix tremblait encore de colère. Où se trouve l'armée d'Innes, à présent ?

— Elle était à l'est de l'île de la Bataille lorsque nous nous sommes échappés il y a quelques jours, annonça Jamm.

— Ils se sont déplacés vers le sud, dit Pwyll.

Comme les autres se tournaient vers lui, il ajouta :

— J'ai passé deux hommes d'armes à la question il n'y a pas deux nuits de cela. L'un d'eux avait beaucoup à dire.

Samul se souvint des deux hommes qu'ils avaient découverts dans les champs, de leurs visages pâles et immobiles sous la lumière des étoiles.

— Les armées ne se déplacent pas vite, commenta Michael. Nous les rattraperons.

Ils restèrent silencieux quelques instants, chacun plongé dans ses pensées. Samul retira sa botte avec difficulté et plongea son pied enflé dans l'eau froide du ruisseau. Il avait mal à la mâchoire à force de serrer les dents.

— Comment êtes-vous arrivé de ce côté de la rivière, Pwyll ? interrogea le prince.

Le chevalier tourna légèrement sur lui-même à l'endroit où il était allongé et se redressa sur un coude.

— J'aimerais avoir une réponse à vous donner, Votre Grâce...

— Appelez-moi Michael. Nous sommes un groupe de mendiants, après tout.

Pwyll cueillit un long brin d'herbe dont il se mit à mâchonner l'extrémité.

— Après avoir manqué de me noyer dans les Eaux Profondes, j'ai été rejeté dans la rivière durant une nuit sans lune. J'avais perdu mon épée et mes bottes. J'étais couvert de contusions et mal en point. Le seul fait de rester à la surface réclamait toute mon énergie. La chance a voulu qu'un tronc d'arbre passe à côté de moi et j'ai réussi à m'y agripper jusqu'à atteindre la terre ferme. Je me suis glissé sur la rive et me suis allongé pendant un moment au milieu des arbres pour reprendre des forces. Lorsque le ciel a commencé à retrouver des couleurs, j'ai réalisé que j'étais arrivé du mauvais côté de la rivière et je me suis mis à la recherche d'un bateau. J'étais trop épuisé pour pouvoir traverser à la nage. Je pensais attendre la nuit pour revenir du bon côté mais je n'avais pas fait une lieue que des chasseurs me tombaient dessus, pensant apparemment que j'étais une sorte d'espion au service des Renné. Une discorde a éclaté sur le sujet, comme vous pouvez l'imaginer, et j'ai été obligé de les tuer avec ma dague. Par chance, ils n'étaient guère doués pour le maniement de l'épée. L'un d'eux m'a donné ses bottes et un autre sa lame.

— Combien étaient-ils ?

— Oh, quatre ou cinq, répondit Pwyll. Vous allez manger toute cette nourriture à vous deux ou bien m'en offrirez-vous un peu ?

Carl et Jamm déplacèrent le panier afin que Pwyll puisse y piocher de quoi manger pendant qu'il racontait la suite de son histoire.

— Il n'y avait aucun bateau dans les parages. J'ai fini par apprendre que le prince d'Innes avait tenté d'envahir l'île de la Bataille et qu'il avait été mis en échec par Kel Renné. J'ai alors compris que tous les navires de ce côté de la rivière devaient être rassemblés au même endroit et bien gardés. Ce qui signifiait que j'allais devoir nager. Malheureusement, les chasseurs que j'avais tués avaient été découverts et la campagne était soudain envahie par des hommes d'armes lancés à ma recherche… ou en tout cas c'est ce que j'ai cru. Il s'est avéré ensuite qu'ils étaient à la recherche d'espions ayant traversé la rivière quelques nuits auparavant. J'ai été forcé de m'enfoncer à l'intérieur des terres, me cachant de jour et battant la campagne de nuit. Et je suis ensuite tombé sur votre groupe, dont j'ai reconnu deux des membres. Je vous ai suivis pour voir ce que vous prépariez. La suite, vous la connaissez.

Ils dormirent et montèrent la garde chacun à leur tour durant la matinée. Comme le soleil atteignait son zénith, ils entendirent des hommes lancer des appels au loin. Samul vit Jamm et Pwyll se redresser, tournant la tête dans plusieurs directions, attentifs au moindre bruit. Si la chance leur souriait, il s'agirait seulement de métayers ou de bergers. Mais ils perçurent bientôt des bruits de chevaux et, au loin, un cor chevauchant le vent. Pwyll s'était accroupi. Il écarta le rideau de branches de saule et examina les alentours pendant un moment avant de se déplacer de quelques pas et de recommencer. Jamm surveillait la direction opposée.

— Devrions-nous grimper ? demanda Samul en faisant un geste en direction de l'arbre.

Mais Carl secoua la tête et lui fit signe de rester silencieux. Se retrouver coincé au sommet d'un arbre n'était peut-être pas une très bonne idée.

Carl tenait l'un des arcs de Pwyll en main, bien qu'il ne leur restât qu'une poignée de flèches. Samul sortit lentement son épée du fourreau. Il sentit sa bouche s'assécher. Ils n'étaient que quatre, et même avec Pwyll à leurs côtés, ils n'auraient aucune chance contre ne serait-ce qu'une petite compagnie de cavaliers. Pwyll et Carl avaient vaincu les gardes grâce à l'effet de surprise — les hommes de Menwyn Wills n'avaient pas su à combien d'assaillants ils devaient faire face dans l'obscurité — et à la férocité de leur attaque. Une douzaine de cavaliers auraient eu vite fait de les abattre tous les cinq, quoique au prix de pertes certaines. Samul serra la garde de son arme. C'était ce qu'il avait souhaité : une mort propre au combat. Une fin à toute cette folie, où chacune de ses décisions semblait avoir des conséquences catastrophiques.

Des chevaux se firent entendre.

— Ils arrivent par le cours d'eau, chuchota Jamm avant de plonger dans les branches du côté opposé.

Samul le suivit en essayant de faire le moins de bruit possible. Ils se mirent à ramper dans d'épaisses broussailles mais il était trop tard. Un cri retentit et les chevaux galopèrent dans leur direction.

Samul entendit le sifflement de flèches et réalisa que Carl et Pwyll étaient en train de tirer. Il se redressa d'un bond de l'endroit où il se cachait et vit les cavaliers foncer vers lui à travers les buissons. Deux d'entre eux s'écroulèrent mais les autres furent sur lui en un instant. Samul esquiva et para un coup puissant qui faillit lui arracher l'épée des mains. Sa cheville tordue le trahit et il tomba maladroitement au sol. L'un des cavaliers s'apprêtait à le frapper lorsque son cheval trébucha et chuta vers l'avant, projetant l'homme au bas de sa selle. Samul se remit difficilement sur pied mais son adversaire se releva rapidement en parant une attaque de Carl A'denné. L'homme retrouva son équilibre et entreprit de repousser Carl. Samul s'approcha du côté du bras armé de son adversaire et lança une attaque vers son épaule avant de feinter en direction de son genou. Malgré sa force extraordinaire, le guerrier réalisa qu'il était désavantagé face à deux combattants entraînés. Il lança un appel à l'aide mais Carl réussit à entailler son avant-bras, ce qui lui fit lâcher son arme. L'homme leva les mains en signe de reddition, mais Carl enfonça sa lame dans sa gorge offerte, la libérant avant que le corps n'ait touché terre.

Carl se tourna vers Samul. Il arborait une expression lugubre et déterminée.

— Il n'y aura pas de prisonniers dans cette guerre, dit-il avant de se lancer au secours de Jamm.

Tout fut rapidement terminé. Les six hommes étaient

à terre, leurs chevaux errant aux alentours, à l'exception de deux dont les jarrets avaient été tranchés et qui s'agitaient au sol. Le prince Michael les acheva proprement avant de se tourner vers ses compagnons. Ses traits exprimaient la peur et la colère et son visage luisait de sueur. Jamm s'occupait d'achever les hommes encore en vie ; Samul ne supportait pas de regarder ce spectacle. Ce n'était pas le genre de guerre pour lequel il avait été entraîné.

— Si les bruits de cette petite mêlée ont été entendus, le moindre homme d'armes présent dans un rayon d'une demi-lieue va nous tomber dessus, énonça le prince d'un ton sinistre.

— Chut ! ordonna Jamm. Écoutez !

Tous s'immobilisèrent, haletants. Samul frottait doucement sa cheville endolorie. Elle avait failli lui coûter la vie un instant auparavant. Pwyll et Carl attrapèrent les montures restantes et les tirèrent à couvert sous les branches du saule.

— Samul ? demanda Pwyll. Vous pouvez nous assister ?

Le Renné s'approcha pour aider ses amis à calmer les chevaux.

Jamm les rejoignit au bout d'un moment.

— Je crois que la chance nous a souri, dit le petit homme. Mais nous ne serons pas aussi chanceux une seconde fois.

— Nous voyageons trop lentement, dit Pwyll en attachant deux chevaux à l'arbre. Aidez-moi à déshabiller ces corps. Nous les cacherons dans les buissons. Après avoir lavé le sang sur leurs surcots, nous pourrons voyager de jour. Il y a des groupes de cavaliers dans toutes les directions, on nous remarquera à peine. Vus de loin, nous pourrions être n'importe qui. De près... eh bien, quatre d'entre nous peuvent aisément passer pour des hommes d'armes. Et Jamm s'en sortira s'il ne parle pas.

— C'est un sacré risque, protesta Jamm.

— De même que de rester ici cette nuit, répondit le prince Michael. Je suis d'accord avec Pwyll.

— Quelqu'un va trouver ces chevaux morts, dit Jamm. Qu'en ferez-vous ?

— Nous les tirerons dans le bois avec l'aide des autres chevaux, dit Carl.

— Tous ceux qui verront cette étendue d'herbe et de buissons piétinés se demanderont ce qui s'est passé !

Pwyll réfléchit quelques instants.

— Il pourrait bien ne pas y avoir de meilleure solution que de les laisser là où ils sont et espérer que personne ne les découvrira.

Au terme d'une discussion, ils abattirent des buissons et dissimulèrent les chevaux de leur mieux. De toute façon, l'odeur les ferait bientôt repérer, car la journée était chaude. Ils déshabillèrent les corps et lavèrent le sang sur leurs vêtements du mieux qu'ils purent. Jamm trouva du fil et une aiguille dans l'une des sacoches et entreprit de raccommoder les déchirures causées par les lames et les pointes de flèches.

Samul Renné ressentait un plaisir certain à être de nouveau vêtu en homme d'armes, même s'il portait le pourpre et le noir de la maison d'Innes.

— Et voilà Michael, dit Carl en contemplant son compagnon. Vous êtes de nouveau un prince d'Innes.

— Non, juste un homme d'armes renégat, j'en ai peur, soupira le prince.

Ils laissèrent les chevaux boire avant de quitter la protection des bois. Pwyll les conduisit au sommet d'une colline non loin de là, d'où ils purent observer la campagne alentour. Ils aperçurent plusieurs groupes de cavaliers et de guerriers à pied qui fouillaient les talus et les sous-bois.

— Nous devrons faire mine de fouiller la zone tout en avançant, déclara Pwyll. Mais nous devons aussi nous diriger vers le sud en toute hâte. Une fois que les corps des chevaux et des hommes auront été retrouvés, les recherches se focaliseront sur des hommes d'armes vêtus de pourpre et de noir. Il faudra que nous soyons loin d'ici au matin.

Pwyll et Jamm firent de leur mieux pour les maintenir à l'écart des autres compagnies qu'ils croisèrent ce jour-là. Et à chaque fois qu'un autre groupe était susceptible de les voir, Pwyll et les autres feignaient de fouiller les haies et autres bosquets sur leur chemin. Peu avant le crépuscule, ils s'arrêtèrent dans une ferme et achetèrent de quoi dîner et déjeuner le lendemain matin. À la nuit tombée, ils s'arrêtèrent pour manger et laisser les chevaux paître pendant un moment. Ils repartirent peu de temps après, sous un ciel dégagé et plein d'étoiles. Si quelqu'un les voyait traverser les champs, ils apparaîtraient comme des hommes d'armes. Les habitants du coin ne se mêlaient pas des affaires des hommes d'armes.

Ils approchèrent de l'île de la Bataille au matin. Pwyll les poussait de l'avant, malgré la fatigue, à travers les herbages luisants de rosée. On entendait les coqs chanter et les laitiers emmenaient leurs troupeaux aux pâturages, une fois la traite accomplie. À l'est, quelques nuages se teintaient d'orange et d'incarnat.

— Une matinée idéale, souffla le seigneur Carl à Samul Renné.

— Paisible au point que c'en est incongru. Mais vous avez raison. Une fois qu'on a cru voir sa dernière aube grise se lever, toutes celles qui suivent tiennent du miracle.

Carl hocha la tête avant d'ajouter à mi-voix :

— Je crains que le prince Michael ne soit en train de désespérer. Il pourrait tenter quelque chose d'imprudent.

Samul laissa son regard dériver vers le prince, qui chevauchait en tête aux côtés de Pwyll. Il semblait empli d'une sombre détermination, comme s'il n'avait le choix qu'entre la réussite et la mort.

— Ce sont parfois les actions les plus téméraires et les

plus imprudentes qui emportent l'adhésion des hommes, dit le Renné.

— Et parfois, elles vous mènent à la mort. J'en ai été témoin.

— Oui, mais c'était une mission désespérée depuis le début, Carl. L'armée que Menwyn Wills commande à présent est trop vaste, trop bien équipée et trop bien entraînée. Toutes les forces que les Renné pourraient rassembler ne seraient pas de taille sur le champ de bataille. Et ne parlons pas d'Hafydd. S'il revient — et j'ignore comment l'on peut tuer un homme qui a conclu un pacte avec la Mort —, lui et ses hommes traverseront la Terre entre les montagnes telle une tempête hivernale. Si le prince Michael n'arrive pas à diviser une partie de cette armée, nous serons tous morts dans peu de temps, de toute façon. Morts ou, si nous fuyons, déshonorés.

CHAPITRE XXXIV

Elle s'élevait au centre de la rivière, tel un immense navire aux voiles de pierre ondulant dans la lumière déclinante de la fin d'après-midi.

— Voici votre île, messire Hafydd, lança Kai. L'île de l'Attente. On dit que s'y trouve le Miroir de la Lune, bien que je ne l'aie pas vu lors de mon précédent voyage jusqu'ici en compagnie de Sainth.

Hafydd se leva à l'arrière, fixant la rivière des yeux. Il jeta ensuite un regard vers l'ouest en se protégeant les yeux de la main pour jauger de la hauteur du soleil.

— Le soleil ne se couchera pas avant plusieurs heures. Nous allons accoster et trouver ce miroir.

L'île s'avéra plus éloignée qu'ils ne l'avaient d'abord cru, sa haute taille donnant l'impression qu'elle était proche d'eux. Mais ils finirent par atteindre la berge. Le seigneur A'denné songea que face aux falaises massives et aux immenses remparts, ils n'étaient guère que des insectes glissants à la surface de la Wynnd.

— Il y a un endroit où accoster au bout, là-bas, dit Kai. Ou en tout cas il y en avait un, il y a un âge de cela.

Les immenses voiles de pierre qu'ils avaient vues au loin se révélèrent comme étant les ruines d'anciennes murailles. Des escaliers s'élevaient un peu partout, leurs marches de pierre usées par le passage du temps. Des arbres s'étaient frayés un chemin dans la pierre en de nombreux endroits. Leurs racines soulevaient marches et pavés et se glissaient entre les moellons d'un mur, accomplissant ce qu'aucune machine de siège n'aurait sans doute pu faire du temps où ces fortifications étaient encore debout.

Tandis que le bateau avançait, les hommes levaient les yeux vers les murailles au-dessus d'eux. L'endroit était paisible et apparemment sec, car de nombreux feuillages étaient teintés de brun et de roux. Un tapis de feuilles mortes s'étalait sur le sol et sur les remparts en ruine. Dans la lumière ténue qui filtrait à travers les nuages fuligineux, l'automne semblait s'être abattu sur l'île. C'était comme si celle-ci se tenait en dehors du temps qui gouvernait le reste du monde.

Un petit lagon artificiel les accueillit à la pointe sud et ils guidèrent leurs embarcations sur les eaux calmes jusqu'à un embarcadère en pierre à moitié submergé.

Le seigneur A'denné mit pied à terre avec raideur et s'étira. Il n'avait pas l'habitude de ramer et son dos était pétri de courbatures. Comme toujours, les gardes vêtus de noir se rassemblèrent autour de leur maître, à l'exception de l'un d'eux, qui se tenait à quelques pas des prisonniers. A'denné n'eut aucun mal à deviner quel rôle on lui avait affecté : ils ne seraient plus jamais laissés sans surveillance, ni libres de s'approcher d'Hafydd sans sa permission expresse. Il avait gâché son unique chance. Et, pire encore, il avait le sentiment qu'Hafydd l'avait ridiculisé en feignant la faiblesse pour l'inciter à essayer de le tuer. A'denné n'en haïssait que plus encore le sorcier !

Kai fut soulevé hors du bateau et déposé dans sa brouette. Son serviteur fit de son mieux pour l'y installer confortablement. A'denné voyait bien que le cul-de-jatte était en proie à de terribles douleurs. Hafydd gardait jalousement la plante dont Kai avait besoin pour prendre soin de sa douleur et ne lui en délivrait que les quantités nécessaires pour maintenir Kai dans un tourment quasi permanent. Le gentilhomme ne voyait nulle raison à une telle cruauté, mais la méchanceté d'Hafydd n'était pas fondée sur la raison.

Le sorcier se tourna vers Kai.

— C'est bien l'endroit… ? demanda-t-il. Tu en es certain ?

— Oui. C'est l'endroit où Sainth m'a amené, répondit Kai, il y a une éternité de cela… lorsque j'étais encore capable d'arpenter le monde.

— Alors je me demande si j'ai encore besoin de toi, Kilydd…, dit Hafydd d'une voix douce.

— Non, répondit le petit homme, à moins évidemment que tu ne souhaites retourner sur la Terre entre les montagnes.

Hafydd désigna la rivière du menton.

— Oh, je pense que cette branche finira bien par rejoindre la Wynnd.

— Je ne parierais pas mon or là-dessus. Cet endroit est différent de tout autre. Il est situé sur la frontière entre les terres secrètes et le monde que nous connaissons. Tu verras, lorsque vous grimperez. Les escaliers ne mènent pas là où ils devraient, ni même deux fois au même endroit. Même Sainth était perplexe. Quant à quitter les lieux… Vous pourriez commencer à descendre la rivière, mais vous vous retrouveriez rapidement sur la rive de l'île. L'île de l'Attente, seigneur Caibre. Sans moi, vous attendrez ici pendant un âge entier, ou plus. Hafydd se tourna vers le capitaine de ses gardes.

— Fouillez-le pour voir s'il dissimule des armes ! Assurez-vous qu'il ne se blesse pas.

Hafydd reporta son regard sur l'homme dans la brouette tout en continuant à s'adresser à ses gardes.

— Cela fait très longtemps qu'il mène cette existence pathétique, je serais surpris qu'il choisisse d'y mettre un terme à présent… mais nous n'en prendrons pas le risque.

Le chevalier fixa Kai pendant un moment. L'infirme lui rendit son regard, refusant de détourner les yeux.

— Poussez le bateau jusqu'au bout de l'embarcadère et attachez-le à un arbre. Nous ne voudrions pas être obligés de nager pour repartir.

Hafydd se détourna brusquement et grimpa les escaliers. Le seigneur A'denné aida Ufrra et Beldor Renné à soulever la brouette, ce qu'ils firent avec difficulté, malgré la force extraordinaire d'Ufrra.

Deux escaliers s'élevaient depuis l'embarcadère. Hafydd choisit celui de gauche. L'escalier escarpé grimpait entre les arbres automnaux, ses marches inégales n'autorisant pas le moindre moment d'inattention. Le cireur faisait de son mieux pour faciliter la progression de la brouette, mais il était trop petit et devenait presque une gêne. Il manqua plusieurs fois de faire trébucher les autres, jusqu'à ce que Beldor lui ordonne de rester à l'écart. Les escaliers finirent par s'arrêter sur une plate-forme. Les bases d'anciennes colonnes y étaient visibles, au milieu d'un champ de mousse couleur de moutarde séchée. Le seigneur A'denné songea que la vue sur la rivière était magnifique. La lumière du soir sur les berges boisées, les reflets de l'eau. Tout le monde reprit son souffle après l'ascension. Puis Hafydd se tourna vers Kai. Il désigna du doigt ce qui semblait être un antique chemin qui serpentait vers les hauteurs jusqu'à disparaître à leur vue, encadré en haut comme en bas par des falaises.

— Où cela mène-t-il ?

Kai haussa les épaules.

— Pas deux fois au même endroit. C'est la vérité. Sainth et moi avons passé presque deux semaines ici. J'ai rapidement abandonné l'espoir de comprendre le fonctionnement de ces lieux. Mais Sainth était plus tenace. Il a exploré le moindre recoin de l'île pour arriver à une certaine compréhension de ce labyrinthe, si toutefois cela est possible.

Le petit homme haussa de nouveau les épaules.

— Je te donne un petit conseil : ne laisse pas ton groupe se diviser, sans quoi vous ne vous retrouverez rapidement plus les uns les autres.

Le seigneur A'denné vit les gardes noirs échanger des regards qui lui parurent empreints d'une certaine inquiétude.

— Nous n'avons pas le temps, déclara Hafydd avant de s'engager sur le chemin moussu.

Les arbres étaient étranges : des fleurs jaunes en forme de trompettes pendaient des branches de certains tandis que d'autres arboraient une écorce noueuse et argentée et des feuilles de la couleur du soleil couchant. Un tapis de feuilles mortes craquait sous leurs pas. La lumière filtrait à travers le ciel noirci par la fumée — Hafydd semblait avoir mis le feu au monde entier — et un silence apaisant régnait sur ces lieux. Le seigneur A'denné se surprit à laisser son esprit dériver. Il n'avait plus qu'une envie : s'allonger par terre et s'endormir.

Une partie de la paroi s'était écroulée et le chemin se rétrécit. Il n'y avait de place que pour un homme à la fois. Le groupe tout entier s'arrêta pour se placer en file indienne.

A'denné se plaça derrière Kai. Stil, le cireur, était derrière lui, suivi de Beldor Renné et du dernier garde d'Hafydd. Le chemin était tellement érodé par le temps qu'Ufrra dut à plusieurs reprises porter Kai sur son dos, tandis que le seigneur A'denné et Beldor transportaient péniblement la brouette. Stil tentait de les aider mais finissait généralement par les gêner.

Sur une section particulièrement étroite, la chaussée céda sous le pied de Stillman. L'enfant perdit l'équilibre et tomba en arrière. Avant que le seigneur A'denné n'ait pu réagir, Beldor se jeta derrière l'enfant et tous deux chutèrent dans le précipice. A'denné se retourna brusquement pour découvrir Beldor agrippé à une épaisse racine, son poing solidement refermé sur le bras du garçon. Lorsque Ufrra et A'denné les remontèrent, Beldor grognait et jurait.

— Reste hors de mon chemin, gamin ! s'exclama le Renné en époussetant ses vêtements.

Le seigneur A'denné réalisa que Kai et lui faisaient la même chose : ils contemplaient Beldor d'un air perplexe. L'infirme et le gentilhomme échangèrent un regard. C'était l'enfant que, quelques jours plus tôt, Beldor avait menacé de tuer si Kai ne conduisait pas Hafydd jusqu'à cet endroit. Et il venait juste de risquer sa vie pour le sauver... Le seigneur A'denné ne trouvait aucune explication à ce revirement. L'homme avait tenté d'assassiner son propre cousin.

Pourquoi se soucierait-il de la vie d'un petit cireur ? À moins que quelque chose au sujet du jeune Stillman leur ait échappé. Ou au sujet des plans d'Hafydd.

Ils progressèrent pendant un long moment le long de la côte orientale de l'île. Ils finirent par trouver un autre escalier, descendant cette fois. Une demi-heure plus tard, ils étaient de retour à l'embarcadère sur la pointe sud de l'île, alors qu'ils avaient constamment voyagé en direction du nord. Hafydd jeta un regard noir à Kai.

— Je n'y suis pour rien, dit l'infirme d'un ton neutre. Telle est la nature de cet endroit. Les chemins mènent là où ils ne devraient pas, là où ils ne peuvent pas, diraient certains.

— Et ce miroir ? Tu ignores comment le trouver ? Regarde-moi avant de répondre.

Kai leva les yeux vers le chevalier.

— Si Sainth l'a trouvé, il ne m'en a rien dit... ce qui ne lui ressemble pas, tu le sais. Je t'ai amené ici, mais je ne peux rien faire de plus que de te guider sur le chemin du retour.

Le soleil se coucha au milieu des collines loin à l'ouest, enflammant la rivière. Ils collectèrent du petit bois et installèrent un campement de fortune sur l'embarcadère délabré. Hafydd se laissa fléchir et offrit à Kai un petit peu de l'herbe nécessaire pour atténuer ses souffrances, bien que Kai n'ait rien réclamé ni émis la moindre plainte. Il n'avait clairement pas l'intention de se montrer faible devant Hafydd.

— Demain je vous laisserai, toi, ton serviteur et l'enfant en arrière, déclara Hafydd à Kai durant leur maigre repas. A'denné, vous viendrez avec nous. Toi aussi, Beldor.

A'denné étendit ses couvertures sur la pierre dure et laissa ses muscles douloureux se reposer. Il avait désespérément besoin de dormir. Il songea qu'il ne se reposerait guère sur un matelas aussi dur, puis le sommeil l'emporta. Le matin fut sur lui après ce qui semblait n'avoir été qu'un instant.

Les hommes prirent une rapide collation. Certains se lavèrent dans le lagon. Kai attira l'attention du seigneur A'denné tandis qu'il se préparait à une nouvelle et étrange expédition.

— Une fleur pousse ici. Je l'ai vue. Ses pétales sont rouge sang et elle pousse en petites touffes. C'est la graine dont j'ai besoin. Si vous avez l'opportunité d'en collecter discrètement…

Le seigneur A'denné hocha la tête. Le fait que Kai l'ait supplié de lui rendre ce service montrait à quel point il était désespéré — car il était certain qu'Hafydd entrerait dans une rage terrible s'il apprenait que quelqu'un avait fourni cette plante à Kai. Mais A'denné n'en avait cure. Il allait donner sa vie pour une cause et si cela ne pouvait être la mort d'Hafydd, alors le soulagement de la douleur de Kai ferait l'affaire.

Hafydd leur fit transporter deux choses ce jour-là : une boîte en bois, qui fut confiée à Beldor Renné, et un large récipient en terre cuite fermé par un bouchon scellé à la cire. Hafydd faillit en confier la charge à A'denné mais changea d'avis et le remit entre les mains de l'un de ses gardes en lui ordonnant de ne pas le lâcher. A'denné se demanda ce que les deux objets pouvaient bien contenir et s'il accomplirait quelque chose en faisant basculer l'un ou l'autre dans un précipice, au cas où l'opportunité se présenterait.

Ils remontèrent le long du même escalier. Cependant, le chemin du jour précédent n'était plus à son sommet, remplacé par un autre escalier qui partait vers la droite. Hafydd resta un moment immobile à observer l'endroit. Ses gardes noirs échangeaient des regards et dansaient d'un pied sur l'autre, mal à l'aise. Après tout ce temps, ils étaient donc capables d'afficher un peu de faiblesse humaine.

Hafydd se décida rapidement. Il guida le groupe vers les hauteurs, ses gardes se hâtant de reprendre leur place autour de lui. Le chemin, pratiquement plat, s'incurvait autour de la partie sud de l'île, après quoi ils montèrent une nouvelle volée de marches. Au bout d'un moment, ils arrivèrent à un endroit où un escalier bifurquait depuis le chemin en enjambant ce qui semblait être une fissure dans la roche. Elle était pratiquement envahie par la végétation. Des racines et même des arbres adultes semblaient repousser la roche pour s'élever vers la lumière du jour. Hafydd envoya deux hommes explorer plus avant le chemin qu'ils avaient suivi jusqu'à présent pour voir s'il continuait sur une longue distance. Ils ne revinrent pas dans l'heure, contrairement à ce qu'il leur avait ordonné.

— Dois-je aller à leur recherche ? demanda le capitaine des gardes d'Hafydd.

— Non, répondit le sorcier en secouant la tête. J'aurais dû tenir compte de l'avertissement de Kai. Espérons qu'ils retrouveront leur chemin jusqu'à nous. (Il désigna l'escalier.) Nous passerons par ici.

Ils grimpèrent les marches de pierre sous la chaleur du soleil en se demandant dans quel genre d'endroit ils avaient pénétré, un lieu où les chemins vous emmenaient au loin… mais ne vous ramenaient pas.

Kai était assis dans sa brouette à l'ombre d'un arbre penché sur l'antique embarcadère. De temps à autre, une fleur dorée se posait près de lui, telle une trompette tombée du ciel — même si elle ne faisait qu'un bruit infime en touchant le sol. Cette journée ressemblait tellement à la précédente que Kai avait acquis l'étrange impression que les jours ne faisaient que se répéter. Une fine lumière tombante traversait la couche de fumée qui s'étendait toujours sur la voûte du ciel tandis qu'une petite brise venue du sud lui caressait le visage en portant jusqu'à lui l'odeur musquée de la rivière.

Ufrra s'affairait dans le campement. Ses larges mains empilaient le petit bois que Stil le cireur et lui avaient récolté. Le garde d'Hafydd avait passé la matinée à faire les cent pas le long de l'embarcadère. Il était désormais assis par terre, le dos appuyé contre un gros rocher. Il ne portait pas de casque et des mèches de sa chevelure noire s'agitaient dans le vent. Cela le réveillait partiellement… avant qu'il ne se rendorme.

Une accalmie de la brise fit taire le chuchotement des arbres et Ufrra interrompit ses activités. Kai hocha la tête dans sa direction et le muet s'empara d'une épaisse branche morte. Il s'avança sans hésiter vers le garde endormi et leva haut son gourdin. Quelque chose avertit le garde et ses yeux s'ouvrirent au moment où le bras d'Ufrra retombait. Le guerrier roula sur le côté et le coup rebondit sur son épaule. L'homme empoigna son épée et se releva sur un genou, mais une seconde massue s'abattit brutalement sur sa tempe et l'arrêta net. Il s'immobilisa pendant un instant, comme si le temps s'était suspendu, puis Ufrra lui assena un deuxième coup sur le crâne et le garde s'écrasa sur les galets. Un troisième coup lui enfonça le crâne et le guerrier se figea, aussi immobile que les pierres qui constituaient désormais son lit mortuaire. Le garçon, Stillman, restait debout, haletant, les yeux écarquillés. Ses doigts blancs agrippaient un gourdin de fortune éclaboussé de sang.

— Merci, mon garçon, lui dit Kai.

Ufrra s'accroupit devant l'enfant et lui retira l'arme improvisée des mains. Le garçon éclata en sanglots et, pendant quelques instants, le muet l'étreignit maladroitement.

— Ufrra, tu penses pouvoir lancer le navire tout seul ? demanda Kai tandis que l'enfant s'écartait pour sécher ses larmes et s'essuyer le nez dans sa manche.

— Je l'aiderai, proposa le garçon.

— Je n'en doute pas, répondit Kai, mais c'est une embarcation difficile à manipuler avec si peu de bras.

Ufrra réussit à peine à soulever le poids du bateau, mais ils eurent tôt fait de le bloquer à l'aide de leviers et de trouver des rondins à placer en dessus pour servir de roulements. Pendant que les autres s'activaient, Kai fixait les escaliers d'un air inquiet.

— J'ai l'impression d'entendre des voix, chuchota-t-il tandis qu'Ufrra et l'enfant poussaient le navire vers l'eau.

L'embarcation glissa sur quelques mètres avant d'entrer dans le lagon avec force éclaboussures.

— Prends l'épée et la dague du garde, murmura Kai à l'enfant tandis qu'Ufrra poussait sa brouette vers le bateau.

La question ne se posait plus : des voix leur parvenaient depuis les hauteurs et ils pouvaient entendre des bruits de pas descendant les escaliers. Ufrra déposa sans cérémonie son maître dans le bateau avant de repartir chercher une hache et des couvertures. Stillman bondit par-dessus le plat-bord tandis que le muet poussait le bateau dans l'eau.

À cet instant, une robe noire apparut au pied de l'escalier et un garde poussa un cri. Ufrra fit glisser les rames entre les tolets et les plongea dans l'eau. Le bateau commença à tourner avec une terrible lenteur.

Le garde se mit à courir mais s'arrêta net au bord de l'eau, en poussant des jurons. Il était clair qu'il ne savait pas nager.

Le temps que l'autre garde accoure sur l'embarcadère, Ufrra les avait déjà fait sortir du lagon jusqu'à la rivière. Les gardes empoignèrent des arcs et les suivirent en courant le long des murailles en ruines. Ils tiraient flèche après flèche en direction du navire qui s'éloignait. La plupart s'enfoncèrent dans les eaux mais l'une d'elle vint se ficher dans le bois entre Kai et son serviteur. Le cireur s'était mis à couvert à la poupe en essayant de se dissimuler sous un banc de nage. Les flèches se firent de plus en plus distantes.

— Nous sommes presque hors de portée, dit Kai à l'enfant. Dans un moment, tu ne risqueras plus rien.

C'est à ce moment précis qu'un projectile sifflant vint frapper la cuisse d'Ufrra. Le muet s'écroula, lâchant l'une des rames qui heurta les tolets puis pivota avant de s'enfoncer dans la rivière. Stillman plongea par-dessus bord pour la récupérer. Il réussit à la ramener, dégoulinante de l'eau de la rivière, et la remit en place. Après quoi il l'empoigna des deux mains et entreprit d'aider Ufrra à les mettre hors de portée, aidé dans sa tâche par le courant. Sur la rive, les gardes avaient cessé de tirer. Ils regardaient leurs prisonniers s'enfuir en hurlant des imprécations et des menaces.

— Où est Hafydd ? haleta l'enfant en tirant sur sa rame.

— Occupé à explorer l'île, répondit Kai. Il semble qu'il ne m'ait pas écouté quand je lui ai dit de garder son groupe soudé. Et c'est tant mieux. (Kai jeta un œil à la rivière.) Placez-moi à un emplacement approprié et je tâcherai de manier une rame. Hafydd sera enragé d'apprendre que nous nous sommes enfuis mais malgré tout, je doute qu'il se lance à notre poursuite. Il doit servir son maître. Sa revanche sur Kilydd devra attendre… une longue attente, j'espère.

L'île était un labyrinthe conçu par un dément… un dément maîtrisant la sorcellerie. Hafydd leur faisait gravir des marches et suivre des chemins qui disparaissaient lorsqu'ils tentaient de faire demi-tour. À un moment, ils furent contraints d'escalader une falaise quasiment à pic et se retrouvèrent sur un parapet en ruine pour découvrir un endroit qu'ils avaient dépassé peu de temps auparavant. Tous auraient pu jurer qu'il avait été situé bien plus près du sol, au sud.

Hafydd dégaina son arme et ordonna aux autres de le laisser en paix. Ils l'entendirent qui murmurait et psalmodiait pour lui-même, après quoi il frappa la pierre du plat de sa lame. Elle émit un gémissement semblable à celui d'un esprit mort et torturé.

Le seigneur A'denné était assis sur un tronc abattu et tentait de ne pas paraître s'intéresser de trop près à ce que faisait Hafydd. S'il s'agissait bien de magie, et cela semblait être le cas, alors peut-être Hafydd serait-il affaibli ensuite. Le gentilhomme examina les alentours d'un air désinvolte. Les gardes d'Hafydd avaient reçu l'ordre de laisser leur seigneur tranquille. Mais ils s'étaient répartis sur un périmètre tout autour de lui. Tous paraissaient vigilants et le fixaient de leur regard de pierre. Si seulement quelqu'un d'autre avait pu assassiner Hafydd pendant qu'ils le surveillaient, lui. Mais il n'y avait que Beldor Renné, dont la loyauté n'était peut-être pas certaine. Il avait risqué sa vie pour sauver le cireur. Ne la risquerait-il pas pour sauver la Terre entre les montagnes ?

Hafydd se mit à tourner sur lui-même, tenant toujours son épée gémissante. Le son, obsédant et surnaturel, fit frissonner A'denné. Puis Hafydd s'arrêta. A'denné distinguait sa silhouette au milieu des feuillages. Hafydd ouvrit brusquement les yeux.

— Sianon, murmura-t-il.

CHAPITRE XXXV

Ils trouvèrent sur la rive orientale une zone d'accostage étroite à partir de laquelle ils pouvaient grimper le long d'un éboulement de pierre jusqu'à un plateau de l'île. Au prix de quelques efforts, ils tirèrent les bateaux sur la terre ferme et les dissimulèrent derrière les branches basses d'un bosquet d'arbres.

— Cela ne me plaît guère de laisser nos navires ici, où il nous sera impossible de les remettre rapidement à l'eau.

Orlem scrutait les alentours, une expression désapprobatrice sur le visage.

— Nous n'avons pas le choix, Orlem, répondit Elise. Nous ne pouvons pas les laisser dans un endroit où ils seront facilement repérables. Et je doute que ce soit la seule chose qui en vienne à vous déplaire durant ce voyage. Hafydd est arrivé ici avant nous, j'en suis certaine.

Orlem fit coulisser son immense épée dans son fourreau et déroula la peau de mouton huilée qui contenait sa cotte de mailles. Toren contempla le géant en train d'enfiler son armure en songeant qu'il était heureux d'être du même côté que le colosse. S'il avait lui-même dû porter une telle armure, il aurait été épuisé en moins d'une heure.

Les autres étalèrent au sol les rares objets qu'ils

n'avaient pas perdus dans la rivière. Quelques armes avaient été récupérées, deux haches, plusieurs cottes de mailles, deux arcs et environ deux douzaines de flèches. Baore affirmait pouvoir en faire d'autres, car il disposait de pointes supplémentaires et était doué de ses mains. Mais ils n'en avaient pas le temps et Toren craignait qu'ils n'en aient jamais l'occasion.

Eber était évidemment trop âgé pour tenir une arme, et Llya trop jeune. Thaison n'avait pas l'air enclin au combat, bien qu'il ait de nombreuses connaissances en matière de guérison, connaissances dont Toren songeait qu'elles risquaient de s'avérer utiles. A'brgail était un guerrier d'exception, de même que ses chevaliers. Baore, pour sa part, avait été pourchassé le long de la rivière Wynnd par les gardes d'Hafydd et était sorti victorieux de plusieurs affrontements. Il était sans aucun doute plus vaillant que son allure de jeune fermier ne le laissait penser. Et pourtant Toren craignait qu'ils ne fassent pas le poids face à Hafydd, même avec Elise, Orlem et ses propres hommes d'armes. Et qui pouvait dire ce qu'il faudrait pour arrêter un dévoreur d'âmes, quoi que cette créature puisse être ?

Elise ne semblait avoir besoin ni de repos ni de nourriture. Elle fut rapidement prête à reprendre la route, bien que tous les autres fussent soit fatigués soit affamés. Ils n'en ramassèrent pas moins les armes qu'ils possédaient et se levèrent pour la suivre en tentant d'oublier l'épuisement et la faim par leur seule volonté.

Elise mit un genou à terre et sourit au petit garçon, Llya.

— Sais-tu où nous devons aller, à présent ?

Eber traça des signes dans l'air avec ses mains pour s'assurer que son fils comprenait mais le regard de l'enfant restait rivé sur Elise. Llya secoua la tête. Elise lui ébouriffa les cheveux et déposa un baiser sur sa joue.

— Tu en as déjà assez fait.

— Dame Elise, dit Eber en tournant légèrement la

tête afin que son fils ne puisse lire sur ses lèvres, j'ai peur que mon garçon ne soit en danger ici.

Elise hocha la tête, l'air pensif. Elle se releva et, pendant un moment, parut plongée dans ses pensées.

— Vous pourriez prendre un bateau, peut-être avec Thaison, et descendre la rivière. Mais alors il n'y aura personne pour vous protéger.

Llya parut avoir compris ce qu'avait dit Elise et tira sur la manche de son père. Il traça rapidement des mots à l'aide de ses doigts.

— Que dit-il ? demanda Elise.

— Il déclare devoir trouver le dormeur dans la rivière, répondit Eber avec un soupir dans la voix.

Il s'accroupit afin que Llya puisse facilement voir son visage.

— C'est dangereux ici, énonça soigneusement Eber.

Mais Llya secoua la tête et agita de nouveau les mains. Son attitude était étonnamment déterminée. Eber finit par soupirer et releva les yeux vers Elise, qui haussa un sourcil.

— Il dit que le danger est partout désormais. Llya pense que nous devrions rester avec vous et Baore, dont il pense qu'il s'agit d'un grand guerrier.

Elise sourit.

— Baore est un grand guerrier. Ses compagnons et lui ont affronté une compagnie des gardes d'Hafydd et des hommes d'armes du prince d'Innes et en sont sortis victorieux. Rares sont ceux qui auraient pu en faire autant. Ils ont même combattu Hafydd en personne, tandis que nous nous échappions des marais interdits. Baore est sans peur. Nous ferons de lui le gardien de Llya, car j'ai d'autres choses qui retiennent mon attention.

— Baore… ? dit-elle en se tournant pour interpeller le jeune homme des wildlands. Vous serez le garde de Llya à partir de maintenant.

— Mais je suis le vôtre, ma dame, dit le jeune homme.

— C'est vrai, mais je suis plus capable de me défendre que ne l'est Llya. Accepterez-vous de le surveiller afin que je n'aie plus d'inquiétude à son sujet ?

Baore hocha la tête.

— Si tel est votre souhait.

Elise offrit à Baore un sourire qui aurait fait fondre le cœur de n'importe quel homme, de l'avis de Toren. Elle se tourna vers les autres.

— Hafydd est ici. Soyez prudents. Ne parlez que si c'est nécessaire, et uniquement à voix basse.

L'essentiel de la journée s'était écoulé et l'île projetait son ombre immense sur la rive orientale. Toren n'avait jamais connu d'endroit aussi étrange. L'île était excessivement silencieuse et semblait prisonnière d'un éternel automne. Même la lumière paraissait diffuse et dorée, comme si l'été se délitait lentement. Il s'attendait à voir passer des vols de canards et d'oies dans le ciel à la poursuite du soleil déclinant au sud.

Ils avaient passé la journée à explorer l'île, escaladant des escaliers qui semblaient les ramener à leur point de départ et suivant des sentiers qui ne les menaient pas là où ils auraient dû. Si Toren n'avait pas auparavant rejoint les Eaux Stagnantes par le biais d'une route impossible, ces événements l'auraient profondément troublé. Mais à présent, il n'était pas surpris. L'endroit était magique… il le sentait.

Ils avaient fait halte pour se reposer au pied d'une falaise sur la pointe nord de l'île. Ils restaient debout, les yeux tournés vers la rivière. Un ruisselet minuscule et brillant s'écoulait à grande vitesse depuis les hauteurs.

— Qu'en dites-vous, Orlem ? demanda Elise.

Elle observait les alentours comme s'il s'était agi d'un terrain qu'elle envisageait d'acheter.

— Cet emplacement ne me paraît pas plus mauvais qu'un autre pour installer un campement. Il y a de l'eau, et nous pourrons nous défendre correctement, continua-t-elle.

Orlem se redressa et tourna sur lui-même. Ils se trouvaient sur un sommet arrondi dont trois faces étaient constituées de falaises ou de pentes escarpées. Derrière eux, le cours d'eau avait creusé un étroit sillon au cœur de la roche. Il était engorgé par moult branches d'arbres et autres troncs déracinés.

— C'est loin d'être parfait, déclara Orlem, mais nous pourrions errer jusqu'à la nuit tombée sans rien trouver de mieux. Je pense que nous devrions nous abstenir de faire du feu.

— D'accord. Nous n'avons pas grand-chose à manger, de toute façon, et il ne semble pas y avoir beaucoup de gibier à abattre pour nos archers.

On fit mariner des tranches de bœuf séché dans des coupes et un groupe chargé de cueillir des baies fut formé pour explorer la colline voisine sous l'œil vigilant d'Elise. Elle avait demandé aux cueilleurs de rester à portée de vue. Thaison garnit son gilet de champignons comestibles et de racines dont il affirmait qu'elles avaient un goût de cannelle. À l'exception d'Eber, toutefois, personne n'y toucha, tant leur aspect était répugnant. On cueillit de petites pommes dures sur un arbre tordu et Thaison rassembla des fruits d'églantiers en expliquant qu'ils étaient non seulement délicieux mais aussi très sains. Au final, le repas fut loin d'être frugal, même si la plupart d'entre eux avaient connu mieux.

Orlem et Elise discutèrent la possibilité d'explorer la ravine sur une courte distance, mais le crépuscule mit fin à cette idée. Toren réalisait cependant qu'il s'agirait de leur route de secours s'ils devaient se retrouver encerclés à l'endroit où ils se trouvaient. Le seigneur Renné tira le premier tour de garde, qu'il passerait en compagnie d'A'brgail. Les étoiles étaient clairement visibles au-dessus de leurs têtes. Mais au bout d'une heure, elles commencèrent à devenir floues puis furent bientôt totalement obscurcies. Un vent frais se leva depuis le sud et se mit à souffler dans les arbres, arrachant des branchages et déclenchant de petits tourbillons de feuilles.

— Nous allons avoir de la pluie, pronostiqua Thaison. Dans l'heure, je dirais.

— Qu'il pleuve à verse, répondit Elise. Hafydd est deux fois moins dangereux sans feu. (Elle regarda autour d'elle.) Nous pourrions nous mettre un peu à l'abri sous cette corniche sur la falaise.

Ils déplacèrent leurs affaires à l'endroit qu'elle avait indiqué, bien qu'il y ait tout juste assez de place pour eux. Il était inutile d'espérer s'allonger et dormir. Elise se rendit jusqu'au ruisseau et se pencha pour boire juste au moment où un éclair fendait l'horizon, accompagné du tonnerre roulant au-dessus des collines.

Hafydd semblait suivre l'endroit désigné par sa lame, pointée en direction du sol. Ils firent le tour d'un contrefort de pierre lorsqu'un flash de lumière illumina un petit bassin rond. Hafydd s'y arrêta en tournant lentement sur lui-même.

— Je le sens, chuchota le chevalier d'une voix rauque.

Il plongea sa lame dans le petit ruisseau qui menait au bassin. Un éclair de lumière illumina son visage austère. Ses yeux étaient écarquillés par la surprise.

A'denné contempla le chevalier tandis qu'il faisait courir son épée le long du petit ruisseau, comme s'il le coupait soigneusement en deux. La lame atteignit le bassin. L'eau était peu profonde au-dessus d'un antique barrage de pierre. Au moment où son arme pénétra dans le bassin, Hafydd s'immobilisa. Il resta là un moment, accroupi, les yeux fermés, la lame totalement immobile entre ses mains. Ses yeux finirent par s'ouvrir.

— Vous voilà, père, murmura-t-il. La Mort vient vous chercher, enfin. Le sentez-vous ? Sentez-vous le dégoût que vous inspirez à votre fils ?

— Hafydd ! siffla Elise en s'éloignant d'un bond du petit ruisseau, l'épée dégainée.

La pluie s'abattit sur eux et le vent referma sa prise sur la pointe rocheuse. Elle était simplement allée boire au ruisseau et voilà qu'elle chancelait soudain en arrière.

— Il est au-dessus de nous..., dit-elle d'une voix basse mais chargée d'urgence.

Orlem leva les yeux vers le contrefort de pierre, un bras levé comme pour se protéger de projectiles.

— Sait-il que nous sommes là ?

— Certainement. J'ai senti sa présence. Il a dû boire dans le ruisseau au-dessus. Je doute qu'il n'ait pas perçu mon arrivée.

Tous se plaquèrent contre la paroi sous la corniche, s'attendant à voir des rochers s'abattre sur eux. Mais seules les feuilles détrempées charriées par le vent retombèrent à leurs pieds. La foudre illumina de nouveau le ciel, plus près cette fois, et le tonnerre les frappa de toute sa force. Un épais rideau de pluie s'était formé devant eux, délimité par la corniche au-dessus de leur tête.

Ils attendirent un long moment. Orlem était debout au-dessus du ruisseau, l'épée à la main et le regard fixé sur la faille. À chaque éclair, il levait sa lame et les autres se tendaient, prêts à le rejoindre pour le soutenir. Elise aussi était restée debout sous la pluie battante. Ses boucles dorées collaient à son visage luisant.

Un éclair s'abattit et Elise disparut. Une fois dissipés les effets du flash, Toren vit qu'elle s'était rapprochée du ruisseau à présent en crue. Sa lame était plongée dans l'eau. Une obscurité habitée par le tonnerre et le vent redescendit sur eux. La tempête hurlait tout autour. Toren commençait à avoir froid, mais il n'avait pas assez de place pour se relever sous la protection de la corniche. Il ressentait le besoin de bouger, sans quoi il allait se mettre à frissonner et à se raidir. Il s'avança donc de quelques pas et la pluie s'abattit immédiatement sur lui. Elle ruisselait en longues coulées froides le long de son cou et de son dos.

— Il est parti…, déclara Elise tandis que se dissipaient les échos du tonnerre.

— Où donc, ma dame ? demanda Orlem.

— Je l'ignore, Orlem. Il s'éloigne de nous, et à grande vitesse.

— Est-ce une ruse ?

Un nouvel éclair et une explosion de tonnerre interrompirent la conversation. La lumière révéla Elise, l'épée toujours plantée dans l'eau.

— Je ne crois pas que ce soit une ruse. Hafydd sait ce que Sianon pourrait faire avec l'eau… et pourtant, je ne crois pas qu'il soit en train de s'enfuir en courant.

Les ténèbres redescendirent sur eux et lorsque la foudre frappa de nouveau, Toren vit Elise, sa cape battant furieusement sous les assauts du vent, qui escaladait l'entrée de la ravine, laquelle était largement inondée.

— Venez ! lança Orlem aux autres. Nous ne pouvons pas attendre que la tempête s'apaise. (Il fit une pause et son expression changea.) Je suis navré, Eber, mais je ne crois pas que nous puissions vous laisser ici, vous et votre fils.

Toren et A'brgail reprirent leur position en arrière-garde de la colonne et ils s'avancèrent en pataugeant dans le petit ruisseau gonflé de pluie. L'eau s'élevait désormais jusqu'à mi-cuisse et descendait la ravine avec une vitesse et une force surprenantes. Lorsqu'ils le pouvaient, ils grimpaient au-dessus de la surface du torrent. Mais les prises étaient rares et ils étaient souvent contraints de se frayer un passage à contre-courant. À plusieurs reprises, l'un d'eux glissa en renversant plusieurs autres individus et ce fut un miracle qu'ils ne dévalent pas tous la pente pour se retrouver pêle-mêle en contrebas.

Les chevaliers d'A'brgail finirent par porter Eber entre eux et Llya s'accrocha au dos massif de Baore, un bras passé autour du cou de l'homme du Val. Ils attendaient les éclairs avant d'avancer aussi vite que possible en essayant de mémoriser le chemin sur quelques pas devant eux. Pendant un instant, les épais nuages s'écartèrent pour révéler la lune et tous se hâtèrent pour profiter de l'éclaircie avant que les nuages ne se referment sur la clarté argentée.

Toren n'aurait pas su dire combien de temps avait duré l'ascension, mais lorsqu'il atteignit le sommet, ses pieds étaient engourdis et il s'écroula sur l'herbe piétinée, à bout de souffle. La pluie continuait de les assaillir sans discontinuer. Seuls Elise et Orlem étaient encore debout, explorant les alentours avec autant de méfiance que des bêtes sauvages.

Les nuages continuaient de défiler au-dessus d'eux. La lune récemment levée projetait des lueurs éphémères sur les terres en contrebas. Cet éclairage ténu permit à Toren de distinguer Orlem, accroupi près d'un bassin.

— Vous voyez des empreintes de bottes ? demanda Orlem.

Il se pencha très bas, le visage à quelques centimètres du sol.

— Elles s'approchent jusqu'au bord de l'eau, mais je ne parviens pas à voir dans quelle direction elles repartent… La même chose pour ces empreintes-là.

— Comme s'ils étaient entrés dans le bassin, dit Elise à voix basse, ses mots emportés par le vent.

— Les empreintes doivent émerger de l'autre côté, dit A'brgail en se relevant avec difficulté.

Orlem prit le chevalier de vitesse en contournant le bassin. Une fois arrivé de l'autre côté, il entreprit d'en refaire lentement le tour, s'arrêtant à l'occasion de chaque éclair pour examiner soigneusement la bordure du bassin.

— Je ne trouve rien, admit-il au bout d'un moment.

À cet instant, la lune apparut à travers une fine nappe nuageuse et Orlem s'immobilisa.

— Le Miroir de la Lune ! s'exclama Elise.

Et elle plongea dans les eaux avec la grâce d'un cygne.

CHAPITRE XXXVI

Alaan gravit rapidement l'escalier en prenant soin de ne faire aucun bruit.

— Trois des gardes d'Hafydd se trouvent en contrebas, chuchota-t-il. L'un d'eux est endormi.

Tam décocha un regard vers Cynddl, dont l'expression était grave. Ils étaient venus jusqu'ici dans l'espoir de retrouver Elise, car il s'agissait de l'ancien site d'accostage de l'île. Mais Elise n'était pas là.

— Nous ne pouvons pas les laisser ici, murmura Alaan.

Il lut aisément la réaction de ses compagnons ; ils n'aimaient pas tuer de sang-froid.

— Ils pourraient nous attaquer par-derrière. (Alaan fixa Tam, puis Cynddl.) Et eux n'hésiteront pas à nous abattre.

Cynddl fit ployer son arc et plaça la corde dans l'encoche prévue à cet effet. Tam prit une profonde inspiration avant de faire de même. Il avait beaucoup de mal à se résoudre à agir comme ils allaient le faire.

Ils hochèrent la tête en direction d'Alaan et celui-ci commença à descendre les marches, aussi silencieux que le vent. Les autres le suivirent en faisant bien attention à l'endroit où ils posaient les pieds, tandis que Cynddl continuait de surveiller leurs arrières. Alaan s'arrêta au terme d'une brève descente. On devinait à peine le tracé de la rivière à travers les feuillages. Tam identifia deux formes sombres comme étant probablement les gardes d'Hafydd, mais il ne pouvait en être sûr.

Alaan se pencha pour lui murmurer à l'oreille.

— Approche-toi un peu plus afin de mieux les voir. Attendez que j'aie atteint le bas de l'escalier, puis tirez sur les gardes. Si l'un d'eux arrive malgré tout à s'échapper, je m'en occuperai. (Alaan marqua une pause.) Ils portent certainement des cottes de mailles.

Tam hocha la tête et Alaan chuchota les mêmes instructions au Fáel. Ils descendirent tous les trois quelques marches supplémentaires pour garantir que Tam ne confondrait pas le tronc noir d'un arbre avec la silhouette d'un des gardes d'Hafydd. Il encocha une flèche après s'être assuré qu'il en avait trois autres à portée de la main. Un regard vers les hauteurs lui apprit que l'escalier au-dessus d'eux était toujours désert. Cynddl capta son regard, les lèvres pincées. Ni l'un ni l'autre n'appréciaient ce qu'ils s'apprêtaient à faire, mais ces hommes étaient ceux qui avaient tiré sur Baore et tenté de les tuer à plusieurs reprises. C'était une guerre, après tout.

L'appel d'une grive sorcière retentit à travers les bois, ce qui fit presque sourire Tam. Il banda son arc en visant soigneusement, sans oublier qu'ils tiraient en contrebas et devaient prendre en compte la trajectoire courbe de leurs flèches.

— Prêt ? chuchota Cynddl.

Tam hocha la tête et ils décochèrent leurs flèches. Tam les entendit siffler dans les feuillages mais ne releva pas les yeux pour voir si elles avaient atteint leur cible. Il saisit une nouvelle flèche et l'encocha. Derrière le rideau des feuillages, une forme sombre chancela et se replia sur elle-même. Mais avant que Tam n'ait eu le temps de tirer à nouveau, il vit jaillir une autre silhouette, vive et déterminée. C'était Alaan, qui acheva l'homme d'un coup avant de se lancer à la poursuite de l'autre. Cynddl tira une flèche sur le dormeur, qui ne s'était pas réveillé, ni n'avait même bougé.

Lorsque Tam et le quêteur d'histoires atteignirent le bas de l'escalier, ils trouvèrent Alaan accroupi auprès de l'un des gardes d'Hafydd, lequel avait une flèche plantée dans la poitrine. L'arc Fáel s'était une nouvelle fois montré plus fort que les mailles de fer.

— Nous n'en savons rien, murmura l'homme qui tremblait de douleur.

Il s'étouffa et cracha du sang avant de se mettre à haleter d'une horrible manière.

— Nous avons été séparés... perdus...

Alaan éloigna la pointe de sa lame du cou du garde et se redressa.

— Le troisième homme était déjà mort, dit-il, une expression sombre sur le visage. Kai était ici, mais il s'est échappé en bateau après que le garde a été tué.

Il porta son regard vers la rivière.

— Et celui-ci ? demanda Cynddl tout en craignant d'entendre la réponse.

L'homme était allongé, les yeux fermés et la mâchoire serrée de douleur. Son visage était couvert de sueur. Il s'étouffa à nouveau.

— Je lui ai promis une mort propre, répondit Alaan. Il a vu des hommes se noyer dans leur sang par le passé.

Cynddl et Tam se détournèrent, mais ils n'avaient pas fait un pas qu'ils entendirent le son d'une lame tranchant la chair. Tam ferma les yeux.

— Venez, dit Alaan à mi-voix. Nous allons les rendre à la rivière. Ils traînèrent les trois corps jusqu'à la rive occidentale. Des corbeaux piaillaient dans les arbres, invectivant les hommes. Alaan collecta les épées et les dagues des gardes et retira leurs cottes de mailles afin que leurs corps puissent dériver au fil de l'eau. Un par un, ils glissèrent jusqu'à la rivière et furent emportés entre les mains du courant. Ils restèrent allongés pendant un moment, à moitié immergés, puis glissèrent sous la surface, en direction des profondeurs sombres de la rivière Wynnd.

— Leur guerre a pris fin, dit Alaan d'une voix douce, comme s'il ne s'était pas agi de ses ennemis. Mais la nôtre continue.

Ils revinrent au pied de l'escalier et Alaan s'arrêta, les yeux levés vers le soleil, l'oreille visiblement tendue.

— Dépêchons, avant que ces marches ne mènent à un nouvel endroit.

Ils grimpèrent à vive allure les marches inégales.

— Mais comment savez-vous où ils mènent et quand ? demanda Cynddl tout en courant.

— C'est le don fait à Sainth par son père. Mais même ainsi, Sainth a dû étudier cet endroit avant d'en comprendre le fonctionnement. C'est une île en flux, la destination de cet escalier change alors même que nous le gravissons. Dépêchez-vous. Si nous ne rejoignons pas rapidement nos compagnons, nous serons contraints à une longue attente.

Ils retrouvèrent leurs amis au sommet d'une petite falaise envahie par la végétation. Pendant qu'Alaan et les autres étaient partis, ils avaient lancé des cordages par-dessus de solides branches qui surplombaient la rivière. Ils s'en étaient servis comme de bossoirs de navires pour haler le bateau. Celui-ci oscillait doucement dans les airs, habilement dissimulé aux yeux indiscrets, depuis la terre comme depuis la rivière.

Cœur-de-corbeau paraissait comme toujours fasciné par les lieux qu'ils traversaient. Dease, le visage teinté de gris par la fumée, grimpa jusqu'au sommet de la falaise et décocha un faible sourire en direction de Tam. Le Renné n'était pas encore remis de l'épreuve qu'il avait traversée sur la rivière et plusieurs heures passées à ramer avaient achevé de l'épuiser. Tam songea que seule la fierté de Dease le maintenait encore debout.

Leur équipement fut rapidement rassemblé et réparti

entre les différents membres du groupe. Tandis qu'ils empaquetaient leurs charges, Fynnol s'approcha et fit mine de resserrer les boucles de sa sacoche à côté de Tam.

— Alors, qu'est-ce qui s'est passé ? demanda-t-il à voix basse. Ton visage arbore l'air le plus sombre que j'aie jamais vu, cousin.

— Nous sommes tombés sur trois gardes d'Hafydd, dont un qui était déjà mort. Nous leur avons tiré dessus et Alaan a achevé le dernier après qu'il a eu répondu à ses questions.

— L'un des gardes d'Hafydd a divulgué des informations sur son maître ?!

— Rien de vraiment utile.

— Ah. (Fynnol souleva son paquetage et le cala sur son dos.) Et où va-t-on maintenant ?

— Nous suivons Alaan. Je resterai près de lui, si j'étais toi. L'île est comme la rivière Wynnd ; ses chemins ne mènent pas toujours là où l'on s'y attend, ni même deux fois au même endroit.

— Devons-nous nous attendre à rencontrer ce dévoreur d'âmes ? demanda Cynddl à Alaan.

Celui-ci s'immobilisa, son paquetage à moitié fait.

— Pas encore. Il ne peut exister de jour. Hafydd lui donnera naissance après la tombée de la nuit. Et lorsque viendront les dernières heures de la nuit, il aura déjà commencé à mourir. Ce monstre sera à l'apogée de sa puissance aux heures médianes entre le coucher du soleil et l'aube.

Tam frissonna.

— Comment pouvons-nous le combattre ?

— On ne peut pas. Nulle arme conçue par l'homme ne peut le blesser. Sa peau est plus impénétrable que la meilleure des cottes de mailles et il est plus puissant que le cochmir, bien que moins massif si l'on en croit les histoires. (Alaan parut soudain troublé.) Écoutez, vous tous. Cette chose à laquelle Hafydd veut donner corps provient de l'ancien monde et elle est plus puissante que tout ce que nous pouvons imaginer. Vous ne pouvez espérer lui faire face. Elle a tué Tusival, le plus puissant sorcier ayant jamais vécu. Si nous n'arrivons pas à empêcher Hafydd de la créer…

Il ne termina pas sa phrase. Il n'en avait pas besoin.

— J'imagine que la bonne question, dans ce cas, est : comment pouvons-nous tuer Hafydd ?

— C'est une proposition plus raisonnable, répondit Alaan, mais cela reste du domaine de l'exploit. Si Elise est ici, nous serons peut-être capables de vaincre Hafydd, elle et moi. Mais s'il nous affronte séparément, nous aurons simplement de la chance d'en sortir vivants.

— Il n'a encore jamais réussi à vous attraper, intervint Cœur-de-corbeau, brisant le silence du voyageur.

— Non, pas dans cette vie, admit Alaan à voix basse. Il y a une possibilité. Le sort nécessaire à la création du dévoreur d'âmes sera très complexe, trop pour être accompli de mémoire. Il a certainement été porté par écrit, sans doute dans un livre. Même le livre sera difficile à détruire mais si nous rencontrons Hafydd, ce livre sera plus important qu'aucune de nos vies… y compris la mienne.

CHAPITRE XXXVII

Menwyn Wills était debout devant son bureau de campagne, occupé à étudier une carte de la rivière Wynnd. Son doigt suivait les courbes lentes de la rivière à la recherche d'une petite crique.

— Vast a mérité sa récompense, dit-il.

Un conseiller du duc de Vast se tenait à ses côtés.

— Il a respecté sa part du marché, Votre Grâce.

Menwyn se redressa, les yeux toujours baissés sur la carte, examinant le terrain comme un aigle aurait pu le faire depuis les cieux.

— Malheureusement, le duc ne m'a pas laissé beaucoup de temps de préparation.

— Il n'était pas possible de faire autrement, Votre Grâce. Les Renné ont débattu pendant trop longtemps.

— Je n'en doute pas, renifla Menwyn en tapotant du doigt un point de la carte. Vast est-il certain que c'est cet endroit ?

— Oui.

— Alors nous allons leur préparer un comité d'accueil.

Menwyn se déplaça avec lenteur autour de la table, les yeux toujours fixés sur le plan. Il traversa jusqu'à la rive ouest, sur les terres Renné, et se mit à noter le nom des villes et les frontières des propriétés qui avaient été dessinées sur le papier afin de pouvoir commencer à les diviser.

— Si les Renné étaient intelligents, ils resteraient sur la rive occidentale et attendraient que nous traversions. Ils pourraient réussir à défendre la rivière... pendant un certain temps.

— Ils placent tous leurs espoirs dans une attaque éclair, Votre Grâce.

— C'est plus que cela. Après la débâcle sur l'île de la Bataille, ils me prennent pour un incompétent. Mais c'était une manœuvre d'Innes... et votre duc était alors du côté des Renné. Si le prince m'avait écouté, Vast aurait été avec nous et il aurait modifié l'issue de la bataille à notre avantage. Cette erreur a été corrigée.

Menwyn plaça son doigt sur l'affluent du Westbrook, remontant à sa source jusqu'au château Renné, près de son embouchure.

— Pouvez-vous faire parvenir un avertissement à Vast ? Est-ce faisable ?

— Ce serait difficile. Le temps nous manque et la berge est surveillée.

— Vous devrez néanmoins essayer. Le prince Michael d'Innes est apparu dans la maison de sa cousine pas plus tard qu'hier. Il cherchait un soutien auprès des officiers et des alliés de son père, pour tenter de m'arracher le contrôle de l'armée.

Le seigneur Menwyn quitta la carte des yeux pour juger de la réaction du conseiller.

— Heureusement, son cousin par alliance avait déjà décidé de rejoindre le camp des vainqueurs peu de temps auparavant. Il nous a avertis et une compagnie d'hommes d'armes a été envoyée jusqu'à chez lui.

— La chance est toujours du côté des vertueux.

— J'espère que vous avez tort. Le prince a été secouru alors qu'on me l'amenait ici. Nous n'avons pas encore réussi à le retrouver, malgré tous nos efforts.

L'homme n'avait aucune platitude à offrir mais il s'agita nerveusement d'un pied sur l'autre.

— Ce qui est étrange, c'est que le jeune prince était

accompagné par un Renné, le seigneur Archer Renné, apparemment. (Il fixa son interlocuteur.) Vous le connaissez ?

— Seulement de réputation. C'est un… solitaire. On dit qu'il souffre d'une blessure occasionnée lors d'un tournoi il y a quelques années.

— Exactement. Le cousin du prince a trouvé que cet homme ressemblait remarquablement à Samul Renné. En fait, il a cru qu'il s'agissait de Samul Renné, bien qu'il ne l'ait vu qu'une seule fois, quelques années auparavant.

— Samul Renné a été exécuté, Votre Grâce. J'en ai été témoin.

— Alors vous en êtes certain ? Vous avez vu Samul Renné mourir ?

L'homme hésita un instant.

— J'ai vu la tête tomber dans le panier. J'étais à quelques distances, à une fenêtre. (Il réfléchit.) L'échafaud était dissimulé par des tentures noires, une coutume Renné à ce qu'on m'a dit.

— Vous n'avez donc pas vu s'abattre la hache ?

— Non. J'ai vu le seigneur Samul et Carl A'denné être conduits jusqu'à la plate-forme de l'échafaud. Ils avaient l'air d'hommes conduits vers la mort. J'ai bien vu qu'ils avaient peur, même s'ils restaient dignes. Quelques instants plus tard, le bourreau a fait son office et les têtes sont tombées d'une manière plutôt macabre dans un panier. Ce n'aurait pas pu être quelqu'un d'autre.

— Vous seriez prêt à jouer votre vie là-dessus ?

L'homme resta debout, l'air idiot, clignant plusieurs fois les paupières.

— Je n'ai pas examiné les têtes de près. C'était le petit matin, il ne faisait pas très clair.

— Dans ce cas faites passer ce message à Vast : si la mort du seigneur Samul a été simulée, alors il pourrait en être de même pour celle de Carl A'denné. Et si c'est le cas, alors les Renné ont cru le seigneur Carl… et ils essayent de tromper Vast. Avertissez le duc de cela, et renseignez-vous pour savoir si Archer Renné se trouve bien chez lui. J'ai besoin de savoir si l'information que Vast m'a fait parvenir est vraie… ou si c'est une ruse des Renné.

Il posa son doigt sur la petite crique, à l'endroit où elle rencontrait la rivière Wynnd.

— Lorsque nous affronterons les Renné, je ne veux aucune surprise.

CHAPITRE XXXVIII

L'œil blanc d'un nagar la contempla, avant de se refermer. *La lune,* réalisa Elise, *qui se cache derrière une paupière de nuages noirs.*

Elle était en train de couler à l'intérieur d'un liquide si noir qu'il était semblable aux ténèbres s'étendant entre les étoiles. Et puis elle tomba, brutalement, comme une pierre traversant l'air. Elle heurta quelque chose et resta allongée un moment, étourdie.

— Orlem ? Orlem ?

Son murmure se répercuta dans l'obscurité. Elle se força à adopter une position assise. Le monde tournoyait autour d'elle.

— Mais j'étais avec Main-habile, s'entendit-elle dire.

Un nouveau flash, un instant plus tard, lui montra la même chose : ce qui semblait être de l'eau, mais au-dessus d'elle, comme si elle se tenait au-dessus d'un bassin. Se remettre sur ses pieds lui réclama un certain effort, car sa jambe avait été meurtrie par la chute. Elise leva la main, mais ce qui semblait être de l'eau était trop haut, juste hors de portée. Un autre flash lui révéla les alentours. Elle se trouvait dans une chambre circulaire aux parois de pierre naturelle. Mais le sol... le sol était constitué d'une antique mosaïque, partiellement recouverte de sable, de cailloux et de feuilles desséchées. Une arche obscure s'ouvrait sur un tunnel. De l'autre côté de la pièce, un escalier étroit avait été sculpté dans la roche. Il suivait la courbe du mur jusqu'au bassin au-dessus de sa tête. Les ténèbres retombèrent.

Elise secoua la tête, tentant de remettre ses idées au clair. Elle clopina avec raideur dans la direction où elle espérait que se trouvait l'escalier. Ses mains rencontrèrent le mur dans le noir avant qu'un nouvel éclair ne vienne illuminer la pièce. Elle avait largement manqué l'escalier.

— Je suis à moitié assommée, marmonna-t-elle pour elle-même.

Elle avança à tâtons le long du mur jusqu'à rencontrer les marches de l'escalier. Il était incroyablement étroit, presque impraticable, forçant Elise à avancer dos au mur, les doigts des pieds dépassant dans le vide. Elle progressait, une marche après l'autre. Sa jambe meurtrie menaçait de s'effondrer sous elle à chaque fois qu'elle faisait reposer son poids dessus. Au bout d'un moment, elle atteignit l'étendue d'eau qui, lorsqu'elle était illuminée par un éclair, paraissait aller et venir au-dessus d'elle comme de l'eau dans un verre. Elle fit un pas vers le haut et sentit le liquide froid lui toucher le sommet du crâne. Un pas de plus, et elle se retrouva dans l'eau, l'élément naturel de Sianon pendant un âge entier. Elle gravit quelques marches supplémentaires avant de se projeter vers le haut, nageant pour retrouver le monde au-dessus.

— Amenez-moi l'enfant, dit-elle en faisant signe à Baore.

Bouche bée, Toren Renné et ses compagnons contemplèrent Elise pendant quelques instants. Un éclair révéla sa silhouette, plongée dans l'eau jusqu'à la taille. Sa peau était d'une pâleur surnaturelle, ses yeux cireux, étranges. L'apparition de ce presque-nagar parmi eux effraya les hommes d'armes, qui reculèrent tous d'un pas. Certains tracèrent dans l'air des signes de conjuration.

— Nous n'avons pas le temps pour vos superstitions, lança Elise d'un ton cassant.

Elle sortit de l'eau et s'approcha d'Eber et de Llya.

— Le bassin constitue l'entrée d'un tunnel. Environ huit pieds sous l'eau, il y a de l'air. L'eau est suspendue au-dessus par un sortilège dont je n'ai jamais vu l'équivalent. Je vais emporter l'enfant, puis Eber. Mais le reste d'entre vous devrez plonger. Emportez vos armes ou quelque chose de lourd. Laissez-vous couler vers le fond et préparez-vous à faire une chute de huit pieds sur un sol en pierre lisse.

Elle prit Llya dans ses bras.

— Il sera en sécurité avec moi, ne vous inquiétez pas, déclara-t-elle à son père inquiet.

Elise fit deux pas avant de plonger dans le bassin, pieds en avant. Personne ne fit mine de la suivre.

— Nous devons faire ce que dame Elise nous demande, annonça Orlem.

Il remit son épée au fourreau et sauta dans l'eau à sa suite, disparaissant dans une large éclaboussure.

CHAPITRE XXXIX

L'eau luisait d'un éclat vert pâle similaire au sillage d'un navire arpentant la mer en été. Elise se mit à pétrir le liquide entre ses mains tout en psalmodiant et l'eau se solidifia, méduse pâle et opalescente. Le couloir, le visage de ses compagnons et tout ce qui l'entourait prirent une teinte vert pâle sous l'effet de sa lumière. Elise plongea la lame de son épée dans la masse lumineuse et la retira, verte et luisante. Elle passa l'objet à Orlem, qui fit de même. Le géant offrit la chose à A'brgail qui, remarqua Toren, n'hésita que l'espace d'une seconde avant d'imiter le geste d'Elise et Orlem. Il semblait que même A'brgail pouvait s'habituer à côtoyer les arts magiques.

— Ce sera durable sur le fer ou l'acier, un peu moins sur le cuivre. Vos mains brilleront peut-être pendant quelques instants après que vous l'aurez touché, mais cela ne durera pas. Passez rapidement la lame de votre épée ou de votre dague à travers.

A'brgail tendit la masse à Toren, qui fut surpris par la froideur de « l'eau sorcière », comme l'appelait Elise. Très rapidement, un grand nombre de lames furent illuminées, projetant une lumière verte et irréelle sur la pierre lisse.

Elise désigna du doigt le sol à l'intérieur du tunnel, visiblement humide.

— Hafydd est passé avant nous, dit-elle. Ce sont ses traces.

Elle ouvrit la marche d'un pas rapide, son épée lumineuse à la main.

Le tunnel se transforma rapidement en corridor creusé dans la roche de l'île elle-même. Au bout d'une certaine distance, le mur de droite changea, désormais constitué d'énormes blocs de granit soigneusement assemblés. De temps à autre, une forme d'écriture apparaissait gravée dans la pierre. Elise s'arrêta pour l'examiner, mais si elle pouvait la lire, elle n'en dit rien.

Le corridor descendait en s'incurvant légèrement sur la gauche. Au bout d'une soixantaine de mètres, des passages latéraux firent leur apparition, d'abord sur la gauche, puis de chaque côté. Elise s'arrêta devant chaque entrée en levant haut son épée, illuminant les symboles gravés au-dessus.

— Ces signes ont-ils une quelconque signification ? demanda A'brgail.

Elise secoua la tête, aspergeant les alentours des gouttelettes d'eau restées prisonnières de sa chevelure humide.

— Cela semble être la forme ancienne d'un langage que Sianon connaissait. Je reconnais quelques mots et je peux deviner le sens de quelques autres. Le passage dans lequel nous nous trouvons semble avoir été appelé le « nool de l'est ». Je crois deviner que « nool » signifie passage ou corridor. Aviez-vous déjà vu ce genre de symboles auparavant, Orlem ?

— Non, ma dame.

Elle baissa les yeux vers le sol humide.

— Cela n'a pas d'importance. Suivons les traces d'Hafydd. En espérant être suffisamment rapides pour que leurs vêtements n'aient pas le temps de sécher.

Elle reprit sa progression à courtes foulées. Mais, une centaine de mètres plus loin, la piste d'Hafydd disparaissait face à un mur nu. Orlem frappa la pierre du pommeau de son épée et examina les contours de la pierre à la lueur de sa lame.

— Cela semble être une paroi de roche, sans failles ni joints. Il ne s'agit pas d'une dalle qu'on aurait fait rouler pour boucher le passage.

Elise hocha la tête. Elle semblait pensive, mais pas surprise.

— Quelle diablerie Hafydd a-t-il pratiquée ici ?

— Ce n'est pas Hafydd, affirma calmement Elise. C'est cet endroit. Même les couloirs changent. (Elle posa sa main sur la paroi.) Orlem ? Vous avez une partie du talent de Sainth pour voyager le long des chemins secrets. Pouvez-vous trouver votre chemin ici ?

— Je ne peux pas, ma dame. Même Sainth pourrait se perdre dans un tel endroit.

— Je crains que vous n'ayez raison. Espérons qu'Hafydd rencontrera les mêmes difficultés. Nous devons tracer une carte tout en avançant. Nous pourrions bien être obligés d'explorer de nombreux passages avant de trouver ce que nous cherchons.

— Je m'occuperai de la carte, dame Elise, annonça Thaison avec quelque chose qui ressemblait à de l'enthousiasme.

Il sortit de sa veste un petit carnet soigneusement empaqueté dans une toile de coton huilée.

— Il n'est pratiquement pas mouillé, assura-t-il aux autres.

Il trouva de quoi écrire et se mit immédiatement à dessiner. Toren songea qu'il lui rappelait Kai, l'homme qu'ils appelaient le cartographe.

— Nous avons passé un embranchement il y a peu... allons voir où il nous mènera, dit Elise.

Le groupe repartit en arrière au sein de sa bulle de lumière vert pâle. A'brgail et Toren formaient l'arrière-garde, attentifs aux bruits qui auraient pu se faire entendre derrière eux.

— Avez-vous déjà vu un endroit comme celui-ci ? chuchota Toren à A'brgail.

— Non. Même les immenses et anciennes forteresses des Chevaliers étaient minuscules et basiques en comparaison.

Toren hocha la tête.

— Ils devaient avoir de terribles ennemis pour créer une telle citadelle.

— Ou de terribles craintes.

Le tunnel était assez large pour que trois hommes puissent progresser de front mais ils avancèrent par paires. De l'eau s'égouttait toujours de leurs vêtements au fil de leur passage. Elise s'arrêta soudain et s'accroupit. Toren se fraya un chemin au sein du groupe pour voir ce qui se passait. Le sol était humide à cet endroit, un filet d'eau qui paraissait émerger du mur.

— S'agit-il de nos traces ou de celles d'Hafydd ? demanda Toren.

— Celles d'Hafydd, répondit Elise en se relevant. Je ne vois aucun signe des bottes d'Orlem.

Elle s'élança en courant dans le passage, le bruit de ses pas légers se répercutant à travers les antiques corridors.

Hafydd fixait le sol du tunnel comme si celui-ci l'avait offensé. Il s'accroupit et Beldor Renné s'attendit à moitié à le voir défoncer le sol à coups de poing. Mais le sorcier se contenta de tendre la main pour toucher les gouttelettes et les petites flaques d'eau qui luisaient par terre.

— Nous tournons en rond, déclara A'denné.

Contrairement aux autres, il ignorait les humeurs d'Hafydd et parlait lorsque l'envie lui en prenait.

Hafydd ne parut pas avoir entendu. Il se releva en faisant signe à son capitaine.

— Placez vos deux meilleurs hommes à l'arrière-garde. Sianon est ici, et elle n'est pas seule.

Il tourna les talons et reprit sa progression dans le corridor.

Au bout de cinquante mètres, le chemin se séparait en trois passages distincts. Hafydd leva une torche en examinant les inscriptions au-dessus de chacun.

— Je vais tuer Kai dès que je le reverrai, annonça-t-il sèchement. Il agita sa torche.

— Par ici.

Moins de trente mètres plus loin, le passage se divisait en deux. Sianon était apparemment partie vers la gauche. Hafydd n'hésita qu'un instant avant d'emprunter la voie de droitc, qui semblait s'enfoncer plus profondément sous terre. Sur les cinquante mètres suivants, trois passages perpendiculaires s'ouvraient sur les parois, deux à droite et un à gauche. Hafydd emprunta la deuxième ouverture sur la droite.

Le tunnel se divisa une nouvelle fois peu de temps après. Hafydd s'arrêta quelques instants pour examiner les marques sur les murs. Il sortit même son épée et donna un coup de pommeau sur la pierre. La lame émit une note impie, qui se répercuta, distordue, contre les murs. Mais même la divination ne parut pas apporter la réponse qu'Hafydd attendait. Au bout d'un moment, il rengaina son arme. Beldor vit que l'humeur d'Hafydd s'était faite plus sombre encore. Même A'denné avait pris le parti de se taire.

Le choix se porta cette fois sur le passage de gauche, lequel s'incurvait nettement et s'enfonçait progressivement vers les profondeurs. A'denné attira l'attention de Beldor et dressa un sourcil inquisiteur avant de hausser les épaules. Beldor songea que c'était là le discours le plus élaboré qu'on puisse faire sur cet endroit qui semblait défier toute raison.

Un son étrange et lointain leur parvint, se répercutant d'étrange manière contre la pierre. Personne n'aurait pu dire de quoi il s'agissait. Le passage se terminait sur une ouverture étroite donnant sur une cage d'escalier circulaire qui s'enfonçait sous terre. Hafydd passa la tête par l'ouverture puis, sans plus d'hésitation, entreprit de descendre les marches. L'écho distordu de ses pas retentit bientôt dans le puits formé par l'escalier. Beldor eut presque l'impression d'y percevoir des mots.

Après avoir descendu une trentaine de marches, le Renné eut l'impression d'avoir pénétré dans une chambre froide. Sa respiration était devenue visible.

— Dehors c'est l'automne, dedans c'est l'hiver, marmonna-t-il pour lui-même.

Les escaliers, antiques et sans fin, continuaient de s'ouvrir devant lui, s'enroulant vertigineusement sur eux-mêmes. L'étrange bruit, comme un tintement, se faisait de plus en plus fort.

Au bas des marches, ils émergèrent dans un immense hall octogonal surmonté d'un dôme. Malgré la faible lumière dispensée par leurs torches, ils purent voir que l'endroit était somptueusement décoré. Beldor s'arrêta et se mit à tourner lentement sur lui-même pour examiner la pièce. Hafydd, lui, continua d'avancer jusqu'à se dresser au centre du hall.

— Belle chambre à coucher, Père, chuchota-t-il. Mais je suis venu pour vous réveiller enfin.

Alaan se tenait debout devant le bassin qu'ils avaient fini par atteindre après une randonnée sans fin au fil d'escaliers montants et descendants et de pentes détrempées de pluie. Dease était si fatigué qu'il se laissa tomber dans la boue et l'herbe humide, la tête posée sur ses bras croisés.

— Où sommes-nous à présent? demanda Cœur-de-corbeau.

— C'est l'endroit que je cherchais.

Alaan s'accroupit pour examiner le sol. Un éclair stria le ciel au loin, lui prêtant sa faible lumière.

— Mais quelqu'un est arrivé ici avant nous.

— Qui ? demanda Fynnol.

— Orlem, sans aucun doute, dit Alaan en désignant une gigantesque trace de pas. Et, avec un peu de chance, cela signifie qu'Elise est ici elle aussi.

Il fit courir son regard sur le sol pendant un moment au rythme des flashs de lumière venus de l'horizon.

— Mais il y a aussi de nombreuses autres empreintes de pas. J'ai peur qu'Hafydd n'ait trouvé l'endroit avant nous.

— Et où sont-ils tous allés ? demanda Fynnol en scrutant les alentours.

Alaan ne répondit pas. Son regard s'était fixé sur le bassin et il paraissait soudain incapable de parler ou de raisonner.

— Dans le bassin, murmura-t-il. Ils sont entrés dans le bassin.

Il fit rapidement le tour de l'étendue d'eau en examinant le sol à la lueur des éclairs.

— Et ils n'en sont pas ressortis…

En atteignant le niveau inférieur, ils commencèrent à rencontrer des pièces dédiées au stockage : une armurerie, un cellier où des barriques s'étalaient encore contre le mur, un fournil doté d'un immense four à pain.

Toren s'y arrêta un instant, comme s'il pouvait presque entendre les anciens habitants du lieu. Il ferma les yeux et écouta.

— Vous l'entendez ? demanda une voix.

Toren ouvrit les yeux pour découvrir Eber et Llya, sur le pas de la porte, qui le fixaient.

— Entendre quoi ? répondit Toren.

— Les murmures, dit Eber. Comme s'il essayait de nous parler dans les plus petits souffles de vent, dans les silences.

Toren secoua la tête.

— Je n'entends rien.

— Seigneur Toren ? Eber ? (C'était A'brgail qui les appelait.) Nous ne devons pas nous retrouver séparés des autres.

Toren hocha la tête et dépassa rapidement Eber et son fils. Il sentit les grands yeux emplis de sagesse de l'enfant se poser sur lui.

L'immensité du labyrinthe devint de plus en plus évidente au fur et à mesure de leur progression. Ils avaient parcouru des kilomètres sans arriver nulle part.

— Pensez-vous que nous soyons encore sur l'île ? demanda Toren à voix haute tandis qu'ils s'arrêtaient pour examiner un nouveau passage latéral.

— Je pense que oui, seigneur Toren, répondit Elise. Mais ce n'est qu'un sentiment, une intuition.

Elle restait habitée par la même urgence. Toren savait qu'elle craignait d'affronter Hafydd, mais cela ne semblait en aucun cas atténuer sa détermination.

Ils empruntèrent un nouveau passage qui s'enfonçait lentement sous terre. Au bout de quelques instants, un tintement métallique parvint à leurs oreilles. Il se répercutait de manière distordue à travers le tunnel, sans jamais devenir plus fort. Parfois, le son s'évanouissait avant de ressurgir quelques pas plus loin.

Des couloirs latéraux s'ouvraient sporadiquement dans la paroi. Elise s'arrêtait devant chacun d'eux, l'oreille dressée, avant de choisir le tunnel d'où le son semblait provenir.

— Qu'est-ce que cela peut-il être ? demanda Orlem tandis qu'ils faisaient halte devant une ouverture.

— De l'eau qui coule, j'espère, dit Elise.

— Mais cela fait penser au tintement de petites cloches, rétorqua le géant.

— Je prie pour que vous ayez tort, Orlem, lui dit Elise. Nous ne saurions boire de cloches, et nos gourdes se vident très rapidement.

Le géant baissa les yeux vers l'outre qu'il portait en

bandoulière. Elle glougloutait à chaque pas, presque aux trois quarts vide.

— Savez-vous ce que je trouve étrange ? demanda Eber à voix basse.

Llya s'était endormi sur le dos de Baore. Sa petite tête rebondissait doucement contre l'épaule de l'homme du Val. Eber lui-même paraissait sur le point de s'écrouler de fatigue.

— Quoi donc, Eber ?

— Bien que nous ayons exploré l'endroit de long en large, nous ne sommes jamais revenus au bassin par lequel nous sommes entrés dans ces tunnels.

Elise hocha la tête, l'air pensif.

— Le labyrinthe n'en a pas fini avec nous.

— Ou bien ceux qui entrent dans cet endroit n'en ressortent jamais..., lança A'brgail d'un ton prophétique.

Il ne croisa aucun regard après avoir émis cette hypothèse.

— Je doute que quiconque soit venu ici avant nous, messire Gilbert, affirma Elise. Ces lieux sont trop bien dissimulés.

— À moins que quelqu'un n'étant pas capable de flotter ne soit tombé dans le bassin..., suggéra Eber.

— Hâtons-nous, trancha Elise. Toutes les spéculations du monde ne changeront rien à la tâche que nous sommes venus accomplir. Hafydd doit être stoppé, que nous puissions ou non retrouver notre chemin vers la sortie.

Son regard se fixa sur Llya, endormi contre l'épaule de Baore. Le visage de l'enfant n'exprimait qu'innocence. Elle tendit la main comme pour lui caresser la joue mais s'arrêta. La tristesse et le regret remplacèrent un instant l'expression déterminée qu'elle avait affichée jusque-là. Elle se détourna vivement et s'enfonça dans le passage. Le tintement métallique continuait de se répercuter doucement autour d'eux.

Le couloir se terminait sur une ouverture étroite, soigneusement décorée de signes et de symboles qu'ils n'avaient pas rencontrés jusqu'à présent. Elise leva son épée quelques instants pour les examiner avant de secouer la tête. Elle brandit sa lame dans l'ouverture et se pencha pour voir ce qui se trouvait au-delà.

— C'est un escalier en colimaçon, annonça-t-elle. Un escalier glacial.

Elise s'avança et Toren entendit l'écho de ses pas sur la pierre implacable. Main-habile la suivit en faisant passer de force sa large carrure à travers l'ouverture. Les autres leur emboîtèrent le pas, un par un. Lorsque vint le tour de Toren, il se retrouva dans ce qui ressemblait à un puits, parfaitement rond et vertical, mais occupé par un escalier en colimaçon qui s'enfonçait dans les profondeurs de la terre. Contrairement aux autres tunnels, ce puits était aussi froid qu'une glacière et il cessa rapidement d'appuyer sa main contre le mur pour garder l'équilibre. Sa lame éclairait le chemin devant lui et il apercevait le dos de Gilbert A'brgail qui tournoyait au fil des marches. Il aurait été impossible de dire à quelle profondeur ils étaient descendus. Toren songea qu'ils devaient être très loin sous le sol. Il avait l'impression qu'il faisait un peu plus froid à chaque marche.

Baore s'arrêta un instant pour couvrir Llya de sa lourde cape. L'enfant était debout sur les marches. Il cillait et se frottait les yeux. La cape retomba jusqu'au sol à ses pieds.

— On dirait que l'hiver nous attend en bas.

Toren aida Baore à arranger la cape autour du petit garçon.

— Qu'est-ce qu'il fait froid !

Baore reprit l'enfant sur son dos.

— Je viens du nord, dit l'homme du Val. C'est le froid qui a peur de moi.

Ils reprirent leur progression d'un pas plus rapide dans l'espoir que l'activité physique les réchaufferait. Toren aperçut les épaules et la chevelure emmêlée d'Elise devant lui. Elle progressait avec vivacité, comme si leur longue marche et le temps passé sur la rivière ne l'avaient en aucune manière fatiguée. Les autres la suivaient tant bien que mal. Thaison soutenait Eber.

— Il y a une lumière en bas, lança quelqu'un.

La colonne ralentit l'allure. La prudence redevenait nécessaire. Toren vit les épées luisantes se redresser en contrebas, prêtes au combat. Les visages soudain visibles dans la lumière froide étaient pâles et leurs traits tirés.

Quelques pas de plus et ils s'immobilisèrent complètement. Quelqu'un leur fit un signe de la main.

— Seigneur Toren, messire Gilbert. Descendez, s'il vous plaît.

Les autres se pressèrent contre les murs glacés pour les laisser passer. Elise les attendait en contrebas. Au-dessus du murmure désormais clairement identifiable de l'eau courante, une voix se faisait entendre. Toren n'arrivait cependant pas à distinguer les mots. Elise leva les yeux vers eux, son visage ruiné par l'angoisse.

— Hafydd est en train de créer le dévoreur d'âmes, annonça-t-elle d'une voix plus glaciale que l'air autour d'eux. Nous devons tout sacrifier pour l'arrêter... s'il n'est pas déjà trop tard.

CHAPITRE XL

L'armée campait à l'intérieur d'une large combe au milieu de laquelle coulait un ruisseau d'eau claire. Les corniches au nord et au sud étaient couvertes de bois denses et traversées de torrents vivaces aux murmures constants, de jour comme de nuit. Samul baissa les yeux vers l'armée en contrebas et sentit un frisson le traverser. Elle était plus grande encore qu'il ne l'avait imaginée. Trois ou quatre fois plus vaste que n'importe quelle force que les Renné pourraient rassembler.

— Je comprends à présent pourquoi mes cousins étaient aussi désespérés, chuchota-t-il. Regardez l'armée de Menwyn !

— C'est l'armée d'Hafydd, répondit Pwyll à voix basse. Et le seigneur Menwyn s'en rendra bientôt compte, à son grand dam.

— C'était l'armée du prince d'Innes, intervint Michael, et elle le sera à nouveau.

— Quel que soit l'homme à qui revient sa loyauté, cette armée se prépare au combat, affirma Samul. Ils forment leurs rangs et se préparent à partir. Soit ils s'apprêtent à traverser la Wynnd, soit ils pensent que les Renné approchent. Ils massacreront l'armée de Fondor s'il est assez fou pour traverser.

— Il n'est pas assez fou pour cela, dit Carl en jetant un regard vers Samul.

Mais il n'ajouta rien de plus.

Le prince Michael se tourna vers ses compagnons accroupis, dissimulés derrière un chêne abattu.

— Ce que je dois faire à présent, je dois le faire seul. Contre ces dizaines de milliers d'hommes, même la lame de Pwyll ne servirait à rien. (Il se tourna vers Carl.) Vous avez accompli votre part du marché, vous et Jamm. Vous m'avez amené jusqu'ici. Bien sûr, nous n'aurions pas pu réussir sans vous, Pwyll. Vous avez tous accompli votre tâche. À moi maintenant de terminer la mienne.

Il repartit dans les bois jusqu'à leurs chevaux. D'une de leur sacoche, il tira une bannière de la maison d'Innes qu'il fixa à une hampe de fortune prélevée dans la forêt. Après un hochement de tête à chacun de ses alliés, il se mit en selle et, levant haut sa bannière, s'élança au bas de la colline.

Les pieds fermement appuyés sur les étriers, le prince percevait les mouvements des épaules de sa monture tandis qu'elle descendait lentement le chemin. Émergeant hors des arbres, il se dirigea immédiatement à travers le pré en direction d'une ouverture dans l'enceinte d'épieux. Une douzaine d'hommes d'armes y montaient la garde. Ils le virent arriver de loin mais ne s'en alarmèrent pas, car les cavaliers allaient et venaient régulièrement dans cette zone.

Le prince n'était pas certain de la manière dont il allait gérer ce moment. Il doutait que le prince Menwyn ait donné des ordres à ses hommes pour le cas où le prince d'Innes ferait soudainement son apparition, mais il était impossible d'en être sûr. Si les gardes le reconnaissaient, il chevaucherait simplement entre eux, en espérant que la surprise lui offrirait ce répit. S'ils ne le reconnaissaient pas, il devrait improviser. Il ne pouvait pas se laisser mener discrètement jusqu'à Menwyn Wills. Ce serait signer son arrêt de mort.

Le prince eut l'étrange sensation de flotter tandis qu'il approchait des gardes sans méfiance. Comme s'il contemplait toute la scène depuis un point de vue extérieur, là-haut sur la corniche auprès de ses compagnons fugitifs. Les bruits émis par sa monture semblaient venir de loin ; les crissements du cuir, sa bannière qui s'agitait dans le vent. Les visages pâles et silencieux des gardes semblèrent flotter jusqu'à lui. Ils le fixaient comme s'ils avaient vu un fantôme.

— Je suis le prince Michael d'Innes, leur lança-t-il. Restez où vous êtes.

— Votre Grâce..., murmura l'un des hommes, le visage blanc de surprise.

— Vous ne pouvez pas passer, dit un autre en s'avançant, la main sur la poignée de son épée. Nous avons des ordres...

Mais un troisième garde le tira en arrière d'une main ferme.

— C'est le prince, espèce d'idiot ! Il n'a pas besoin d'un passe-droit.

Les gardes s'inclinèrent rapidement sur son passage mais l'un d'entre eux partit en courant au-devant de lui.

— Le prince ! cria-t-il. Le prince Michael est revenu !

Les hommes avaient été organisés en rang, mais on leur avait ensuite permis de s'asseoir pour discuter tranquillement entre eux en attendant de recevoir l'ordre de marcher sur l'ennemi. Le prince descendit à cheval le long de la longue allée qui divisait le camp en deux, des lignes d'infanterie de chaque côté. Il portait la livrée dérobée aux soldats d'Innes et la bannière de sa maison claquait au vent au-dessus de sa tête. Les cris du garde qui s'était avancé au-devant du prince avaient attiré l'attention des hommes et un grand nombre de ceux qui le connaissaient se remirent debout. Un murmure parcourut les rangs, telle une vague, et les hommes se relevèrent les un après les autres pour mieux voir. De chaque côté, une mer de visages incrédules. Et puis il aperçut un ancien membre de la garde de son père, qui avait vécu avec eux dans leur propriété.

— Rica, dit-il en le saluant de la tête.

— Votre Grâce, répondit l'homme, les yeux soudain brillants. On nous a dit que vous étiez mort.

— Trop de mensonges ont été proférés en mon absence. Trouve vingt hommes de confiance et suis-moi.

— Mais, Votre Grâce, hésita l'homme. On nous a ordonné de rester en rangs…

— Et à présent, je vous ordonne de rompre les rangs. Prends-tu tes ordres auprès du prince d'Innes ou de Menwyn Wills ?

L'homme se redressa.

— Je prends mes ordres auprès du prince d'Innes, dit-il avant d'appeler plusieurs noms.

Le prince fit cinquante mètres de plus, sa garde nouvellement formée dans son sillage. Arrivé pratiquement au centre du campement, il s'arrêta. L'armée d'Innes était dans un tel état que les hommes sortaient presque du rang pour voir si la rumeur était exacte. Michael fit lentement tourner sa monture sur elle-même afin que les hommes puissent clairement le voir. Au bout de l'allée, il vit des officiers et des hauts gradés qui s'approchaient à grands pas pour voir ce qui se passait. Michael sut qu'il n'avait que quelques instants. Il se redressa sur ses étriers.

— Je suis le prince Michael d'Innes, lança-t-il à voix haute. Et je suis revenu par une route bien difficile. Je sais qu'on vous a dit que j'étais mort, mais on vous a également affirmé que mon père avait été assassiné par l'un de ses propres gardes. Nous savons tous que c'est un mensonge. Il a été tué par des hommes qui se prétendaient ses alliés. Les mêmes qui pensaient que j'avais été éliminé. Mais je me suis échappé et je suis revenu jusqu'à vous.

Le silence s'était abattu sur l'armée, bien que la rumeur continuât à se propager dans les rangs les plus éloignés, tel le son de la mer au loin. Les officiers et les nobles étaient pratiquement en train de courir vers lui. L'un d'entre eux se mit à crier mais la clameur soudaine de l'armée étouffa ses imprécations. Les hommes rompirent les rangs, traversant le champ en direction du prince. Rica et ses vingt gardes formèrent un cercle autour de lui en essayant de maintenir les hommes à quelques pas de distance. Michael contemplait tous les visages stupéfaits levés vers lui. Il devait leur donner l'impression d'être revenu d'entre les morts… et c'était bien le cas, d'une manière dont ces hommes n'avaient aucune idée. Des hommes qu'il connaissait se mirent à crier son nom vers lui et il leur fit signe d'approcher en disant :

— Laissez-les passer.

Les gentilshommes et les officiers, anciens alliés de son père, n'avaient aucun moyen de l'approcher. Leur petit groupe se retrouvait cerné par les soldats et ballotté de-ci de-là comme un navire dans une tempête. Le prince savait que s'il les désignait du doigt et les dénonçait sur-le-champ, ils seraient en grand danger. Mais il espérait que certains parmi eux étaient encore loyaux envers sa maison et il ne souhaitait pas risquer leur vie. Il aurait encore besoin d'eux.

Le moment était venu d'affronter Menwyn Wills et sa cabale… s'il arrivait à déplacer cette masse de combattants, car il avait repéré un peu plus tôt les bannières de Menwyn Wills flottant au vent à l'autre bout du campement. Il pointa sa propre bannière en avant et se dirigea dans cette direction. Les hommes autour de lui comprirent rapidement ce qui se passait et se mirent à crier :

— Au seigneur Menwyn ! Rendons visite au seigneur Menwyn Wills !

La progression était horriblement lente mais, centimètre par centimètre, Michael traversa la longueur du campement, au centre d'une masse agitée de soldats qui tentaient de l'apercevoir et criaient son nom, encore et encore. Nombre d'entre eux tendaient le bras vers lui et il touchait leurs mains, comme pour leur prouver qu'il était bien là en chair et en os.

L'étrangeté de la situation tout entière n'échappait pas à Michael, qui n'avait jamais été ainsi adulé du temps où son père était vivant. Mais à présent, ces hommes le percevaient comme un sauveur qui les libérait du joug de Menwyn Wills, voire du sorcier Hafydd. Il était soudain devenu le bon prince qui venait les sortir d'une situation qu'ils ne comprenaient plus, les mener à la victoire et s'assurer qu'ils recevraient une juste récompense. Les Wills, pour leur part, donneraient sans aucun doute priorité à leurs hommes. Enfin, et c'était peut-être le point le plus important de tous, il était revenu prendre le contrôle de la plus vaste portion de l'armée, ce qui faisait d'eux les soldats prééminents et non plus de simples serviteurs assujettis aux caprices de Menwyn Wills.

Plusieurs pavillons de grande taille avaient été érigés du côté est du campement. Menwyn gardait ses alliés près de lui et séparés de leur propre armée afin d'éviter d'être confronté à une situation telle que celle qui était en train de se produire. Des hommes d'armes en livrée bleu foncé s'étaient rapidement rassemblés devant les tentes, bien qu'ils fussent largement en sous-nombre. Une colonne des hommes d'Innes se fraya un chemin au milieu du groupe des hommes de Menwyn Wills en direction des tentes. Cela prit du temps à Michael de traverser les rangs des Wills, le silence retombant sur son passage. Près de trois mille hommes en surcots bleu foncé étaient stationnés devant les tentes. Ils étaient loin d'être aussi nombreux que les hommes d'Innes, mais Michael n'était pas sûr de savoir combien de ceux-ci se battraient pour lui s'il fallait en arriver là. Et il était des plus vulnérables à cet endroit : les gardes de Menwyn étaient partout et certains d'entre eux étaient équipés d'arcs.

Bien entendu, Menwyn Wills non plus ne pouvait pas être sûr de ce qui allait se passer et c'était ce sur quoi comptait Michael.

Un officier émergea de la tente la plus vaste, une tente dont Michael était sûr qu'elle avait appartenu à son père. L'homme s'inclina devant lui.

— Prince Michael, dit-il en reconnaissant implicitement l'identité de son interlocuteur.

Il n'avait guère d'autre choix.

— Vous avez sans nul doute fait un très long voyage. Le seigneur Menwyn vous invite à mettre pied à terre et à le rejoindre.

L'homme fit un signe en direction de la tente, un sourire pincé sur le visage, tentant de dissimuler l'inquiétude qu'il ressentait face aux récents événements.

— Je parlerai au seigneur Menwyn Wills ici même, répondit Michael. Après ce qui est arrivé à mon père, je n'ai envie d'aller nulle part sans mes gardes, lesquels sont trop nombreux pour tenir à l'intérieur du pavillon du seigneur Menwyn.

C'était une terrible insulte mais Michael entendit ses hommes émettre des grognements d'approbation.

L'officier tenta de sourire.

— Nous sommes en guerre, mon prince. Nombre des sujets à aborder sont de nature sensible.

— Je remettrai ma vie même entre les mains de n'importe quel homme portant le pourpre et le noir, déclara Michael.

À cet instant, il songea que s'il s'emparait des tentes par la force, il serait tué d'une flèche. Mais il était également certain que Menwyn Wills n'en réchapperait pas.

— Veuillez demander au seigneur Menwyn de me faire l'honneur de venir m'assister ici.

Il avait choisi ses mots avec soin. Le prince serait honoré de la présence de Menwyn, mais Menwyn viendrait à son service. Il était le prince d'Innes, pas un petit nobliau avec deux cents épées sous son commandement.

L'officier resta debout quelques instants, hésitant sur la conduite à tenir. Puis il retourna à l'intérieur. Pendant un moment, il ne se passa rien. Les hommes en pourpre et noir commencèrent à grommeler. La situation allait rapidement devenir incontrôlable, Michael le sentait.

Les portes du pavillon furent tirées en arrière et Menwyn Wills sortit d'un pas vif, une douzaine de nobles mineurs derrière lui, pour la plupart d'anciens alliés de la maison d'Innes. De nombreux officiers du père de Michael étaient également présents. Menwyn affirmait son emprise sur la situation.

— Prince Michael, s'exclama-t-il en souriant largement. Je ne saurais vous dire notre joie de vous voir revenu ! Nous pensions qu'Hafydd, ce scélérat, vous avait laissé pour mort.

— C'est ce qu'il croyait, sans aucun doute. Mais il avait tort.

— J'ai le regret de vous annoncer, prince Michael, que votre père le prince d'Innes n'a pas eu autant de chance. Hafydd l'a fait assassiner.

Menwyn marqua une pause et baissa respectueusement les yeux. Puis il désigna d'un geste ceux qui se tenaient derrière lui.

— Mais avec l'assistance de ces nobles gentilshommes, nous avons fait fuir les derniers vestiges des forces d'Hafydd et leur avons repris le contrôle de l'armée.

— Et pour cela je vous remercie, répondit le prince Michael. Il semble que je sois revenu juste à temps pour reprendre le commandement.

— Ce dont nous vous sommes reconnaissants. Nous partons en guerre aujourd'hui même, mon prince. Je crains que vous ne puissiez prendre immédiatement le poste qui vous revient, car les plans ont été mis au point, le commandement de chaque compagnie assigné et chaque officier sait ce qu'il a à faire. Mais vous devriez chevaucher avec moi et nos alliés principaux, car aujourd'hui nous détruirons les armées des Renné et poserons les prémices de notre victoire.

— Je ne confierai à personne le commandement de mon armée, déclara le prince.

Un bruyant murmure approbateur traversa les rangs des hommes d'Innes. Il espérait que le groupe de soldats curieux qui l'accompagnaient ressemblait suffisamment à une armée loyale et pleine de ressentiment pour que Menwyn n'aille pas risquer de les insulter. Menwyn Wills se sentait effectivement en terrain mouvant.

— Mais, mon prince, articula-t-il avec une certaine difficulté, nous devons mener aujourd'hui une bataille majeure dont dépendront tous nos succès futurs. Avec tout le respect que je vous dois, aucun homme ne pourrait prendre le commandement d'une armée aussi vaste en si peu de temps. Tous nos plans soigneusement orchestrés pourraient s'en trouver compromis.

— Dans ce cas, envoyez-moi mes officiers, afin que je puisse être informé de votre plan. Je serai auprès de mes hommes.

Il s'inclina avec courtoisie et fit faire demi-tour à sa monture. Un passage s'ouvrit devant lui. Les hommes reculaient tout en hochant la tête et en murmurant leur approbation.

— Reformez les rangs ! ordonna le prince.

Son appel fut repris sur toute la longueur du camp.

Les hommes retournèrent lentement à leur place, les officiers de faible rang s'assurant de l'organisation. Michael songeait que s'il devait bénéficier d'une véritable loyauté, ce serait ici, auprès des hommes et des officiers peu gradés.

— Rica ? Tu es désormais le capitaine de ma garde. Trouve-moi cinquante hommes loyaux et donne-leur à chacun un brassard ou tout autre insigne, afin que je puisse les reconnaître.

Il désigna le centre de l'armée d'Innes.

— Trouve un pavillon et fais-le installer là, au centre,

mais en gardant les parois relevées afin que tous puissent me voir. Récupère quatre bannières et place-les au sommet de piques. Rien d'ostentatoire, je veux juste que ma présence soit clairement ressentie. Puis fais venir jusqu'à moi les officiers de rang inférieur, par groupes de cinq. Tu les connais ?

— Nombre d'entre eux, messire, mais peut-être pas tous.

— Tu resteras auprès de moi pour me dire quelque chose sur chacun d'eux...

Le reste de sa phrase fut couvert par la clameur des hommes qui lançaient des hourras pour leur prince. Le son se répercuta à travers toute la vallée. Il espéra que Pwyll et les autres l'avaient entendu, car ils devaient se demander ce qui s'était passé.

Un petit pavillon fut rapidement érigé. On retrouva les surcots des gardes démobilisés en guise d'insigne et Rica rassembla les hommes pour inspection par leur nouveau seigneur. Le prince s'avança parmi eux en parlant à voix basse.

— Il y a eu de nombreuses trahisons ces derniers temps, dit-il. Il est devenu difficile de reconnaître ses amis de ses ennemis. C'est pour cela que vous devez être prêts à obéir à mes ordres sans poser de questions. Si je vous ordonne d'abattre un capitaine, même si c'est un homme qui a servi notre maison depuis trente ans, vous devrez le faire sans hésitation. Y en a-t-il parmi vous qui ne s'en sentent pas capables ?

Les hommes répondirent rapidement, comme il l'avait espéré. Le prince d'Innes avait été assassiné... un échec qu'ils n'avaient pas l'intention de répéter.

— Rica, dit le prince tandis qu'ils retournaient au pavillon. Ne place qu'un seul garde à chaque tente. Je veux que les hommes dans les rangs puissent me voir et constater que je leur fais entièrement confiance.

Le prince contempla les hommes assis en rang tout

autour de lui. Nombre d'entre eux lui décochaient des regards plein de curiosité.

Rica organisa rapidement les gardes, dont la majorité s'assit en carré autour du pavillon. Il s'en retourna ensuite vers le prince, lequel regardait des hommes installer une table destinée à accueillir des plans de bataille à l'intérieur du pavillon.

— Votre Grâce devrait être informée que les capitaines de toutes les compagnies ont été remplacés par des hommes loyaux envers Menwyn Wills.

— Qu'est-il advenu des officiers de mon père ?

— Beaucoup ont été rétrogradés au rang de simple soldat, Votre Grâce. D'autres ont été expulsés de l'armée. Quelques-uns sont partis par honte, incapables d'accepter un tel traitement.

— Amène-moi tous ces nouveaux officiers et trouve le plus possible des anciens commandants des unités de mon père, ou leurs subordonnés directs. Je vais remplacer dans l'heure tous les officiers de Menwyn.

— Votre Grâce, l'avertit Rica, certains de ces hommes ne reconnaîtront pas votre autorité.

— Délivre-leur un avertissement. Toute insubordination sera punie d'exécution sommaire. S'ils ne font même qu'hésiter après cela, tu devras les abattre. Si nous voulons reprendre le contrôle de l'armée, nous ne pouvons nous permettre la moindre hésitation.

Rica salua puis rassembla un petit groupe pour l'accompagner. Le prince tourna son regard vers les pavillons du seigneur Menwyn. Un débat houleux devait certainement s'y dérouler à ce moment précis. Plus longtemps il durerait — jusqu'à un certain point — et mieux ce serait. Michael avait besoin de temps pour contrer le coup organisé par Menwyn. Il craignait que des hommes n'en meurent, mais cela était inévitable. Si l'armée n'était pas fermement sous son contrôle dans l'heure qui suivait, alors il échouerait. Et il ne lui resterait plus que quelques heures à vivre.

Les officiers nommés par Menwyn s'avançaient d'un air maussade en direction du pavillon. Ils grommelaient entre eux et l'expression de leurs visages mêlait appréhension et ressentiment. Rica les força à se tenir debout et à couvert, encerclés par les gardes armés.

— Tous ceux d'entre vous qui ont été nommés à leur poste en mon absence par le seigneur Menwyn méritent la gratitude de la maison d'Innes. Mais j'ai, sur l'ordre du seigneur Menwyn Wills, reprit le commandement de l'armée d'Innes. Vos services ne nous sont plus nécessaires. Vous êtes donc tous limogés et pouvez vous en retourner auprès de vos anciens officiers, immédiatement.

Le prince les gratifia d'un hochement de tête de remerciement avant de faire un geste en direction de Rica, qui escorta les capitaines stupéfaits à l'écart avant qu'ils ne songent à commettre un acte stupide. Un autre groupe d'hommes était en train de se rassembler rapidement. Ceux-là portaient le pourpre et le noir d'Innes. Ils se mirent en rang devant le pavillon et le prince demanda à chacun de lister son nom, son rang et son ancienne fonction. La situation n'était pas aussi mauvaise qu'elle aurait pu l'être, car un certain nombre d'anciens commandants étaient toujours là. Les autres positions furent rapidement offertes à des hommes recommandés par les officiers. Michael leur demanda de lui prêter allégeance et leur ordonna de n'accepter d'ordres que de lui ou de Rica jusqu'à ce qu'il ait nommé des commandants de haut rang, qu'il leur présenterait en personne. Ces hommes furent ensuite renvoyés pour organiser leurs compagnies.

Michael n'avait pas encore de structure de commandement en place — il manquait encore une large couche de commandants de haut rang — mais les choses s'organisaient promptement.

— Dis-moi donc, capitaine Rica, qui reste-t-il parmi les anciens alliés et officiers de mon père qui soit encore loyal envers la maison d'Innes… ou qui déteste suffisamment les Wills pour s'associer avec moi ?

L'homme se tenait debout, une main posée sur la table.

— C'est difficile à dire, Votre Grâce. Tant de choses ont changé, et si vite. Après que votre père le prince a été assassiné, Hafydd a pris le contrôle de l'armée en plaçant ses hommes à pratiquement tous les postes clefs. Lorsqu'Hafydd est parti, le seigneur Menwyn a écarté de force les gardes noirs et les a remplacés par ses hommes. Ils ont forcé tout le monde à prêter allégeance aux Wills. Les rares individus qui ont refusé se sont vus dépossédés de tous leurs biens, jetés aux cachots ou ont simplement « disparu ». Parmi les nobles qui étaient autrefois les alliés de votre père, je pense que seuls T'oldor et Quince pourraient se rallier à vous contre Menwyn. Votre Grâce doit réaliser que ces hommes se sont tous vus promettre une large portion de vos terres. Ils n'abandonneront pas facilement cette promesse. Je ne laisserais aucun d'eux se tenir dans votre dos. Michael hocha la tête. Il était regrettable que son père n'ait jamais su inspirer la loyauté. Son fils allait à présent devoir payer le prix de son manque de discernement.

— Votre Grâce. Ils arrivent.

Les nobles et les officiers à qui l'on avait donné le contrôle de l'armée d'Innes avaient choisi de traverser le camp à cheval, leurs bannières claquant au vent. Sans doute espéraient-ils que cela leur donnerait plus de légitimité aux yeux des hommes. Ils se dispersèrent en arrivant devant les troupes de la maison d'Innes : seuls six d'entre eux s'approchèrent du pavillon. Les autres chevauchèrent au milieu des compagnies de soldats. Ils commencèrent immédiatement à lancer des ordres.

Les six nobliaux tirèrent sur les rênes de leurs montures.

— Mon prince, lança l'un d'eux en affichant une précipitation feinte, l'armée se met en route. Venez avec nous, nous vous dévoilerons les plans en chemin.

Michael ne répondit pas, priant pour que les soldats ne bougent pas sans en avoir reçu l'ordre de la part des officiers nouvellement désignés. Il retint son souffle. Aucun homme ne se leva ni ne tint compte des ordres lancés par les officiers à cheval. Michael eut du mal à dissimuler un sourire.

— Cette armée, dit-il, n'ira nulle part sans mon commandement express. Et, dans l'heure, je lui ordonnerai de retourner sur mes terres. À présent, mettez pied à terre et faites revenir vos officiers, sans quoi vous pourrez aller dire à Menwyn qu'il affrontera seul les Renné.

Michael croisa les bras et fixa les six hommes. Ceux-ci s'éloignèrent pour tenir un conciliabule. Ils chuchotaient entre eux tout en décochant des regards en direction du prince.

— Capitaine Rica, ordonna Michael. Vous voyez ces cavaliers en train de tenter de donner des ordres à mon armée ? Avertissez-les que s'ils ne cessent pas et ne se retirent pas immédiatement, je les considérerai comme des ennemis tentant de saper mon commandement.

Rica semblait avoir anticipé le problème. Il fit signe à plusieurs compagnies. Elles s'éloignèrent au pas de charge, chacune porteuse de la bannière de la maison d'Innes. Elles atteignirent bientôt les officiers hurlants, dont certains avaient sorti leurs armes et menaçaient les soldats. Deux ou trois refusèrent de se retirer et les épées furent tirées hors du fourreau. Des compagnies de soldats se relevèrent d'un bond sur l'ordre des capitaines désignés par le prince. L'un des cavaliers, hautain jusqu'au bout, fut pourchassé par des hommes armés. Les autres réalisèrent que leur vie était en danger et réagirent de manière appropriée.

Les six nobles s'entretenaient toujours.

— Capitaine Rica ? lança Michael d'une voix forte.

Tirez ces anciens alliés de mon père au bas de leurs montures et menez-les jusqu'à moi.

Les six nobles se séparèrent sur l'instant. Deux mirent hâtivement pied à terre. Les quatre autres se retrouvèrent encerclés par des hommes armés. Ils descendirent eux aussi de selle et tous furent menés devant le prince.

— Qui parmi vous renoncera à ses revendications sur les parts de mes terres que Menwyn Wills lui a promises et me jurera solennellement loyauté et allégeance ?

Le prince examina les six hommes, qu'il connaissait tous depuis l'enfance. Apparemment, ils le voyaient toujours comme un enfant. Ils n'avaient pas été témoins des événements des Eaux Stagnantes, lorsque le prince Michael avait été obligé de mûrir.

— Je prêterai serment, mon prince, dit le seigneur T'oldor, en mettant le genou à terre.

— Moi de même, annonça Quince, dont les terres ne comprenaient qu'une petite région montagneuse et quelques prairies au nord.

Des terres bien trop petites pour un homme doté d'une telle personnalité et d'un tel talent, songea Michael.

— J'ai vécu à la botte de votre père pendant trente ans, déclara le seigneur Farwell. Je refuse de me soumettre à votre autorité à présent !

— Personne n'aura à vivre à ma botte, mais nul ne peut prétendre s'emparer des terres du prince d'Innes. Cette armée, créée par mon père, est sous mon commandement et je ne l'enverrai pas au combat sans être certain qu'elle ne part pas vers sa ruine. Si vous ne voulez pas me jurer allégeance, alors retournez auprès du seigneur Menwyn et exigez qu'il vous paye ce qu'il vous a promis de sa poche. Car rien ne sortira de la mienne.

T'oldor et Quince jurèrent allégeance au prince, avec l'armée toute entière pour témoin. Les autres nobliaux et leurs officiers repartirent par là où ils étaient venus. Ils avaient échoué dans leur tentative de prendre le contrôle de l'armée d'Innes.

T'oldor les regarda partir avant de se tourner vers le prince Michael.

— C'est une bonne chose que nul n'ait proposé de vous jurer allégeance, mon prince. Je n'aurais fait confiance à aucun d'entre eux.

— Moi non plus, T'oldor, mais je me devais de leur faire cette offre. Ils furent les alliés de ma maison pendant de nombreuses années.

Rica avait déroulé une carte sur la table, ses coins retenus par des cailloux. Michael se demanda ce qu'il était advenu des poids en argent que son père avait coutume d'employer. Tombés dans une bourse quelconque, sans aucun doute.

T'oldor, un homme abîmé par la vie mais élégant, traça les grandes lignes du plan. Sa chevelure blanche était soigneusement arrangée en boucles anglaises et la dentelle de son col et de ses manchettes était d'une blancheur neigeuse. C'était une brillante vieille canaille, Michael le savait bien.

— Les espions de Menwyn lui ont fait savoir que les Renné avaient l'intention de débarquer ce soir à l'endroit où cette vallée rencontre la Wynnd. (T'oldor plaça son doigt sur la carte.) Il a prévu de placer son armée sur des positions encerclant la zone de débarquement, puis de laisser les Renné mettre pied à terre avant de les repousser vers la rivière, de préférence au petit jour, même si notre présence pourrait bien être découverte avant longtemps.

— Montrez-moi la disposition de nos forces, demanda Michael.

Le vieil homme traça quelques lignes sur le papier à l'aide d'un bâtonnet de charbon.

— Mais l'armée d'Innes occupe toutes les positions de front ! s'exclama Michael avec plus de colère que de surprise. L'armée de Menwyn est uniquement placée en réserve.

— C'est exact, mon prince, admit Quince, l'air contrit.

— Ainsi nous devrions mener cette bataille contre les Renné et en supporter toutes les pertes ?

Les deux nobles hochèrent la tête.

Michael fixa la carte pendant quelques instants. Il n'avait bien entendu pas l'intention d'affronter les Renné, mais il était certain que ses officiers et ses hommes n'accepteraient pas un tel revirement. Son emprise sur l'armée et sur la loyauté des nobles était ténue.

Le prince emprunta le bâtonnet de charbon à T'oldor et redessina les lignes.

— Les forces de Menwyn s'installeront ici, au sud. Nous mettrons nos hommes ici, à l'est et au nord. Cela le placera en première ligne de la bataille sur un tiers de la zone contestée. Il devra se battre. Je ne vais pas subir toutes les pertes pour son profit à lui. (Il se tourna vers le seigneur T'oldor.) Irez-vous voir le seigneur Menwyn pour le lui dire ?

— Avec plaisir, mais il serait sans doute préférable que je n'y aille pas seul, car je suis désormais un traître à la cause des Wills.

— Prenez quarante hommes avec vous, des cavaliers si vous le souhaitez. Dites à Menwyn qu'une fois qu'il aura placé ses armées en position au sud, je mettrai les miennes aux endroits indiqués. Ne le laissez pas discuter ou prévariquer. Je préférerais encore ramener mon armée chez moi plutôt que de le laisser l'exploiter ainsi.

Les cavaliers furent rapidement assemblés et ils suivirent le seigneur T'oldor le long de l'allée entre les armées. Michael observait les alentours. Il se demandait s'il se trouverait contraint d'affronter les Renné avant d'avoir pu évincer Menwyn Wills. Une chose était certaine : il n'abandonnerait à aucun prix le contrôle de son armée. S'il le faisait, il mourrait dans l'instant.

— Rica ?

— Votre Grâce ?

— Fais venir nos quatre capitaines les plus expérimentés. Ils vont recevoir une promotion.

— Immédiatement, Votre Grâce.

Mais, malgré sa promesse d'une action immédiate, l'homme resta sur place pendant un instant, mal à l'aise. Michael se tourna vers lui.

— Quelque chose à ajouter, capitaine ?

— Si je peux me permettre, Votre Grâce. Il est un jeune capitaine dont les talents excèdent de loin son jeune âge. C'est peut-être même le meilleur de vos officiers.

— Alors fais-le venir, lui aussi. Rica ? Tu as ma permission de donner ton avis dès que tu le jugeras utile.

— Je suis honoré de votre confiance, Votre Grâce.

— Et tu peux m'appeler prince Michael.

— Mon prince, dit l'homme en s'inclinant rapidement avant de s'éloigner d'un pas vif.

Lorsque le seigneur T'oldor revint, il trouva Michael occupé à discuter le plan de bataille avec ses nouveaux officiers, décidant d'un nouvel arrangement pour les compagnies, de la manière dont elles rejoindraient leurs positions ainsi que des meilleures méthodes pour les approvisionner en nourriture et en armes. Déplacer une force aussi vaste, même sur une courte distance, comme ils l'avaient prévu, demandait beaucoup de préparation. Des hommes bien nourris se battaient mieux que des hommes affamés. Et ceux qui faisaient confiance à leurs supérieurs se battaient mieux encore. L'armée d'Innes n'avait aucune idée des talents de stratège du prince. Il allait devoir faire ses preuves. Ils ignoraient qu'il avait affronté les serviteurs de la Mort dans les Eaux Stagnantes. Et même si on le leur avait dit, ils ne l'auraient pas cru.

— Et qu'a dit le seigneur Menwyn ? demanda le prince au seigneur T'oldor.

— Cela ne lui a pas plu, et des accusations d'infamie

ont fusé de partout. (L'homme sourit comme le roué qu'il était.) J'ai rarement pris autant de plaisir à être le porteur d'une mauvaise nouvelle.

— Il fera donc ce que j'ai demandé ?

— Vous contrôlez la force la plus importante, mon prince. Si vous refusez de vous battre, le seigneur Menwyn et ses alliés seront moins nombreux que les Renné. Ils seront mis en déroute.

Il leva les yeux vers le soleil.

— Nous serons fixés dans l'heure, car il devra rapidement commencer à déplacer son armée, ou se retirer.

— Ce sera une heure des plus longues. Capitaine Rica ? Qu'est-il advenu des hommes d'armes du seigneur A'denné ?

— Ils ont été répartis parmi les compagnies des Wills et d'Innes, votre... mon prince.

— Est-il possible de trouver un homme ayant servi dans la garde personnelle du seigneur A'denné ?

— Je pense que oui.

— Bien. Lorsque vous aurez trouvé un tel homme, envoyez-le jusqu'au sommet de cette colline. Les hommes qui m'ont aidé dans mon périple se cachent dans les arbres. S'il avait une bannière ou un symbole quelconque de la famille A'denné à afficher, cela serait utile.

Il y eut un moment de silence, puis le seigneur T'oldor prit la parole :

— Prince Michael, Carl A'denné était un traître à la cause de votre père. On l'accuse partout d'être à l'origine de notre échec sur l'île de la Bataille, car nous pensons qu'il a averti les Renné de notre arrivée.

— Le seigneur Carl était l'ennemi de messire Eremon, lequel tenait mon père sous sa coupe. Il est toujours l'ennemi d'Eremon, ce qui en fait mon allié. Rica, dis à l'homme que tu enverras sur la colline de mener mes compagnons jusqu'ici à la nuit tombée. Il y a des secrets qu'il faudrait mieux que le seigneur Menwyn n'apprenne pas.

— Mon prince, avança Rica d'un ton hésitant, vous m'avez dit que je devais m'exprimer lorsque je le jugeais utile...

— Oui. Parle librement.

— Vos hommes... ils sont prêts à risquer leur vie pour combattre nos ennemis, les Renné. Nombre de vos soldats ont perdu des camarades et des membres de leur famille sur l'île de la Bataille. Fort est leur désir de revanche. Il est vrai qu'ils en veulent à Menwyn Wills, dont ils pensent qu'il a assisté Eremon dans le meurtre de votre père. Mais leur véritable haine est dirigée vers les Renné. Un changement d'alliance à présent serait une chose dangereuse. Vous pourriez perdre votre armée.

— Capitaine Rica, répondit Michael, je t'ai bien choisi.

Il se tourna vers l'homme d'armes à l'air grave et tous les officiers récemment nommés.

— J'ai voyagé très loin en compagnie de l'homme que vous appelez messire Eremon, bien qu'en réalité son nom soit Hafydd, anciennement allié aux Renné. Il a conclu des alliances avec... des puissances que nous ne pouvons comprendre et est devenu un sorcier puissant. Le tuer à présent serait pratiquement impossible. S'il revient... Non. Lorsqu'il reviendra, il nous tuera, Menwyn et moi, et prendra le contrôle de cette armée, avec laquelle il s'emparera de la Terre entre les montagnes. Et cet homme, ce sorcier, n'a de loyauté pour rien ni personne. Mieux vaudrait cent ans passés sous la férule des Renné qu'un seul sous la botte d'Hafydd. Mais nous n'avons pas à faire la guerre aux Renné, ils s'allieront à nous pour affronter Hafydd.

Le prince examina le visage des hommes. Ils fixaient sur lui un regard sombre, lèvres pincées, bras croisés. Comment leur faire comprendre ?

— Menwyn Wills, malheureusement, déteste les

Renné par-dessus tout et il n'abandonnera jamais son combat. Et cette faiblesse permettra à Hafydd de revenir. Nous ne pouvons espérer vaincre Hafydd qu'avec l'aide de puissants alliés et au prix d'importants sacrifices, peut-être celui de nos vies. Je pense que les Renné sont les alliés dont nous avons besoin. Et Menwyn Wills ? Il lécherait les bottes d'Hafydd pour vivre dix minutes supplémentaires.

Il regarda chacun des hommes dans les yeux tour à tour.

— Je connais Hafydd. Aucune femme n'a jamais donné naissance à un homme plus cruel et plus impitoyable. Si cette armée n'abandonne pas son désir de revanche contre les Renné pour en faire nos alliés, alors vous devrez ployer le genou devant ce sorcier. Et il vous fera trancher la tête, ainsi que celles des vôtres, car il ne tolère aucune forme d'opposition.

— Mais prince Michael, dit le seigneur T'oldor à mi-voix. Le capitaine Rica a raison. Votre armée veut se venger des Renné. Leur parler de sorciers ne fera que l'effrayer.

L'homme d'armes qui avait autrefois été au service du seigneur A'denné escorta un petit groupe jusqu'au bas de la colline et, après avoir fourni le mot de passe approprié, les mena jusqu'au prince Michael. Peu de temps auparavant, le soleil avait plongé entre les collines à l'ouest, enflammant l'horizon. Le crépuscule se diffusait depuis l'est à la manière d'une nappe de fumée noire. Les armées s'étaient réorganisées en demi-cercle autour de l'endroit où les Renné allaient accoster. Ils attendaient dans un silence absolu, tout bavardage étant puni de mort.

Habillés de leurs cottes de mailles et de leurs surcots volés, Pwyll, le seigneur Carl, Samul Renné et Jamm firent leur apparition dans la lumière déclinante. Michael se tenait près de ses officiers sur une petite butte au milieu de quelques arbres. Ses messagers étaient accroupis autour de lui, prêts à porter des ordres aux capitaines de chaque compagnie. Ses gardes étaient là aussi, bien que peu nombreux. Le prince se sentait en sécurité avec son armée autour de lui. En voyant arriver Pwyll et les autres, il poussa un profond soupir.

— Que se passe-t-il ? chuchota Pwyll.

Il réalisa immédiatement que le silence de mort n'était pas un accident.

— Les Renné sont sur le point d'accoster, murmura Michael.

— Vast..., souffla Carl.

Pwyll se pencha en avant afin qu'aucun des officiers ne puisse l'entendre.

— Mais ce sont vos alliés, chuchota-t-il.

— Oui, souffla Michael. Mais mon armée désire une revanche pour les pertes qu'elle a connues sur l'île de la Bataille. Je n'ai pas eu d'autre choix que de les mener jusqu'ici. Pwyll, je ne sais que faire.

Carl A'denné s'était approché pour écouter.

— Vous devez retirer votre armée, murmura-t-il impérieusement.

— Il y aura une mutinerie si je le fais.

— Mais les Renné n'accosteront pas ici, dit Carl. Ils auront envoyé de fausses informations par le biais de Vast, dont ils connaissent la trahison. Les Renné accosteront au nord ou au sud d'ici et prendront votre armée par-derrière pour la repousser jusqu'à la rivière.

Michael se plaqua les paumes des deux mains sur le front.

— J'ai repris le contrôle de mon armée aux Wills. Mais comment puis-je le reprendre aux soldats eux-mêmes ?

CHAPITRE XLI

Vast était assis sur le plat-bord du bateau tandis que les rames s'enfonçaient silencieusement dans l'eau. Il pouvait à peine deviner les autres navires tout autour, tous peints en noir, leurs passagers immobiles et silencieux. Sur la berge ouest, un cheval lâcha un bref hennissement. Les barges leur feraient traverser le fleuve dès que les Renné auraient accosté et établi un périmètre. Il faudrait plusieurs heures pour débarquer les hommes, leurs montures et leur équipement. Il se demanda combien de temps Menwyn Wills attendrait avant d'ordonner l'assaut. Il voudrait certainement annihiler l'armée Renné, et non simplement la repousser jusqu'à la rive ouest. Cela réclamerait patience et sang-froid. Vast s'inquiétait à l'idée que le seigneur Menwyn ne possède ni l'un ni l'autre.

Malgré les ténèbres, la présence des hommes autour du duc paraissait palpable. Il avait l'impression de percevoir la chaleur de leur corps. Nombre de ses propres hommes traverseraient la rivière cette nuit. L'ultime rivière. Son cœur se serra à cette pensée. Ils allaient mourir à cause du pacte qu'il avait conclu avec Menwyn Wills. À cause des Renné, qui ne lui avaient pas offert assez. Jamais assez.

Quant aux Renné eux-mêmes... au matin, ils ne seraient plus qu'un groupe de nobles en fuite, pour ceux qui survivraient. Il faudrait les traquer jusqu'au dernier descendant, qu'aucun n'en sorte vivant. Sans quoi leur génie pour l'exercice de la haine lui vaudrait de subir une terrible revanche.

Il leva les yeux vers les étoiles, puis vers l'ombre noire de la rive est.

— Le courant n'est-il pas en train de nous emmener trop loin au sud ? murmura-t-il à l'intention de l'ombre massive qu'était Fondor Renné.

— Non, répondit Fondor. Nous suivons exactement la trajectoire prévue.

Vast hocha machinalement la tête, bien que personne n'ait pu le voir dans l'obscurité. Il reporta son regard sur la rive. Il connaissait la rivière aussi bien que n'importe qui, pour l'avoir parcourue toute sa vie durant. Ils étaient déjà au sud de la crique où ils étaient supposés débarquer. Un désastre était sur le point de se produire, fruit de leur incompétence.

Il posa la main sur l'épaule de Fondor.

— Nous sommes trop au sud, j'en suis certain. (Il se pencha vers le batelier qui tenait la barre.) Nous devons remonter au nord…

Une lame contre sa gorge le dissuada de terminer sa phrase.

— Pas un mot de plus, duc, siffla Fondor.

Vast se retrouva les yeux plongés dans l'eau. Un millier de points lumineux brillaient à la surface. Il se demanda s'il reverrait jamais une telle chose. Les traîtres n'avaient droit à aucune miséricorde. Il déglutit avec peine. Il avait fait un choix et il était sur le point d'en payer le prix. La beauté des étoiles tremblantes attira à nouveau son regard.

Je traverse une rivière d'étoiles, se dit-il.

Mais c'était l'obscurité qui captait désormais son attention. Il songea que s'il passait par-dessus bord, ce serait pour une chute sans fin à travers la nuit.

CHAPITRE XLII

Hafydd n'était guère intéressé par la beauté miraculeuse de l'endroit mais Beldor se surprit à ouvrir des yeux émerveillés, tel un paysan au milieu d'un palais. La chambre était vaste, et pourtant il n'y avait pas un seul pilier pour en soutenir le dôme, lequel s'incurvait au-dessus d'eux à la manière d'un ciel d'ivoire. Une grande mosaïque s'étalait sur le sol, formant un motif octogonal, comme la pièce elle-même. Les murs étaient lourdement décorés, mais la lumière des torches les effleurait à peine. Et Hafydd ne le laisserait pas arpenter la pièce pour les admirer. De l'autre côté de la salle, le sol était traversé en son centre par un étroit canal où s'écoulait de l'eau. De leur côté du canal se trouvait un petit bassin rond légèrement luminescent et à moitié dissimulé par des volutes de vapeur fantomatiques.

— Il va vous demander de me tuer, à présent, chuchota A'denné en se glissant silencieusement derrière Beldor.

Celui-ci jeta un regard vers Hafydd, qui scrutait le bassin fumant. Aucun des gardes ne se tenait assez près pour les entendre.

— Je ne peux pas, répondit-il.

— Vous le devez, dit A'denné à voix basse. Vous seul pouvez vous approcher suffisamment pour le tuer. Mais si vous refusez de… (l'homme déglutit avec difficulté) de mettre fin à ma vie, il ne vous fera plus jamais confiance.

— Qu'est-ce qui vous fait dire que je voudrais le tuer ?

— Je vous ai regardé, Beldor Renné. J'ignore ce qui s'est passé mais une… certaine compréhension s'est fait jour chez vous…

Il tenta sans succès de trouver les mots. Sur son visage, Beldor lut de la résignation et un effort visible pour contrôler sa peur. Beldor toucha la pierre dissimulée par sa chemise.

— Il est trop prudent.

— Oui, avec moi. Mais il accepte de vous laisser approcher. Lorsque vous me tuerez, n'affichez aucun remord. Il est étrange de penser qu'il fera plus confiance à un tel homme, mais je pense que c'est le cas.

— Seigneur Beldor ! appela Hafydd.

Sa voix dure sonnait de manière étrange et déformée dans cet endroit. Beldor se hâta de le rejoindre. Hafydd avait les yeux baissés sur le bassin, les mains serrées dans le dos. Une lumière blanche provenait des profondeurs, et un froid intense s'immisça à travers les vêtements de Beldor pour lui glacer la peau. Hafydd ne releva pas le regard et Beldor fixa le bassin en se demandant ce qui fascinait tant le vieux guerrier.

— Tu le vois ? demanda Hafydd à voix basse.

Beldor se pencha un peu plus. Les voiles de brume tournoyaient lentement au-dessus de la surface et la lumière l'obligea à plisser les paupières. *Là…* ! Quelque chose qui ressemblait à un visage doté d'une chevelure et d'une barbe noires, les yeux fermés, les lèvres si pâles qu'elles semblaient dénuées de couleur.

— Je crois distinguer… le visage d'un homme.

— Le grand enchanteur, dit Hafydd à voix basse. Wyrr, enfermé dans un cercueil de glace éternelle.

— Qu'allez-vous faire, à présent ? s'entendit demander Beldor.

— Nous avons des pactes à honorer, Beldor Renné. Apporte le livre, le récipient en terre cuite et le seigneur A'denné. Tu as gardé ton épée bien aiguisée ?

— Elle l'est toujours, messire Eremon.

Hafydd se tourna brusquement pour le regarder dans les yeux.

— Alors tiens-la prête. Tu tueras A'denné pour moi. Je te dirai quand et comment.

Hafydd fit venir son capitaine des gardes.

— Qu'on m'apporte deux de ces chaises, ordonna-t-il.

Beldor était comme figé sur place. Il avait tué de nombreux hommes, y compris son propre cousin, sans jamais ressentir le moindre doute, ni la moindre culpabilité...

Mais à présent la tête lui tournait, il se sentait bizarre, comme s'il était sur le point de mourir. Il toucha la gemme verte sous sa chemise. Était-il victime d'un sortilège ? Était-ce là ce que ressentaient les autres lorsqu'ils allaient au combat ? Il était congestionné, il avait chaud et il transpirait soudain abondamment. Il contempla Hafydd en sentant l'horreur grandir en lui.

Le chevalier ouvrit la boîte contenant le livre, et Beldor s'aperçut que tous reculaient d'un pas, comme s'ils pouvaient percevoir sa malfaisance glaciale, plus froide encore que la glace qui entourait Wyrr. Après avoir étalé la boîte sur les dossiers des deux chaises, Hafydd ouvrit le livre. Beldor ressentit comme un poids à l'intérieur de lui-même, telle une pierre s'enfonçant dans une rivière hivernale. Tromper la Mort était impossible. Vous ne pouviez passer ses portes qu'avec votre honneur intact, ou sans honneur. Il le comprenait à présent. Toren l'avait toujours compris, instinctivement. Même Dease le savait, à sa manière. C'était la seule chose que l'on emportait de ce monde. Rien d'autre ne passait le portail, pas même l'amour. Beldor le savait. Il avait rampé devant l'entrée du Royaume de la Mort, dépouillé de toute fierté, de toute possession... et de son honneur également. Cela avait été son plus grand regret. Il s'enfoncerait sans honneur dans ce lieu de ténèbres et nul ne se souviendrait de lui pour quoi que ce soit d'autre.

À l'aide d'une corde, Hafydd forma soigneusement sur le sol un cercle d'environ dix mètres de diamètre. Il vida le contenu d'un petit sac de poussière grise sur toute la longueur de la corde. Au centre de la zone ainsi délimitée, le sorcier réalisa un autre cercle de deux mètres de diamètre. Huit lignes furent ensuite tracées sur le sol à l'aide de la poussière grise, découpant le rond en parts égales.

— Apporte le récipient en terre cuite et ta lame, Beldor. Ne marche pas sur les lignes ! Et seigneur A'denné... nous aurons également besoin de vous.

Beldor souleva la jarre, surpris par son poids. A'denné s'était approché, comme hébété. Beldor avait déjà vu des hommes monter sur l'échafaud auparavant, et ils avaient affiché une expression très semblable à celle d'A'denné, où l'incrédulité se mêlait à la peine et à l'horreur.

Beldor tenta de se concentrer sur les actions du sorcier. Il était prêt à tout pour ne pas penser à A'denné et à ce qu'il allait devoir faire.

Hafydd prit la jarre des mains de Beld. Son visage ne trahissait aucun sentiment. Deux gardes avaient suivi A'denné. Ils se tenaient derrière lui, de chaque côté. Le gentilhomme faisait de son mieux pour maîtriser sa peur. Nombreux étaient ceux, Beldor le savait, qui craquaient à cet instant.

Hafydd sortit une dague et découpa le sceau de cire autour du large bouchon qui fermait la jarre. De la pointe de son arme, il retira lentement le bouchon. Une odeur d'alcool fort assaillit les narines de Beldor, mélangée à quelque chose de plus amer.

Hafydd remonta sa manche et plongea la main dans le liquide. Il en retira le corps dégoulinant d'un enfant mort-né, qu'il agrippait par ses pieds minuscules.

A'denné étouffa un sanglot, ce qui lui valut un regard de mépris de la part d'Hafydd. La minuscule créature fut déposée au centre du cercle. Elle gisait dans une flaque d'alcool, les yeux fermés, cireux, aussi immobile et silencieuse que le petit matin.

— Seigneur A'denné...

Hafydd lui faisait signe de s'approcher.

Le gentilhomme fit trois pas mesurés et s'arrêta à portée de bras du sorcier, les gardes noirs toujours dans son dos. Il cligna plusieurs fois des yeux, peut-être sous l'effet des vapeurs d'alcool entêtantes.

— Penchez-vous au-dessus de l'enfant mort-né, ordonna le sorcier.

Les gardes saisirent les bras d'A'denné et il se pencha en avant à partir du bassin. Hafydd fit un signe de tête en direction de Beld, qui dégaina son épée. Il sentit son cœur qui battait la chamade dans sa poitrine et le rouge qui lui montait aux joues.

— Tranche-lui la gorge, seigneur Beldor ! dit Hafydd en s'écartant hors de portée de la lame. Vite !

A'denné leva le regard vers lui, le visage livide de peur. Mais il le gratifia néanmoins d'un faible hochement de tête. Beldor n'hésita qu'une seconde. Le regard des gardes était fixé sur lui. Un coup rapide, et le corps d'A'denné s'affaissa, soutenu par les gardes, tandis que son sang s'écoulait jusqu'au sol pour former une flaque cramoisie autour du nourrisson inanimé. L'odeur salée du sang, semblable à celle de la mer au loin, lui fit tourner la tête. Beldor s'écarta vivement, nauséeux et chancelant.

— Ta tâche est accomplie, seigneur Beldor, dit Hafydd. Attention à l'endroit où tu poseras les pieds en quittant le cercle.

Beldor s'éloigna à reculons, la scène à jamais gravée dans son esprit : la vie du seigneur A'denné s'écoulant sur l'enfant mort-né qui gisait, mi-humain mi-asticot, au centre de la toile d'Hafydd. Le mort, le mourant et la vie pas encore née.

Se détournant pour dissimuler sa réaction, Beldor sortit du cercle au moment où Hafydd ouvrait le livre. Il se servait de la boîte posée sur les chaises comme d'un pupitre de lecture. Le sorcier se mit immédiatement à murmurer, puis entama une mélopée. Beldor se boucha les oreilles mais les mots ne se laissèrent pas arrêter. Ils venaient frapper ses tympans, un par un, comme autant de gouttes d'eau.

Les gardes laissèrent retomber le corps du seigneur A'denné et sortirent du cercle, s'échappant juste avant qu'Hafydd n'enflamme celui-ci. Beld détourna le regard, mais une sombre fascination l'incita rapidement à braquer les yeux sur le sorcier. Au milieu des lignes et des cercles de feu, il perçut un infime mouvement : les doigts de l'enfant mort-né se contractaient. Puis la créature rejeta sa tête en arrière et ouvrit la bouche, comme pour pousser un hurlement.

Une fois arrivée au bas des marches, Elise n'hésita pas une seconde mais se rua en avant, abattant le premier des deux gardes. Orlem empala le second sur son épée, mais pas avant que l'homme n'ait eu le temps de lancer un cri d'alerte.

Le géant et Elise se ruèrent vers un anneau de feu tremblant qui s'étalait sur le sol de la pièce en dégageant une fumée acre. Toren s'efforça de rester à la hauteur de ses compagnons, ses pieds frappant le sol au rythme de sa course. Décalé d'un pas en arrière et d'un autre sur la gauche, A'brgail le suivait, sa lame luisant d'un éclat verdâtre dans l'air enfumé.

Hafydd — ce ne pouvait être nul autre que lui — se tenait au-delà des flammes, entonnant une mélopée. Ses gardes formaient une ligne entre lui et sa sorcellerie et le groupe qui arrivait au pas de charge. Elise et Orlem levèrent leurs armes lumineuses et poussèrent un cri sauvage en se jetant sur la ligne des gardes noirs. Toren bondit sur un homme qui tentait de contourner Elise par la gauche et puis toute forme de réflexion disparut dans la furie de la bataille. Esquiver, contre-attaquer, trancher la jambe d'un adversaire pour le projeter à terre, sentir sa lame s'enfoncer dans la chair. Alors que Toren combattait un ennemi plus massif que lui, Orlem le heurta parderrière et l'envoya s'étaler aux pieds de son adversaire. Il sentit plus qu'il ne vit la lame s'élever pour lui infliger le coup de grâce, puis l'homme s'écroula sur lui en se convulsant. Le corps qui l'écrasait fut écarté et quelqu'un l'aida à se relever. Toren se retrouva alors face à son cousin, Beld, celui-là même qui avait été emporté dans les airs par un serviteur de la Mort.

— Vous arrivez trop tard, cria Beldor au-dessus du vacarme. Il a terminé.

Une langue de feu jaillit au milieu d'eux, enflammant les capes et faisant fuir les gardes et leurs adversaires dans toutes les directions. Toren sentit le sol trembler et il perdit l'équilibre. Au milieu du cercle de feu s'élevait une chose hideuse. Elle écarta les bras et poussa un hurlement qui fit trembler l'île jusque dans ses fondements.

Un géant bondit au-dessus de la ligne de feu et atterrit dans le cercle, son immense épée levée. Il frappa la créature d'un coup qui fit vibrer l'air et exploser sa lame. Mais le monstre l'écarta d'un simple revers du bras et tourna le dos à cette pitoyable mêlée qui n'impliquait que des mortels.

— Nous n'aurions jamais dû quitter l'escalier, disait Eber.

Il pressa la main de son fils dans la sienne et exerça une légère traction.

— Ne t'éloigne jamais plus de moi ! Regarde le danger dans lequel tu nous as mis !

Thaison décocha un regard vers le petit homme qui tentait de s'interposer entre son fils et la bataille, comme si son corps âgé pouvait servir de bouclier. Le combat s'était engagé à travers la vaste salle, se déplaçant de-ci de-là. Ils avaient été repoussés jusqu'à deux facettes du mur gauche et s'étaient laissés tomber au sol dans l'espoir de ne pas se faire remarquer.

— Que se passe-t-il, Eber ? chuchota Thaison. Vous voyez quelque chose ?

Au centre d'un anneau de flammes rouges, une forme massive bougeait de manière tout juste perceptible.

— Il se nourrit, dit Eber d'une voix assourdie, effrayée.

— De quoi ?

— De la carcasse d'un homme, chuchota Eber.

— La rivière nous sauve !

La lumière était faible et il était difficile de prédire l'issue de la bataille. Hafydd s'écroula brutalement, supporté par deux de ces gardes. Les autres se battaient férocement contre Elise et son groupe. Orlem repoussait les gardes noirs partout où il allait. Puis le géant bondit au-dessus des flammes et attaqua le dévoreur d'âmes. Mais la créature l'envoya bouler au travers d'un mur de feu.

Puis une langue de feu frappa les combattants qui se dispersèrent aux quatre coins de la pièce.

— Tu as perdu, ma sœur ! lança une voix au-dessus du tumulte. Retire-toi pendant que tu le peux encore.

Les combats diminuèrent d'intensité tandis que les gardes en noir reculaient pour se rassembler autour de leur maître. Elise et ses alliés leur faisaient face, déterminés. Thaison la vit, grande et droite, inébranlable et fière.

— Plutôt faire s'écrouler cette caverne sur nous ! lança-t-elle.

Elle leva son arme et l'abattit sur le sol, un coup qui fit trembler les murs et les projeta tous à plat ventre.

Thaison s'avança en rampant pour aider Eber à se relever.

— Où est Llya ? demanda le vieil homme en regardant autour de lui d'un air paniqué. Où est Llya ?

Un deuxième coup, plus puissant que le premier, et Thaison se retrouva projeté contre le mur. Il resta étendu au sol quelques instants, à moitié assommé. Il y eut un bruit assourdissant et il ouvrit les yeux pour voir d'énormes blocs de pierre s'écrouler depuis le plafond.

L'impact déforma le sol, projetant le petit homme dans les airs l'espace d'un instant avant qu'il ne retombe brutalement au sol. Il eut l'impression d'entendre quelqu'un gémir avant de réaliser qu'il s'agissait de sa propre voix. Quelque chose frappa le sol si près de lui qu'il fut à nouveau projeté dans les airs avant de s'écraser au sol. De la fumée lui emplit les narines, puis les ténèbres palpitèrent au-dessus de lui, telle une pluie de neige noire.

Beldor sentit qu'on tirait sur quelque chose autour de son cou avant de le faire glisser par-dessus ses cheveux. Il eut l'impression d'émettre un gémissement. Il s'évanouit pendant un moment, puis se réveilla à nouveau. Les ténèbres, mais aussi, non loin, une petite lumière. Sa vision était floue et il tenta de secouer la tête pour la clarifier. Les murmures d'une voix apaisante.

Des pierres brisées s'étalaient tout autour de lui. Il était étendu entre deux blocs craquelés. Il bougea un bras pour tâter ses côtes. Il ne ressentait rien à cet endroit, comme s'il s'agissait de la chair de quelqu'un d'autre. Il se frappa la hanche, mais les sensations ne lui parvinrent qu'au travers de son poing.

— Qu'est-ce qui m'est arrivé ? Je ne peux plus bouger.

Sa vision se troubla, les pourtours obscurcis par les ténèbres. Mais là, au centre de l'obscurité, il vit une silhouette accroupie dans la lumière ténue. Une voix, très lointaine et semblable au bruit de l'eau s'écoulant sur la pierre, murmurait quelque chose :

— Là, ma petite-fille, disait-elle doucement. La Mort ne s'emparera pas de toi aujourd'hui… ni de toi ni de l'infortunée jeune fille qui te porte.

La silhouette se releva. Une femme. Elle glissa gracieusement dans le passage étroit entre les pierres écroulées. Il pouvait presque voir son visage.

— Vous pouvez m'aider ? murmura-t-il.

Les mots lui venaient difficilement. La femme flotta au-dessus de lui quelques instants, comme si elle examinait sa requête.

— Vous avez conclu un pacte avec la Mort, finit-elle par dire. Je ne m'en mêlerai pas.

Elle se détourna.

— Je vous en prie, s'entendit dire Beld. Au final, j'ai renoncé à ce pacte.

— Trop tard, homme d'armes, dit-elle. Trop tard.

— Non, chuchota Beldor. Pas trop tard… Pas pour moi.

Une pluie de ténèbres s'abattit sur la scène comme des gouttes d'encre sur une surface en verre et Beldor sentit une chaleur soudaine l'envahir. Il poussa un profond soupir… son dernier.

Tam brandissait une torche au-dessus de sa tête. Un éboulement de pierres, chacune faisant la moitié de la taille d'une maison, voire plus, s'étalait sur le sol de la caverne. De la fumée flottait dans la salle comme si elle n'arrivait pas à trouver un chemin par lequel s'échapper. Le marmonnement de l'eau se répercutait de manière inquiétante à travers les lieux.

— Que s'est-il passé ici ? demanda Fynnol.

— Nous arrivons trop tard, dit Alaan avant de pousser un juron. Caibre… Hafydd et Elise se sont affrontés.

— Qui a survécu ? voulut savoir Tam.

— Peut-être personne. Allons voir.

Un fracas fit trembler la pièce et Tam sursauta, manquant de brûler Fynnol avec sa torche. Une large portion du plafond s'était écroulée, brisant les pierres au-dessous. Ils se mirent à chercher parmi les éboulis. Ils progressaient baissés, craignant à tout instant que le plafond ne s'écroule et ne les ensevelisse tous.

Tam se laissa tomber dans une fissure entre deux blocs et découvrit un passage étroit.

— Tout va bien ? l'appela Fynnol.

— Oui. Reste en haut, cousin. J'aurai peut-être besoin de ton aide pour sortir.

— Facile à dire pour toi. C'est moi que le plafond écrasera en premier.

— Oui, mais il me tuera en second. Tu veux qu'on échange nos places ?

— Non, Tam. Continue. On va fouiller cet endroit ensemble.

Tam se glissa entre les pierres. En plusieurs endroits, il fut obligé de se mettre à plat ventre pour emprunter des passages particulièrement étroits. Il rencontra de multiples impasses qui l'obligèrent à chercher un chemin alternatif. Heureusement, Fynnol était en mesure de le guider depuis les hauteurs.

— Fynnol ? J'ai cru entendre quelque chose… comme une voix. Ils s'immobilisèrent tous les deux en tentant de calmer leur respiration.

— Un gémissement. Oui ! Par ici, on dirait.

Tam tenta de suivre son cousin qui trouvait rapidement son chemin en bondissant de rocher en rocher. Il se glissa dans une ouverture extrêmement étroite et trébucha sur quelque chose de mou.

— J'ai trouvé quelqu'un !

Tam s'extirpa de la faille entre les pierres et s'accroupit, levant la torche de manière à voir ce qui se trouvait devant lui.

— Qui est-ce ?

— Un homme… mort, j'en ai peur.

Tam tourna légèrement le visage de l'homme dont le regard vide se posa sur lui.

— Tu sais, Fynnol, je crois que c'est Beldor Renné.

— Non. Il a été emporté par les serviteurs de la Mort dans les Eaux Stagnantes. Tu ne te souviens pas ?

— Quoi qu'il en soit, je pense que c'est lui et personne d'autre.

— Tam ? chuchota faiblement une voix.

— Bon, Tam, si tu cr…

— Fynnol ! Silence !

— Tam ? lança de nouveau la voix.

L'homme du Val leva haut sa torche et la fit osciller dans l'air pour éclairer les crevasses étroites entre les morceaux du plafond abattu. Il bondit sur ses pieds.

— Elise ? Elise ?

Il se força un passage entre deux pierres en y laissant des morceaux de vêtements et d'épiderme. Et il la découvrit, allongée dans un espace ouvert entre les blocs de pierre.

— Elise ! Fynnol, appelle Alaan !

Il se laissa tomber au sol, bloqua la torche en position verticale dans une petite fissure et prit la tête de la jeune femme entre ses mains.

— Vous pouvez bouger ? Vous êtes blessée ?

— Tout va bien, Tam. Je n'ai rien… ou en tout cas toutes mes blessures ont été guéries. Donne-moi un instant, je vais me relever, murmura-t-elle, les larmes aux yeux.

— Oh, Elise, lâcha Tam, incapable de retenir ses sentiments. J'ai cru ne jamais vous revoir.

La main d'Elise, petite et chaude, se glissa dans la sienne.

— Quelque chose s'obstine à nous réunir, Tam, dit-elle d'une voix douce, quelles que soient les distances qui nous séparent.

Alaan fit son apparition au-dessus d'eux.

— Ah, vous voilà ! Est-elle gravement blessée, Tam ?

— Je n'ai rien, répondit Elise sans toutefois ouvrir les yeux.

— C'est un miracle, s'exclama Alaan.

Il se pencha sur l'ouverture et son visage devint visible dans la lumière tremblante de la torche de Tam.

— Peut-être. Quelqu'un a soigné mes blessures, ou en tout cas c'est ce que j'ai rêvé. Qu'en est-il des autres ?

Alaan ne répondit pas et Elise se redressa soudain en position assise.

— Répondez-moi, dit-elle.

— Nous avons retrouvé Main-habile… écrasé sous un bloc de pierre.

Elise se couvrit le visage de ses mains et des larmes se mirent à couler entre ses doigts comme du sang s'écoulant d'une blessure. Elle sanglotait sans un bruit.

— Qui d'autre ? finit-elle par demander.

— Des hommes d'armes Renné. Des chevaliers en cape grise.

— Toren ? A'brgail ?

— Nous ne les avons pas encore retrouvés.

Les larmes silencieuses continuaient de couler.

— Il avait vécu pendant si longtemps, murmura-t-elle d'une voix hachée. Il avait déposé les armes. Si Kai ne l'avait pas retrouvé et envoyé à votre recherche…

— … nous aurions pu tous mourir dans les Eaux Stagnantes, l'interrompit doucement Alaan.

— Il m'a sauvé alors qu'un serviteur de la Mort avait refermé ses griffes sur moi, déclara Fynnol d'une voix triste.

— Main-habile a sauvé bien des gens de la mort, dit Alaan. Mais nous n'avons pas le temps de le pleurer pour l'instant.

Un appel distordu au loin les fit taire.

— Pouvez-vous grimper jusqu'ici ? demanda Alaan en tendant le bras aussi loin que possible dans la fissure. Je crois qu'ils en ont trouvé d'autres.

Alaan et Fynnol tirèrent Elise et Tam jusqu'à eux. Elise vacillait en s'appuyant sur l'épaule de Tam.

Ils se frayèrent un passage au milieu des ruines, sautant de rocher en rocher jusqu'à atteindre un endroit où le plafond ne s'était pas écroulé, bien que le sol soit fendu et incliné. Un petit groupe s'était réuni à cet endroit. Certains étaient allongés, d'autres appuyés contre les parois. De l'eau s'écoulait dans un petit canal et, à quelques distances de là, un bassin fumait en émettant une légère lueur blanche.

Certains des individus présents étaient trempés, d'autres restaient allongés et immobiles, blessés, morts ou endormis.

— Bénie soit la rivière, s'exclama Elise avec émotion, il y a des survivants.

Baore se leva en les voyant approcher au milieu des éboulis. Il se tenait penché d'un côté, comme s'il avait souffert d'une blessure. Trois chevaliers vêtus de gris se remirent également debout en levant leurs armes, prêts à se défendre. Mais ils paraissaient à peine capables de tenir sur leurs jambes. Il y avait deux hommes portant le bleu Renné, dont aucun n'était en mesure de se lever, ainsi que le petit Thaison et Eber, le dos au mur, les genoux relevés et le visage dissimulé entre ses mains.

— Ne craignez rien, lança Alaan. C'est moi, Alaan. Et nous avons trouvé Elise, saine et sauve, dans les ruines.

L'un des chevaliers s'approcha, ainsi que l'un des deux Renné.

— Messire Gilbert, dit Elise. Je suis profondément heureuse de vous voir indemne.

— Aucun d'entre nous n'en est sorti indemne, répondit-il en s'approchant.

Il désigna du menton le vieil homme appuyé contre le mur.

— Mais aucun d'entre nous n'a subi une perte aussi terrible que celle d'Eber.

Elise mit pied à terre sur le sol déformé puis s'immobilisa.

— Llya..., siffla-t-elle comme si elle était soudain privée de souffle.

— Disparu, dit Eber en un sanglot. Emporté dans le canal par une vague qui s'est formée quand le sol a été brisé. L'eau s'est élevée et l'a emporté. Il avait disparu avant que je n'aie eu le temps de me relever.

Il se mit à pleurer, le visage dissimulé par ses genoux et une main grise et tordue. Elise s'avança et posa un genou à terre devant le vieil homme.

— Eber. Je suis désolée... j'avais dit que je le protégerais...

— Et vous ne l'avez pas fait ! s'exclama le vieillard en écartant la main de son visage.

Ses yeux exprimaient un chagrin féroce.

— Quel genre de père laisse son enfant, à peine plus qu'un bébé, conduire des guerriers à la recherche d'un monstre ?

— Eber, dit Elise en reculant d'un pas. Il n'y avait personne d'autre pour nous guider. Il fallait stopper Hafydd.

— Mais nous ne l'avons pas stoppé. J'ai sacrifié en vain la vie de mon fils ! Sa vie si précieuse !

Le chagrin l'envahit de nouveau et il se mit à sangloter comme s'il n'y avait personne autour pour le voir.

Aucun des hommes présents ne regardait Eber directement mais tous se détournèrent légèrement, une expression de tristesse, de pitié et de culpabilité sur le visage. Elise se releva lentement. Des larmes lui coulaient sur les joues. Tam vit que l'accusation d'Eber l'avait blessée plus profondément qu'une lame n'aurait pu le faire. Elle hésita, comme si elle cherchait quelque chose à dire, quelque chose à faire. Elle finit par se détourner.

Thaison attira son attention.

— Thaison a vu ce qui s'est passé. La terrible créature

d'Hafydd a bondi dans le bassin en brisant la glace. Elle a emporté le corps inanimé dans la rivière, son maître sur les talons.

— Son maître ? demanda Elise.

— Hafydd, répondit Thaison. Tout est devenu sombre ensuite, un nuage de fumée causé par le plafond qui s'écroulait. Mais Thaison a cru voir une femme. Au début, Thaison a cru que c'était vous, dame Elise, couverte de poussière et de débris, mais c'était une femme à la chevelure noire.

Il parut soudain hésitant, presque embarrassé.

— Elle s'en est allée dans la rivière. Cela va paraître dérangé, mais elle a paru changer en marchant. Cela devait être le manque de lumière, la poussière dans les yeux de Thaison…

— Elle a paru se transformer en cygne ? suggéra Alaan.

Thaison le fixa d'un air surpris.

— Oui, un cygne noir.

Alaan hocha la tête et s'avança jusqu'au bassin. Il s'accroupit, les yeux plongés dans l'eau.

Toren Renné s'approcha pour prendre son cousin dans ses bras.

— Nous t'avons cru mort, dit Toren en faisant claquer ses paumes contre le dos de Dease.

— J'ignore comment j'ai survécu. Le feu a tenté de me consumer, la fumée de m'étouffer, et puis j'ai été découvert par Alaan, errant sur la rive, tel un morceau de charbon recraché par les flammes.

Ils rompirent leur embrassade.

— Je ne saurais te dire à quel point je suis heureux de te voir. L'idée de t'avoir perdu occupait mon esprit alors que j'aurais dû me concentrer sur d'autres choses…

Toren ne trouvait plus ses mots. Dease croisa son regard, touché par l'émotion de son cousin.

— Je suis bien là, Toren. Et sain et sauf, dans l'ensemble.

Toren hocha la tête et rassembla ses esprits. Il tenta de sourire.

— Oui, nous avons d'autres sujets d'inquiétude. D'autres pertes. Elise s'avança précautionneusement jusqu'à Alaan.

— Il a disparu, dit celui-ci. Thaison a dit vrai.

— Nous avons totalement échoué… et causé la mort du pauvre Llya au passage.

Elle tomba à genoux, les yeux braqués sur le bassin fumant.

— Je me demande si Elise Wills aurait ainsi utilisé un enfant ? Ou est-ce seulement la partie de mon être qui abrite Sianon qui a commis un acte aussi scandaleux ?

— Nous n'avons pas le temps pour les reproches. Hafydd et sa créature sont en train de s'enfuir.

— Que pouvons-nous faire contre cette chose ? demanda Baore.

Tam, Cynddl et lui se tenaient à quelques pas de là.

— Elle a projeté Main-habile dans les airs comme s'il n'était qu'un enfant.

Il grimaça en réalisant à quel point ses mots étaient mal choisis. Alaan se releva.

— Le dévoreur d'âmes commence à s'affaiblir peu de temps après sa naissance. Si nous pouvions le rattraper avant qu'il ne traverse les Portes de la Mort… C'est un espoir illusoire, mais je ne voudrais pas que Llya soit mort en vain.

Elise leva les yeux vers Alaan.

— Avons-nous la moindre chance de réussir ?

— Il y a une possibilité. Sainth peut emprunter des raccourcis inaccessibles au dévoreur d'âmes.

— Alors nous devons tenter de l'arrêter, jusqu'à notre dernier souffle si nécessaire, dit Elise d'une voix ferme.

Elle se redressa.

— Nous devons au moins venger la mort de Llya.

— Voilà qui est parlé comme une authentique Wills ! répondit Alaan.

— Cela va nous prendre des heures rien que pour revenir à la surface, avança Cynddl.

Alaan désigna le canal qui disparaissait à l'intérieur d'un tunnel arrondi.

— Nous passerons par ici.

— Mais tous ne savent pas nager.

Alaan se tourna pour compter rapidement les individus présents.

— Il y en a assez parmi nous pour faire sortir tous les autres. Nous avons un bateau dissimulé sur la pointe de l'île qui pourra nous transporter.

Cynddl jeta un regard en arrière vers les autres. Eber versait des larmes silencieuses et sa main dissimulait de nouveau son visage.

— Tous sont blessés et terriblement épuisés.

— Seuls ceux qui peuvent encore se déplacer rapidement se joindront à nous.

Alaan baissa les yeux. À ses pieds s'étalait une inscription dans un langage inconnu de Tam.

— Qu'est-ce qui est écrit ? demanda impulsivement celui-ci.

— « Ici repose Wyrr, fils de Tusival, jusqu'à la fin du monde. »

— Rien ne se passe comme prévu, dit le Fáel en s'accroupissant pour passer ses doigts sur les lettres. Pas même pour les grands et les puissants.

— En particulier pour les grands et les puissants, répondit Alaan. Allez, hâtons-nous.

Aucun des hommes ne se plaignit ni même ne prononça un mot lorsqu'Alaan leur demanda de se lever. Elise s'avança seule dans l'eau et revint au bout de quelques instants.

— Le canal se vide dans la rivière au bout d'une courte distance et, bien qu'il fasse sombre, il y a de l'air sur tout le trajet, sauf sur les cinq derniers mètres.

Sa peau était devenue aussi blanche que la neige et

ses yeux paraissaient délavés. Tam fut troublé par son apparence et détourna le regard.

— Tam ? appela Elise. Pourriez-vous m'apporter l'épée de Main-habile ? Personne d'autre que lui ne pouvait la manier. Elle est trop lourde.

— Elle est brisée, dit Alaan. Peut-être devrait-elle rester ici ?

— Non, je veux au moins en récupérer la garde, afin que jamais je ne l'oublie, ni lui ni tout ce qu'il a accompli.

Tam lui apporta la garde de l'épée massive et elle la lui prit des mains. Son poids ne semblait pas la gêner, tandis qu'elle flottait dans le canal.

Elle fit un geste de la main.

— Cette salle constituera une tombe convenable pour Orlem, bien que son immensité ne soit pas à la hauteur de la grandeur de Main-habile.

Un craquement se fit entendre et un énorme bloc de pierre se décrocha du plafond pour venir s'écraser sur le sol en contrebas. Un épais nuage de poussière et de débris envahit la pièce.

— Nous devons quitter cet endroit, dit Alaan.

Tam et lui prirent Eber avec eux tandis que Toren et Dease Renné assistaient A'brgail, lequel avait déjà appris des rudiments de nage dans les tunnels des Eaux Stagnantes. Ils abandonnèrent leurs cottes de mailles et s'avancèrent dans l'eau avec raideur. Le courant s'empara d'eux et Tam jeta un unique regard en arrière vers la salle en ruine. Ces sorciers devaient être bien orgueilleux pour se bâtir de tels tombeaux. Mais il est vrai que Wyrr n'avait pas été tout à fait mort. Une partie de lui était restée à moitié éveillée... jusqu'à l'arrivée d'Hafydd.

Ils quittèrent la faible lumière de la chambre de Wyrr pour les ténèbres du tunnel. Heureusement, certains membres du groupe d'Elise disposaient d'épées dont les lames luisaient d'une lueur verte, offrant un peu de lumière.

— Restez groupés, les avertit Alaan dont la voix se répercutait étrangement sur les parois du tunnel.

Au bout de quelques instants, ils atteignirent un endroit où le cours d'eau disparaissait dans la paroi rocheuse. Alaan vit traverser Eber et Elise emporta A'brgail. Les autres se débrouillèrent par eux-mêmes. Le courant les emporta à vive allure avant de les recracher au sein de la rivière nocturne.

Tam refit surface dans l'air estival. L'eau autour de lui était chaude. Le croissant de la lune trônait haut dans le ciel et les étoiles brillaient d'un éclat vif. La tempête était passée. Était-ce la nuit précédente ou celle-ci ? Tam n'en savait rien. Il avait perdu toute notion du temps dans les cavernes.

— C'est comme un bain chaud après avoir marché dans la neige, s'exclama Fynnol non loin de là.

— C'est vrai, acquiesça Tam. Tu as parlé à Baore. Comment va-t-il ?

Tam devinait tout juste les traits de son cousin au clair de lune et son expression était tout sauf réjouie.

— Il n'est plus lui-même depuis que le nagar a commencé à le hanter, plus haut sur la rivière. Son silence... a changé. Il est sombre et maussade à présent. Je m'inquiète pour lui.

Tam opina tout en avançant dans l'eau. Aucun d'entre eux n'était plus le même depuis qu'ils avaient été poursuivis sur la rivière et depuis leur traversée des Eaux Stagnantes. Mais Baore s'était renfermé sur lui-même et son humeur tendait vers le désespoir.

— Notre bateau n'est pas loin, lança Alaan à quelques pas de distance. Mais il ne pourra nous accueillir tous. Certains devront rester ici.

Un tronc passa en flottant près d'eux et les nageurs s'y agrippèrent. Ils dérivèrent au fil du courant, radeaux humains aux visages hantés et fantomatiques sous la lumière dispensée par la lune. Ils descendirent la côte de l'île en tournoyant lentement sur eux-mêmes. La chaleur de la rivière les revigorait. Tam songea qu'il pourrait appuyer son front contre le tronc et s'endormir, flottant au-dessus des eaux sous une couverture d'étoiles.

Il fut tiré de sa rêverie par Alaan, qui les conduisit jusqu'à une bande rocheuse qui s'élevait au milieu des arbres. L'ascension s'avéra difficile dans le noir et Eber fut passé de main en main jusqu'à ce qu'ils se retrouvent tous dans l'herbe au sommet.

Alaan et Elise tinrent un conciliabule tandis que les hommes du Val entreprenaient de descendre le bateau précédemment suspendu aux arbres. Toren Renné et Gilbert A'brgail s'approchèrent d'Alaan.

— Il nous faut en priorité des bateliers expérimentés, déclara celui-ci. Je suis désolé, seigneur Toren, mais il n'y a pas assez de place dans le bateau. Et bien que vous tentiez de le dissimuler, je vois bien que vous êtes blessé. Les hommes du nord viendront avec nous. Ils ont grandi sur la rivière et l'ont remontée jusqu'à sa source.

— Mais que ferez-vous lorsque vous trouverez Hafydd ? Ces jeunes gens ne sont pas des hommes d'armes entraînés.

— Ils sont meilleurs combattants que vous ne le pensez et je ne rattraperai jamais le dévoreur d'âmes sans eux. Nous n'avons pas le temps de discuter. Si nous ne revenons pas, vous devrez construire un radeau et vous diriger vers le sud. La rivière ici est très étrange. Mais Cœur-de-corbeau vous guidera. Bonne chance à vous, seigneur Toren. Il s'inclina légèrement avant de se détourner.

— Tam ? Vous êtes tous prêts ?

— Nous manquons de flèches, mais à part ça, oui.

Tam s'approcha du bord du remblai pour commencer à descendre. Mais, au moment où il s'apprêtait à sauter, il remarqua Elise accroupie devant Eber.

— Eber... ? dit-elle d'une voix douce en caressant la joue du vieil homme. Je le ramènerai si je le peux.

— Et comment ferez-vous, dame Elise ? demanda Eber. Il est passé dans le Royaume de la Mort, d'où nul ne revient jamais.

— Peut-être, mais j'essayerai néanmoins. Il a donné une voix à la rivière… bien des choses mériteraient d'être sacrifiées pour un tel enfant.

CHAPITRE XLIII

Alaan tenait la barre à l'arrière tandis qu'Elise et Baore ramaient en cadence à une allure que les autres avaient du mal à suivre. Ils ne se laissèrent malgré tout pas fléchir et maintinrent l'allure, traversant une rivière d'étoiles éparpillées au-dessus des eaux. Tam avait l'impression qu'ils faisaient tout cela en vain, mais son respect pour Alaan et ses sentiments pour Elise l'incitaient à plonger sa rame dans les flots en songeant à chaque fois : *juste un effort de plus, juste un de plus.*

Mais au bout de deux heures, même Baore se mit à donner des signes de fatigue et Elise pria les trois hommes du Val de se reposer tandis qu'Alaan et elle continuaient à faire avancer l'embarcation. Tam était le plus proche d'Alaan à la poupe. Tout en s'affaissant sur lui-même pour tenter de reprendre son souffle et de combattre les crampes qui s'emparaient de ses bras et de ses épaules, il demanda au voyageur :

— N'est-ce pas futile, Alaan ? Le dévoreur d'âmes s'est emparé de Wyrr. Avons-nous le moindre espoir de les rattraper ?

— Nous n'en aurions aucun si nous les pourchassions, mais je vais emprunter un raccourci, même si je crains qu'il ne soit guère à votre goût. Mais cela importe peu. Si Wyrr est perdu, qui restera-t-il pour réparer le sortilège qui enferme Mea'chi dans son royaume ?

Alaan baissa les yeux vers Tam, étendu sur le pont. Son visage était à peine visible mais Tam imagina qu'il posait sur lui un regard aimable.

— Tam, tu as toujours été celui qui maintenait à flot l'esprit de tes compagnons, quoi qu'il puisse t'arriver. Tu dois tenir encore un peu.

— J'essayerai...

Tam chercha quelque chose à ajouter. Il se sentait mal d'avoir ainsi déçu Alaan.

— Ne t'inquiète pas Tam, continua celui-ci. Le dévoreur d'âmes ne possède pas le don que Wyrr a offert à Sainth. Il ne peut emprunter les chemins secrets. Il y a une chance pour que nous atteignions les Portes avant lui.

Tam se redressa en position assise tandis qu'Alaan et Elise ralentissaient légèrement le rythme. Ils réalisaient qu'il était préférable pour eux d'avoir les hommes du Val et le Fáel avec eux plutôt que de ramer seuls. Même leur endurance exceptionnelle finirait par diminuer avec le temps. Tam n'essaya pas de mesurer le temps qui passait mais il eut l'impression que cela durait des heures. L'aube allait certainement faire son apparition sur la rive est.

Ils traversèrent une nappe de brume dont les volutes s'enroulaient autour de leurs rames. Les rives s'évanouirent, puis le sommet des arbres, jusqu'à ce qu'ils ne puissent plus distinguer que quelques étoiles au-dessus de leurs têtes. Même ces astres lointains finirent par disparaître dans le brouillard. Un froid vif se referma sur eux et le son de leurs rames frappant la surface se fit plus fort, plus étrange.

— Pouvez-vous trouver votre chemin à travers cette brume, Alaan ? demanda Cynddl.

— Oui. Ne craignez rien. Mais continuez à surveiller la proue. Je peux tenir un cap mais je ne vois pas les dangers qui se dressent sur notre chemin.

Fynnol jeta un coup d'œil vers Tam, qui vit que son

cousin n'appréciait guère les paroles du voyageur. Le jeune homme du Val s'assura que son épée coulissait bien dans son fourreau et prépara ses quelques flèches. Fynnol fit de même. Des rayons de lune tombèrent sur la brume qui se mit à luire légèrement tout autour d'eux. Les volutes de brouillard tournoyaient lentement, étendant de fins tentacules dans leur direction.

Une forme massive sortit progressivement de la brume et des ténèbres. Fynnol eut un mouvement de recul.

— Un arbre, chuchota Elise qui se tenait à l'avant.

Ils passèrent à côté de l'apparition, immense et recouverte d'une écorce grise.

— Un arbre en pierre, murmura Tam. Nous en avons déjà croisé un, mais c'était bien plus haut sur la rivière.

— Je ne connais qu'un seul endroit de ce genre dans le monde, dit Alaan. La Forêt de Pierre qui se trouve près des portes du Royaume de la Mort. Si vous avez traversé cet endroit par le passé, alors vous avez dû vous trouver plus près de la Mort que jamais auparavant. Quelque chose a dû vous sauver, peut-être même sans que vous ne vous en aperceviez. Ou bien la fortune vous a souri, car la plupart de ceux qui posent les yeux sur les arbres de pierre ne revoient jamais plus le monde des hommes.

— C'est très réconfortant ce que vous dites, Alaan, souffla Fynnol. Nous sommes encore loin ?

— Le quai devrait bientôt être visible.

— Ne me dites pas que vous êtes déjà venu ici ! chuchota Fynnol.

— Par deux fois, et à chaque fois j'ai obtenu un sursis. Je ne sais pas si je peux espérer avoir autant de chance cette fois-ci.

Fynnol aurait certainement répondu mais Alaan leur intima l'ordre de rester silencieux. Ils continuèrent à ramer en silence tandis que les arbres parés de gris sortaient de l'obscurité autour d'eux, de l'eau clapotant avec un bruit inquiétant autour de leurs troncs.

Ils avaient ralenti l'allure, craignant peut-être de heurter l'un des arbres de pierre. Tam suspectait qu'ils étaient surtout tous affectés par l'endroit, y compris Elise et Alaan. Baore s'était tassé sur lui-même à l'intérieur du bateau. Il continuait de ramer avec les autres mais en touchant à peine l'eau. Fynnol ne cessait de scruter les alentours, comme s'il craignait que quelque chose ne soit tapi dans son dos. Tam songea au monstre qu'ils avaient vu dans la chambre, le dévoreur d'âmes d'Hafydd, et son propre souffle se fit plus court.

Calme-toi Tamlyn, s'admonesta-t-il. *Ce monstre n'en a pas après les gens comme toi.*

Mais il n'arrivait pas à se débarrasser de l'idée que le dévoreur d'âmes pouvait à tout moment jaillir à travers le fond de l'embarcation.

Il entendit Elise hoqueter et leva immédiatement les yeux pour découvrir des ténèbres plus grandes droit devant eux. Quelques coups de rames plus tard, une ligne sortit de la brume, comme un horizon lointain.

— Nous y sommes, murmura Alaan.

Un horrible grincement retentit à cet instant et Baore s'arrêta complètement de ramer, le regard fixé devant lui.

— Ça s'ouvre, dit-il d'une voix si basse que Tam l'entendit à peine.

Tam réalisa que seul Alaan continuait à ramer. L'horrible grincement semblait durer indéfiniment, si bien que les hommes du Val se couvrirent les oreilles de leurs mains. Et puis le bruit cessa. Le gémissement du vent se fit entendre, ainsi qu'une voix ruinée qui retentit depuis les ténèbres.

— Pourquoi te présentes-tu à ma porte ? As-tu enfin renoncé à cette vie ?

Tam regardait autour de lui d'un air paniqué, incapable de respirer, comme à la recherche d'un endroit où se cacher.

— Je suis venue avec une offre, répondit une voix de femme, que même toi tu ne saurais refuser.

Tam n'aurait pas été plus surpris s'il avait entendu la voix de sa propre mère résonner dans cet endroit désolé. La ligne au-devant d'eux commença à gagner en consistance et Tam réalisa que les quais n'étaient plus qu'à quelques mètres. Puis, au milieu des lents tournoiements de brume, des silhouettes apparurent. L'une d'elles portait une longue cape noire à capuchon. L'autre était allongée sur le quai : le dévoreur d'âmes qui se tordait et chancelait près du corps d'un homme aux cheveux sombres.

Le bateau toucha une marche et Elise et Alaan sautèrent d'un bond sur la pierre noire du quai. Tam était trop terrifié pour les suivre. Lui et ses compagnons restèrent à genoux dans le navire qui heurtait légèrement le quai au gré des mouvements de l'eau. Tam sentit une larme couler le long de sa joue et il eut le plus grand mal à ne pas se mettre à sangloter, tant il était épuisé. Tous leurs efforts avaient été vains.

Des ténèbres s'étendaient sur les pierres devant le quai, une ombre si noire qu'elle semblait attirer toutes les lumières alentour. Tam ferma les yeux un instant puis les rouvrit tandis que le dévoreur d'âmes poussait un horrible gémissement. Les hommes du Val eurent un mouvement de recul et Tam s'empara de sa lame. Le monstre, tirant toujours le corps de Wyrr, se mit à ramper vers les ténèbres, incapable de soulever son ventre au-dessus du sol. Une bête blessée rampant vers son antre.

La voix délabrée jaillit depuis les ombres.

— Et où se trouve le fils de Wyrr ? Où est Caibre ?

— Il est reparti se tailler un royaume parmi les vivants, répondit la femme.

Tam connaissait cette voix… *Meer.*

— Mais je suis ici, avec un trésor d'une valeur inestimable, même si mon prix sera élevé.

— Grand-mère, qu'es-tu en train de faire ? demanda Alaan en avançant vers elle.

Un geste de Meer l'arrêta.

Elle leva le bras et sa manche retomba, découvrant une gemme brillante suspendue à une chaîne au creux de sa main.

— La Pierre du Remords. C'est ainsi qu'on l'appelait autrefois, mais chacun des sorciers qui a possédé cette pierre y a placé son propre sortilège. C'est le smeagh d'Aillyn, à l'intérieur duquel il a placé les dessins des grands enchantements : le sort qui a divisé le royaume unique et le sort qui t'a enfermé derrière ces murs. Il devait être remis à un enfant de Wyrr, lorsque cela s'avérerait nécessaire. J'ai longtemps tenté d'entrer en sa possession, mais en vain. Aillyn savait l'usage que je voulais en faire.

Quelque chose s'agita dans les ténèbres à l'intérieur du portail et Meer tendit la pierre devant elle. De son autre main, elle repoussa son capuchon et libéra sa chevelure.

— Il n'y a aucun être vivant qui comprenne le sortilège qui te retient prisonnier derrière ces murs, Mea'chi. Mais son tracé se trouve ici, à l'intérieur de la pierre… et je te la donnerai… pour un certain prix.

— Quel est ton prix ? demanda la voix, si ancienne et brisée qu'elle évoquait un vent sec sifflant entre les rochers.

— Tu me rendras la fille que tu m'as volée, répondit-elle.

Elle laissa ses mots flotter dans l'air quelques secondes avant de reprendre.

— Sans quoi je donnerai la pierre à Sainth et il reconstruira le sort qui t'emprisonne. Tu continueras alors de vivre dans les ténèbres pendant un âge entier.

Un clapotis suivi d'un bruit d'éclaboussure fit sursauter Tam. Il se tourna juste à temps pour voir une petite silhouette sortir de l'eau.

— Llya ! s'exclama Elise en manquant de sursauter sous l'effet de la surprise. Puis son visage s'assombrit.

— N'approche pas plus, dit-elle en s'accroupissant. Je vais traverser à ta place, si Mea'chi le permet.

— Je le permets, répondit immédiatement la voix.

— Mais moi pas, dit doucement Llya.

— Que la rivière nous garde… ! marmonna Fynnol, les yeux agrandis de surprise.

— Je n'ai rien, dit l'enfant, d'une voix claire, jeune et étonnamment mature.

Il se tourna vers Meer avec une assurance qui niait son jeune âge.

— Et il ne vous appartient pas de donner cette pierre à quiconque, mère. Elle est à moi, et même sans elle je reformerai le sort.

— Oh Llya, non ! s'exclama Elise en fermant les yeux comme si un poignard venait de lui transpercer le cœur.

Mais l'enfant ne parut pas avoir entendu.

— Tu as échoué Mea'chi, lança-t-il vers les ténèbres.

Il se tourna vers Meer.

— Et vous aussi, mère, même si vous étiez prête à me remettre entre les mains de l'ennemi de mon père pour obtenir ce que vous voulez.

— Je savais que le dévoreur d'âmes ne transportait qu'une enveloppe de chair, répondit Meer en reculant devant l'enfant. Mais Wyrr… tu n'aurais pas dû faire ceci. Ce n'était qu'un enfant…

— Vous n'auriez jamais dû réveiller Caibre et déclencher tout ce qui a suivi.

L'expression de Llya s'adoucit et il secoua tristement la tête.

— Donnez-moi la pierre à présent, la gourmanda-t-il avec douceur.

Il fit un pas vers Meer qui se recroquevilla en s'écartant de lui.

— Vous savez que je pourrai vous la prendre si nécessaire, dit Llya.

Son ton était calme mais la menace bien réelle.

Meer fixait la gemme qui pendait toujours au bout de

sa chaîne depuis ses doigts blancs. Une larme vacillait le long de ses cils.

— C'est la chose qu'il désire le plus au monde..., chuchota-t-elle.

— Non, répondit l'enfant. Vous êtes la chose qu'il désire le plus au monde.

Pendant quelques instants, elle ne bougea pas ni même ne cilla. Une expression de pure tristesse s'étalait sur son visage.

— Cela fait deux fois à présent que vous cédez devant notre ennemi, mère.

Elle ferma les yeux. Des larmes brillaient sur ses longs cils noirs.

— Par amour, murmura-t-elle.

— Et par faiblesse. Nous étions mortels, alors que nous n'aurions jamais dû l'être. Et maintenant, vous voudriez libérer Mea'chi et son insatiable appétit sur le monde des vivants.

Presque avec tendresse, Llya lui retira la chaîne des mains et la fit passer au-dessus de sa tête, afin que la pierre soit suspendue sur sa poitrine, brillant de mille feux.

Ils se faisaient face. L'enfant était inébranlable. Une larme glissa sur la joue de Meer, suivie d'une autre. Elle avança la main comme pour caresser la tête du petit garçon mais s'immobilisa. Son regard était indéchiffrable. Elle hocha la tête, comme si elle donnait son accord à quelque chose qu'elle seule avait perçu. Avec une lenteur extrême, elle se détourna et s'avança vers l'ombre, l'image même de la grâce, de la dignité et du chagrin. Tandis qu'elle traversait le portail, une fille aux cheveux de jais émergea des ténèbres en clignant des yeux comme si elle venait de se réveiller. Meer émit alors un sanglot et tendit la main dans sa direction. Mais quelque chose semblait l'avoir agrippée qui l'attirait au milieu des ombres. Ses pleurs furent brusquement étouffés, puis disparurent.

— Tu as ce que tu voulais, dit Llya. Ferme les portes. Aucun d'entre nous ne traversera aujourd'hui.

Pendant trop longtemps, rien ne se produisit. Puis les portes commencèrent à se fermer en grinçant à nouveau. Juste au moment où elles se refermaient, Tam eut l'impression d'entendre un sanglot qui jaillissait de l'obscurité, ou peut-être était-ce un nom crié sous l'effet du désespoir. Devant les portes, là où s'était trouvée l'ombre impénétrable, étaient étendus l'homme aux cheveux noirs et la carcasse déjà flétrie du dévoreur d'âmes. Tam contempla le corps du sorcier mort, si parfaitement conservé qu'il donnait l'impression d'être sur le point de se réveiller. Son visage était beau, jeune et puissant. Même sous cette apparence de dormeur, la beauté de Wyrr était frappante. Tam avait du mal à imaginer le charisme que cet homme devait avoir eu de son vivant.

Un mouvement attira son attention. Elise Wills avait enroulé sa cape autour de la petite fille et s'était agenouillée pour la tirer contre elle.

— Elle est aussi froide que la neige, souffla Elise.

— Plus encore, dit Llya. Mais vous allez la réchauffer.

La petite fille nicha son visage au creux de l'épaule d'Elise. Tam eut l'impression qu'elle pleurait, mais il n'en fut pas certain.

Alaan s'approcha et s'accroupit devant Llya.

— Ce que tu fais est mal. Ce n'est qu'un enfant.

— Tu n'as jamais eu foi en moi, n'est-ce pas, Sainth ? dit Llya à voix basse.

— J'ai toujours eu foi en toi, répondit Alaan, pour servir au mieux tes propres intérêts.

Tam eut le sentiment que Llya était blessé par ces propos. L'enfant avait les yeux humides.

— Je vais m'en retourner dans la rivière et, avec le temps, l'enfant qui me porte pourrait bien oublier les souvenirs que je laisse derrière moi. Espérons-le.

Llya retira la pierre de son cou et, la tenant entre ses

petites mains, fit passer la chaîne par-dessus la tête d'Alaan. Puis il se pencha en avant et l'embrassa sur les deux joues.

— Toutes ces années de silence pendant lesquelles nous avons partagé ce monde... Comme je les regrette à présent.

Llya posa ses mains sur les épaules d'Alaan.

— Tu dois recréer le sort. Jamais Mea'chi ne devra être lâché sur le monde des vivants.

Il eut un sourire triste et entendu. Puis il se tourna vers les autres.

— Quittez cet endroit, et puissiez-vous ne pas y revenir pendant de nombreuses années.

Il s'approcha alors d'Elise et l'embrassa avant d'étreindre sa sœur, bien qu'elle parût ne pas comprendre qui il était. Il rompit son étreinte et fit un geste de la main en direction du corps de Wyrr.

— Mon corps doit retourner dans les flots, dit-il d'une voix si douce que Tam l'entendit à peine.

Llya resta debout sur le quai quelques instants encore. Il fixait Elise et Alaan, comme s'il avait du mal à se résoudre à les quitter. Puis il se détourna et s'avança dans l'eau, en s'enfonçant rapidement hors de vue. Tam se força alors à bouger et aida Alaan à rendre le corps de Wyrr à la rivière. Le visage de l'antique sorcier paraissait tellement serein, comme s'il dormait en profitant des rêves les plus agréables qui soient.

Cynddl les fixait, l'air affligé.

— Mais je croyais qu'il allait libérer l'enfant.

— Attendons un moment, répondit Alaan. S'il y a une chose que l'on puisse dire au sujet de Wyrr, c'est qu'il a toujours tenu parole.

Et au bout de quelques instants, Llya jaillit à la surface en agitant les bras et en crachant de l'eau. Baore s'avança rapidement pour le repêcher et l'installer dans le bateau à côté d'Elise. On lui tendit une nouvelle cape qu'elle enroula autour du petit garçon. Il s'apprêtait à dessiner un mot de remerciement dans les airs lorsqu'il s'immobilisa.

— Merci, dit-il d'une voix hésitante.

Un petit sourire illumina brièvement son visage.

Les autres grimpèrent à bord avec impatience et Tam se saisit de sa rame. Ils se mirent en route au milieu de la brume, guidés par Alaan. Elise était assise sur le banc de nage central, un bras enroulé autour des épaules des deux enfants à ses côtés. Ceux-ci appuyaient leur tête contre elle. Ils paraissaient totalement épuisés. Puis leurs petites mains tâtonnèrent à la recherche l'une de l'autre dans la pénombre et leurs doigts s'entrelacèrent, serrés les uns contre les autres, les doigts de deux enfants qui en avaient trop vu.

— Nous n'avons pas le temps de nous reposer, annonça Alaan. Et j'en suis navré. Mais Hafydd est encore capable de causer la ruine du monde des vivants.

CHAPITRE XLIV

Menwyn gardait les mains serrées dans le dos afin qu'elles ne trahissent pas la peur qui l'étreignait. Ses inquiétudes s'étaient intensifiées au fur et à mesure de l'avancée de la nuit. Le moindre cri poussé par une chouette lui paraissait de mauvais présage et le crissement des grillons lui était devenu insupportable.

— N'y a-t-il toujours aucun signe des Renné ? demanda-t-il pour la centième fois à son lieutenant.

— Aucun, messire.

Menwyn tourna son regard vers le ciel. L'aube ne pouvait plus être très loin.

— Se pourrait-il que les Renné aient été avertis ?

— Nous avons encore du temps devant nous, intervint l'un des nobles.

Un cavalier apparut soudain, qui remontait la vallée à bride abattue et à l'encontre de tous les ordres donnés.

— Qui est cet imbécile ? siffla Menwyn.

— Je l'ignore, Votre Grâce, répondit l'un des officiers de faible rang. Mais nous allons le découvrir.

Il se précipita pour intercepter le cavalier et, quelques instants plus tard, le conduisit, suant et soufflant, devant le seigneur Menwyn.

— Alors ? demanda celui-ci en tentant de parler à voix basse malgré la colère qui bouillonnait en lui.

— Votre Grâce…, haleta l'homme, un groupe de cavaliers descend dans la vallée. (Il désigna du doigt la direction dont il venait.) Des cavaliers habillés de noir. C'est messire Eremon, et il rassemble les compagnies derrière lui à son approche.

Menwyn fut incapable de maîtriser ses mains plus longtemps. Elles s'envolèrent, tels des oiseaux pris de panique.

— Et personne ne résiste ?

L'homme secoua la tête.

— Il arrive en annonçant que les Renné sont derrière lui, que nous devons nous rassembler et nous retourner pour combattre.

— C'est un mensonge ! Une ruse pour effrayer les hommes d'armes afin qu'ils se joignent à lui.

— Votre Grâce, lâcha l'homme à voix basse. Une force importante descend dans la vallée, non loin derrière messire Eremon.

— Non, s'exclama bêtement Menwyn. Vast nous a dit qu'ils accosteraient ici. Ici… à l'embouchure de la Llynyth.

C'est alors que le son des chevaux leur parvint.

— Formez une compagnie montée ! ordonna Menwyn. Nous devons intercepter Hafydd sur le champ de bataille ! Vous m'avez entendu ?

Mais personne ne bougea pour exécuter ses ordres. Plus d'une dizaine de ses nobles et officiers s'enfuirent en courant vers leurs chevaux.

— Abattez-les ! ordonna Menwyn. Les déserteurs seront punis de mort !

Ils furent immédiatement plongés dans le chaos. Des hommes couraient en tous sens et se battaient pour s'emparer des montures. Des épées jaillirent et plusieurs affrontements se déclenchèrent.

— Votre Grâce !

C'était l'écuyer de Menwyn, les rênes d'un cheval dans la main et du sang coulant sur le visage.

— Vous devez rejoindre le prince Michael. Il est notre seul espoir.

Menwyn hésita, incapable de croire ce qui se passait autour de lui. Des hommes s'entre-tuaient pour des chevaux. C'est alors qu'il aperçut les guerriers montés qui approchaient. Leurs torches oscillantes dans les ténèbres illuminaient les cavaliers en noir.

On dirait la Mort elle-même, songea Menwyn.

Il arracha les rênes des mains de son écuyer, se hissa en selle et, tirant son épée, disparut dans l'obscurité.

Un autre groupe de cavaliers se faisait entendre bien plus haut dans la vallée. Ils constituaient une force nettement plus importante que la première qu'ils avaient vu passer, aussi discrète qu'une ombre.

— Pourquoi Menwyn déplace-t-il des cavaliers maintenant ? chuchota le prince à ses compagnons.

Il leva les yeux vers le ciel qui ne montrait toujours aucun signe de lumière naissante.

— Les Renné ne pourront qu'entendre un tel bruit. Ils sauront que nous sommes ici.

— C'est un très grand regroupement, dit Pwyll en tournant la tête pour mieux entendre. Menwyn nous aurait-il dissimulé des unités de cavalerie ?

Quatre cavaliers sortirent de l'obscurité et donnèrent le mot de passe aux gardes du prince Michael.

— Ah, dit celui-ci, nous allons enfin savoir ce qui se passe.

L'un des gardes arriva au pas de course.

— Votre Grâce, dit-il, le seigneur Menwyn.

Michael décocha un regard à Pwyll, qui parut aussi surpris que lui. Le seigneur Menwyn fut rapidement escorté au travers du cercle des gardes.

Le gentilhomme Wills ignora toutes les conventions de politesse et s'avança directement vers Michael.

— Hafydd est de retour ! siffla-t-il. Il est revenu et il s'est emparé de mon armée. Vast nous a trahis…

Menwyn gesticula en direction du sommet de la vallée.

— Les Renné arrivent dans notre dos.

Personne ne répondit ni ne bougea. Menwyn se rapprocha du prince Michael.

— Vous devez attaquer Hafydd, prince Michael. S'il survit à cette nuit, nous n'aurons nulle part où nous cacher de lui.

— Mais cette armée veut se venger des Renné, protesta T'oldor.

— Le désir de vengeance nous a conduits sur ce chemin ! s'exclama Michael avec colère. Nulle peste n'a jamais causé tant de souffrance et ne s'est jamais diffusée avec autant de facilité. (Il se tourna vers ses officiers.) J'irai de compagnie en compagnie. Les hommes doivent comprendre que nous prenons les armes contre un sorcier pour protéger plus que nos propres vies. Il s'agit de préserver le monde tel que nous le connaissons.

Une clameur résonna au bas de la vallée tandis que l'armée Renné rencontrait les forces d'Hafydd.

— Nous n'avons pas le temps ! protesta le seigneur Menwyn en agrippant le bras du prince.

Celui-ci se dégagea.

— C'est le seul moyen.

Il s'empara d'une torche récemment allumée tenue par un garde. Mais il s'arrêta après seulement quelques pas. Se tournant vers les autres, il désigna Menwyn du doigt.

— Placez cet homme au premier rang de notre cavalerie et assurez-vous qu'il a une épée.

— Mais je suis Menwyn Wills…

— Oui, et vous êtes aussi responsable qu'on puisse l'être de la situation critique dans laquelle nous nous trouvons cette nuit. Vos conspirations ont causé énormément de mal… et vous espériez ne jamais devoir en payer le prix ?

Vast chevauchait au milieu d'un petit groupe de gardes Renné. Ils lui avaient pris son épée, lui avaient retiré sa cotte de mailles et l'avaient attaché sur sa selle, en lui laissant les mains libres. Il portait un surcot bleu Renné afin que ses propres alliés le prennent pour cible. Le duc se demandait combien de temps il survivrait dans la bataille. Il était probable qu'il mourrait au bout de quelques instants. Les Renné avaient peut-être pris des paris à ce sujet. Il eut une pensée pleine de tendresse pour sa femme. Il songea à leur palais, à leurs jardins. Des champs à travers lesquels il aimait à chevaucher et regarder pousser les récoltes.

Des torches apparurent devant eux. Leur faible lumière délimitait des ombres au sein des ténèbres. Puis une ligne de cavalerie sortit de la nuit. Les Renné poussèrent une immense clameur et les deux lignes se heurtèrent comme un marteau frappe une enclume.

On se battait tout autour de lui. Vast rentrait la tête dans les épaules et faisait tournoyer son cheval. Il vit un homme portant le surcot des Wills lever son épée pour frapper un Renné et il lui arracha sa lame des mains en le jetant au bas de son cheval d'un coup de casque.

Il se retourna à temps pour parer l'attaque sifflante d'un autre cavalier Wills. Par désespoir, il abattit l'homme. L'ironie de la situation ne lui avait pas échappé. Il se battait pour les Renné qu'il avait essayé de trahir. Fondor n'était pas le crétin lourdaud qu'il avait imaginé, après tout.

Le prince Michael d'Innes descendait vers la vallée à la tête de son armée réticente. Personne ne savait si les soldats s'attaqueraient à l'ennemi ou s'ils allaient se détourner et s'enfuir. Les hommes d'armes eux-mêmes n'avaient peut-être pas la réponse. La respiration de

Michael s'était faite haletante. Si l'armée refusait de se battre, il se retrouverait seul sur le champ de bataille en compagnie d'une poignée de serviteurs loyaux et tous mourraient rapidement.

J'ai survécu aux serviteurs de la Mort, songea-t-il. *Des hommes armés ne sauraient m'effrayer.*

Mais il avait peur, malgré tout. Peur des ténèbres, de la sorcellerie, des terres obscures qui s'étendaient juste au-delà du champ de vision des vivants.

Plus bas dans la vallée, une bataille terrible avait lieu. À cette distance et avec si peu de lumière, il était difficile d'être certain de ce qui se passait. Mais la bataille s'éloignait de la rivière et il était certain que cela n'était pas bon signe. Les Renné se faisaient repousser, lentement, implacablement, bien qu'ils aient bénéficié de la surprise et de leur supériorité numérique. Au centre du combat, ce qui avait d'abord paru être une torche oscillante, réalisa le prince, était en réalité une épée de feu qui frappait et s'abattait sans relâche. *Hafydd.*

Des corps commencèrent à apparaître sur le sol, leurs membres tordus comme s'ils s'étaient abattus depuis les cieux. Des chevaux sans cavaliers galopaient parmi les morts, terrifiés et perdus. De petits groupes de blessés les dépassèrent, se soutenant les uns les autres. Le fracas des armes était perceptible à présent, comme autant de coups résonnant dans sa poitrine.

Michael leva son épée et jeta un regard vers la gauche, où Carl A'denné faisait le même geste en criant. À sa droite, Pwyll reprit leur cri et abaissa sa lance. Ils talonnèrent leurs chevaux et entendirent la clameur des hommes derrière eux. Cela sembla porter Michael vers l'avant, il eut presque l'impression d'être soulevé de selle. Ils atteignirent l'arrière-garde de l'armée d'Hafydd. Le front des Renné était brisé et ils se battaient en groupes isolés. Le bleu clair des Renné était encerclé et assailli par le bleu sombre des Wills.

L'armée d'Innes s'abattit sur les hommes en bleu

sombre et la petite compagnie de gardes noirs. Le prince faucha un premier homme qu'il jeta au bas de sa selle. Puis il ordonna à sa monture d'en frapper un autre, les sabots ferrés brisant la jambe du cavalier. Un garde noir apparut face à lui et la garde du prince s'écarta devant cet adversaire. La magie d'Hafydd effrayait même ses serviteurs.

Le cavalier fonça sur le prince. Il était fort et adroit. Michael fut repoussé, parant difficilement chaque coup en manquant de se faire arracher son épée des mains. Il réalisa rapidement qu'il faisait face à un meilleur bretteur et cavalier que lui. Un second garde noir fit son apparition pour le prendre en tenailles. Le prince fit tournoyer son cheval en frappant à droite et à gauche à la recherche d'une chance de s'enfuir, car ces deux hommes n'auraient besoin que de quelques instants pour le tuer. Mais à ce moment, un cavalier d'Innes s'interposa et l'un des gardes noirs fut projeté au sol et piétiné. C'était Pwyll, réalisa Michael tandis que le chevalier affrontait le second cavalier. Il le repoussa, contrant chacune des bottes de l'homme. Un instant plus tard, le garde gisait au sol, mortellement blessé, incapable de se relever.

— Vous m'avez sauvé la vie, Pwyll, lui lança Michael.

— Vous pourriez bien me le reprocher, lui cria celui-ci au milieu du vacarme.

Il désigna un endroit de la pointe de son épée. Au milieu de la poussière et de la fumée des torches, le prince Michael vit Hafydd qui descendait sur eux, son épée de feu à la main. Les hommes s'enfuyaient devant lui et un groupe de gardes noirs le suivait de près, frappant les fuyards dans le dos, tuant tous ceux qu'ils croisaient.

Un garde noir fonça sur le prince et Pwyll, s'attendant peut-être à les voir tourner les talons pour s'enfuir. Mais Pwyll abattit l'homme de trois coups bien placés avant de frapper sa monture du plat de son épée, la forçant à reculer vers le cheval d'Hafydd. Les deux animaux entrèrent en collision et, alors qu'Hafydd tentait de contrôler sa monture, Pwyll éborgna celle-ci de la pointe de son arme.

Le destrier trébucha et s'écroula. Hafydd s'abattit au sol au milieu des flammes. Les gardes du sorcier s'élancèrent désespérément vers Pwyll mais Michael et une poignée d'autres cavaliers s'avancèrent à leur rencontre. Pwyll tenta de piétiner Hafydd au sol, mais le sorcier repoussa son cheval à l'aide de son épée de feu. Il réussit péniblement à se relever.

Pwyll aurait engagé le combat s'il avait pu, mais sa monture n'avait de cesse de fuir les flammes et la présence même du sorcier. Pwyll finit par sauter au bas de sa selle en laissant sa monture s'enfuir. Il s'avança vers Hafydd d'un pas vif, l'épée levée.

— Ainsi il y a un authentique guerrier parmi vous, lui lança le sorcier. Dommage que vous vous battiez pour le mauvais seigneur !

Le sorcier leva sa lame et, d'un mouvement rapide, projeta des flammes sur Pwyll, dont le surcot prit feu.

Hafydd s'avança rapidement pour achever le chevalier mais, même la proie des flammes, Pwyll leva son arme et dévia l'attaque. Il tituba en arrière en tentant désespérément de protéger son visage des flammes. Le sorcier s'approcha de nouveau, guettant une nouvelle opportunité d'abattre son adversaire. Incapable de voir, Pwyll trébucha en arrière et manqua de tomber.

Michael vit Carl A'denné sauter de sa selle et se précipiter vers Pwyll. Michael fit faire volte-face à son cheval et le fit ruer. Ses pattes arrière partirent dans la direction d'Hafydd, les flammes cachées à la vue de l'animal. Une fois, deux fois, le cheval rua tandis que le seigneur Carl arrachait le surcot de Pwyll et l'éloignait précipitamment, à l'aveuglette. Le prince Michael talonna alors sa monture qui bondit hors de portée de l'épée d'Hafydd.

Il s'enfonça dans les ténèbres et le chaos du combat et tua un homme d'armes Wills qui s'en prenait à l'un de ses propres cavaliers. Cela n'avait plus guère d'importance : si personne ne pouvait faire face à Hafydd, il finirait par l'emporter. Michael pouvait déjà voir des hommes s'enfuir en courant. Le feu avait pris dans l'herbe et dans les arbres du bord de la vallée. Non loin de là, une petite grange brûlait et la fumée s'étalait à travers la vallée à la manière d'une brume matinale. Ce fut à ce moment que Michael réalisa que la défaite était certaine. Ce n'était plus qu'une question de temps.

CHAPITRE XLV

Elise maintint sa lame dans l'eau et désigna un endroit du doigt. Les rameurs tournèrent le bateau vers la rive plongée dans l'ombre. Tam n'avait aucune idée de l'endroit où ils se trouvaient. Il avait l'impression qu'ils avaient propulsé le bateau droit devant pendant la moitié de la nuit mais, avec Alaan à bord, cela pouvait les avoir menés n'importe où. Ils pouvaient même ne plus se trouver sur la Terre entre les montagnes. Une lueur grise diffusait des taches claires dans le ciel depuis l'horizon à l'est. Le long de la rive toute proche, cependant, la nuit s'attardait sous les arbres. Un bruit lointain leur parvint au-dessus des flots et une odeur de fumée se répandit dans l'air.

— Qu'est-ce que c'est que ce bruit ? chuchota Fynnol.

— Une bataille..., répondit A'brgail.

— Hafydd est ici, affirma Elise d'une voix vide et sans vie. Elle tira son épée dégoulinante hors de l'eau et se leva pour contempler la berge. Son regard n'exprimait pas la peur, mais il ne contenait aucun espoir non plus.

Alaan tira son épée du fourreau et jeta un regard en arrière vers les autres. Tirant sa rame à bord, Tam fit jouer les muscles de ses épaules et de son dos pour tenter de se débarrasser de ses courbatures. Le bateau glissa sur la berge et Elise descendit à terre, Alaan sur les talons.

— Baore… s’il vous plaît, dit Elise. Vous voulez bien garder ces enfants ? Je refuse de faillir à nouveau auprès d’Eber.

Baore refusa de croiser son regard.

— Il y a une bataille, ma dame. Vous aurez besoin de moi.

— Je ne peux pas laisser ces enfants sans protection. Emmenez- les sur la rivière si nécessaire. Je vous en prie, Baore… ?

— Comme il vous plaira, répondit-il à voix basse.

Elle se tourna vers les autres.

— Venez si vous le souhaitez. Hafydd est ici et aucun homme, quelle que soit sa bravoure, ne saurait s’opposer à lui sur le champ de bataille.

Une bande étroite d’arbres poussait à l’extrémité de la vallée le long de la berge de la Wynnd. Il y faisait sombre. La voix humide de la rivière était douce et claire et une légère odeur de pourriture se dégageait du sol sous leurs pieds.

Le tumulte du combat était perceptible par-dessus les bruits de la rivière. Tam serra les doigts autour de la garde de son épée. De l’autre main, il empoignait son arc, même s’il ne leur restait que quelques flèches.

En quittant la protection des arbres, ils découvrirent le chaos d’un combat féroce mêlant fantassins et cavaliers. Tam vit des individus qui battaient en retraite vers les arbres. La vallée était en feu et des hommes aux vêtements enflammés jaillissaient en hurlant hors du nuage de fumée. Des chevaux se matérialisaient devant eux, aveuglés de terreur. Certains fonçaient droit sur eux, ne s’écartant qu’à la dernière seconde. Là-bas, au milieu de la poussière et de la fumée, à peine illuminé par l’aube lointaine, se tenait un guerrier porteur d’une épée de feu.

— Laissez Hafydd à Alaan et moi, dit Elise en jetant un unique regard à Tam, bien qu’elle s’adressât à tous. L’héroïsme serait malvenu ici. Si nous arrivons à abattre

Hafydd, son armée perdra toute cohésion et se dispersera.

— Nous essayerons de maintenir ses gardes à distance, intervint Cynddl.

Tandis qu'ils s'avançaient tous en direction du champ de bataille, Elise tendit le bras pour agripper le poignet de Tam.

— J'aurais aimé avoir pu te laisser en arrière dans le bateau, chuchota-t-elle. Tu as déjà risqué suffisamment dans cette guerre.

— Pas plus que de nombreux autres hommes, répondit Tam.

Leurs doigts s'entremêlèrent pendant quelques secondes puis ils se mirent à courir, remontant une marée d'hommes en fuite, dont certains étaient la proie des flammes. Hafydd était en train de gagner.

Alaan retrouva Tam dans la fumée et lui cria :

— Les hommes d'Innes et les Renné sont en déroute. Ce sont les ennemis d'Hafydd. Les surcots sombres appartiennent aux Wills et aux gardes d'Hafydd.

Il serra brièvement l'épaule de Tam avant de suivre Elise au milieu de la fumée.

Tam rengaina son épée et encocha une flèche. Dans le petit jour enfumé, il était difficile de différencier amis et ennemis mais il tira dans la direction d'un cavalier vêtu de noir qu'il eut la satisfaction de voir s'écrouler. À une distance aussi courte, l'arc Fáel se montrait plus fort que la cotte de mailles.

Il tenta de rester proche de Fynnol et de Cynddl tandis qu'ils s'élançaient derrière Elise au milieu des volutes de fumée. Ils furent forcés de contourner des zones d'herbe en feu où les flammes s'élevaient parfois plus haut que leurs têtes. Des hommes apparaissaient au milieu des nuages noirs, certains occupés à se battre, d'autres à la recherche de leurs ennemis. Tam tirait sur tous les surcots sombres qu'il voyait mais la fumée ne cessait de tourbillonner, révélant des guerriers un instant avant de les dissimuler à la vue quelques secondes plus tard. Il craignit que plusieurs flèches n'aient pas trouvé leur cible.

Une flamme apparut au milieu de la fumée, puis l'homme qui la maniait.

— Hafydd, hurla Alaan à destination d'Elise en désignant le sorcier de la pointe de son arme.

La chaleur semblait émaner du chevalier… elle brûla le visage de Tam et lui piqua les yeux, le forçant à reculer en jetant des regards affolés autour de lui. Des cavaliers bondirent hors de la fumée et Tam aurait été coupé en deux par l'un d'eux si Alaan ne l'avait pas jeté au bas de son cheval d'un seul et unique coup d'épée. Elise en abattit un second puis Cynddl transperça un troisième d'une flèche. Les autres disparurent, dévorés par les nuages fuligineux.

Hafydd avisa Elise et s'approcha d'elle à grandes enjambées. La vague de chaleur repoussait Tam et les autres.

— Nous battons en retraite jusqu'au cours d'eau ! ordonna Alaan.

Tam entreprit de repartir en direction de l'endroit où il pensait que se trouvait la crique. Il était impossible d'entendre le bruit de l'eau au milieu du fracas de la bataille, des cris des hommes et des craquements brûlants du brasier.

Alaan et Elise levèrent leurs épées et, les empoignant à deux mains, enfoncèrent leurs lames dans le sol. Tam fut jeté à terre sur le dos tandis que le sol se soulevait sous ses pas. Un grondement déchirant se répercuta dans la vallée. Tam tenta de se relever mais il retomba à genoux. Une faille sombre et déchiquetée serpentait au sol, lequel s'ouvrit brusquement, telle une blessure. Alaan et Elise se relevèrent tous les deux en hâte, séparés par la crevasse.

À une vingtaine de pas de là, Hafydd s'écroula dans la fosse. Elise et Alaan plongèrent de nouveau leurs lames dans le sol, de chaque côté de la fissure cette fois. Tam se raidit et sentit la terre trembler en émettant un bruit de broyage. La crevasse se referma en tremblant, laissant une horrible cicatrice sombre en travers du sol.

Les trémulations cessèrent et Tam vit Alaan et Elise, tous deux appuyés sur le pommeau de leur arme, haletants, têtes baissées. Alaan se força à relever la tête, repéra Tam et tenta de sourire. Les bruits de bataille avaient cessé et un étrange silence s'abattit sur la vallée.

— Il est mort ! cria une voix au sein de la fumée. Le sorcier est mort !

Alaan se redressa péniblement sur ses jambes mais il fut rejeté brutalement en arrière tandis que le sol explosait et qu'une colonne de flammes jaillissait de la terre. Cynddl aida Tam à se redresser. Ses yeux étaient pleins de poussière et il les frotta d'une main, tenant fermement son arc de l'autre. Une silhouette émergea des flammes : Hafydd, son épée toujours en feu.

Tam eut l'impression qu'Alaan et Elise échangeaient un regard qui n'exprimait aucune surprise, comme si le retour d'Hafydd avait toujours été inévitable. Tam se souvint que Sianon avait donné sa vie pour détruire Caibre et il s'entendit murmurer : « pas cette fois ».

Tam encocha une flèche en criant à Cynddl :

— Elise mourra pour tenter de le tuer si nous ne l'aidons pas.

Tam essaya de placer Hafydd dans sa ligne de mire mais il était encore à moitié aveuglé par l'explosion. Il laissa filer sa flèche sans savoir si elle était même proche de sa cible. Des flammes et de la fumée tournoyaient autour d'Hafydd, comme s'il était lui-même en feu, et il n'était jamais complètement visible. Tam se frotta les yeux en reculant tandis qu'Hafydd s'approchait d'eux. Même Elise et Alaan battaient en retraite, à moitié aveuglés.

Cynddl et Fynnol tirèrent tous les deux sur Hafydd.

— Les flèches sont réduites en cendres avant de l'atteindre, j'en jurerais ! s'écria Fynnol.

Tam recula encore, manquant de tomber dans l'eau. Il sentit la fraîcheur de la rivière s'écouler à l'intérieur de sa botte.

— Elise ! cria-t-il. Le cours d'eau !

Elle se détourna et se mit à courir vers Tam, laissant Alaan derrière elle. Tam vit que le voyageur ne battait plus en retraite. Il se mit en garde et leva son arme. Tam savait qu'Alaan était bien plus fort qu'il n'en avait l'air, plein d'astuce et de ruse. Mais Hafydd avait l'air tellement plus puissant que lui, tandis qu'il avançait vers le voyageur au milieu d'un tourbillon de flammes.

— Tu ne tiendras pas face à nous deux, lança Alaan. Tu ferais mieux de lâcher ton arme et de repartir dans la rivière plutôt qu'au-delà des portes noires.

— Les portes ne s'ouvriront pas pour moi, cria Hafydd.

Il leva son épée de feu et se précipita sur Alaan, qui ne recula pas.

Elise s'avança en chancelant dans la rivière et plongea sa lame dans l'eau. Tam l'entendit qui psalmodiait à toute vitesse. Au milieu de la fumée, il vit Hafydd lancer une attaque puissante vers Alaan. Le voyageur parut sur le point de la contrer avec sa propre lame mais, au dernier moment, il bondit sur le côté et laissa l'épée d'Hafydd s'enfoncer dans le sol.

Alaan frappa son adversaire et sa lame traça un arc de cercle qui se brisa sur le flanc du chevalier. Hafydd chuta mais il fit une roulade et se releva avec souplesse, apparemment indemne. Sa cotte de mailles avait dévié le coup.

Tam trempa une flèche dans l'eau et la laissa filer jusqu'à ce qu'elle vienne se ficher dans l'épaule d'Hafydd. Le chevalier fit un pas en arrière avant de projeter des flammes vers Alaan puis vers Tam. L'homme du Val bondit sur le côté et s'affaissa dans l'eau, tentant désespérément de garder la corde de son arc au sec. Il se releva et tendit la main pour saisir une nouvelle flèche, mais il n'y en avait plus. Il avait épuisé ses réserves.

— Fynnol ! cria-t-il. Cynddl !

Il lui fallait des flèches supplémentaires mais ses compagnons n'étaient visibles nulle part. La fumée lui brûlait les poumons et il fut pris d'un spasme de toux. Il ne voyait plus qu'Alaan, engagé dans un combat à mort avec Hafydd. La cape du voyageur prit feu, mais il l'arracha d'une main et la lança sur le côté. La cape avait à peine touché le sol qu'elle s'éleva, comme soulevée par le vent, et s'envola vers le visage d'Hafydd.

Alaan se baissa pour frapper la jambe d'Hafydd juste en dessous du genou. Le sorcier vacilla mais ne tomba pas et la cape fut rejetée sur le côté. Elle flamboya une seconde avant de disparaître en tourbillonnant.

— Je connais toutes tes feintes, mon frère, se moqua Hafydd. Tu n'as rien de nouveau à me montrer ?

Un large serpent constitué d'eau sortit en ondulant hors de la rivière, glissant à hauteur de cheville dans l'herbe noircie. Il atteignit Hafydd en un instant et grimpa à toute vitesse le long de sa jambe, éteignant les flammes sur son passage. Le chevalier baissa les yeux, surpris, tandis que le tentacule d'eau faisait le tour de sa taille pour remonter ensuite le long de son bras et étouffer les flammes de son épée.

— Seulement l'intérieur d'une tombe, mon frère, lui lança Alaan. Il s'avança, l'épée levée. Hafydd recula en boitant. Le chevalier n'avait plus qu'un bras utilisable, l'autre ayant été neutralisé par la flèche de Tam. Alaan l'attaquait maintenant à deux mains, la puissance de ses coups menaçant d'arracher la lame des mains d'Hafydd.

Elise bondit hors de l'eau pour s'approcher en courant des deux hommes. Elle leva son épée et Tam songea que cette fois, Hafydd était perdu.

Alors qu'Elise était sur le point de frapper, Hafydd se mit à tournoyer sur lui-même en faisant jaillir des flammes de son arme. Il traça un cercle de feu tout autour d'eux et Tam fut persuadé d'entendre le sorcier pousser un hurlement de triomphe. Les flammes s'élevèrent vers le ciel en crachant des nuages de fumée et Tam fut projeté en arrière et retomba sur la berge. Il réalisa que la bataille continuait tout autour de lui. Des cavaliers s'affrontaient furieusement, des groupes d'hommes se précipitaient vers d'autres au milieu de hurlements de rage et de douleur. Tout cela semblait si loin, pourtant.

Elise était aveuglée par le feu et la fumée. Elle leva un bras pour protéger son visage de la chaleur. Hafydd avait disparu dans les flammes, de même qu'Alaan. Elle s'était déjà retrouvée dans cette situation auparavant… il y avait fort longtemps.

Elle se souvenait.

Les murailles avaient été mises à bas, les portails arrachés de leurs gonds. À l'aide d'un sortilège, il avait créé un barrage sur la rivière, jusqu'à ce que son lit se soit asséché. Ses armées s'étaient alors lancées à l'assaut des douves autrefois infranchissables, ses meilleures défenses. Les armées s'étaient jetées l'une contre l'autre, consumées par le feu et la magie.

Les souvenirs lui revenaient, lentement.

De la fumée et des flammes partout. La pierre en feu qui explosait sous l'effet de la chaleur. Et il l'avait poursuivie jusqu'au sommet d'une tour en ruine, où seule la voie des airs offrait un moyen de s'échapper. Sianon avait reculé dans l'escalier délabré, Caibre sur ses talons. Il boitait sur la jambe qu'elle avait blessée. Mais elle avait payé le prix fort pour cette blessure, car il lui avait transpercé le bras gauche de son épée. Son bras pendait à présent, inutile, contre son flanc. Du sang imbibait le morceau de tissu qu'elle avait attaché autour de la blessure.

Le casque d'Hafydd était en argent et reflétait le feu de son épée. Elle s'en souvenait… ainsi que de son visage déformé par la colère. Elle le fuyait en direction du mur détruit, à peine un parapet à présent.

Caibre s'arrêta au sommet de l'escalier, examinant brièvement les alentours, réalisant qu'elle était piégée.

— Viens donc, ma sœur, dit-il d'une voix douce et malveillante. Je vais t'envoyer rejoindre ton frère bien-aimé…

— J'irai avec plaisir, répondit-elle. Mais pas toute seule…

De vagues silhouettes apparurent au milieu de la fumée : Hafydd et Alaan, en plein combat. Elle bondit en avant pour se porter au secours d'Alaan mais ils disparurent presque immédiatement, emportés dans un tourbillon de fumée.

Caibre utilisait son épée longue à deux mains, comme Main-habile, mais elle n'avait plus qu'un bras valide et se trouvait forcée de compter sur sa vitesse et sa ruse. Elle fit un bond en s'appuyant sur le mur et atterrit presque derrière lui, ralenti qu'il était par sa jambe boiteuse… si toutefois il ne s'agissait pas d'une ruse, car Caibre se montrait toujours terriblement retors.

Un cheval et son cavalier, tous deux la proie des flammes, traversèrent le cercle et Elise ne les esquiva que de justesse. La chaleur était intolérable. Elle toussait et s'étouffait, la fumée lui brûlait la gorge et les poumons, lui piquait les yeux. Un nuage noir la frappa de plein fouet, la forçant à se détourner, et elle tomba à genoux.

Elle finit par trébucher, malgré sa rapidité, et n'esquiva que d'un cheveu le coup de Caibre. Son épée tinta sur la pierre, tout près de son visage.

La fumée s'accrochait à elle, comme dotée de griffes. Mais une brise finit par la libérer. Hafydd se tenait devant elle, l'épée levée. Elle s'apprêtait à bondir sur le côté lorsqu'elle réalisa qu'il lui tournait le dos. Devant lui, à peine visible, se tenait Alaan, l'épée à la main. Elise n'hésita pas : elle bondit en avant pour frapper Hafydd au genou. Mais à la dernière seconde, celui-ci se tourna et frappa Elise à la tête du pommeau de son épée.

Les souvenirs brûlaient en elle…

Il l'avait piégée dans la tour et, quoi qu'elle fasse, il se maintenait en permanence entre elle et l'escalier. Leurs épées se croisèrent plusieurs fois. Même d'une seule main, elle ne faillit pas. Elle faucha la jambe valide de Caibre qui alla s'écraser lourdement sur la pierre. Mais avec un seul bras valide, elle ne put l'achever. Il para ses attaques et se releva lentement. Il finit par se remettre sur pieds. Il boitait toujours, il était ralenti, mais n'en restait pas moins terrifiant. Elle le blessa au bras et vit du sang couler. Lui atteignit sa main valide du plat de sa lame et elle entendit l'un de ses os se briser.

L'après-midi touchait à sa fin et les sorciers continuaient de s'affronter dans la tour. Des moellons brûlants dévalaient les murs pour rebondir et rouler jusque dans le lit de la rivière, où ils s'immobilisaient en sifflant sur la terre humide.

Elise s'affaissa en avant, étourdie, mais des restes de conscience ordonnèrent à sa main de ne pas lâcher prise sur son épée. Le monde sembla se retirer, les bruits du feu et de la bataille soudainement étouffés. Elle s'attendit à recevoir le coup de grâce, à sentir la pointe d'une épée lui percer le cœur ou lui trancher le cou, mais il n'en fut rien. Puis les bruits de combat reprirent lentement leur place, compagnons de la chaleur brûlante. Elle ouvrit les yeux et vit une main ensanglantée qui tenait une lame noircie par la fumée. Elle se força à se redresser sur un genou, puis fut victime d'une quinte de toux et d'une intense nausée. Elle chancela quelques instants puis se mit lentement debout. Alaan ne pouvait pas tenir tête à Hafydd seul. Elle le savait.

Elle tenta de détourner l'attaque, mais toute la puissance du coup s'abattit sur son épée. Sa lame fut brisée. Il ne lui restait plus qu'un pied d'acier. Sianon bondit en arrière, fouillant désespérément les lieux du regard. Caibre s'avança vers elle, la repoussant vers un coin de la pièce à l'aide de sa lame de feu, trop longue pour être évitée.

— Ah, ma sœur... dit-il. Tu me déçois. Sainth, lui, m'a opposé une véritable résistance... avant que je ne l'abatte.

Il leva son épée, un mince sourire sur les lèvres.

Elise tituba en avant, à peine capable de lever son arme à deux mains. Elle sentait les souvenirs monter en elle, souvenirs corporels de batailles et de duels. L'équivalent de plusieurs vies de combat. Une profonde inspiration et elle ouvrit la porte, laissant les souvenirs remonter à la surface de sa conscience. Sans Sianon, Elise Wills ne survivrait pas à cette journée. Elle se sentit envahie par la rage, par le désir de voir couler le sang. Sa main agrippa fermement la garde de son épée, sans qu'elle l'ait consciemment souhaité. Cette colère était au-delà de sa compréhension, comme un poison acide courant dans ses veines. Son esprit ne voyait plus le monde qu'à travers le trou de serrure minuscule de cette haine. Rien d'autre ne comptait. Il n'y avait plus que la bataille. Plus que cette opportunité de se venger.

Une rage en fusion parcourait ses veines, l'univers s'était réduit à la silhouette de son frère debout au-dessus d'elle, l'épée à la main. Mais il prit trop de temps à savourer cet instant. Elle planta la pointe brisée de sa lame dans le sol, faisant vibrer la roche. Une citerne se trouvait en dessous d'eux et Caibre l'ignorait. Elle explosa comme de la poussière à laquelle on mettrait le feu dans un grenier. Caibre trébucha et son attaque passa loin d'elle. La tour vacilla et s'écroula sur elle-même dans un immense fracas de pierres qui emporta le mur-rideau en contrebas. Sianon fut emportée au milieu des blocs de roche. Ténèbres...

Et puis le clapotis de l'eau.

Tam contournait le cercle de feu par la droite. Il tentait de distinguer quelque chose au milieu des flammes et de la fumée tout en jetant régulièrement un regard en arrière pour surveiller les cavaliers qui apparaissaient et disparaissaient dans son dos, leurs chevaux pris de panique. Une silhouette sombre jaillit hors du nuage de fumée : un garde en robe noire. Sans hésiter, Tam se rua sur lui avec toute la furie qu'il pouvait rassembler. Au cœur de la bataille, il n'y avait pas de place pour la demi-mesure. Le combat fut brutal et étonnamment court. Le garde s'écroula après que Tam l'eut frappé au genou. L'homme du Val profita ensuite d'une ouverture dans la cotte de mailles du garde pour lui transpercer la gorge. Il se retourna en direction du cercle de feu pour essayer de distinguer ce qui se jouait à l'intérieur. Des ombres et des formes sombres y apparaissaient de manière intermittente. *Des apparitions*, songea Tam, *formées par autant de volutes fuligineuses*. Il continuait d'espérer, contre toute attente, qu'un passage s'ouvrirait dans les flammes pour lui permettre de traverser.

Hafydd apparut au milieu du chaos, debout au-dessus d'une silhouette prostrée au sol. Le chevalier leva son arme au-dessus de sa tête. Elise bondit et planta sa lame dans l'épaule d'Hafydd, tranchant net les anneaux de fer de son armure. Hafydd chancela et s'écroula à moitié sur Alaan. Elise retira son épée juste à temps pour esquiver l'attaque d'Hafydd qui s'était retourné pour la frapper au visage.

Alaan exécuta une roulade et se redressa en secouant la tête. Sans un mot, il se mit à contourner Hafydd par la gauche tandis qu'Elise faisait de même par la droite, en prenant soin de rester hors de portée.

— Tu as cessé de nous provoquer, mon frère, dit Alaan. Aurais-tu du mal à retrouver ton souffle ?

Il tenta une feinte en direction du visage d'Hafydd alors qu'Elise visait sa jambe. Mais Hafydd ne s'y laissa pas prendre et fit un bond de côté, son épée de feu manquant Elise de peu.

Hafydd frappa le sol du pied et une colonne de feu jaillit du sol, aveuglant Elise. Elle bondit en arrière et fit un pas sur le côté tandis que la lame d'Hafydd fendait l'air à quelques centimètres de sa gorge.

Une fumée dense s'étendit sur le champ de bataille, aveuglant Elise l'espace d'un instant. Hafydd était là... et puis il disparut. Elle s'accroupit, l'épée levée, en se tournant de gauche à droite, s'attendant à tout instant à voir la lame de feu jaillir hors du nuage de fumée. Une silhouette apparut et elle interrompit le mouvement de sa lame juste avant d'avoir tranché le bras d'Alaan. Il eut un sursaut de recul puis réalisa qu'il s'agissait d'elle. Ils se placèrent dos à dos, chacun surveillant la zone située devant lui et sur leur droite.

— J'ignore comment il a pu briser mon sortilège, dit Elise tout en scrutant les alentours.

Elle tentait de percer la brume noire du regard.

— Il nous attendait de pied ferme, répondit Alaan. Bien mieux préparé à cet affrontement que nous ne l'étions.

— Il faut que nous sortions du cercle de feu, lança Elise.

— Nous n'en sortirons pas vivants. Soit nous tuons Hafydd, soit nous mourons ici.

Des flammes jaillirent sur la gauche d'Elise, jusqu'à atteindre la hauteur d'un homme. Ils s'éloignèrent d'un pas vif.

— Où est-il ? murmura Elise. Qu'est-ce qu'il attend ?

Un linceul de fumée dériva jusqu'à eux, aussi noir que la nuit. Elise entendit Alaan tousser. Ils se pressèrent l'un contre l'autre, afin d'éviter de se retrouver séparés. À sa grande horreur, Elise sentit le désir l'envahir. Elle trébucha et se releva maladroitement en s'écartant d'Alaan. Elle refoula les émotions qui l'assaillaient... son propre frère ! Prise d'un sentiment de révulsion, elle repoussa loin d'elle cette rage, cette haine destructrice... Et elle se retrouva seule... Elise Wills, debout au milieu du champ de bataille embrasé, poursuivie par un sorcier. Elle ne savait pas vers où se tourner, ni quoi faire.

— Alaan ! cria-t-elle. Alaan ?

Des flammes jaillirent de l'obscurité et lui brûlèrent le flanc. Elle chuta sur l'herbe fumante. Son épée avait disparu. Un voile de fumée étouffant s'abattit sur elle.

La fumée s'éclaircit pendant un instant et Tam vit Hafydd debout au-dessus d'une silhouette qui tentait de se relever. Puis la fumée les enveloppa à nouveau.

— Elise ? chuchota-t-il. Elise !

Tam tira son épée et il était sur le point de charger à travers les flammes lorsque quelque chose attira son attention. Il crut d'abord qu'il s'agissait d'une illusion due à la fumée et au manque de lumière mais cela réapparut. Au milieu des hommes qui s'affrontaient et des chevaux sans cavaliers, un enfant s'avançait d'un pas incertain. Il repéra Tam et se tourna vers lui. Pendant une seconde, la fumée s'abattit sur l'enfant et Tam vit un cavalier passer au travers du voile noir en donnant un coup d'épée vers le bas. Mais, une seconde plus tard, l'enfant émergea des ténèbres, indemne.

— Llya..., articula Tam.

Il se mit à courir, malgré la fumée qui lui brûlait les poumons, et rejoignit le garçonnet en quelques enjambées.

— Llya ! Où est Baore ? demanda Tam.

— Il attend près de la rivière.

L'enfant lui tendit quelque chose. Une flèche.

— Elle doit pénétrer dans son œil, dit-il de sa voix enfantine. Vous ne pouvez pas vous permettre de rater.

Tam mit une seconde avant de comprendre. Puis il s'empara de la flèche, l'encocha et banda son arc. Il fixa son regard sur les nuages tournoyants. La fumée, les flammes et la chaleur faisaient pleurer ses yeux. Des silhouettes apparurent... impossibles à reconnaître. Il crut qu'il s'agissait d'Alaan et décida d'attendre. Comment pourrait-il atteindre l'œil d'un homme dans de telles conditions ? Même par temps dégagé et sur une cible immobile, c'était pratiquement impossible. Comme d'atteindre une pièce à trente pas de distance.

Hafydd se matérialisa au milieu de la fumée, telle une ombre, sa lame dressée. Tam n'aurait pas su dire s'il lui faisait face ou lui tournait le dos. Ce n'est pas faisable, songea-t-il. Pas même une chance sur mille de réussir. Puis il sentit une petite main qui se posait sur sa hanche, un contact à la fois fragile et rassurant.

— La rivière vous a mené ici pour une raison, dit Llya.

Tam banda son arc de quelques centimètres de plus avant de laisser filer sa flèche en direction de l'ombre. La fumée s'étendit de nouveau, avalant tout sur son passage.

Tam baissa son arc.

— J'ai raté, déclara-t-il, presque dans un sanglot. C'était un tir impossible.

Le vent changea de direction et les ensevelit sous les cendres et la fumée caustique. Tam s'accroupit et tenta de protéger l'enfant en l'attirant contre lui dans les ténèbres brûlantes.

La fumée finit par s'éloigner et deux figures apparurent dans leur champ de vision. Elise, un bras passé par-dessus l'épaule d'Alaan, s'appuyant lourdement sur lui. Elle avait les yeux fermés et son visage était déformé par la douleur.

Tam s'approcha en hâte et passa le bras autour d'Elise pour aider Alaan à la soutenir. Ils firent une douzaine de pas avant de la déposer au milieu de la petite crique où l'eau s'écoulait tout autour d'elle. Elle hocha la tête pour les remercier, les yeux toujours fermés, la mâchoire serrée. Elle se tenait le flanc d'une main et Tam réalisa que du sang s'écoulait entre ses doigts.

— Elise ! s'écria-t-il en s'accroupissant dans l'eau.

Il tendit la main pour essayer d'écarter celle de la jeune femme. Elle appuya son visage humide de sueur et de larmes au creux de son épaule. Tam entendit Llya qui parlait :

— Vous devez faire venir votre frère, dit-il. Il y a longtemps, votre père a fait le serment que la Mort n'aurait aucun d'entre vous. Je m'en souviens.

Il n'y eut pas de réponse. Tam regarda Alaan. Il s'était écroulé au bord de l'eau et tentait de reprendre son souffle.

— Sainth..., dit Llya et sa voix enfantine était empreinte d'urgence.

— Cynddl ? appela Alaan. Fynnol ? Vous pouvez m'aider ?

Alaan et Fynnol se mirent en route mais Tam resta sur place, soutenant Elise. Son visage était tuméfié et ensanglanté, mouillé de larmes. Cynddl s'approcha et monta la garde auprès d'eux, bien qu'il parût sur le point de s'effondrer d'épuisement.

Tam sentit qu'Elise empoignait sa main et la posait contre la peau douce de son sein.

— Je dois m'en aller dans la rivière, Tam, dit-elle. Tu ne pourras pas me suivre.

Elle l'embrassa, puis se laissa aller. Elle glissa sous la surface et Tam aperçut quelque chose de fantomatique au sein des flots. La chose allait si vite qu'elle était difficile à suivre à l'œil nu. Elle traversa vivement les hauts-fonds et disparut à sa vue.

Cynddl se laissa tomber à genoux dans l'eau. Tam tendit le bras pour poser la main sur l'épaule du Fáel. Il tenta de parler mais aucun mot ne lui vint.

— C'est terminé. Hafydd est mort, finit par annoncer Cynddl d'une voix rauque.

Alaan et Fynnol s'avancèrent hors de la fumée, tirant le corps en robes sombres d'Hafydd derrière eux. Son cadavre s'enfonça dans les eaux peu profondes, la bouche ouverte, la hampe d'une flèche dépassant toujours de l'un de ses yeux.

— Retirez-lui sa cotte de mailles, dit Alaan en se penchant sur le sorcier pour lui arracher ses vêtements. Fynnol et lui remontèrent son armure jusqu'aux aisselles du mort, puis Alaan tira son épée et transperça la poitrine du corps. Même Tam en fut horrifié. Alaan pesa de tout son poids sur la lame jusqu'à ce qu'Hafydd soit cloué au fond de la crique.

— Caibre pourra repartir dans la rivière, dit Alaan en se laissant tomber sur la berge et en passant une main sur son visage noirci par la fumée. Mais Hafydd, lui, ira au bûcher.

Le corps d'Hafydd se raidit soudainement et son dos se cambra. Fynnol se redressa précipitamment et s'empara d'une épée abandonnée sur le sol. Un fluide laiteux parut suinter hors des pores du sorcier. Cela descendit le cours d'eau en tournoyant, assumant une forme vaguement humaine avant de disparaître.

Quelque chose attira l'attention de Tam. Il releva les yeux et eut un mouvement de surprise. L'un des gardes noirs d'Hafydd se tenait assis sur sa selle, les yeux fixés sur son ancien maître. Avisant la réaction de Tam, il tendit une main devant lui, paume exposée.

— Il est mort, lança Alaan au sinistre cavalier. Si vous déposez les armes, vous serez traités avec clémence.

Le garde continua de les fixer, son visage impassible. Puis il fit faire demi-tour à sa monture et disparut dans la fumée. Les bruits de la bataille cessaient petit à petit. Un cheval sans maître jaillit hors de la brume fuligineuse et disparut presque aussi vite. Ils aperçurent des hommes qui se dirigeaient en boitant vers la rivière. La fumée commençait à s'éclaircir.

Tam réalisa que l'aube était arrivée sans qu'il ne s'en rende compte. Loin au-dessus des tourbillons de fumée et de poussière, la journée était peut-être même belle. Alaan demanda l'aide de Tam et ils firent rouler le corps d'Hafydd, flasque et terreux, jusqu'à la rive. Une flaque d'eau se forma autour du cadavre. Alaan fouilla la dépouille aussi soigneusement qu'un voleur mais il ne s'empara que d'une dague dans son fourreau.

— Il est mort ? demanda Fynnol. Vraiment mort ?

— Oui, répondit Alaan à voix basse. Le nagar s'en est allé dans la rivière. Nous brûlerons son corps jusqu'à ce qu'il n'en reste que les cendres. Cette fois, il ne reviendra pas.

Tam s'écroula sur la berge. Il sentit les sanglots monter en lui. Mais il se força à respirer profondément et ravala ses pleurs. Un groupe de Renné fit son apparition, tous porteurs de livrées bleu Renné souillées. Une bannière représentant le cygne double flottait dans l'air.

— On me dit qu'Hafydd est mort ? s'enquit un homme de grande taille, aussi noirci par la fumée que les autres.

Il retira son casque et le suspendit à sa selle. Alaan désigna le corps.

— Et qui êtes-vous, messire ?

— Fondor Renné, répondit l'homme avant de désigner du menton le cavalier à ses côtés. Voici mon cousin, le seigneur Kel. Si vous avez tué le sorcier, nous vous sommes profondément redevables.

Alaan secoua la tête.

— Ce n'est pas moi qui ai tiré, dit-il.

Il se tourna vers Tam et Cynddl.

— J'imagine que c'était l'un d'entre vous ?

— Nous avons tous joué un rôle, dit Tam.

Il baissa les yeux vers l'enfant qui s'était rapproché de Fynnol et s'appuyait contre lui avec la familiarité propre aux enfants qui se sont choisi un protecteur.

— C'est Llya qui a trouvé la flèche…

Il releva les yeux vers les nobles Renné et songea qu'ils n'avaient pas besoin d'en savoir plus au sujet du petit garçon qui était devenu la voix d'une rivière.

Des hommes d'armes commençaient à converger vers l'endroit, pour contempler le sorcier mort. Ils étaient meurtris, épuisés et leurs yeux exprimaient toute l'horreur de la situation. Ils émergeaient de la fumée en train de se dissiper tels des spectres, aussi silencieux que des morts. Un second groupe de cavaliers fit son apparition. Ils portaient le pourpre de la maison d'Innes ; une livrée que Tam ne pouvait contempler sans ressentir une certaine appréhension.

— Serait-ce le prince Michael ? demanda Fondor, l'air surpris.

— Seigneur Fondor, répondit le jeune prince. Je suis heureux de vous voir indemne. (Il hocha respectueusement la tête devant le seigneur Kel puis se tourna vers les autres.) Alaan ? Vous donnez l'impression d'avoir marché à travers un brasier.

— Et c'est le cas, mon prince, déclara Alaan. Nous avons réussi à tuer Hafydd pour vous, bien que cela n'eût jamais été possible sans dame Elise.

— Et où se trouve-t-elle ? demanda immédiatement le prince.

— Elle est partie soigner une blessure. Je ne crois pas que nous la reverrons aujourd'hui.

— Mais elle se remettra ?

— Nous l'espérons.

Fondor examinait le groupe qui accompagnait le prince.

— Samul ?

— Je ne crois pas que nous soyons sur des terres Renné, se hâta de déclarer celui-ci.

— Non, répondit Fondor à mi-voix. Nous sommes sur les propriétés de la maison d'Innes. Ici, tu n'as de compte à rendre qu'au prince.

— Samul Renné a la permission de traverser librement mes terres. De s'y installer, même, s'il le désire. Sans lui, Jamm, Carl et Pwyll, je n'aurais jamais survécu assez longtemps pour reprendre le contrôle de l'armée de mon père.

— Pwyll ! s'exclama Alaan. Où est-il ?

— Il a été blessé… brûlé en affrontant Hafydd.

— Où ?

— Là-bas, à l'ombre des arbres, indiqua le prince Michael.

Alaan se releva en hâte.

— Je dois me rendre à son chevet.

Il se tourna vers ses compagnons.

— Je ne vous ai pas demandé si l'un de vous était blessé ?

Tous avaient subi des blessures mineures mais ils secouèrent néanmoins la tête. Au terme d'une telle journée, on pouvait se considérer comme chanceux d'avoir seulement un bras cassé.

Alaan fixa chaque homme du Val tour à tour.

— Nous avons une immense dette envers vous, Cynddl, et vous autres, hommes du Nord. Ce n'était pas votre guerre, et pourtant vous êtes restés au centre de l'action depuis le départ.

— Ce n'était la guerre de personne, intervint Fynnol. Seulement l'écho d'une lutte entamée il y a une éternité. Un combat pour… quelque chose que je ne comprends toujours pas. Pour un enfant, peut-être. Un sorcier ayant succombé à la folie. Un sort qui contenait cette folie. (Il secoua la tête.) Peut-être était-ce au sujet d'un cygne qui ne voulait pas mourir.

Fynnol leva les yeux vers le quêteur d'histoires.

— Peut-être y trouveras-tu une signification, Cynddl. Et alors tu pourras en tirer une histoire.

— Il n'y a pas qu'une seule histoire, répondit Cynddl. Il existe une myriade de récits à raconter, tous différents et énigmatiques. Il est vain de leur demander d'avoir une signification précise. Rath m'a enseigné cela : raconte simplement les histoires. Elles parleront pour elles-mêmes.

CHAPITRE XLVI

Ils passèrent la journée à séparer les morts des blessés. Pendant toute la matinée, des bateaux firent la navette des deux côtés de la rivière pour emporter les blessés auprès des guérisseurs et ramener ceux pour lesquels on ne pouvait plus rien. Un gigantesque bûcher fut construit pour les morts près de la rivière et des groupes de vivants silencieux y conduisirent leurs frères tombés au combat. La dépouille d'Orlem Main-habile n'était pas là pour être pleurée, mais ses amis organisèrent une courte cérémonie près de la rivière. Cynddl raconta une histoire au sujet de Main-habile et de sa maison dans les terres secrètes. A'brgail revendiqua l'immense épée récupérée par Elise comme une relique de son ordre, car c'était Main-habile et Kilydd qui avaient secrètement créé l'ordre des Chevaliers du Serment de nombreuses années auparavant.

— Elise aurait dû être ici, souffla Fynnol à Tam. C'était Elise qu'il aimait et suivait, plus encore qu'Alaan.

— C'était Sianon qu'il aimait, répondit Tam. Et elle n'est plus.

Un nuage de sternes charbonneuses virevolta au-dessus d'eux avant de plonger jusqu'à la surface de la rivière puis de reprendre son vol. Les oiseaux poussèrent leurs cris lugubres. Le soleil était passé sur l'autre rive à présent et sa lumière scintillait sur la rivière dansante.

Des bateaux évoluaient d'une rive à l'autre, transportant des informations et des familles à la recherche d'êtres chers. Le bûcher fut arrosé d'huile et on y mit le feu. La fumée forma rapidement une colonne de quelque trente mètres de haut, dont le sommet dérivait vers le sud sous l'effet du vent.

Tam songea qu'il aurait dû se sentir heureux d'être encore en vie, mais il ne ressentait absolument rien. Les sons tout autour paraissaient lui parvenir de quelque endroit lointain et même ses pensées ne semblaient pas vraiment lui appartenir. Elles remontaient au hasard à la surface de son esprit, souvent sans queue ni tête. Ses compagnons et lui remontèrent la rive sur une courte distance avant de retirer leurs vêtements noircis par la fumée et de plonger dans la rivière. Tam se laissa flotter sur le dos, bercé par la fraîcheur de l'eau tandis que le soleil estival lui caressait le visage.

— C'est fini ? demanda Fynnol après une éternité de silence. Je veux dire, vraiment fini ?

Le petit homme du Val flottait à quelques pas de là, les yeux fermés.

— Caibre est retourné au sein de la rivière, dit Cynddl, et Alaan a prélevé une antique dague sur le corps d'Hafydd. Je pense que c'était un smeagh. Et il a ensuite brûlé le corps. Les Wills et les Renné se sont unis dans la bataille et l'usurpateur Menwyn est mort. (Il marqua une pause.) Et une enfant est revenue du royaume des ombres, revenue d'un endroit dont nul n'était jamais revenu auparavant. Si Alaan peut réparer le sortilège, alors je pense que nous pourrons dire que c'est terminé... au moins pour la durée de nos existences.

Ils se laissèrent ainsi dériver pendant un moment en écoutant leurs propres respirations et les cris lointains des sternes. Alaan fit son apparition sur la rive en les appelant. À contrecœur, ils retournèrent à la nage vers la berge.

— Comment se porte Pwyll ? demanda Cynddl.

— Il s'en sortira. Il a tenté d'affronter Hafydd seul. (Alaan secoua la tête.) Lui mieux que personne aurait dû savoir à quoi s'en tenir. Il est entre les mains des guérisseurs à présent.

— Où allons-nous ? demanda Fynnol.

— De l'autre côté de la rivière. Je souhaite aller voir les Fáel. Ils nous ont fait savoir qu'Eber était ici, et il ne sait pas encore que Llya est sain et sauf.

— Et comment allez-vous expliquer ce qui s'est passé ? Que l'enfant qu'il connaissait a disparu, remplacé par un…

Fynnol ne termina pas sa phrase. Il jeta un coup d'œil vers Alaan, craignant visiblement de s'être montré offensant. Alaan ne parut pas l'avoir remarqué.

— Je lui dirai la vérité ; que Wyrr s'en est retourné dans la rivière mais que ses souvenirs demeurent.

Alaan secoua la tête.

— Llya n'est pas né pour mener une vie ordinaire, pauvre enfant. J'ignore ce qu'il adviendra de lui.

Tam désigna du doigt la foule qui se rassemblait sur l'autre rive. On y élevait des pavillons. Cela faisait penser à une foire.

— Que se passe-t-il ?

— Les Renné se rassemblent… pour célébrer une victoire, j'imagine.

— Comment peut-on célébrer tout ceci ? demanda Fynnol en tendant la main vers le bûcher en flammes. Des milliers d'hommes ont perdu la vie aujourd'hui. Des milliers, dans chaque camp. Si quel qu'un est victorieux, j'ignore de qui il s'agit.

— Les survivants ont gagné, répondit Alaan en posant une main sur l'épaule du petit homme du Val. Toi, Fynnol Lowell. (Puis son sourire disparut.) Mais nous avons tous été délivrés de Mea'chi et d'Hafydd. Rares seront ceux qui sauront ou comprendront, mais les vivants ont une véritable raison de se réjouir.

Une vaste embarcation les attendait pour les conduire

de l'autre côté de la rivière. La petite fille, Sianon, et Llya les attendaient sous le regard attentif d'un garde Renné. La petite plissa les yeux et leva une main pour les protéger du soleil mais Tam ne l'avait pas encore entendue prononcer le moindre mot. Peut-être Llya, désormais doué de parole, aurait-il à lui apprendre le langage des signes.

Le prince Michael d'Innes, Carl A'denné et plusieurs gentilshommes Renné se tenaient debout côte à côte. Tous étaient encore couverts de poussière et arboraient un air sinistre. Ils n'avaient pas l'air d'hommes ayant remporté une guerre.

— La rumeur affirme, déclara le prince Michael, que l'un des hommes des wildlands a tiré la flèche qui a abattu Hafydd.

— C'était Tam, s'empressa de répondre Fynnol en exécutant une courbette moqueuse en direction de son cousin.

Le prince Michael sourit.

— La rivière ne vous a pas mené si loin de chez vous sans raison, dit-il.

— Pourquoi vous êtes-vous aventurés si loin au sud, d'ailleurs ? s'enquit Fondor Renné.

— Nous avions donné notre accord pour escorter Cynddl pendant deux semaines en descendant la rivière, répondit Fynnol. En échange de chevaux. Mais nous nous sommes… perdus.

— Perdus sur la rivière ? s'amusa Fondor.

Lui et les autres Renné se mirent à rire comme si Fynnol avait lancé une plaisanterie.

— Le prince Michael nous a raconté que vous avez survécu à de nombreux combats contre Hafydd et ses gardes. (Il s'inclina légèrement devant eux.) Vous serez toujours les bienvenus chez les Renné.

— Et chez moi également, ajouta le prince. Mes terres sont moins vastes que par le passé, mais je pense pouvoir vous offrir un certain confort.

Ils remercièrent les nobles et s'installèrent à bord du navire. Les bateliers se mirent en route vers la rive opposée, en remontant en biais le cours de la rivière. Une petite brise balayait le canal et Tam ferma les yeux en imaginant qu'elle portait jusqu'à lui un peu des senteurs de sa terre natale, des montagnes et des champs de foin. Il se demanda ce que son grand-père ferait durant la fin d'après-midi. Sans doute sortirait-il pour jauger la récolte à venir de son verger ou s'assurer que tout allait bien pour les abeilles qui faisaient sa fierté.

Il vit que les gens affluaient sur la rive et il entendit qu'on jouait de la musique. Les bannières et les banderoles claquaient au vent et des hommes costumés s'avançaient sur des échasses, tels des hérons. Une ambiance de fête flottait dans l'air.

— On se croirait dans un autre monde, déclara Baore, les yeux écarquillés. Un endroit perdu dans les terres secrètes et qui n'aurait jamais entendu parler de nos problèmes.

— Il y a eu suffisamment de douleur, dit Llya à voix basse. Puisse-t-elle être remplacée par la joie pendant un moment.

Les hommes dans le bateau se retournèrent tous sur leur siège pour regarder l'enfant. Il semblait bien que le nouveau Llya se montrerait aussi troublant que l'ancien... quoique d'une manière différente.

Tam remarqua trois femmes qui marchaient le long de la rive, dont l'une n'avait pas vingt ans. Elles portaient des robes noires et des foulards sombres recouvraient leurs cheveux. Des veuves. Elles avançaient lentement, comme si le temps avait ralenti l'allure pour elle, alors que tout n'était que chaos et couleurs dans leur dos. La jeune femme tourna son regard en direction de la rivière et Tam eut l'impression de voir briller des larmes dans ses yeux lorsqu'ils croisèrent les siens.

Il se souvint de l'homme d'armes qu'ils avaient retrouvé flottant dans la rivière avec l'une de ses flèches plantée dans la poitrine. Cela semblait s'être passé si longtemps auparavant, c'était si lointain. La veuve de cet homme supportait-elle son chagrin avec la même dignité ? Tam songea à tous les hommes qu'il avait tués, si nombreux qu'il en avait perdu le compte. Il avait tiré des centaines de flèches en direction de visages lointains sans jamais savoir s'il avait abattu un homme ou raté sa cible. Il se remémora la rivière finale, artère d'un gris d'encre s'écoulant à travers le crépuscule. Combien d'hommes avait-il envoyé dans les ténèbres et pendant combien de temps hanteraient-ils ses rêves ?

Il secoua la tête et détourna le regard en réalisant qu'il allait devoir braver ses cauchemars car il avait désespérément besoin de sommeil. Le campement des Fáel était silencieux. Ils se préparaient au retour de leurs archers, dont une compagnie avait traversé la rivière avec Fondor Renné. Pas de quoi changer l'issue de la bataille mais une aide néanmoins bienvenue. Les Fáel avaient abandonné leur neutralité ancestrale dans les conflits humains, et Tam n'était pas sûr que ce soit une bonne chose.

Comme ils se trouvaient en compagnie de Cynddl, ils n'eurent pas à expliquer qui ils étaient ni ce qu'ils voulaient. Nann, l'ancienne, s'avança à grands pas pour les accueillir. Tam continuait de penser qu'elle était la femme la moins Fáel qu'il avait jamais rencontrée : terre à terre et sobre là où les autres se montraient exotiques, pleines de joie et d'espièglerie.

— Faites prévenir Eber, dit-elle à un homme près d'elle. Dites-lui que son fils est sain et sauf.

Elle s'accroupit avant de saluer qui que ce soit et contempla les deux petits enfants.

— Et qui es-tu, mon enfant ? demanda-t-elle à la petite fille.

— C'est Sianon, répondit Llya à mi-voix.

Nann écarquilla les yeux.

— Elle vient du pays des ténèbres et elle ne parle pas.

— Mais toi oui, à ce que je vois, répondit Nann en décochant un regard à Alaan.

— C'est une longue histoire, intervint le voyageur.

Nann se releva lentement, comme si ses jambes étaient un peu cotonneuses.

— Je vois qu'il y aura beaucoup à raconter. Venez, allons trouver Eber pour réparer son cœur brisé.

Les Fáel ne les dévisageaient plus comme par le passé, comme des intrus. Ils souriaient et hochaient la tête sur le passage des étrangers. Leur soulagement de revoir Cynddl vivant était palpable. Ils avaient craint de perdre leur quêteur d'histoires le plus talentueux, l'héritier de Rath. Une jeune femme lui apporta un bouquet de fleurs blanches que Cynddl accepta de bon cœur.

— Des fleurs blanches, dit Fynnol. Est-ce que cela traduit l'amour ou bien est-ce que tu dois de l'argent à cette jeune dame ?

Cynddl sourit, son visage âgé révélant sa véritable jeunesse.

— Le rouge est synonyme d'amour mais jamais nous n'offririons de fleurs rouges après une bataille où tant de sang a été versé. On offre souvent des fleurs blanches aux quêteurs d'histoires car elles se rattachent aux nobles causes et à la contemplation.

— On va t'offrir des roses sauvages, Fynnol, intervint Tam. Elles se rattachent à l'absence totale de cause et à l'insouciance.

— Veux-tu bien me laisser faire les plaisanteries, cousin ? répondit Fynnol. J'ai eu la gentillesse de te laisser les actes d'héroïsme en faisant attention de ne jamais marcher sur tes plates-bandes !

— C'est donc ainsi que vous agissez dans le Nord ? intervint Alaan dont l'humeur semblait plus légère. Vous divisez soigneusement les champs d'action de chacun ?

— Oui. Baore s'occupe des exploits de force silencieux et de la loyauté ; pour Cynddl ce sont les « nobles causes et la contemplation », comme vous l'avez déjà compris ; l'humour et l'admiration des femmes me reviennent et Tam, à l'évidence, récupère les actes héroïques, comme par exemple d'abattre les sorciers.

— Et qui fait le travail quotidien, comme cuisiner, chasser et rassembler le petit bois ? s'enquit Nann.

— Cynddl ! s'exclamèrent les hommes du Val à l'unisson avant d'éclater de rire.

— Et après qu'il a préparé le dîner et nettoyé la vaisselle, ajouta Fynnol, si nous sommes satisfaits de ses efforts, on le laisse raconter une histoire.

Eber apparut soudain au détour d'une tente, courant vers eux aussi vite que ses vieilles jambes le lui permettaient. Il avait les larmes aux yeux. Llya se précipita vers lui et referma ses bras autour du cou de son père. Pendant un long moment, ils restèrent immobiles. Eber était accroupi, serrant le petit garçon dans ses bras, les yeux fermés. Des larmes luisaient sur sa barbe, telles des gouttes de givre sur une étendue de neige.

— Je croyais t'avoir perdu, finit-il par dire d'une voix qui se brisa.

— Non, père, dit Llya, le visage toujours blotti dans la barbe de son père. Je savais bien où j'étais.

Les yeux d'Eber s'ouvrirent brusquement. Dénouant l'étreinte de son fils autour de son cou, il contempla le visage sérieux du petit garçon.

— Llya, murmura-t-il, tu as parlé…

Le garçon hocha la tête.

— Celui qui murmure dans la rivière a fait cela.

— Il t'a donné ta voix… ?

Alaan s'accroupit pour être à la même hauteur qu'Eber et son fils.

— Llya a conclu un pacte avec Wyrr… un pacte temporaire. Wyrr est reparti dans la rivière, mais il a laissé une voix à Llya.

Eber ne put dissimuler l'horreur qui l'envahissait. Il

agrippa les épaules de son fils et plongea son regard dans le sien.

— Il est parti ? demanda-t-il à l'enfant. Celui qui murmure est parti ?

Llya hocha la tête.

— Oui, mais il a laissé ses histoires dans ma tête.

Eber parut ne pas comprendre.

— Je pense qu'il veut parler de souvenirs, dit Alaan d'une voix pleine de sollicitude.

— Mais ce n'est qu'un enfant, s'exclama Eber. Les souvenirs d'un sorcier ne sont pas faits pour son esprit !

— Non, mais je pense qu'ils disparaîtront avec le temps.

Le regard d'Alaan vint se poser sur Llya.

— Je crois que pour lui, ils ne représentent qu'un fatras incompréhensible. Ma propre expérience m'a montré qu'il était difficile de les remettre en ordre. Je pense qu'un enfant se contentera de les oublier.

Eber tira son enfant contre lui.

— Pourquoi a-t-il fallu que tout cela t'arrive à toi ?

— Il fallait tromper le dévoreur d'âmes et récupérer le joyau, dit Llya comme s'il expliquait quelque chose à un enfant plus jeune. Alaan avait son rôle à jouer, Elise aussi, et moi. Ensuite j'ai fait une flèche spéciale en la plongeant dans la rivière et Tam s'en est servi pour tuer Hafydd, qui était aussi Caibre. Et c'est comme ça que nous avons gagné la guerre.

En entendant ce discours, Tam se mit à rire sans pouvoir s'arrêter.

— Vous ne trouverez guère de meilleure explication, jusqu'à ce que Cynddl se penche sur la question, j'imagine. Mais même son récit ne saurait avoir plus de charme que celui de Llya.

— Vous avez tous l'air terriblement épuisé, intervint Nann.

— Je crois que nous sommes plus affamés que fatigués, dit Cynddl.

Il baissa les yeux vers la petite fille.

— Et cette enfant a besoin de boire et de manger autant que de trouver sa voix.

La petite fille continuait de plisser les yeux et semblait pleine d'appréhension. Tam se demanda ce qu'elle pouvait ressentir. Avait-elle de quelconques souvenirs des longues années qu'elle avait passées au sein du Royaume de la Mort ? Serait-elle en mesure de leur dire, enfin, ce qui se trouvait au-delà de ces Portes ?

Je partirai dans la rivière, songea Tam. Il avait au moins appris cela durant ce voyage. Il ne passerait pas les Portes de la Mort ; son histoire irait s'ajouter à celles de la rivière.

Un son aigu transperça l'air et Kai fit son apparition, poussé par le toujours silencieux Ufrra. Un petit garçon marchait à leurs côtés. À l'inverse de ceux qui avaient fait le voyage jusqu'à l'île de l'Attente, le trio paraissait sain et sauf, presque reposé.

— Kilydd ! s'exclama Alaan. C'est toi qui as dû ramener les autres chez eux.

— En effet. Nous étions cachés sur la rive et nous avons vu Toren Renné, Eber et tous les autres que vous aviez laissés derrière vous. Nous les avons fait monter à bord et, je ne comprends toujours pas comment, nous sommes revenus ici plus vite que je ne l'aurais jamais cru possible.

— La rivière connaît de nombreux embranchements, mon ami, et il n'y en a pas deux qui soient identiques.

— C'est ce qu'on raconte.

Les deux hommes se serrèrent la main et leurs regards se rencontrèrent pendant un moment.

Tam n'arrivait pas à imaginer ce qu'ils pouvaient penser, ces deux êtres anciens dont les souvenirs remontaient jusqu'à un âge passé de ce monde. Quels voyages incroyables ils avaient dû partager !

— Et où se trouve Main-habile ? demanda soudain Kai en scrutant les alentours.

— Il nous a quittés, répondit doucement Alaan. Il a fini par rejoindre la rivière.

Kai porta une main à son front.

— Je l'ai arraché à une vie de tranquillité pour qu'il aille te chercher dans les Eaux Stagnantes. C'est ma faute.

— Orlem était un guerrier, Kilydd. Il a choisi de combattre pour cette cause. Et qui mieux que Main-habile en connaissait les dangers ? Il avait servi Caibre et Sianon avant d'être le compagnon de Sainth pendant de nombreuses années.

— Oui, il comprenait les dangers… (La voix de Kai hésita.) Mais il avait affronté si souvent le danger en revenant toujours indemne…

— Même la chance de Main-habile ne pouvait durer éternellement, répondit Alaan. Tu n'as pas à t'en vouloir. Je suis sûr qu'Orlem ne t'en voudrait pas, Kilydd. J'en suis certain.

L'homme dans la brouette leva les yeux vers Alaan.

— Je ne suis plus Kilydd. On m'appelle Kai, à présent. Il ne reste personne à avoir vu les armées de Sianon et de Caibre et à avoir vécu toutes les années de cette époque tandis que les enfants de Wyrr dormaient dans la rivière. Je suis le seul.

— Et pour cela tu devrais être honoré. Si les choses se passent comme je le souhaite, tu ne seras plus jamais un paria, Kai.

Trois cavaliers porteurs du bleu Renné pénétrèrent dans le campement, accompagnés par des gardes Fáel. Ils furent conduits devant Alaan et mirent pied à terre. Ils s'inclinèrent devant lui.

— Êtes-vous Alaan ? s'enquit leur capitaine.

— C'est moi.

— Dame Beatrice et le seigneur Toren vous invitent à les rejoindre, si vous le voulez bien, dit le capitaine. Ils ont installé leurs pavillons près de la rivière. (Il fit un geste vers le sud.) Ils m'ont également demandé de trouver les hommes qui ont abattu Hafydd car ils aimeraient les remercier.

Alaan jeta un œil en direction de Tam et des autres.

— Peut-être devrons-nous attendre avant d'aller nous coucher.

Les gardes Renné avaient apporté des chevaux avec eux et, malgré la courte distance, ils chevauchèrent tous jusqu'au camp des Renné. Sur le chemin, ils dépassèrent la foire improvisée qui s'était montée près de la rivière. Les hommes d'armes qui revenaient du champ de bataille à l'est étaient accueillis à bras ouverts et se voyaient offrir à boire et à manger. Les femmes scrutaient anxieusement les groupes d'hommes qui débarquaient et de nombreuses retrouvailles émouvantes avaient lieu au vu et au su de tous.

Ils pénétrèrent sur une allée étroite bordée d'arbres qui suivait le tracé de la rivière. Non loin, un nuage de corbeaux se déplaçait d'arbre en arbre et, quelques instants plus tard, une silhouette solitaire fit son apparition. Il avait perdu son grand chapeau mais Cœur-de-corbeau vint à leur rencontre, toujours habillé de son manteau de cuir décoré des trésors rapportés par ses oiseaux. Il les fixa derrière l'écran de sa barbe noire et leur sourit, révélant des pattes-d'oie au coin de ses yeux.

— Et où donc vous rendez-vous, Maître Cœur-de-corbeau ? demanda Alaan.

Celui-ci leva son bâton.

— Il reste encore beaucoup de choses à voir dans ce monde. Récemment, j'ai concentré trop d'efforts sur un seul endroit, répondit-il.

— Prudence, déclara Alaan en s'appuyant sur le pommeau de sa selle pour sourire au voyageur. Si vous descendez de Sainth, vous pourriez ne jamais trouver d'endroit où vous installer.

— Et Sainth était-il malheureux d'un tel sort ?

Le sourire d'Alaan flancha.

— Parfois…

— Mais je suppose qu'on peut dire la même chose des hommes qui passent toute leur vie au même endroit.

— Vous pouvez en être sûr, intervint Fynnol.

— Alors je prendrai le risque. Prenez soin de vous, Alaan, dit Cœur-de-corbeau.

Il s'inclina ensuite devant les autres.

— Peut-être me rendrai-je au Nord un de ces jours pour découvrir les lacs.

— Vous serez le bienvenu, déclara Tam.

Cœur-de-corbeau les salua en levant son bâton de marche et se mit en route tandis que ses corbeaux croassaient et voletaient d'arbre en arbre. Tam et ses compagnons le regardèrent partir jusqu'à ce qu'il quitte la route, sans doute pour contourner les festivités devant lui.

— Eh bien, je crois que nous n'en rencontrerons jamais un autre comme lui, déclara Cynddl.

— Qu'adviendra-t-il de lui ? se demanda Fynnol. Il ne semble nulle part à sa place.

— J'ai bien peur que tu aies raison, Fynnol, dit Alaan.

— Peut-être est-il comme les membres du peuple de Cynddl, intervint Baore, et partout chez lui.

— Les gens de mon peuple sont chez eux parce que nous transportons notre village avec nous, répondit Cynddl. Cœur-de-corbeau n'a aucune possession et des corbeaux bruyants pour seuls compagnons.

— Et pourtant, même un corbeau peut se trouver une compagne et se fabriquer un jour un nid, dit Alaan. Nous pouvons espérer qu'il en sera de même pour Rabal.

Ils aiguillonnèrent leurs chevaux pour reprendre leur route. De l'autre côté de la rivière, le bûcher continuait de brûler et un pilier de fumée noire s'élevait vers le ciel. Tam ne supportait pas de le regarder. Il songeait qu'il aurait facilement pu se trouver au milieu des morts, ses yeux vides ouverts sur le ciel taché de suie.

Le campement Renné se trouvait dans un champ derrière une rangée d'arbres. Les pavillons avaient été montés à l'ombre et les gardes formaient un anneau presque continu autour de la zone. Les bannières claquaient dans le vent au-dessus des pavillons, cygnes noirs voletant dans le ciel bleu.

Ils furent conduits au-delà du cercle des gardes jusqu'à dame Beatrice, assise sous les larges branches d'un chêne. Elle se leva immédiatement de son siège pour les saluer et Toren Renné la rejoignit. Il avait le bras en écharpe et le visage très pâle mais ne semblait pas avoir subi d'autres blessures.

— Voici donc le mystérieux Alaan, déclara dame Beatrice. Toren me dit que vous avez été l'un des éléments moteurs de cette guerre, l'ennemi d'Hafydd et de ses… alliés.

— J'ai été l'ennemi d'Hafydd, mais c'est le cas de nombreux autres. Le seigneur Toren, dame Elise, dame Llyn, mes amis du Nord, Cynddl des Fáel.

— Oui, dit-elle en examinant les compagnons d'Alaan. Je crois comprendre que je les ai déjà rencontrés, même s'ils étaient costumés à l'époque.

— On m'a dit que c'était Tam qui avait abattu Hafydd, finalement, intervint Toren.

Dame Beatrice prit les mains de Tam.

— Ma famille a une importante dette envers vous.

— J'ai eu de la chance, dit Tam. Et ma flèche ne l'aurait jamais atteint si Alaan et Elise n'avaient pas monopolisé toute son attention.

— La modestie est une vertu, dit-elle en embrassant Tam sur la joue. Mais de tels exploits ne devraient pas rester sans récompense. Nous nous sommes laissés dire que vous vous étiez lancés dans ce voyage pour acquérir des chevaux…

Elle fit un signe de tête vers Toren qui agita sa main valide en direction de l'un de ses hommes. Des écuyers sortirent de derrière le pavillon. Ils tenaient les rênes de quatre chevaux… et quels chevaux !

— Vous voyez ici les quatre meilleurs chevaux de selle de nos écuries, dit Toren. Vifs et d'un tempérament admirable. Bien sûr, si vous préférez des chevaux de tournoi, je peux vous en offrir d'autres.

— Nous ne sommes pas des hommes d'armes, dit Tam. Juste des voyageurs trop loin de chez eux. (Il s'inclina devant dame Beatrice et le seigneur Toren.) C'est un cadeau très généreux.

— Ce n'est qu'un début, dit dame Beatrice. Je m'assiérai en tête-à-tête avec chacun d'entre vous et vous me direz ce que nous pouvons faire d'autre pour vous. Et le prince Michael a aussi quelque chose en tête à votre sujet. Il dit qu'il a longuement voyagé avec vous et que votre rôle dans tout ceci a été prépondérant.

Elle relâcha les mains de Tam et saisit celles de chacun d'eux, les embrassant l'un après l'autre sur les deux joues.

— Oui, je me souviens, dit-elle à Baore. Vous étiez un géant à l'époque et votre stature n'a fait que grandir depuis. Merci.

Son sourire se fit plus espiègle lorsqu'elle fit face à Fynnol.

— La dernière fois que nous nous sommes vus, vous étiez un bandit de grands chemins. Et voyez à présent ce qu'il est advenu de vous !

— Après ce que j'ai vu, ma dame, je ne serais que trop heureux de revenir à mes précédentes occupations.

— Le vol de baiser, c'est bien ça ? (Dame Beatrice se mit à rire.) Eh bien, j'annule mon précédent édit. Vous pouvez voler autant de baisers que vous en pourrez porter. Et il y aura toujours une place pour vous en ma demeure, si vous le souhaitez. Votre esprit sera le bienvenu.

— Je vous remercie, dame Beatrice, mais j'ai bien peur d'avoir perdu mon humour. Je ne ressens rien d'autre qu'un immense chagrin, une perte terrible.

— C'est ce que nous ressentons tous, mon bon Fynnol, mais cela passera avec le temps. Et nous redeviendrons capables de rire. Je n'ai encore jamais vu d'hiver qui ne soit pas suivi d'un printemps.

Elle s'approcha ensuite de Cynddl.

— Ruadan ? Des flûtes magiques, j'imagine.

Cynddl opina légèrement du chef.

Dame Beatrice l'embrassa sur les joues.

— Mais ce n'est pas vous qui avez capturé le cœur d'une dame, à ce qu'on m'a dit.

Cynddl jeta un bref regard en direction de Tam. Dame Beatrice prétendit n'avoir rien remarqué.

— On vous honore au sein de votre propre peuple, dit-elle. Et nous serions honorés de vous voir pratiquer votre art sous notre toit. Il y a une grande histoire à raconter, à présent, et je n'en ai entendu que des bribes.

— Cela me prendra du temps de tout rassembler et remettre en ordre mais lorsque ce sera fait, dame Beatrice, je serai très heureux de venir au château Renné pour raconter l'histoire de la guerre des cygnes.

— Je m'en réjouis par avance.

On leur apporta de nouveaux présents. Des cottes de mailles et des casques de la part de Toren Renné, des boucliers et des épées choisis par Fondor. Le seigneur Kel leur avait fait envoyer des selleries complètes réalisées par les meilleurs artisans. Les dames leur remirent des balles d'étoffes et des vêtements dignes de la haute noblesse. De telles richesses étaient inconnues dans le Val, en tout cas pas ainsi rassemblées en un seul endroit. Les hommes du Val étaient sans voix.

Des ménestrels vinrent jouer de leurs instruments et une table fut dressée sous les branches afin que les voyageurs puissent se reposer et se restaurer. La fin d'après-midi laissa place à la soirée et le soleil plongea au milieu des collines occidentales, transformant le ciel en une vaste mer cramoisie. Un murmure se fit entendre parmi les Renné le long de la rivière, à l'endroit où les bateaux continuaient d'accoster et de repartir. Puis une forme fantomatique apparut dans la lumière déclinante. Tam bondit sur ses pieds tandis que tout le monde ouvrait de grands yeux.

— Elise ? demanda-t-il.

— Tam, répondit-elle d'une voix si basse qu'il l'entendit à peine.

Sans avoir l'air de remarquer qui que ce soit d'autre, elle s'approcha et blottit son visage contre l'épaule du jeune homme, ses mains délicatement posées sur son torse. Il la prit dans ses bras et elle lui parut petite et fragile, aussi froide que la rivière en plein hiver.

— Es-tu... guérie ? demanda Tam.

— Autant que c'est possible, répondit-elle.

Elle s'écarta de lui avec douceur.

— Il y a quelque chose que je dois faire.

Elle se tourna vers les autres. Ses yeux, semblables à des lunes, perturbèrent tous ceux qui les aperçurent.

— Alaan... si vous pouviez m'accompagner.

Alaan hocha immédiatement la tête, sans demander où ni pourquoi. Ils montèrent à cheval en quelques instants et s'éloignèrent rapidement. Tam resta debout pour les regarder partir, incapable de dissimuler sa détresse. Puis il réalisa que Baore se tenait à ses côtés, l'air tout aussi malheureux. Le grand jeune homme posa une main sur l'épaule de Tam et tenta de lui sourire. Pendant un moment, les deux amis échangèrent un regard avant de revenir à la table. Il n'y avait aucune animosité dans le regard que Baore lui avait adressé, juste un sentiment de perte et de tristesse. Tam se demanda si Baore comprenait que Wyrr avait offert ce don à sa fille : les hommes la serviraient par amour. Mais il y avait un prix à payer : elle n'aimerait personne en retour.

Le cœur ne se préoccupe guère de la vérité, cependant, songea Tam. Baore pourrait continuer d'espérer malgré ce qu'il savait.

— Que vont faire les Renné maintenant que la guerre est finie ? demanda Fynnol en essayant de redémarrer la conversation.

— La guerre n'est jamais vraiment finie ici, gronda Kel. Nous affrontons les Wills depuis des générations…

— Et il est temps que cela cesse, l'interrompit Toren. Il n'avait pratiquement rien dit pendant leur visite et Tam le soupçonnait de souffrir intensément.

— Tu as tenté d'y mettre fin, cousin, dit Kel, mais il y a eu une guerre malgré tout. Il y a une leçon à retenir de cette situation.

— Oui, et cette leçon est que Menwyn n'était pas celui avec qui nous aurions dû nous entendre, pas plus que feu le prince d'Innes. Le seigneur Carral et le prince Michael sont tous deux des hommes d'une grande intégrité.

— Je pense que tu as raison, dit Fondor à voix basse. Mais qu'en sera-t-il de leurs fils ? De leurs petits-fils ? Cette guerre a déjà sauté une génération par le passé, mais elle est comme un feu de forêt qui s'enfonce sous le sol et se consume sous la surface, parfois pendant des années, avant de rejaillir. Nous pourrons obtenir la paix pendant le reste de notre existence mais cette guerre ne disparaîtra pas. Elle n'a jamais vraiment cessé.

— Ce n'est que l'écho d'un affrontement plus ancien, intervint Cynddl. Un combat entre des sorciers nés avant même la formation des montagnes. C'est une histoire que l'on peut trouver sous une forme ou sous une autre sur toute la longueur de la Wynnd.

La mâchoire de Toren se raidit.

— Je n'accepterai pas l'idée qu'il s'agit d'une affliction propre à la vallée de la Wynnd, une pestilence qui réside dans le sol. Nous devons y mettre fin.

— Et comment proposes-tu de créer une paix durable ? demanda Fondor.

— Ce n'est qu'une question de savoir ce que nous sommes prêts à abandonner, répondit Toren.

Dease s'éveilla juste après le crépuscule et sortit en titubant de sa tente pour respirer l'air frais du soir.

Quelques couleurs s'étalaient encore dans le ciel à l'ouest et les étoiles les plus lumineuses avaient fait leur apparition au-dessus d'eux. Dease tenta de se débarrasser des brumes de sommeil qui s'accrochaient à lui. Son esprit était confus et son humeur maussade. Il s'était lavé et avait enfilé des vêtements propres puis s'était légèrement restauré avant de s'endormir. L'ensemble de leur voyage sur la rivière lui faisait maintenant l'effet d'un cauchemar. Il se remémora le monstre dans la vaste chambre. Comment cela aurait-il pu être réel ? Mais c'était pourtant le cas. Dease avait vu trop de choses étranges que personne n'aurait voulu croire à moins de l'avoir vu de ses yeux. Cela lui donnait l'impression d'être un peu dérangé, comme le père de Toren, effrayé par l'obscurité à cause des visions qu'il avait eues.

— Dease ?

Son cousin émergea de l'ombre d'un arbre.

— Fondor ? Comme te portes-tu ?

— Je n'ai rien, excepté une masse de contusions qui ne méritent même pas qu'on en parle.

Il se tourna vers le bûcher qui continuait de brûler. De la fumée noire s'envolait vers le ciel avant de dériver vers le sud, telle une sombre rivière parmi les étoiles.

— Les pertes sont lourdes ? demanda Dease.

— Oui, bien que nous en ayons peu à déplorer au sein de notre famille. Menwyn Wills a été tué et Vast semble s'être échappé. Je ne sais pas comment. Nombre des cadavres étaient brûlés au point d'être méconnaissables mais Vast portait une armure distinctive.

— Nous le retrouverons rapidement.

— Oui, j'imagine.

Fondor fixait toujours le feu.

— Dease, lorsque Samul s'est cru sur le point d'être exécuté, il a demandé à te voir. Lorsqu'il a appris que tu étais parti, il m'a dit que tu avais pris part au complot visant à assassiner Toren. Il a dit que tu avais réalisé que c'était Arden qui était apparu à la fenêtre et que tu n'avais pas voulu tirer. C'est pour cela que Beld t'aurait assommé avant de tuer Arden en pensant qu'il s'agissait de Toren.

Dease prit une profonde inspiration.

— Ne dis rien, l'interrompit Fondor. Je n'ai qu'une question à te poser. Représentes-tu une menace envers Toren ou tout autre Renné ?

Dease ferma les yeux. Il avait envie de pleurer, sans vraiment comprendre pourquoi.

— Non, énonça-t-il avec difficulté. Je ne représente aucune menace.

— Pas même si Toren cherche à faire la paix avec les Wills ?

— Il a ma bénédiction pour faire ce qu'il jugera juste de faire. Je ne m'opposerai à lui ni en paroles ni en actes.

Dease sentit alors les larmes couler sur ses joues.

— C'est la réponse dont j'avais besoin, dit Fondor.

— Qui d'autre est informé des accusations de Samul ? demanda Dease.

— Dame Beatrice. Personne d'autre. Toren a requis notre présence dans l'heure. Une sorte de conseil.

Fondor se détourna et commença à s'éloigner.

— Fondor ? lança Dease, arrêtant son cousin. Que vas-tu dire à dame Beatrice ?

— Que je t'ai présenté l'accusation émise par Samul et que tu l'as niée. Je lui dirai que je t'ai cru.

— Mais ce n'est pas la vérité.

— Elle a déjà connu suffisamment de souffrances. Suffisamment de déceptions. Dans l'heure, cousin. Ne sois pas en retard.

Et il s'en fut dans l'obscurité naissante. Pendant un long moment, Dease resta immobile à fixer les flammes sur la rive au loin. Plus tard, il prétendrait que la fumée lui avait piqué les yeux, bien que ce ne soit pas non plus la vérité.

Le seigneur Carral se demandait si un jour viendrait où il percevrait à nouveau la musique des bruits nocturnes. Les grenouilles chantaient. Les insectes chantonnaient. Le vent agitait les branches des arbres dans un murmure endormi. Aucune de ces choses ne l'enchantait plus comme avant. Il avait été capable de percevoir la musique en chaque chose... avant.

Le soir était tombé. Il pouvait le sentir à la fraîcheur dans l'air. Carral arpentait seul le jardin de Llyn, ses pensées comme chamboulées dans son esprit. Son cœur ne lui appartenait plus, c'était certain. Mais la femme auquel il l'avait offert était moins certaine. Oh, elle l'aimait, c'était évident, mais il y avait un autre homme. Elle ne l'avait jamais mentionné mais Carral n'était pas complètement ignorant en matière d'amour. Elle aimait Toren Renné autant qu'elle l'aimait lui. Peut-être plus.

Cette idée causait tant de réactions en lui qu'il n'arrivait pas à les organiser. Il aimait Llyn de tout son cœur et pouvait comprendre que n'importe qui d'autre ressente la même chose, même quelqu'un de jeune et d'imposant comme Toren. Bien sûr, Toren n'avait jamais vu Llyn. Et peut-être était-il plus juste de dire qu'elle n'avait jamais permis à Toren de la voir et qu'elle ne le ferait probablement jamais. Pour Carral, qui n'avait jamais vu un être humain, cette obsession quant à l'apparence des autres était incompréhensible. Il avait passé sa vie au milieu des voyants et avait souvent été surpris de constater que des hommes se montraient pleins d'attention pour des femmes terriblement ennuyeuses, avant qu'on ne lui explique qu'elles étaient belles. Néanmoins, ce refus de se trouver dans la même pièce que quelqu'un d'autre semblait à même de gêner considérablement un mariage. Toren serait sans doute du même avis.

Mais peut-être Llyn attendait-elle que Toren se déclare, qu'il lui dise que les brûlures qui l'avaient forcée à s'exiler à l'intérieur du château Renné ne signifiaient rien pour lui. Et il se pouvait que ce soit vrai.

Carral secoua la tête. Son esprit semblait tournoyer sur lui-même en ressassant sans cesse les mêmes pensées, sans rien en retirer. Ce cycle de réflexion le menait sans cesse à la même conclusion. Llyn ne l'épouserait jamais tant qu'il existait un espoir que Toren partage ses sentiments.

Il aurait dû ressentir de la colère ou du ressentiment envers Toren, son rival pour l'amour de Llyn. Mais il n'était pas sûr que Toren soit même conscient de cette rivalité. Le jeune noble n'agissait en tout cas pas comme un homme qui se sentait menacé par la présence d'un autre. Il continuait à agir comme si cette pensée n'avait jamais traversé son esprit, rendant visite à Llyn aussi peu fréquemment qu'auparavant.

Carral ne ressentait pas non plus de colère ou de ressentiment à l'encontre de Llyn. En vérité, il avait pitié d'elle. Elle était torturée par cette division de loyauté, par son amour pour deux hommes.

Mais je suis celui qui l'aime de tout son cœur, songea Carral. Elle devait l'avoir vu. Elle était douée de vision, après tout.

Il s'arrêta brusquement. Quelqu'un se tenait debout à quelques pas de là. Il percevait une respiration.

— Père ?

La voix était si ténue qu'il l'entendit à peine.

— Père ? répéta la voix, toujours aussi bas.

— Elise ?

Des pas se firent entendre sur le gravier mais ce n'était pas ceux d'Elise… si ? Elle se blottit dans ses bras, humide et porteuse d'une odeur musquée, comme si elle émergeait de la rivière. Ses cheveux étaient froids et mouillés, une masse de boucles en désordre. Il n'en perçut pas moins son odeur et la sentit pressée contre lui, mince et fragile.

— Tu-es-en-vie, tu-es-en-vie, tu-es-en-vie, répéta-t-il encore et encore.

Ils restèrent immobiles, serrés l'un contre l'autre, pendant une éternité. Carral goûtait à sa simple présence, au fait de sentir l'air entrer et sortir de ses poumons. Il avait le sentiment de pouvoir pratiquement sentir le battement de son cœur.

— Père… je suis désolée de ne pas t'avoir fait prévenir que j'étais vivante, mais…

— Tu n'auras jamais besoin de me présenter d'excuses, Elise. Tu n'aurais pas agi ainsi sans une bonne raison.

Ils restèrent de nouveau silencieux pendant un moment.

— Je dois encore partir au loin, chuchota Elise, la voix pleine de regrets.

— Seras-tu longtemps partie ? Tu m'as tellement manqué.

Elise se recula légèrement, *sans doute*, songea Carral, *afin de pouvoir regarder son visage.*

— Il n'y a pas de place pour moi ici…

— Mais nous allons repartir au château Braidon…

— Je ne peux pas y retourner.

Elle le tira de nouveau contre elle, pressant sa joue contre la poitrine de son père comme elle le faisait étant enfant.

— Mais Elise, je vais prendre ma place à la tête de notre famille. J'aurai besoin de ton aide. Et tu es mon héritière…

— Je renonce à ces bêtises, annonça-t-elle catégoriquement. Il n'y a pas de trône, père. Il n'y en aura jamais. Je ne peux pas vivre ici parmi nos gens. Trop nombreux sont ceux qui savent ce que j'ai fait… ce que je suis devenue. J'ai conclu un pacte avec un nagar, père. C'est un chemin sans retour.

Carral sentit les larmes lui monter aux yeux, pas seulement du fait de ce qu'elle venait de dire mais à cause du désespoir qu'il percevait dans sa voix.

— Où vas-tu aller ?

— Au nord, dans une maison sur la rivière. C'est un

endroit où je pourrai guérir et il s'y trouve deux enfants qui auront besoin de mon conseil.

— Je te rendrai visite là-bas si tu me le permets.

— Bien sûr, je t'y recevrai avec joie… mais c'est un lieu secret. Un endroit que tu ne pourrais trouver.

— Un endroit que seul Alaan pourrait atteindre ?

— Alaan et quelques autres.

— Ne serons-nous plus jamais ensemble ?

— J'espère que si. Nous verrons où la rivière nous mènera.

Elle embrassa sa joue avec une immense tendresse avant de s'écarter. Il ressentit la perte de sa fille à l'instant où elle quittait ses bras. C'était presque plus qu'il n'en pouvait supporter.

— Je t'ai apporté quelque chose, dit-elle d'une voix qui n'était guère plus qu'un murmure.

Elle plaça un objet entre ses mains. Carral fit rapidement courir ses doigts dessus.

— C'est un masque.

— Oui.

— Pourquoi est-il humide ?

— Il a été plongé dans la rivière.

— Et que dois-je en faire ?

— Ce n'est pas pour toi, père. C'est pour dame Llyn… un cadeau du nagar. Si elle le porte, et ne le retire pas, ses cicatrices seront guéries. (Elise marqua une pause.) Elle redeviendra elle-même, belle comme par le passé.

— Ah, répondit Carral d'une voix douce.

Mais sa première pensée fut : *alors pourquoi aimerait-elle un homme aveugle tel que moi ?*

Elle épouserait certainement Toren. Il fit tourner le masque entre ses doigts. De telles pensées étaient indignes de lui, réalisa-t-il. Il aurait dû être enchanté à l'idée que Llyn puisse être guérie.

— Je ferais de même pour toi, père, mais tu n'as pas perdu la vue. Tu es né ainsi. Ta vue ne saurait être restaurée.

— Cela n'a guère d'importance. J'ai été aveugle toute ma vie. Ce n'est pas une épreuve pour moi. Mais si dame Llyn peut être guérie…

Sa voix le déserta brusquement.

Elise fit un pas en avant et le prit à nouveau dans ses bras. Elle l'embrassa. Il sentit à quel point il était difficile à sa fille de le lâcher. Il y avait au moins ça.

Il entendit ses pas sur le gravier.

— Elise !

Les pas s'arrêtèrent.

— Oui ?

— Tu as tout abandonné pour participer à cette guerre…

Son émotion était telle qu'il ne trouvait pas les mots.

— Je suis la fille de Carral Wills. Aurais-je pu faire moins que cela ?

Ses pas s'éloignèrent dans le jardin, de plus en plus lointains, comme si elle avait traversé un mur pour disparaître dans le monde hostile qui s'étendait au-delà.

Il s'écroula sur un banc de pierre et se mit à sangloter comme un enfant.

Non. C'était ce qu'il avait voulu lui dire. *Ta force te vient de ta mère.* Mais il était trop tard, trop tard pour dire tant de choses.

CHAPITRE XLVII

Dease pénétra dans la salle de bal. Il n'y était pas retourné depuis le bal costumé qui avait marqué la fin de la foire de Westbrook… et le début de tant d'autres choses. La pièce était meublée à présent, comme c'était le cas pendant la majeure partie de l'année. Des chandeliers diffusaient une lumière douce sur la foule rassemblée en ce lieu : ses cousins, ses tantes et ses oncles. Ils se montraient sans entrain, presque sombres. Avoir échappé à la destruction par les Wills et leurs alliés devait avoir cet effet, songea Dease. Pratiquement aucun d'entre eux ne savait ce qui s'était réellement passé. Cela les aurait rendus moroses pendant des années.

— Dease ! De retour et en bonne forme, s'exclama l'un de ses oncles en lui posant une main sur l'épaule.

Puis il reprit d'un ton plus confidentiel :

— As-tu idée de ce dont il s'agit ?

— Aucune, mon oncle. J'ai reçu un message m'indiquant que Toren désirait me voir d'urgence.

— Ah. Bon, voilà Toren qui arrive. Peut-être aura-t-il la bonté de nous expliquer pourquoi nous sommes ici cette nuit, entre toutes les nuits.

Le murmure d'attente de la foule se tut tandis que Toren faisait son entrée. Il était suivi d'un scribe et de plusieurs serviteurs porteurs de boîtes remplies de ce qui semblait être des papiers et des documents de toutes sortes. Dame Beatrice fermait la marche. Les boîtes furent déposées sur une longue table à tréteaux.

— Eh bien, cousin, lança quelqu'un. Il est réconfortant de savoir que tu nous aimes tous tant que tu nous as convoqués ici alors que tant d'autres n'y étaient pas invités. Mais je ne peux m'empêcher de remarquer que nous sommes les Renné les plus proches de toi au sein de la famille. Une coïncidence, sans aucun doute.

— Comme tu le suspectes, cousin, répondit Toren, ce n'est pas une coïncidence. Nous sommes tous en ligne pour la succession de mon père au... Mais j'y viendrai plus tard.

Toren fit quelques pas sur la largeur de la pièce, rassemblant ses pensées. Il portait des vêtements de couleur sombre et un ruban de velours noir était noué autour de son bras. Il n'avait perdu aucun membre de sa famille immédiate, mais ce n'était pas le cas de nombre de membres de l'assistance qui portaient des habits élaborés témoignant de leur deuil.

— Permettez-moi de commencer en disant que si quiconque réalisait à quel point les Renné sont passés près de la défaite la plus totale, cette nuit serait dénuée de toute célébration. La guerre entre les Wills et les Renné a failli apporter la ruine à plus qu'à nos propres fortunes.

— Alors pourquoi y a-t-il un Wills encore en vie dans ce château ? s'écria quelqu'un.

— Bonne question, répondit Toren. Et la réponse est qu'il constitue le futur d'une paix durable avec les Wills.

Des murmures parcoururent les rangs des trente et quelques Renné assemblés là mais personne ne prit la parole. Même ici, Carral Wills était respecté. Et il était l'invité de dame Beatrice dont la présence prévenait toute critique supplémentaire.

Dease ferma les yeux et sentit quelque chose en lui qui se glaçait. Toren parlait de Llyn. *Llyn.*

— Vous avez essayé de faire la paix avec les Wills

avant que cette guerre ne se déclenche, cousin, dit une femme. Nous savons que cela n'est pas possible.

— Je crois que ça l'est, répondit Toren. En fait, c'est même essentiel.

Il y eut un bref silence tandis que la foule absorbait cette information.

— Carral Wills sera un homme d'honneur, lança l'oncle de Dease. Il pourrait maintenir la paix entre nous. Mais qu'en sera-t-il de ses petits-enfants ? La respecteront-ils ?

— Ils le feront si ce sont des Renné.

Cela déclencha de nouveaux murmures et quelques regards perplexes. Plusieurs individus décochèrent un coup d'œil à Dease, comme s'il avait une explication à proposer.

— Nombre d'entre nous ont entendu des rumeurs affirmant que le seigneur Carral est tombé sous le charme de l'une des dames du château. Inutile de la nommer. Même s'ils devaient avoir des enfants, sa fille est en première place de la succession dont se réclame sa famille. Tous les enfants suivants en seraient écartés.

— Dame Elise a renoncé aux prétentions de sa famille. Elle va quitter l'ancien royaume cette nuit et je pense que nous ne la reverrons pas pendant de nombreuses années.

Les Renné se dévisageaient les uns les autres. La tournure de la discussion les mettait visiblement mal à l'aise.

— Cessons de nous voiler la face, lança une femme d'un ton caustique. Si le seigneur Carral et dame Llyn devaient avoir des enfants, ceux-ci seraient élevés parmi les Wills. Leurs enfants feront partie de cette famille et oublieront toute allégeance aux Renné. Et qu'est-ce que cela a à voir avec nous ?

Toren contempla alors la foule, les yeux emplis de détermination. Dease avait déjà vu cette expression au début de nombreux tournois.

— Je propose ceci. Non, ce n'est pas assez fort : nous n'avons qu'une seule issue pour continuer à exister. Les

Renné et les Wills doivent ne plus former qu'une famille. Dame Llyn doit être nommée héritière légale des aspirations des Renné.

La salle fut plongée dans un silence total. Dease examina les visages stupéfaits qui l'entouraient, ses précieux parents qui fixaient, bouche bée, le dément debout en face d'eux.

Dease prit une profonde inspiration. S'il avait appris une chose durant les semaines passées, c'était bien qu'il était indigne des faveurs de Llyn. Il fit un pas en avant.

— Si c'est là le but de ces documents, dit-il à voix haute, alors je signerai mon retrait définitif de la course à la succession.

Il s'approcha de la table.

— Où se trouvent l'encre et la plume ?

— Je ne signerai rien de tel, affirma vigoureusement une femme. Et je ne resterai pas ici pour écouter cette... (la femme jeta un regard vers dame Beatrice et décida de choisir soigneusement ses mots) proposition.

— Pourquoi ? demanda Dease en se tournant vers elle, incapable de dissimuler sa colère. Vous pensez accéder un jour au trône ? Il n'y a pas de trône, et vous êtes si loin sur la liste de succession que ni vous ni vos enfants ne vous assiérez jamais à la tête de la table des Renné. Toren propose une solution à notre dilemme. L'enfant de Llyn et du seigneur Carral serait à la tête des deux maisons. Il n'y aurait plus de haine pour alimenter cette guerre.

— Un tel enfant serait un Wills ! s'exclama quelqu'un avec colère.

— Non. L'enfant serait un Wills-Renné, répondit Toren. L'enfant des deux maisons.

— Mais on dit que Llyn en aime un autre, avança une femme.

À ces mots, dame Beatrice s'agita légèrement sur son siège, l'air mal à l'aise. Toren s'immobilisa un instant et Dease se demanda s'il avait une réponse.

— Son cœur a changé, finit-il par dire à mi-voix.

— Mais pourquoi pas une union entre vous et Elise Wills ? demanda une femme. Cela ne nous obligerait pas à abandonner notre droit à la succession.

— Je suis persuadé que Llyn et le seigneur Carral nous apporteront la paix. Dame Elise et moi ne sommes taillés que pour la guerre, déclara Toren d'une voix empreinte de tristesse.

Fondor, qui n'avait rien dit jusqu'alors, fit un pas en avant.

— Il n'y a que Toren qui fasse un sacrifice, car il est l'héritier des aspirations des Renné. Le reste d'entre nous ne fait que renoncer à un rêve. Je renoncerai à ce rêve au nom de la paix.

— Moi de même, intervint Kel. Et si plus d'entre vous avaient participé aux récentes batailles, vous n'hésiteriez pas comme vous le faites à présent. En vérité, vous ne renoncez à rien. Et ce pour une chance de voir s'installer une paix durable. Je veux saisir cette chance, dans l'espoir que mes fils n'auront pas à donner leur vie pour une guerre qu'ils n'ont pas choisie.

— Je signerai ces documents, affirma l'une des cousines de Toren.

Elle était vêtue de noir et son visage était un masque de désarroi.

— J'ai perdu un fils aujourd'hui et je ferai n'importe quoi pour épargner à d'autres un tel chagrin.

Le secrétaire de Toren trouva le document approprié. Elle signa et Dease agit en tant que premier témoin tandis que dame Beatrice assumait le rôle de second témoin. La main de la femme tremblait légèrement tandis qu'elle écrivait son nom mais sa résolution resta intacte. Son mari signa après elle, sans rien dire ni rencontrer le regard de quiconque.

Fondor et Kel signèrent tous deux les documents sans hésiter, témoignage de la solidarité des hommes ayant pris part aux combats. Deux autres combattants récents s'avancèrent. Ils étreignirent Toren avant de signer à leur tour.

Dease sentait que toute l'entreprise était sur le fil du rasoir. Si une seule personne refusait, tout serait perdu. Toren avait agi avec sagesse en rassemblant tout le monde dans une seule pièce. Ils pouvaient ainsi voir les autres s'engager sur cette voie. On se souviendrait du premier individu qui refuserait de signer comme de celui qui avait gâché une opportunité d'obtenir la paix. Et la mort de tous ceux qui seraient tués par la suite dans un combat contre les Wills lui serait imputée.

À chaque personne qui signait, la pression augmentait sur ceux qui restaient. Dease crut que tout allait capoter lorsqu'à la fin, une tante et un oncle particulièrement stupides refusèrent de signer. Mais tous les autres Renné présents les encerclèrent et les forcèrent à signer. Ce n'était pas vraiment la façon dont Dease aurait aimé que cela se fasse, mais tout le monde avait fini par signer.

Toren fut le dernier à apposer sa signature, le seul qui abandonnait une prétention réelle au trône. Et bien qu'il n'hésitât pas, Dease eut l'impression qu'il avait pâli.

— C'est fait, annonça Toren en terminant sa signature. Dame Llyn est à présent l'héritière de tous les titres des Renné… Llyn et ses enfants après elle.

Dame Beatrice s'avança et l'embrassa sur les deux joues. Sa fierté silencieuse était visible par tous. Dease fut obligé de s'asseoir. Il fit signe à un serviteur et lui demanda du vin. Lorsqu'on le lui apporta, il but son verre d'un trait. Cela n'améliora en rien les choses. Il avait perdu tout ce à quoi il accordait autrefois de la valeur et cette nuit, il avait connu deux pertes, même si rien n'avait réellement été en sa possession.

J'ai abandonné mes espoirs, songea-t-il. *Puisse-t-il en sortir quelque chose de positif.*

CHAPITRE XLVIII

Dame Beatrice était debout, la main posée sur la pile de documents. Elle avait l'air un peu hésitant. Toren repoussa les volets de la fenêtre en arrière, laissant l'air nocturne pénétrer dans la pièce.

— Rien de tel n'a jamais été fait dans la longue histoire des Renné. En l'espace d'une seule nuit, trente et une personnes ont abandonné toute prétention au trône. Je crains qu'au matin, certains ne regrettent cette décision.

— Trop tard. C'est fait, déclara Toren.

Il ferma les yeux et laissa l'air frais souffler sur son visage.

— Pas tout à fait. Il reste encore une personne qui doit donner son accord. J'imagine que tu vas vouloir que je lui parle ?

— Non. Je le ferai moi-même, mère.

— Tu aurais dû lui parler avant de mettre tout ceci en branle.

— Elle n'aurait jamais donné son accord. Mais à présent... j'ai des arguments.

Toren se détourna de la fenêtre et examina sa mère qui se tenait debout à la lumière d'un chandelier. Dans la lumière des bougies, elle donnait l'impression d'avoir rougi.

— Pour être franc, mère, je préférerais affronter les serviteurs de la Mort que de blesser Llyn.

— Ce n'est pas une blessure. C'est une libération. Elle sera libre d'offrir son amour à Carral Wills, qui l'aime de tout son cœur. Tu es tout ce qui l'empêche de le faire.

Toren hocha la tête.

— Tu abandonnes beaucoup de choses ce soir, mon fils, dit dame Beatrice. D'abord ta position dans la famille et maintenant l'adoration d'une femme que je respecte plus que toute autre ou presque. Qui seras-tu au matin ?

— Je serai le champion de dame Llyn et de Carral Wills ainsi que de leurs enfants... s'ils m'y autorisent, bien sûr.

— Je pense qu'ils considéreront cela comme un honneur.

— Alors j'ai une dernière tâche à accomplir cette nuit.

Toren s'inclina vers sa mère avant de se tourner en direction de la porte.

— Toren ? dit dame Beatrice.

Il s'immobilisa.

— Ce sera plus difficile que tu ne le crois d'abandonner ta place. Les gens continueront à se tourner vers toi pour être dirigés, pour obtenir des réponses.

— Je sais, mais je ne saperai pas l'autorité de Llyn et du seigneur Carral. Leur autorité devra être suprême. Trop de choses en dépendent.

Llyn était surprise d'avoir un visiteur à une heure aussi tardive et plus encore d'apprendre qu'il s'agissait de Toren et qu'il affirmait que c'était urgent. Elle se tenait dans le jardin à l'ombre d'un érable, la silhouette de Toren visible sur les hauteurs. Elle le trouvait beau, même dans la pénombre. Son port était noble sans être orgueilleux. C'était l'une des choses qu'elle aimait en lui.

Pendant une seconde, elle baissa les yeux vers le masque doré qu'elle tenait en main. Il était toujours humide et ne semblait pas vouloir sécher. Le simple fait de songer à cet objet lui laissait le souffle coupé.

— Vous êtes blessé, dit Llyn.

— Honnêtement, j'ai subi des blessures plus graves en tournoi. Dans quelques jours il n'y paraîtra plus.

— Je m'en réjouis.

Toren se tut et Llyn sentit qu'il était porteur de nouvelles qu'il n'avait pas envie de communiquer. *Quelqu'un est mort !* songea-t-elle soudain.

— Vous avez quelque chose à me dire, déclara-t-elle.

— Oui, admit Toren. Je sors d'un conseil avec d'importantes informations.

Il se redressa légèrement.

— J'ai renoncé à mes prétentions au trône mythique et je ne siégerai plus à la tête de la table du conseil des Renné.

— Oh, dit Llyn comme si on venait de la pincer. Je suppose que je ne devrais pas être surprise. Dease aurait donc repris vos devoirs ?

— Non. Dease a lui aussi abandonné ses prétentions, de même que plusieurs autres.

— Que se passe-t-il donc dans ce monde étrange au-delà de mes jardins ? Qui est désormais à la tête des Renné ?

— Vous, Llyn.

Elle rit.

— Il se fait tard pour de telles plaisanteries, cousin, le gronda-t-elle.

— Ce n'est pas une plaisanterie, Llyn. C'est la vérité. Nous avons tous abandonné notre rang dans la succession en votre faveur.

Llyn se sentit comme traversée par un vent glacé. Elle eut l'impression de chanceler au-dessus d'un précipice, sans oser regarder en bas.

— Cela ne se peut pas. Personne ne m'a parlé d'une telle chose.

— Vous auriez refusé.

— Je refuse, s'empressa-t-elle d'ajouter. Je n'accepterai pas une telle responsabilité.

— Même si cela signifie la fin de notre guerre contre les Wills et la paix pour nos enfants et leurs enfants après eux ?

Llyn s'assit sur le petit banc sous les branchages.

— Cousin, je vous en prie..., plaida-t-elle. Vous ne pouvez pas me demander une telle chose.

— Et je ne le ferai pas, si vous insistez. Mais laissez-moi vous poser une question : êtes-vous amoureuse de Carral Wills ?

Elle baissa les yeux vers le masque qu'elle tenait toujours à la main, puis les releva vers la silhouette sombre de Toren Renné. Sa bouche lui parut soudain terriblement sèche et les mots s'évaporèrent.

Elle les aimait tous les deux, Carral et Toren. Elle savait également pourquoi Toren posait cette question. Et elle connaissait les conséquences de sa réponse.

— Llyn ? ajouta Toren à voix basse. Je vous aime comme une sœur, mais le seigneur Carral, lui... vous aime comme vous le méritez. (Toren prit une brève inspiration.) Vos enfants seront les héritiers de nos deux maisons, Renné et Wills. Ils seront notre espoir de paix.

Elle se surprit à hocher la tête et baissa de nouveau le regard vers le masque qu'elle faisait tourner entre ses mains. *Mais je serai guérie,* songea-t-elle. *Vous pourrez me regarder sans ressentir ni pitié ni révulsion. Vous pourriez même me trouver... belle.*

Elle savait que ces pensées étaient indignes d'elle mais elle ne pouvait ignorer ses sentiments. *De la honte.* Toute sa vie durant, elle avait ressenti de la honte. La honte d'être un monstre. Du fait que personne ne pouvait la regarder sans être horrifié.

— Je sais que nous vous demandons un grand sacrifice. Mais la paix, Llyn… La paix ne vaut-elle pas certains sacrifices ?

Elle hocha la tête.

— Oui, murmura-t-elle.

Ce simple mot sonnait comme un jugement final et sans appel.

— Bien sûr, si vous n'aimez pas le seigneur Carral, dit Toren, vous devriez refuser.

— Je l'aime, dit-elle en levant les yeux.

Elle pouvait à peine deviner Toren au milieu des feuillages, sa silhouette parfaite se découpant par-dessus la lumière qui filtrait de l'intérieur. Depuis combien de temps avait-il incarné tous ses espoirs ? Depuis trop longtemps, apparemment.

— Alors vous acceptez ? demanda-t-il.

— Le seigneur Carral n'a pas demandé ma main.

Toren parut légèrement surpris.

— Sans doute a-t-il besoin d'être sûr de vos sentiments pour lui.

— Peut-être.

— Puis-je dire à dame Beatrice que vous avez donné votre accord ?

— Je lui parlerai en personne.

Toren hocha la tête.

— Llyn… ? Je vous dois des remerciements. Je sais à quel point cela est difficile pour vous.

— Non, vous n'en savez rien, chuchota-t-elle pour elle-même.

Toren hésita une seconde.

— Bonne nuit à vous, cousine.

— À vous également, répondit-elle.

Llyn resta assise un moment après le départ de Toren. Elle se sentait plus creuse et plus vide encore que le masque qu'elle tournait et retournait entre ses doigts. Pendant tant d'années, tous ses espoirs, aussi fous soient-ils, s'étaient cristallisés sur Toren. Elle avait toujours su ce qu'il en était mais ses sentiments étaient plus forts que sa raison. Un bref moment en sa compagnie était tout ce dont elle avait besoin pour en ranimer le feu. Et maintenant, les flammes allaient-elles s'éteindre ? Elle l'ignorait. Elle espérait que ce serait le cas… et en même temps, que non.

Llyn se releva et retourna à l'intérieur pour trouver le seigneur Carral assis près d'une fenêtre ouverte. Sans un mot, elle se glissa sur ses genoux et pressa son visage contre lui, les yeux fermés.

Ils restèrent silencieux pendant un moment, puis Llyn prit la parole :

— Que faites-vous donc ?

— Je laisse l'air nocturne se répandre sur moi et je me laisse aller à mes sentiments, pour être honnête. Des souvenirs n'ont cessé de me revenir ce soir. Des souvenirs de ma femme, mais surtout des souvenirs d'Elise. En faisant un petit effort, je peux me souvenir de nombreux moments… de l'essentiel de sa vie, j'imagine.

— Elle est toujours en vie, Carral. Rappelez-vous de cela.

— Mais si je ne suis plus jamais auprès d'elle, n'est-elle pas comme morte pour moi ?

— Elle sera de nouveau auprès de vous un jour, j'en suis certaine.

— Pourquoi en êtes-vous si sûre ?

— Parce qu'elle vous aime, comme moi. Et je ne supporte pas l'idée de passer une seule journée sans vous voir.

Carral sourit de son sourire parfait, totalement dénué de dissimulation.

— Est-ce à cause de mon incroyable beauté ?

— Non, c'est votre charme auquel je ne peux résister.

Elle lui prit les mains.

— Vos mains sont froides, dit-il.

— C'est ce masque. Il ne semble pas sécher et il reste froid.

— L'avez-vous… porté ?

— Non. J'ai peur de le faire.

— La magie est déroutante. Aucun doute là-dessus.

— C'est vrai, même si je ne suis pas sûre que ce soit la raison. Viendrez-vous avec moi ? Je vous raconterai une histoire tout en marchant.

— Certainement, répondit Carral tandis qu'ils se levaient tous les deux. Où allons-nous ?

— Rendre visite à quelqu'un.

Elle lui fit traverser ses appartements jusqu'à la porte qui s'ouvrait sur le château Renné. Une porte qu'elle avait rarement empruntée.

— Votre Grâce ? s'enquit sa servante tandis que Llyn déverrouillait la porte.

— Tout va bien, répondit Llyn. Je sais où je vais.

Elle ouvrit la porte et conduisit Carral dans le corridor. Pendant un instant, elle fut comme incapable de respirer. Puis cela passa.

Ils croisèrent des serviteurs qui sursautèrent en voyant Llyn avant de s'incliner et de reprendre leur chemin. Certains de ses cousins hochèrent la tête, mais sans prononcer un mot. Carral serra sa main dans la sienne.

— Llyn, chuchota-t-il, vous êtes très courageuse.

— Je ne vais pas au combat, répondit-elle.

— Non, mais la mort n'est pas toujours notre pire cauchemar.

Elle rougit.

— Vous aviez dit que vous me raconteriez une histoire…, lui rappela Carral.

— Oui, mais je dois d'abord vous poser une question : m'aimez-vous ?

— De tout mon cœur, comme je l'ai déjà dit un millier de fois, bien qu'il semble que cette répétition ne rende pas mes propos plus crédibles à vos oreilles.

— Quelque chose d'incroyablement étrange est arrivé cette nuit et cela a à voir avec vous et avec moi.

Ils continuèrent à descendre le corridor, croisant

quelques personnes sur leur chemin. Llyn racontait son histoire. Carral se cramponnait fermement à sa main, de peur de la voir disparaître comme l'avaient fait sa femme et sa fille. Il s'accrochait à elle comme un homme s'accroche à son amour, et elle à lui comme une femme s'accroche à son mari.

CHAPITRE XLIX

La dernière fois que Toren s'était rendu dans la petite tour d'A'brgail, il était en compagnie de son cousin Arden. Il avait échoué, ce jour-là, à convaincre Arden de rejoindre les Chevaliers du Serment, ce qui l'avait surpris à l'époque. Ce n'était plus un mystère désormais : Arden avait été impliqué dans le complot visant à lui ôter la vie. Toren ferma les yeux devant ce souvenir. Ses propres cousins...

Deux gardes étaient postés à l'extérieur. Leurs grandes épées à deux mains étaient tournées pointes vers le sol. Dans la lumière crépusculaire, ils faisaient penser à des statues de pierre. Ils s'inclinèrent devant lui tandis qu'il mettait pied à terre et l'un d'eux se saisit des rênes de son cheval. On conduisit Toren dans le grand hall décoré d'antiques bannières et éclairé par la lumière de torches. Arden s'était tenu là, près de la longue table. Toren s'en rappelait parfaitement, jusqu'aux moindres détails. Il se remémorait l'expression étrange et troublée sur le visage d'Arden. De la culpabilité, réalisa-t-il. Il avait été tué peu de temps après par un membre de sa propre famille.

Une porte s'ouvrit et A'brgail entra d'un pas rapide. Il avait fière allure dans sa robe grise.

— Seigneur Toren. Toutes mes excuses pour vous avoir fait attendre.

Ils se serrèrent la main.

— Vous semblez fort bien remis de nos épreuves, sourit Toren.

— Vous de même, répondit A'brgail.

Il affichait une expression très solennelle. En vérité, A'brgail avait l'apparence d'un homme qui en a trop vu, ou qui a vu des choses qui l'ont obligé à poser des questions difficiles.

— Et qu'en est-il des autres ? demanda A'brgail. Avons-nous perdu dame Elise ?

— Je ne l'ai pas vue ; et je n'ai rien entendu dire non plus à son sujet. Peut-être est-elle retournée dans la rivière, Gilbert. On pourrait aller s'asseoir près de la rive et... On a connu des choses plus étranges encore.

— Sianon s'est sacrifiée pour abattre Caibre, dit A'brgail à mi-voix. Je suis devenu l'allié d'un nagar, pire, d'une femme qui portait un tel monstre en son sein. C'était le but ultime de mon ordre que de m'assurer que ces créatures ne reviendraient pas. Et je suis devenu leur allié.

— Le monde a changé, Gilbert. Sans Elise Wills et votre frère, Hafydd régnerait sur ce monde à présent. Hafydd et la chose qui vivait en lui. Vous avez bien agi.

Toren remarqua la garde d'une énorme épée posée sur la table.

— L'épée de Main-habile ! s'exclama-t-il.

— Oui. Ou du moins ce qu'il en reste. Vous avez vu mes gardes et leurs épées à deux mains ? C'est une tradition de mon ordre. Quelque chose que nous faisons depuis des siècles en l'honneur de l'un de nos fondateurs, Orlem Main-habile.

— Je suis heureux que cette arme vous soit revenue, dit Toren en effleurant la garde des doigts. Je n'arrive toujours pas à croire que j'ai rencontré un tel être de légende. Et dire que lui et Kilydd ont vécu pendant tous ces siècles.

— Oui. L'homme qui se fait désormais appeler Kai ne s'intéresse à aucun des honneurs que nous lui avons proposés. Il serait le bienvenu parmi nous, vénéré même, mais il n'en a que faire. Il s'en est allé.

A'brgail haussa les épaules.

— J'ai encore foi en Kai. Il pourrait bien trouver sa place parmi vous.

Toren sortit un parchemin roulé de sa cape et le déposa sur la table.

— De quoi s'agit-il ? demanda le chevalier.

— D'une charte, répondit Toren. Signée par moi-même et dame Beatrice, et qui mandate votre ordre pour apporter la paix et la sécurité sur les routes de nos terres et de celles de nos alliés les plus proches. Je sais que c'est un début des plus humbles, Gilbert, mais une fois que les Chevaliers du Serment auront gagné la confiance du peuple, de nouvelles responsabilités vous seront offertes.

A'brgail s'empara du parchemin, détacha le ruban et le laissa se dérouler.

— Ne me présentez pas d'excuses, seigneur Toren. Mon ordre a beaucoup à prouver. Notre histoire est à la fois glorieuse et honteuse. Nous ne serons jugés qu'au travers de nos actions.

Il déposa le parchemin sur la table à côté des fragments de l'épée de Main-habile.

— Je ne sais pas comment vous remercier, ajouta-t-il.

— Vous n'avez pas à le faire, répondit Toren. Je crois que ce serait plutôt à moi de vous remercier.

Toren sourit avant de changer rapidement de sujet.

— Maintenant, reparlez-moi de ces compagnies perdues de Chevaliers…

— Elles furent conduites dans les terres secrètes par Orlem Main-habile afin de combattre aux côtés de son peuple.

Toren secoua la tête.

— Un peuple dont tous les membres seraient de la taille de Main-habile. Nous ferions bien de ne pas nous les mettre à dos.

— Je crois qu'il s'agit d'un peuple pacifique, seigneur Toren. C'est pour cela qu'ils avaient besoin de notre aide.

— Oui, souffla Toren. Nous n'avons rien de pacifiques. C'est la grande tragédie de notre race. Nous avons la guerre dans le sang.

— Mais il y a également des qualités plus nobles dans notre sang, ajouta A'brgail. C'est ce quc j'ai appris d'Elise Wills. Elle s'est battue contre cette partie d'elle-même. Sianon n'a pas réussi à la vaincre. Si Elise Wills est capable d'un tel exploit, cela me redonne espoir pour nous tous.

Toren leva les yeux vers les rangées de bannières des compagnies tombées au combat.

— Si seulement ma famille pouvait retenir cette leçon, dit-il. Mais j'ai peur que la haine et la vengeance apparaissent toujours bien plus séduisantes. La raison n'offre qu'une muraille bien mince contre les tempêtes de la passion.

Il reporta son regard sur Gilbert A'brgail.

— Ce sera peut-être là votre tâche, Gilbert. D'incarner cette muraille. De vous tenir entre les Wills et les Renné, qui seront prêts, je le crains, à retomber dans leur cycle de meurtre et de vengeance à la moindre provocation.

— La justice plutôt que la vengeance ? dit A'brgail.

— Oui, dans toute son imperfection. Essayons.

CHAPITRE L

Ils avaient décidé de partir discrètement aux premières lueurs de l'aube et ils faillirent y parvenir sans se faire repérer. Tuath, la tisseuse de visions, était debout à l'entrée du campement Fáel, les dévisageant de ses yeux aussi pâles que la glace. Elle avait cependant l'air un peu moins fantomatique ce jour-là, comme si les couleurs du printemps devenaient légèrement visibles à travers la neige de sa peau.

— J'espère que vous n'avez pas eu de visions susceptibles d'assombrir la route qui nous attend ? dit Fynnol.

— Je n'ai eu aucune vision, répondit-elle. C'est comme si nous étions arrivés à un carrefour et que nous avions emprunté un chemin entièrement nouveau. Le futur devant nous est un mystère total pour moi et pourrait le rester pendant encore longtemps. Je vous souhaite bonne chance dans votre voyage. Peut-être me rendrai-je dans le Nord avec les miens lors d'un futur printemps pour voir le Val des Lacs. On dit que les gens là-bas sont les amis des Fáel et qu'ils leur réservent le meilleur accueil.

— C'est vrai, dit Tam. Amenez Cynddl avec vous, si vous pouvez.

— Et dites-lui qu'il nous doit toujours des chevaux ! s'exclama Fynnol en riant.

Ils sortirent du cercle des tentes pour suivre une piste qui longeait le fleuve de Westbrook. Ils traversèrent le pont haut et incurvé puis s'arrêtèrent pour attendre Kai. Baore en profita pour resserrer les cordages des paquetages que transportaient leurs chevaux de bât, car ils rentraient chez eux couverts de présents. Un chariot Fáel sortit des arbres. Le grand cheval qui le tirait levait haut ses sabots, comme s'il était à la parade. Kai était installé sur le banc surélevé, aux côtés d'Ufrra et du garçon nommé Stillman.

— Kai ! lui lança Fynnol. Vous avez apporté notre carte ?

— J'ai apporté plus que ça ! répondit Kai.

Des silhouettes montées firent leur apparition derrière le chariot. Alaan, Thaison et Cynddl s'approchaient au trot. Tam ne les avait jamais vus aussi heureux et détendus. Ils se mirent à rire et à sourire en découvrant leurs amis. Kai leur tendit une carte enroulée.

— Ce sera le chemin le plus court jusqu'au Val, leur assura-t-il.

— Voyez comme Kai s'est élevé dans la société, dit Alaan. Il a refusé les terres offertes par les Renné et la maison que lui proposait Carral Wills mais ce chariot et tout ce qu'il contient était tout à fait à son goût. Mieux qu'une brouette, apparemment.

— Depuis plus d'années que je ne saurais compter, j'ai perdu l'habitude de vivre dans un endroit unique ou sous un toit. Une tente Fáel et ce chariot nous iront très bien, à Ufrra et à moi. (Kai désigna du menton le jeune garçon à ses côtés.) Et le jeune Stil semble avoir décidé qu'il faisait partie des meubles, ce qui nous réjouit. Je peux désormais observer le paysage sans avoir perpétuellement l'impression qu'on me transporte vers un abattoir.

— Où irez-vous ? demanda Tam.

— Vers le sud quand l'hiver arrivera. La neige tombe rarement, même si loin au Nord, mais l'hiver est quand même plus agréable sur les côtes de la grande mer.

— Remontez vers le nord au printemps, proposa

Fynnol. Je connais l'endroit parfait pour planter une tente dans le Val.

— Un long voyage pour un homme d'âge respectable, mais j'en serai peut-être capable. Nous verrons.

— Et vous, Alaan ? demanda Tam. Où allez-vous vous rendre, à présent ?

— Dans les Eaux Stagnantes, pour commencer. Il s'y trouve un enchantement qui a besoin de mon attention.

Il exposa le joyau vert dissimulé par le col de sa chemise.

— Le dessin de ce sortilège se trouve à l'intérieur de ceci. Thaison a accepté de m'accompagner. Je n'irai donc pas seul.

— Attention, mon bon Thaison, intervint Kai sur un ton qui n'était pas tout à fait celui de la plaisanterie. Si vous rejoignez les rangs des hommes qui ont voyagé avec Sainth, votre vie pourra être fort longue mais vous n'aurez plus jamais de chez vous. (Il fit un geste pour désigner ce qui se trouvait derrière lui.) Vous serez chanceux d'avoir ceci.

Le petit homme ne parut pas prendre cela pour une plaisanterie.

— Thaison se considérerait comme chanceux de pouvoir vivre comme les Fáel, mais comme vous le savez, cher Kai, sa plus grande joie réside dans la découverte de nouveaux paysages. Je garderai l'œil ouvert à la recherche de plantes susceptibles d'apaiser vos souffrances.

Cynddl mit pied à terre et étreignit chacun des hommes du Val.

— Aucun d'entre nous ne savait où la rivière nous mènerait lorsque nous sommes partis. Nous avons connu de grandes pertes durant ce périple, mais nous avons aussi gagné beaucoup.

Il marqua une pause pour les dévisager, les yeux humides. Il parut avoir perdu sa voix pendant un moment, puis il reprit la parole.

— Vous êtes tous les trois mes amis de cœur, mes

frères d'armes. Vous m'avez tous sauvé la vie, et plus d'une fois, et je crois que j'ai fait de même pour vous. Il n'y a que nous quatre et la rivière pour savoir exactement ce que nous avons traversé. Nous pourrions raconter notre histoire mais une histoire n'est qu'un artifice. Un mélange complexe d'émotions, d'événements, de pensées et d'actions distillés au travers d'une suite de mots. C'est comme tenter d'imaginer une rivière en écoutant couler une source.

Il posa sa main sur l'épaule de Tam.

— Je me rendrai dans le Nord au printemps pour vous rendre visite. Prenez soin de vous et hâtez-vous vers le nord, sans quoi la neige vous rattrapera.

Alaan tendit une lettre scellée à Tam.

— Pour toi, Tam, dit-il simplement.

L'homme du Val jeta un œil au parchemin puis le glissa dans sa poche. Le timide Thaison resta en arrière tandis que les hommes s'étreignaient puis remontaient sur leurs magnifiques montures.

— Je pourrais vous dire de vous méfier des bandits de grands chemins, lança Alaan. Mais en vérité, ce sont les bandits qui feraient bien de se méfier de vous.

— Il n'y aura pas de bandits sur le trajet que j'ai tracé pour eux, dit Kai.

À contrecœur, les hommes du Val poussèrent leurs chevaux vers l'avant sur la route du Nord. Fynnol se tourna sur sa selle.

— Les gens ne sauront jamais ce que vous avez fait pour eux, Alaan ! cria-t-il.

— Ni ce que vous trois avez accompli, répondit Alaan en levant la main. Adieu mes amis. Prenez bien soin de vous !

Ils s'arrêtèrent auprès d'un ruisseau pour faire boire leurs chevaux. Assis à l'ombre d'un arbre, Tam sortit la lettre qu'Alaan lui avait remise. Son nom était écrit dessus d'une plume élégante, presque démodée. Il prit une profonde inspiration et rompit le sceau.

Cher Tam,

Maintenant que je ne suis plus une dame de la haute société, je me rends dans les wildlands pour occuper une nouvelle position en tant que nurse auprès d'enfants uniques au monde. Et qui serait mieux placée pour cela qu'une femme portant en elle l'esprit d'une magicienne ?

Je sais qu'il n'est pas convenable pour moi de vous dire que vous me manquerez, puisque nous ne sommes jamais parvenus à un accord, mais vous me manquerez et je ne prétendrai pas le contraire. Eber me dit que ceux qui ont un jour trouvé le chemin menant à Pierre causante sont souvent capables de le retrouver ensuite. Donc si un jour vous êtes pris du désir de vivre une aventure… Bien sûr, vous avez probablement eu assez d'aventures pour un très long moment.

Je me demande souvent ce qui se serait produit si je n'avais pas sauté du pont cette nuit-là après le bal des Renné. J'ai le sentiment, même aujourd'hui, que je n'avais pas le choix. Et pourtant, c'est un acte que je regrette par-dessus tout. Elise Wills a cessé d'exister et à sa place est apparue une créature à la fois jeune et ancienne, sans cœur et aimante. Une femme divisée. Mais sans le cœur dur de Sianon, je n'aurais jamais accompli ce que j'ai accompli. Et il semble que ce cœur ne soit pas totalement insensible car il bat toujours plus vite quand je pense à vous.

Je vais conclure ici, à présent que j'ai défié toutes les règles que l'on m'a enseignées durant mon éducation de jeune dame. Cela aussi fait partie de moi : le dédain de Sianon pour les conventions de la société bienséante. Quel meilleur endroit pour une telle femme que les wildlands ?

TOUTE À VOUS,
ELISE

Tam relut plusieurs fois la lettre, comme il le ferait ensuite durant chaque jour de leur long voyage, tirant de chaque mot tout le sens qu'il était capable d'en extraire. Une phrase ne cessait de tournoyer dans son esprit : *nous ne sommes jamais parvenus à un accord.* Il n'aurait jamais pensé que huit simples mots puissent générer tant de confusion et de regrets en lui. Mais ils exprimaient, il devait l'admettre, la stricte vérité.

L'automne s'étalait dans toute sa gloire cuivrée au travers des forêts du Nord, recouvrant le monde de teintes or et cramoisies. Des nuées de cygnes s'en allaient vers le sud, leurs silhouettes sombres découpées contre le bleu du ciel. Trois cavaliers suivis de plusieurs chevaux de trait s'avançaient sur la grand-route, emmitouflés dans leurs capes épaisses pour se protéger du froid matinal. Leur leader s'arrêta devant le portail de pierre.

— Chevauchons jusqu'au pont, dit Tam.

Les autres hochèrent la tête. Ils n'avaient pas besoin d'explications pour ce détour si près de chez eux.

Quelques instants plus tard, ils se tenaient au-dessus de la gorge étroite où les lacs vastes et calmes se transformaient en une rivière agitée. Aucun d'entre eux ne dit rien. Tam, Baore et Fynnol restèrent assis sur leurs beaux chevaux en contemplant les alentours : les rochers où ils s'étaient dissimulés aux yeux des gardes d'Hafydd ; la tour près du pont de Telanon dont on voyait le sommet au milieu des arbres rouges ; l'ancien champ de bataille où ils avaient déterré une pierre à aiguiser ayant autrefois appartenu à une sorcière.

Tout avait commencé ici, à l'endroit où la pluie dévalait les montagnes et formait une rivière qui descendait jusqu'à la mer. Une rivière nourrie par un millier de sources et de torrents qui pétillaient et murmuraient à travers les bois chauffés par le soleil.

Une brume argentée flottait sur la rivière. On avait l'impression que le pont, dont les rampes de pierre renvoyaient les rayons du soleil, reposait sur un léger nuage. L'endroit paraissait trop paisible pour avoir été le théâtre du début d'une telle aventure.

— Rentrons à la maison, dit Fynnol. Allons voir si quelqu'un se souvient de nos bonnes mines.

Ils firent faire demi-tour à leurs montures et repartirent en direction du portail de pierre. Par-dessus le claquement des sabots des chevaux, Tam eut l'impression d'entendre un trille flûté sorti des profondeurs du bois. C'était le chant d'une grive sorcière qui cheminait vers le sud. Comme toujours, cela lui rappela Alaan.

CHAPITRE LI

Le printemps, chevauchant un vent chaud, remontait au nord depuis la mer en repoussant la neige et en diffusant ses couleurs à travers le pays. Non loin derrière chevauchaient les vagabonds noirs. Les caravanes de chariots faisaient leur apparition sur les routes de la Terre entre les montagnes. La route des Fáel résonnait de leur musique et de leurs chants, comme s'ils étaient les hérauts annonciateurs du retour du printemps et de l'espoir.

Il y avait beaucoup de nouvelles à colporter en cette année agitée. On avait retrouvé le duc de Vast en train de mourir de faim dans la hutte d'un berger. Il s'était ôté la vie plutôt que d'être capturé. Une nuit, une immense secousse avait été ressentie, secouant la terre avec la force du tonnerre. Certains affirmèrent qu'il s'agissait d'un acte de sorcellerie mais rien de néfaste ne parut en ressortir. Dame Llyn Renné avait épousé le seigneur Carral Wills et elle attendait un enfant. Les histoires racontant qu'on l'avait vue porter un masque d'or et que ses brûlures avaient entièrement disparu après qu'elle l'avait retiré laissaient beaucoup de monde incrédule.

Au début de l'été, un groupe de Fáel remonta la route du Nord et installa ses tentes dans un pré non loin du pont de Telanon. Lorsque Tam apprit la nouvelle, il sella le cheval qui l'avait ramené chez lui, prit congé de son grand-père et chevaucha jusqu'au portail de pierre.

Cynddl l'accueillit à l'entrée du campement. Il semblait plus jeune que dans le souvenir de Tam, malgré ses cheveux gris et son teint pâle.

— Tamlyn ! s'écria Cynddl. Es-tu venu pour voyager sur la rivière ?

— Un jour peut-être, répondit Tam, mais pas aujourd'hui.

Tam sauta au bas de son cheval et étreignit le quêteur d'histoires en faisant claquer ses mains sur le dos du Fáel.

— Tu parais en forme, dit Cynddl tandis qu'ils relâchaient leur étreinte.

— Toi aussi. J'ai l'impression que tu as rajeuni.

Cynddl se mit à rire.

— Ce sont les cheveux gris. Personne n'arrive jamais à dire quel âge j'ai exactement. Et comment vont Fynnol et Baore ? Bien, j'espère.

Tam posa la main sur l'épaule de Cynddl.

— J'ai fait prévenir Fynnol, en espérant que tu serais venu avec les autres Fáel. Mais Baore… Baore est mort l'hiver dernier.

Cynddl porta ses mains à sa bouche.

— Il a survécu à la guerre des cygnes. Qu'a-t-il pu lui arriver ici, au Val ?

— Il est passé à travers la glace en traversant le lac, une nuit. C'est bizarre, car il connaissait les lacs mieux que n'importe qui. Mais Baore n'allait pas bien depuis son retour. Il s'était enfoncé dans la mélancolie. Et bien que Fynnol ait fait tout son possible pour lui remonter le moral, il dérivait de plus en plus vers les ténèbres.

Cynddl ferma les yeux pendant quelques instants.

— J'espère que ton peuple l'aura honoré comme il le méritait, murmura le Fáel.

— Ce furent des funérailles emplies de silence, répondit Tam. Baore parlait peu et nous lui avons rendu hommage de la même manière. Sans qu'un mot soit prononcé, nous avons dispersé ses cendres dans la rivière et elles ont été emportées comme un nuage dans le vent.

— J'ai cru que nous étions tous sains et saufs après qu'Hafydd eut été mis sur le bûcher, dit Cynddl à mi-voix. Mais Baore ne s'est jamais remis de sa rencontre avec le nagar. J'aurais fait n'importe quoi pour le sauver, mais parfois un homme se noie à portée de regard sans qu'on n'y puisse rien.

Il se détourna un instant pour maîtriser ses sentiments.

— Je suis désolé de t'apporter ces mauvaises nouvelles, Cynddl.

— Ne me présente pas d'excuses. Mon peuple affirme que les mauvaises nouvelles trouvent toujours une voie. Mais cela gâche un peu mes propres annonces.

Tuath fit son apparition dans le pré à ce moment. Elle s'avança vers eux, tel un esprit de l'hiver ayant survécu au changement de saison. Elle sourit à Tam et lui prit les mains à la manière des Fáel. Puis elle s'empara de celles de Cynddl avec un plaisir et une familiarité évidente. Cynddl paraissait très heureux et très fier.

— Nous nous sommes mariés le jour de la nouvelle année...

— Sous un baldaquin, dans la neige, ajouta Tuath. Cela nous a paru être le plus approprié.

— Eh bien, félicitations à vous deux ! dit Tam en serrant la main de Cynddl avant d'embrasser Tuath sur la joue. Mais continuerez-vous à voyager de par le monde en collectant des histoires ?

— Nous sommes des Fáel, répondit Tuath en haussant les épaules. Il est dans notre nature de voyager.

Un repas fut servi sur la table basse traditionnelle à laquelle ils s'installèrent au milieu des coussins. Tam avait presque oublié à quel point la nourriture des Fáel était exotique. Fynnol avait un jour déclaré qu'après avoir goûté à la cuisine Fáel, les mets préparés dans le

Val avaient tous le même goût, que le mouton devenait impossible à distinguer du porridge. Ils mangèrent, burent et parlèrent des gens qu'ils connaissaient.

— Nul n'a vu Alaan depuis que vous avez pris congé de nous dans le Sud. Mais Thaison est revenu au printemps et a rapporté qu'ils avaient trouvé un chemin vers les Eaux Stagnantes où Alaan avait passé des mois à étudier le grand enchantement avant de reformer le sortilège. Lorsqu'il a eu terminé, il y a eu un grand tremblement de terre qui a été ressenti dans tout le Sud. Thaison nous a affirmé que la Mort était de nouveau enfermée dans son Royaume.

— Et qu'en est-il d'Elise ? Quelqu'un l'a vue ? demanda Tam en espérant que la question paraissait plus anodine qu'elle ne l'était en réalité.

Cynddl secoua la tête.

— Non. Mais cela ne fait que quelques mois qu'elle s'en est allée vers Pierre causante.

Tam regarda un groupe d'enfants Fáel qui jouaient dans l'herbe, occupés à faire la roue et à grimper aux arbres.

Llya et Sianon ne devraient pas vivre de manière si isolée. Les enfants ont besoin de côtoyer leurs semblables.

— C'est vrai, Tam, répondit Cynddl. Mais ils n'ont pas vraiment de semblables. Je pense que les autres enfants les tiendraient à l'écart.

Tuath prit congé à la fin du repas et Cynddl emmena Tam en balade à l'extérieur du campement. Par habitude, ils portaient tous les deux un arc et une épée, bien qu'il parût peu probable qu'ils aient à s'en servir ici. L'après-midi était chaud. Le vert printanier se diffusait parmi les arbres et les fauvettes voletaient de branche en branche. Des fougères s'élevaient au milieu des feuilles putréfiées de la saison passée et des jeunes pousses apparaissaient un peu partout, taches de couleur parsemant le sol brun.

— Dis-moi, comment va Fynnol ? demanda Cynddl pendant qu'ils marchaient.

— Je crois qu'il est divisé, le pauvre. Il désire à la fois rester ici, en sécurité dans le Val, et retourner vers le sud, à la cour. Lorsqu'il saura que tu es ici, je pense qu'il décidera peut-être de repartir vers le sud avec toi, vers l'ancien royaume.

— Tuath et moi serions ravis de profiter de sa compagnie.

Cynddl resta silencieux quelques instants.

— Et toi, Tam ? Comment vas-tu après tous tes voyages ?

— Eh bien... je m'en suis mieux tiré que Baore, mais je dois admettre que l'hiver n'a pas été facile. Je souffre de cauchemars et même durant la journée, mon esprit emprunte souvent des chemins sombres et tortueux. Je me rappelle le combat contre les serviteurs de la Mort, je me souviens du portail final... Parfois je perds toute envie d'agir... je ne me préoccupe même plus de manger ou de dormir et je ne sors plus pour profiter de l'air frais et du soleil.

Une expression inquiète s'était peinte sur le visage de Cynddl.

— J'ai trouvé de nombreuses histoires de guerriers, Tam. Et je peux te dire que rares sont ceux qui sont revenus inchangés du combat. Les hommes qui ont du cœur et une conscience ne sauraient ressortir d'une telle épreuve sans être marqués. Mais la plupart d'entre eux guérissent. Peut-être pas totalement mais ils retrouvent une certaine santé. Pour ma part, j'ai été soutenu par Tuath et Nann, sans quoi il est certain que j'aurais souffert bien plus encore.

— Mon grand-père a dit plus ou moins la même chose. Cela ne fait que quelques mois après tout. Il faut laisser aux blessures le temps de guérir.

— Peut-être devrais-tu entamer un voyage le long de la rivière. De nouveaux horizons pourraient éloigner tes pensées de ces souvenirs ténébreux. Je suis sûr qu'Eber serait heureux de t'accueillir à Pierre causante, sans parler d'une certaine dame qui y habite.

— Je ne suis pas encore prêt à quitter le Val. J'ai l'étrange sentiment, infondé sans aucun doute, que je dois rester ici pour protéger les miens. Il n'y a que Fynnol et moi qui ayons participé à des combats et qui comprenions jusqu'où peut aller la cruauté des étrangers.

Cynddl l'examina en soupesant soigneusement ses paroles.

— Je crois que le Val ne risque rien, Tam. Les chevaliers d'A'brgail ont rendu les routes de l'ancien royaume très sûres. Et depuis Saulebranche, nous n'avons croisé que deux familles voyageant vers le nord, sans doute à la recherche d'or ou d'argent.

— Nous trouverons sans mal de la place pour deux familles, commenta Tam.

Cynddl donnait l'impression de les mener quelque part. Il finit par s'arrêter près d'un petit monticule à l'extrémité duquel une pierre effilée avait été enfoncée dans le sol.

— Tu vois cet endroit, Tam ? demanda Cynddl. C'est ici que ton père est enterré.

— Comment le sais-tu ?

— Je suis un quêteur d'histoires, Tam. Son histoire est ici.

Tam se sentit envahi par une étrange vague d'émotions, comme s'il se tenait sur la plage et qu'il était frappé par la marée.

— Je peux te raconter l'histoire de la manière dont il est tombé, ajouta Cynddl. Si tu le souhaites.

Tam secoua la tête en fermant les yeux.

— Je sais comment il est mort. Il a été assassiné par des brigands.

— Il y a une autre histoire, ici, Tam : celle d'un homme qui aimait sa femme et son fils plus que la vie elle-même.

Tam sentit les larmes lui monter aux yeux.

— Merci Cynddl, mais je connais aussi cette histoire.

Cynddl hocha la tête en baissant les yeux vers la tombe éclaboussée de soleil. Une odeur printanière flottait dans l'air.

— Alors il reste une dernière chose à faire. Je vais m'asseoir ici et raconter au père l'histoire de son fils. Comment il a descendu la rivière pour devenir un homme parmi les hommes de renom. Comment il a gagné l'amitié de voyageurs et de gentilshommes et emprunté des routes secrètes pour affronter les serviteurs d'un sorcier...

Cynddl s'assit sur un rocher qui dépassait du sol moelleux de la forêt.

Tam se détourna et s'avança au milieu d'un bosquet de bouleaux. Il ne jeta qu'un seul regard en arrière, pour voir le quêteur d'histoires assis au milieu des feuilles mortes et des flaques neigeuses, parlant doucement dans l'air baigné de soleil.

Tandis que Tam marchait, la forêt devint floue, comme s'il la contemplait derrière une vitre tachée de pluie. Le bruit feutré de la voix de Cynddl le suivit, comme si elle sortait du sol, telle une source murmurante. Les arbres chuchotaient leurs histoires secrètes et, tandis qu'il se rapprochait du pont de Telanon, leurs voix se mêlèrent à l'histoire de la rivière qui s'élançait en tourbillonnant vers le sud pour alimenter le discours sans fin de la mer.

REMERCIEMENTS

Comme toujours, il y a des gens à remercier : mes éditeurs Diana Gill et Tim Holman ; mon merveilleux agent, Howard Morhaim ; ma femme, Karen, et sa famille, June, Nori, Don, Lorraine, Michael et Carlos, qui m'ont apporté un extraordinaire soutien durant une très éprouvante année.

DU MÊME AUTEUR

Aux Éditions Mnémos

LA GUERRE DES CYGNES :

LE ROYAUME UNIQUE

LA RIVIÈRE AUX ESPRITS

Ces ouvrages sont réédités en un seul volume dans la collection Folio Science-Fiction, sous le titre LE ROYAUME UNIQUE *(Folio Science-Fiction n° 263)*

L'ÎLE DE LA BATAILLE *(Folio Science-Fiction n° 272)*

LES ROUTES DE L'OMBRE *(Folio Science-Fiction n° 288)*

Aux Éditions de L'Atalante

LE FRÈRE INITIÉ

LE BERGER DES NUAGES

UN MONDE SANS FIN

UNE MER SANS RIVAGE

Dans la même collection

166. Cordwainer Smith — *La Planète Shayol* (Les Seigneurs de l'Instrumentalité, II)
167. Cordwainer Smith — *Nostrilia* (Les Seigneurs de l'Instrumentalité, III)
168. Cordwainer Smith — *Légendes et glossaire du futur* (Les Seigneurs de l'Instrumentalité, IV)
169. Douglas Adams — *Fonds de tiroir*
170. Poul Anderson — *Les croisés du Cosmos*
171. Neil Gaiman — *Pas de panique !*
172. S. P. Somtow — *Mallworld*
173. Matt Ruff — *Un requin sous la lune*
174. Michael Moorcock — *Une chaleur venue d'ailleurs* (Les Danseurs de la Fin des Temps, I)
175. Thierry di Rollo — *La lumière des morts*
176. John Gregory Betancourt — *Les Neuf Princes du Chaos*
177. Donald Kingsbury — *Psychohistoire en péril*, I
178. Donald Kingsbury — *Psychohistoire en péril*, II
179. Michael Moorcock — *Les Terres creuses* (Les Danseurs de la Fin des Temps, II)
180. Joe Haldeman — *Pontesprit*
181. Michael Moorcock — *La fin de tous les chants* (Les Danseurs de la Fin des Temps, III)
182. John Varley — *Le Canal Ophite*
183. Serge Brussolo — *Mange-Monde*
184. Michael Moorcock — *Légendes de la Fin des Temps* (Les Danseurs de la Fin des Temps, IV)
185. Robert Holdstock — *La forêt des Mythagos*

186.	Robert Holdstock	*Lavondyss* (La forêt des Mythagos, II)
187.	Christopher Priest	*Les Extrêmes*
188.	Thomas Day	*L'Instinct de l'équarrisseur*
189.	Maurice G. Dantec	*Villa Vortex*
190.	Franck M. Robinson	*Le Pouvoir*
191.	Robert Holdstock	*Le Passe-broussaille* (La forêt des Mythagos, III)
192.	Robert Holdstock	*La Porte d'ivoire* (La forêt des Mythagos, IV)
193.	Stanislas Lem	*La Cybériade*
194.	Paul J. Mc Auley	*Les conjurés de Florence*
195.	Roger Zelazny	*Toi l'immortel*
196.	Isaac Asimov	*Au prix du papyrus*
197.	Philip K. Dick	*Immunité*
198.	Stephen R. Donaldson	*Le miroir de ses rêves* (L'appel de Mordant, I)
199.	Robert Charles Wilson	*Les fils du vent*
200.	Greg Bear	*La musique du sang*
201.	Dan Simmons	*Le chant de Kali*
202.	Thierry Di Rollo	*La profondeur des tombes*
203.	Stephen R. Donaldson	*Un cavalier passe* (L'appel de Mordant, II)
204.	Thomas Burnett Swann	*La trilogie du Minotaure*
205.	Jack Vance	*Croisades*
206.	Thomas Day	*L'homme qui voulait tuer l'Empereur*
207.	Robert Heinlein	*L'homme qui vendit la lune* (Histoire du futur, I)
208.	Robert Heinlein	*Les vertes collines de la Terre* (Histoire du futur, II)
209.	Robert Heinlein	*Révolte en 2100* (Histoire du futur, III)
210.	Robert Heinlein	*Les enfants de Mathusalem* (Histoire du futur, IV)

211.	Stephen R. Donaldson	*Le feu de ses passions* (L'appel de Mordant, III)
212.	Roger Zelazny	*L'enfant de nulle part*
213.	Philip K. Dick	*Un vaisseau fabuleux*
214.	John Gregory Betancourt	*Ambre et Chaos*
215.	Ugo Bellagamba	*La Cité du Soleil*
216.	Walter Tevis	*L'oiseau d'Amérique*
217.	Isaac Asimov	*Dangereuse Callisto*
218.	Ray Bradbury	*L'homme illustré*
219.	Douglas Adams	*Le Guide du voyageur galactique*
220.	Philip K. Dick	*Dans le jardin*
221.	Johan Héliot	*Faerie Hackers*
222.	Ian R. MacLeod	*Les Îles du Soleil*
223.	Robert Heinlein	*Marionnettes humaines*
224.	Bernard Simonay	*Phénix* (La trilogie de Phénix, I)
225.	Francis Berthelot	*Bibliothèque de l'Entre-Mondes*
226.	Christopher Priest	*Futur intérieur*
227.	Karl Schroeder	*Ventus*
228.	Jack Vance	*La Planète Géante*
229.	Jack Vance	*Les baladins de la Planète Géante*
230.	Michael Bishop	*Visages volés*
231.	James Blish	*Un cas de conscience*
232.	Serge Brussolo	*L'homme aux yeux de napalm*
233.	Arthur C. Clarke	*Les fontaines du Paradis*
234.	John Gregory Betancourt	*La naissance d'Ambre*
235.	Philippe Curval	*La forteresse de coton*
236.	Bernard Simonay	*Graal*
237.	Philip K. Dick	*Radio Libre Albemuth*
238.	Poul Anderson	*La saga de Hrolf Kraki*

239.	Norman Spinrad	*Rêve de fer*
240.	Robert Charles Wilson	*Le vaisseau des Voyageurs*
241.	Philip K. Dick	*SIVA* (La trilogie divine, I)
242.	Bernard Simonay	*La malédiction de la Licorne*
243.	Roger Zelazny	*Le maître des rêves*
244.	Joe Haldeman	*En mémoire de mes péchés*
245.	Kim Newman	*Hollywood Blues*
246.	Neal Stephenson	*Zodiac*
247.	Andrew Weiner	*Boulevard des disparus*
248.	James Blish	*Semailles humaines*
249.	Philip K. Dick	*L'invasion divine*
250.	Robert Silverberg	*Né avec les morts*
251.	Ray Bradbury	*De la poussière à la chair*
252.	Robert Heinlein	*En route pour la gloire*
253.	Thomas Burnett Swann	*La forêt d'Envers-Monde*
254.	David Brin	*Élévation*
255.	Philip K. Dick	*La transmigration de Timothy Archer* (La trilogie divine, III)
256.	Georges Foveau	*Les Chroniques de l'Empire, I* *La Marche du Nord — Un Port au Sud*
257.	Georges Foveau	*Les Chroniques de l'Empire, II* *Les Falaises de l'Ouest — Les Mines de l'Est*
258.	Tom Piccirilli	*Un chœur d'enfants maudits*
259.	S. P. Somtow	*Vampire Junction*
260.	Christopher Priest	*Le prestige*
261.	Poppy Z. Brite	*Âmes perdues*
262.	Ray Bradbury	*La foire des ténèbres*

263. Sean Russell — *Le Royaume Unique*
264. Robert Silverberg — *En un autre pays*
265. Robert Silverberg — *L'oreille interne*
266. S. P. Somtow — *Valentine*
267. John Wyndham — *Le jour des triffides*
268. Philip José Farmer — *Les amants étrangers*
269. Garry Kilworth — *La compagnie des fées*
270. Johan Heliot — *La Lune n'est pas pour nous*
271. Alain Damasio — *La Horde du Contrevent*
272. Sean Russell — *L'île de la Bataille*
273. S. P. Somtow — *Vanitas*
274. Michael Moorcock — *Mother London*
275. Jack Williamson — *La Légion de l'Espace* (Ceux de la légion, I)
276. Barbara Hambly — *Les forces de la nuit* (Le cycle de Darwath, I)
277. Christopher Priest — *Une femme sans histoires*
278. Ugo Bellagamba et Thomas Day — *Le double corps du roi*
279. Melvin Burgess — *Rouge sang*
280. Fredric Brown — *Lune de miel en enfer*
281. Robert Silverberg — *Un jeu cruel*
282. Barbara Hambly — *Les murs des Ténèbres (Le cycle de Darwath, II)*
283. Serge Brussolo — *La nuit du bombardier*
284. Francis Berthelot — *Hadès Palace*
285. Jack Williamson — *Les Cométaires* (Ceux de la légion, II)
286. Roger Zelazny et Robert Sheckley — *Le concours du Millénaire*
287. Barbara Hambly — *Les armées du jour* (Le cycle de Darwath, III)
288. Sean Russell — *Les routes de l'ombre* (La guerre des cygnes, III)
289. Stefan Wul — *Rayons pour Sidar*

Composition IGS,
Impression Bussière
à Saint-Amand (Cher), le 13 août 2007.
Dépôt légal : août 2007.
Numéro d'imprimeur : 072661/1.
ISBN 978-2-07-034084-2./Imprimé en France.

145326